U0330513

广东省优秀社会科学家文库（系列三）

# 吴承学自选集

吴承学◎著

中山大学出版社

·广州·

# 图书在版编目（CIP）数据

吴承学自选集/吴承学著 . -- 广州：中山大学出版社，2024. 11.
（广东省优秀社会科学家文库）. -- ISBN 978 - 7 - 306 - 08151 - 3

Ⅰ. I206 - 53

中国国家版本馆 CIP 数据核字第 20242L4A49 号

WU CHENGXUE ZIXUANJI

出　版　人：王天琪
策划编辑：嵇春霞　廖丽玲　孔颖琪
责任编辑：孔颖琪
封面设计：曾　斌
责任校对：徐馨芷
责任技编：靳晓虹
出版发行：中山大学出版社
电　　话：编辑部 020 - 84110283，84113349，84111997，84110779，84110776
　　　　　　发行部 020 - 84111998，84111981，84111160
地　　址：广州市新港西路 135 号
邮　　编：510275　　　　　　传　真：020 - 84036565
网　　址：http://www.zsup.com.cn　　E-mail：zdcbs@mail.sysu.edu.cn
印　刷　者：佛山市浩文彩色印刷有限公司
规　　格：787mm×1092mm　1/16　25.625 印张　433 千字
版次印次：2024 年 11 月第 1 版　2024 年 11 月第 1 次印刷
定　　价：88.00 元

如发现本书因印装质量影响阅读，请与出版社发行部联系调换

吴承学

　　1956年生于潮州。1977年考入中山大学中文系，1994年晋升教授。2010年被聘为中山大学"逸仙学者"讲座教授。历任学术兼职有中山大学学术委员会委员、中山大学学位委员会委员、中山大学中文系学术委员会主任、《中山大学学报》（社科版）主编、《学术研究》《文学遗产》《文艺理论研究》《中国文学研究》等编委、教育部重点研究基地中国古代文学研究中心（复旦大学）学术委员会主任、国家社会科学基金学科评审组专家、中国古代文学理论学会副会长、中国明代文学研究会副会长等。代表性著作有《中国古代文体学研究》《中国古代文体形态研究》《中国古典文学风格学》《晚明小品研究》《中国早期文体观念的发生》《近古文章与文体学研究》。学术成果曾获"思勉原创奖""全球华人国学成果奖"和高等学校科学研究优秀成果奖（人文社会科学）一等奖等多种。

# "广东省优秀社会科学家文库"（系列三）

## 出 版 说 明

　　哲学社会科学是人们认识世界、改造世界的重要工具，是推动历史发展和社会进步的重要力量。党的十八大以来，以习近平同志为核心的党中央高度重视发展哲学社会科学，习近平总书记亲自主持召开哲学社会科学工作座谈会，就哲学社会科学工作发表一系列重要讲话，作出一系列重要论述和指示批示，对构建中国特色哲学社会科学作出总体部署，有力推动哲学社会科学事业繁荣发展。党的二十届三中全会进一步明确提出"构建中国哲学社会科学自主知识体系"，这是党中央立足完成新的文化使命和哲学社会科学发展规律作出的重大部署，也是新时代我国哲学社会科学发展的战略目标。

　　广东省委省政府深入学习贯彻习近平文化思想，认真落实习近平总书记关于哲学社会科学的重要论述，着力加强组织领导、政策保障、人才培育，扎实推动全省哲学社会科学事业高质量发展。全省广大哲学社会科学工作者自觉立时代之潮头、通古今之变化、发思想之先声，积极为党和人民述学立论、建言献策，涌现出了一大批方向明、主义真、学问高、德行正的优秀社科名家，在推进构建中国哲学社会科学自主知识体系进程中充分展现了岭南学人担当、演绎了广东学界精彩。广东省委宣传部、省社科联组织评出的"广东省优秀社会科学家"就是其中的杰出代表，他们以深厚的学识修养、高尚的人格魅力、

1

先进的学术思想、优秀的学术品格和严谨的治学方法，生动展现了岭南学人的使命担当和时代风采。

遵循自愿出版原则，"广东省优秀社会科学家文库"（系列三）收录了第三届广东省优秀社会科学家中 9 位学者的自选集，包括（以姓氏笔画为序）卢晓中（华南师范大学）、朱桂龙（华南理工大学）、李凤亮（南方科技大学）、李庆新（广东省社会科学院）、李宗桂（中山大学）、吴承学（中山大学）、何自然（广东外语外贸大学）、陶一桃（深圳大学）、程国赋（暨南大学）。自选集编选的原则是：（1）尽量收集作者最具代表性的学术论文和调研报告，专著中的章节尽量少收。（2）书前有作者的"学术自传"，叙述学术经历，分享治学经验；书末附"作者主要著述目录"。（3）为尊重历史，所收文章原则上不做修改，尽量保持原貌。

这些优秀社会科学家有的年事已高，有的工作繁忙，但对编选工作都高度重视。他们亲自编选，亲自校对，并对全书做最后的审订。他们认真严谨、精益求精的精神和学风，令人肃然起敬，我们在此表示衷心的感谢和崇高的敬意！

我们由衷地希望，本文库能够让读者比较方便地进入这些当代岭南学术名家的思想世界，领略其学术精华，了解其治学方法，感受其思想魅力。希望全省广大哲学社会科学工作者自觉以优秀社会科学家为榜样，始终胸怀"国之大者"，肩负时代使命，勇于担当作为，不断为构建中国哲学社会科学自主知识体系，为广东在推进中国式现代化建设中走在前列作出新的更大贡献！

丛书编委会
2024 年 11 月

# 目录

# 学者要有传世意识与文化责任感
## ——答记者问

南都：你对文史的兴趣，以及最后走上学术之路，家庭环境有无影响？

吴承学：我的家族是潮州一个普通知识分子家族，素有传诵诗书的传统。我的祖父是家族第一位读书人，很年轻时就到泰国"过番"，以教书、写侨批为生。

家父是中学语文教师，沉默寡言，从不与我们谈自己的历史。几年前，我看台湾学术杂志，忽然看到父亲名字，上网一检索，才知道原来父亲与世界文化遗产大足石刻的发现竟然有密切关系！1945年，父亲参加著名考古学家杨家骆、马衡、何遂、顾颉刚等先生组成的"大足石刻考察团"，对四川大足石刻进行了首次科学考察。在考察团中，父亲担任编辑工作，考察团的工作是由父亲记录的，最后形成《大足石刻考察团日记》，这篇日记有相当高的价值，被《民国重修大足县志》收录全文。父亲当年才25岁，就能得到杨家骆、马衡、顾颉刚这些大师们的信任，是很不简单的。新中国成立后他回到家乡却一直郁郁不得志，"文革"期间更蒙受"文化特务"的罪名。父亲对我的影响并不直接，他终日沉默寡言，我们之间很少交流，但他的大量藏书以及酷爱读书的习惯对我的潜移默化是难以言表的。

母亲对我的影响最直接，也最大。我的外祖父是中医师，母亲从小受到文化熏陶，读过3年书。母亲身上典型地体现了潮州女性那种秀外慧

1

中、贤妻良母式的传统品格。

与同辈人相比，我的家庭学习环境还算好，家中有丰富的藏书，我较早地阅读了一些古代诗文，培养了对文史的独钟之情，《唐诗三百首》《古文观止》《千家诗》背了不少。潮州有重人文的传统，我们小时候就开始写毛笔字，每年的春联都是自撰和自写的。

南都："文革"时你父亲的"历史问题"对你有影响吗？

吴承学：小学三年级时，遇到"文革"，我因非工农兵家庭出身已被列为异类，后又因父亲的"历史问题"一直备受压抑。初中毕业时，尽管我是全级学习成绩最好的学生，还是未能获得推荐上高中的机会。后来，刚好有个机会，到临近公社的古巷中学读高中，每天凌晨就起床，然后小跑一个多小时上学。我很珍惜读书机会，家里书很多，也无人指导就乱读。像王力的《古代汉语》，在当时就半懂不懂地乱读过，我还无师自通地采用抄读法，曾把"文革"前高中的语文课本抄写一通，还抄录了不少古书。

我们家庭在"文革"中的遭遇其实不算太悲惨。不过，我受到的思想影响有点无心插柳柳成荫的意思：养成独立思考的精神，向往平等、自由、民主。

南都：1977年，你考入中山大学中文系，毕业后又随黄海章、邱世友先生攻读中国文学批评史，开始了专业的学术之路，当时中大的教学情况如何？

吴承学：1977年恢复高考，那时消息非常闭塞，我很迟才知道这个消息。我报考后，来不及复习就参加考试。再说复习也没有用，也无须背诵。现在说起来许多人都不信，当年广东高考所有科目是开卷的，这大概也是空前绝后的高考了。结果我考上了第一志愿中山大学中文系。

刚恢复高考，高校百废待兴。现在回想，当时许多课程仍带有严重的意识形态痕迹，比如"文学理论"课程叫"毛泽东文艺思想"，一个学期就学《在延安文艺座谈会上的讲话》。由于"文革"10年停课，除了古代文学与古代汉语、文字学的著名教授，如容庚、商承祚、王起先生等讲授的课程外，不少课程水平相当低。同年级的学生年纪相差近一倍，基础参差不齐。那时外语课是分快慢班的，怎么分呢？上课时发一张纸，能写出26个字母的就是快班，证明是学过的！

南都：黄海章先生当时已经80多岁了，邱世友老师也50多岁，两位先生对你有何影响？

吴承学：本科毕业后，我又考上本校硕士研究生，随黄海章、邱世友先生攻读中国文学批评史。黄海章、邱世友先生是师生辈，年纪相差比较大，但都是道德文章极佳的学者。海老博闻强记，上课时从先秦到近代的各种重要文献，随口背出，绝无差池。当时他年近九旬，仍亲自授课，每周4节，一直坚持两年之久。晚年海老一目失明，视力严重衰退，但对我们的每篇文章还是逐字逐句地修改。他强调治学需要高尚的人格，牵于名缰利锁、见风使舵的人不可能有真正的学术成就。他喜欢用韩愈的话来勉励我们："无望其速成，无诱于势利，养其根而俟其实，加其膏而希其光。根之茂者其实遂，膏之沃者其光晔。"几十年过去，我越来越体会到这段话的内涵。

南都：你的硕士学位论文《严羽与〈沧浪诗话〉研究》是你研究文体学发轫之作？

吴承学：对，大家对《沧浪诗话》比较关注的是"以禅喻诗"和"妙悟"等说法，但是它的最终目的还是要推崇盛唐的文体，比如说"正宗""第一义之悟"，都是推崇他心目中比较健康、雄浑悲壮的文体。《严羽与〈沧浪诗话〉研究》这篇论文研究的主要也是"风格"问题，在这个基础上，我的博士学位论文《中国古典文学风格学》做的研究更为系统。

南都：很多学者的成名作都是博士学位论文。《中国古典文学风格学》作为你的博士学位论文于1993年出版，2011年修订后再版，是否是你的成名作？

吴承学：我的博士学位论文是第一部系统研究中国古代文学风格理论的著作。其中的内容在权威学术刊物上发表了10多篇，如在《文学评论》4篇、《文学遗产》2篇，产生了较大的学术影响，基本就奠定了当时在年轻学者中的学术地位。第十章《江山之助——中国古代文学地域风格理论》这篇，投给《文学评论》，很快就发表了。那时候能在《文学评论》上面发文章的都是很重要的学者，尤其是老先生。此后，他们对我印象很深，后来我就连续在《文学评论》《文学遗产》上发了许多论文。若干年后，我才见到了杂志的编辑，他说，看你的论文，还以为你是老先生呢！

南都：1987年，你已经成家立业，为何还选择考入复旦大学中文系师从王运熙先生研究中国古代文学批评史？

吴承学：复旦大学一直就是中国文学批评研究的中心，为了进一步深造，我在中山大学古文献所工作数年之后，又考取了复旦大学博士研究生，师从王运熙先生学习中国文学批评史。王运熙先生天资极高，成名甚早，20多岁就成乐府研究大家，而且到现在其成果仍是海内外公认的该领域的经典性著作。他后来的研究以汉魏六朝唐代文学、中国古代文学理论批评为重点，建树甚多，在海内外学界享有崇高声誉，堪称学界泰斗。王先生非常强调目录学和文献学，要我们熟悉从《汉书·艺文志》到《四库全书总目》等经典书目。

南都：王运熙老师给你的影响是什么？

吴承学：王先生给我最大的启发就是一种征实求是的精神，永远以材料说话，有多少材料说多少话，对于文献要找到最合理的解释，每篇论文都是实事求是、朴朴实实地提出新见解。王先生直接给我们上课不多，我们主要是反复研读他的论著，领略其选题、材料、观点和写作。我现在还经常研读王先生的著作，发现他在五六十年前写的文章现在看来还非常中肯准确，基本没有受到当时极左氛围的不良影响，这一点让我极为惊讶，引发我对学术生命力的思考。我在复旦大学感受到一种与中山大学不同的东西，可以互相补充，最大的收获是古代文学研究必须重视在文献基础上的理论思维。我自己感觉此后在研究上有一个明显的质的飞跃。

南都：你刚才提到对学术生命力的思考，你认为什么样的研究成果才有长久的学术生命力？

吴承学：司马迁《报任少卿书》："亦欲以究天人之际，通古今之变，成一家之言。"这可以说是古往今来学者的最高理想。对于人文学者而言，如果说有焦虑的话，名山事业才是最应该焦虑的事。我曾考察过近几十年一些古代文学研究论著，发现一种令人深思的现象：一些论著在刚出来时显赫一时，而现在看来，却非常浅薄可笑，比如20世纪80年代的"新三论"；相反，有些当时默默无闻的论著，现在看来却仍生机勃勃。以我的体会，那些有持久生命力的学术著作，无不是在求实的基础上求创见的。学者有自然的生命，就是寿命，人的自然寿命是有限的，"死生有命"，但学者的学术生命是由自己掌握、自己创造的。有些人的写作是为了"稻粱谋"的，这或是出于一时生活之需，可以理解。但不能老停留在"稻粱谋"的层次，好的学者必有传世意识，这样才会有比较高的自许与文化责任感。

南都：一般读者对中国文体学研究还是比较陌生的，中国文体学研究的主要内容在哪？

吴承学：我的研究领域有几个方面，但重点是中国文体学研究。我从20世纪80年代末期就专攻这个领域，当时中国文体学还处于非常边缘的地位，而现在已成热门。可以说，中国文体学是21世纪以来发展最快的学科之一。

谈到中国文体学研究的内容和重要性，三言两语不易说清。中国文体学是传统中国文学批评中最具中国特色的理论话语，与西方文学话语是截然不同的体系。近代以来，中国传统的"文章学"系统完全为西学的"纯文学"系统所代替。这固然有其积极意义，但同时带来传统断裂的严重后果。中国文学其实是"文章"体系，它是在礼乐制度、政治制度与实用性的基础之上形成与发展起来的，迥异于西方式的"纯文学"体系。自"五四"新文化运动以来，"中国文学史"研究以西方的"文学文体"简单而粗疏地代替了中国传统的"文章文体"。比如，把中国文学史分为诗歌史、散文史、小说史、戏曲史，这是典型的西方"纯文学"的文体分类，尤其是把中国古代大量复杂的文章文体简单化归之为"散文"，这与中国古代文体学实际语境相差很远。所以，用西方的文体分类法来研究中国传统文章，往往不免隔靴搔痒，或者削足适履。越是"科学"，越是"明确"，离事实就越远。

南都：具体到你自身的工作呢？

吴承学：我所做的工作主要有二。一是对中国本土文学理论传统的回归，就是强调中国文体学是要回到中国"文章学"来发现中国文学自己的历史，尽可能消解自新文化运动以来以西方文学分类法解释、研究中国传统文学所造成的流弊；二是对古代文学本体的回归，就是要突出中国文学特有的语言形式与审美形式的特点，从中国文学固有的"文体"角度切入来研究中国文学。

南都：在研究内容上你抓到了很多不为人关注的部分，比如你研究的"判文""集句"等，这些都是原来文学研究界不重视而又很有意思和意义的文体，你有哪些推崇的治学方法？

吴承学：学术研究最基本又最重要的是要有能发现问题的眼光。学术眼光既有天分也须经过训练。就文体学研究而言，有必要在继承古典文体学研究范式的基础上，再"鉴之以西学，助之以科技，考之以制度，证之以实物"。治学方法应该因人而异，没有放之四海而皆准的方法。但无论什么方法，都要严谨。我有一个说法是"治学如治狱"，我曾推荐同学看中央电视台《今日说法》，他们觉得奇怪，其实那里面谈的很多东西跟我们做学问是相通的。破案不能有罪推断，要疑罪从无，要讲究能形成证据链，所有疑问都能得到解释和排除，这样才能办成铁案而不是冤案。治学也是这样，要追求每个问题的独特性和排他性，同时要以充分的证据推进论证。写论文就像打官司，你要能提出自己的观点，也要能从容充分地回应所有质疑，理清各种矛盾，好的论文就是办成铁案了。

南都：以后的研究方向会是哪些？

吴承学：我们在若干年内的工作主要集中在两个方面：一个是中国文体学基础性文献整理与研究，目前正在进行《中国古代文章文体史料考释》与《中国古代文体学论著集目》等书的编纂；一个是中国文体学理论性研究，正在撰写《中国古代文体学发展史》，是国家哲学社会科学重大项目。同时，继续出版"中国文体学研究丛书"。

南都：2006年，你给中文系研究生新生的讲话，说，希望年轻人能把最现代的技术、方法和最传统的治学功底结合起来。如果是现在，你又会对他们强调什么？

吴承学：在治学上，眼光要比方法重要。宋代严羽说，"入门须正，立志须高"，他又说，"学诗者以识为主"。其实治学也是"以识为主"，在学术研究中创造性与正确的学术价值观最为重要。在我们选择研究对象的时候，要有一种清晰的学术意识，能判断哪些选题是有价值的。通常我们说，大家都站在同一起跑线上，而一旦进入研究的时候，情况就不同了。学术研究如登山，选择合适的起点是相当重要的。我们心中也要有一个"学术海拔"的观念。我们了解学术史，了解海内外学术界现状，就是要尽可能地站在前人的基础上，更快进入学术前沿，在更高的"学术海拔"开始进取。

随着电子时代的到来，整个学术研究的价值观将出现重大改变。文献资料在传统学术中非常重要，但在网络时代寻找文献资料就容易多了。对于学术研究来说，熟悉文献还只是最基础的工作，关键在于以敏锐的学术意识把握其中包含的重要信息，从而进行创造性的研究。在学术研究中，创见、见识、真知灼见、研究者的思想观念、研究者的学术个性越来越显得重要。在文学研究中，审美能力同样非常关键，如若没有这些，则一切数据都是没有生命、没有意义的。

南都：长期以来，学术界一个话题就是中国能不能出"大师"。你心目中的大师是什么样的？你认为我们现在能不能出大师？

吴承学：关于"大师"，可以借用陈寅恪先生《王静安先生遗书序》一段话："自昔大师钜子，其关系于民族盛衰、学术兴废者，不仅在能承续先哲将坠之业，为其托命之人，而尤在能开拓学术之区宇，补前修所未逮。故其著作可以转移一时之风气，而示来者以轨则也。"大师必有崇高的思想与学术的境界，必有开山之功，开拓新领域，建立新学科，发凡起例，树立典范。

我们一直在追问我们的大学为什么培养不出大师。我想追问的是：大师是不是能培养出来的？所有的伟大都是自然的，而非人工的。旷野中的狮虎、森林中的参天大树、海中的巨鱼、凌霄的雄鹰，它们都不是靠人工可以培养出来的。人才也是这样，出于需求靠人工培养出来的不是真正的大师。说得俗一些，大师是野生的，不是人工养殖出来的。人文领域里的大师，不但需有天才，还要像鲸鱼碧海那样自由和宽广的水域。

就人文社会科学而言，现在不缺钱，不缺硬件，学者也不缺学术，最紧缺的是自由而独立的思想。许多看来似乎很"深沉"的思想，不过是从西方"贩卖"过来的，是二手货，甚至是山寨版的。只有学术没有思想是出不了大师的。所以，如果没有"独立之精神，自由之思想"的环境与氛围，而只是投入大量的金钱，引导大家按一种模式、规范去竞争和发展，用这样的方式培养大师，无异于缘木求鱼。好的学术生态与学术体制比投入金钱不知要重要多少倍。

许多人盛赞民国时期大学的学术水平，我倒是觉得与民国大学的学者相比，我们的教授缺少的不是学术，不是技术，也不是天分，不是条件，而是自由思想与独立人格。民国大学教授有许多名师名士的逸事掌故传诵，我们现在的教授基本上都很正常、很规范，除了"好人好事""先进事迹"之外很少有什么故事可以传诵。

南都：1977 年恢复高考，那些 70 年代末考入高校并于 80 年代前期进入学界的那批学人，被称为"80 学人"。目前，这批学者是人文社科各个领域内的主角。你如何评价这一代学者？

吴承学：我以为，这一代学者的特色、长处与缺陷都是非常鲜明的。

这一代人亲历了动荡的社会，也经历了看来昌盛而暗藏危机的社会。这样的经历让他们具备丰富的体验、独立的思考能力。他们对于人文学科，是一种出自内心的喜爱，不仅当成一种职业，而且是一种事业，一种精神寄托，一种理想。他们还有一个特殊的机遇，就是遇到中国学术界青黄不接之际，中间有 10 年的断层，人才紧缺，所以成名容易。这一代人的教育是不完整的教育，甚至是"吃狼奶"长大的，但由于不完整，有很长时期处于放任的状态，所以有时思考会比较自由，比较深刻。

但是，这代人的知识储备与知识结构无疑都有明显的缺陷。这一代人的孩提阶段遇到了三年"自然灾害"，连饭都吃不饱；等到他们进入了青少年阶段，又赶上了十年"文革"。从教育上来看，他们从小学到大学甚至到研究生的教学体制都是陈旧或不成熟的。另外，这一代学人有的思维方式与思想、人生观、世界观已定型了，也是难以改变的。

这一代学者目前在学术界占据主导和权威位置，但多数人已逐渐进入老年。这特别需要自省和警惕，要有学术良知与文化责任感。人老了，就容易保守，看不惯、轻视后辈，而占据要津者尤其容易利用各种学术资源谋私利，而失却公心。所以，这代人在还没有老到糊涂的时候就一定要明确自己的局限与缺陷，要服从自然的规律，千万不要成为中国学术发展的绊脚石，而要成为年轻人的垫脚石。

南都：10 多年前，著名学者傅璇琮先生曾用"学重博实，识求精通，才具气度，情含雅致"数语来评价你。现在，你在学术界得到更多的赞誉，享有更高的地位。你如何评价自己？

吴承学：前辈赞许与同行相誉其实是一种勉励。人贵有自知之明。我就是一名教师、学者，一个读书人，一位平淡、平凡、平常而不甘平庸的人。我们这一代中不少人有许多波澜壮阔、跌宕起伏的人生经历，但我的生活和心态都很平静。小时候我的理想是成为小学的民办教师，而后来却能在一所著名大学里任教授之职，可以说，已远超出小时的理想。我对此充满感恩之心，真的。

（《南方都市报》访谈，记者赵大伟，2013 年 12 月 12 日）

# 江山之助
## ——中国古代文学地域风格理论

　　人类的社会活动总是在具体的时间和空间中进行的。地理环境就是人类创造历史的舞台和背景，人类的生活与地理环境有着千丝万缕的联系。文学创作作为人类的社会活动也自然而然地受到地理环境的制约和影响，因此，某一地域的文学创作，往往具有这一地域所特有的色彩，这就是文学的地域风格。研究文学的地域风格，在中国有特殊的意义。中国自古以来地域广袤，各地之间无论是山川水土的自然地理环境，还是政治、经济、文化方面的人文地理环境往往迥异，文学创作的地域风格差异也就显而易见了，因此中国古代文学批评一直比较重视文学艺术的地域风格问题。可惜在颇受重视的文学批评史的研究中，文学地域风格学却总是被略而不论。

　　中国古代的文学地域风格论起源甚早。人们对艺术最初是从时代风格与地域风格上去把握的，而尚未注意到艺术的个性风格。因为早期的艺术往往是集体性民间性很强的创作，自觉的创作个性尚未产生；而且由于社会文明程度的低下，各地之间文化交流很少，因此早期文学创作的地域色彩最浓烈鲜明。《左传·襄公二十九年》吴公子季札观周乐，就已很准确地分辨出各地音乐由于政教治理风俗差异而呈现出来的不同的艺术风格。《诗经》"国风"是按十五国的地域分布来编排的。《汉书·地理志》在《史记·货殖列传》的基础上，已较全面地论述各地的风俗民情及其对文学创作的影响，并以《诗经》为例加以说明。随着社会的发展，各地之间加强了政治文化交流，地域对文学的影响也逐步减弱。但在古代中国，由于社会发展的缓慢、地域的辽阔、经常性的战乱和割据，各地之间发展极不平衡。魏晋以后，由于文学的自觉，批评家的眼光更为集中在艺术个性之上，文学的个性风格论逐步取代了地域风格论的重要地位。不过，从六朝到近代，批评家对地域风格的论述仍不绝如缕，理论上也在不断加深和完善，可以说地域风格学贯穿在整部中国文学史中。下面把有关材料加以整理并予以述评。

# 一

古人认为人们的风俗习惯乃至性格人品都与其所处的自然环境有密切关系。《礼记·王制》云："凡居民材，必因天地寒暖燥湿，广谷大川异制，民生其间者异俗。"① 这就把各地风俗之异与其风貌自然和地理气候联系起来。《淮南子·地形训》则进一步提出"土地各以其类生"②之说：

> 轻土多利，重土多迟。清水音小，浊水音大。湍水人轻，迟水人重。中土多圣人。皆象其气，皆应其类……是故坚土人刚，弱土人肥，垆土人大，沙土人细。息土人美，耗土人丑。③

认为人类的体质、形貌、声音以至品性都受到所处土地的形态性质的影响。从行为感应地理学的角度看，自然地理环境的气候、温度、山川、水土、物产，影响着人的气质、感觉、情绪、意志乃至个性。所谓"土地各以其类生"，"皆象其气，皆应其类"的理论，在某种程度上有其合理性。古人认为南方人与北方人的性格差异是由土风地气所决定的。如唐代孔颖达疏《礼记·中庸》中关于"南方之强"与"北方之强"时说："南方谓荆扬之南，其地多阳。阳气舒散，人情宽缓和柔"；"北方沙漠之地，其地多阴，阴气坚急，故人性刚猛，恒好斗争"④。宋代庄绰则云："大抵人性类其土风。西北多山，故其人重厚朴鲁。荆扬多水，其人亦明慧文巧，而患在轻浅。"⑤ 这些理论尚有待于我们从自然科学和人文科学的综合研究中进一步加以考察和验证。

无独有偶，西方也有些理论家提出自然与人类性格关系的问题。如丹纳在《〈英国文学史〉序言》中认为，自然环境对于民族的心理和性格的

① 〔清〕阮元校刻：《十三经注疏》上册，中华书局1980年影印版，第1338页。
② 〔西汉〕刘安编著，〔东汉〕高诱注：《淮南子》卷四，上海古籍出版社1989年版，第42页。
③ 《淮南子》卷四，第42页。
④ 《十三经注疏》下册，第1626页。
⑤ 〔宋〕庄绰：《鸡肋编》卷上，中华书局1983年版，第11页。

影响很大。如日耳曼民族居住在高山森林和风浪多变的海岸之间，寒冷潮湿，所以忧郁并倾向于强悍好斗；希腊的生活环境气候宜人，大海风平浪静，故其民族性格较温和。①

人是社会关系的总和，人的地域性乃至民族性本质上是由人的社会实践活动所决定的，同时又与其所处的地理环境关系密切。历史唯物主义认为，自然条件的差异性和自然产品的多样性是形成社会分工的物质基础；地理环境影响着物质生产和社会发展。马克思在《资本论》第 1 卷中说：

> 不同的公社在各自的自然环境中，找到不同的生产资料和不同的生活资料。因此，它们的生产方式、生活方式和产品，也就各不相同。②

如草原与荒漠地带，自然而然地产生游牧生活方式；水土丰沃气候宜人处，是农业生产的理想之域；沿海地区因交通发达兼有鱼盐之利，所以是商业的温床。自然条件制约着生产方式，也顺理成章地影响着人们的生活方式以至性格气质。相较而言，艰苦残酷的生活环境和流荡不安的生活方式，形成游牧民族强悍、凶猛、粗犷和勇敢的性格；在农业生产中，人与土地的稳定关系，造成农民安静内敛的性格；商业经济生产方式，培养人的开拓精神和强烈个性，而殷富财产也使人产生享乐思想。即使在相同的生产方式比如农业生产方式之中，不同的自然条件也会对人们的性格品质产生直接或间接的影响。交通发达之处，文化随之开放和多样；交通闭塞之处，文化诚然比较单一和传统。土地贫瘠的自然环境，容易培养出艰苦朴素的性格；得天独厚的自然环境，容易使人产生坐享其成的观念。故古人说："沃土之民不材，逸也；瘠土之民莫不向义，劳也。"③ 相对而言，这是有道理的。④ 中国古人还认为，特殊的地理位置也影响着人们的社会

---

① 参伍蠡甫主编《西方文论选》下卷，上海译文出版社 1988 年版，第 227～228 页。

② ［德］马克思、恩格斯著，中共中央马克思、恩格斯、列宁、斯大林著作编译局编：《马克思恩格斯全集》第 23 卷，人民出版社 1972 年版，第 390 页。

③ 徐元诰撰，王树民、沈长云点校：《国语集解》（修订本）卷五《鲁语下》，中华书局 2002 年版，第 194 页。

④ ［法］孟德斯鸠著、严复译《论法的精神》第 18 卷中也有惊人相似的说法，而所述更为详切，可资参考，上海三联书店 2009 年版，第 246～264 页。

生活和人格品质。《汉书·地理志》对此所述颇多，如秦地"迫近戎狄"的特殊战略位置，使秦地人时常处于战备警戒之中，所以"高上气力"①。《诗经》中的"秦风"，多言战备，透露出秦人尚武勇敢的精神。又如"郑卫之音"的产生也有其地理原因："（郑）土狭而险，山居谷汲，男女亟聚会，故其俗淫……卫地有桑间濮上之阻，男女亦亟聚会，声色生焉。故俗称郑卫之音。"② 文学批评需要知人论世，这也必须包括对文学创作的自然基础的了解。

文学地域风格的形成，主要取决于审美情趣的地域性。在古人看来，特定的自然地理环境既然影响着人们的性格品质和风俗，对于诗人的审美理想也自然产生潜移默化的作用。诗人受自然地域景观的熏陶，受"水土""地气"的感召，"皆象其气，皆应其类"，从而产生一种与地理风貌相似的审美理想。清代孔尚任就说：

> 盖山川风土者，诗人性情之根柢也。得其云霞则灵，得其泉脉则秀，得其冈陵则厚，得其林莽烟火则健。凡人不为诗则已，若为之，必有一得焉。③

这是《淮南子》"土地各以其类生"说法在后世诗论中的发挥。所谓"灵""秀""厚""健"，都是得之山川风土感召而产生的艺术个性（就同一地域的诗人而言则是共性）。云蒸霞蔚之地，文学风格多空灵舒卷；山水明丽之处，文学风格多秀丽明媚；高原大山地区，文学多浑厚壮实；林莽烟火之域，文学多矫健有力。所以，孔尚任认为山川风土是诗人审美情趣的自然基础（"根柢"）。沈德潜则更为明确地说："余尝观古人诗，得江山之助者，诗之品格每肖其所处之地。"他举例说：永嘉山川明媚，

---

① 〔东汉〕班固撰，〔唐〕颜师古注：《汉书》卷二八下《地理志下》，中华书局1962年版，第1644页。

② 《汉书》卷二八下《地理志下》，第1652、1665页。按：张载又进一步解释郑卫之音形成的地理原因："盖郑卫之地滨大河，沙地土不厚，其间人自然气轻浮；其地土苦，不费耕耨，物亦能生，故其人偷脱怠惰，弛慢颓靡。其人情如此，其声音同之。"《张子全书》卷四《经学理窟》，见《景印文渊阁四库全书》第697册，台湾商务印书馆1986年版，第158页。

③ 〔清〕孔尚任著，汪蔚林编：《孔尚任诗文集》卷六《古铁斋诗序》，中华书局1962年版，第475页。

谢灵运诗风与之相肖；夔州山水险绝，杜甫诗风与之相类；永州山水幽峭，柳宗元诗风与之相近。他认为这是因为"彼专于其地故也"①。自然风貌影响了诗人的审美观，从而使其创作呈现和自然风貌相似的风格，这就是"江山之助"。

关于"江山之助"对审美理想的影响，古人谈得最多的是南北方文风的差异。明代唐顺之认为："西北之音慷慨，东南之音柔婉，盖昔人所谓系水土之风气，而先王律之以中声者……若其音之出于风土之固然，则未有能相易者也。"② 近代况周颐认为："南人得江山之秀，北人以冰霜为清。"③ 反映到创作上则南方诗词风格秀美婉丽，北方诗词则清劲爽利。刘师培在《南北文学不同论》中指出南方文学是浪漫型的（"虚无"），北方文学是现实型的（"实际"）。南北文学审美倾向与南北地域各自的水土有关："北方之地，土厚水深"，"南方之地，水势浩洋"④。

正如以上所述，地域的民情风俗，主要是由人们的社会生活的差异决定的。同样，审美理想的形成本质上也取决于社会生活，但地理环境的影响绝不是微弱到可以忽略不计的。而且由于中国古典抒情诗注重意境，古代诗人尤喜徜徉山水清音之中，所以受自然环境影响尤其明显。人与自然的关系也是社会生活的一部分。对作家来说，大自然是美的观照对象，自然的环境对于作家就是美的环境。自然可以划分为各种类型，有平易，有奇险，有秀美，有雄壮……某一地域的人，生于其中，长乎其中，受其感召，潜移默化。在审美过程中，心物交融，物我同一。一方面是自然的人化，另一方面又是人的自然化。人的自然化的结果是自然美在人们审美心理中积淀，使他们形成与之相应相似的审美趣味。从这个角度看，古人所谓"山川风土者，诗人性情之根柢"，"诗之品格每肖其所处之地"，这类说法是可以用审美心理学加以解释的。丹纳在《艺术哲学》中的一段话足供借鉴。他在论希腊人的审美观时谈到"自然界的结构留在民族精神上的印记"。他认为希腊的自然界和谐秀美，没有奇幻险绝，"一切都大

① 〔清〕沈德潜著，潘务正、李言校点：《沈德潜诗文集》之《芳庄诗序》，人民文学出版社 2011 年版，第 1526 页。
② 〔明〕唐顺之：《荆川先生文集》卷十《东川子诗集序》，《四部丛刊》本。
③ 〔清〕况周颐著，王幼安校订：《蕙风词话》卷三，人民文学出版社 1960 年版，第 57 页。
④ 舒芜等编选：《中国近代文论选》，人民文学出版社 1959 年版，第 571 页。

小适中，恰如其分，简单明了，容易为感官接受"，"人看惯明确的形象，绝对没有对于他世界的茫茫然的恐惧，没有太多的幻想和不安的猜测"，"自然界在人的头脑中装满这一类的形象，使希腊人倾向于肯定和明确的观念"①。他谈论的是希腊的雕像与绘画，但其他艺术形式也是相通的。以《楚辞》为例，其浪漫诗风的形成原因很多，但楚地特殊的自然风貌对于诗人的审美理想，也起了一定的感召作用。王夫之在《楚辞通释·序例》中说：

> 　　楚，泽国也。其南沅湘之交，抑山国也。叠波旷宇，以荡遥情，而迫之以崟嵚戌削之幽菀，故推宕无涯，而天采蠡发，江山光怪之气莫能掩抑。②

荆楚文学有浓烈的地域色彩，其山泽之国，便是神话与巫鬼文化的温床。荆楚诗人诡奇、浪漫、惊采绝艳的审美理想，自然得之于山川相缪、风物灵秀、"江山光怪之气"的感召。我们很难想象在平坦无奇的平原地域，会产生像《楚辞》这样浪漫神秘的作品。所以荆楚文学的浪漫奇诡，有几分是"自然界的结构留在民族精神上的印记"。刘勰曾感叹说："若乃山林皋壤，实文思之奥府，略语则阙，详说则繁。然屈平所以能洞监风骚之情者，抑亦江山之助乎！"③ 后来宋祁也说："江山之助，本出楚人之多才。"④ 张九龄则云："士风从楚别，山水入湘奇。"⑤ "士风"如此，文风也如此，与其山水之奇有密切的关系。

　　当然，地理环境除了影响诗人的审美理想，作为表现对象，还直接在作品中构成富有地域色彩的意境要素。法国著名作家斯太尔夫人（一译为"史达尔夫人"）在《论文学》一文中说："我觉得有两种完全不同的

① 〔法〕丹纳著，傅雷译：《艺术哲学》，人民文学出版社 1963 年版，第 255～256 页。

② 〔清〕王夫之：《船山全书》第 14 册，岳麓书社 1996 年版，第 208 页。

③ 〔南朝梁〕刘勰著，詹锳义证：《文心雕龙义证·物色》，上海古籍出版社 1989 年版，第 1759 页。

④ 〔宋〕宋祁：《江上宴集序》，见曾枣庄、刘琳主编《全宋文》第 24 册，上海辞书出版社、安徽教育出版社 2006 年版，第 365 页。

⑤ 〔唐〕张九龄：《曲江集》卷四《南还以诗代书赠京都旧僚》，上海古籍出版社 1992 年版，第 32 页。

文学存在着，一种来自南方，一种源出北方。"① "北方人喜爱的形象和南方人乐于追忆的形象间存在着差别。气候当然是产生这些差别的主要原因之一。诗人的梦想固然可以产生非凡的事物；然而惯常的印象必然出现在一切作品之中。"② "惯常的印象"是构成作品意境的自然材料。以南北朝诗歌为例，江南人当然不能写出《敕勒歌》"天苍苍，野茫茫，风吹草低见牛羊"那种粗犷自然的景色，塞北人也难以摹写出"逶迤带绿水，迢递起朱楼。飞甍夹驰道，垂柳荫御沟"③ 的江南佳丽风光。诗歌的意境有其自然环境基础，这是毋庸细论的。

## 二

与自然地理环境相比，地域的人文地理环境对于文学创作的影响更为巨大、深刻且直接。千百年来，自然地理的变化缓慢得人们难以感受出来，而政治、文化、经济、风俗、民情等人文地理因素却永远处于激烈的发展变化之中。这些都是文学地域风格形成的主要原因。按古人的理解，在"风俗"这个概念中，风与俗含义不同。《汉书·地理志》云："凡民函五常之性，而其刚柔缓急，音声不同，系水土之风气，故谓之风；好恶取舍，动静亡常，随君上之情欲，故谓之俗。"④ 北齐刘昼《刘子·风俗》云："土地水泉，气有缓急，声有高下，谓之风焉；人居此地，习以成性，谓之俗焉。"⑤ 可见"风"是人的本性受自然地理的影响而形成的特征，而"俗"则是文化地理的反映。但当"风俗"合为一个概念时，就偏指其文化地理的属性。

古人认为从文学的地域风格，可以考察出各地的政治、文化、民俗等风貌。故《汉书·艺文志》说："古有采诗之官，王者所以观风俗，知得失，自考正也。"⑥ 《左传·襄公二十九年》记载吴公子季札在鲁国观周

---

① 《西方文论选》下卷，第107页。

② 《西方文论选》下卷，第108页。

③ 逯钦立辑校：《先秦汉魏晋南北朝诗》齐诗卷三谢朓《入朝曲》，中华书局1983年版，第1414页。

④ 《汉书》卷二八下《地理志下》，第1640页。

⑤ 〔北齐〕刘昼撰，杨明照校注：《刘子校注》，巴蜀书社1988年版，第197页。

⑥ 《汉书》卷三〇《艺文志》，第1708页。

乐，他把乐章里所反映的各地政治经济情况作为评论的依据，从中了解民众的情绪，以此作为施政的借鉴。这就是所谓"听音而知治乱，观乐而晓盛衰"①。明代屠隆解释民风与文学创作的关系时举例说：

> 周风美盛，则《关雎》《大雅》；郑、卫风淫，则《桑中》《溱洧》；秦风雄劲，则《车邻》《驷驖》；陈、曹风奢，则《宛丘》《蜉蝣》；燕、赵尚气，则荆、高悲歌；楚人多怨，则屈骚凄愤。斯声以俗移者也。②

"声以俗移"正指出文学地域风格形成的主要原因。吴公子季札从歌诗观察各地政教得失、风俗厚薄，而屠隆则从各地民风之不同来考察它对文风的影响。两者角度不同，观念却是一致的。"声以俗移"说完全符合文学艺术史的实际发展情况。"俗"不仅是一般的习俗，而且是一种传统文化心理的积淀，它表现为一种文化氛围，绝大多数诗人作家都难以超越它。吴歌西曲产生于明媚的江南地域，江南的城市经济很发达，民风奢侈，吴歌西曲的旖旎、艳丽、柔媚的风格，正是江南在城市经济发达基础上民风崇尚享乐、追求个性和爱情的反映。不过，我们还要注意到"声以俗移"的现象仍然有其自然地理基础的因素。试想，假如江南不是土壤肥沃、气候温润，湖泊河川、水道密布，又有长江天堑的话，在当时其城市经济文化的高度发达是无法想象的，其文学风格也可能大异其趣了。

地域的民俗文化，影响和塑造着人们的气质、性格，也对诗人的创作特性起着潜移默化的作用。比如魏晋论文有"齐气"之说。曹丕《典论·论文》批评徐幹"时有齐气"③。徐幹，建安七子之一，北海人，即齐地人。所谓"齐气"，便是受齐地风俗影响而形成的一种舒缓文风。"舒缓"是齐地传统的民风。吴公子季札观乐，称赞齐国歌诗具有独特的"齐气"。在先秦，舒缓之气是一种泱泱大国的气度，一种雍容不迫的风

---

① 《春秋左传正义》卷三九"使工为之歌《周南》《召南》曰美哉"句孔颖达疏，见《十三经注疏》下册，第2006页。

② 〔明〕屠隆：《鸿苞集》卷一八，见《四库全书存目丛书》子部第89册，齐鲁书社1995年版，第254页。

③ 〔南朝梁〕萧统编，〔唐〕李善注：《文选》卷五二，上海古籍出版社1986年版，第6册，第2270页。

度。《左传·襄公二十九年》："美哉，浟浟乎大风也哉！"服虔注："浟浟，舒缓深远，有大和之意。"① 《史记·货殖列传》论及齐地："其俗宽缓阔达。"② 《论衡·率性》记当时的谚语："齐舒缓，秦慢易，楚促急，燕戆投。"③ 齐地舒缓之文化气质，影响了这一地域作家的审美理想，从而形成了创作上独特的"齐气"。但在建安时代，文学批评重视风骨，推崇鲜明爽朗、风清骨峻的风格，所以，文学上这种舒缓的"齐气"因不合当时的美学要求而成为文学批评上的一个贬义词，由此也可以看出审美观的转变。

自宋代以后，中国文学批评开始对流派以地域命名，如江西派、公安派、竟陵派，这只就大体言之，其成员未必都同出一地。杨万里《江西宗派诗序》说得很明白："诗江西也，人非皆江西也。"④ 但不能否认，地域的文化氛围和传统无疑对本地域的作家产生强烈的直接影响。所以，同一地域的作家容易产生相近的审美理想，甚至自觉或不自觉地形成创作流派。如荆楚文化，《楚辞》《老子》以及受《老子》影响的《庄子》构成荆楚文化的特点：崇尚自然，耽于幻想，充满浪漫情调，一直到公安派都有其余音。巴蜀文学历来有崇尚宏大的气魄、瑰丽的文采和奇幻想象的传统，从司马相如、李白、苏轼的创作上，我们不难看到某种相同的气质。宋代诗人多出于江西，大都推崇学力、理致与高洁的人格，其诗风朴素、平淡而韵味高远。江西诗人的这种传统有意无意地受到同乡老前辈陶渊明的影响。⑤ 明初闽人的诗歌创作，推崇盛唐的气象格调，"闽中十子"的形成，一方面应追溯到宋代邵武的批评家严羽《沧浪诗话》的影响，另一方面这批人师友相承，互相唱和，推波助澜，的确形成了一种文学创作的风格。

文化交流也反映在文学风格的地域性上，与外界文化交流较少的地

---

① 〔清〕李贻德：《春秋左氏传贾服注辑述》卷一三，清同治五年（1866）刻本。

② 〔西汉〕司马迁：《史记》卷一二九，中华书局1982年版，第3265页。

③ 〔东汉〕王充著，黄晖校释：《论衡校释》，中华书局1990年版，第79页。

④ 〔宋〕杨万里撰，辛更儒笺校：《杨万里集笺校》卷七九，中华书局2007年版，第6册，第3230页。

⑤ 陶诗的地位在宋代才真正确立，参看钱锺书《谈艺录》24"陶渊明诗显晦"条。江西派受陶诗的影响恐不在杜诗之下。生活·读书·新知三联书店2001年版，第258～265页。明代郑之玄《熊公远诗序》引豫章人士之言谓"江右诗派肇自渊明"，见〔清〕黄宗羲编《明文海》卷二七三，中华书局1987年版。厉鹗《江西诗社宗派图录跋》谓"江西诗派实祖渊明"。

域，往往能较长久地保持着独特的风格。以岭南文化为例，山河之隔，交通之阻，曾经严重地影响了岭南人与外界的交流。正如自然界北方寒冷的空气难以穿透千里延绵的南岭，中原或江南流行的文风、诗风也难以跨越南岭，因此，岭南诗歌长期保持着"雄直"的地域风格。清人洪亮吉高度评价岭南三家诗时说："药亭独漉许相参，吟苦时同佛一龛。尚得昔贤雄直气，岭南犹似胜江南。"① 陆蓥《问花楼诗话》卷三："国朝谈诗者，风格遒上推岭南，采藻新丽推江左。"② 岭南诗歌多意境雄直、气势劲厉、音调高亮。唐宋以还，岭南诗多宗曾南迁的韩愈与苏轼。由于地域的特殊性，岭南人较少与江南和中原人士接触，所以往往少受各个时期文风的影响，从而保持独特的地域风格。王士禛曾对岭南诗人程可则说："君乡东粤，人才最盛，正以僻在岭海，不为中原江左习气熏染，故尚存古风耳。"③ 潘耒《羊城杂咏》亦云："地偏未染诸家病，风竞堪张一旅军。韶石凄清珠海阔，湘灵雅调至今闻。"④ 如果说地域的偏僻、交通的闭塞反而使文学创作保存着独特的地域风格，那么在文化交流越来越广泛的近代社会里，纯粹的地域风格不可避免地会受到冲击而有所改变。如岭南在近代以后，因其独特的地理位置，较先接触到外来文化，也受到外来的政治、经济、军事的压迫，所以广东诗人成为当时最有反抗、革新精神的作家群体。黄遵宪、康有为、丘逢甲、朱执信、苏曼殊等，他们的作品领导着时代潮流。从这里可以看出，文学地域风格的演化也透露出某些社会发展变化的信息。

三

中国古代文学地域风格论的发展，大体上可以分为两个阶段：唐宋以前，批评家往往只看到某地域的自然地理和文化地理对这一地域文学艺术家的影响。这种理论从整体上把握文学的地域风格显然是必要的，但是现

---

① 〔清〕洪亮吉著，刘德权校点：《洪亮吉集》第 4 册《更生斋诗》卷二《道中无事偶作论诗截句二十首》之五，中华书局 2001 年版，第 1244 页。
② 郭绍虞编，富寿荪校点：《清诗话续编》第 4 册，上海古籍出版社 1983 年版，第 2312 页。
③ 〔清〕王士禛撰，靳斯仁点校：《池北偶谈》卷一一《粤诗》，中华书局 1982 年版，第 251 页。
④ 〔清〕潘耒：《遂初堂诗集》卷七，见《续修四库全书》第 1417 册，上海古籍出版社 2002 年版，第 255 页。

实却更为复杂，随着社会的开放、文化的交流，比较少有文学艺术家终生困守一地，局限于原来的地域范围。南方诗人可以领略骏马秋风冀北的风光，北方作家也不难饱餐杏花春雨江南的秀色。所以唐宋以后文学批评逐渐重视社会阅历对创作的巨大作用，由此又产生了一种新的批评观念：不同的地域风貌与各地的民情、文化，可以丰富诗人的审美感受，开拓和形成诗人更为健全的风格。唐宋以后，诗人们喜欢漫游生活，这种风气无疑反映出一种文学观念。宋人在理论上重视"江山之助"对于创作的影响。吴曾《能改斋漫录》卷七"事实"就专立"江山之助"一节。唐宋以后诗人大多高度肯定游历对于创作所起的重大作用，同时也认为"诗不发扬因地小"①，在狭小的空间里活动，难以写出阔达飞扬的诗境，所以诗人必修的功课是"饱以五车读，劳以万里行"②，读万卷书的同时行万里路。这种"江山之助"对本地域和其他地域的诗人同样有意义，该理论显得比以前更通达和辩证。宋代苏辙把游历纳入诗人"养气"的范畴。他认为："太史公行天下，周览四海名山大川，与燕、赵间豪俊交游，故其文疏荡，颇有奇气。"③《史记》疏荡奇气的形成，得力于司马迁漫游天下、感受名山大川的雄伟气象和燕赵豪杰慷慨悲壮的风气④。明人宋濂说："吟咏侈矣，非得夫江山之助，则尘土之思，胶扰蔽固，不能有以发挥其性灵。"⑤ 魏禧则更进一步说：

> 文章视人好尚，与风土所渐被，古之能文者，多游历山川名都大邑，以补风土之不足，而变化其天质。司马迁，龙门人，纵游江南沅

---

① 〔清〕宋湘撰，黄国声校辑：《红杏山房集·红杏山房诗钞·南行草》之《黔阳江上》，中山大学出版社 1988 年版，第 220 页。

② 〔宋〕陆游著，钱仲联校注：《剑南诗稿校注》卷一八《感兴》，上海古籍出版社 2005 年版，第 1433 页。

③ 〔宋〕苏辙著，曾枣庄、马德富校点：《栾城集》卷二二《上枢密韩太尉书》，上海古籍出版社 1987 年版，第 477 页。

④ 明代王叔英对苏辙的"养气"论作了详尽精到的解释，此论尚未引起批评史研究者的注意，见《明文海》卷二八七《送章辉远之永州序》，第 3 册，第 2976～2977 页。

⑤ 〔明〕宋濂著，黄灵庚编辑校点：《宋濂全集》卷二四《刘兵部诗集序》，人民文学出版社 2014 年版，第 496 页。

湘彭蠡之汇，故其文奇恣荡轶，得南戎江海烟云草木之气为多也。①

他认为司马迁是北方人，但他漫游南方，因此感觉"江海烟云草木之气"，故其文能"奇恣荡轶"。魏禧认为每个地域对诗人的影响总有局限，生活于秀美环境中，风格容易流于软媚，局限于雄劲的环境中，风格容易流于粗砺。游历生活可以"补风土之不足，而变化其天质"，弥补地域的局限，开拓和变化诗人的风格，成为诗人自我超越的契机。有些批评家进而认为，游历生活可以提高创作主体的精神境界。王士禛教人："为诗须要多读书，以养其气；多历名山大川，以扩其眼界。"② 吴雷发主张游览山水可洗涤俗肠："欲治其诗，先治其心。心最难于不俗，无已，则于山水间求之。"③ 这就把"江山之助"提高到一个新的认识角度。词的创作也一样，清代蒋敦复说："昔人论作诗必有江山书卷友朋之助，即词何独不然。不读万卷书，不行万里路，不交万人杰，无胸襟，无眼界，嗫嚅龌龊，絮絮效儿女子语，词安得佳。"④ 可见，"江山之助"对各种文体的创作都有意义。

作家所处地域的转换，往往意味着生活方式的改变。在文学批评中，有许多这样的评论：一些诗人由于身处异地，其诗风发生了变化。《唐诗纪事》谓张说官岳州后，"诗益凄婉，人谓得江山助云"⑤。张说贬官岳阳后，抒情作品往往更加凄婉，得骚人之绪。《河岳英灵集》卷中评崔颢："年少为诗，多陷轻薄。晚节忽变常体，风骨凛然。一窥塞垣，说尽戎旅。"⑥ 崔颢早期创作，局限于狭小的生活圈子，多是描写妇女生活与应对唱酬之事，后赴边塞，诗中多描写边塞风光与战斗生活，风格遂变为慷慨豪迈，风骨凛然。刘师培谓柳宗元说："子厚与昌黎齐名，然栖身湘、粤，偶有所作，咸则《庄》《骚》，谓非土地使然与？"⑦ 柳诗大体抒写贬

① 〔清〕魏禧著，胡守仁等校点：《魏叔子文集》卷八《曾庭闻文集序》，中华书局 2003 年版，第 401 页。

② 〔清〕何世璂：《然灯记闻》，见《清诗话》上册，上海古籍出版社 1978 年版，第 120 页。

③ 〔清〕吴雷发：《说诗菅蒯》，见《清诗话》下册，第 906 页。

④ 〔清〕蒋敦复：《芬陀利室词话》卷一，见唐圭璋《词话丛编》第 4 册，中华书局 1986 年版，第 3645 页。

⑤ 〔宋〕计有功：《唐诗纪事》卷一四，上海古籍出版社 1965 年版，第 197 页。

⑥ 〔唐〕元结、殷璠等选：《唐人选唐诗》，上海古籍出版社 1958 年版，第 83 页。

⑦ 刘师培：《南北文学不同论》，见舒芜等编选《中国近代文论选》，第 576 页。

谪生活和对湘粤山水的欣赏，时时流露出愤懑不平的情绪，与屈原作品的精神相通。游历生活扩大了诗人的生活面，大自然的壮色可以改造诗风。中国古代诗歌史上此类例子很多，比如杜甫夔州诗，韩愈潮州诗，苏轼惠州、儋州诗的诗风之变，都是"江山之助"的有名例子。

明代周立勋《白云草序》云：

> 士当不得志而寄情篇什，忧闷悲裂，隽词遥旨，往往有之。然未若躬历山川，意驰草木，眺囊迹，本土风，览宫阙之嵯峨，极边庭之萧瑟，为情与境雄也。①

古人的"躬历山川"，不仅是为了游山玩水，而且是为了考察古往今来的历史文化变迁的陈迹，从而获得一种"念天地之悠悠"的浩茫的历史意识和悲壮的使命感，故创作能"情与境雄"。陈与义诗云："深知壮观增诗律，洗尽元和到建安。"② 壮观可开扩心胸，提高格调，从而洗尽平弱获得风骨。沈德潜在《盛庭坚蜀游诗集序》中说，诗人盛庭坚原来诗风近元和、长庆体，后来游历蜀地，大山名川的奇险风光、壮阔气势，使其诗"变高格焉"。沈德潜提出："是江山之助，果足以激发人之性灵者也。"他认为这是因为诗人"登山临水，俯仰古今"，引起了"去国怀乡之思，岁月变迁之感"③，从而加深了对人生、对历史的体验。这对于提高诗的格调，开拓和深化诗的意境，促使诗风转变，作用往往是巨大的。

许多批评家还认为，"江山之助"也体现在具体的创作构思之中。《文心雕龙·物色》说："若乃山林皋壤，实文思之奥府。"④ 指出自然界是诗人奥妙文思的宝库。宋代大诗人陆游更明确提出"挥毫当得江山助"⑤。明代张溥《程原迩稿序》谓："文章之借灵于湖山，如草色借润

① 〔明〕陈子龙著，施蛰存、马祖熙标校：《陈子龙诗集》附录三《白云草序》，上海古籍出版社1983年版，第765～766页。
② 〔宋〕陈与义著，吴书荫、金德厚校点：《陈与义集》卷二〇《周尹潜过门不我顾，遂登西楼作诗寄次韵谢之三首》之二，中华书局1982年版，第323页。
③ 《沈德潜诗文集》之《盛庭坚〈蜀游诗集〉序》，第1348页。
④ 《文心雕龙义证·物色》，第1759页。
⑤ 《剑南诗稿校注》卷六〇《予使江西时以诗投政府丐湖湘一麾会召还不果偶读旧稿有感》，第3474页。

于酥雨。"① 清代陈弘绪说："夫篇什生于感慨，感慨缘于登临。"② 沈德潜也说："诗人不遇江山，虽有灵秀之心、俊伟之笔，而孑然独处，寂无见闻，何由激发心胸，一吐其堆阜灏瀚之气？"③ 自然景色触发诗人的灵感，贯注诗篇以灵气。

在唐人的一些诗歌里，我们不难发现这样一种批评观念：从自然景色中追寻文学风格产生的根源。韦应物《休暇日访王侍御不遇》云："九日驱驰一日闲，寻君不遇又空还。怪来诗思清人骨，门对寒流雪满山。"④ 诗思之清，源自寒流雪山的高洁。白居易《题浔阳楼》诗云：

> 常爱陶彭泽，文思何高玄。又怪韦江州，诗情亦清闲。今朝登此楼，有以知其然。大江寒见底，匡山青倚天。深夜溢浦月，平旦炉峰烟。清辉与灵气，日夕供文篇。我无二人才，孰为来其间？因高偶成句，俯仰愧江山！⑤

白居易认为，陶渊明文思的高玄和韦应物诗情的清闲，源于他们所处自然环境的清辉与灵气。当他亲身处在前人创作的环境中，才真正理解他们文思诗情的源泉。这就给我们以启示，文学批评要知人论世，其中也应该包括对作者所处自然环境的考察，尽管这不是首要的因素。

## 四

中国古代文学地域风格论有着丰富和复杂的内容，需要我们进一步梳理与研究，从而更全面、更准确地理解其理论内涵。目前，国外有"文化景观地理学"与"行为感应地理学"。前者研究文化习俗、传统、艺术与居住的地域环境条件的关系，后者研究人对周围环境的心理反应以及在

---

① 〔明〕张鼐：《宝日堂初集》卷一一，见《四库禁毁书丛刊》集部第76册，北京出版社1997年版，第294页。

② 〔明〕陈弘绪：《陈士业先生集·石庄初集》卷四《望湖亭诗集序》，见《四库全书存目丛书补编》第54册，齐鲁书社2001年版，第289页。

③ 《沈德潜诗文集》之《芳庄诗序》，第1525页。

④ 孙望编著：《韦应物诗集系年校笺》卷一，中华书局2002年版，第52页。

⑤ 〔唐〕白居易著，顾学颉校点：《白居易集》卷七，中华书局1979年版，第128页。

不同的地理条件下社会行为的差异。希望有学殖深厚者能更多地吸收自然科学和社会科学的新成果，来研究中国古代的文学地域风格理论，并从现代的角度加以阐述。在研究中国古代的文学地域风格理论中，有几个理论问题仍需注意：

（1）影响文学风格的因素主要有文学主体方面的才、胆、识、力，时代的政治、文化及审美倾向，文体的选择，等等。除此之外，地域是一个不容忽视的要素。但是，地理环境并非文学艺术风格形成的首要或主要的原因。在千百年来几乎保持不变的地理环境之中，文学风格可能发生了极大的变化。黑格尔说："我们不应该把自然界估量得太高或者太低。"①充分地但不过分地评价地理对历史发展的影响，也是历史唯物论精神②。这正是我们研究文学地域风格论应持的态度。我们还必须看到，在地理环境诸因素中，自然地理是相对稳定的，而人文地理却是变化不居的，人文地理对文学所起的作用要比自然地理大得多。而且地域的自然地理环境和人文地理环境对人们审美理想的影响，只有通过人的社会实践才有可能实现。自然地理与人文地理对创作的作用，只有纳入社会生活的系统中考察才有意义。

（2）我们应该历史地、辩证地看待地理环境对文学的影响。如在不同的文学样式中，地理环境所起的作用并不一样。传统的文学样式，经过了文人审美规范的过滤之后，地域色彩相对减弱了，而土生土长的民间艺术形式，其地域色彩最浓烈。在六朝时期，南北文人的诗风差异并不很大，北朝诗人喜欢追摹南朝诗风。《北齐书·魏收传》记载魏收和邢邵互相揭发对方在沈约、任昉集中"作贼""偷窃"③，魏、邢号称北朝名家，尚且如此，余人可推而知之。故严羽《沧浪诗话·诗体》云"南北朝体（通魏周而言之，与齐梁体一也）"④，视南北文人诗风为一体，这是大致符合文学史事实的。但南北朝乐府民歌却淋漓尽致地体现了南北文风的差异：南朝民歌感情细腻缠绵，风格清新委婉；北朝民歌朴质刚健，爽直豪放。可见南北朝乐府民歌比起文人创作更能体现地域风格。

---

① ［德］黑格尔著，王造时译：《历史哲学》，上海书店出版社1999年版，第85页。
② 参［德］恩格斯《自然辩证法》中反对"自然主义的历史观"部分，见《马克思恩格斯全集》第20卷，第574页。
③ 〔唐］李百药：《北齐书》卷三七，中华书局1972年版，第492页。
④ 〔宋］严羽著，郭绍虞校释：《沧浪诗话校释》，人民文学出版社1983年版，第53页。

（3）在文学地域风格论中，可能反映出某些地域之间的相轻和偏见。徐学谟《二卢先生诗集序》云：

> 夫大江南北，其谣俗之不相为用，岂不称较然哉！其发之为声诗，大都北主迅爽，而南人则诮其粗；南主婉丽，而北人则短其弱。而要之不诡于率然应感之情，即仲尼而在，均有取焉。南北人亦何相笑之有？①

这种南北地域相轻的现象的确存在，而且由来已久。不过，由于中国传统文化的主干——儒学的根柢在北方，中国历来的政治文化中心多在北方，因此在长期的南北文化的融合中，北方的文化总体上是占优势的。在传统文学的审美价值标准中也是如此。比如《诗》《骚》并称，但《诗》的传统地位远高于《骚》；又如南朝文学的艺术成就并不低，但其清绮婉丽之风格，历来多被贬斥，其流弊往往被夸大，而其艺术价值却常常被忽略。我们指出这种现象的目的，是提醒人们在研究地域风格论时，要考虑到文化的大背景。

（4）在古代文学批评中，对"江山之助"之说也存在一种不同声音。例如，元代杨弘道《送赵仁甫序》在谈到中国文章发展时说：

> 隋唐而下更以诗文相尚，狂放于裘马歌酒间，故文有侠气、诗杂俳语而不自知也。方且信怪奇夸大之说，谓登会稽，探禹穴，豁其胸次，得江山之助，清其心神，则诗情文思可以挟日月、薄云霄也。於戏！吟咏情性，止乎礼义。斯诗也，江山何助焉？有德者必有言，辞达而已矣。斯文也，禹穴何与焉？②

杨弘道更强调作家的内在修养，认为"江山之助"之说有夸大之处。古人有"内游""外游"之说，"江山之助"属于"外游"。两者相比，则

---

① 《明文海》卷二六九，第3册，第2800～2801页。
② 〔元〕杨弘道：《小亨集》卷六，见《文渊阁四库全书》第1198册，第210页。

"外游不如内游"①。我们把古人对"江山之助"的不同意见考虑进来，才能更全面准确地理解古代文学理论："江山之助"的"助"对于作家创作来说，仅仅起一种辅助作用，并非决定性的。总体来看，古人并没有夸大"江山之助"的作用。

（5）古代与"江山之助"说同在的，还有"诗人之助"说。比如，宋人李觏《遣兴》诗云："境入东南处处清，不因辞客不传名。屈平岂要江山助，却是江山遇屈平。"② 江山之美有赖诗人之眼发现、诗人之笔传神，而声名远扬。能得诗人之助，亦江山之幸也。李觏诗中的感慨是针对刘勰"屈平所以能洞监风骚之情者，抑亦江山之助乎"一语而发的，颇有翻案之意。"江山之助"说与"诗人之助"说皆为有得之见。两者相互补充，可以更全面地反映出诗人与江山的互动关系，其中有深刻而丰富的理论内涵。

（6）在文学艺术发展过程中，地理环境对艺术的影响总趋势是在逐渐减弱的。这是否意味着文学的地域风格最终会完全消失呢？普列汉诺夫认为："每一个民族的气质之中，都保存着某些为自然环境的影响所引起的特色，这些特色，可以由于适应社会环境而有几分改变，但是绝不因此完全消灭。这些民族气质的特色，形成所谓种族。种族对于某些思想体系的历史，譬如艺术史，给予一种毫无疑问的影响。"③ 他谈的是民族的气质和自然环境的关系，文学的地域性也如此。随着社会发展，它们有所削弱，有所改变，但总体上不会完全消失。这是因为各地域之间政治、经济、文化的发展在任何时候都不可能没有差异；各地域各自的文化传统先天地决定了文化的地域性；各地域的不同的自然景观永远在塑造着不同的审美心理；此外，有些文学家自觉地追求着文学艺术的地域风格，并在这基础上创立流派，这即便在当代文学中也是屡见不鲜的。因此，笔者以为关于文学地域风格的发展可以作出这样的表述：早期的文学艺术地域色彩较显著，随着社会发展和交通的发达，各地的文学互相吸收、互相融合，并逐步形成了文学艺术的民族风格。中国文学以鲜明的民族特色出现在世

---

① 〔明〕汤显祖撰：《玉茗堂全集》尺牍卷五《与王相如》，见《四库全书存目丛书》集部第 181 册，齐鲁书社 1997 年版，第 725 页。

② 〔宋〕李觏撰，王国轩点校：《李觏集》卷三六，中华书局 2011 年版，第 434 页。

③ 〔苏〕普列汉诺夫：《普列汉诺夫哲学著作选集》第 2 卷，生活·读书·新知三联书店 1959 年版，第 274 页。

界文学之林中，这是文学发展的总趋势。同时，在中国文学内部，仍然或隐或现地存在着各种地域的文学风格。因此，研究中国古代的文学地域风格论，依然有历史和现实的意义。

（原载《文学评论》1990 年第 2 期）

# 辨体与破体

　　中国古代文体学兴盛于魏晋南北朝。文体学的基本理论认为，文各有体，每种文体都有自己独特的审美特性和表现手法，创作必须遵循这种艺术规律。但在创作上不合文体的现象早就存在。刘孝绰《昭明太子集序》就指出："孟坚之颂，尚有似赞之讥；士衡之碑，犹闻类赋之贬。"① 张融更是自觉地突破文体的限制。他在《门律自序》中说："吾文章之体，多为世人所惊……夫文岂有常体，但以有体为常，政当使常有其体。"② 他认为创作上体现出作家的风格，这是普遍的情况，但是每种文体不必有一成不变的文体体制。钟嵘《诗品》卷下评张融"有乖文体"③，可见张融的创作确是有意识地突破"常体"的。不过，在魏晋南北朝"有乖文体"的现象毕竟很少，而且批评界都把它视为一种不良倾向，像张融提出的"文岂有常体"之说，在当时只是空谷足音。自宋代以后，"文岂有常体"的观念蔚然而成堂堂之阵。

　　宋代以后直到近代，文学批评和创作中明显存在着两种对立倾向：辨体和破体④。前者坚持文各有体的传统，主张辨明和严守各种文体体制，反对以文为诗、以诗为词等创作手法；后者则大胆地打破各种文体的界限，使各种文体互相融合。这两种倾向的对立甚至还在文学批评史上引起

---

① 〔清〕严可均校辑：《全梁文》卷六〇，见《全上古三代秦汉三国六朝文》第 4 册，中华书局 1958 年版，第 3313 页。

② 〔南朝梁〕萧子显：《南齐书》卷四一《张融传》，中华书局 1972 年版，第 729 页。

③ 〔南朝梁〕钟嵘撰，曹旭笺注：《诗品笺注》，人民文学出版社 2009 年版，第 286 页。

④ 破体，原是书法术语。书法上的"破体"指不同正体的写法。《书断》谓"王献之变右军行书，号曰破体"，指行书的变体。戴叔伦《怀素上人草书歌》云："始从破体变风姿。"可见破体的特点是"变"，是对正体的突破，也是一种有创造性的字体。文学创作也有"破体"之说。钱锺书先生说："名家名篇，往往破体，而文体亦因以恢弘焉。"（钱锺书：《管锥编》全汉文卷一六，生活·读书·新知三联书店 2007 年版，第 1431 页）周振甫先生认为"破体就是破坏旧有文体，创立新的文体"（周振甫：《文章例话·破体》，中国青年出版社 2006 年版，第 170 页）。

许多论争。古人说："夫文，本同而末异。"① 破体论者强调"本同"，辨体论者强调"末异"，彼此都有足够的理论根据。我认为，必须首先了解文体风格形成和文体互相融合的内在原因，才能把握批评史上辨体和破体的内涵与意义，并对其分歧作出恰当的评价。

## 一、文体风格的成因

文体风格是人们在长期的创作过程中所形成的相对稳定的独特风貌，是一种逐渐积淀的带有共性的审美倾向。文体分类的主要原因是现实审美的丰富性要求艺术掌握世界的形式也必须多样化。陆机《文赋》说"体有万殊，物无一量"②，就指出文体的多变，乃是由于它所描写的客观事物本身千姿万态之故。文体风格的形成与文体所特有的表现对象、应用场合及用途、文体的形式因素都有关系。

文体的特殊功用对文体风格起着制约作用。如"诔"，《文赋》说："诔缠绵而凄怆。"③ 因为诔文的目的是哀悼兼赞美死者，所以要写得有感情，风格缠绵和凄怆。《文心雕龙·诔碑》说："详夫诔之为制，盖选言录行，传体而颂文，荣始而哀终。论其人也，暧乎若可觌；道其哀也，悽然如可伤。此其旨也。"④ 诔文哀伤凄怆的基调是由它特殊的用途所决定的。又如檄文，多用于声讨和征伐。李充《起居诚》描述檄文文体说："檄不切厉，则敌心陵；言不夸壮，则军容弱。"⑤ 为了壮军容，破敌胆，檄文的风格应该切厉夸壮。《文心雕龙·檄移》也认为檄文的体制应该"植义飏辞，务在刚健，插羽以示迅，不可使辞缓；露板以宣众，不可使义隐，必事昭而理辨，气盛而辞断，此其要也"⑥，要求檄文语言激切，刚健凌厉，以振士气、扬军威。

文章题材也制约和影响着文体风格。"体"的含义，在古代除指文

① 〔三国魏〕曹丕：《典论·论文》，见〔南朝梁〕萧统编，〔唐〕李善注《文选》卷五二，上海古籍出版社 1986 年版，第 2271 页。

② 〔西晋〕陆机著，张少康集释：《文赋集释》，人民文学出版社 2002 年版，第 99 页。

③ 《文赋集释》，第 99 页。

④ 〔南朝梁〕刘勰著，詹锳义证：《文心雕龙义证》，上海古籍出版社 1989 年版，第 442 页。

⑤ 《全晋文》卷五三，见《全上古三代秦汉三国六朝文》第 2 册，第 1766 页。

⑥ 《文心雕龙义证》，第 782～783 页。

体、风格之外，还可指题材，而题材与文体又有所联系。文学创作反映的客观世界具有纷纭复杂的风貌，创作个性必须适应创作对象的一些本质特征，并受其影响和制约。所以，一定题材的文学作品往往与一定的风格相联系。德国理论家威克纳格在《诗学·修辞学·风格论》一文中说："风格是语言的表现形态，一部分被表现者的心理特征所决定，一部分则被表现的内容和意图所决定……倘用更简明的话来说，就是风格具有主观的方面和客观的方面。"① 题材就是风格形成的客观因素之一。

《文镜秘府论》南卷载有"论体"一节，详论风格、文体、题材之关系。它首先把风格归结为六体，即博雅、清典、绮艳、宏壮、要约、切至。其后论述涉及风格与题材的联系：

> 夫模范经诰，褒述功业，渊乎不测，洋哉有闲，博雅之裁也。敷演情志，宣照德音，植义必明，结言唯正，清典之致也。体其淑姿，因其壮观，文章交映，光彩傍发，绮艳之则也。魁张奇伟，阐耀威灵，纵气凌人，扬声骇物，宏壮之道也。指事述心，断辞趣理，微而能显，少而斯洽，要约之旨也。舒陈哀愤，献纳约戒，言唯折中，情必曲尽，切至之功也。②

接着又认为风格与文体有必然联系，因为文体与题材密不可分：

> 至如称博雅，则颂、论为其标。语清典，则铭、赞居其极。陈绮艳，则诗、赋表其华。叙宏壮，则诏、檄振其响。论要约，则表、启擅其能。言切至，则箴、诔得其实。③

"论体"颇为全面透彻地把文体、题材与风格三者联系起来，对文体风格理论的发展作出了贡献。

后来也有许多批评家专门论述题材与风格之关系。如元陈绎曾《文

---

① ［德］歌德等著，王元化译：《文学风格论》，上海译文出版社1982年版，第18页。
② ［日］遍照金刚撰，卢盛江校考：《文镜秘府论汇校汇考》第3册，中华书局2006年版，第1450页。
③ 《文镜秘府论汇校汇考》第3册，第1458页。

说》论作文首先要确立题材和风格的对应关系：

肃：朝廷之文宜肃，圣贤道德宜肃。

壮：长江大海之文宜壮，军阵英雄之文宜壮。

清：山林之文宜清，风月贞逸宜清。

和：宴乐之文宜和，通人达士宜和。

奇：鬼神之文宜奇，侠客高士宜奇。

丽：宫苑之文宜丽，富贵美人宜丽。

古：游览古迹之文宜古，上古人事宜古。

远：登高眺远之文宜远，大功业人宜远。①

古人认为词的总体风格为婉约含蓄，但仔细分类却颇复杂。清沈祥龙《论词随笔》：

词之体，各有所宜，如吊古宜悲慨苍凉，纪事宜条畅滉漾，言愁宜鸣咽悠扬，述乐宜淋漓和畅，赋闺房宜旖旎妩媚，咏关河宜豪放雄壮。得其宜则声情合矣，若琴瑟专一，便非作家。

词有婉约，有豪放，二者不可偏废，在施之各当耳。房中之奏，出以豪放，则情致绝少缠绵。塞下之曲，行以婉约，则气象何能恢拓？②

从题材的角度来看风格的形成，比起单纯拘泥于某种文体须有某种风格的理论，显得更为通达。

文体的形式因素如声律、结构等都影响和制约着文体风格的形成。形式是由内容决定的，但一定的形式又反过来在某种程度上制约着内容。艺术、文学各种体裁形式上的特点必然影响文体表现手法的运用和审美特征的形成。比如各种文体的篇幅长度不同，以诗歌而论，有长诗，有短诗。一般地说，长诗因篇幅长、容量大，能包涵更丰富广阔的内容，在表现上也有放纵和回旋的余地，所以长诗崇尚才力气魄，以纵横开阖、淋漓酣畅

① 王水照编：《历代文话》第 2 册，复旦大学出版社 2007 年版，第 1338～1339 页。

② 唐圭璋编：《词话丛编》第 5 册，中华书局 1986 年版，第 4049 页。

为妙。短诗则篇幅短，容量小，不可能直接表现太多的内容，不容大笔濡染，用墨如泼。相反，要求含蓄蕴藉，以少少许胜多多许，言有尽而意无穷。姜夔《白石道人诗说》云："小诗精深，短章蕴藉，大篇有开阖，乃妙。"① 刘熙载《艺概》卷一《文概》云："作短篇之法，不外婉而成章；作长篇之法，不外尽而不污。"② 在卷二《诗概》中又引杜诗说明长、短篇的不同体制："问短篇所尚，曰'咫尺应须论万里'。问长篇所尚，曰'万斛之舟行若风'。"③ 意思也相同。

词的总体风格是含蓄委婉，但同样讲含蓄，小令与长调又有不同。小令以语近情遥、含吐不露为佳，使人于数句之中获得言外言，味外味。长调则不同。毛先舒说："长调如娇女步春，旁去扶持，独行芳径，徙倚而前，一步一态，一态一变。"④ 长调讲究词境曲折尽情，美妙婀娜，随步换形，一波三折。

古人对形式因素与风格关系的研究，十分细密微妙，有些理论是我们往往容易忽略或难以体会的。比如五言与七言，虽只有字数的差异，但古人认为音节上的差异，就引起声情风格和表现手法的差异。杨载《诗法家数》云七言五言之别，七言必须"声响、雄浑、铿锵、伟健、高远"，而五言则"沉静、深远、细嫩"⑤。王士禛在《诗问》卷四答刘大勤问时说："五言著议论不得，用才气驰骋不得。七言则须波澜壮阔，顿挫激昂，大开大阖耳。"⑥ 而姚鼐则从作者的才性出发论五七言之异："大抵其才驰骤而炫耀者宜七言，深婉而澹远者宜五言，虽不可尽以此论拘，而大概似之矣。"⑦ 当然，古人只是大体论之，对此不必过于拘泥。但鉴赏古诗词，必须大体了解这种理论。

中国古人非常重视声情，尤其诗词的用韵选调都颇讲究。音律，就其

① 〔宋〕姜夔著，郑文校点：《白石诗说》，见《六一诗话　白石诗说　溎南诗话》，人民文学出版社 1962 年版，第 29 页。

② 〔清〕刘熙载：《艺概》，上海古籍出版社 1978 年版，第 40 页。

③ 《艺概》，第 77 页。

④ 〔清〕王又华：《古今词论》引，见《词话丛编》第 1 册，第 609 页。

⑤ 〔元〕杨载：《诗法家数》，见〔清〕何文焕辑《历代诗话》，中华书局 1981 年版，第 729 页。

⑥ 〔清〕王士禛等撰，周维德笺注：《诗问四种》，齐鲁书社 1985 年版，第 78 页。

⑦ 〔清〕姚鼐：《惜抱先生尺牍》卷六《与陈硕士》，清宣统元年（1909 年）小万柳堂重刊本。

自身看，似乎只是纯粹的形式，但古人往往把某些声韵、调律和一定的感情色彩联系起来，赋予声律以风格特性。周济《宋四家词选目录序论》："东、真韵宽平，支、先韵细腻，鱼、歌韵缠绵，萧、尤韵感慨。各具声响，莫草草乱用。阳声字多则沉顿，阴声字多则激昂。重阳间一阴，则柔而不靡；重阴间一阳，则高而不危。"① 周济认为不但韵有风格色彩，声调也同样影响词的风格。

一些古人认为，作词首先要选择词调。杨缵《作词五要》说："第一要择腔。"② 张炎《词源》卷下"制曲"条云："作慢词看是甚题目，先择曲名，然后命意。"③ 因为词调对词的风格有一定的规定性。清代沈祥龙说："词调不下数百，有豪放，有婉约，相题选调，贵得其宜。调合，则词之声情始合。"④ 詹安泰先生在《中国文学上之倚声问题》一文中说："以词之形态而细加揣摩，某调宜表现某种情形，亦可得而言。"⑤ 他认为，唐五代的令词，大都宜于温柔蕴藉。《六州歌头》《水调歌头》《沁园春》《满江红》《百字令》等调，宜于豪放悲壮。《昼夜乐》《风流子》《百宜娇》等调，大都宜于艳冶缠绵。《贺新郎》《齐天乐》《摸鱼儿》等调，大都宜于高俊清疏。《绕佛阁》《凄凉犯》《霓裳中序第一》《尉迟杯》《兰陵王》《徵招》等调，大都宜于沉顿幽咽。词调的风格要求，是由于词调的声情不同而自然而然地产生的，后代由于词与音乐分离，这种关系就变得难以理解。不过，假如我们用心研究，仍可体会出词调声情与风格的关系。龙榆生先生在《谈谈词的艺术特征》⑥ 文中论词的艺术特征主要是由其声情决定的，抛开音律，便无从认识词体。他举苏东坡《念奴娇·赤壁怀古》为例，说明这个调子为什么适合于表达豪放激壮的风格。因为这个调子在句法和韵位的安排上和高亢的声情相结合。上下阕的结句"一时多少豪杰""一樽还酹江月"，末尾四字都用"平仄平仄"。"遥想公瑾当年"用"平仄平仄平平"，也打破音律的和谐。而且全部韵脚如"物""壁""雪""杰""发""灭""月"都是短促的入声。"拗

---

① 〔清〕周济编：《宋四家词选》，古典文学出版社 1958 年版，第 4 页。

② 《词话丛编》第 1 册，第 267 页。

③ 〔宋〕张炎著，夏承焘校注：《词源注》，人民文学出版社 1963 年版，第 13 页。

④ 〔清〕沈祥龙：《论词随笔》，见《词话丛编》第 5 册，第 4060 页。

⑤ 詹安泰著，吴承学、彭玉平编：《詹安泰文集》，中山大学出版社 2004 年版，第 18 页。

⑥ 龙榆生：《龙榆生词学论文集》，上海古籍出版社 1997 年版，第 43～58 页。

吴承学自选集 WU CHENGXUE ZIXUANJI

24

怒"多于和谐，硬碰硬的地方特别多，迫使它的音响向上激射，和本曲高亢的声情紧密结合，故适宜于表达激烈豪壮之情。

文体体制的形成，还和文体自身的历史传统有关。《汉书·艺文志》云："自孝武立乐府而采歌谣，于是有代赵之讴，秦楚之风，皆感于哀乐，缘事而发，亦可以观风俗，知薄厚云。"[1]"感于哀乐，缘事而发"是汉乐府诗的精神。汉代以后，乐府诗大致已不入乐，有的只是沿用乐府古题，有的则自创新题。但乐府的基本精神和体制特点仍然保持在许多诗人的创作之中。尤其隋唐以后，乐府诗一直很盛行，李白、杜甫、高适、张籍、王建等都写了大量乐府诗，这些尽管在形式上与汉代乐府有差异，但精神却一脉相承。中唐以后白居易的新乐府，即事名篇，无复依傍，不入乐，又自创新题，但大体上仍然继承汉乐府缘事而发、叙事写实的创作精神。

文体的地域色彩与文体风格也有一定关系。楚辞体或称为"骚"体，其文体风格有强烈的地域色彩：皆书楚语，作楚声，纪楚地，名楚物。楚国巫风盛行，巫祭歌舞多描写人神之恋，充满了原始宗教气氛。受其影响，《楚辞》中有大量的神话故事，想象奇幻，富有浪漫精神。屈原的《离骚》写巫咸降神、灵咸问卜，都充满神话色彩，至于《九歌》《招魂》更是直接模仿民间祭歌写成的。《楚辞》语言上也富有地方色彩。《楚辞》中用方言极多，如"扈""汨""羌""侘傺"之类。又如楚地诗歌的传统，喜欢用"兮"字，如《越人歌》《沧浪歌》等。这些便成为《楚辞》主要的语言形式。"楚辞"作为一种文体后来虽有所流变，地方性的特征已经消失了，但楚辞体那种典型的句式体制和浪漫夸张、想象丰富的特点却被大部分作家继承下来。可以说在文体形式中，也积淀着历史文化和传统审美心理。

总之，文体总体风格的形成有其必然性。文体形式多样化是由现实审美的丰富性所决定的。从这个角度看，古人的辨体理论主张文各有体、文以体制为先是合理的。正如黑格尔所说的，风格是"指艺术表现的一些定性和规律，即对象所借以表现的那门艺术特性所产生的定性和规律。根据这个意义，人们在音乐中区分教堂音乐风格和歌剧音乐风格，在绘画中

---

① 〔东汉〕班固撰，〔唐〕颜师古注：《汉书》卷三〇《艺文志》，中华书局1962年版，第1756页。

区分历史画风格和风俗画风格。依这样看，风格就是服从所用材料的各种条件的一种表现方式，而且它还要适应一定艺术种类的要求和从主题概念生出的规律……因此，像吕莫尔所已经指出的，我们不能把某一门艺术的风格规律应用到另一门艺术上去"①。黑格尔所说的风格，指的是某一种艺术所具有的特殊表现方式，各种艺术的媒介不同，风格就不同，这与我们所说的文体风格相近。文体风格，实际上是文体的艺术个性。所以，"辨体"论的本质是"文体个性"论，因为它强调文体的艺术个性，反映了古人对艺术文体风格多样性的追求。若完全抹杀文体体制，泯灭其特征，就等于取消文体的个性，这并不利于艺术风格的多样化。在批评史上，主张"人各有体"的"作家个性"论受到推崇，而主张"文各有体"的"文体个性"论却常被视为拘泥和保守，这是不妥的。其实风格之多样化，自然包括"作家个性"与"文体个性"。就单一文体及其传统而论，过分强调"辨体"难免是拘泥和保守的；而就众多文体及其传统而论，"辨体"是强调个性与多样化的。前者是某一文体"内部"的问题，后者是此一文体与其他文体"之间"的问题。

文体是历史的产物，它积淀着文化、审美的传统心理。对于文体需要宏观、总体的把握，但任何概括都不可能包罗万象，巨细无遗，任何理论都难以精确无误，四平八稳。文学文体学尤其如此，它并不是一种定量分析，要找出反证实在是唾手可得。如古人认为"文显而直，诗曲而隐"②，我们轻而易举地就可找出"显而直"的诗和"曲而隐"的文来反驳这种总结。但这样一来，就不可能存在任何对文体风格的概括了。此外，所谓文体风格只是相对而言的，要有一定的、具体的比较对象，它才能显出特征。只有把某种文体放在整个文体系统的坐标中，在其他文体的参照之下，对文体特征的辨析才有意义。孤立或绝对地看文体特征，是没有任何意义的。一种文体与他种文体相比会显示出独有的特征。如诗与文相比较，古人认为"文以载道，诗以道性情"；但诗与词相比，则又认为诗言志，词抒情。诗与词相比，词是诗余，诗更为雅正；而词与曲相比，雅正的自然是词了。实际上，古人对文体风格的总结，大体都有其比较的对

---

① 〔德〕黑格尔著，朱光潜译：《美学》第1卷第3章，商务印书馆1997年版，第372～373页。

② 〔明〕许学夷著，杜维沫校点：《诗源辩体》卷一，人民文学出版社1987年版，第4页。

象。因此，我们对辨体论要持一种辩证和通达的眼光。

## 二、破体与变体的趋势

以上我们论述了文体风格形成的原因及其必然性。但另一方面，文体风格也不是一成不变的，各种文体之间不断互相融合。如何看待破体与变体的必然性呢？

从文学史的实际情况看，文体自身处于变化不居的状况，所以，不能把文体的风格绝对化和凝固化。以赋为例，赋经历了古赋、俳赋、律赋、文赋的发展过程。古赋最盛于汉代，汉赋特别是散体大赋文采华丽、辞藻赡富。形式上铺张扬厉、穷形尽相，内容则多歌功颂德、曲终奏雅。俳赋始于魏晋，盛于南北朝，它追求字句工整对仗，音节和谐。孙梅《四六丛话》曰："左、陆以下，渐趋整炼，齐、梁而降，益事妍华，古赋一变而为骈赋。江、鲍虎步于前，金声玉润；徐、庾鸿骞于后，绣错绮交，固非古音之洋洋，亦未如律体之靡靡也。"[①] 律赋是隋唐科举制度的产物。律赋篇幅短小，既讲究对偶，又限制用韵。文赋则是受唐宋古文运动的影响而产生的，其特点是趋于散文化。语言比较朴实，用韵比较自由，而且引入了古文的章法和气势，内容上多杂以说理和议论。可见在文学发展过程中，赋体不断变化。骈文盛行时产生骈赋，音律盛行时产生律赋，古文盛行时产生文赋。

七言古诗在初唐崇尚情韵，讲究情韵流丽婉转，而盛唐（尤其杜甫）以后的七言古诗则尚魄力，一气奔放，宏肆绝尘。初、盛唐之间，风格就已不同。又如七言律诗，滥觞于六朝，成体于唐初。唐初律诗，声调稳切，气色鲜华，但多应制之作，台阁气浓，作者多袭而少变，风骨卑弱。盛唐以后，律诗取六朝之华而去其靡，本初唐之庄而消其滞，如王维、高适、岑参、李颀诸人之作，秀丽融浑，匀称自然，兴象超妙。杜甫则包举众家，壮浪纵恣，摆去拘束。变色泽华丽为骨力沉雄，意主朴真，势取顿挫。律诗自初唐至杜甫，风格也几经变化。可见对待文体风格不可胶柱鼓瑟，刻舟求剑。

---

① 〔清〕孙梅：《四六丛话》卷四《赋三》，见《续修四库全书》第1715册，上海古籍出版社2002年版，第240页。

在文体史上，各种文体的产生、发展及演变都是相互影响、相互渗透的。赋的形成，"受命于诗人，而拓宇于《楚辞》"①，尤其吸取了《楚辞》铺陈夸张的手法和惊采绝艳的语言，形成宏丽风格。除此之外，它还受先秦散文的影响。章学诚《校雠通义·汉志诗赋第十五》说：

> 古之赋家者流，原本《诗》《骚》，出入战国诸子。假设问对，《庄》《列》寓言之遗也；恢廓声势，苏张纵横之体也；排比谐隐，韩非《储说》之属也；征材聚事，《吕览》类辑之义也。②

汉赋中的假托问答、侈陈形势、排比谐隐等手法，受到诸子很大的影响，刘勰所言"故知炜烨之奇意，出乎纵横之诡俗"③，虽评《楚辞》，亦可移评汉赋。

以《诗经》为代表的四言诗，其地位自魏晋以后已逐渐被新兴的五言诗所代替，文人们很少创作四言诗。四言诗整体上没落了，但其体制又被其他文体所吸收。如后世的铭文赞颂用四言句，显得肃穆典雅。辞赋、骈文中也有大量的四言句，以求整饬凝练。

各种文体的表现方式之间也绝没有不可逾越的界线。自唐宋古文运动之后，散体古文占正宗地位，骈俪对属似乎为一些古文家所不齿，极力避用。然而奇偶骈散，实在不可偏废。观先秦经籍，也有不少骈对：

> 觏闵既多，受侮不少。④（《诗经·柏舟》）
> 满招损，谦受益。⑤（《尚书·大禹谟》）
> 水流湿，火就燥。⑥（《易·文言》）

韩愈的散体古文也多对句，只是对得更为自由潇洒：

---

① 《文心雕龙·诠赋》，见《文心雕龙义证》，第274页。
② 〔清〕章学诚著，王重民通解：《校雠通义通解》卷三，上海古籍出版社1987年版，第117页。
③ 《文心雕龙·时序》，见《文心雕龙义证》，第1662页。
④ 〔清〕阮元校刻：《十三经注疏》上册，中华书局1980年影印版，第297页。
⑤ 《十三经注疏》上册，第137页。
⑥ 《十三经注疏》上册，第16页。

凤凰芝草，贤愚皆以为美瑞；青天白日，奴隶亦知其清明。①

业精于勤荒于嬉，行成于思毁于随。

先生口不绝吟于六艺之文，手不停披于百家之编；记事者必提其要，纂言者必钩其玄。

然而公不见信于人，私不见助于友。②

偶句和奇句各有特点，奇句长短不拘，句法灵便，音节自然，能够更为自如地表达思想内容，尽屈折舒展之妙。偶句简练严正，节奏分明，音调和谐，色彩鲜丽，予人以对称、凝练与警策的美感。骈散兼用，有整齐错综之美。

苏伯衡《空同子瞽说》：

尉迟楚好为文，谒空同子曰："敢问文有体乎？"曰："何体之有？《易》有似《诗》者，《诗》有似《书》者，《书》有似《礼》者，何体之有？"③

苏伯衡否定文有体说，并不公允。但是从他所举的例子看，各种文体之间，实在有相通之处。况且一种文体还可以吸收其他文体的特点以丰富自身的表现力。诗中可以有画境，画中可以有诗意。那么，为什么不能诗中有文，文中有诗呢？过分地拘泥于文体体制，不知通变，往往显得保守。

就通常情况而言，一种文体有一种风格特征，但有时情况比较复杂。比如有些诗体由于其渊源的复杂性引起自身风格的多样。《修竹庐谈诗问答》记徐熊飞答陆坊的问题：

问：唐人五言绝句，如"三日入厨下""打起黄莺儿""自君之出矣"诸作，俱脍炙人口，然儿女声情，喃喃可厌，令人不耐多读。终当以王、裴杂咏及祖咏"终南残雪"，孟浩然"建德舟次"等诗为

---

① 〔唐〕韩愈著，马其昶校注，马茂元整理：《韩昌黎文集校注》卷三《与崔群书》，上海古籍出版社 1986 年版，第 188 页。

② 《韩昌黎文集校注》卷一《进学解》，第 45～46 页。

③ 〔明〕苏伯衡：《苏平仲文集》卷一六，见《景印文渊阁四库全书》第 1228 册，台湾商务印书馆 1986 年版，第 842 页。

大雅正宗。然乎否乎？

答：五绝有二体，其一原本乐府，其一出于古诗。《新嫁娘》《辽西曲》乐府之变也。裴、王杂咏，古诗之流也。各臻其妙，未可轩轾。①

徐熊飞认为五绝有两种风格，一种如王建的《新嫁娘》与王昌龄的《辽西曲》，风格明白通俗，情深意切。这种风格源于乐府诗，尤其是南朝的乐府短制。而王维、裴迪、孟浩然的绝句，透彻玲珑，不可凑泊，以兴象风神取胜，韵味飘逸。这种文体源于汉魏六朝的文人古诗。徐熊飞认为这两种风格各臻其妙，不可强分高下，这种看法是很有道理的。

艺术创作讲究"本色"，但有时突破这种本色可以予人以新的美感。贺裳《皱水轩词筌》说：

小词以含蓄为佳，亦有作决绝语而妙者。如韦庄"谁家年少足风流，妾拟将身嫁与，一生休。纵被无情弃，不能羞"之类是也。②

小词因篇幅限制，故讲究含蓄，意在言外。韦庄的词却塑造了一个大胆热烈无所顾忌地追求情爱的妇女，说尽了，说绝了，不以含蓄取胜，以作决绝语而妙，故有特殊的艺术魅力。

破体，往往是一种创造或者改造。不同文体的融合，时时给文体带来新的生命力，这类似于不同品种植物的杂交。钱锺书先生说："名家名篇，往往破体，而文体亦因以恢弘焉。"③ 宋人的创造性常表现在创作上的破体中。他们喜欢打破文体的严格界限，把某一文体的艺术特征移植到另一文体之上。诗与画为不同艺术种类，宋人尚认为"诗画本一律"④，崇尚诗中有画，画中有诗。至于各种文学文体之间的融合就更是自然而然的事了。以文为诗、以诗为词，大家都耳熟能详，不必再述。这里可略举其他破体之例。

---

① 《诗问四种》，第 265 页。
② 《词话丛编》第 1 册，第 697 页。
③ 钱锺书：《管锥编》全汉文卷一六，生活·读书·新知三联书店 2007 年版，第 1431 页。
④ 〔宋〕苏轼：《书鄢陵王主簿所画折枝二首》其一，见〔清〕王文诰辑注，孔凡礼点校《苏轼诗集》，中华书局 1982 年版，第 1525～1526 页。

吴承学自选集

WU CHENGXUE ZIXUANJI

陈善《扪虱新话》云："以文体为诗，自退之始；以文体为四六，自欧公始。"① 欧阳修的骈文融入古文的体制，以文体为对属，不求切对之工，又"善叙事，不用故事陈言而文益高"②，纯用自己语言，扫去浮靡之词，风格平淡委曲，自此之后，骈文遂变其格，以古雅争胜。故宋人认为"本朝四六以欧公为第一"③。

又如传统的"记"体，以叙事为主。《金石例》云："记者，记事之文也。"④ 但在宋人手里，传统的记体被打破了。范仲淹的《岳阳楼记》只是开头数句记叙岳阳楼重修经过。中间"若夫霪雨霏霏"和"至若春和景明"两段，分明是骈文句法，在散文中忽然插入整段骈文，以前极罕见。而后一段"予尝求古仁人之心"，又是论说文体了。⑤ 又如欧阳修的《醉翁亭记》被视为以赋体作记，因为它用铺陈的手法来抒写情志，正是赋"铺采摛文，体物写志"的方法。而苏轼的《赤壁赋》则是以古文为赋，以赋的形式包融了记叙和议论。

## 三、契会相参　本采为地

上面我们分别讨论了"辨体"与"破体"的原因和必然性。那么，如何在创作中处理好这对相反相成的矛盾呢？对此，中国古代许多批评家提出了不少辩证通达之论，这些理论对文学创作和文学批评都颇有意义。

顾尔行《刻〈文体明辨〉序》云：

> 文有体，亦有用。体欲其辨，师心而匠意，则逸辔之御也。用欲其神，拘挛而执泥，则胶柱之瑟也。《易》曰："拟议以成其变化。"得其变化，将神而明之，会而通之，体不诡用，用不离体。⑥

---

① 〔宋〕陈善：《扪虱新话》卷九"以文体为诗、四六"，见《四库全书存目丛书》第 101 册，齐鲁书社 1995 年版，第 304 页。

② 〔宋〕陈师道：《后山诗话》，见《历代诗话》第 1 册，第 310 页。

③ 〔宋〕吴子良：《荆溪林下偶谈》，见《历代文话》第 1 册，第 554 页。

④ 〔元〕潘昂霄：《金石例》卷九，见《景印文渊阁四库全书》第 1482 册，第 362 页。

⑤ 〔宋〕范仲淹著，李勇先、王蓉贵校点：《范仲淹全集》，四川大学出版社 2002 年版，第 194～195 页。

⑥ 〔明〕徐师曾著，罗根泽校点：《文体明辨序说》，人民文学出版社 1962 年版，第 75 页。

顾尔行借用中国哲学"体用"的范畴来说明运用文体的原则①。"体"是指实体、本性，是内在的，根本的，"用"则是"体"的具体表现和运用②。顾尔行的"体用"指文体的体制和实际运用，指出"体欲其辨"，"用欲其神"。创作者与批评者对于文体的体制，要详切辨明，不然就失去文之大体，就像快马疾驰，无法控制；但对文体的具体使用不妨灵活机动，融合贯通，不可过分拘泥成规。辨体而不受其束缚，破体又不失去本色，从心所欲而不逾矩，这是创作中的一种高妙的境界。

"体"是传统性规范，"用"则包含了个性的创造。许学夷《诗源辩体·自序》："夫体制、声调，诗之矩也；曰词与意，贵作者自运焉。窃词与意，斯谓之袭；法其体制，仿其声调，未可谓之袭也。"③ 体制与声调是可以取法和模拟前人的，但语言表现和艺术构思必须"自运"，也就是需要在"诗之矩"之内作出自我创造。古代文学批评既重辨体，又重个性创造。明陈洪谟说：

> 文莫先于辩体，体正而后意以经之，气以贯之，辞以饰之。体者，文之干也；意者，文之帅也；气者，文之翼也；辞者，文之华也。④

文之体是个骨架子，至于文之精神、血肉还必须仰仗作家的创造。陈洪谟所说的"意""气""辞"指作家的构思和语言表现力以及作品的气骨，这些属于个性创造范畴之内，在创作中起着关键的作用。可见古人强调体制，但并不束缚个性的创造力。遵古人体制与个性创造是可以达到一致的。

---

① 中国哲学中的"体用"范畴很复杂，请参看张岱年《中国古典哲学概念范畴要论》，中国社会科学出版社 1989 年版，第 62 页。

② 关于"体用"关系，王夫之在《周易外传》卷五中提出"体用相函"，"体以致用，用以备体"。比如："无车何乘？无器何贮？故曰体以致用；不贮非器，不乘非车，故曰用以备体。"车、器是体，而乘车、储物是用。〔清〕王夫之：《周易外传》卷五《系辞上传第十一章》，中华书局 1977 年版，第 198 页。

③ 《诗源辩体》，第 1 页。

④ 《文体明辨序说》"文章纲领"引，第 80 页。

王若虚《滹南遗老集》卷三七《文辨》：

> 或问文章有体乎？曰："无。"又问：无体乎？曰："有。"然则果何如？曰："定体则无，大体须有。"①

文体虽没有绝对的、一成不变的体制，但必须有相对的总体体制。如果没有"大体"，也就取消了各种文体的个性，文体之间没有区别，实际上也就无文体可言了。这是一种辩证的观点："大体须有"，故应辨体；"定体则无"，故可破体。

承认文之"大体"，同样也应该允许别体与变体，应该认识在"大体"基础上风格的多样化。赋的体制如刘勰《文心雕龙·诠赋》所说："赋者，铺也，铺采摛文，体物写志也。"② 夸张繁缛、闳侈钜衍是汉赋的普遍风格，此即"大体"，但在这"大体"之上，又有多种风格，如《文心雕龙·诠赋》所言：

> 观夫荀结隐语，事数自环；宋发巧谈，实始淫丽。枚乘《菟园》，举要以会新；相如《上林》，繁类以成艳；贾谊《鹏鸟》，致辨于情理；子渊《洞箫》，穷变于声貌；孟坚《两都》，明绚以雅赡；张衡《二京》，迅发以宏富；子云《甘泉》，构深伟之风；延寿《灵光》，含飞动之势。③

刘勰所举汉赋十家，各有自己的风格，但又有"铺采摛文"的"大体"。可见同一文体由于题材内容和创作个性的不同，便可以有不同的风格，尽管其"大体"有相通处。

本文试以刘勰的理论对辨体和破体之关系作一总结性的概括，因为体大思精的《文心雕龙》对此已作了十分辩证的论述。刘勰在《通变》篇开章明义说：

---

① 〔金〕王若虚：《滹南遗老集》，《四部丛刊初编》本，上海书店1989年版，第189页。
② 《文心雕龙义证》，第270页。
③ 《文心雕龙义证》，第289页。

夫设文之体有常，变文之数无方，何以明其然耶？凡诗、赋、书、记，名理相因，此有常之体也。文辞气力，通变则久，此无方之数也。①

他认为文的体势历代相沿有一定规范，但文章的变化却无一定规律可循。在《风骨》篇中，他主张："洞晓情变，曲昭文体，然后能莩甲新意，雕画奇辞。昭体故意新而不乱，晓变故辞奇而不黩。"② 把"昭体"和"晓变"结合起来，这也是文体运用的通变关系。

　　在《定势》篇中，刘勰更为明确地论述到文体融合的原则。他在谈到各种文体有一定的体势后说：

　　虽复契会相参，节文互杂，譬五色之锦，各以本采为地矣。③

他指出各种文体的体制可以互相融合，然而必须保持其"本采"即文体的总体风格。这可以说是对文体融合理论最为形象和准确的表述。

　　刘勰的理论使我们想起历来关于宋词婉约、豪放两派的争论。这里且不讨论这种分法是否合理。笔者认为，词以婉约含蓄为其总体风格特征，这是应该承认的。词的创作吸收诗的某些表现方法，提高词的格调，也应予肯定。但是词的"豪放"有一定的规定性，必须"以本采为地"，就是在婉约基础上的豪放，不是粗豪叫嚣。同样是豪放，词体和诗体不同。如苏轼《水调歌头》"明月几时有"，写天上人间，现实和幻想，入世和出世，可谓以人生哲理入词。但它融理于情，融意于景，圆通无碍。"我欲乘风归去，又恐琼楼玉宇，高处不胜寒"，更是兴寄微茫，委婉之极。辛弃疾之词也是豪放词的代表。其词踔厉风发，喑呜沉雄。但又有摧刚为柔，缠绵悱恻的词的"本采为地"。"何意百炼刚，化为绕指柔"（刘琨诗）④，可借喻稼轩词风。其词有雄豪之气、悲郁之意、哀婉之音，而无粗犷的毛病。至于一些豪放词粗率叫嚣，失其词体之妙，在艺术价值上，

---

① 《文心雕龙义证》，第 1079 页。
② 《文心雕龙义证》，第 1066 页。
③ 《文心雕龙义证》，第 1129 页。
④ 逯钦立辑校：《先秦汉魏晋南北朝诗》晋诗卷一一，中华书局 1983 年版，第 853 页。

是不可与苏、辛相比的。许多赞扬或攻击豪放词的论者，往往着眼于苏辛词和婉约词的差异，却没有从整体上看到苏辛词虽然突破一些词体的束缚，引进诗歌的一些表现手法，但其总体风格仍然是以词的"本采为地"。且不说他们同时创作大量可称为婉约的词作，就其优秀的豪放词来说，也是一种富有词体特点的豪放，与诗歌相比，自是不同。而苏辛派一些词的不成功，往往与失去词的"本采"有直接的关系。

从哲学的角度看，每种事物都有保持自己质的稳定性的数量界限——度。在此界限之内，量的增减不会改变事物的质，但超过界限事物就失去了质的稳定性而转化为其他事物。文的"大体"也就是文的"度"。在这个"度"内，作家可以"契会相参，节文互杂"，充分发挥自己的创造力。而一旦失去了"大体"，超过了"度"，也就失去文体的特色了——或者说，也就破坏了这种文体。

（原载《文学评论》1991 年第 4 期）

# 生命之喻

## ——中国古代关于文学艺术人化的批评

　　文学观念与文学理论相对而言指古人对于文学的看法和见解，在个别批评家或诗人、作家的一些著作中，只是随意性的三言两语，尚未形成完整系统的理论形态，不过是一些约定俗成的说法观点。但综观更多的批评家和作家作品，就可以发现这些零碎材料可能存在着明确的、有内在联系的文学观念。从观念入手去研究中国古代文学批评，是一条值得尝试的路子。本文准备以中国古代文学批评中一个常用的比喻来研究古人的文学观念。中国古人用过许多比喻来形容文学艺术作品，如动物、植物、自然景象、建筑、食物等，但其中最常见、最普遍的是把文学艺术作品比喻为人体。自六朝之后，这类例子很多。如《文心雕龙·附会》说："夫才童学文，宜正体制。必以情志为神明，事义为骨髓，辞采为肌肤，宫商为声气。"① 《体性》也说："辞为肤根，志实骨髓。"② 颜之推《颜氏家训·文章》亦说："文章当以理致为心肾，气调为筋骨，事义为皮肤，华丽为冠冕。"③ 《诗人玉屑》卷八引《金针诗格》谓诗必以 "声律为窍，物象为骨，意格为髓"④。清代王铎《文丹》说："文有神、有魂、有魄、有窍、有脉、有筋、有腠理、有骨、有髓。"⑤ 中国古代的许多审美概念如风骨、形神、筋骨、主脑、诗眼、气骨、格力、肌理、血脉、精神、血肉、眉目、皮毛等，律诗学中的首联、颔联、颈联、韵脚等，评论中所用肥、瘦、病、健、壮、弱等术语，都是一种把文学艺术拟人化的暗喻。陶明濬《诗说杂记》卷七就说严羽《沧浪诗话》"以诗章与人身体相为比拟……

---

① 〔南朝梁〕刘勰著，詹锳义证：《文心雕龙义证》，上海古籍出版社 1989 年版，第 1593 页。

② 《文心雕龙义证》，第 1038 页。

③ 〔北齐〕颜之推撰，王利器集解：《颜氏家训集解》（增补本），中华书局 1993 年版，第 267 页。

④ 〔宋〕魏庆之：《诗人玉屑》，上海古籍出版社 1978 年版，第 172 页。

⑤ 〔清〕王铎：《拟山园选集》卷八二《文丹》，见《四库禁毁书丛刊》集部第 88 册，北京出版社 1997 年版，第 366 页。

吴承学自选集

WU CHENGXUE ZIXUANJI

近取诸身，远取诸物，而诗道成焉"①。毫不夸张地说，在中国古代文学艺术批评中，可以找到大量以表述人体结构部位的词语或评论人体状况的词语作比喻的术语。

假如孤立地看，这些片言只语似乎微不足道，随意性很强；然而一旦把它们集中起来，不难发现这并非偶合，而是反映了一种深刻的文学观念——把人的生命形式当作文学艺术结构形式的象征。我将这种人、文同构的比喻，称为"生命之喻"。本文正是试图通过对古代文学批评中"生命之喻"的分析，来考察它反映出来的深层的文学观念。

美国著名文学理论家艾布拉姆斯（M. H. Abrams）的经典之作《镜与灯》（*The Mirror and the Lamp*）正是以西方用来形容心灵的两个常见而相对的隐喻来研究西方文学批评观念的变迁：一个把心灵比作外界事物的反映者，另一个则把心灵比作一种发光体。前者概括了从柏拉图到 18 世纪的主要思维特征；后者则代表了浪漫主义关于诗人心灵的主导观念。艾布拉姆斯说："批评思维也象人类在其兴趣所至的各个领域的思维一样，很大一部分是通过比拟手段进行的，因为批评中的论争在很大程度上同样也是类比性质的论争……这些类比物的属性由于隐喻性的转义而成了艺术作品所固有的属性。"② 他在考察了批评史上一系列的比喻和文学观念之后说："从模仿到表现，从镜到泉，到灯，到其它有关的比喻，这种变化并不是孤立的现象，而是一般的认识论上所产生的相应变化的一个组成部分……这种转变表现在隐喻的变化上，它与当代有关艺术本质的讨论中出现的变化几乎毫无二致。"③ 艾布拉姆斯认为，从隐喻的变化可以看出认识论上的变化和人们对于艺术本质认识的演变。他的皇皇巨著，正是建立在对隐喻研究基础之上的。

笔者认为中国古代文学批评中的"生命之喻"，也在一定程度上反映了古人对于文学本体及结构的一些认识与观念。早在 20 世纪 30 年代，钱锺书先生就提出了这个问题。他在《中国固有的文学批评的一个特点》一文中，指出中国古代文学批评有"把文章通盘的人化或生命化""把文

---

① 转引自〔宋〕严羽著，郭绍虞校释《沧浪诗话校释》，人民文学出版社 1983 年版，第 7 页。
② 〔美〕艾布拉姆斯著，郦稚牛等译：《镜与灯》，北京大学出版社 1992 年版，第 2 页。
③ 《镜与灯》第 3 章第 2 节 "心灵比喻的变迁"，第 81 页。

章看成我们自己同类的活人"① 的特点。他还指出"人化文评不过是移情作用发达到最高点的产物"②。文中旁征博引中西文学批评有关"人化"的材料，重点分析了两者之间的本质差异。后来钱锺书先生在《谈艺录》和《管锥编》中对此还有不少精彩的论述。本文在此基础上，继续对古人这一观念进行研究。

一

古代文学批评中的"生命之喻"，从哲学上看，是受了中国古代"近取诸身，远取诸物"③ 的象征性思维方式影响而产生的，以人拟文正是"近取诸身"的自然而然的结果；从文化背景上看，生命之喻所接受的影响是多方面的，如古代的中医理论、汉代以后的相术和人物品评等。艺术形式的拟人化批评，是在文学批评兴盛的魏晋南北朝时期形成的。当时的文学批评不但吸收了相术及人物品评的术语，也借鉴其模式和方法。相术起源甚早，战国时代已相当风行，至秦汉非常兴盛。古代相术是一种由人的形貌神态来预测人的命运的方术。如王充《论衡·骨相》说："知命之工，察骨体之证，睹富贵贫贱，犹人见盘盂之器，知所设用也……论命者如比之于器，以察骨体之法，则命在于身形，定矣。"④ "案骨节之法，察皮肤之理，以审人之性命，无不应者。"⑤ 人之神情玄妙难求，所以相人须从具体的形貌入手。相法对于人体各部位有一定的标准。如王符《潜夫论·相列》说："人之相法，或在面部，或在手足，或在行步，或在声响。面部欲溥平润泽，手足欲深细明直，行步欲安稳覆载，音声欲温和中宫。头面手足，身形骨节，皆欲相副称，此其略要也。"⑥

汉末人物品评兴盛，在文人阶层中，相术的地位已不如人物品评。人物品评虽与相术关系密切，但其目的不是对于命运的预测，而是由人的形象风姿入手品评其风神才性。魏初刘劭的《人物志》是这方面的代表作。

① 《文学杂志》第1卷第4期，商务印书馆1937年8月1日，第4页。
② 《文学杂志》第1卷第4期，第16页。
③ 高亨：《周易大传今注》卷五《系辞下》，齐鲁书社1979年版，第559页。
④ 〔东汉〕王充著，黄晖校释：《论衡校释》卷三，中华书局1990年版，第120页。
⑤ 《论衡校释》，第116页。
⑥ 〔东汉〕王符著，汪继培笺，彭铎校正：《潜夫论笺校正》，中华书局1985年版，第310页。

它"主于论辨人才，以外见之符，验内藏之器"①。刘邵认为"色见于貌，所谓征神"，以外貌音容为神情的征验。又说："物生有形，形有神精。能知精神，则穷理尽性。"② 此书以人的神、精、筋、骨、气、色、仪、容、言即"九征"来观察人："平陂之质在于神，明暗之实在于精，勇怯之势在于筋，强弱之植在于骨，躁静之决在于气，惨怿之情在于色，衰正之形在于仪，态度之动在于容，缓急之状在于言。"③ 人的各种品德和精神都可以通过对"九征"的观察而得以了解。由于文学品评受人物品评的影响，自然接受了人物品评的一些模式和术语。刘邵的"九征"后来几乎都成为美学上的概念。

在"生命之喻"中，"风骨"是人们所耳熟能详的。文学艺术批评中"风骨"这一审美范畴的产生和运用，最典型地反映出"生命之喻"与相术和人物品评的血缘关系。黄侃《文心雕龙札记》指出风骨"二者皆假于物以为喻"④。假于何物呢？主要是假于人体。汪涌豪曾研究"风骨"一词的来源说："两汉相人偏重以骨法气色推察人的命禄，汉末魏初品人虽重骨法但稍趋神理性情，至两晋南北朝则将'骨'与'气'、'力'直接组合，并新铸'风骨'一词以指称人诚中而形外的精神风貌，将人的体骨形貌与才性修养、风度仪表综合为一体……⑤ 这种概括指出"风骨"受到相术与人物品评的影响，是比较准确的。骨相，本来是相术的一种。如《史记·淮阴侯列传》蒯通对韩信说："贵贱在于骨法。"⑥ 王充《论衡·骨相篇》说："察表候以知命，犹察斗斛以知容矣。表候者，骨法之谓也。"⑦ 梁朝陶弘景《相经序》说："相者，盖性命之著乎形骨，吉凶之表乎气貌。亦犹事先谋而后动，心先动而后应。"⑧ 后来的人物品鉴也重视相法，由骨法去观察人的才性品质。"风"也是品鉴人物的概

---

① 〔清〕永瑢等：《四库全书总目》卷一一七《人物志》提要，中华书局1965年版，第1009页。

② 〔魏〕刘邵著，李崇智校笺：《人物志校笺》，巴蜀书社2001年版，第28～29页。

③ 《人物志校笺》，第33～34页。

④ 黄侃：《文心雕龙札记》，中华书局1962年版，第99页。

⑤ 汪涌豪：《风骨的意味》，百花洲文艺出版社2009年版，第14页。

⑥ 〔西汉〕司马迁：《史记》卷九二，中华书局1959年版，第2623页。

⑦ 《论衡校释》，第108页。

⑧ 〔清〕严可均校辑：《全梁文》卷四七，见《全上古三代秦汉三国六朝文》，中华书局1958年版，第3219页。

念。当时的人物品鉴重视风采、风神、风韵。"风"较之"骨",便有些微妙难求。《世说新语》中,不少地方以"风""骨"的名目来品评人物。如《赏誉篇》形容王弥"风神清令,言话如流"①;形容陈泰"垒块有正骨"②;《容止篇》"刘尹道桓公"条刘孝标注引《吴志》形容孙权"形貌魁伟,骨体不恒"③;《赏誉篇》刘孝标注又把风、骨合用,称王羲之"风骨清举"④。又如沈约《宋书·武帝纪》形容刘裕"风骨不恒,盖人杰也"⑤。

在人物品评时,"风骨"是指由人体形貌表现出来的精神面貌,即由人体骨相结构显示出来的内在力量的气势,由风姿风采而产生的感染力和魅力。文学艺术批评中的"风骨",取义形式和内涵也近于此。《文心雕龙·风骨》开宗明义就说:"辞之待骨,如体之树骸;情之含风,犹形之包气。"⑥ 这里明确地说明了"风骨"的喻体就是人体。文章必须有"骨",即以质朴而刚健有力的语言为基干,就像一个人必须有骨骼躯干;文章必须有"风",即必须有动人的艺术感染力,就好像人体必须充满生命力。"骨"不离辞,但不是辞本身,而是端直劲健的语言所产生的风貌;"风"离不开情,但情不等于"风",而是思想感情爽朗鲜明的表现⑦。

同样,南北朝时期的人们也把"风骨"这个人物品评的术语移用于绘画、书法艺术批评之中。东晋顾恺之的《论画》已常用"骨"来品评古画了⑧。南齐谢赫标举绘画"六法",其中就有"骨法用笔",并且以"风骨"一语来品评曹不兴的绘画艺术。至于书法,六朝人也多以风神筋

---

① 〔南朝宋〕刘义庆著,〔南朝梁〕刘孝标注,余嘉锡笺疏:《世说新语笺疏》(修订本),上海古籍出版社 1993 年版,第 494 页。

② 《世说新语笺疏》,第 478 页。

③ 《世说新语笺疏》,第 619 页。

④ 《世说新语笺疏》,第 476 页。

⑤ 〔南朝梁〕沈约:《宋书》,中华书局 1974 年版,第 4 页。

⑥ 《文心雕龙义证》,第 1048 页。

⑦ 参考王运熙师对"风骨"的解释,详见《文心雕龙探索》,上海古籍出版社 1986 年版,第 81~129 页。

⑧ 参见〔唐〕张彦远《历代名画记》卷五,见于安澜编《画史丛书》一,上海人民美术出版社 1963 年版,第 70 页。

骨来品评①。限于篇幅，这里不拟多谈。总之，仅从"风骨"一例，就不难看出"生命之喻"所受到的某些文化影响。

二

"体"，是中国古代文学批评一个常用术语。与此有关的还有体制、大体、体势等概念。体，顾名思义，正是借人体来喻文体。徐夤《雅道机要》说："体者，诗之象，如人之体象，须使形神丰备，不露风骨，斯为妙手矣。"② 文体如人体，是文之精神的载体。明代沈君烈说："文之有体，即犹人之有体也。"③ 体，原是人的首、身、手、足的总称。《说文》云："体，总十二属也。"段玉裁认为十二属即顶、面、颐、肩、脊、尻、肱、臂、手、股、胫、足④。《释名·释形体》曰："体，第也；骨肉、毛血、表里、大小相次第也。"⑤ 古代文学批评十分注重文体。如《文镜秘府论·论体》说："词人之作也，先看文之大体。"⑥ 张戒认为"论诗文当以文体为先，警策为后"⑦。"体"是一个运用十分广泛的术语。有体裁之体，有作家之体、时代之体、流派之体等。

在比喻之中，本体与喻体虽本质不同，然两者必须有其相似性。找到"生命之喻"中人体与文体的相似处，是理解古人观念的关键。人体形式与艺术形式的相似点首先在于其动态的有机整体性。因此古人总是强调文学艺术不可分割的整体功能，十分注重各种艺术因素之间的血肉联系。宋代吴沆《环溪诗话》卷中云："诗有肌肤，有血脉，有骨格，有精神。无

---

① 参见《全齐文》《全梁文》中王僧虔、梁武帝、袁昂等人论书法的篇章。

② 〔唐〕徐夤：《雅道机要》，见张伯伟《全唐五代诗格汇考》，凤凰出版社 2002 年版，第 223 页。

③ 〔明〕沈承：《文体》，载《毛孺初先生评选即山集》卷四"策"，见《四库禁毁书丛刊》集部第 41 册，第 636 页。

④ 〔东汉〕许慎撰，〔清〕段玉裁注：《说文解字注》，上海古籍出版社 1981 年版，第 166 页。

⑤ 〔东汉〕刘熙著，〔清〕毕沅疏证，〔清〕王先谦补，祝敏彻、孙玉文点校：《释名疏证补》，中华书局 2008 年版，第 60 页。

⑥ 〔日〕遍照金刚撰，卢盛江校考：《文镜秘府论汇校汇考》第 3 册，中华书局 2006 年版，第 1464 页。

⑦ 〔宋〕张戒：《岁寒堂诗话》卷上，中华书局 1985 年版，第 9 页。

肌肤则不全，无血脉则不通，无骨格则不健，无精神则不美。四者备，然后成诗。"① 宋代李廌则认为"文之不可无者有四"：体、志、气、韵。为了更为形象地说明问题，他以人体为喻：

> 文章之无体，譬之无耳目口鼻，不能成人。文章之无志，譬之虽有耳目口鼻，而不知视听臭味之所能，若土木偶人，形质皆具而无所用之。文章之无气，虽知视听臭味，而血气不充于内，手足不卫于外，若奄奄病人，支离憔悴，生意消削。文章之无韵，譬之壮夫，其躯干枵然，骨强气盛，而神气昏懵，言动凡浊，则庸俗鄙人而已。有体有志有气有韵，夫是谓之成全。②

体，指作品结构体制；志，指作品表现的思想情趣；气，指作品的精神气势；韵，指作品的韵味。体、志、气、韵四者在作品中处于不同的结构层次，发挥各自不同但又都是不可或缺的美学功能，从而使作品构成一个完美的整体。任何一方面的缺陷，都会破坏作品的和谐完整。归庄《玉山诗集序》也说："余尝论诗，气、格、声、华四者缺一不可。譬之于人，气犹人之气，人所赖以生者也，一肢不贯，则成死肌，全体不贯，形神离矣；格如人五官四体，有定位，不可易，易位则非人矣；声如人之音吐及珩璜琚瑀之节；华如人之威仪及衣裳冠履之饰。"③ 声、华属诗的形式层，气、格属诗的综合意蕴层，两者是互相依存、缺一不可的。在艺术作品中，各种形式因素之间互相作用，互相依存，构成生命的血肉。因此它们的意义已经超越了原先物质因素的声辞笔墨，而具有更为丰富的意蕴。

诗歌如此，其他艺术种类也如此。比如荆浩《笔法记》就以"筋、肉、骨、气"为绘画的"四势"④。苏轼《东坡题跋》上卷《论书》曰：

---

① 〔宋〕惠洪、朱弁、吴沆撰，陈新点校《冷斋夜话　风月堂诗话　环溪诗话》，中华书局1988年版，第130页。

② 〔宋〕李廌：《答赵士舞德茂宣义论弘词书》，见曾枣庄、刘琳主编《全宋文》第132册，上海辞书出版社、安徽教育出版社2006年版，第125页。

③ 〔清〕归庄：《玉山诗集序》，见《归庄集》卷三，上海古籍出版社1984年版，第206页。

④ 〔五代〕荆浩撰，王伯敏标点注译，邓以蛰校阅：《笔法记》，人民美术出版社1963年版，第4页。

"书必有神、气、骨、肉、血，五者阙一，不为成书也。"① 康有为也说："书若人然，须备筋、骨、血、肉，血浓骨老，筋藏肉洁，加之姿态奇逸，可谓美矣。"② 他们都把艺术的要素与人体的要素联系起来，强调艺术的有机整体性。

当然，这种艺术的生命结构，并不是真实存在的结构，而完全是一种解释性的虚拟结构，是中国古人以自己的艺术理想来解释艺术结构。

生命之喻反映中国古代传统的美学思想，即推崇生机勃勃、灵动自由、神气远出的生命形式，要求文学艺术应具有和生命的运动相似相通的形式。这种美学理想和传统哲学观念密切相关。在古人看来，宇宙之道就是一个生生不息、相生相续的生命模式。《易·系辞上》说："生生之谓易。"③《系辞下》说："天地之大德曰生。"④ 又说："天地氤氲，万物化醇。男女构精，万物化生。"⑤ 这里把"生"作为天地万物的一个最基本的内容和规律。宋代理学家程颢进一步提出"天只是以生为道"的命题："生生之谓易，是天之所以为道也。天只是以生为道。继此生理者，即是善也……万物皆有春意，便是继之者善也。"⑥ 又说："天地之大德曰生，天地氤氲，万物化醇，生之谓性，万物之生意最可观。此元者善之长也，斯所谓仁也。"⑦ 程颢特别强调生命的重要意义和生命的价值。在他看来，天地生成万物，万物生生不息，表现"生意"，生命的发展和表现是符合"善"和"仁"原则的。

古人的"生命之喻"反映了传统美学对于艺术本质的某些观念，即把艺术形式视为一种具有内在生命力的有机的动态整体。这种古老的观念与西方的某些理论有暗合或相似之处。早在古希腊，柏拉图和亚里士多德就已提出文学作品结构的有机统一的思想。当代一些西方美学也非常重视艺术和生命的关系。如德国的 G. 缪勒和 H. 奥贝尔就强调"艺术作品同

---

① 〔宋〕苏轼：《东坡题跋》，中华书局 1985 年版，第 80 页。

② 康有为：《广艺舟双楫·碑评第十八》，见《续修四库全书》第 1089 册，上海古籍出版社 2002 年版，第 49 页。

③《周易大传今注》卷五，第 515 页。

④《周易大传今注》卷五，第 558 页。

⑤《周易大传今注》卷五，第 577 页。

⑥ 〔宋〕程颢、程颐著，王孝鱼点校：《河南程氏遗书》卷二，见《二程集》，中华书局 1981 年版，第 29 页。

⑦《河南程氏遗书》卷一一，见《二程集》，第 120 页。

活的生物体之间的相似之处"①。苏珊·朗格认为艺术与人类的情感生活有逻辑上类似的形式结构，是一种发展了的暗喻，表现了人类情感意识自身的逻辑。她在《艺术问题》第 4 讲"生命的形式"中就指出，在艺术评论中广泛应用的一种暗喻便是将艺术品比作"生命的形式"（form of life）。她主张艺术是"生命的形式"，认为艺术形式"必须与某一个生命的形式相类似"，艺术作品只有以一种与生命的基本形式相类似的逻辑形式呈现出来，才能激发人们的美感。她又说："关于生命形式的一切特征都必须在艺术创造物中找到。"她认为艺术形式在本质上和生命结构是一致的：

> 你愈是深入地研究艺术品的结构，你就会愈加清楚地发现艺术结构与生命结构的相似之处。这里所说的生命结构包括着从低级生物的生命结构到人类情感和人类本性这样一些高级复杂的生命结构（情感和人性正是那些最高级的艺术所传达的意义）。正是由于这两种结构之间的相似性，才使得一幅画，一支歌或一首诗与一件普通的事物区别开来——使它们看上去象是一种生命的形式；使它看上去象是创造出来的，而不是用机械的方法制造出来的……②

苏珊·朗格认为人类生命形式的基本特征是能动性、统一性、有机性、节奏性和不断成长性。艺术形式要成为"生命的形式"必须有四个条件：①必须是动力的形式；②其结构是有机的整体结构；③整个结构都是由有节奏的活动结合在一起的；④具有生命形式辩证发展的特殊规律③。这四者也是生命形式的特征，因此，艺术就是人的生命形式的表现。在这里援引苏珊·朗格的理论并非为了强调中国传统文艺批评和它的一致性，目的只在于说明传统艺术批评以艺术形式和生命形式为异质同构，追求艺术的内在生命与整体和谐，这种古老而朴素的文学观念有其十

① ［美］R. 韦勒克著，丁泓、余徵译：《批评的诸种概念》，四川文艺出版社 1988 年版，第 70 页。

② ［美］苏珊·朗格著，滕守尧、朱疆源译：《艺术问题》第 4 讲"生命的形式"，中国社会科学出版社 1983 年版，第 55 页。

③ 《艺术问题》第 4 讲"生命的形式"，第 49 页。

分深刻的内核①。

三

　　"生命之喻"反映了传统文学艺术形式观念的核心，即对结构有机统一性的要求。古人对于艺术内部结构因素与审美范畴之间逻辑层次的认识，也受到人体生命形式的启发。生命形式是多层次的有机整体，是一个层进的动态结构：皮毛、肌肤、肢体、筋脉、腠理、骨骼、五脏、声气、血脉、精神。同样，艺术形式结构也是分属于不同的层面。刘勰说："以情志为神明，事义为骨髓，辞采为肌肤，宫商为声气。"② 颜之推说："以理致为心肾，气调为筋骨，事义为皮肤，华丽为冠冕。"③ 这些艺术要素从外在的、表层的到内在的、深层的，从中可以看出它们的逻辑层次。人体的生命形式可以分为形而上与形而下两大部分：前者是人的精神状态，虽然可以感受到，却是比较抽象、难以把握的；后者是人体存在的基本的、具体的物质形式，即人的身体各部分。同样，艺术的形式结构也存在着形而上与形而下的两大部分：形而上的要素是总体性的显现，如神、气、韵等；形而下的要素则是具体可感的物质形式载体。这种艺术内在结构模式是一种多层结构的复杂的有机整体，相比之下，把艺术的结构单纯地分为内容与形式、文与道、形象与思想等，就未免显得简单了。形而上与形而下两大部分中的各种艺术要素又是处于各自的结构层面，各有各的审美要求，但又必须相互联结才能构成一个有生命的整体。人体固然可以分成很多部分，然而一旦某一部分从人体中分离开来，则失去了其生命和意义④。同样，艺术结构的困难之处就在于使一切形式因素和谐地构成一个有机的整体，使之血脉流贯、神韵高扬，而不是毫无生命力的堆积。

　　把艺术作品比喻为一个生命体，就意味着它应该具有内在的统一性，

---

　　① 参李泽厚、刘纲纪主编《中国美学史》第 2 卷上，中国社会科学出版社 1987 年版。

　　② 《文心雕龙义证》，第 1593 页。

　　③ 《颜氏家训集解》（增补本），第 267 页。

　　④ 黑格尔说："人体到处都显出人是一种受到生气灌注的能感觉的整体。他的皮肤不象植物那样被一层无生命的外壳遮盖住，血脉流行在全部皮肤表面都可以看出，跳动的有生命的心好象无处不在，显现为人所特有的生气活跃，生命的扩张。"见朱光潜译《美学》第 1 卷第 2 章，商务印书馆 1979 年版，第 188 页。

成为独立自足并蕴含着情感与生命运动节奏的整体。正是有机的结构才使得艺术作品成为独特的有生命力的存在。"有机的统一"其实是中西方共通的古老的美学原则。在文学艺术作品中，一切要素都要形成一个有机的统一结构，处于互相联系、互相依存、互相制约的整体之中。艺术作品是一种特殊的有序结构形式，它必须把生活中的原始形式上升为规范形式，以有序性代替无序性。清代庞垲《诗义固说》卷下说："禅者云：'打成一片。'诗有宾有主，有景有情，须如四肢百骸，连合具体。若泛填滥写，牛头马身，参错支离，成得甚物？亦须'打成一片'乃得。"① 艺术作品的各种因素，在结构的作用之下，"打成一片"，互相融合，自我消解，构成清空一气的整体，如人的"四肢百骸"一气贯通。徐枋说人必须有骨格、筋脉、气血，又说："文犹是也，其段落者骨格也，其意与气者筋脉也，而词藻则血肉也。故段落既定而少意气以贯之，则脉不属；有段落意气而少词藻，则色不荣。"② 这也是强调艺术结构的整体性。

文学上的毛病也与人体上的毛病一样。人体某一部分出毛病，整体上便会表现出某种症候来；同样，文学艺术作品缺乏某一要素，便呈现某种不良的风貌。《抱朴子·辞义》："属笔之家，亦各有病……其浅者则患乎妍而无据，证援不给。皮肤鲜泽而骨鲠回弱也。"③ 张谦宜《绠斋诗谈》卷三云："身既老矣，始知诗如人身，自顶至踵，百骸千窍，气血俱畅；才有不相入处，便成病痛。"④ 这种艺术结构的观点也与传统中医学以人体气血运行，通则不痛、痛则不通的说法是一致的⑤，它们同样是以有机整体的观点来思考的。

批评家们在具体的文学评论中，也运用"生命之喻"来批评，认为艺术最高的境界是一种有机和谐、尽善尽美的统一。胡应麟在《诗薮》外编卷五中认为诗有筋骨、肌肉、色泽、神韵，"筋骨立于中，肌肉荣于

---

① 〔清〕庞垲：《诗义固说》，见郭绍虞编选，富寿荪标点《清诗话续编》，上海古籍出版社 1983 年版，第 739 页。

② 〔明〕徐枋：《与杨明远书》，见《居易堂集》卷一，华东师范大学出版社 2009 年版，第 14 页。

③ 〔东晋〕葛洪撰，杨明照校笺：《抱朴子外篇校笺》下册，中华书局 1997 年版，第 400 页。

④ 〔清〕张谦宜：《绠斋诗谈》卷三，见《清诗话续编》，第 813 页。

⑤ 〔清〕陈修园说："痛不通，气血壅；通不痛，调和奉。"陈修园：《心腹痛胸痹第七》，见《医学三字经》卷一，中国书店 1986 年版，第 19 页。

外，色泽神韵充溢其间，而后诗之美善备"①。在中国诗歌史上，这种完美的境界只有"盛唐诸子庶几近之"②。这是因为盛唐诗形式的各种因素得到完美和谐的统一。相较而言，宋诗注重筋骨格力而肌肉不丰，"绝无畅茂之象"③，就像严羽所批评的，"终有子路事夫子时气象"④，缺乏盛唐诗那种浑厚的气象。而元诗则注重色泽而乏风骨，故"大都衰谢之风"⑤。《诗薮》内编卷四亦云："宋人学杜得其骨，不得其肉；得其气，不得其韵；得其意，不得其象，至声与色并亡之矣。"⑥ 朱庭珍《筱园诗话》卷一同样指出诗必须"有骨有肉，有笔有书，文质得中，词意则称，始无所偏重矣。有格有韵，有才有情，有气有神，有声有色，杀活在手，奇正从心。雄浑而兼沉着，高华而实精切，深厚而能微妙，流丽而极苍坚，如此始为律诗成就之诣，盖骨肉停匀，而色声香味无不具足也"。他认为，"若及此诣，便是大家之诗"，而盛唐诗正符合这种理想，然而以后便很少人能达到这种境界了。他以人体为喻来分析唐以后的诗歌，认为它们各有所缺。如初唐诸人、宋代江西诗派因为"骨有余而韵不足，格有余而情不足，则为板重之病，为晦涩之病，非平实不灵，即生硬枯瘦矣"。而宋初晚唐诗、西昆派和明代七子的诗歌却是"肉有余而骨不足，词有余而意不足，风调有余而神力不足"，因此有绮靡之病，肤浮之病，其作品或涂泽堆垛，或空调虚腔。⑦

除诗之外，"生命之喻"也被运用到其他文体的批评之中，宋人魏天应编《论学绳尺》"论诀"中有"论头""论项""论心""论腹""论腰""论尾"之说⑧。清代李渔以"生命之喻"比较系统地阐论戏剧创作的结构问题。他在《闲情偶寄·结构第一》之中，以胚胎结构的发生来比喻艺术结构的产生。他认为"造物之赋形，当其精血初凝，胞胎未就，先为制定全形，使点血而具五官百骸之势。倘先无成局，而由顶及踵，逐

① 〔明〕胡应麟：《诗薮》外编卷五，上海古籍出版社1979年版，第206页。
② 《诗薮》外编卷五，第206页。
③ 《诗薮》外编卷五，第206页。
④ 《沧浪诗话校释》附录《答出继叔临安吴景仙书》，第253页。
⑤ 《诗薮》外编卷五，第206页。
⑥ 《诗薮》内编卷四，第60页。
⑦ 〔清〕朱庭珍：《筱园诗话》卷一，见《清诗话续编》，第2346页。
⑧ 〔宋〕魏天应：《论学绳尺》，见王水照编《历代文话》第1册，复旦大学出版社2007年版，第1087～1088页。

段滋生，则人之一身，当有无数断续之痕，而血气为之中阻矣"①。这里他对于艺术结构的比喻是十分有趣而深刻的。艺术的构思也应如人体的孕育过程一样，"胞胎未就，先为制定全形"。在创作之前，须有一个整体成熟的构想，假如枝枝节节而为之，就像一个人一段一段地生成，则"当有无数断续之痕，而血气为之中阻矣"。所以他主张作传奇者，不宜匆忙拈毫，要等"结构全部规模"了然于心才落笔。"袖手于前，方能疾书于后。"② 李渔的观点与苏轼的胸有成竹的理论相似，但他以人体比喻，就更为强调艺术结构的生命力和有机整体性了。在此基础上，李渔又以人体为喻，提出"立主脑"的主张："古人作文一篇，定有一篇之主脑，主脑非他，即作者立言之本意也。传奇亦然。"③ 在明代戏曲论著中，王骥德《曲律》就以"大头脑"来指涉及全剧的关键问题，故与结构有关。李渔的"立主脑"要求从生活现象中提炼出戏剧的主题，同时经过概括，确立体现主题的"一人一事"为主干线索，各部分都围绕这主线，组成有机的艺术整体。"立主脑"因此与结构有关，故放在"结构第一"中论述，把戏剧结构问题提到首位。

古人并不忽视具体的语言文字形式，因为神情气韵必须通过具体的物质形式才能表现出来。故杨维桢在《赵氏诗录序》中说："面目未识，而谓得其骨骼，妄矣；骨骼未得，而谓得情性，妄矣；情性未得，而谓得其神气，益妄矣。"④ 姚鼐的《古文辞类纂·序目》把文的要素分为八种："神理气味者，文之精也；格律声色者，文之粗也。然苟舍其粗，则精者亦胡以寓焉？"⑤ 但总体上讲，中国古代文学艺术批评总是比较注重艺术内在的生命、深层的总体的因素，把情志、神韵放在音律、辞藻等形式因素之上，就像人物品评和相术总是注重人物的精神气质一样。

《淮南子·原道训》讨论了人的形、神、气这三种生命因素，对后代的文学观念产生了深刻的影响。"夫形者，生之舍也；气者，生之充也；

① 〔清〕李渔：《闲情偶寄·词曲部上》，见《李渔全集》第 3 册，浙江古籍出版社 1991 年版，第 4 页。

② 《闲情偶寄·词曲部上》，见《李渔全集》第 3 册，第 4 页。

③ 《闲情偶寄·词曲部上》，见《李渔全集》第 3 册，第 8 页。

④ 〔元〕杨维桢：《东维子文集》卷七，见《四部丛刊初编》集部，上海书店 1989 年版，第 47 页。

⑤ 〔清〕姚鼐：《古文辞类纂·序目》，浙江古籍出版社 1998 年版，第 10 页。

神者，生之制也。"① 形是人的身体；气是人的生命力；而神则是感觉、意识、思维等活动的能力。神是生命中最重要的因素，主宰人的形体。所以，"以神为主者，形从而利；以形为制者，神从而害"②。在人体中，"神贵于形也，故神制则形从，形胜则神穷。聪明虽用，必反诸神，谓之太冲"，"故心者形之王也，而神者心之宝也"③。《淮南子》所论的是人体，其目的在于阐发道家的养生观，但他提到的形、神、气，后来都转化成为古代美学的基本范畴；他对于形、神、气关系的论述，也融合到古代文学艺术批评的传统观念之中。

中国古代的文学艺术批评也十分重视"神"与"气"，这在很大程度上是受到人物品评的影响。孙联奎《诗品臆说》就明确地把两者联系起来："人无精神，便如槁木；文无精神，便如死灰。"④ 文的精神是作品在形式、内容诸因素统一的整体上所表现出来的艺术生命力和魅力。假如在艺术结构中，各种形式因素只是人为的排列，缺乏贯通全体的生气，也就失去艺术的生命了。正如谢榛《四溟诗话》卷一说艺术作品若"全篇工致而不流动，则神气索然"⑤。他以婴儿的诞生为喻："譬诸产一婴儿，形体虽具，不可无啼声也。"⑥ 婴儿啼声是生命力的表现，同样，文学作品也必须神气高扬，气韵流动，方有艺术生命。方东树《昭昧詹言》卷一云："观于人身及万物动植，皆全是气所鼓荡。气才绝，即腐败臭恶不可近。诗文亦然。""又有一种器物，有形无气，虽亦供世用，而不可以例诗文。诗文者，生气也。"⑦ 他们都以"生气"为诗文的命脉，所谓"生气"就是指艺术作品如人体生命形式那样构成有机的整体，并具有一种洋溢于其中的活泼泼的生命力和感染力。

① 〔西汉〕刘安等编：《淮南子·原道训》，上海古籍出版社 1989 年版，第 15 页。

② 《淮南子·原道训》，第 16 页。

③ 《淮南子·精神训》，第 70 页。

④ 〔清〕孙联奎：《诗品臆说》，见《司空图〈诗品〉解说二种》，齐鲁书社 1980 年版，第 29 页。

⑤ 〔明〕谢榛著，宛平校点：《四溟诗话》，人民文学出版社 1961 年版，第 6 页。

⑥ 《四溟诗话》卷一，第 6 页。

⑦ 〔清〕方东树著，汪绍楹校点：《昭昧詹言》卷一，人民文学出版社 1961 年版，第 25 页。

# 四

古人既以人体喻文体，那么，文学批评的标准和方法也自然受到人物批评（包括相法、传统医学等）的一些影响。

古代的相术和人物批评皆从形貌入手，然其目的在于把握人的精神、品质、禀性或命运，所以要透过形貌去把握精神。但形貌与神情相比，便较为次要了。于是人物批评要遗貌得神，如九方皋相马，得其神而遗其玄黄牝牡。孔子早就指出"以貌取人"的弊端，而在《庄子》中那些形体残缺丑陋的畸人，大都具有人格精神的美，所谓"德有所长，而形有所忘"①。《荀子·非相》更明确提倡"相形不如论心，论心不如择术。形不胜心，心不胜术。术正而心顺之，则形相虽恶而心术善，无害为君子也；形相虽善而心术恶，无害为小人也"②。《抱朴子·清鉴》曰："夫貌望丰伟者不必贤，而形器尪瘁者不必愚，呴哮者不必勇，淳淡者不必怯。"③ 总之，中国古代人物批评特别强调内在的品质，强调人的精神人格，相对忽略人的外在形貌。

同样，中国文学批评也十分强调文学的内在品质。古人非常重视文品和人品。杨维桢《赵氏诗录序》说："评诗之品无异人品也。人有面目、骨体，有情性、神气，诗之丑好高下亦然。"④ 尽管古人对于文学和道德的标准不尽相同，但是由于把文体比拟为人体，对于人的标准就常常自然地转换成文学批评的标准。可以说，古人理想的人格与理想的文学风格有异曲同工之妙。薛雪《一瓢诗话》说："格有'品格'之格，'体格'之格。体格，一定之章程；品格，自然之高迈。品高虽被绿蓑青笠，如立万仞之峰，俯视一切；品低即拖绅搢笏，趋走红尘，适足以夸耀乡间而已。所以'品格'之格与'体格'之格，不可同日而语。"⑤ 薛雪这里论诗的

---

① 〔清〕王先谦撰，沈啸寰点校：《庄子集解》卷二《德充符》，中华书局1987年版，第53页。

② 〔清〕王先谦撰，沈啸寰、王星贤点校：《荀子集解》卷三，中华书局1988年版，第72页。

③ 《抱朴子外篇校笺》上册，第523页。

④ 《东维子集》卷七，第437页。

⑤ 〔清〕薛雪著，杜维沫校点：《一瓢诗话》第93则，见《原诗 一瓢诗话 说诗晬语》，人民文学出版社1979年版，第119～120页。

吴承学自选集

WU CHENGXUE ZIXUANJI

"体格""品格"之分，也是以人为喻的。人的品格当然要比体格重要了，同样，文学的审美品位也是由"品格"而不是"体格"来决定的。他所说的"体格"，是指诗的外在表现形式，属于较次要的审美范畴；"品格"则指艺术内在的美，属于审美更高的范畴。刘熙载《艺概·诗概》亦说："诗格，一为品格之格，如人之有智愚不肖也；一为格式之格，如人之有贫富贵贱也。"① 人的智愚、贤不肖，是内在天赋或禀性；而人的贫富贵贱则只是各种社会因素作用的结果，是身外之物。因此，一个人人格的高下，不是由他的社会地位而是由他的内在品格所决定的。诗歌亦然，其审美价值主要也是由内在的艺术品格所决定的。艺术品格是作家在学识、道德、艺术修养等方面综合而成的审美理想的自然体现。刘熙载把人品分为三品，同样诗亦分为三品。他说："诗品出于人品。人品悃款朴忠者最上；超然高举，诛茅力耕者次之；送往劳来，从俗富贵者无讥焉。"② 在词学方面又提出"论词莫先于品"③ 的主张，并借用陈亮《三部乐》词句，以人物等级论词品。他认为"词以元分人物"为最上，"峥嵘突兀"犹不失为奇杰，"嫛姍勃窣"则沦于侧媚矣④。词中的"元分人物"如苏东坡、辛弃疾"潇洒卓荦，悉出于温柔敦厚"；品质高尚然过于粗豪者，如"峥嵘突兀"的人，犹可称为"奇杰"；至于品格不高而词风软媚者，则如"侧媚"之人，最为下等⑤。

人体结构的排列有从外表到内在的逻辑层次。古人的相术和人物品评皆较重视内在的因素而相对忽视外在的因素。比如，人的筋骨就比肤肌、毛发更为重要，神情又比声貌更重要。在《世说新语》的人物品评，这类例子可说是不胜枚举了。同样，古代艺术批评在形式中比较强调内在的艺术因素。王羲之《书论》说："凡书多肉微骨者，谓之墨猪。多力丰筋者胜，无力无筋者病。"⑥ 张怀瑾《评书药石论》说："夫马筋多肉少为上，肉多筋少为下。书亦如之……含识之物，皆欲骨肉相称，神貌洽然。

① 〔清〕刘熙载：《艺概》卷二《诗概》，上海古籍出版社 1978 年版，第 82 页。
② 《艺概》卷二《诗概》，第 82 页。
③ 《艺概》卷四《词曲概》，第 109 页。
④ 《艺概》卷四《词曲概》，第 122 页。
⑤ 《艺概》卷四《词曲概》，第 110 页。
⑥ 《全晋文》卷二六，见《全上古三代秦汉三国六朝文》，第 1610 页。

若筋骨不任其脂肉者，在马为驽骀，在人为肉疾，在书为墨猪。"① 《历代名画记》说顾恺之"运思精微，襟灵莫测，虽寄迹翰墨，其神气飘然在烟霄之上，不可以图画间求"，并且以人体来作比喻："象人之美，张得其肉，陆得其骨，顾得其神。神妙亡方，以顾为最。"② 《文心雕龙·风骨》亦言："若瘠义肥词，繁杂失统，则无骨之征也。"③ 其后比较了文采和风骨两者的重要性："夫翚翟备色，而翾翥百步，肌丰而力沉也；鹰隼乏采，而翰飞戾天，骨劲而气猛也。"④ 雉虽有华丽的羽毛而乏风骨故不能高飞，而鹰隼有风骨而乏文采则尚可以戾天。足见风骨比文采更为重要了。贺贻孙《与友人论文第二书》论作文"患体气、神韵、筋骨、脉络不大备耳；苟其体气高妙，神韵仙举，筋骨脉络，生动灵变，则声调可以意为高下，形貌可以意为肥瘠"⑤。总之，在中国古代美学中，在艺术有机整体的基础上，又特别强调艺术的"内美"，这与人物品评的标准是完全一致的。

中国古人既对文学文体有一定的美学要求，对于文学的结构形式各因素也有具体的美学标准。这种艺术结构形式的美学标准也与人体生命形式特点有一些关系。

清代田同之《西圃词说》引魏塘曹学士说："词之为体如美人；而诗则壮士也。"⑥ 他把生命之喻引入文体学中，以人的不同性别喻不同文体，形象地表达出词体之委婉和诗体之刚健，饶有趣味。古人往往以人体各部位的结构功能、生理特征转换成对于文学艺术结构的美学理想⑦。《沧浪诗话·诗辨》云："诗之法有五，曰体制，曰格力，曰气象，曰兴趣，曰

---

① 〔清〕董诰等编：《全唐文》卷四三二，中华书局 1982 年影印本，第 4410 页。

② 《历代名画记》卷五，见于安澜编《画史丛书》一，第 69 页。

③ 《文心雕龙义证》，第 1055 页。

④ 《文心雕龙义证》，第 1063 页。

⑤ 〔清〕贺贻孙：《水田居文集》卷五《水田居遗书》，见《四库全书存目丛书》集部第 208 册，齐鲁书社 1995 年版，第 164 页。

⑥ 〔清〕田同之：《西圃词说》"曹学士论词"条，见唐圭璋《词话丛编》，中华书局 1986 年版，第 1450 页。

⑦ 当然，如果要一一地从人体上找到与艺术作品各种因素对应的比喻关系，就未免牵强附会、胶柱鼓瑟。事实上，不同批评家对于文体与人体各种对应的比喻也未必相同。这只能从大体上言之。

吴承学自选集

WU CHENGXUE ZIXUANJI

音节。"① 陶明濬《诗说杂记》卷七解释说："此盖以诗章与人身体相为比拟，一有所阙，则倚魁不全。体制如人之体干，必须佼壮；格力如人之筋骨，必须劲健；气象如人之仪容，必须庄重；兴趣如人之精神，必须活泼；音节如人之言语，必须清朗。五者既备，然后可以为诗。近取诸身，远取诸物，而诗道成焉。"② 这种解释很难说完全符合严羽的原意，但对于全面理解严羽的审美理想却颇有好处。不少人因为严羽强调"兴趣"就把严羽归之"王孟家数"，列入神韵一派。诚然，"兴趣"确是严羽诗论的一个重要方面，但他也认为其他因素如体制、格力、气象、音节也是不可或缺的，"一有所阙，则倚魁不全"。假如全面地考察严羽对于体制、格力、气象、兴趣、音节诸种因素的要求，不难看出，严羽的审美理想仍是盛唐和李杜为代表的诗风。

　　古人对于艺术形式因素有大致相似的审美要求，也与他们对于人体标准形态的理解有关。比如杨载《诗法家数》说："凡作诗，气象欲其浑厚，体面欲其宏阔，血脉欲其贯串，风度欲其飘逸，音韵欲其铿锵。"③ 人体的生命结构既有一定的功能，亦有一定的禁忌，必须加以控制。艺术亦如之，所以《白石诗说》："太凡诗自有气象、体面、血脉、韵度。气象欲其浑厚，其失也俗；体面欲其宏大，其失也狂；血脉欲其贯穿，其失也露；韵度欲其飘逸，其失也轻。"④ 从这方面看，古人的艺术美与人体美的观念是有相通之处的。

　　古代文学批评方式也受古代医学思维模式、相术或人物批评方式的影响。医学著作《难经》"六十一难"说："望而知之谓之神，闻而知之谓之圣，问而知之谓之工，切而知之谓之巧。"⑤ 相术亦讲究"望气"。中国古代文学批评家对于批评对象也常常是"望而知之"的。如严羽主张"看诗须着金刚眼睛"⑥，其论诗重于从诗的整体"气象"上去把握。如说：

---

① 《沧浪诗话校释》，第 7 页。

② 《沧浪诗话校释》，第 7 页引。

③ 〔元〕杨载：《诗法家数》，见何文焕辑《历代诗话》，中华书局 1981 年版，第 736 页。

④ 〔宋〕姜夔著，郑文校点：《白石诗说》，见《六一诗话　白石诗说　溽南诗话》，人民文学出版社 1962 年版，第 28 页。

⑤ 〔元〕滑寿：《难经本义》，商务印书馆 1956 年版，第 61 页。

⑥ 《沧浪诗话校释》，第 134 页。

"唐人与本朝人诗，未论工拙，直是气象不同。"① 又举例说："唐人命题，言语亦自不同。杂古人之集而观之，不必见诗，望其题引而知其为唐人今人矣。"② 焦竑《题词林人物考》把批评与相术联系起来："论人之著作，如相家观人，得其神而后形色气骨可得而知也。"③ 中国古人把文学艺术作品看成人体一样，它不是各种艺术因素的简单相加，而是各种艺术要素相互作用而形成的一个有内在生命律动的有机整体，一个动态结构系统。它以整体的形象完整地作用于人的心灵，启迪人的想象，更需要人们以整体式的直感和领悟去把握它。所以，中国古代文学艺术批评也如相术和人物品评一样，采取直观神悟的方式，讲究对批评对象的整体把握而不是寻枝摘叶、谨毛失貌。它不是把文学作品的血肉骨骼分别开来加以解剖式的分析，因为它注重的是保全批评对象的气足神完，保全和把握整体的精神和生命。在批评时，古人常凭借长期积累的经验，以直觉去把握对象的整体，力求在一瞬间完成对审美对象的整体把握。

（原载《文学评论》1994 年第 1 期）

---

① 《沧浪诗话校释》，第 144 页。

② 《沧浪诗话校释》，第 146 页。

③ 〔明〕焦竑撰，李剑雄点校：《澹园集》卷二二，中华书局 1999 年版，第 284 页。

# 评点之兴
## ——论文学评点的起源和南宋的诗文评点

评点是中国古代文学批评一种特殊的形式，也是一种特殊的中国批评文体。近年来，这种文体已备受研究者的重视。然而他们的眼光多集中于明清的小说评点，对于评点形式的源流尚缺乏比较完整系统的认识。鉴于此，本文重点讨论评点方式的形成和早期评点的主要著作，以期对研究文学评点历史的工作起到抛砖引玉的作用。

一

文学评点形式是在多种学术因素的作用之下形成的。这主要受古代的经学、训诂句读之学、诗文选本注本、诗话等形式的综合影响。古代经学有注、疏、解、笺、章句、章指等方式。如章句，汉代常用分章析句的方式，对经书的意义文句文字进行辨析。如《毛诗传笺》对每篇诗都有分多少章、每章几句的说明。又如章指，即对经书章节主旨的阐说。汉赵岐注《孟子》最早采用此方式，于各章之末，每每概括其大旨。西汉时期，传文皆与经文别行，两者不相掺和。到了东汉，马融《周礼注》始就经文为注。从完整留存至今的郑玄《毛诗笺》《礼记注》来看，此时已经是句句相附，注文一律放在各句之后。这种附注于经的阐释方式，的确便于读者的阅读理解。经注相连，为了避免相混，经用大字，注用小字，并把注文改为双行，夹注于经下。文学评点中的总评、评注、行批、眉批、夹批等方式，是在经学的评注格式基础上发展起来的。

至于评点的符号，则是在古代读书句读标志的基础上进一步发展起来的。句读与评点当然分属语法与鉴赏两个不同的系统，但两者关系相当密切，当句读方式由语法意义扩大至鉴赏意义时，文学性质的圈点也就产生了。事实上，古人的评点标志往往是兼语法意义和鉴赏意义的。古人很重视句读功夫，并使用一些特殊的标志来作为阅读的符号。许慎《说文》

五篇上"、部"："、，有所绝止，'、'而识之也。"① 据黄侃说，"、"是表示句读的符号②。又如《说文》十二篇下"レ"说："レ，钩识也。"段玉裁注："钩识者，用钩表识其处也。褚先生补《滑稽传》：'东方朔上书，凡用三千奏牍。人主从上方读之，止，辄乙其处，二月乃尽。'此非'甲乙'字，乃正レ字也。""钩勒"也就是读书的标志。段玉裁认为"今人读书有所钩勒即此"③。句读，古人又称"句投"。《文选》卷一八马融《长笛赋》："观法于节奏，察变于句投。"李善注："《说文》曰：'逗，止也。'投，与逗古字通，音豆。投，句之所止也。"④ 宋人毛晃谓："凡经书成文，语绝处谓之句；语未绝而点分之，以便诵咏，谓之读。今秘省校书式，凡句绝则点于字之旁，读分则点于字中间是也。亦作投。"⑤

我国出土的大量历代文献也给我们研究古代句读标志提供了可靠和有说服力的材料。如在山西侯马晋国遗址出土的春秋晚期的侯马盟书、河南信阳长台关发掘的战国楚墓中的竹简、湖北云梦县睡虎地发掘的秦墓竹简、长沙马王堆汉墓出土的帛书、山东临沂银雀山竹简、甘肃武威发现的汉简《仪礼》……这些都是春秋、战国、汉代时期我国书面语言的真实记录。从这些原始材料中，我们可以看到，在东周、秦、汉时期，一些章句、句读的标点符号已经出现。如在出土的汉代简牍中，存在大量文字之外的标志符号，对其文字表达功能起辅助与强化作用。有学者将这些符号总结为"句读符""重叠符""界隔符""题示符"等⑥。而更令人惊叹的是，在公元 5 世纪敦煌写本中已经出现多种用途的标点符号。据一些学者研究，在敦煌遗书的西凉到北宋写本中使用较多的就有 17 种标点符号。这 17 种是：句号、顿号、重文号、省代号、倒乙号、废读号、删除号、敬空号、篇名号、章节号、层次号、标题号、界隔号、绝止号、勘验号、勾销号、图解号。其中有些标点符号已经带有意义分析的内涵。这些符号可以说是后来圈点的雏形了。如层次号即标示文中不同层次的符号，最早

① 〔东汉〕许慎撰，〔清〕段玉裁注：《说文解字注》，上海古籍出版社 1981 年版，第 214 页。

② 黄侃：《文心雕龙札记》，中华书局 1962 年版，第 126 页。

③ 《说文解字注》，第 633 页。

④ 〔南朝梁〕萧统编，〔唐〕李善注：《文选》，上海古籍出版社 1986 年版，第 817 页。

⑤ 〔宋〕毛晃增注，〔宋〕毛居正重增：《增修互注礼部韵略》卷四，见《景印文渊阁四库全书》第 237 册，台湾商务印书馆 1986 年版，第 539 页。

⑥ 李均明：《简牍符号考述》，载《华学》第 2 辑，中山大学出版社 1996 年版。

见于中唐写本，所用的符形多种多样，以区分不同层次和各层次间的子母关系。其标画位置，在每一层次之首。例如"敦煌文书"伯2147《瑜伽师地论释决择分分门记卷第三》一文，就用了4种符号表示四个层次及各层次的子母关系。又如佛经疏解文书的图解号，起提纲挈领、综合分析的作用，符形为翔燕形，使用时可递系套连多重。通过此号分解处理，可以明确把握各段主旨大意及其在总体结构中的关系位置①。这个标志与圈点的性质已很相近了，和宋人分析文章的篇章段落的标志可谓异曲而同工。

说到评点学之"评"，更是渊源久远②。远的不说，光从选本来看，像唐代殷璠《河岳英灵集》、高仲武《中兴间气集》等，已兼选本与评论于一身，在诗人作品之前，有一个对于诗人的总论评价。如《河岳英灵集》卷上"常建"的总评：

> 高才而无贵仕，诚哉是言。襄刘桢死于文学，左思终于记室，鲍照卒于参军，今常建亦沦于一尉。悲夫！建诗似初发通庄，却寻野径，百里之外，方归大道。所以其旨远，其兴僻，佳句辄来，唯论意表。至如"松际露微月，清光犹为君"，又"山光悦鸟性，潭影空人心"，此例十数句，并可称警策。然一篇尽善者，"战余落日黄，军败鼓声死"，"今与山鬼邻，残兵哭辽水"，属思既苦，词亦警绝。潘岳虽云能叙悲怨，未见如此章。③

这与后代评点之总评形态已非常相近了。所以从形态来看，唐代的选本把诗歌选集与评论结合起来对于宋代的评点学是有直接影响的。

宋代是一个文化高涨的时代。公元8—9世纪，雕版印刷术的发明和使用改变了自汉以来手写书籍的状况，加快了图书的流通和知识的普及。北宋是我国雕版印刷事业史上一个非常重要的发展时期，其刻书范围之

---

① 参考李正宇《敦煌遗书中的标点符号》一文，载《文史知识》1988年第8期。

② 钱锺书认为陆云的《与兄平原书》"词气殊肖后世之评点或批改"，"苟将云书中所论者，过录于机文各篇之眉或尾，称赏处示以朱围子，删削处示以墨勒帛，则俨然诗文评点之最古者矣"。（钱锺书：《管锥编》，生活·读书·新知三联书店2007年版，第1915页）也就是说，诗文评点的形态是后起的，但与评点式相类的批评却是自古就有的。

③ 《唐人选唐诗（十种）》，上海古籍出版社1978年新1版，第49页。

广，品类之盛，都超越了前代。宋刻使写本书向刻本书全面转变，无疑具有重大意义。宋代的书籍印刷开始使用句读"圈点"符号。岳珂《九经三传沿革例·句读》中说："监、蜀诸本皆无句读，惟建本始仿馆阁校书式，从旁加圈点，开卷了然，于学者为便。"① 可见"加圈点"的方法，在当时校点古书的官署已形成定例。这种书籍印行中的"圈点"虽与文学选本的圈点不同，但两者之间应有密切关系。

除句读之外，古人很早就有其他读书的特殊标志，它反映了阅读者对于作品意义的特殊理解，是富有个性的阅读符号。中国古代很早就出现以朱墨标志来研读经典的著作，据《隋书·经籍志》所录，后汉贾逵就撰有《春秋左氏经传朱墨列》一卷，大概是以朱墨两色分写经文和传注②。而三国时代的董遇就是以"朱墨别异"的阅读方式而闻名的③。所谓"朱墨别异"就是用红黑二色对经书加以标注，用之阐明经书的意义。董遇的"朱墨别异"并非一般的句读，已是有深意的特殊标志，所以一般读者不易掌握，董遇也并不轻易教人。《三国志》注引《魏略》：

> 初，遇善治《老子》，为《老子》作训注。又善《左氏传》，更为作朱墨别异。人有从学者，遇不肯教，而云"必当先读百遍"。言"读书百遍，而义自见"。从学者云："苦渴无日。"遇言"当以三余"。或问三余之意，遇言"冬者岁之余，夜者日之余，阴雨者时之余也"。由是诸生少从遇学，无传其朱墨者。④

可见董遇的"朱墨法"是在"读书百遍"的基础上对于经书意义独到见解的抽象概括，有其特殊的义例。以朱墨两色作区别，取其醒目便览。董遇"朱墨别异"的阅读方法，就是后人"五色圈点"的滥觞。《三国志》卷一三注在上引的材料之下，又引《魏略》说当时太学生无心向学，大多空疏，"虽有精者，而台阁举格太高，加不念统其大义，而问字指墨法

---

① 〔宋〕岳珂：《九经三传沿革例》，见《景印文渊阁四库全书》第183册，第571页。
② 〔唐〕魏徵等：《隋书》卷三二，中华书局1973年版，第4册，第928页。
③ 用不同色彩的笔来抄录文本，起源甚早，如山西出土的春秋晚期的侯马盟书，其盟辞誓文用毛笔书写，用了红黑二色。
④ 〔晋〕陈寿撰，〔南朝宋〕裴松之注：《三国志》卷一三，中华书局1982年版，第420页。

点注之间，百人同试，度者未十"①。我怀疑这里所谓的"墨法点注"，恐怕也是与董遇的"朱墨别异"相似，是一种具体的读书标注，可以看出读者对于文本的理解，所以，太学以之作为考试的一种方式②。

当然，作为一种自觉的批评方式，评点到了宋代才真正形成。它之所以兴盛于宋，除了宋代文学批评发达的原因外，与宋人读书认真的风气有关。宋人读书，讲究虚心涵泳，熟读精思，喜欢独立思考，倡自得悟入之说。所以读书有心得处，多有题跋或标注点抹③，一旦把这种心得批在所读的作品中，就是评点了。黄庭坚《大雅堂记》说他读杜诗"欣然会意处，笺以数语"④。而宋代儒家的读书方法对于评点之学更是影响巨大，其中理学大师朱熹及其门徒的读书方法影响尤大。

朱熹系统地研究过读书理论，并总结了一系列读书方法。他主张读书首先须循序渐进，一本书一本书地读，每本书都要系统地学习，"其篇章文句、首尾次第，亦各有序而不可乱也"⑤。"且如一章三句，先理会上一句，待通透；次理会第二句，第三句，待分晓；然后将全章反复紬绎玩味。"⑥ 朱熹认为读书须精读精思："凡读书……须要读得字字响亮，不可误一字，不可少一字，不可多一字，不可倒一字，不可牵强暗记，只是要多诵遍数，自然上口，久远不忘。"⑦ "若读得熟，而又思得精，自然心与理一，永远不忘。"⑧ 读书必须反复琢磨，周密思考，虚心涵泳。这种读

---

① 《三国志》卷一三，第421页。

② 《宋史·刘翰传》引李昉《唐本草序》说："梁陶弘景乃以《别录》参其《本经》，朱墨杂书，时谓明白。"（《宋史》卷四六一，中华书局1985年版，第39册，第13506页）可见朱墨杂书在六朝已流行。

③ 《宋史·艺文志二》录有《神宗实录朱墨本》三百卷，注曰："旧录本用墨书，添入者用朱书，删去者用黄抹。"（《宋史》卷二〇三，第5090页）又《宋史·高文虎传》谓："自熙宁以来，史氏淆杂，人无所取信。文虎尽取朱墨本刊正缪妄，一一研核。"（《宋史》卷三九四，第12032页）

④ 刘琳、李勇先、王蓉贵校点：《黄庭坚全集》第2册，四川大学出版社2001年版，第437页。

⑤ 〔宋〕朱熹：《晦庵先生朱文公文集》（五）卷七四，读书之要，见朱杰人、严佐之、刘永翔主编《朱子全书》第24册，上海古籍出版社、安徽教育出版社2002年版，第3583页。

⑥ 〔宋〕黎靖德编，王星贤点校：《朱子语类》卷一一，学五，读书法下，中华书局1986年版，第189页。

⑦ 〔宋〕朱熹：《童蒙须知》读书写文字第四，见《朱子全书》第13册，第373～374页。

⑧ 《朱子语类》卷一〇，学四，读书法上，第1册，第170页。

书的态度与评点之学的精神是相通的。

《朱子语类》记载了朱熹与其他宋代学者一些圈点读书法：

> 某曾见大东莱之兄，他于《六经》《三传》皆通，亲手点注，并用小圈点。《注》所不足者，并将《疏》楷书，用朱点。无点画草。某只见他《礼记》如此，他经皆如此。①
>
> 某少时为学，十六岁便好理学，十七岁便有如今学者见识。后得谢显道《论语》，甚喜，乃熟读。先将朱笔抹出语意好处；又熟读得趣，觉见朱抹处太烦，再用墨抹出；又熟读得趣，别用青笔抹出；又熟读得其要领，乃用黄笔抹出。至此，自见所得处甚约，只是一两句上。却日夜就此一两句上用意玩味，胸中自是洒落。②
>
> 尝看上蔡《论语》，其初将红笔抹出，后又用青笔抹出，又用黄笔抹出，三四番后，又用墨笔抹出，是要寻那精底。看道理，须是渐渐向里寻到那精英处，方是。③

他们所用的已经是五色圈点读书法了。从朱熹的记载可以看出，评点之学与儒学的关系是非常密切的。

朱熹的标注读书法对于其门人乃至对南宋文学评点方式的影响是不可低估的。朱熹的门人黄幹（字勉斋）也有一套标注的方式。其标注的文献已不可见，但在后人的一些文献中却可以考见大概。元人程端礼《读书分年日程》卷二就引了"勉斋批点四书例"④。黄幹的标注方式是对朱熹读书标志法的发展，而他的标注方式又被他的学生何基继承下来。《宋史·何基传》说何基："凡所读无不加标点，义显意明，有不待论说而自见者。"⑤ 这里的"标点"，并不是一般的标点符号，而是"圈点"。黄宗

———————————

① 《朱子语类》卷一〇，学四，读书法上，第 1 册，第 175 页。
② 《朱子语类》卷一一五，朱子十二，训门人三，第 7 册，第 2783 页。
③ 《朱子语类》卷一二〇，朱子十七，训门人八，第 7 册，第 2887 页。另外，同书卷一〇四也说："某二十年前得《上蔡语录》观之，初用银朱画出合处，及再观，则不同矣，乃用粉笔；三观则又用墨笔。数过之后，则全与元看时不同矣。"第 2614 页。
④ 《景印文渊阁四库全书》第 709 册，第 489 页。
⑤ 《宋史》卷四三八，第 37 册，第 12979 页。

羲《宋元学案》卷八二《北山四先生学案》说何基"凡所读书，朱墨标点"①。何基的学生王柏（字鲁斋）得此真传，《宋史》谓王柏"于《论语》《大学》《中庸》《孟子》《通鉴纲目》标注点校，尤为精密"②。据元人吴寿民在董鼎《书传辑录纂注》中题识，提及时人标注五经，谓已多借鉴"王鲁斋先生凡例"③，其凡例与黄幹的标注符号大致相同。这几位儒家学者的圈点之法，与朱熹的读书方式是一脉相传的。由于宋代理学学派之盛，我们研究宋代的文学评点不得不考虑到理学家读书方式的影响。

科举对于评点之学也起了重要的刺激作用。宋代科举的内容其实就是儒家的经典，因此使儒学与评点之学关系更为密切。熟悉儒家学者所标注的经典，是学子自小的基本功课。如程端礼《读书分年日程》卷一谈到儿童入学之后要熟悉"黄勉斋、何北山、王鲁斋、张导江及诸先生所点抹四书例"④。在为生员所开列的六日为一周期的《读看文日程》中，有三日的功课包括了"夜钞点抹截文"⑤；在《读作举业日程》中，以十日为一周期，其中九日读书，一日作文，而"以九日之夜，随三场四类编钞格料批点抹截"⑥。可见对于儒家经典"批点抹截"的熟悉，是举业的重要功课。这些学子，日夕揣摩于"批点抹截"，他们用这种眼光和方法去解读其他文学文本，便是一种很自然的事情。

科举考试评点也可能与当时的文章评点关系密切。南宋宝祐元年（1253 年）状元姚勉《雪坡集》所收录《癸丑廷对》之末，保留了当时的初考、覆考、详定时考官的批语：

初考：议论本于学识，忧爱发于忠诚。洋洋万言，得奏对体。一上　臣经孙

---

① 〔明〕黄宗羲原撰，〔清〕全祖望补修，陈金生等点校：《宋元学案》卷八二《北山四先生学案》，中华书局 1986 年版，第 2726 页。

② 《宋史》卷四三八，第 37 册，第 12981 页。

③ 吴寿民此说见魏禧《汲古阁元人标点五经记》所引述，参见〔清〕魏禧著，胡守仁等校点《魏叔子文集》外编卷一六，中华书局 2003 年版，第 739 页。

④ 《景印文渊阁四库全书》第 709 册，第 472 页。

⑤ 《景印文渊阁四库全书》第 709 册，第 496 页。

⑥ 《景印文渊阁四库全书》第 709 册，第 497 页。

覆考：以求士以文不若教士以道立说，一笔万言，水涌山出，尽扫拘拘谰谰之习。张、程奥旨，晁、董伟对，贾、陆忠言，皆具此篇矣。一上　臣良贵

　　详定：规模正大，词气恳切。所答圣问八条，皆有议论，援据的确，义理精到，非讲明理学、该博传记者，未易到此。奇才也，宜备抢魁之选。臣焴、臣彬之、臣梦鼎①

　　这些批语与宋代文章选本之评点形态相似。有学者据此认为宋代的文章评点直接仿效了时文选本："我觉得不妨更大胆地推测其直接仿效了当时时文选本的编辑形态……古文选本上的评语，极有可能是仿效了科举考官对于科场时文的批语。"② 这种说法是有一定道理的，但历史的现象是复杂的，许多事物的产生和发展是各种元素合力的结果，最终交叉扭结成一股绳索。南宋古文选本的评语形式的产生应该是多源的，科场时文批语只是重要的影响之一，与其他影响因素并行而存。

　　宋代书籍的大普及也为读书人提供了更多评点的文献和材料。在南宋，读书圈点是十分普遍的现象，绝不限于理学家。这里举当时一位不甚知名的诗人危稹写的一首少为人知的诗为例。此诗题为《借诗话于应祥弟，有不许点抹之约，作诗戏之》，光是诗题就十分有意思，而诗中更是传神地表现了南宋读书人喜欢圈点的习惯：

　　我有读书癖，每喜以笔界。抹黄饰句眼，施朱表事派。此手定权衡，众理析畎浍。历历粲可观，开卷如画绘。知君笃友于，因从借诗话。过手有约言，不许一笔坏。自语落我耳，便觉意生械。明朝试静观，议论颇澎湃。读到会意处，时时欲犯戒。将举手复止，火侧禁搔疥。技痒无所施，闷怀时一噫。只可卷还君，如此读不快。千驷容可轻，君抱亦不隘。昨问鸡林人，尚有此编卖。典衣须一收，吾炙当

　　① 〔宋〕姚勉：《雪坡集》卷七《癸丑廷对》，见《景印文渊阁四库全书》第1184册，第50页。
　　② 林岩：《南宋科举、道学与古文之学》，载《中山大学学报》2013年第6期。

痛噱。①

点抹的目的是"饰句眼""表事派""定权衡""析畎沦"，也就是分析和评价。"抹黄""施朱"都是从艺术技巧上去标点的，但两种方式又各有侧重。诗中只提到使用了黄、红二色，我认为，这是诗中的省略，正因为兼用诸色，书上色彩斑斓，所以才说"开卷如画绘"。这种读书喜欢"以笔界"的"癖好"，应该是宋人普遍的习惯，书的主人借书之前，才有"不许点抹之约"。有意思的是，在诗人看来，读书而不让点抹，简直就像"火侧禁搔疥"一样难受，所以，诗人只好把书还给主人，自己宁愿典当衣裳，也要掏钱购一本，痛痛快快地在书上恣意点抹。这首诗是我在研究评点史过程中所见到的最形象生动的材料。

## 二

阅读过程的评点活动应是渊源久远的，但那往往只是个人的阅读行为；而在书籍印行中，把选集和评点这两种文学批评的方式结合起来，则是一种更为广泛的文化传播和文化普及的行为。下面我们着重介绍南宋几种较有影响的评点著作②。

从现存的文献来看，人们认为最早合选本与评点方式为一的书是南宋吕祖谦的《古文关键》。吕祖谦（1137—1181 年），字伯恭，婺州（今浙江金华市）人；与朱熹、张栻齐名，时有"东南三贤"之称，《宋史·儒林》有传。其为学主明理躬行，论文强调平易，不立崖异。吕祖谦既是理学家，又是文学家、批评家。曾编《宋文鉴》150 卷，著有《东莱集》40 卷。另辑有《吕氏家塾增注三苏文选》27 卷。

《古文关键》是一古文选本，书中选了唐宋古文家韩愈、柳宗元、欧阳修、曾巩、苏洵、苏轼、苏辙、张耒之文凡 60 余篇。此书之所以称为"关键"，就在于它分别标举诸家古文的命意布局，并在卷首冠以总论看

---

① 〔清〕厉鹗辑撰：《宋诗纪事》卷五六，上海古籍出版社 1983 年版，第 1414 页。按：危稹，字逢吉，号巽斋，又号骊塘，抚州临川人，淳熙十四年（1187 年）进士，著有《巽斋小集》。

② 祝尚书：《宋元文章学》，中华书局 2014 年版，第一章第二节"宋元时期的文章评点本"述及宋元时期的古文及时文评点本 9 种，在文献上对本章有所补充，可资参看。

文作文之法，示学者以门径。此书总 2 卷，《四库全书总目》说："考《宋史·艺文志》，载是书作二十卷。今卷首所载看诸家文法，凡王安石、苏辙、李廌、秦观、晁补之诸人俱在论列，而其文无一篇录入，似此本非其全书。然《书录解题》所载亦只二卷。与今本卷数相合，所称韩、柳、欧、苏、曾诸家亦与今本家数相合，知全书实止于此。《宋志》荒谬，误增一'十'字也。"① 《古文关键》有两种版本，其中一种刻本，旁有圈点钩抹之处。这和陈振孙《直斋书录解题》所说的"标抹注释，以教初学"② 相合。

在文学批评史上，吕祖谦《古文关键》最突出的成就在于运用了文学选本的评点方式。吕祖谦在一些文章的夹行之中，旁注小批，又于文中关键的字句旁边，进行标抹，以引起读者的重视；他还在书中详细批点了文章的命意、布局、用笔、句法、字法等，示学者以门径，所以谓之"关键"。《古文关键》卷首有"总论看文字法""看韩文法""看柳文法""看欧文法""看苏文法""看诸家文法""论作文法"和"论文字病"八节，对古文的欣赏和写作提出一些具体的法则。如其"总论看文字法"：

> 第一看大概主张。第二看文势规模。第三看纲目关键：如何是主意、首尾相应；如何是一篇铺叙次第；如何是抑扬开合处。第四看警策句法：如何是一篇警策，如何是下句、下字有力处，如何是起头换头佳处，如何是缴结有力处，如何是融化屈折、剪截有力处，如何是实体贴题目处。③

在"总论看文字法"之后有"论作文法"。"看文"是手段，"作文"才是目的。在此之前，文集、选本首要功用是鉴赏，是文人提高艺术修养的必要手段，故往往只注释字句，标明典故，疏通文意，从来不详论文章的作法。而《古文关键》则实用性很强，使读者通过"四看"，既领会名著

---

① 〔清〕永瑢等：《四库全书总目》卷一八七，集部总集类二，中华书局 1965 年版，第 1698 页上。

② 〔宋〕陈振孙撰，徐小蛮、顾美华点校：《直斋书录解题》卷一五，上海古籍出版社 2015 年版，第 451 页。

③ 黄灵庚、吴战垒主编：《吕祖谦全集》第 11 册录《古文关键》，浙江古籍出版社 2008 年版，第 1 页。

吴承学自选集
WU CHENGXUE ZIXUANJI

64

的精华，也学习了实际的写作技巧。指导写作，成为最直接的目的。这可以说是一种创举，也是文学批评向实用目的、功利目的发展的一个重要转折。《古文关键》是吕祖谦教授初学者的古文选本，但影响很大。此书只选韩愈、柳宗元、欧阳修、曾巩、苏洵、苏轼、苏辙、张耒之文，但已经初具明人所谓的"唐宋八大家"的雏形了，他所选的作家可说是唐宋古文创作的代表作家。这实际上是在选本上最早对唐宋古文艺术价值的总结和肯定。它非但六朝文不取，先秦两汉文也不取，专取唐宋之文。而在那个时代，书中所选只能算是近、现代的文章。吕祖谦的《古文关键》，特别垂意于唐宋之文，固然与选本的诵读对象有关，但也反映了他对唐宋古文的价值与特点的独到见解。从这个角度来看，他又似乎已经开了明代唐宋派的先声[1]。我以为，吕祖谦对于唐宋派至少存在一种潜在的影响[2]。

　　直接受到《古文关键》影响的文章评点选本是楼昉的《崇古文诀》。此书本名《迂斋古文标注》，所谓"标注"，就是宋人对评点的一种称呼。楼昉，号迂斋，鄞县人，绍熙四年（1193年）进士，历官守兴化军，卒追赠直龙阁。楼昉曾受业于吕祖谦，其书当然也受到乃师的影响。正如陈振孙《直斋书录解题》说："其大略如吕氏《关键》，而所取自《史》《汉》而下至于本朝，篇目增多，发明尤精当，学者便之。"[3] 《崇古文诀》在《古文关键》的基础上有所增益，与《古文关键》只选唐宋文章不同，它选录了秦汉至宋代的200多篇古文，且评语精当，在当时已颇有影响。刘克庄《后村大全集》卷九六有《迂斋标注古文序》曰："迂斋标注者一百六十有八篇，千变万态，不主一体……逐章逐句，原其意脉，发其秘藏……尊先秦而不陋汉、唐，尚欧、曾而并取伊洛……可以扫去《粹》《选》而与《文鉴》并行矣。迂斋楼氏名昉，字旸叔，以古文倡莆东。经指授，成进士名者甚众……今大漕宝谟匠监郑公次申，亦当时升堂入室者也。既刊《标注》十卷，贻书余曰：'子莆人也，非迂斋昔所下榻设醴者乎？其为我序此书。'"[4]《皕宋楼藏书志》卷一一四载宋刊本迂斋

---

　　① 〔明〕贝琼：《清江文集》卷二八《唐宋六家文衡序》谓朱右"其定《六家文衡》，因损益东莱吕氏之选"。见《景印文渊阁四库全书》第1228册，第477页。

　　② 关于《古文关键》，详参吴承学《现存评点第一书——论〈古文关键〉的编选、评点及其影响》一文，载《文学遗产》2003年第4期，第72页。

　　③ 《直斋书录解题》卷一五，第452页。

　　④ 〔宋〕刘克庄著，辛更儒校注：《刘克庄集笺校》，中华书局2011年版，第4049页。

先生标注《崇古文诀》20卷，有宝庆丙戌永嘉陈振孙序曰："迂斋楼□，文名于时，士之从其游者，一□□授，皆有师法。闲尝采集先□□以来迄于今世之文，得一百六十有八篇，为之标注以诒学者，凡其用意之精深，立言之警拔，皆探索而表章之，盖昔人所以为文之法备矣。"① 据各家著录，此书的卷数、篇数都有出入，可见其版本甚多②。从前人的记载看来，此书对当时举子揣摩举业起了一定作用，培养了不少科举人才。当然从文学选本的角度来看，此书也有其价值，正如《四库全书总目》说："宋人多讲古文，而当时选本存于今者不过三四家……世所传诵，惟吕祖谦《古文关键》、谢枋得《文章轨范》及昉此书而已。而此书篇目较备，繁简得中，尤有裨于学者。盖昉受业于吕祖谦，故因其师说，推阐加密，正未可以文皆习见而忽之矣。"③ 评价颇为公允。

　　研究宋代的选集评点，还有必要提到真德秀的《文章正宗》。真德秀学术继承朱熹，是南宋理学的后劲。《文章正宗》20卷、续集20卷的编选代表了他的文学思想。此书刻于绍定五年（1232年），如果说，《古文关键》的选录是理学家兼古文家的眼光，《文章正宗》则完全代表了理学家的观念和标准。其自序批评了《昭明文选》《唐文粹》，并自称云："故今所辑，以明义理切世用为主。其体本乎古，其指近乎经者，然后取焉，否则辞虽工亦不录。"④ 全面发挥了理学家重道轻文的观点。《四库全书总目》说："四五百年以来，自讲学家以外，未有尊而用之者。岂非不近人情之事，终不能强行于天下欤？"⑤ 这种评价是中肯的。尽管此书在文学批评史上常被提及，但学术界研究评点之学，往往忽视了此书。其实，《文章正宗》的批点法还相当重要，甚至具有某种程度上的规范作用。我们现在已经难以看到《文章正宗》的原始面目。我以为《文章正宗》原来应是有圈点的。《南雷文定凡例》："文章行世，从来有批评，而无圈点，自《正宗》《轨范》肇其端，相沿以至荆川《文编》，鹿门《大家》。

　　① 《皕宋楼藏书志》卷一一四，见《续修四库全书》史部第929册，上海古籍出版社2002年版，第597页。

　　② 参考余嘉锡《四库提要辨证》的"崇古文诀"条，中华书局1980年版，第1572页。

　　③ 《四库全书总目》卷一八七，集部总集类二，第1699页上。

　　④ 〔宋〕真德秀：《文章正宗》，见《景印文渊阁四库全书》第1355册，第5页。

　　⑤ 《四库全书总目》卷一八七，集部总集类二，第1699页下。

一篇之中，其精神筋骨所在，点出以便读者，非以为优劣也。"① 我们还可以在后人的文献中，看到真德秀的批点法的形式。据徐师曾《文体明辨》所载，真德秀批点法是——"点"：句读小点（语绝为句，句心为读）；菁华旁点（谓其言之藻丽者，字之新奇者）；字眼圈点（谓以一二字为纲领）。"抹"：主意、要语。"撇"：转换。"截"：节段。② 在宋人的评点中，其圈点方式是比较简要的一种。

以上所述三书，在南宋已有较大影响，如南宋末年的《古文集成》一书，卷端即刊载了吕祖谦《古文关键》、楼昉《迂斋古文标注》、真德秀《文章正宗》的评点，"一圈一点，无不具载"③。

谢枋得（1226—1289 年）是南宋末重要的评点家。枋得字君直，号叠山。宝祐四年（1256 年）进士，曾为考官，后以讪谤贾似道谪兴国军。德祐初，元兵东下，枋得知信州，力战兵败，变姓名入建宁山中。至元二十六年（1289 年），福建行省强之北行，至京不食死。著有《叠山集》，清人还把他的《诗传注疏》《檀弓解》《文章轨范》《注解章泉涧泉二先生选唐诗》辑为《谢叠山先生评注四种合刻》。谢枋得除了《文章轨范》之外，还有其他批点的著作。今考《唐诗品汇》卷首"引用诸书"，中有"广信谢枋得君直《批唐绝句选》"④。在《唐诗品汇》七言绝句 10 卷中，共引用叠山评语近 50 则，占了《唐诗品汇》所选七言绝句评语的绝大多数，可见谢枋得评点的分量了。

谢枋得的《文章轨范》是南宋影响较大的古文选本。它选录了汉晋唐宋之文共 69 篇。其中韩愈之文占了 31 篇，苏轼次之，12 篇，柳宗元、欧阳修各 5 篇，苏洵 4 篇，其余诸葛亮、陶潜、杜牧、范仲淹、王安石、李觏、李格非、辛弃疾各有 1 篇。此书共 7 卷，原本以"王侯将相有种乎"七字分标各卷，后坊刻易以"九重春色醉仙桃"七字。七卷分为两大部分，前两卷为"放胆文"，后五卷为"小心文"，各有批注圈点⑤。谢枋得认为："凡学文，初要胆大，终要心小，由粗入细，由俗入雅，由

① 沈善洪主编：《黄宗羲全集》（增订版）第 11 册，浙江古籍出版社 2005 年版，第 83 页。

② 〔明〕徐师曾：《文体明辨》，见《四库全书存目丛书》集部第 310 册，齐鲁书社 1997 年版，第 372 页。

③ 《四库全书总目》卷一八七，集部总集类二，第 1702 页下。

④ 〔明〕高棅编选：《唐诗品汇》卷首，上海古籍出版社 1982 年版，第 18 页。

⑤ 〔宋〕谢枋得：《文章轨范》，见《景印文渊阁四库全书》第 1359 册，第 542 页。

繁入简，由豪荡入纯粹。"① 此书是为当时举业而作的，故所选的文章，都是取"古文之有资于场屋者"，且"标揭其篇、章、句、字之法"②。各卷之间作品的排列，不是根据作家的先后或文体类别，而是从士子学习场屋程文的进度来安排的。作者的批注颇细致，但其中《岳阳楼记》《祭田横文》《上梅直讲书》《三槐堂铭》《表忠观碑》《后赤壁赋》《阿房宫赋》《送李愿归盘谷序》8篇，只有圈点而无批注。《四库全书总目》认为原因是"盖偶无独见，即不填缀以塞白，犹古人淳实之意"③。而《前出师表》《归去来辞》，连圈点也没有，似有所寓意。其门人王渊济跋谓："汉丞相、晋处士之大义、清节，乃枋得所深致意非附会也。"④ 这种说法可能是有道理的。《文章轨范》的编选虽是出于科举的目的，但其批评圈点，大致十分中肯，对于古文之法辨析入微，尤其是对于韩文的分析，更为细致，成为后人一种规范。元人程端礼《读书分年日程》卷二提到看韩愈全集时，特别强调"谢叠山批点"，说它"篇法、章法、句法、字法备见"⑤。后引《批点韩文凡例》，又称"广叠山法"⑥，即在谢枋得标注符号的基础上加以发展。

谢枋得的诗歌评点多是对于诗句本意冷静、客观的阐释，通俗的解说，如说诗者的串讲，平易近人，设身处地地揣度作品的原意，绝无故作高深之处，如评点王昌龄《闺怨》：

> 见虫鸣螽跃而未见君子则忧，见采薇采蕨而未见君子则忧。草木之荣华，禽虫之和乐，皆能动人伤悲之心。此诗谓闺中少妇初不识愁，春日登楼见杨柳之青青，始知阳和发育万物皆春，吾与良人徒有功名之望，今日空闺独处，良人辛苦戎事，曾不如草木群生，各得其乐，于是而悔望此功名。此亦本人情而言也。⑦

---

① 《景印文渊阁四库全书》第1359册，第544页。
② 〔明〕王阳明：《重刊〈文章轨范〉序》，见〔明〕王守仁撰，吴光、钱明、董平、姚延福编校《王阳明全集》卷二二《外集四》，上海古籍出版社2012年版，第722页。
③ 《四库全书总目》卷一八七，集部总集类二，第1703页上。
④ 《景印文渊阁四库全书》第1359册，第542页。
⑤ 《景印文渊阁四库全书》第709册，第482页。
⑥ 《景印文渊阁四库全书》第709册，第492页。
⑦ 《唐诗品汇》卷四七，第439页。

以比兴寄托理论释诗，又加疏解，浅出而能深入。又如评点贾岛的《渡桑乾》：

> 久客思乡，人之常情，旅寓十年，交游欢爱与故乡无异，一旦别去，岂能无情？渡桑乾而望并州，反以为故乡也。非东西南北之人不能道此。[①]

揭示诗人离开久客之地微妙复杂的心理，转折深入，颇中肯綮。谢枋得的评点虽较为通俗，然亦多自得之言。如评韦庄《江上别李秀才二首》之一"莫向尊前惜沈醉，与君俱是异乡人"句："客中送客，最易伤怀，唐人如'今日劝君须尽醉'，'劝君更进一杯酒'皆不若此之妙。"[②] 点出中国古代送别诗中"客中送客"这一大类诗的特殊况味，极有眼光。

谢枋得说诗，有时过于注重比兴寄托、微言大义，故不免有牵强附会之处。如评韦应物《滁州西涧》："'幽草''黄鹂'，比君子在野，小人在位；'春潮带雨晚来急'，乃季世危难多，如日之已晚，不复光明也。末句谓宽闲寂寞之滨必有贤人，如孤舟之横渡者，特君不能用耳。"[③] 所以，王夫之在论兴、观、群、怨时，就对此有所批评，认为其说诗"井画而根掘之，恶足知此！"[④]

## 三

南宋末年的刘辰翁，堪称批评史上第一位评点巨擘，对于他的文学批评，应有专门的研究，限于篇幅，这里只能简要而论。

刘辰翁（1232—1297年），字会孟，号须溪，庐陵（今江西吉安）人。青年时代，曾受学于陆九渊。景定三年（1262年）应进士试，因忤权相贾似道，置入丙等，遂以亲老辞官任濂溪书院山长，宋亡后隐居以终。在南宋的评点家中，吕祖谦、楼昉、谢枋得等其批评眼光和标准兼有

---

① 《唐诗品汇》卷五二，第481页。
② 《唐诗品汇》卷五四，第495页。
③ 《唐诗品汇》卷四九，第453页。
④ 〔清〕王夫之著，戴鸿森笺注：《姜斋诗话笺注》，人民文学出版社1981年版，第5页。

理学家和古文家的双重身份，而刘辰翁则是比较纯粹的作家与批评家，他最早在评点之中，表现出文人的狂狷之风、岸傲之气。刘辰翁著作等身，其诗文曾结集 100 卷，但在明代就已经失传。清人据《永乐大典》辑得《须溪集》10 卷①。其评点著作甚多，明人汇刻《刘须溪批评九种》，包括《班马异同评》35 卷、《老子》《庄子》《列子》上下卷、《世说新语》3 卷、《李长吉歌诗》4 卷、《王摩诘诗》4 卷、《杜工部诗集》20 卷、《苏东坡诗》25 卷。另外，今存评本有《放翁诗选集》8 卷、《别集》1 卷、《王荆公诗文》50 卷。此外，还选有《古今诗统》一书。关于现存刘辰翁评点著作的真伪情况，学术界有不同看法，有待进一步研究。但这些著作的真伪，并不影响他作为宋代评点学有代表性人物的地位。

刘辰翁在明代影响很大，其评点备受重视，"士林服其赏鉴之精博"②。如果说，刘辰翁的评点在明代文学批评界中是一门"显学"，恐怕并非夸张。举个例子说，明代举足轻重的诗歌选本《唐诗品汇》中收录了历代批评家评论材料，其取舍是比较严的，正如其"凡例"所说："夫文章者，公器也，然而历代辞人志趣不叶，议论纵横，使人惑于趋向，今取其正论悟语，悉录之，其或文儒奇解过中之说，一无取焉。"③ 据我初步统计，《唐诗品汇》引用刘辰翁的评点近 700 则，在所有被引用的历代评论家之中，数量最多。而且编者在某些地方还特地声明："批语无姓氏者系刘须溪评。"④ 在许多卷中，因过多引用刘辰翁评语，只好省略称"刘云"以代全称。从《唐诗品汇》引语的数量，就足以看出刘辰翁在明代文学批评中的特殊地位了。明人的选集引用刘辰翁评点语的不少。如顾起经《王右丞诗集参评》、郭浚《增定评定唐诗正声》、周珽《唐诗选脉会通评林》等。明人对刘辰翁评价很高，如李东阳《怀麓堂诗话》："刘会孟名能评诗，自杜子美下至王摩诘、李长吉诸家，皆有评。语简意切，别是一机轴，诸人评诗者皆不及。"⑤ 刘辰翁在明代的名气，既有文学上

---

① 〔宋〕刘辰翁著，段大林校点：《刘辰翁集》，江西人民出版社 1987 年版，收载刘辰翁作品较全。

② 〔明〕杨慎著，王仲镛笺证：《升庵诗话笺证》附录 1，上海古籍出版社 1987 年版，第 567 页。

③ 《唐诗品汇》凡例，第 14 页。

④ 《唐诗品汇》卷一四，第 172 页。

⑤ 〔明〕李东阳著，李庆立校释：《怀麓堂诗话校释》，人民文学出版社 2009 年版，第 92 页。

的原因，又有品德上的原因。他在宋亡之后不出仕，所以，杨慎《升庵诗话》卷一二把他与伯夷、陶潜相提并论①。

刘辰翁几乎评点遍唐代著名的诗人，从《唐诗品汇》所引的评语来看，刘辰翁至少评点过以下诗人：骆宾王、杜审言、陈子昂、张谓、张九龄、常建、贺知章、王之涣、崔颢、高适、岑参、李白、杜甫、孟浩然、王缙、王维、裴迪、贾至、储光羲、李颀、卢象、韦应物、柳宗元、陶翰、孟云卿、钱起、司空曙、卢纶、戴叔伦、郎士元、刘商、杨衡、武元衡、韩愈、孟郊、王建、张籍、卢仝、李贺、杜牧、贾岛、姚合、崔涂……同时他还评点了一批宋当代作家，如王安石、苏轼、陆游等。他的一些评点著作，早已流传海外，而且有一些在国内已失传，正是赖国外珍本得以保存。如日本翻刻朝鲜本《须溪先生评点简斋诗集》，就收录了约200条辰翁评语②。

刘辰翁与谢枋得的评点风格迥然相异，如果说谢叠山的评点风格比较冷静客观的话，刘辰翁的评点风格则更充满主观色彩和激情；而且他不像叠山一样，对诗句作详细周到的解说，或阐述诗歌原意，而往往只是三言两语，道出自己对诗的总体印象或感受（下引辰翁文均见《唐诗品汇》）。评杜甫《乐游园歌》"此身饮罢无归处，独立苍茫自咏诗"曰："每诵此结，不自堪。""吾常堕泪于此。"③ 评《渼陂行》"咫尺但愁雷雨至，苍茫不晓神灵意"云："吾常游西湖，遇风雨，诵此语如同舟同时。"④ 评李白《少年行》（五陵年少金市东）："语气凌厉快活，梦亦难忘。"⑤ 评韦应物《九日》"明年九日知何处，世难还家未有期"句："可悲。隔世与余同患。"⑥ 这些评点都充满感情，评者与作者似乎合为一体了。

《四库全书总目》对刘辰翁评点的评价很低，如卷一五〇《笺注评点

① 《升庵诗话笺证》附录1，第567页。
② 〔宋〕陈与义著，吴书荫、金德厚点校：《陈与义集》附录四"须溪评点陈与义诗"，中华书局1982年版，第572页。
③ 《唐诗品汇》卷二八，第304页。
④ 《唐诗品汇》卷二八，第307页。
⑤ 《唐诗品汇》卷四七，第436页。
⑥ 《唐诗品汇》卷四九，第453页。

李长吉歌诗》提要说"辰翁论诗,以幽隽为宗,逗后来竟陵弊体"①。又卷一六五《须溪集》提要也说他"论诗评文往往意取尖新,太伤佻巧,其所批点……大率破碎纤仄,无裨来学"②。这种说法并不准确,至少是片面的。其实刘辰翁十分注重自然天成。其评语中对此极尽赞美之辞。刘辰翁论诗文并不取"尖新""佻巧",对于用平淡的语言刻画出生活真实来的诗歌特别赞赏。如评韦应物《庭前有奇树》曰:"常言常语,枯淡欲无。"③ 评杜甫《骢马行》"赤汗微生白雪毛,银鞍却覆香罗帕"曰:"无紧要,有风味。"④ 张籍《蓟北旅思》"长因送人处,忆得别家时",评曰:"晚唐更千首不及两语。无紧无要,自是沈著。"⑤ 评韩愈《感春》:"无紧无要,写得沈至不同。"⑥ 苏东坡尝评柳宗元《渔翁》诗说:"此诗有奇趣,然其尾两句虽不必亦可。"刘辰翁则说:"或谓苏评为当,非知言者。此诗气浑,不类晚唐,正在后两句,非蛇安足者。"⑦ 评李贺《梦天》结尾:"意近语超,其为仙人语,亦不甚费力。使尽如起语,当自笑耳。"⑧ 即说开头"老兔寒蟾泣天色"写得费力。可见,辰翁论诗正不取"尖新"与"佻巧",但主观色彩相当强烈。

刘辰翁因为评点过《世说新语》,还被视为小说评点的开山之祖⑨。

在现存文献中,《古文集成前集》也是一部值得注意的南宋评点著作。⑩ 此外,还有署名为南宋末年的诗学批评家严羽的诗歌评点之作。近年出版的陈定玉先生辑校的《严羽集》收录严羽评点的《李太白诗集》⑪,詹锳先生主编的《李太白全集校注汇释集评》⑫,也收录严羽评点,足供参考。但是这些李白诗歌的评点是否严羽所作,尚待考定。

---

① 《四库全书总目》卷一五〇,别集类三,第 1293 页下。
② 《四库全书总目》卷一六五,别集类一八,第 1409 页下。
③ 《唐诗品汇》卷一四,第 173 页。
④ 《唐诗品汇》卷二八,第 305 页。
⑤ 《唐诗品汇》卷六七,第 588 页。
⑥ 《唐诗品汇》卷二〇,第 230 页。
⑦ 《唐诗品汇》卷三六,第 372 页。
⑧ 《唐诗品汇》卷三五,第 366 页。
⑨ 可参考黄霖、韩同文《中国历代小说论著选》中关于刘辰翁部分的说明,江西人民出版社 1990 年版,第 78～79 页。
⑩ 参见《四库全书总目》卷一八七,总集类二,《古文集成前集》提要,第 1702 页下。
⑪ 中州古籍出版社 1997 年版。
⑫ 百花文艺出版社 1996 年版。

# 四

今人研究评点，多研究"评"而少涉及"点"。其实，评点方式在古代之所以能风靡天下，与圈点有很大关系。姚鼐《答徐季雅书》说："圈点启发人意，有愈于解说者矣。"① 圈点是一种超越文字的特殊的分析方式，带有某种神秘色彩。圈点与评语不同：评语所论，十分显豁，而诸家的圈点方式"义例"各不相同，带有"秘传"性质，更需人去揣摩，弄通各种符号的象征意义以及彼此之间的微妙区别。但是研究宋人圈点标志颇为困难：由于时代久远，现存宋人评点的选本大都是后人传刻的。传刻者往往只留下评点，而删略去圈点标抹之处，使我们难以看到宋人评点的真面目。如《四库全书总目》提到《古文关键》一书就说："原本实有标抹。此本盖刊版之时，不知宋人读书于要处，多以笔抹，不似今人之圈点，以为无用而删之矣。"② 这种情况是十分常见的。但从一些传世的文献中，我们仍可以了解宋人圈点标志的一些情况。

实际上，所谓"点"或"标志"又可分为笔抹与圈点两种。笔抹用比较简单的线条，圈点则加用各种形状的符号。笔抹的流行使用应该早于圈点。正如《四库全书总目》经部卷三七"四书类存目"《苏评孟子二卷》提要谓："宋人读书，于切要处率以笔抹。故《朱子语类》论读书法云：'先以某色笔抹出，再以某色笔抹出。'吕祖谦《古文关键》、楼昉《迂斋评注古文》，亦皆用抹，其明例也。谢枋得《文章轨范》、方回《瀛奎律髓》、罗椅《放翁诗选》始稍稍具圈点，是盛于南宋末矣。"③ 圈点盛于南宋末年，晚于笔抹形式。宋代的圈点，可分为详略两种。先说简式。元人程端礼《读书分年日程》卷二所引"勉斋（黄幹）批点四书例"中有"点抹例"。包括红中抹，表示"纲""凡例"；红旁抹，表示"警语""要语"；红点，表示"字义""字眼"；黑抹，表示"考订""制度"；黑点，表示"补不足"④。而王柏（鲁斋）标注的凡例是："朱

---

① 〔清〕姚鼐撰，卢坡点校：《姚惜抱尺牍》，安徽大学出版社 2014 年版，第 35 页。
② 《四库全书总目》卷一八七，总集类二，第 1698 页中。
③ 《四库全书总目》卷三七，四书类存目，第 307 页下。
④ 《景印文渊阁四库全书》第 709 册，第 489 页。

抹者，纲领、大旨；朱点者，要语、警语也；墨抹者，考订、制度；墨点者，事之始末及言外意也。"① 这与黄幹的标注符号内涵大致相同，且都比较简便。这可能是因为他们的学术渊源相同（传于朱子）的原因。谢枋得的标注方式可称为繁式。程端礼《读书分年日程》卷二《批点韩文凡例》，称"广叠山法"②，即在谢枋得标注符号的基础上加以发展。这种标注又分议论体和叙事体两种类型（大致相同）。其凡例中的符号有截、抹、圈、点四大类。截又分黑画截、红画截、黄半画截 3 种；抹分黑侧抹、青侧抹、黄侧抹、黄中抹、红中抹 5 种；圈又分红侧圈、黄侧圈、黑侧圈、红圈、黄正大圈 5 种；点又分红侧点、黑侧点、青侧点、黄正大点 4 种。

　　古人圈点的意义，是由其标注符号的形状、位置、颜色三者来表示的。以"广叠山法"为例，如同是截，因其颜色不同，故各有不同的意义，如"大段意尽，黑画截；大段内小段，红画截；小段内细节目及换易句法，黄半画截"③。而标注位置不同，意义也不同。如同是黄抹，"义理精微之论"用"黄中抹"；"所论纲要，及再举纲要，及提问之语，所或问体问目，及提问难事实，及断制之策"，则用"黄侧抹"④。这些区分，在现代人看来，也许十分烦琐，但这对分析作品篇章结构、艺术技巧还是有作用的。这种彩色标志的读书法，后来也运用到书籍的印刷上。由于套色印刷的出现，评点选本也有以套色印刷的，不同颜色的评注与圈点可都印于书上，不但色彩斑斓、赏心悦目，而且评点之处也更为醒豁，利于阅读。

　　明清以后，以圈点来评诗论文、品赏小说戏曲的更是不可胜数。所以如何评价评点方式，是文学批评中的一个有争议的问题。对此贬之者众，如章学诚在《文史通义·文理》中说："至于纂类摘比之书，标识评点之册，本为文之末务，不可揭以告人，只可用以自志。父不得而与子，师不能以传弟。盖恐以古人无穷之书，而拘于一时有限之心手也。"⑤ 这种说

　　① 〔清〕钱泰吉：《曝书杂记》卷二"元人四书五经标点"条，见《续修四库全书》第926 册，第 35～36 页。
　　② 《景印文渊阁四库全书》第 709 册，第 492 页。
　　③ 《景印文渊阁四库全书》第 709 册，第 492 页。
　　④ 《景印文渊阁四库全书》第 709 册，第 493 页。
　　⑤ 〔清〕章学诚著，叶瑛校注：《文史通义校注》，中华书局 1985 年版，第 288 页。

法是比较有代表性的，可以说在近、现代的学术史上，评点之学基本上受到冷落。

评点的产生，最初是读者读书的一种心得的记录、标志，其目的未必是为了教授他人的写作。正如清人张潮在《虞初新志·凡例》中说的："触目赏心，漫附数言于篇末；挥毫拍案，忽加赘语于幅余。或评其事而慷慨激昂，或赏其文而咨嗟唱叹。敢谓发明，聊抒兴趣；既自怡悦，愿共讨论。"① 如果说断句是为了意义上的理解，那么评点便是对于作品艺术的体会了。对于一般读者来说，评点也是一种行之有效的读书方式。阅读过程的评点，记录自己的理解和感受，也增强了记忆，这是符合阅读心理需求的。评点作为一种阅读方式，至今仍有其生命力。

宋代之前，传统的文学批评讲究对批评对象知人论世，追源溯流，其批评则重在对批评对象作总体的审美把握和品第，而很少是对文本的具体入微的批评。评点之学恰是转向对文本的语言分析和形式的批评，其特点在于为人指点创作的具体途径，从"作文之用心"的角度来进行批评，对于作品的用词、造句、修辞、构思和结构上的抑扬、开阖、奇正、起伏等方面的艺术技巧进行评点。它是一种综合性、实用性最强的批评方式，除了文学批评、鉴赏之外，它对于古代修辞学、写作学等的发展都起了很大的作用。历来论者对于评点之学的评价偏低，这可能与中国古人认为艺术之精妙只可妙悟而难以言传的观念有关。评点传授技巧作法，予人以方便法门，不免落了言筌。但是评点作为一种批评方式，引导人们从创作的角度去欣赏揣摩艺术，并从具体作品入手进行评析，有时虽不免琐碎细杂，但比起玄之又玄的空谈，自有其合理性。

宋代是文化高涨的时代，许多学者都做了普及文化的工作。选集与评点的结合，其实也是一种文化普及的工作，它对初学者起了启蒙的作用。评点的阅读对象是一般的读书人，在那个时代，读书人的主要出路和目标就是走科举的道路。因此，评点自然就与科举有难解之缘，带有明显的实用色彩和功利目的。评点之所以兴盛，也与社会需求有关。评点既提供了作家的作品，使读者可以阅读原著，而不像诗话一样单纯是批评家的感想与评论，还提供了批评家的评论圈点，这样比一般的选本总集又多了一种

---

① 〔清〕张潮：《虞初新志》，见古本小说集成编委会编《古本小说集成》第五辑，上海古籍出版社 2017 年版，第 2 页。

借鉴。读者在阅读过程中，可以比较、参照。所以评点方式把作者、读者与批评家三者密切联系起来了，成为一种人们普遍喜爱的通俗的批评方式。

从文学批评发展史的角度看，宋代的评点标志着文学批评走向通俗化并带有强烈的实用、功利色彩，这些特点和宋代以后整个文化发展的总体趋势正好是相一致的。我们只有把评点方式放在更广阔的人文背景上去考察，才能真正认识其兴盛的必然性及它的历史作用。

（原载《文学评论》1995 年第 1 期）

# 论古诗制题制序史

艺术形式的变化，哪怕只是外在形态局部的微小变化，也可能反映出人类审美意识的演化——有时还是相当重大的演化。本文尝试从中国古代诗歌题目制作史这一问题入手，窥察古人创作意识的进化以及古代诗歌艺术发展之一斑。为了比较全面地说明这个问题，文中也涉及与诗题相关的古诗诗序的制作问题。

一

中国古代诗歌经过从无题到有题，诗题由简单到复杂、由质朴到讲求艺术性的演变过程，总之，诗题制作有一定的时代风格。古代不少批评家相当关注这个问题，如王士禛就说，诗歌"且未论时代，但开卷看其题目，即可望而知之……如魏晋人制诗题是一样，宋、齐、梁、陈人是一样，初、盛唐人是一样，元和以后又是一样，北宋人是一样，苏、黄又是一样"①。研究古诗制题史，必须从现存最早的诗歌开始。众所周知，远古时代的诗歌创作通常是民间的集体创作，而且多是即兴性的口头创作，可以推定这些诗歌原来都是无题诗，现存远古诗歌的题目都是后人约定俗成的称呼或者是编选者所加的。《诗经》虽似有题而实是无题，它们不是创作者自拟的题目，而是编选者为了便于称引或区别而为之另加上的某个识别符号，因此，《诗经》的标题有很大的随意性，它与诗歌本身的内容、宗旨之间几乎都无必然联系，顾炎武《日知录》卷二一"诗题"条说："三百篇之诗人，大率诗成取其中一字、二字、三四字以名篇。故十五《国》并无一题。《雅》、《颂》中间一有之。"②《诗经》题目的制作，

---

① 〔清〕王士禛著，〔清〕张宗柟纂集，戴鸿森校点：《带经堂诗话》卷二七，人民文学出版社 1963 年版，下册，第 761 页。

② 〔清〕顾炎武著，〔清〕黄汝成集释，栾保群、吕宗力校点：《日知录集释》中册，上海古籍出版社 2006 年版，第 1170 页。

通常是从首句而得题的，或取首句第一字，如《氓》，取自"氓之蚩蚩"①；或取首句中的某一字，如《丰》，取自"子之丰兮"②；或取首句开端二字，如《大车》，取自"大车槛槛"③；或取首句的二字主词，如《卷耳》，取自"采采卷耳"④；或取首句三字，如《将仲子》，取自"将仲子兮"⑤；或取首句整句，如《麟之趾》⑥《江有汜》⑦《女曰鸡鸣》⑧《东方未明》⑨；或取首句的缩略，如《关雎》，是对首句"关关雎鸠"⑩的缩略。除此之外，也有一些诗题并非取自首句，而是诗中某一句的缩略，如《汉广》，取自诗中"汉之广矣，不可泳思"⑪。值得注意的是，缩略诗题所取的句子，通常都是诗中反复吟咏的诗句。如《汉广》，"汉之广矣"句，重复三遍。又如在《桑中》诗中"期我乎桑中"⑫句反复三遍。从上述分析可知，《诗经》的题目与整首诗的内容、意境基本上没有关系。诗人的创作绝不是根据题目所规定而构思，而是率尔而作的。《诗经》编纂者制作诗题是随意安排，而不是根据内容来概括或精心制作的。所以，《诗经》虽有题目，实际上仍是无题诗。

《楚辞》"轩翥诗人之后，奋飞辞家之前"⑬，然在诗歌制题史上却是超乎寻常的成熟，它与《诗经》制题绝不相同。很显然，它是颇具匠心的，其诗题是对内容准确的概括，与吟咏内容十分完美地结合在一起，而且已经十分注意诗题的艺术性和统一性，如《离骚》《天问》，此外如《九歌》的《东皇太一》《云中君》《湘君》《湘夫人》《大司命》《少司

---

① 〔汉〕毛亨传，〔汉〕郑玄笺，〔唐〕孔颖达疏：《毛诗正义》卷三，见〔清〕阮元校刻《十三经注疏》上册，中华书局1980年影印版，第324页。

② 《毛诗正义》卷四，见《十三经注疏》上册，第344页。

③ 《毛诗正义》卷四，见《十三经注疏》上册，第333页。

④ 《毛诗正义》卷一，见《十三经注疏》上册，第277页。

⑤ 《毛诗正义》卷四，见《十三经注疏》上册，第337页。

⑥ 《毛诗正义》卷一，见《十三经注疏》上册，第283页。

⑦ 《毛诗正义》卷一，见《十三经注疏》上册，第292页。

⑧ 《毛诗正义》卷四，见《十三经注疏》上册，第340页。

⑨ 《毛诗正义》卷五，见《十三经注疏》上册，第350页。

⑩ 《毛诗正义》卷一，见《十三经注疏》上册，第273页。

⑪ 《毛诗正义》卷一，见《十三经注疏》上册，第282页。

⑫ 《毛诗正义》卷三，见《十三经注疏》上册，第314页。

⑬ 〔南朝梁〕刘勰著，詹锳义证：《文心雕龙义证》卷一，上海古籍出版社1989年版，上册，第134页。

命》《东君》《河伯》《山鬼》《国殇》《礼魂》等。《楚辞》制题为何出人意料的成熟，似乎是个谜，因为从诗歌文体本身是难以顺理成章地得以说明的。假如我们已经肯定屈赋本身的真实性的话，那么，除了追寻《楚辞》编纂者的加工外，还应该从其他文体的横向影响寻找原因。诸子百家著作的制题形式的成熟早于诗歌创作。《论语》《孟子》书中的篇名大致也与《诗经》相类，随意取于篇首，但《墨子》《荀子》等著作的篇名与其内容已经非常和谐，如《劝学》《修身》《天论》等。到了《韩非子》《吕氏春秋》则制题完全成熟，每篇的题目与内容都构成完整的结构。在这方面，《楚辞》制题似乎受到先秦诸子著述制题的影响。比如《墨子》有《亲士》《尚贤》《兼爱》《明鬼》《非乐》《贵义》等篇目，《楚辞》中有《九章》的《惜诵》《涉江》《哀郢》《抽思》《怀沙》《思美人》《惜往日》《橘颂》《悲回风》，不难看出这些诗题的语法结构都是别出心裁的，也有一定的规范性，而且大都是对于诗歌内容的简要准确的概括，这种制题方式与《墨子》如出一辙。当然，《九章》的《惜诵》首句为"惜诵以致愍兮"①、《思美人》首句为"思美人兮"②、《惜往日》首句为"惜往日之曾信兮"③、《悲回风》首句为"悲回风之摇蕙兮"④，似乎也与《诗经》之制题方式相同，但实际上，虽然这些诗题确取自篇首，却大致可概乎全篇之主旨，与《诗经》随意制题显然不同。而且除《橘颂》之外，《九章》其他诗歌题目的语法结构都是一致的，也可看出制题之用心。⑤

汉代以后，五言诗兴起，但汉代诗歌制题并无明显发展，正如《日知录》"诗题"条说："五言之兴，始自汉魏，而《十九首》并无题。郊祀歌、铙歌曲，各以篇首字为题。又如王、曹皆有《七哀》，而不必同其情；六子皆有《杂诗》，而不必同其义，则亦犹之《十九首》也。"⑥ 著

---

① 〔汉〕王逸撰，黄灵庚疏证：《楚辞章句疏证》第3册，中华书局2007年版，第1263页。

② 《楚辞章句疏证》第3册，第1551页。

③ 《楚辞章句疏证》第3册，第1592页。

④ 《楚辞章句疏证》第3册，第1657页。

⑤ 褚斌杰先生则认为，《惜诵》《惜往日》《思美人》《悲回风》为无标题作品，并说这些作品历来被怀疑为无名氏的仿作，并非屈原的作品；实际上，这也正表现诗歌从无标题到有标题的过渡中不太严格的情况。见褚斌杰《中国古代文体概论》（增订本），北京大学出版社1990年版，第63页。

⑥ 《日知录集释》卷二一，中册，第1170页。

名的《古诗十九首》实际上也是无题诗。现存汉代许多诗歌题目也是后人根据史籍记录加以编制的。汉代的乐府诗有题目，但情况比较复杂，清人毛先舒《诗辩坻》卷一说："古人制乐府，有因词创题者，有缘调填曲者。创者便词与题附，缘者便题与词离。"① 乐府诗题更主要是在音乐上的意义而非对诗歌内容的总括。乐府诗的题目并非唯一的，其实是同一类诗歌的总称。两汉乐府多用"行""歌"等为题，但也多以诗首句为题，如《战城南》《有所思》《上邪》《江南》《鸡鸣》《平陵东》《十五从军征》《薤露》《蒿里》等，拟题也似《诗经》。所以，大致上说，汉代诗歌创作性质上也多是无题诗。如相和歌古辞写采桑女罗敷那首乐府，诗题就颇不同。此诗最早著录于《宋书·乐志》，题为《艳歌罗敷行》；《玉台新咏》辑录此诗，则题为《日出东南隅行》；到了《乐府诗集》则题为《陌上桑》。又如写焦仲卿妻的乐府诗，在《玉台新咏》中，题为《古诗为焦仲卿妻作》，《乐府诗集》则题为《焦仲卿妻》，而后人也多以诗篇首句为题，如《孔雀东南飞》。这种题目的随意性，正说明乐府诗创作原先并无严格的题目。

在中国古代诗歌史上，诗题形式大约至魏晋时代才有长足的发展，诗坛才开始形成赋诗命题的风气习惯②。魏晋时代诗歌制题形式之成熟可能是受到赋题形式的影响，徐公持先生曾指出诗的赋化现象，绵延整个魏晋时期，他分析了"魏晋时期诗的赋化的种种表现"，认为"赋题演变为诗题，就是此种现象之一"③。在魏晋时期，诗题的赋化一是效法汉赋，一篇写一物，咏一事。而更为明显的是，某些诗题竟直接袭用汉赋之题。徐先生敏锐地指出文体之间的相互影响，从文学的内部探讨其发展，得出令人信服的结论。赋体的内容与题目关系十分密切，赋文往往是对于赋题的演绎，而赋题则是对于赋文内容与表现主题的集中明确的概括，而魏晋南北朝诗题与诗歌内容之关系同样也是如此之密切。

---

① 郭绍虞编选，富寿荪校点：《清诗话续编》第 1 册，上海古籍出版社 1983 年版，第 24 页。

② 赵翼《陔馀丛考》卷二二"题目"条说："《北史·念贤传》：魏孝武作行殿初成，未有题目，诏侍臣各名之，念贤拟以圆极，帝曰：'正与朕意同。'题目二字，始见于此。"赵翼认为这是最早出现"题目"二字的文献，这是就名称的出现而言的，而在文学创作形式上，出现题目自应早于此。见《陔馀丛考》，中华书局 1963 年版，第 426 页。

③ 徐公持：《诗的赋化与赋的诗化》，载《文学遗产》1992 年第 1 期，第 22 页。

诗题形式的成熟大约是在西晋时期，此时诗题已经成为诗歌整体形式不可或缺的有机部分，诗人完全有意识地利用诗题来阐释其创作宗旨、创作缘起、歌咏对象，标明作诗的场合、对象，比如在诗题中大量出现明确标明赠答唱和、"应诏"、"应教"、"应令"之作，从诗题中不但可以窥见诗歌在当时社会交际中的重要作用，也不难看出诗人们对于诗歌的传播和接受的关注和努力。古代诗题初为短题，后遂衍为长题。《诗经》中的诗题，主要为称引之便，故多二字短题，而《楚辞》全是二字题和三字题。六朝开始出现长题的风气。长题较早始于晋代的陆云，其诗题有《大安二年夏四月，大将军出祖，王、羊二公于城南堂皇被命作此诗》。六朝不少诗人借助于较长的诗题以标出引起诗兴之本事，如颜延年《始安郡还都，与张湘州登巴陵城楼作》、沈约《新安江至清，浅深见底，贻京邑游好诗》、刘孝绰《咏有人乞牛舌乳不付因饷槟榔诗》《遥见邻舟主人投一物，众姬争之，有客请余为咏》等，可以看出，当时诗人们已经巧妙地在抒情诗的题目中融进富有诗意情致的叙事性。此外，六朝人作诗还有一个新风气，便是喜欢在诗题中标明所作的诗歌体制和形态特点。如陈后主《立春日泛舟玄圃各赋一字六韵成篇》，又如题中标明离合诗、连句诗、回文诗、三妇艳诗、五杂组诗、两头纤纤体诗、六甲诗、六府诗、八音诗、建除诗、星宿名诗、州郡县名诗等，这类诗题标志着当时人们对于诗歌形式的重视与自觉的态度。大约自晋代陆机开始，在诗题中出现"拟"字，表明学习某诗或某诗人之体制风格。《文选》中专列有"杂拟"一类。六朝有大量标明"学""效""拟"之类的诗题，如鲍照，就有《学古诗》《拟青青陵上柏诗》《学刘公干体诗五首》《拟阮公夜中不能寐诗》《学陶彭泽体诗》等。这些题目意味着当时人们已经非常了解和重视前代作家的个性风格，并有意加以学习模拟，这在批评史上值得注意。

　　在六朝，陶、谢二家诗歌的制题相当有代表性。陶渊明十分重视诗题在阐明事件、时间、场合中的作用，如《庚子岁五月中从都还，阻风于规林》《辛丑岁七月赴假还江陵夜行涂口》《示周续之祖企谢景夷三郎，时三人共在城北讲礼校书》等，这些长题委曲详细。正由于陶渊明诗题多标明创作时间，于是有人便认为陶渊明诗题所记的创作年月还有"耻事二姓"的微言大义①。在六朝诗人中，谢灵运制题的名气最大。谢灵运拟题注重诗意，造语精妙，如《石门新营所住，四面高山，回溪石濑，茂林修竹》《田南树园，激流植援》《于南山往北山，经湖中瞻眺》，这类诗题数量不多，但确有影响，后人评价很高。如清人曾习经《壬子八九月间所读书题词十五首》之三："漫道凡夫圣可齐，不经意处耐攀跻。后人率尔谈康乐，且向前贤学制题。"并解释说："康乐诗，记室赞许允矣。至其制题，正复妙绝今古。"② 清人乔亿在《剑溪说诗》卷下也说："谢康乐制题，辄多佳境。""长题亦权舆于谢，艺苑宗之。"③ 在六朝，除陶、谢之外，也有一些诗人写出讲求艺术性的诗题，如任昉《赠郭桐庐出溪口见候，余既未至，郭仍进村，维舟久之，郭生方至》、沈约《新安江至清，浅深见底，贻京邑游好诗》、何逊《从主移西州，寓直斋内，霖雨不晴，怀郡中游聚》，这些诗题皆委曲精工，颇有情致。又如陈后主有诗题为《初伏七夕，已觉微凉，既引应徐，且命燕赵，清风朗月，以望七襄之驾，置酒陈乐，各赋四韵之篇》，以骈文入题，体兼诗序，这也是时代影响使然。

六朝还出现一些特殊的制题新方式，反映出当时诗歌创作的新习气。如分题，所谓"分题"是指若干诗人相会，分探得题目以赋诗，亦称探题，严羽《沧浪诗话·诗体》列有"分题"，并说："古人分题，或各赋一物，如云送某人分题得某物也。或曰探题。"④ 这种分题的风气大约始于南齐，王融、沈约、虞炎与谢朓等人在宴席上，分别以座上所见之物为题而赋诗，此后分题诗便盛行起来。分题方式的出现不但反映出诗歌制作重视社会交际的新时尚，而且也标志着诗歌创作出现由他人命题或随机选题而作的风气。这种命题方式要求诗人要有娴熟的技巧和广博的知识，才能对各种题目应对自如，但这种诗歌不免走上为文而造情的小径。齐梁以后还大量出现"赋得"式的诗题，诗人开始以古人诗句为题，《四库全书总目》卷一六五："考晋宋以前，无以古人诗句为题者。沈约始有《江蓠

① 如《六臣注文选》卷二六《辛丑岁七月赴假还江陵夜行涂口作》刘良注："潜诗晋所作者，皆题年号，入宋所作者，但题甲子而已。意者耻事二姓，故以异之。"〔南朝梁〕萧统编，〔唐〕李善等注：《六臣注文选》中册，中华书局1987年版，第494～495页。

② 郭绍虞等编：《万首论诗绝句》，人民文学出版社1991年版，第1570页。

③ 《清诗话续编》第2册，第1103页。

④ 〔宋〕严羽著，郭绍虞校释：《沧浪诗话校释》，人民文学出版社1983年版，第74页。

生幽渚》诗，以陆机《塘上行》句为题，是齐梁以后例也。沿及唐宋科举，始专以古句命题，其程试之作，唐莫详于《文苑英华》，宋莫详于《万宝诗山》。大抵以刻画为工，转相效仿。"① "赋得"体大致以五言古诗为题，如萧纲《赋得陇坻雁初飞》、萧绎《赋得涉江采芙蓉》《赋得兰泽多芳草》等。自齐梁后，"赋得"体颇盛，从现存六朝诗来看，就有近百首"赋得"体的诗歌。从齐梁开始的这种以古句命题的方式，至唐代遂成为科举试士诗的一体，试官以古人诗句或某事物为题，使作五言律诗六韵或八韵，称为试帖，题目就叫"赋得"。袁枚《随园诗话》卷七追溯中国古代诗歌制题史时批评"赋得"诗，说它们"以诗为诗，犹之以水洗水，更无意味。从此，诗之道每况愈下矣"②。这种"赋得"式的诗歌创作，不是从社会生活中寻找诗题，而是以古人诗句为题，诗人费尽心机去刻意揣摩，以尽题中应有之义。这多少已经偏离中国古代诗歌创作即目所见、吟咏情性，注重真实感触的传统。

## 二

　　从晋代开始，诗题创作逐渐走向规范化，到初唐、盛唐时期，古诗制题已经完全规范化，诗题成为诗歌内容准确而高度的概括，成为诗歌的面目。陈仅《竹林答问》说："试观唐人诗题，有极简者，有极委曲繁重者，熟思之皆有意味，置之后人集中，可以一望而知。"③ 初唐、盛唐诗题大凡山水、闲适、离别、怀古、迁徙、唱和、赠酬等诗，其题都有一定的规范。盛唐的王、孟、高、岑、李白诗的制题，可以说都是这方面的典范。它们通常是以高度凝练的语言，叙述出创作的旨意和缘起。在叙述创作旨意和缘起方面，唐人诗题用语比六朝诗题更为精切入微，如离别一类诗中，就有很多不同术语，如"宴别""赠别""送别""饯别""寄别""留别"等，以之区别各种不同的离别形态。如"留别"是诗人将离开此地，留诗而告别主人之意，而"赠别"则是诗人赠诗而送别他人离开此

　　① 《须溪四景诗集》提要，见〔清〕永瑢等《四库全书总目》卷一六五，中华书局1965年版，下册，第1410页。
　　② 〔清〕袁枚：《随园诗话》卷七，人民文学出版社1982年版，上册，第228页。
　　③ 《清诗话续编》第4册，第2263页。

地之意。唐诗题虽承六朝诗而来，但六朝诗人制题主要考虑的是说明作诗的背景，而唐人则还自觉追求诗题的艺术性，与六朝诗题相比，它们往往在简远的语言中有更丰富的艺术意味与审美情调。如张说《闻雨》《山夜闻钟》，孟浩然《耶溪泛舟》《南归阻雪》《晚泊浔阳望庐山》，王维《新晴野望》《山居秋暝》《积雨辋川庄作》，常建《江上琴兴》《湖中晚霁》，刘长卿《逢雪宿芙蓉山主人》《江中对月》《松江独宿》《月下听砧》等，这些诗题，情幽兴远，词秀调雅，自成兴象，本身就给人以强烈的美感，远出六朝诗题之上。当然，在初盛唐诗歌中，也有一些"委曲繁重"的诗题，如陈子昂《南山家园，林木交映，盛夏五月，幽然清凉，独坐思远，率成十韵》，张九龄《园中时蔬尽皆锄理，唯秋兰数本委而不顾，彼虽一物，有足悲者，遂赋二章》《郡府中每晨光辄见群鹤东飞，至暮又行列而返，哢唳云路，甚和乐焉。予愧独处江城，常目送此（鸟），意有所羡，遂赋以诗》。这类诗题正是继承陶谢诗的长题，兼重诗题的叙事与抒情，下开杜诗制题的风气。

杜甫诗歌制题，代表一种新的风气。杜诗制题风格大致有精制和漫与两种，前者承六朝而来，后者却颇有复古之风。杜诗制题体现出他独特的美学追求，可以说既是对于传统制题艺术规范的集大成，也是对此规范的突破。杜诗长题极为用心，舒徐翔实。乔亿《剑溪说诗》卷下说："唐人间作长题，细玩其诗，如题安放，极见章法。"[1] 杜诗题是其代表。这一类题目都是因为本诗的写作与某些人物、事情有关，如《七月三日亭午已后，校热退，晚加小凉，稳睡，有诗因论壮年乐事，戏呈元二十一曹长》《见王监兵马使，说近山有白黑二鹰，罗者久取，竟未能得，王以为毛骨有异他鹰，恐腊后春生，鶱飞避暖，劲翮思秋之甚，眇不可见，请余赋诗二首》《得舍弟观书，自中都已达江陵，今兹暮春月末，行李合到夔州，悲喜相兼，团圆可待，赋诗即事，情见乎词》，此类诗题，悲凉沉郁，细叙情事，体兼诗序，益开长题之风，颇为宋人取法。

杜诗的短题尤其值得注意。乔亿《剑溪说诗》卷下："唐人制题简净，老杜一字二字拈出，更古。"[2] 杜诗的短题，也有两类写作。一类是精到准确，正如郑板桥《范县署中寄舍弟墨第五书》中说："少陵诗高绝

① 《清诗话续编》第 2 册，第 1103 页。
② 《清诗话续编》第 2 册，第 1103 页。

千古，自不必言，即其命题，已早据百尺楼上矣。"他举例说像《哀江头》、《哀王孙》、《新婚别》、《无家别》、《垂老别》、前后《出塞》、《兵车行》、《丽人行》、《北征》、《洗兵马》这些题目"只一开卷，阅其题次，一种忧国忧民忽悲忽喜之情，以及宗庙丘墟，关山劳戍之苦，宛然在目"①。另一类短题则是一时即目与感触的随笔记录，如《老病》《早起》《有叹》《向夕》《舟中》《村夜》《吹笛》《壮游》《朝雨》《晚晴》《所思》《又雪》《九日》《小至》《中夜》《垂白》《不寐》《恨别》《可惜》《可叹》等；有些诗题简至不可再简，如《月》《夜》《火》《云》《闷》《晴》《晚》《园》《愁》《暝》《鸡》《归》。这类短题往往随意性很强，有的甚至随意摘取篇首二字为题，正如《日知录》卷二一"诗题"说："杜子美诗多取篇中字名之。如'不见李生久'，则以'不见'名篇。'近闻犬戎远遁逃'，则以'近闻'名篇。'往在西京时'，则以'往在'名篇。'历历开元事'，则以'历历'名篇。'自平宫中吕太一'，则以'自平'名篇。'客从南溟来'，则以'客从'名篇。皆取首二字为题，全无意义，颇得古人之体。"② 又如《能画》《一室》《孟氏》《吾宗》等，也都是随意取篇首两字来作诗题，真可谓"老去诗篇浑漫与"③。杜诗这种拟题方式明显受到《诗经》的影响，事实上也是无题诗，反映出唐代的一种追求古朴混沌之气的复古审美倾向。这类随意取篇首字为诗题的方式，也开了李商隐无题诗的先河。

中晚唐诗人中，元白韩柳，皆有佳题，但李商隐诗的制题最有特点。李商隐的诗题大致是沿老杜制题而来，而最有特色的是其无题诗，如《锦瑟》，取首句"锦瑟无端五十弦"④ 前二字为题，此外，又如《商於》《潭州》《人欲》《一片》等，都是摘取开篇二字以作诗题的无题诗。李商隐还把自己的一部分诗明确地称为"无题"，陆游《老学庵笔记》卷八："唐人诗中有曰无题者，率杯酒狎邪之语，以其不可指言，故谓之

① 〔清〕郑燮：《郑板桥集》，中华书局 1962 年版，第 15～16 页。
② 《日知录集释》中册，第 1170 页。
③ 〔唐〕杜甫著，〔清〕仇兆鳌注：《杜诗详注》卷一〇，中华书局 1979 年版，第 2 册，第 810 页。
④ 〔唐〕李商隐著，叶葱奇疏注：《李商隐诗集疏注》，人民文学出版社 1985 年版，第 1 页。

'无题'，非真无题也。"① 这类"无题"诗都写得很隐晦，既可能是写爱情，也可能别有寄托，令人不易索解。前人所谓无题，是失落诗题，而李商隐却是有意为之，因为诗题的主要作用是对于创作背景的交代和诗歌主题的揭示，那么标题的清晰或者含混，也可以形成不同的艺术效果。"无题"便是有意将诗歌创作的背景和意旨隐去，客观上形成一种朦胧的意境和丰富多元的旨趣。李商隐的无题诗与杜甫诗题有所不同，老杜的诗题信手拈来，涉笔成趣，表现出偶然心会的随意性；而李商隐却是有意隐去其创作旨意，是刻意的追求。如果说老杜的无题有古拙之趣，义山则是幽深之旨。在艺术形态上，李商隐把无题诗与七律诗结合起来，自此形成古代创作无题七律诗的风气，正如张采田所说："无题诗格，创自玉溪。且此体只能施之七律，方可宛转动情。"② 从古诗的无题到李商隐的"无题"诗题，似乎是传统诗题的回归，却是更高层次的再现。

严羽在《沧浪诗话·诗评》中说："唐人命题，言语亦自不同。杂古人之集而观之，不必见诗，望其题引而知其为唐人今人矣。"③ 严羽指出唐宋诗题之差异，这种差异未必如严羽所说的那么巨大。宋诗的制题方式大体继承唐人，尤其是继承杜甫的制题艺术而踵事增华、继续发展，这种倾向以苏、黄诗题最有代表性，乔亿《剑溪说诗》卷下："诗题至于玉局，别构佳境，唐人家法，为稍变矣。"④ 以苏轼两则诗题为例：

在彭城日，与定国为九日黄楼之会。今复以是日，相遇于宋。凡十五年，忧乐出处，有不可胜言者。而定国学道有得，百念灰冷，而颜益壮，顾予衰病，心形俱悴，感之作诗。⑤

昔在九江，与苏伯固唱和，其略曰："我梦扁舟浮震泽，雪浪横空千顷白。觉来满眼是庐山，倚天无数开青壁。"盖实梦也。昨日又

① 〔宋〕陆游撰，李剑雄、刘德权点校：《老学庵笔记》卷八，中华书局1979年版，第108页。

② 〔清〕张采田：《李义山诗辨正》，见《玉溪生年谱会笺》（外一种），上海古籍出版社1983年版，第313页。

③ 《沧浪诗话校释》，第146页。

④ 《清诗话续编》第2册，第1103页。

⑤ 〔宋〕苏轼著，〔清〕王文诰辑注，孔凡礼点校：《苏轼诗集》卷三五，中华书局1982年版，第6册，第1904页。

梦伯固手持乳香婴儿示予，觉而思之，盖南华赐物也。岂复与伯固相见于此耶？今得来书，知已在南华相待数日矣，感叹不已，故先寄此诗。①

又如黄庭坚的诗题：

> 湖口人李正臣蓄异石九峰，东坡先生名曰"壶中九华，"并为作诗。后八年，自海外归湖口，石已为好事者所取，乃和前篇，以为笑实。建中靖国元年四月十六日。明年，当崇宁之元五月二十日，庭坚系舟湖口，李正臣持此诗来，石既不可复见，东坡亦下世矣，感叹不足，因次前韵。②

这些诗题，说是诗序亦可，说是短文亦可。这些例子当然比较特殊，但苏、黄的确喜欢长题，在他们的诗歌中，长题占了很大的比例，有时长题之外还另加小序。他们的诗题也反映出宋代以文为诗的倾向，它们不仅简单叙述作诗缘起，而且详细介绍创作的来龙去脉，这种诗题已经小序化或者小品文化了。历来许多诗论家对于这类长题评价不高。如清人方南堂《辍锻录》："立题最是要紧事，总当以简为主，所以留诗地也。使作诗义意必先见于题，则一题足矣，何必作诗？然今人之题，动必数行，盖古人以诗咏题，今人以题合诗也。"③ 其实也不能一概而论。苏、黄这类诗题，固然很长，但增大诗歌的艺术涵量和历史感，的确有短题难以代替的作用。如上引黄庭坚的长题，其诗云："有人夜半持山去，顿觉浮岚暖翠空。试问安排华屋处，何如零落乱云中。能回赵璧人安在，已入南柯梦不通。赖有霜钟难席卷，袖椎来听响玲珑。"④ 假如没有长题交代，则此诗令人难以索解。从艺术角度看，这种长题将叙事元素有机地融入抒情主体之中，是一种有创意的文体开拓。苏、黄这些优秀的长题自有其不可否定的艺术价值。

---

① 《苏轼诗集》卷四四，第 7 册，第 2408 页。
② 〔宋〕黄庭坚著，〔宋〕任渊等注，刘尚荣校点《黄庭坚诗集注》卷一七，中华书局 2003 年版，第 2 册，第 596 页。
③ 《清诗话续编》第 4 册，第 1942 页。
④ 《黄庭坚诗集注》卷一七，第 2 册，第 596 页。

晚唐以后，人们开始在理论上探索诗题与艺术构思之关系。从此，诗题不仅是诗歌的名称，而且是诗人在创作构思过程中具有举足轻重作用的中心标志。唐宋大量诗格一类的书对此多有论述。题为贾岛所作《二南密旨》"论题目所由"条说："题者，诗家之主也；目者，名目也，如人之眼目。眼目俱明，则全其人中之相，足可坐窥于万象。"① 这是以诗题作为统摄全篇、坐窥万象的"诗家之主"，这正是从理论上高度评价诗题的作用。还有不少诗学著作开始研究如何围绕诗题来创作。如《金针诗格》就说诗歌的"破题"："欲似狂风卷浪，势欲滔天。"② 又如《风骚旨格》提出"诗有六断"，其中就有"合题""背题"等格式③。《雅道机要》提出"诗有四不"，其中有"不泥题目"④。文或《诗格》提出诗歌有五种破题的方式⑤。而《处囊诀》说"诗有七病"，其中就有"背题离目"之病⑥。后代许多诗话常论及诗题对于创作构思的制约。薛雪在《一瓢诗话》有一段很有代表性的说法："一题到手，必观其如何是题之面目，如何是题之体段，如何是题之神魂。做得题之神魂摇曳，则题之面目、体段，不攻自破矣。"⑦ 这段话正描述了古代诗人面临诗题的创作心理。在古代具体文学批评中，也相当重视诗题与创作之关系。欧阳修《六一诗话》评梅圣俞《范饶州坐中客语食河豚鱼》说："只破题两句，已道尽河豚好处。"⑧ 冯舒评陈子昂《度荆门望楚》一诗说："如此出题，如此贴题，后人高不到此。"⑨ 南宋以后评点学盛行，诗歌评点尤其注意诗歌与诗题的关系。金圣叹《杜诗解》评杜甫《望岳》首句说："一字未落，却已使读者胸中、眼中隐隐隆隆具有'岳'字、'望'字。"评次句又说："写'岳'奇绝，写'望'又奇绝。五字何曾一字是'岳'？何曾一字'望'？而五字天造地设，恰是'望岳'二字。"又评三、四句：

① 〔宋〕陈应行编，王秀梅整理：《吟窗杂录》卷三，中华书局 1997 年版，第 181 页。

② 《吟窗杂录》卷一八上，第 554～555 页。

③ 《吟窗杂录》卷一一，第 391 页。

④ 《吟窗杂录》卷一八上，第 542 页。

⑤ 《吟窗杂录》卷一二，第 395 页。

⑥ 《吟窗杂录》卷一三，第 412 页。

⑦ 〔清〕薛雪：《一瓢诗话》，人民文学出版社 1979 年版，第 104 页。

⑧ 〔宋〕欧阳修撰，郑文校点：《六一诗话》，人民文学出版社 1962 年版，第 6 页。

⑨ 〔元〕方回选评，李庆甲集评校点：《瀛奎律髓汇评》卷一，上海古籍出版社 1986 年版，上册，第 2 页。

"只十字写'岳'遂尽。"评五、六句:"只十字写'望'亦遂尽。"① 结尾也有相似评法。总之,在金圣叹的分析下,杜甫整首诗全是围绕着"望""岳"二字而演绎的。

唐宋以后,人们之所以特别重视诗题与创作的关系,与当时的科举考试颇有关系。钱大昕《十驾斋养新录》卷一○认为唐人应试诗赋和宋时经义,就都有破题的方式②。宋季魏天应《论学绳尺》一书,皆当时应举文字,有破题、接题、入题、原题诸式,也是研究如何把握和演绎试题③。古代科举考试诗赋是一种命题限韵之作,举子诗赋的符题、切题,便成为考试的基本要求。于是逐渐形成围绕题目写作的各种规范,这些科举规范也自然影响到文学创作和文学批评的风气。

## 三

有些古诗在诗题之外,还有诗人自述写作缘起、主旨和阐释创作背景的小序,诗序是对于诗题的补充,是读者了解作品的重要依据。

作为一种文体,"序"的渊源久远。刘知几在《史通·序例》中就说:"孔安国有云:序者所以叙作者之意也。窃以《书》列典谟,诗含比兴,若不先叙其意,难以曲得其情。故每篇有序,敷畅厥义。降逮《史》《汉》,以记事为宗,至于表志杂传,亦时复立序。文兼史体,状若子书,然可与诰誓相参,风雅齐列矣。"④ 序体源于经史,先秦的典籍不说,汉代司马迁也已经写了著名的《太史公自序》,叙述了著述《史记》的经过,自己的家世、生平以及《史记》的篇次和要旨⑤。不过,在诗歌创作领域中,诗人写作自序风气更主要是受到儒家《诗经》阐释学的影响。《毛诗》有大序和小序,大序比较全面地阐明诗歌理论,而小序则是在具

① 〔明〕金圣叹著,钟来因整理:《杜诗解》卷一,上海古籍出版社1984年版,第9~10页。

② 〔清〕钱大昕:《十驾斋养新录》,上海书店1983年版,第240页。

③ 〔宋〕魏天应:《论学绳尺》,见王水照编《历代文话》第1册,复旦大学出版社2007年版,第1077~1084页。

④ 〔唐〕刘知几撰,〔清〕浦起龙释:《史通通释》卷四,上海古籍出版社1978年版,第87页。

⑤ 〔汉〕司马迁撰,〔南朝宋〕裴骃集解,〔唐〕司马贞索隐,〔唐〕张守节正义:《史记》卷一三○,中华书局1982年版,第10册,第3285~3321页。

体篇章之前，说明诗歌撰写的缘由和旨意。如："《关雎》，后妃之德也。"① "《终风》，卫庄姜伤己也。遭州吁之暴，见侮慢而不能正也。"② "《桑中》，刺奔也。卫之公室淫乱，男女相奔，至于世族在位，相窃妻妾，期于幽远，政散民流，而不可止。"③ 这是后人对于《诗经》旨意的阐释。当这种批评家对于古人诗歌的阐释变为诗人的自我阐释时，诗自序便自然出现了。早期有序的诗是仿《诗经》而成的四言诗，而其序也明显受到《毛诗序》的影响，说明作诗的旨意。现存较早的诗序是汉代张衡的四言体《怨诗》，诗前有序曰："秋兰，咏嘉美人也。嘉而不获，用故作是诗也。"④ 但《诗纪》《广文选》都不载此诗序文，故其真实性尚待考究。不过到了晋代，这类诗序大量出现，如陆云的四言诗《赠顾骠骑诗》《赠郑曼季诗》《鸣鹤》《南衡》，束皙《补亡诗六首》，郑丰《兰林》《南山》等诗都有《小序》式简约自序。又如陶渊明《停云》《时运》《荣木》诸章，其序文形式也是模拟《诗小序》的。如《停云》序："停云，思亲友也。罇湛新醪，园列初荣，愿言不从，叹息弥襟。"⑤

除受到经学影响之外，诗序的出现还可能受到赋体的一定影响。《文心雕龙·诠赋》："若夫京殿苑猎，述行序志，并体国经野，义尚光大，既履端于唱序，亦归余于总乱。序以建言，首引情本；乱以理篇，写送文势。"⑥ 有些赋在开头用主客问答的形式以引起正文的铺陈，如司马相如《子虚赋》篇首以子虚与乌有两先生的对话，以引起下文的铺陈。在文集中，赋出现"序"，较早是扬雄，他的不少赋都有序，如《甘泉赋》《河东赋》《羽猎赋》《长杨赋》《酒赋》等。扬雄的赋序，是后人从《汉书·扬雄传》摘录的，此传本于扬雄自序，班固已注明："雄之自序云尔。"故内容上可视为出自扬雄之手，不过仍不是严格意义上的序文。真正的赋序大约出现在东汉时代，如桓谭《仙赋》的序：

余少时为中郎，从孝成帝出祠甘泉、河东，见郊先置华阴集灵

① 《毛诗正义》卷一，见《十三经注疏》上册，第269页。
② 《毛诗正义》卷二，见《十三经注疏》上册，第299页。
③ 《毛诗正义》卷三，见《十三经注疏》上册，第314页。
④ 逯钦立辑校：《先秦汉魏晋南北朝诗》汉诗卷六，中华书局1983年版，上册，第179页。
⑤ 〔晋〕陶渊明著，逯钦立校注：《陶渊明集》卷一，中华书局1979年版，第11页。
⑥ 《文心雕龙义证》卷二，上册，第283页。

宫。宫在华山下，武帝所造，欲以怀集仙者王乔、赤松子，故名殿为"存仙"。端门南向山，署曰"望仙门"。窃有乐高妙之志，即书壁为小赋，以颂美曰。①

此外，如傅毅、崔骃、班固等人也有赋序。他们用序文交代作赋时间、缘起、宗旨。受到赋序的影响，诗歌也出现相近的自序。

《诗小序》与赋序对于诗序的影响有所不同。受《诗小序》影响的诗序一般比较短小，言简意赅，明确地阐述诗旨；受赋序影响的诗序则较长，委曲详细，主要阐释创作缘起，有较明显的叙事成分在内，内容比较灵活翔实，更符合"知人论世"的批评原则，故后人诗序多采用此方式。现存较早的这类诗序见张衡《四愁诗》，但此诗序并非自撰，乃后人所伪托，故不足论②。曹植《赠白马王彪》有一段自序："黄初四年五月，白马王、任城王与余俱朝京师，会节气。到洛阳，任城王薨。至七月与白马王还国。后有司以二王归藩，道路宜异宿止。意毒恨之，盖以大别在数日，是用自剖，与王辞焉，愤而成篇。"③ 但是，《文选》李善注引"黄初四年"这段话，并没有明确说这是曹植诗的自序④，故此段话是否原诗的序文，尚属可疑。可以肯定为诗人自拟的叙事式小序，大概在晋代开始流行，这与诗题制作情况大致相同。如傅咸《答潘尼》《答栾弘》《赠何劭王济》《赠郭泰机》等诗皆有诗人自序。石崇的诗序较多，如《楚妃叹》《王明君辞》《思归引》都有较长的自序。束晳、陆机、陆云、郑丰、潘尼等人的诗也都有自序，可见在当时撰写诗序已经成为一种时尚。诗序发展至陶潜，已经极为成熟。陶诗多有序，《桃花源记》是否是《桃花源诗》的序，尚有争议，可以不论，其《归去来兮辞》的序也是读者所耳熟能详的。此外，如《游斜川》序：

辛酉正月五日，天气澄和，风物闲美，与二三邻曲，同游斜川，

① 〔唐〕欧阳询撰，汪绍楹校：《艺文类聚》卷七八，上海古籍出版社 1982 年版，下册，第 1338 页。
② 《先秦汉魏晋南北朝诗》汉诗卷六编者按，上册，第 180 页。
③ 〔魏〕曹植著，赵幼文校注：《曹植集校注》，人民文学出版社 1984 年版，第 294 页。
④ 〔南朝梁〕萧统编，〔唐〕李善注：《文选》卷二四，上海古籍出版社 1986 年版，第 3 册，第 1122～1123 页。

临长流，望曾城，鲂鲤跃鳞于将夕，水鸥乘和以翻飞。彼南阜者，名实旧矣，不复乃为嗟叹。若夫曾城，傍无依接，独秀中皋。遥想灵山，有爱嘉名。欣对不足，率共赋诗。悲日月之遂往，悼吾年之不留。各疏年纪乡里，以记其时日。①

又如《饮酒》二十首的自序：

> 余闲居寡欢，兼比夜已长，偶有名酒，无夕不饮。顾影独尽，忽焉复醉。既醉之后，辄题数句自娱，纸墨遂多，辞无诠次，聊命故人书之，以为欢笑尔。②

这些自序都是相当有情致的艺术小品，称之美文恐不过分。

诗序的发展也同样是"染乎世情""系乎时序"。六朝与唐初的诗序受到当时流行文体的影响，故也多带骈气，有的则纯用骈文写成，如骆宾王《在狱咏蝉》的序便是一篇相当精致的骈文。唐代中期以后，诗序成为诗人切近现实、缘事而作的艺术形式。如元结《舂陵行》和《贼退示官吏》这两首被杜甫高度赞赏的杰作，都有叙事翔实的序文。《舂陵行》的序云：

> 癸卯岁，漫叟授道州刺史。道州旧四万余户，经贼已来，不满四千，大半不胜赋税。到官未五十日，承诸使征求符牒二百余封，皆曰：失其限者，罪至贬削。於戏！若悉应其命，则州县破乱，刺史欲焉逃罪？若不应命，又即获罪戾，必不免也。吾将守官，静以安人，待罪而已。此州是舂陵故地，故作《舂陵行》以达下情。③

这些序文都为其诗歌增添强烈的写实性的艺术效果。又如顾况有《上古之什补亡训传十三章》，其诗仿《诗经》之风格，而每诗均有一小序，模拟《诗小序》的形式，说明讽谕意义。如《采蜡》的小序："采蜡，怨奢

---

① 《陶渊明集》卷二，第 44 页。
② 《陶渊明集》卷三，第 86～87 页。
③ 〔唐〕元结著，孙望校：《元次山集》卷三，中华书局 1960 年版，第 34 页。

也。荒岩之间，有以纩蒙其身，腰藤造险，及有群蜂肆毒，哀呼不应，则上舍藤而下沈壑。"① 后来白居易的新乐府也是如此。《新乐府》50 篇，"其辞质而径，欲见之者易谕也；其言直而切，欲闻之者深诫也"②。一吟悲一事，在其序中明确点明其旨意。如："《杜陵叟》，伤农夫之困也。""《卖炭翁》，苦宫市也。""《母别子》，刺新间旧也。"③ 白居易提倡"文章合为时而著，歌诗合为事而作"④，诗序正是对于"时"与"事"的最好阐释。

唐宋诗歌中有不少艺术化的长序，如杜甫《观公孙大娘弟子舞剑器行》的序近 200 字，沉郁顿挫，与诗歌相映成趣，本身也是散文珍品。陈衍在总结杜甫诗歌制题制序方面的特点时说："大概古体用序，近体绝不用序。"⑤ 他认为杜甫近体诗用长题而古诗则用序，制题与制序颇有文体之别，此说颇有新意。宋代苏、黄的诗序有的长达数百字，如苏轼《和陶桃花源》的序文长达 300 多字，而黄庭坚《按田》诗的序文，则近 600 字。苏、黄的诗序多涉笔成趣，情致高远，如东坡《撷菜》诗序："吾借王参军地种菜，不及半亩，而吾与过子终年饱饫。夜半饮醉，无以解酒，辄撷菜煮之，味含土膏，气饱风露，虽梁肉不能及也。人生须底物而更贪耶？乃作四句。"⑥ 这些诗序不但拓宽诗歌的表现内容和艺术涵量，而且完全可以独立成文，也可称是优秀的小品文。

中国古代的诗序有其独特的艺术功能，诗序可以弥补抒情短诗的某种缺陷，它扩大诗歌的背景，增大其艺术涵量，增加诗歌的历史感。优秀的诗序与诗歌宛如珠联璧合，不可或缺。而从艺术表现技巧来看，诗序翔实的叙事，交代写作背景和意图，有益于诗人在诗中集中笔墨来抒情言志（中国古诗以抒情为主），使诗歌兼叙事与抒情于一身，同时又保持凝练、含蓄之美。这是文体上的一种创造。

---

① 〔清〕彭定求等编：《全唐诗》卷二六四，中华书局 1960 年版，第 8 册，第 2930 页。

② 〔唐〕白居易著，顾学颉校点：《白居易集》卷三，中华书局 1979 年版，第 1 册，第 52 页。

③ 《白居易集》卷三，第 1 册，第 53 页。

④ 《白居易集》卷四五，第 3 册，第 962 页。

⑤ 〔清〕陈衍著，郑朝宗、石文英校点：《石遗室诗话》卷二四，人民文学出版社 2004 年版，第 363 页。

⑥ 《苏轼诗集》卷四〇，第 7 册，第 2202 页。

# 四

以上简要地勾勒出中国古代诗歌制题制序史，那么这种历史发展究竟反映出什么问题呢？一部诗歌史，也是艺术形态的发展史。诗题与诗序积淀着审美历史感的艺术形态，从中既可以考察诗人创作观念的进化，也可以考察中国古代诗歌艺术风貌的历史演变。

首先，诗歌制题制序史反映出古代诗人创作观念的进化。晋代以后，诗题与诗序制作之自觉，究其原因，大致是因为文学总集的出现，"文集"作为中国书籍的一大类，其编撰须有一定体例，包括诗歌在内的"文章"的题目是必不可少的，而且还须有一定的规范性。那么，诗人创作讲究题目的编制，以利于称引和编纂，也就是很自然的；而更重要的是，当时诗人已经十分重视诗歌的价值，既然文章是"经国之大业，不朽之盛事"①，诗题与诗序的制作，正表明当时诗人对于自己创作的诗歌有一种自觉的传播与传世的意识，诗题诗序正是诗人的自我阐释，目的是要使自己的作品得到读者的了解、接受和欣赏。正如庞垲《诗义固说》卷上："诗有题，所以标明本意，使读者知其为此事而作也。古人立一题于此，因意标题，以词达意，后人读之，虽世代悬隔，以意逆志，皆可知其所感，诗依题行故也。"② 因此，诗题诗序的兴起，也意味着诗人开始考虑到读者包括后代读者在阅读过程中"以意逆志"和"知人论世"的心理需求，这是一种新兴的有关读者接受的意识。

中国古诗多以抒情为主，而诗题与诗序可兼叙事之功能，可补诗歌本文的不足。董乃斌先生曾撰文认为，在社会生活中，人们有一种必须得到满足的叙事需求，即便是在以抒情为主的诗歌中，也有这种叙事需求。比如"汉儒对于《诗经》本义（本事）的多方解说，历代诗人为自己诗作所写的长短不一的小序，《云溪友议》《本事诗》之类专门记述诗歌本事著作之出现，历代笺释家对前人诗作本事的钩稽和揣测，等等，则说明追索隐藏于'含事'与'咏事'之作背后的事实，实乃文学生活中普遍而

---

① 〔魏〕魏文帝撰，〔清〕孙冯翼辑：《典论》，中华书局 1985 年版，第 1 页。
② 《清诗话续编》第 2 册，第 729 页。

吴承学自选集

WU CHENGXUE ZIXUANJI

顽强的需求"①。董乃斌先生这篇原本研究小说的论文，也为我们揭示诗题与诗序产生的社会需求心理。诗人用诗题与诗序的制作来说明作诗的场合、目的、时间、地点、原因等，既是出于传播的目的，也是为了满足社会的需求心理。

其次，诗题的发展反映出古代诗歌艺术的某些演化。古诗题经过从先有诗后有题向先有题后有诗的重大发展，这在诗歌艺术发展史上是值得注意的问题，古人甚至认为是古今诗歌演变的一大关键。朱熹说："古人做诗不十分着题却好，今人做诗愈着题，愈不好。"② 他已提出"古人"与"今人"在诗歌创作时与诗题疏密关系之问题③。顾炎武《日知录》卷二一"诗题"条回顾中国古代诗题历史发展之后说："古人之诗，有诗而后有题；今人之诗，有题而后有诗。有诗而后有题者，其诗本乎情；有题而后有诗者，其诗徇乎物。"④ 袁枚《随园诗话》卷七："无题之诗，天籁也；有题之诗，人籁也。天籁易工，人籁难工。《三百篇》、《古诗十九首》，皆无题之作，后人取其诗中首句之一二字为题，遂独绝千古。汉、魏以下，有题方有诗，性情渐漓。至唐人有五言八韵之试帖，限以格律，而性情愈远。且有'赋得'等名目，以诗为诗，犹之以水洗水，更无意味。从此，诗之道每况愈下矣。"⑤ 乔亿《剑溪说诗》卷下："论诗当论题。魏、晋以前，先有诗，后有题，为情造文也；宋、齐以后，先有题，后有诗，为文造情也。诗之真伪，并见于此。"⑥ 王国维《人间词话》说："诗之《三百篇》、《十九首》，词之五代、北宋，皆无题也。非无题也，诗词中之意，不独能以题尽之也。……诗有题而诗亡，词有题而词亡。"把诗题之有无与先后说成是"诗之真伪"之区别，未免极端，以之论证诗歌创作之每况愈下、后不如今的趋势，当然有些夸张，但他们把先有诗后有题还是先有题后有诗作为古今诗歌演变的一大关键，则是相当有艺术

---

① 董乃斌：《现代小说观念与中国古典小说》，载《文学遗产》1994 年第 2 期，第 103 页。
② 〔宋〕黎靖德编，王星贤点校：《朱子语类》卷一四〇，中华书局 1986 年版，第 8 册，第 3334 页。
③ 《沧浪诗话·诗法》针对这种情况，也提出"不必太着题"，见《沧浪诗话校释》，第 114 页。
④ 《日知录集释》中册，第 1171 页。
⑤ 《随园诗话》卷七，上册，第 228 页。
⑥ 《清诗话续编》第 2 册，第 1103 页。

眼光的。

早期的诗歌，原先并无题目，其诗题是后人随意给予的称引符号，它与诗歌内容、意境大体没有直接关系，诗人只是率尔而作，不必围绕题目去构思，诗的宗旨意趣乃至篇章结构，涵茫一片，所谓词理意兴，往往无迹可求。艺术表现则无拘无束，乱而能整，因此，其意境便有一种古朴混沌的天然之趣。当诗题成为诗人的自觉制作，便与诗歌内容产生一种必然的联系。制题的自觉是诗歌艺术发展的必然结果，也是诗歌创作进入自觉与成熟时代的标志之一，这意味着诗人对于诗歌艺术形态开始有了规则与法度的观念。于是，诗题也就从单纯的称引符号，转化而成诗歌的有机部分。它不但成为诗歌的眉目，而且起了一种对于诗歌内容加以说明、制约和规定的特有的重要作用。诗题对于艺术表现起了制约作用，诗歌开始有了一个要明确表现的题目或主题，必须围绕着它而展开，于是必须尊题、咏题、切题、破题、尽题，更进一步便产生诗歌关于结构章法的观念。庞垲《诗义固说》卷下："射有的则决拾有准，军有旗则步伐不乱，赋诗命题，即射之的、军之旗也。"① 这样在艺术上的效果是比较集中和规范，不至于漫无边际。诗从无题到有题，是中国诗歌艺术发展一大关键，这不仅是诗歌艺术形态的外在变化，而且还引起诗歌意境的整体变化。从六朝开始，中国古代诗歌逐渐追求艺术法度、格式、技法等，至唐代则形成集大成的艺术规范，而先前古诗那种朴茂混沌、粗服乱头而难掩之国色，也就难以兼得了。

（原载《文学遗产》1996 年第 5 期）

① 《清诗话续编》第 2 册，第 738 页。

# 论《四库全书总目》在诗文评研究史上的贡献

　　《四库全书》是我国古代最大的一部官修书，其编纂是中国文化史上最浩大的修书工程。《四库全书总目》是随着《四库全书》的编纂而逐步编修出来的，其分类严明，论述谨重，大体代表了当时知识界的学术水平。它不但是一部伟大的目录学著作，而且还基本形成了一个中国古代学术史概观性质的整体，历来受到许多学者的大力推崇。如张之洞在《𬨎轩语·语学》中就说过："今为诸君指一良师，将《四库全书总目提要》读一遍，即略知学术门径矣。"即使我们仅从文学学术史的角度来看，《四库全书总目》也有非常重要的价值：一方面《四库全书总目》对于中国古代诗人作家的批评（主要是集部提要），总结起来，其实便是一部颇具规模的古代文学史纲；另一方面把"诗文评"类提要对于中国古代主要的文学批评著作的批评总结起来，其实便是我国一部简要的文学批评史纲。本文拟从《四库全书总目》① "诗文评"类的提要及相关材料入手，探讨它在中国古代诗文评研究学术史上的贡献。

## 一

　　在研究《总目》"诗文评"类提要之前，我们有必要了解"诗文评"这一分支学科的形成和发展过程。正如《总目》在"集部总叙"中说的："集部之目，楚辞最古，别集次之，总集次之，诗文评又晚出，词曲则其闰余也。"（卷一四八）"诗文评"类在集部中是晚出的分类。《隋书·经籍志》将刘勰《文心雕龙》和钟嵘《诗品》与《文选》《玉台新咏》一起归入集部总集类，可见当时学术界还没有明确地把它们与一般的集部著作区分开来。等到唐开元年间编定的《崇文目开元四库书目》，才将文学

---

　　① 本文所引《四库全书总目》，系中华书局 1965 年影印浙江杭州本。下引此书略称为《总目》，仅注明其卷数。

批评著作在总集中厘析出来而别立"文史"之名。于是集部"集录其类三：楚辞、别集、总集并文史"①。宋代的目录著作也纷立"文史"之目，所收的著作数量更多而范围更为明确。《新唐书·艺文志》"文史"类所收除了李充《翰林论》、刘勰《文心雕龙》、颜竣《诗例录》、钟嵘《诗评》，并收了唐人的诗格一类著作多种。今存宋代官私书目有王尧臣等《崇文总目》、晁公武《郡斋读书志》、尤袤《遂初堂书目》、陈振孙《直斋书录解题》四家，除《郡斋读书志》外，其余都设有"文史"类，其收录绝大部分属于文学批评的范围，只有少数几种史评著作如《史通》等附带收入，这是后来的诗文评更为专门化的一个重要阶段。

　　宋人对古代文学批评著作又有了进一步的区分。如郑樵《通志》就分列"文史"与"诗评"二类，将综合各体文学批评的《文心雕龙》《翰林论》等归入"文史"，而"诗评"类则专收诗话诗格著作，像钟嵘《诗评》、王昌龄《诗格》等均在其中，一些明显带有批评倾向的诗歌总集如《河岳英灵集》也包括在内。稍后的章如愚在其《山堂考索》的"文章门"中更把此类细分为"文章缘起类""评文类""评诗类"三种②。这种分类对明代"诗文评"类的确立，无疑是一种有益的启迪。书目中的"诗文评"类是明人提出的。焦竑的《国史经籍志》、祁承㸁的《澹生堂藏书目》均列"诗文评"类，收录了严格意义上的文学批评著作，这是对先前文、史相杂观念的一种突破，它直接影响了清代《四库全书》对诗文评著作的最后归属和界定。到了清代乾隆四十七年（1782年）《四库全书》编竟之后，"诗文评"遂成为古代文学批评的一个专称而获得了普遍的认同和使用。

　　这里有必要讨论一下关于《总目》的作者及其学术思想的代表性问题。古今许多学者非常强调纪昀在《总目》编纂中的作用。如清人朱珪为纪昀撰的墓志铭就说："公馆书局，笔削考核，一手删定，为《全书总目》，裒然大观。"其祭纪昀之文亦云："生入玉关，总持《四库》，万卷提纲，一手编注。"③ 江藩《汉学师承记》卷六"纪昀"条亦云："《四库

---

　　① 〔宋〕王应麟：《玉海》卷五二，上海古籍出版社1992年影印《四库全书》本，第405页。

　　② 〔宋〕章如愚：《山堂考索前集》卷二一，中华书局1992年影印明正德刘洪慎独斋本，第142页。

　　③ 见《知足斋文集》卷五及卷六。转引自郭伯恭《四库全书纂修考》第十一章，上海书店1992年据国立北平研究院史学研究会1937年版影印，第213页。

吴承学自选集

WU CHENGXUE ZIXUANJI

全书提要》《简明目录》皆出公手。"① 纪昀在编纂《总目》的过程中所起的删改、审定的主要作用，是不容置疑的。但如果把此书视为仅仅是纪昀一人的主张和思想，则未免有些片面。如郭伯恭《四库全书纂修考》一书就说："《四库提要》之编纂，原为各纂修官于阅读时分撰之，嗣经纪昀增审删改，整齐划一而后，多人之意志已不可见，所可见者，纪氏一人之主张而已。"② 朱东润先生在他的《中国文学批评史大纲》中也说："晓岚论析诗文源流正伪，语极精，今见于《四库全书提要》，自古论者对于批评用力之勤，盖无过纪氏者。"③ 而有些当代学者更把《总目》看成是"纪昀学术思想的反映"，甚至完全归于他的名下，把它当作研究纪昀文学思想的主要材料④。这种观点尚可斟酌。

《总目》提要稿先由各位纂修官分头负责，由四库馆臣撰写，当时从事撰写提要稿分纂稿的就有程晋芳、任大椿、姚鼐、翁方纲、余集、邵晋涵、周永年、戴震等大学者。总纂官纪昀对分纂稿进行改定，贯一全文，按目录分类加以编排，后再送皇帝审阅，现在的《总目》正是在多名大学者的分纂稿基础上笔削核订而成的。我以为，《总目》编纂的实际操作先是由四库馆臣集体完成的，最后由纪昀总其成，但是无论是纪昀也好，其他四库馆臣也好，其编纂工作是在某种思想指导下统一操作的。这种思想就是当时最高统治者即乾隆皇帝的政治、文化、学术思想的综合体。《四库全书》的体例是由乾隆审定的，正如《四库全书凡例》所说的"其体例悉承圣断"（卷首），而且"每进一编，必经亲览；宏纲巨目，悉禀天裁。定千载之是非，决百家之疑似，权衡独运，衮钺斯昭"（卷首）。这就是说《四库全书》包括《总目》都是必须经过皇帝最后亲自"钦定"的。所以《总目》的修纂与个人著述是有所不同的，四库馆臣不可能完全依照自己的好恶来撰写，而是应该体会、揣摩并贯彻最高统治者的意志和趣味，纪昀也必须根据统治者的思想观念和需要来修改《总目》。尽管《总目》的字里行间不难看出纪昀辩博风趣的个人风格（尤其诗文评又是纪昀学术研究的重点之一），但我仍然认为《总目》不仅代表个别

① 上海书店 1983 年据商务印书馆 1935 年版复印，第 95 页。

② 《四库全书纂修考》第十一章，第 213 页。

③ 上海古典文学出版社 1957 年版，第 301 页。

④ 王镇远：《纪昀的文学思想初探》，载《古代文学理论研究》第十一辑，上海古籍出版社 1986 年 8 月版，第 256 页。

人或部分人的观念，而且代表以乾隆为首的整个统治阶级集体的思想，代表传统社会正统、正宗的学术观念，甚至也可以说它是整个传统社会学术思想的集大成式的总结，它为我们了解中国传统社会晚期的文学思想提供了非常权威的资料。

目前文学批评史研究对象大体是文学家个体的理论观点，而作为代表统治阶级整体的文学思想和文学政策就很少有人去研究了。它们未必都有很高的理论价值，但在当时对于整个社会的各个阶层却可能产生巨大的作用和影响。因为统治阶级的思想就是统治思想，只有了解统治阶级的文学思想、政策，最高统治者与统治集团主要成员的好恶，才能对各时代的文学风尚和审美趣味有比较根本的认识。因此，研究《总目》便具有十分重要和特殊的意义。

## 二

《总目》"诗文评"类正选著作64部，731卷，存目著作85部，524卷。中国古代诗文评方面重要的理论专著大体都已概括在其中了，这149部诗文评著作的提要，大体勾勒出我国诗文评发展的概况。

章学诚在《校雠通义·叙》中认为，自汉代刘向、刘歆以来，中国古典目录学对于学术史研究起了"辨章学术，考镜源流"的巨大作用。这也正是《总目》的特点。四部每部之首皆有总序，提纲挈领地研究学术之源流正变。每部之下又有小序，进一步陈述流派的演变、是非。每书的提要考证作者的籍贯生平，介绍该书的性质和主要内容，评论它的利弊得失。有些问题还在子目之后，附加按语再一步申明。《总目》"诗文评"类提要也是如此，"诗文评小序"从理论上考察了诗文评著作出现的原因、作用以及它在目录学中的地位变迁，它大体理清了中国文学批评史的发展脉络，对诗文评的主要体例和特点也有概略的总结。它说：

> 文章莫盛于两汉，浑浑灏灏，文成法立，无格律之可拘。建安黄初，体裁渐备，故论文之说出焉。《典论》其首也，其勒为一书，传于今者，则断自刘勰、钟嵘。勰究文体之源流，而评其工拙，嵘第作者之甲乙，而溯厥师承，为例各殊。至皎然《诗式》，备陈法律，孟棨《本事诗》，旁采故实，刘攽《中山诗话》、欧阳修《六一诗话》

又体兼说部。后所论著，不出此五例中矣。宋、明两代，均好为议论，所撰尤繁。虽宋人务求深解，多穿凿之词，明人喜作高谈，多虚矫之论，然汰除糟粕，采撷菁英，每足以考证旧闻，触发新意。《隋志》附总集之内，《唐书》以下则并于集部之末，别立此门。岂非以其讨论瑕瑜，别裁真伪，博参广考，亦有禅于文章欤？（卷一九五）

"小序"大致勾勒了古代诗文批评发展的主要线索和在目录学上的变化。它指出在建安之前，文章兴盛，但无法可求，因此无专门研究文章的专著。建安之后，体裁法度渐备，于是诗文评著作应运而生。"小序"把建安看成是中国古代文学与文学批评发展的一个关键时代，是符合事实的。"小序"指出宋明诗文评有"穿凿之词""虚矫之论"，不过还是肯定其价值。"小序"总结了古代诗文评著作的5种主要体例：①刘勰《文心雕龙》特点是理论性比较强，论述比较全面，它以文体发展为线索，在叙述文体演进过程中对历代作家作了评价；②钟嵘《诗品》近于一部五言诗发展史，重在品评历代五言诗诗人的高下等级，而且把历代五言诗歌创作的渊源归为国风、小雅和楚辞；③皎然《诗式》的特点是研究诗歌语言的格式技法，是诗格一类著作的代表；④孟棨《本事诗》则重在叙述引发诗歌创作的本事"故实"，有助于知人论世；⑤刘攽《中山诗话》、欧阳修《六一诗话》则涉笔成趣，可以说是小说化、随笔化的诗话。当然，小序所总结的只是古代诗文评著作的几种主要体例，并无法完全概括全部形态。

《四库全书》在诗文评著作整理方面作出突出贡献。尤其是辑佚方面，从《永乐大典》中辑出一些早已失传的诗文评著作。比如李耆卿的《文章精义》和周密的《浩然斋雅谈》都是四库馆臣从《永乐大典》中辑出。从文学批评文献学的角度来看，《总目》对于批评著作的"别裁真伪"考证辨伪工作至为重要，虽然以往的目录学著作对于诗文评著作也有过一些考辨，但都不如《总目》之系统全面。《总目》对《文心雕龙》以来的古代著名诗文评著作的时代、作者、著作名称乃至版本一一加以考证。如自宋代以来，《文心雕龙·隐秀篇》皆有阙文，明末钱允治称得阮华山宋椠本，抄补四百字。《总目》考证道："其书晚出，别无旁证，其词亦颇不类。如'呕心吐胆'，似摭李贺小传语；'锻岁炼年'，似摭《六一诗话》论周朴语；称班姬为'匹妇'，亦似摭钟嵘《诗品》语，皆有可疑。况至正去宋未远，不应宋本已无一存，三百年后，乃为明人所得。又考《永乐大典》所载旧本，阙文亦同。其时宋本如林，更不应内府所藏无一完刻。阮氏所称，殆亦影撰。何焯等误信之也。"（卷一九五）这种看法，至今受到批评史研究界的普遍接受。

清代学术相当重视考据，这种风气也体现在《总目》上。《总目》在对诗文评作者的考证方面贡献也颇大，因为诗文评一般被视同笔记，不受重视，所以在流传过程中，诗文评著作作者归属也容易成为悬案。《总目》在这方面取得一系列突出的成果，如《藏海诗话》原载于《永乐大典》中，不著撰人名氏。自明代以来，诸家书目也不著录。《总目》从《永乐大典》考得宋吴可有《藏海居士集》已裒辑成编，别著于录，"藏海"二字与此书名相合。又从《藏海居士集》中的《为王诜题春江图诗》，考证其中多与韩驹论诗之语，书中所载宣和、政和年月及建炎初避兵南窜，流转楚粤，与《藏海诗话》卷末称自元祐至今六十余年者，时代亦复相合，所以推断《藏海诗话》作者为宋代的吴可。（卷一九五）又如《荆溪林下偶谈》一书，原不著撰人名氏，但《总目》却能精确地考证出作者的姓名：

> 以所载"文字好骂"一条，知其姓吴。书中推重叶适，不一而足。姚士粦跋谓："以《水心集》考之，惟有《即事兼谢吴民表宣义诗》六首及《答吴明辅》一书。不知即其人否。"案元无名氏《南溪诗话》引此书一条，称为吴子良《荆溪林下偶谈》，又陈栎《勤有堂随录》曰："陈筠窗名耆卿，字寿老。吴荆溪名子良，字明辅。二人毕宗水心为文。"然则此书确为子良作矣。（卷一九五）

这种考证把内证与旁证结合起来，论证精确，可谓难得。余嘉锡在《四库提要辨证》中说："原书无撰人名氏，《提要》能考得为吴子良，正自不易！"① 这种评价是十分公允的。

"诗文评"类提要对于史实的辨证往往能澄清批评史上的一些疑点或公案，这方面也颇有贡献，比如《南史》钟嵘传称钟嵘曾求誉于沈约，受到沈约的拒绝，故嵘怨之，在《诗品》中列沈约为中品。"盖追宿憾，

---

① 余嘉锡：《四库提要辨证》卷二四，中华书局1980年版，第1591页。

吴承学自选集

WU CHENGXUE ZIXUANJI

102

以此报约也。"对此，《总目》案曰："约诗列之中品，未为排抑。惟序中深诋声律之学，谓蜂腰鹤膝，仆病未能，双声叠韵，里俗已具。是则攻击约说，显然可见，言亦不尽无因也。"这些解释相当通达，使《诗品》的原意更为清晰。《总目》对于历代诗文评著作、作者、史实的考证辨伪工作，为后代批评史研究奠定了比较坚实的基础。

三

《四库全书凡例》说："儒者著书，往往各明一义，或相反而适相成，或相攻而实救。所谓言岂一端，各有当也。"所以只要不是"离经畔道颠倒是非者"或者"怀诈狭私，荧惑视听者"，都可以"不名一格，兼收并蓄"（卷首）。这种态度典型地反映出传统社会里所能允许的学术宽容的极限和本质。《总目》总是标榜着维护学术公理，反对门户偏见的态度。《四库全书凡例》在回顾中国古代学术史时说："汉唐儒者，谨守师说而已。自南宋至明，凡说经、讲学、论文皆各立门户。大抵数名人为之主，而依草附木者嚣然助之。朋党一分，千秋吴越。渐流渐远，并其本师之宗旨亦失其传。而雠隙相寻，操戈不已。名为争是非，而实则争胜负也。人心世道之害，莫甚于斯。"（卷首）在"集部总叙"中也指出"大抵门户构争之见，莫甚于讲学，而论文次之"（卷一四八）。针对宋明以来学术派别林立，彼此因门户之争而持论偏颇的弊病，《四库全书》编纂者提出其原则是"甄别遗编，皆一本至公，铲除畛域"（卷首）。这种态度当然与维护统治者的利益有关，但对学术研究客观上是有利的。从《总目》"诗文评"类提要来看，的确大体上是持比较公允平正的态度，力避过激偏颇之论，庶几达到平理若衡，照辞如镜的境地。《总目》比起宋明的学术来说，其态度的确比较平实而公允，讲究实证，绝少意气之争，这一方面反映了清代的学术风气，另一方面也反映出《总目》作为传统统治阶层集体思想综合表现的特点。

在评论历代诗文评著作时，《总目》十分注重知人论世，结合诗文评家的身世及其所处的历史背景来探讨其理论，对批评家由于党争或学派之争而产生的门户之见总是特地拈出。如论宋人诗文评，尤其指出"宋人论文，多区分门户，务为溢美溢恶之辞"（卷一九五《余师录》提要）。在对宋诗话分析中，也注意宋代党争的背景。《彦周诗话》提要指出许颛

"盖亦宗元祐之学者，所引述多苏轼、黄庭坚、陈师道语，其宗旨可想见也"（卷一九五）。《珊瑚钩诗话》提要也指出作者"表臣生当北宋之末，犹与陈师道游，与晁说之尤相善。故其论诗往往得元祐诸人之余绪"。魏泰《临汉隐居诗话》的提要指出："泰为曾布妇弟，故尝托梅尧臣之名，撰《碧云骎》以诋文彦博、范仲淹诸人。及作此书，亦党熙宁而抑元祐。""盖坚执门户之私，而甘与公议相左者。"但还是指出其"颇有可采，略其所短，取其所长，未尝不足备考证也"（卷一九五）。《总目》在《石林诗话》提要中谈到叶梦得论诗"推重王安石者不一而足"，而对于欧阳修、苏轼则多贬抑。为什么呢？"盖梦得出蔡京之门，而其婿章冲则章惇之孙，本为绍述余党，故于公论大明之后，尚阴抑元祐诸人。然梦得诗文实南北宋间之巨擘，其所评论，往往深中窾会，终非他家听声之见，随人以为是非者可比，略其门户之私，而取其精核之论，分别观之，瑕瑜固两不相掩矣。"（卷一九五）《总目》在这里提出的"略其门户之私，而取其精核之论"的批评态度，是十分可取的。在具体批评中，《总目》既指出其门户之见，同时对其本身的价值又持比较公允的态度，其评论是比较准确的。

《沧浪诗话》是历史上一部争论最多的诗话。尤其明清两代，诗派林立，许多争议皆与《沧浪诗话》的理论有关。故历来或誉或毁，对其评价截然相反。《总目》论《沧浪诗话》则不偏不颇，持平而论：

> 大旨取盛唐为宗，主于妙悟。故以"如空中音，如象中色，如镜中花，如水中月"，"如羚羊挂角，无迹可寻"为诗家之极则，明胡应麟比之"达摩西来，独辟禅宗"，而冯班作《严氏纠缪》一卷，至诋为"呓语"。要其时宋代之诗，竞涉论宗，又四灵之派方盛，世皆以晚唐相高，故为此一家之言，以救一时之弊。后人辗转承流，渐至于浮光掠影，初非羽之所及知。誉之者太过，毁之者亦太过也。（卷一九五）

这一段是《总目》相当典型的批评体例。它完全抛开党同伐异的偏见，对《沧浪诗话》的宗旨作了中肯的概括，对沧浪诗学思想的时代背景和价值也作了中肯的阐释。它把《沧浪诗话》本身的理论内涵与后人在接受过程中由于不同的立场而出现的偏颇区别开来，相当平允中肯。

《总目》对明七子持批评态度，然而对那些过分而偏颇的批评，也不赞同。如批评吴乔的《围炉诗话》"偏驳特甚。大旨初尊长沙而排庆阳，又祖晚唐而挤两宋。气质嚣浮，欲以毒詈狂谈劫伏俗耳，遂以王、李为牛听驴鸣，而比陈子龙于王锡爵之仆夫。七子摹拟盛唐，诚不免于流弊，然亦各有根据，必斥之不比于人类，殊未得其平。至于赋比兴三体并行，源于《三百》，缘情触景各有所宜，未尝闻兴比则必优，赋则必劣。况唐人非无赋体，宋人亦非以比兴都绝。遗诗具在，吾将谁欺？乃划界分疆，诬宋人以比兴都绝，而所谓唐人之比兴者，实穿凿附会，大半难通"（卷一九七）。《总目》评论王世懋的《艺圃撷余》说："大旨宗其兄世贞之说，而成书在《艺苑卮言》之后。已稍觉摹古之流弊。"（卷一九六）可见《总目》对于明七子流派后期的变化也颇加注意。

《总目》推崇一种比较平实的批评态度，而不喜高论，比如批评清人毛奇龄《诗话》尊唐抑宋，但"所论宋诗，皆未见宋人得失，漫肆讥弹；即所谓论唐诗，亦未造唐藩篱，而妄相标榜，如诋李白，诋李商隐，诋柳宗元，诋苏轼，皆务为高论，实茫然不得要领"（卷一九七）。清人毛先舒《诗辨坻》对于常建诗、杜甫诗、元结诗、李白诗的挑剔，《总目》批评它表现出一种"好为高论"的习气（卷一九七）。《总目》对于《原诗》的宗旨是肯定的，但又指出它有"英雄欺人之语"，有"故作高论"之处（卷一九七）。

《总目》既然代表传统时代统治阶级的正统立场，会不会因此就强调教化、伦常、义理，忽视文学艺术的本质特征而显得迂腐僵化呢？这是一个容易产生误解的问题。事实上，《四库》馆臣虽然代表传统意识，但还是比较通达的，大抵没有什么迂腐之见，而且还比较尊重文学的艺术特性。《总目》在谈到真德秀《文章正宗》的偏颇时指出，"盖道学之儒与文章之士各明一义，固不可得而强同也"，并说："德秀虽号名儒，其说亦卓然成理，而四五百年以来，自讲学家以外，未有尊而用之者。岂非不近人情之事，终不能强行于天下欤？"（卷一八七《文章正宗》提要）《总目》对以理学的观念来评论诗文而置文学本身的特性于不顾的习气皆致不满。如批评《余冬诗话》"所论多作理语"，"夫以讲学之见论文，已不能得文外之致，至以讲学之见论诗，益去诗千里矣。则何如不作诗文更为务本也"（卷一九七）。又如《诗谭》提要说："盖以讲学为诗家正脉，始于《文章正宗》，自白沙定山诸集，又加甚焉。至廷秀等而风雅扫地矣。此所谓言之有故执之成理，而断断不可行于天下者也。故其人虽风裁岳岳，而论诗不可为训焉。"（卷一九七）总之，《总目》明确地把文学与理学区分开来，认为两者有不同的评价标准，反对以理学的标准来衡量文学。

《四库全书凡例》提出："文章、德行，在孔门既已分科，两擅厥长，代不一二。"所以所著录的，有的是"论人而不论其书"，有的则是"论书而不论其人"，《四库全书凡例》特地说明"凡兹之类，略示变通"。有些人虽然人品不高，气节有亏，但论艺若有心得，《总目》也取不因人废言的态度。《凡例》还专门举了"诗文评"类中的吴开《优古堂诗话》的例子（卷首）。吴开是南宋的误国奸臣罪人，但《总目》并没有因此而一笔抹杀《优古堂诗话》的理论价值："其人本不足道，而所作诗话乃颇有可采。"（卷一九五）而且还把此诗话放在正选之列，这是颇为典型的例子。

《总目》反对文学批评中固执胶着的态度，主张用比较通达的眼光研究作品，尤其应该注意到文学创作自身的特点。如宋人许顗《彦周诗话》批评杜牧《赤壁诗》"东风不与周郎便，铜雀春深锁二乔"句，说杜牧对于"社稷存亡，生灵涂炭都不问，只恐捉了二乔，可见措大不识好恶"。《总目》则批评许顗不懂诗歌巧妙、曲折、形象的表现方式，二乔两位贵妇人在诗中乃作为社稷尊严的象征，"二人入魏，即吴亡可知"，"此诗人不欲质言，变其词耳，顗遽诋为秀才不知好恶，殊失牧意"（卷一九五）。又如安磐《颐山诗话》因为杜甫"朝扣富儿门"四句诗，就讥笑他"致君尧舜上"之妄，《总目》认为这种批评"亦失之固"（卷一九六）。《归田诗话》过于拘泥于史实而讥笑张耒《中兴碑》中"玉环妖血无人扫"句，说杨贵妃乃缢死，未尝溅血，《总目》讽刺他"是忘《哀江头》'血污游魂'句也"（卷一九七）。

《总目》文学批评的立场可以说是正统而不僵化，正宗而不狭隘，总体上说是比较开明通达的。

### 四

作为反映统治阶级学术思想的《总目》，它对历代诗文批评著作的具体评述中反映出来的批评见解、观念和价值观，也是颇值得注意的。

清代学术一反明代浮泛之病，崇尚朴学，反对虚谈。《四库全书凡例》谈到其选录书籍的标准："今所录者，率以考证精核，辨论明确为主，庶几谢彼虚谈，敦兹实学。"（卷首）中国古代诗文评著作不少是信手而记、涉笔成趣之作，故时有粗疏之处。《总目》经常指出一些诗文评著作游谈无根，失之考据之处。不过，我们应当注意到，《总目》对于诗文评著作既重视考据又不拘泥于考据，最为重视的还是批评著作的鉴识。一些在考据方面有纰漏但在评骘鉴赏方面有卓识者，仍然获得褒扬。如在谈到周密的《浩然斋雅谈》时既指出此书在考据方面的一些毛病，但又说："然密本词人，考证乃其旁涉，不足为讥。若其评骘诗文，则固具有根柢……是书颇具鉴裁，而沈晦有年，隐而复出，足以新艺苑之耳目，是固极宜广其传者矣。"（卷一九五）又如《总目》既辨析了《师友诗传录》考据之误，同时又指出："盖新城（笔者按：指王士禛）诗派，以盛唐为宗，而不甚考究汉魏六朝；以神韵为主，而不甚考究体制。故持论出入，往往不免，然其谈诗宗旨，具见于斯。较诸家诗话，所见终为亲切，固不以一眚掩全璧也。"（卷一九六）反映出尊重文学批评研究自身特点的价值标准。从重视批评鉴识出发，《总目》对一些有眼光的不同时俗的看法相当赞许。如宋人朱弁《风月堂诗话》论黄庭坚作诗"用昆体工夫，而造老杜浑成之地"。《总目》的评价是"尤为窥见深际。后来论黄诗者皆所未及"（卷一九五），相当赞赏其识见。对于那些鉴识不精的著作，《总目》的批评相当尖锐甚至尖刻。如批评《南濠居士诗话》说"柳色嫩于鹅破壳，藓痕斑似鹿辞胎""尤鄙俚，而指为佳句"（卷一九七），对此相当不满。评明人顾元庆《夷白斋诗话》："论诗多隔膜之语。如秦韬玉诗'地衣镇角香狮子，帘额侵钩绣辟邪'，可谓寒酸眼。元庆乃称其状富贵之象于目前，品题殊误。所录明诗多猥琐，至讥蔡邕《饮马长城窟行》谓鱼腹中安得有书，尤高叟之为诗矣。"（卷一九七）

值得一提的是，《总目》特别重视作家诗人的理论，明确地指出作家诗人的批评具有特殊价值。如论杨万里《诚斋诗话》："万里本以诗名，故所论往往中理。"（卷一九五）明安磐《颐山诗话》："磐亦能诗……故其论古人，多中窾会。盖深知其甘苦而后可定其是非。天下事类如是也。"（卷一九六）评洪迈《容斋四六丛谈》说此书"较王铚《四六话》、谢伋《四六谈麈》特为精核。盖迈初习词科，晚更内制，于骈偶之文，用力独深，故不同于剿说也"（卷一九七）。这也是因为中国古代文学批评家身份多兼作家诗人，故有亲身感受和体验，深知甘苦，论诗比较中肯。

《总目》对于历代批评家和诗文评著作内容的介绍以及对其学术观点、源流和地位的介绍与评价，也往往表现出精微的鉴识，故能切中利弊，言简意赅，为后代的批评史研究提供借鉴。如司马光的《续诗话》在文学批评史上的贡献，一般人是不及注意的，但《总目》高度赞赏其对诗歌的品第，非常精妙，指出唐宋一些诗歌正是因为受到司马光的品赏才流传众口的，比如林逋"疏影横斜水清浅，暗香浮动月黄昏"诗句，畅当、王之涣的《鹳雀楼》等诗歌，"相沿传诵，皆自光始表出之"（卷一九五），正是因为司马光的推崇而流芳百代的。这种事实一经《总目》拈出，《续诗话》的贡献也就一目了然。明人谢榛《诗家直说》谓杜牧《开元寺水阁诗》"深秋帘幕千家雨，落日楼台一笛风"句不工，改为"深秋帘幕千家月，静夜楼台一笛风"。《总目》批评他："不知前四句为'六朝文物草连空，天澹云闲今古同。鸟去鸟来山色里，人歌人哭水声中'。末二句为'惆怅无因见范蠡，参差烟树五湖东'。皆登高晚眺之景。如改'雨'为'月'，改'落日'为'静夜'，则'鸟去鸟来山色里'，非夜中景。'参差烟树五湖东'，亦非月下所能见。而就句改句，不顾全诗，古来有是诗法乎？"（卷一九七）可见《总目》主张文学批评应该顾及作品的全篇，而忌片面摘句而论，这种观念是比较稳妥的。

对于古代各种诗文评著作体例，《总目》其实是有所轩轾的，这反映了其心目中诗文评的规范和理想。《总目》对宋代几部诗话总集即阮阅《诗话总龟》、蔡正孙《诗林广记》、胡仔《苕溪渔隐丛话》及魏庆之《诗人玉屑》的褒扬非常明确。"《总龟》芜杂，《广记》挂漏，均不及胡、魏两家之书。"（卷一九五）《总目》评价阮阅《诗话总龟》"搜拾旧文，多资考证"，但又批评它"惟分类琐屑，颇有乖体例"（卷一九五）。《总目》对胡仔《苕溪渔隐丛话》及魏庆之《诗人玉屑》两书是比较肯定的，但对《诗人玉屑》仍不甚满意，指出"此书以格法分类，与仔书体例稍殊。其兼采齐己《风骚旨格》，诡立句律之名，颇失简择"（卷一九五）。在宋人的诗话总集中，《总目》最为欣赏的是《苕溪渔隐丛话》。它认为此书与阮阅《诗话总龟》"相辅而成，北宋以前之诗话大抵略备矣"，并对两书体例的优劣作了评价："然阅书多录杂事，颇近小说。此则论文考义居多，去取较为谨严。阅书分类编辑，多立门目，此则惟以作

吴承学自选集

WU CHENGXUE ZIXUANJI

者时代为先后，能成家者列其名，琐闻轶句则或附录之，或类聚之，体例亦较为明晰。阅书惟采摭旧文，无所考正。此则多附辨证之语，尤足以资参订。"（卷一九五）而在宋人的诗话别集中，《总目》特别赞赏《竹庄诗话》的体例，认为《竹庄诗话》："遍蒐古今诗评杂录，列其说于前，而以全首附于后，乃诗话之中绝佳者。""是书与蔡正孙《诗林广记》体例略同，皆名为诗评，实如总集。使观者即其所评与原诗互相考证，可以见作者之意旨，并可以见论者之是非。视他家诗话但拈一句一联而不睹其诗之首尾，或浑称某人某篇而不知其语云何者，固为胜之。惟正孙书以评列诗后，此以评列诗前，为小变耳。"（卷一九五）可见《总目》特别喜欢这种把总集与诗话融为一体、使读者可以把批评和创作结合起来互相印证的诗文评形式。

《总目》在"小序"中曾提到诗文评有"体兼说部"者，但《总目》对于小说化了的诗文评著作往往提出批评，如指出《渔洋诗话》"名为诗话，实兼说部之体"。批评此书记录许多文人的杂事，"皆与诗渺不相关。虽宋人诗话往往如是，终为曼衍旁支，有乖体例"（卷一九六）。《玉堂诗话》虽题为"诗话"，但《总目》认为此书"所采皆唐宋小说，随意杂录，不拘时代先后，又多取鄙俚之作，以资笑噱，此谐史之流，非诗品之体，故入之小说家焉"（卷一四四）。《总目》虽然对厉鹗《宋诗纪事》评价颇高，认为"考有宋一代诗话者，终以是书为渊海，非胡仔诸家所能比较长短也"，但批评其体例："昔孟棨作《本事诗》，所录篇章，咸有故实，后刘攽、吕居仁等诸诗话，或仅载佚事而不必皆诗，计敏夫《唐诗纪事》或附录佚诗而不必有事，揆以体例，嫌名实相乖。然犹偶尔泛登，不为定式。鹗此书裒辑诗话，亦以纪事为名，而多收无事之诗，全如总集；旁涉无诗之事，竟类说家。未免失于断限。"（卷一九六）又如《总目》批评明王昌会《诗话类编》"摭拾诸家诗话，参以小说，裒合成书，议论则不著其姓名，事实则不著其时代，又并不著出自何书，糅杂割裂，茫无体例，亦博而不精之学也"（卷一九七）。可见《总目》对于小说化的诗话评价是持保留态度的。

《总目》把历代诗文评著作分为正选和存目两类，此分类也反映了四库馆臣的文学批评价值观念。存目的书当然不如正选的重要，其中有的是避免重复，有的是在其他书中已有著述，容易找到，所以列入存目，也有的是被认为价值不高或伪书（正选中也有伪书，但在历史上较有影响），如旧本题陈应行的《吟窗杂录》、原本题尤袤的《全唐诗话》。还有的则是因为不符合四库纂修者的价值观，比如《总目》一般把诗格一类书放到存目之中，并表示出非常鄙视的态度，如评《诗法源流》强立三十三格"谬陋殆不足辨"（卷一九七）；评《二南密旨》"议论荒谬，词意拙俚，殆不可以名状"，甚至说它"皆有如呓语"（卷一九七）；评《天厨禁脔》"是编皆标举诗格，而举唐宋旧作为式。所论多强立名目，旁生支节"（卷一九七）；评《少陵诗格》"是篇发明杜诗篇法，穿凿殊甚"，"每首皆标立格名，种种杜撰，此真强作解事者也"（卷一九七）；评《木天禁语》"殆类道经授经之语"（卷一九七）。《总目》对诗格一类著作的轻蔑是溢于言表的，这种态度甚至长期影响文学批评史学者对于诗格一类著作的深入研究。

五

当然，如果作为文学批评史研究来看，《总目》"诗文评"类提要也存在一些局限。除了一些具体批评失当之外，由于体制所限，"诗文评"类提要范围比较狭隘，所论只是古代比较重要的著作，而对于那些重要的单篇论文，就无法涉及了，所以有些在文学批评史上相当重要的批评家、文学流派或文学理论，在《总目》"诗文评"类提要中却无法涉及。我们如果要全面地研究《四库全书》关于中国古代文学批评的思想，就必须以"诗文评"类的提要作为基础，而兼及总集、别集、词曲部（其中有词话）的提要。比如，"诗文评"类提要对明七子的评论比较零碎，但在集部别集类《空同集》《大复集》二书的提要中，却完整地评论了李梦阳复古理论和创作功过、七子内部文学旨趣异同，可以说是相当准确和全面的。

《四库全书》代表了正宗正统的文学观念，对于非正统的文学观念予以排斥，表现出很明显的局限性。在文体上，除正统的文体即诗文之外，对叙事文学文体的长篇小说与戏曲不屑一顾，对于词曲也表示鄙视，表现了传统文体学中比较狭隘保守的观念。另外，《总目》在对于历代诗文评著作区分为正选与存目的处理也未必完全恰当，如将旧题唐皎然的《诗式》、明代胡应麟的《诗薮》、清代叶燮的《原诗》等处理为存目就有些不妥。

在考据方面，《总目》尽管成就很高，然仍存在一些乖错违失之处。正如余嘉锡《四库提要辨证·序录》中说"自刘向《别录》以来，才有此书也"，但同时指出："古人积毕生精力，专著一书，其间牴牾尚自不保，况此官书，成于众手，迫之以期限，绳之以考成，十余年间，办全书七部，荟要二部，校勘鲁鱼之时多，而讨论指意之功少，中间复奉命纂修新书十余种，编辑佚书数百种，又于著录之书，删改其字句，销毁之书，签识其违碍，固已日不暇给，救过弗遑，安有余力从容研究乎？"他在《四库提要辨证》卷二四集部五中，共作辨证 11 条，大体是补充关于作家故里生平的考据。如《竹庄诗话》不著撰人名氏，《总目》据《宋史·艺文志》考证出何溪汶（卷一九五）。但《四库提要辨证》则据方回的《桐江集》卷七有《竹庄备全诗话考》考证出此书是何汶所作，《宋史》有误。

总的说来，《总目》"诗文评"类提要考辨精微，评价公允，基本构成古典形态文学批评学术史的雏形，大致体现出传统社会诗文评研究的学术水平。它既可以说是传统诗文评研究的集大成之作，也是现代形态文学批评史学科形成的基础。20 世纪中国文学批评史研究虽然在形态上借鉴了外来文学批评的形式，但《总目》提供的许多内容、观点及文献也为批评史家所普遍接受和充分利用。在相当长时间内，不少中国文学批评史研究都是以此为底本和基础的。这是今天研究中国文学批评学术史所不可忽视的。

（原载《文学评论》1998 年 6 期）

# 古代兵法与文学批评

兵法，即用兵作战的战略战术，古代兵法是古人对于战争及其规律的认识。我国古代的军事思想产生得很早，据考古发掘的材料证明，远在公元前13世纪，殷代卜辞里就有关于战争的记录。大约在公元前8世纪的西周时期，我国出现了最早的军事著作《令典》《军志》《军政》①。到了春秋末期，就已经出现了著名的兵学经典《孙子》，孙子用朴素的唯物主义和辩证方法，总结了古代战争的经验，提出了一系列带普遍性的军事规律，对以后的战争实践和军事思想都起了指导性的作用。值得注意的是，以《孙子》为代表的军事著作不但是古代军事方面的经典，而且对其他许多领域都产生了影响，其中也包括对文学创作与批评的影响。粗略看来，兵法与文学的关系似乎是风马牛不相及的，但是假如我们比较全面地考察，不难看出，古代兵法的术语与思想观念对于古代文学批评、文学创作的影响的确是一种值得研究的客观存在。本文拟对此问题作出辨析。

## 一

把写作视为打仗，把考场喻为战场，是来源甚早的观念。唐人林滋就有《文战赋》（《全唐文》卷七六六），既然"士之角文，当如战敌"（《文战赋》），兵法与文学批评相通也就是顺理成章之事。关于文章与兵法之关系，古人明确提出过"文章一道，通于兵法"②，或者干脆就说，"兵法即文法"③。不过，古人并没有对此作比较全面的阐释，而当代中国文学学术界也似乎极少以它作为专题来研究。据我所知，当代学者较早在论著中明确地提出古代兵法与文学批评之关系的是饶宗颐先生。饶宗颐先

① 这些书虽然早已失传，但在《左传》《孙子》中还保留一些片断的引文。
② 《聊斋志异》冯镇峦评本卷首"读聊斋杂说"引沈确士说。
③ 《聊斋志异》冯镇峦评本卷七《宦娘》行侧评。

吴承学自选集

WU CHENGXUE ZIXUANJI

112

生曾写过一篇题为《释主客——论文学与兵家言》的短文[1]，该文从银雀山汉墓所出土《孙膑兵法》有客主人分一篇说起，指出"《汉书·艺文志》有主客赋[2]，赋之为体，肇基于此，惜其文不可睹"。饶先生推论说："'客主'之名，原出兵家，继乃演而为赋。"又进一步引申说："兵家主要观念，后世施之于文学，莫切于'气'与'势'二者。"并举例略加说明。因为饶氏此文发表在海外，又非常简短，大陆学术界可能对此了解不多，尚未引起足够的注意。我以为此文虽然寥寥数百字，对此问题点到即止，但其卓见宏识足以引起我们的重视与讨论。

饶先生指出中国文学批评上"气"与"势"这两个著名的概念都受到兵家观念的明显影响。文学批评上"气"的观念来源比较复杂，学术界已有专门讨论，并取得许多成果，本文拟不赘述；而饶先生所说的文学批评上的"势"受到兵学的影响这一论断可为确论。因为饶先生立言简要，我冒昧试添蛇足之论。

"势"这一概念在中国古代的运用并不限于兵法，但却是较早在兵法中出现而且极为重要的军事理论。"势"是古代军事学上的一个重要范畴，《孙子·势篇》就明确以"势"作为研究对象：

> 激水之疾，至于漂石者，势也；鸷鸟之疾，至于毁折者，节也。
> 是故善战者，其势险，其节短。势如彍弩，节如发机。
> 故善战者，求之于势，不责于人，故能择人而任势。

所谓"势"，就是破敌之势，乘敌人有可破之势，必须起兵击之。这种"势"，就如弓箭从弦上瞬间发出，势不可挡。势有强大的冲击力，就如水性虽柔，而蓄势激流，则可走石。古代其他军事家与孙子一样也非常重视"势"，古人说："孙膑贵势。"（《吕氏春秋·不二》）银雀山汉墓竹简《孙膑兵法·势备》也有与孙子相近的论述："何以知弓弩之为势也？发于肩膺之间，杀人百步之外，不识其所道至。故曰，弓弩势也。"《汉书·艺文志》录有"兵形势十一家"，并说明"形势者，雷动风举，后发而先至，离合背向，变化无常，以轻疾制敌也"。《虎钤经》又分为"乘

① 收入饶宗颐先生所著《文辙》一书，台湾学生书局1991年出版，第193页。
② 按：《汉书·艺文志》著录有"《客主赋》十八篇"。

势""气势""假势""随势""地势"5 种（卷之三《任势第二十一》）。所谓"势"，主要是指兵力的合理积聚、变化与运用，并快速反应以充分发挥威力，表现为有利态势和强大的冲击力。战场上具备了有利态势，就能以少胜多、以弱胜强，因此，用兵首要在于审时度势，战法多变。

在中国古代文艺批评中，"势"是一个内涵非常丰富而且使用率相当高的术语，在文学、绘画、书法、音乐等批评中均有运用①。这一术语最早为书法理论所用，早在东汉就有崔瑗《草书势》，蔡邕《篆势》《隶势》，后有卫恒的《四体书势》，索靖的《草书势》等，所谓"势"是指各种书体形成自身特点的体势。古代绘画理论中的"势"论，虽然略晚于书论，但也同样源远流长，代有传人，此不赘述。而文学批评史上"势"的含义是在不断演变、不断深化的。现存文学批评材料最早论及"势"者见于刘桢所言。《文心雕龙·定势》引刘桢语："文之体势，实有强弱，使其辞已尽而势有余，天下一人耳，不可多得。"陆厥《与沈约书》也说："刘桢奏书，大明体势之致。"可见刘桢论"势"在当时学术界颇受注意，因此多被引证。刘桢的所谓"体势"大致是指文章的气势，他推崇一种强烈的气势，文章虽然结束了，但读者仍能感受到这种气势的存在。《文心雕龙·定势》又引陆云自称："往日论文，先辞而后情，尚势而不取悦泽。"陆云所谓"势"大致也是指文章的体势。虽然在刘勰之前，已有作家论及文章之"势"，但体大虑周的《文心雕龙》对于"势"的研究可以说是首次最为全面深入的阐述。《文心雕龙》论及"势"者甚多，而且还专门设置《定势》一篇。正如詹锳先生所说的："《定势》的用语和观点都来源于《孙子兵法》。"② 这是很有见地的。刘勰所谓的"势"，明显受到兵学思想的影响：

> 夫情致异区，文变殊术，莫不因情立体，即体成势也。势者，乘利而为制也。如机发矢直，涧曲湍回，自然之趣也。圆者规体，其势也自转；方者矩形，其势也自安：文章体势，如斯而已。

---

① 关于文学批评中的"势"，参考涂光社教授《势与中国艺术》一书，中国古典美学范畴丛书之一，中国人民大学出版社 1990 年 7 月出版。另外，关于唐五代诗格中的"势"论，参考张伯伟教授《诗格论》，见《全唐五代诗格校考》一书的代前言，陕西人民教育出版社 1996年版。

② 詹锳：《〈文心雕龙〉的风格学》，人民文学出版社 1982 年版，第 63 页。

刘勰在这里讲文学的自然体势问题。他认为文章有自然之势，就像箭射出时，其自然体势是直的，而曲涧中的流水其自然体势是曲的。在这段话中，他直接借用了《孙子》兵法的语言和思想。如"势者，乘利而为制也"，渊源于《孙子·计篇》"势者，因利而制权也"；而"圆者规体，其势也自转；方者矩形，其势也自安"一语，则渊源于《孙子·势篇》"方则止，圆则行"；文中"机发矢直，涧曲湍回"之喻，也多少暗用了《孙子·势篇》："激水之疾，至于漂石""势如彍弩，节如发机"之语。刘勰与刘桢的"势"的内涵有所不同。他在引述刘桢的话之后说："公干所谈，颇亦兼气。然文之任势，势有刚柔，不必壮言慷慨，乃称势也。"他认为"势"的形成是"因情立体""即体成势"，应该适应自然的趋势，而刘桢所言"势"近于"气势"，是不全面的。在刘勰看来，文章的体势各种各样，有刚有柔，不一定只有那些壮言慷慨的作品才能称得上"势"。

此后历代文评均有"势"论，而运用得比较集中的是唐五代诗格一类的著作。王昌龄《诗格》提出了"十七势"，这"十七势"是："直把入作势""都商量入作势""直树一句，第二句入作势""直树两句，第三句入作势""直树三句，第四句入作势""比兴入作势""谜比势""下句拂上句势""感兴势""含思落句势""相分明势""一句中分势""一句直比势""生杀回薄势""理入景势""景入理势""心期落句势"。（《文镜秘府论》地卷引）皎然《诗式》卷一"诗有四深"云"气象氤氲，由深于体势"，体势是指作品的总体风貌和结构布局。《诗式》卷一首列"明势"：

> 高手述作，如登荆、巫，觌三湘、鄢、郢山川之盛，萦回盘礴，千变万态。文体开阖作用之势，或极天高峙，崒焉不群，气腾势飞，合沓相属，奇势在工。或修江耿耿，万里无波，欻出高深重复之状。奇势互发，古今逸格，皆造其极妙矣。

这里的所谓"势"，是指作品的整体风貌，它主要是由作品的章句结构之法形成的。皎然要求诗歌的体势应该"千变万态"，有波澜起伏，出奇创新。皎然的所谓"势"，也指具体的文势，《诗式》卷二"池塘生春草，明月照积雪"条所谓"夫诗人作用，势有通塞，意有盘礴，势有通塞者，谓一篇之中，后势特起，前势似断，如惊鸿背飞，却顾俦侣"。在晚唐五代的诗格中，诗"势"的名目多样，形象生动而又颇神秘难窥。齐己《风骚旨格》谓"诗有十势"即："狮子返掷势""猛虎踞林势""丹凤衔珠势""毒龙顾尾势""孤雁失群势""洪河侧掌势""龙凤交吟势""猛虎投涧势""龙潜巨浸势""鲸吞巨海势"。五代僧神或《诗格》"论诗势"中也说"诗有十势"，形式与齐己相似。关于诗格中的各种"势"，涂光社先生在《势与中国艺术》中有详细解释，并且认为：唐宋诗格中的"势"，"强调句法的前后安排和构结意象的艺术匠心"①。张伯伟先生则更具体地说："这些名目众多的'势'讲的实际上是诗歌创作中的句法问题。这里讲的'句法'，指的是由上下两句在内容上或表现手法上的互补、相反相承所形成的'张力'，这种'张力'由于存在于诗句的节奏律动和构句模式的力量之间，因而就能形成一种'势'，并且由于'张力'的正反顺逆的种种不同，遂因之而出现了种种名目的'势'。"② 这些看法都是十分可取的。

"势"的概念在后世书画及文学批评中仍有相当的影响，清初王夫之在《姜斋诗话》中说："以意为主，势次之。势者，意中之神理也。"（卷二《夕堂永日绪论内编》）还说："论画者曰，咫尺有万里之势。一'势'字宜着眼。若不论势，则缩万里于咫尺，直是《广舆记》前一天下图耳。五言绝句，以此为落想时第一义。"（卷二《夕堂永日绪论内编》）王夫之的"势"指能以小见大给人以丰富想象空间的艺术表现力。在古典叙事文学批评中，也讲求"势"，通过一定的艺术技巧以追求作品的表现力度和艺术效果，古人称作"取势"。毛宗岗在《三国演义》四十三回评谈到其表现手法时指出："将欲通之，忽若阻之；将欲近之，忽若远之。令人惊疑不定。真是文章妙境。……而作者特欲为后文以取势耳。观此可悟文章之法。"欲通而反阻，欲近而反远，打破叙事的规范，给作品造成的内在张力，使读者处于审美的期待之中，这就是"取势"，也就是借此来增强艺术表现力度。

"势"这一范畴在中国古代美学中含义相当丰富，有多方面的属性，

---

① 见该书第四章第二节"唐宋诗论中的'势'"。
② 见《全唐五代诗格校考》的前言。

而首要是在作品中构成或潜藏着的动态、势能和力量，因此而具有强烈的艺术表现力度。所以艺术家必须合理运用语言手法，从而积蓄成有利态势，更充分地发挥艺术表现力和感染力。以"势"为力之表现，正是古人自己的看法。徐寅《雅道机要》"明势含升降"节就说："势者，诗之力也。如物有势，则无往而不克。此道隐其间，作者明然可见。"（《吟窗杂录》卷十七）可见释"势"为"力"是比较符合实际的。

"文章一道，通于兵法"，在讲求辩证法这一点上，文法与兵法确有相通之处。在中国古代军事思想体系中，与"势"论关系密切的是"奇正"论。在《孙子·势篇》中重点论述的问题便是"奇正"，《孙子·势篇》说"战势不过奇正，奇正之变，不可胜穷也"，可见兵法中"势"与"奇正"有着密不可分的联系。孙子认为要使军队在战斗中立于不败之地，靠的是对于"奇正"的运用。他说："三军之众，可使毕受敌而无败者，奇正是也。"（《孙子·势篇》）"奇正"是我国古代兵法中的一个重要范畴，"奇正"的含义具体而言：在兵力部署上，担任正面作战的为正，担任侧面进攻、包围的为奇；担任钳制敌人的为正，担任突击的部队为奇；列阵对敌的为正，集中机动为奇。在战法上，明攻为正，偷袭为奇；常法为正，变法为奇。《孙子·势篇》认为："凡战者以正合，以奇胜。故善出奇者，无穷如天地，不竭如江河。"这就是说，作战以正面军队与敌人交战，以侧面打击、迂回包围等方式来取胜。军队部署作战布阵，就是一个奇正运用的问题，而奇正的变化，又是无穷无尽的，因而军队部署也是千变万化的，不可拘泥于一格。要"变而能通"，"奇正相生"，奇正是相辅相成的，正兵因奇兵而变化，奇兵也以正兵为依恃。

文学批评中"奇正"的观念主要源于兵学思想。同兵学思想一样，文学批评中"势"与"奇正"有十分密切的关系，《文心雕龙·定势》专论文章"体势"，故也多论及"奇正"：

> 自近代辞人，率好诡巧，原其为体，讹势所变。厌黩旧式，故穿凿取新，察其讹意，似难而实无他术也，反正而已。故文反正为乏，辞反正为奇。效奇之法，必颠倒文句，上字而抑下，中辞而外，回互

不常，则新色耳。

　　夫通衢夷坦，而多行捷径者，趋近故也；正文明白，而常务反言者，适俗故也。然密会者以意新得巧，苟异者以失体成怪。旧练之才，则执正以驭奇；新学之锐，则逐奇而失正：势流不反，则文体遂弊。

　　刘勰提出"奇正虽反，必兼解以俱通；刚柔则殊，必随时而适用"，对于奇与正似乎采取兼收并蓄的态度，但是，刘勰所谓的"正"主要指在思想格调和表现技巧比较正宗正统的作品风貌，而"奇"作为"正"的反面，指的是思想内容与语言形式比较新奇，甚至故意标新立异以追求特殊效果的作品。刘勰主张执正驭奇，反对逐奇失正，这是他针对时弊而提出的主张。

　　唐代的皇甫湜则把"奇"视作不同庸常、富有创造性的特点而加以推崇，他认为："夫意新则异于常，异于常则怪矣；词高则出于众，出于众则奇矣。虎豹之文不得不炳于羊犬，鸾凤之音不得不锵于乌鹊，金玉之光不得不炫于瓦石，非有意先之也，乃自然也。"（《皇甫持正集》卷四《答李生第一书》）他还提出："使文奇而理正，是尤难也。"他对于文的"奇正"提出独特的看法："以非常之文，通至正之理，是所以不朽也。"（《皇甫持正集》卷四《答李生第二书》）

　　唐宋以后，"奇正"广泛运用的含义是指文学创作的两种不同而相辅相成的表现方式和风格，具体而言便是反规范与用规范，两者之间并没有明显的优劣之分。这种含义更接近于兵法中"奇正"的原始用法。明代谢榛在《四溟诗话》卷二中引述李靖"正而无奇，则守将也；奇而无正，则斗将也；奇正皆得，国之辅也"一语，然后说："譬之诗：发言平易而循乎绳墨，法之正也；发言隽伟而不拘绳墨，法之奇也；平易而不执泥，隽伟而不险怪，此奇正参伍之法也。"所谓"正"，指有规范与法度而风格平易；而所谓"奇"，指不拘规范和格套而风格奇特。他还举了唐代诗人李白、杜甫、白居易和李贺四人为例。"白乐天正而不奇，李长吉奇而不正；奇正参伍，李杜是也。"他的所谓"奇"指奇幻，"正"指平易，两者都可以自成一家，但各偏于一端，只有如李杜般"奇正参伍"，才能臻艺术之极境。关于"奇正"的关系，谢榛提出"正者，奇之根；奇者，正之标。二者自有重轻。……奇正当兼，造乎大家"，李白、杜甫诗就是奇正得兼而"造乎大家"的（《四溟诗话》卷三）。

文学批评中的"奇正"也指具体章法篇法波澜开合的变化，这种含义也明显受到兵法的影响。《唐太宗李卫公问对》在谈到用兵的奇正变化时说："以奇为正者，敌意其奇，则吾正击之；以正为奇者，敌意其正，则吾奇击之。"而宋代姜夔在《白石道人诗说》中就说诗文创作应该"如兵家之阵，方以为正，又复以为奇；方以为奇，又复是正。出入变化，不可纪极，而法度不可乱"，认为写作应该如兵家布阵，奇正相参，灵活多变，这种奇正观点正是兵法思想在文学批评中的创造性运用。元代杨载《诗法家数》道：

> 七言古诗，要铺叙，要有开合，有风度，要迢递险怪，雄俊铿锵，忌庸俗软腐。须是波澜开合，如江海之波，一波未平，一波复起，又如兵家之阵，方以为正，复以为奇，方以为奇，忽复是正，出入变化，不可纪极。备此法者，惟李杜也。

杨载虽然专论七言古诗，但很明显，他是采用姜夔的说法而加以引申的，并且以李杜作为奇正相兼的代表。谢榛在《四溟诗话》卷四中说："夫情景相触而成诗，此作家之常也。或有时不拘形胜，面西言东，但假山川以发豪兴尔。譬若倚太行山而咏峨嵋，见衡漳而赋沧海，即近以彻远，犹夫兵法之出奇也。"这里的"常"，其实便是"正"，指遵行规范，"奇"是指突破常规的表现手法。谢榛是从创作技巧的角度来研究诗人创作构思的"常"与"奇"的。除了诗歌理论之外，古文评也常以奇正论文。明人王文禄《文脉》卷三引宋濂论作文之法，"尝谓作文如用兵，兵法有正有奇，正是法度要部伍分明，奇是不为法度所缚。千变万化，坐作进退击刺一时俱起。及欲止，什自归什，伍自归伍，元不曾乱"。方以智《文章薪火》："吴莱立夫言作文如用兵，有正有奇，正者文之法，奇者不为法缚，千变万化，坐作击刺，一时俱起者也。及止部还伍，则肃然未尝乱。"王文禄认为这是在"传作文真诀"。此外，如清代马荣祖《文颂·奇正》："黄帝握机，机在奇正。龙虎风云，或分或并。如环相生，循之无竟。前茅虑无，中权后劲。起伏何常，首尾并命。神乎机乎，我实为政。"这些都是以兵法喻文章之构思、结构等因素的变化。

奇正的观念同样对中国古代叙事文学理论产生影响。中国古代的叙事文学作品讲究情节奇正相生，变化莫测，一波未平，一波另起。毛宗岗在《三国演义》六十二回总评提出"文有正笔，有奇笔"，并举《三国演义》的叙事为例：

> 如玄德杀杨高，士元之取涪关，刘璝之谒紫虚，泠苞之议决水，皆以次而及者也，正笔也。如黄忠之救魏延，玄德之入敌寨，魏延之捉泠苞，法正之见彭羕，皆突如其来者也，奇笔也。正笔发明在前，奇笔推原在后，正笔极其次第，奇笔极其突兀，可谓叙事妙品。

毛评给"正笔"与"奇笔"所下的定义中，在叙事方式上，"次而及者也，正笔也"，"突如其来者也，奇笔也"，"正笔极其次第，奇笔极其突兀"。所谓"正笔"，是指按照事物的发展线索、时间相继次序来写的，而"奇笔"则反之，以追求"突兀"之美。

三

从批评史发展的角度来看，兵法对于文学批评的影响，是从南朝就开始的，到了唐宋更是形成一种颇具规模的风气，不但借用其术语，还自觉地把兵法思想融合到文学批评之中。

唐代以后的文学批评主张在艺术构思中，以意为主，使思想内容在创作中起主导作用，调动各种艺术手段的目的是表达意。这种观念与兵法理论有一定关系，唐代的杜牧对于军事颇有研究，他本人就注过《孙子》兵法①。孙子认为将帅对于战争胜负和国家安危起着相当重要的作用，《孙子·作战》："故知兵之将，生民之司命，国家安危之主也。"杜牧注曰："民之性命，国之安危，在于此矣。"杜牧在文学上提出"文以意为主"的理论也是以兵法喻文法的。他在《答庄充书》中就提出："凡为文以意为主，以气为辅，以辞采章句为兵卫。未有主强盛而辅不飘逸者，兵卫不华赫而庄整者。四者高下圆折步骤随主所指，如鸟随凤，鱼随龙，师

---

① 《新唐书艺文志》《郡斋读书志》《直斋书录解题》等目录书的"兵书类"都著录杜牧注《孙子》三卷。杜牧所注《孙子》收入上海古籍出版社《二十二子》本的《孙子十家注》。《诸子集成》亦收录。

众随汤武，腾天潜泉，横裂天下，无不如意。苟意不先立，止以文彩章句绕前捧后，是言愈多而理愈乱，如入阛阓，纷纷然莫知其谁，暮散而已。是以意全胜者，辞愈朴而文愈高；意不胜者，辞愈华而文愈鄙。是意能遣词，辞不能成意。大抵为文之旨如此。"他阐述文章的"意""气""辞采章句"几者之关系，从行文中可以体会出来，杜牧是将文章的"意"比喻为军队的将帅，所谓"意"，既是文章的立意，同时也是包括作者主观意识在内的思想内容，它主宰着文章语言形式的构成和变化。后来的大思想家和诗论家王夫之也相当讲究诗歌的"意"，他在《姜斋诗话》中说："无论诗歌与长行文字，俱以意为主。意犹帅也，无帅之文，谓之乌合。"（卷二《夕堂永日绪论内编》）此外，吴乔在《围炉诗话》卷二中也说："意为主将，法为号令，字句为部曲兵卒，由有主将，故号令得行，而部曲兵卒莫不如臂指之用。旌旗金鼓，秩序井然。"章学诚《文史通义·说林》："文辞，犹三军也；志识，犹将帅也。李广入程不识之军，而旌旗壁垒一新焉，固未尝物物而变，事事而更之也。知此义者，可以袭用文而不必己出者矣。"这些都把创作的立意和作家的志识比喻为军队中的将帅，把辞采字句比喻为士卒，以此来强调立意和志识在文学创作中所起的关键作用，而以语言形式隶属于"意"，这可以说中国古代文学批评的一种传统。

唐顺之曾说："汉以前之文，未尝无法，而未尝有法，法寓于无法之中。故其为法也，密而不可窥。唐与近代之文，不能无法，而能毫厘不失乎法，以有法为法。故其为法也，严而不可犯。密则疑于无所谓法，严则疑于有法而可窥。然而文之必有法，出乎自然而不可易者，则不容异也。"（《荆川先生文集》卷十《董中峰侍郎文集序》）其实，中国古代文学创作和批评在六朝以前，并不大讲究什么法度，也不太讲究技巧技法。随着文学本身艺术性的发展，唐宋以后作家、批评家开始了对于艺术技法自觉追求，所以表现出对于字法、句法、章法等艺术结构、表现手法等因素的空前重视，于是人们更热衷于以兵法来比喻文法。具体而言，兵法对于中国古代文学批评的影响还在于讲求"法度"，人们对于艺术规范和艺术技巧愈加重视，于是便逐渐讲究起法度来，这些法，尤其是章法，也从兵法那里吸收一些思想。明人朱夏曾明确地指出用兵与作文同样重视法这一相通之处："古之用兵，其合散进退，出奇制胜，固神速变化而不可测也。至其部伍行阵之法，则绳绳乎其弗可以乱。为文而不法，是犹用师而不以律矣。"（《皇明文衡》卷二六《答程伯大论文》）兵法一方面讲究用兵布阵的技巧与规律，但另一方面，又必须打破成法，灵活运用，总之是最大限度地发挥兵力的作用。文学批评与创作也一样，一方面是总结法度，另一方面，又是追求对于法度的超越，总之是充分地发挥语言艺术的表现力。兵学之法包括重视法度和神明变化这两个相互联系的方面。《孙子·虚实篇》说："水因地而制形，兵因敌而制胜。兵无常势，水无常形。能因敌变化而取胜者，谓之神。"古代文学批评家也是认为"所谓法者，神明之变化也"（唐顺之《荆川先生文集》卷十《文编序》）。而且中国文学批评中，"入神"也被视为文学家所能达到的最高境地①。

唐宋以后，在文学批评中关于"法"的批评大致有两种比喻，一种是禅喻，一种便是以兵法相拟。严羽便把两种结合起来，在《沧浪诗话》中既把李白与杜甫比喻为第一义之悟，又分别比喻为李广和孙吴之法。在严羽之前，在对李杜的评论上往往存在着一些偏颇，有人喜欢扬李抑杜，有人喜欢扬杜抑李，而严羽对李杜同样推崇。不过，他认为两位诗人存在巨大的差别，是两类不同的诗歌风格。他在《诗评》中比较李白与杜甫诗歌说："少陵诗法如孙吴，太白诗法如李广，少陵如节制之师。"他这里明显就是以兵法来比喻诗法的，所谓"少陵诗法如孙吴"，就是说，杜甫的诗歌体裁明密，有规矩可循；"太白诗法如李广"，则谓李白兴会标举，如李广用兵，以无法为法②，所以无途径可学。这正如胡应麟《诗薮》外编卷四所说的："李杜二家，其才本无优劣，但工部体裁明密，有法可寻；青莲兴会标举，非学可至。"在文学批评上，以军事家用兵特点来比喻诗人创作风格的并不少，如茅坤在比较司马迁与班固创作风格之差异时就说："予尝譬之治兵者，太史公则韩、白之兵也，批亢捣虚无留行、无列垒，鼓钲所向，川沸谷夷；乃若班掾，则赵充国之困先零，诸葛武侯之治蜀也，严什伍，饱糇粮，谨间谍，审向导，先为不可胜，以待敌

①　严羽《沧浪诗话·诗辩》："诗之极致有一，曰入神。诗而入神，至矣，尽矣，蔑以加矣，惟李杜得之，他人得之盖寡也。"

②　《史记·李将军列传》："程不识故与李广俱以边太守将军屯。及出击胡，而广行无部伍行陈，就善水草屯，舍止，人人自便，不击斗以自卫，莫府省约文书籍事，然亦远斥候，未尝遇害。程不识部曲行伍营陈，击刀斗，士吏治军薄至明，军不得休息，然亦未尝遇害。……是时汉边郡李广、程不识皆为名将，然匈奴畏李广之略，士卒亦多乐从李广而苦程不识。"

之可胜，故其动如山，其静如阴，攻围击刺，百不失一。"①

古人兴师作战，止则为营，行则为阵。所谓布阵，就是作战时的兵力部署和战斗队形。古代阵法多种多样，《孙膑兵法·十阵》就说有 10 种阵型："有方阵，有圆阵，有疏阵，有数阵，有锥行之阵，有雁行之阵，有钩行之阵，有玄襄之阵，有火阵，有水阵。"随着人们实战经验的积累，各种布阵形态逐渐演变，愈加复杂。据《武备志》所载，古今阵图竟多达 200 余种。但是，无论形态的变化如何纷繁，作战必须以有利于保存自己、消灭敌人为准则，根据敌我两方的情况和自然地形等主客观条件来布阵。古代人打仗是非常讲究阵法的，阵法甚至成为决定战斗胜负的关键。兵力如何布置，如何调度，都是非常具体的，也是非常讲究方法和技巧的，古代的阵法包含着法度、变化和神秘莫测等观念。这种观念对于文学形式也是有影响的，古代写文章讲究的章法篇法也同样充满着变化和神秘莫测的观念。以兵法喻章法，阐明作品篇章结构的"开阖首尾经纬错综之法"，在这里，兵法和文法完全相通。《孙子·九地》："故善用兵者，譬如率然。率然者，常山之蛇也，击其首则尾至，击其尾则首至，击其中则首尾俱至。"张预注曰："率犹速也。击之则速然相应，此喻阵法也。八阵图曰：'以后为前，以前为后，四头八尾，触处为首。敌冲其中，首尾俱救。'"②也就是说，军队部署应该形成一个严密的有机整体，各部分之间密切联系，形成一种完善的自我保护的机制，无论攻击哪一部分，都能迅速反应。古人往往以常山蛇来喻这种阵法，《晋书·桓温传》："初诸葛亮造八阵图于鱼复平沙之上，垒石为八行，行相去二丈。温见之谓'此常山蛇势也'。"在古代诗文中也称此类古阵为"常山阵"。庾信《庾子山集》一《哀江南赋》："昆阳之战象走林，常山之阵蛇奔穴。"杜牧《东兵长句十韵》："既墨龙文光照曜，常山蛇阵势纵横。"这句话也经常为文学批评所引用，其意是文章结构要形成有机整体，各部分之间有血肉关系，互相呼应。这种说法被广泛用于各种文体结构理论之中，诗词如《苕溪渔隐丛话》说："凡作诗词要当如常山之蛇，救首救尾，不可偏也。"（后集卷三九）陆辅之《词旨》说："制词须布置停匀，血脉贯穿，过片不可断意，如常山之蛇，救首救尾。"小说理论如毛评《三国演义》

---

① 万历刊本《汉书评林》卷首《刻汉书评林序》。

② 见《孙子十家注》，上海古籍出版社《二十二子》本。

九十四回评："读《三国》者，读至此卷，而知文之彼此相伏、前后相因，殆合十数卷而只如一篇，只如一句也。……文如常山率然，击首则尾应，击尾则首应，击中则首尾皆应，岂非结构之至妙者哉？"一百十六回评语："文之有章法，首必应尾，尾必应首，读《三国》至此篇，是一部大书前后大关合处。"以兵法比喻艺术结构，以之为互相呼应的有机整体。

在中国古代文学批评中，有一个与上述观念相类似的比喻，这就是古人喜欢把文学艺术作品比喻为人体，其例子不胜枚举，如刘勰《文心雕龙·附会》谈到文章的体制"必以情志为神明，事义为骨髓，辞采为肌肤，宫商为声气"。清代王铎《文丹》说："文有神、有魂、有魄、有窍、有脉、有筋、有腠理、有骨、有髓。"（《拟山园初集》第二四册）这是把文学艺术人化的比喻，以人的生命形式作为文学艺术结构形式的象征。这种比喻的意蕴是强调文学艺术作品应该具有内在的统一性，成为独立自足并蕴含着情感与生命运动节奏的整体。我曾称之为"生命之喻"①。所谓"常山率然"之喻与"生命之喻"同样是强调文学艺术整体结构的有机性和相互之间的血肉联系。但两种比喻的侧重点略有不同，"生命之喻"主要反映出古人对于文学艺术结构本质的某种认识，而"常山率然"这种兵法之喻的最终目的则在于章法，其实还是比较实在的艺术技巧。

## 四

古今不少学者指出，古代小说评点的术语，多借鉴八股文评点语言，但追源溯流，其实其中不少也是借用了兵法理论或术语的。下举数例略作说明②。

### 1. 伏兵与伏笔

军事上重视伏兵，《草庐经略》卷七《伏兵》说："兵伏，诡道也。善伏者必胜，遇伏者必败。"善于用伏兵，出人意料，使敌人措手不及，是取胜之道。文学创作讲伏笔如兵法之伏兵，前后呼应，其中应该也有些

---

① 参见本书《生命之喻——中国古代关于文学艺术人化的批评》一文。

② 部分参考孙逊、孙菊园编《中国古典小说美学资料汇粹》一书资料，上海古籍出版社1991年版。

联系。在文学批评中，也以伏兵来比喻行文中的伏笔。林纾《春觉斋论文》"用伏笔"：

> 行文用伏笔，犹行军之射覆，顾行军射覆，故苟知兵者，必巧避不犯我之覆中；若行文之伏笔，则备后来之必应者也。故用伏笔，须在人不着意处，又当知此不是赘笔才佳。
>
> 伏笔即伏脉，猝观之实不见有形迹。故吕东莱论文，谓有形者血脉。善于文者，一题到手，预将全篇谋过，一一审定其营垒阵法。等是一番言论，必先安顿埋伏，在要处字诀，欲注射彼处，先在此处着眼，以备接应。

林纾就是将文章的伏笔比之伏兵。伏兵总是预先部署，不为人知，到关键时刻起到出人意料之功。文章的伏笔也是作家精心安排，初似闲笔，读者并不知其用意，到了下文，伏笔起了关键作用，情节突有宕荡转折之妙，但回首前文，犹如水到渠成，自然成趣，绝无生硬之病。林纾所论是一般的古文写作，而在叙事文学中，伏笔也同样重要。毛宗岗在评点《三国演义》时就非常重视其伏笔与照应之功。"《三国》一书，有隔年下种，先时伏着之妙。""凡伏笔之处，指不胜屈。"（《读三国志法》）"文章之妙，有前文方于此就，后文又于此伏者，如魏延之献长沙是也。""通观全部，虽人与事纷纷，而伏应之妙，是一篇如一句，斯真有数文字。"（五十三回评）

### 2. 布设疑阵

古人在叙事之中善布疑兵、疑阵，不平铺直叙，设置悬念，扑朔迷离，使情节发展具有更大的吸引力。正如《三国演义》毛氏父子评本第四十二回回前评语："读书之乐，不大惊则不大喜，不大疑则不大快，不大急则不大慰。"《聊斋志异》但明伦评本卷五《西湖主》篇末评："前半幅生香设色，绘景传神，令人悦目赏心，如山阴道上行，几至应接不暇。其妙处尤在层层布设疑阵，极力反振，至于再至于三，然后落入正面，不肯使一直笔。时而逆流撑舟，愈推愈远；时而蜻蜓点水，若即若离。处处为惊魂骇魄之文，却笔笔作流风回云之势。"《女仙外史》刘廷玑等合评本第二十三回回末引吴钝铁曰："行兵者以奇兵为上，而疑兵又在奇兵之上，余谓行文亦然。如此卷首叙明劫法场之道姑来由，原为文章之正脉，而疑兵则隐然焉。所以王升即疑劫刘超者即系鲍姑，而教坊诸夫人亦以刘公子为一道姑所劫，亦遂信是鲍姑。皆自然之机，亦自然之理也。所以收功于反掌。我不知作者之笔，何自得来。"

### 3. 文家之突阵法

《聊斋志异》冯镇峦评本卷首"读聊斋杂说"引沈确士说："文章一道，通于兵法。"并举例说明：

> 金兀术善用突阵法，如拐子马之类，韩昌黎习用之。大江之滨，有怪物焉，周公、伯乐等篇皆是也。盖凭空突然说出一句，读者并不解其用意安在，及至下文，层层疏说明白，遂令题意雪亮。再玩篇首，始知落墨甚远，刻题甚近，初若于题无关，细味乃知俱从题之精髓抉摘比并出来，此即文家之突阵法也。《聊斋》用笔跳脱超妙，往往于中一二突接之处，仿佛遇之，惟会心人能格外领取也。

所谓"文家之突阵法"，是指作者用笔跳脱超妙，其叙事或议论凭空而来，落墨甚远，出人意表。

### 4. 置之死地而后生

《孙子·九地》："投之亡地而后存，陷之死地而后生。"罗大经《鹤林玉露·补遗》："若论兵法，则置之死地而生矣。项羽救赵，既渡，沉船破甑，持三日粮，示士必死无还心，故能破秦。"兵士陷于死地，则破釜沉舟，奋勇战斗，反败为胜。创作上也有相通的道理，故意写到山穷水尽，让人觉得难以再写下去，然而突然峰回路转，于是柳暗花明，给人一种意外的惊喜。古代小说评点此类的评论颇多。如冯镇峦评本《聊斋志异》卷七《宦娘》行侧评道："率性一笔画断，兵法所谓置之死地而后生也。兵法即文法也。"又如李卓吾评《水浒传》第二十二回眉批："情事都从绝处生出来，却无一些做作之意，此文章承接入妙处。"（袁无涯本）金圣叹评《水浒传》第五回"九纹龙剪径赤松林，鲁智深火烧瓦官寺"云："此篇处处定要写到急杀处，然后生出路来，又一奇观。"

### 5. 欲擒故纵法

这也是用兵法来比喻文法。金圣叹《水浒传》评本卷首"读第五才子书法"：

吴承学自选集

WU CHENGXUE ZIXUANJI

126

有欲合故纵法，如白龙庙前李俊、二张、二童、二穆等救船已到，却写李逵重要杀入城去；还道村玄女庙中，赵能赵得都已出去，却有树根绊跌、士兵叫喊等令人到临了，又加倍吃吓是也。

蔡元放在其评本《水浒后传》卷首的"《水浒后传》读法"中也说：

有欲擒故纵法，如龙角山之毕丰本可杀却，却放他走脱，以为后来借金兵饮马之地；铁罗汉等三人本可同倭兵一齐了却，却放他逃回本岛，以为后来征三岛之地；既获共涛，本可将萨头陀一齐擒获，却放他逃去躲在塔上，以为共涛女儿立功救死之地：如此安放，真是七穿八透之文。

可见文学中的欲擒故纵法是一种叙事技巧，在原本可以了断的情节故意放松一步，让情节继续发展而产生波澜。

### 6. 避与犯

"避"之与"犯"，与军事术语应该有关系。"避"，即回避，《孙子·虚实》认为"兵形象水，水形避高而走下，兵胜避实而击虚"。《汉书》卷五四《李广传》："匈奴号曰'飞将军'，避之。""犯"，即侵犯，《左传》僖公二八年："胥臣蒙马以虎皮，先犯陈蔡。"而在古典文学叙事学中，"避"，是指避免艺术构思、情节描写的重复雷同，"犯"原用于贬义，指雷同相犯，乃为文之忌。但在许多小说评点中，"犯"也可以用于褒义，这种"犯"其实是"犯而不犯"的略说，也就是指作家在不同的章节，故意采用相同、相近的情节或叙事、描写方式，在同中见异，化忌为利，在重复之中见变化，显示出高妙的艺术功力。这就是犯而能避的辩证关系和难中见巧的写作技巧。金圣叹对于"避"与"犯"颇多精彩的见解。他在《水浒传》第十一回首评说道：

吾观今之文章之家，每云我有避之一诀，固也。然而吾知其必非才子之文也。夫才子之文，则岂惟不避而已，又必于本不相犯之处，特特故自犯之，而后从而避之。此无他，亦以文章家之有避之一诀，非教人避之也，正以教人犯也。犯之而后避之，故避有所避。若不能犯，而但避何所避乎哉！是故行文非能避之难，实能犯之难也。

在金圣叹看来，"避"只是一般的技巧，而"犯之而后避之"其本身就是避免雷同，追求构思多样化、难度更高的技巧。所以金圣叹主张"将欲避之，必先犯之"。（同上）他在具体评点《水浒传》时也多从"避"和"犯"的角度加以品评。后来毛宗岗品评《三国演义》也大体如此。《读三国志法》："作文者以善避为能，又以善犯为能，不犯而求避之，无所见其避也，唯犯之而后避之，乃见其能避也。"并以七擒孟获、六出祁山、九伐中原这些在重复之中见变化的叙事手法为例，"读者于此，可悟文章有避之一法，又有犯之一法也"。张竹坡评点《金瓶梅》也特别指出此书在塑造人物方面"妙在用犯笔而不犯"的特点。他举例说，如写一伯爵，更写一希大，写一金莲，更写一瓶儿，"皆妙在特特犯乎，却又各各一款，绝不相同"（《读法》45）。这是作者把相同或相近类型的人物放在一起写却能塑造出各自的性格出来。在同中写其不同，这也是在艺术上避免雷同的高妙方法。

综上所述，以兵法喻文法，是中国古代文学批评常见的现象。兵法思想对于文学批评的影响大体上说可分为术语和观念两个层面。首先是兵法术语可转化为文学批评术语，比如那些具体的艺术技巧，这只是词语层面借喻。这种现象之所以产生，从批评方式看是因为古代文学批评注意形象生动，而文学的技巧比较抽象，以兵法比喻当然更容易为人理解。一般谈写作技巧总有着形相之嫌，而以兵法论文法，不但形象生动，还可以提高技巧论的理论品位，所论不再是雕虫小技，而似乎是运筹决胜之大计。从更深层来看，以兵法来喻文法，是因为古人认为"文章一道，通于兵法"（《聊斋志异》冯镇峦评本卷首"读聊斋杂说"引沈确士说）。他们认为文章与兵法之间有相通之处，所以兵法的思想观念可以转化而成为文学批评的思想观念，如"势""法"以及"奇正"等充满辩证法的观念，就为文学批评注入了活力，提供了非常有生命力的论题与范畴，这是更为重要的层面。中国古代文学批评与文学创作是以十分开放的态度吸收各种文化养料的，古代兵法对于文学批评与文学创作的影响便是其中一个方面。当然，兵法与文法毕竟本质不同，过分强调其一致性就容易牵强附会。我们固然不可忽视古代兵法对于文学批评之影响，但对此不必也不可夸大。

（原载《文学遗产》1998 年第 6 期）

吴承学自选集｜WU CHENGXUE ZIXUANJI

# 唐代判文文体及源流研究

唐代文学研究界对判文的研究几乎是空白①。究其原因，大概因为文学研究界对古代文体的研究就比较少，判文也不是一种纯文学性的主要文体。不过从更为开阔的研究角度看，判文是一种历史悠久的文体，尤其在唐代，它是兼应用性与文学性于一身的特殊文体，颇受朝廷、士人与民间社会重视，它不但对唐代文学风气、士人生活产生一定影响，而且在文体内部对于后代的叙事文学形式也产生一些影响，判词研究具有特殊的文化与文学意义。

## 一、判与唐代的选士制度和文化风气

判文盛行于唐代，而其文体的形成有一个历史过程。判文起于诉讼之事，有所讼必有所判，然最早判案不一定形诸文字，形式上可以"片言折狱"，简单明了。只有当判案要求以格式化、规范化的语言文字形式对事情处理情况予以准确记录时，具有文体意义的判文才真正形成。但是，我们很难准确无误地确定判文文体形成的时代。徐师曾《文体明辨》："古者折狱，以五声听讼，致之于刑而已。秦人以吏为师，专尚刑法。汉承其后，虽儒吏并进，然断狱必贵引经，尚有近于先王议制及《春秋》诛意之微旨。其后乃有判词。唐制选士，判居其一，则其用弥重矣。"②他从先秦的折狱开始追溯判的起源，这是很正确的。但"其后乃有判词"一语非常模糊，未能断定判词究竟始于何时。汉代判词已经出现，如董仲舒的"春秋决狱"③，不过尚未有明确的判文文体体制。由于文献所限，我们不敢妄断判文产生的确切年代，但可以说，至少在六朝的中后期判文

---

① 相比而言，海内外史学界对于判的研究较为重视。参考向群《唐判论略》，载《华学》第 2 辑，中山大学出版社 1996 年版。

② 〔明〕徐师曾：《文体明辨》卷三〇，见《四库全书存目丛书》集部第 311 册，齐鲁书社 1997 年版，第 452 页。

③ 详见本文第二节论拟判起源部分。

已经出现。可惜唐代以前的判文留存不多，《全上古三代秦汉三国六朝文》仅收录 3 道，分别是《全后魏文》卷五五封君义《判窦瑗表改麟趾制母杀父条》，《全隋文》卷二四高构《武乡儿姓判》、卷二五柳彧《高颎子应国公弘德申牒请戟判》。现以封君义《判窦瑗表改麟趾制母杀父条》为例：

> 身体发肤，受之父母。生我劳悴，续莫大焉。子于父母，同气异息。终天靡报，在情一也。今忽欲论其尊卑，辨其优劣，推心未忍，访古无据。母杀其父，子复告母。母由告死，便是子杀。天下未有无母之国，不知其子将欲何之。案《春秋》"庄公元年"，不称即位，文姜出故。服虔注云："文姜通兄齐襄，与杀公而不反。父杀母出，隐痛深讳。期而中练，思慕少杀，念至于母。故《经》书：三月夫人逊于齐。"既有念母深讳之文，明无雠疾告列之理。且圣人设法，所已（以）防淫禁暴，极言善恶，使知而避之。若临事议刑，则陷罪多矣。恶之甚者，杀父害君。著之律令，百王罔革。此制何嫌，独求削去。既于法无违，于事非害，宣布有年，谓不宜改。①

从这道判来看，主要还是以儒家礼法思想作为判断是非的标准，在语言形态上虽多四言之句，略讲文采，但总体还是比较朴素的，其他两道就更是质木无文。唐前判文现存极少，仅从这些判文来看，在语言上与唐代的拟判讲究骈化文采的倾向差异较大，但与真正案判的差异并不明显。总之，唐前判文与唐判的差异主要在于与拟判的比较。唐代之前，判文应该早已成定体并且已经受到上层社会重视，判文的写作也成为衡量士人才华的一个重要方面。《隋书·高构传》说高构善于断案，所以隋高祖非常敬重他，曾对他说："我闻尚书郎上应列宿，观卿才识，方知古人之言信矣。……我读卿判数遍，词理惬当，意所不能及。"② 这大概是现存文献中较早评论判文的记载。从隋高祖对于高构的赞语来看，隋代人已经开始

---

① 〔清〕严可均辑：《全后魏文》卷五五，见《全上古三代秦汉三国六朝文》第 4 册，中华书局 1958 年版，第 3790 页。
② 〔唐〕魏征、〔唐〕令狐德棻撰：《隋书》卷六六，中华书局 1973 年版，第 6 册，第 1556 页。

吴承学自选集｜WU CHENGXUE ZIXUANJI

看重判文写作的才能。

唐代判文之所以兴盛，与唐代科举制度有直接关系。唐代由礼部主持科举考试，及第者才具有做官的资格。吏部则负责委派官职，唐代的士子及第后，要经过吏部考试才能授官。吏部考查的主要内容是所谓"身""言""书""判"，唐人杜佑谈到唐代铨选制度时说：

> 其择人有四事：一曰身，取其体貌丰伟；二曰言，取其词论辩正；三曰书，取其楷法遒美；四曰判，取其文理优长。四事可取，则先乎德行。德均以才，才均以劳。……凡选，始集而试，观其书、判；已试而铨，察其身、言，已铨而注，询其便利，而拟其官。①

所谓判，即以地方狱讼案件或经籍所载的史事为案例，让应试者加以分析，写出判词，以此检验应试者从政的能力和素质。每道判少则五六十字，多则二三百字，要以对仗工稳的骈文写成。在吏部"身言书判"考试中，判是至关重要的，其水平的高下，直接关系到士子的前途命运。马端临《文献通考》卷三七"选举十"按："然吏部所试四者之中，则判为尤切。"② 判文之所以会被如此看重，是因为当时人们认为它反映出人才的一些重要素质。"盖临政治民，此为第一义。必通晓事情，谙练法律，明辨是非，发摘隐伏，可以此觇之。"③ 判文的写作不但必须熟悉法律，而且要了解社会民生，具有分析能力和判断能力。总之，判词之所以作为铨选的文体，是因为在当时人们看来，它可以反映出士子在"临政治民"方面的综合素质。

由于士人对于试判的重视，试判的难度也就愈来愈大。据杜佑说，唐代试判出题经历三个阶段："始取州县案牍疑议，试其断割，而观其能否。"④ 最初的判试是从地方一些真实的案件挑选出来作为考题；由于参加考试的人越来越多，以地方案件为题又显得浅近，难度不够，"乃采经

---

① 〔唐〕杜佑撰，王文锦等点校：《通典》卷一五，中华书局1988年版，第360页。

② 〔元〕马端临撰，上海师范大学古籍研究所、华东师范大学古籍研究所点校：《文献通考》卷三七，中华书局2010年版，第2册，第1092页。

③ 《文献通考》卷三七，第2册，第355页。

④ 《通典》卷一五，第361页。

籍古义，假设甲乙，令其判断"①，于是便从经书古籍中选用一些事情，假设案例，令士子判断；后来这些经书古籍还不足以难倒一般士子，所以只好"征僻书曲学、隐伏之义问之，惟惧人之能知也"②。唐代的试判题目越来越难，越来越偏，所试的案例，也由真实走向虚拟。

判文水平的高下，直接影响士人的前途命运，由于应试的需要，许多士人便先背诵大量的判文，以备考试时可以套用。《朝野佥载》卷四记载武则天朝试判的情况：

> 周天官选人沈子荣诵判二百道，试日不下笔。人问之，荣曰："无非命也。今日诵判，无一相当。有一道颇同，人名又别。"至来年选，判水碨，又不下笔。人问之，曰："我诵水碨，乃是蓝田，今问富平，如何下笔。"闻者莫不抚掌焉。③

沈子荣预先背诵二百道判文以备考，第一年试判判题虽然与准备的判文很相近，却因为判案中的人名不同而不敢落笔；第二年又因为试题中案例的地点与所准备判文不同而无法照样画葫芦，可谓笨拙之极。这篇笔记是非常夸张的笑话，但它正说明早在武则天时期，士子为了通过铨选，已经采用预先背诵判文的方法。在唐代试判过程中，很早就出现作弊行为，有的甚至让他人代写，于是朝廷开创了在考试中"糊名"的制度④，但是试判作弊行为依然存在，难以根治，后来到了五代的科举考试，还出现几份完全相同的判文⑤。唐代许多士子在吏部考试前都对判文作了大量的练习和背诵。有了这种需要，大量拟判范文和预作之文也就应运而生，有些出色

---

① 《通典》卷一五，第361页。

② 《通典》卷一五，第361～362页。

③ 〔唐〕张鷟撰，赵守俨点校：《朝野佥载》卷四，中华书局1979年版，第92页。

④ 杜佑《通典》卷一五《选举三》说："有试判之日求人代作者，如此假滥，不可悉数。武太后又以吏部选人多不实，乃令试日自糊其名，暗考以定等第。糊名自此始也。"第363～364页。

⑤ 顾炎武《日知录》卷一六"判"云："后唐明宗天成三年，中书奏：'吏部南曹关，今年及第进士内《三礼》刘莹等五人，所试判语皆同。勘状称，晚逼试期，偶拾得判草写净，实不知判语不合一般者。'敕：'贡院擢科，考详所业，南曹试判，激劝为官。刘莹等既不攻文，只合直书其事，岂得相传稿草，侮渎公场。宜令所司落下放罪。'"见〔清〕顾炎武著，黄汝成集释《日知录集释》（全校本），上海古籍出版社2006年版，中册，第954～955页。

的拟判便在士子中流传开去，互相传诵。白居易的"百道判"均为他应吏部"拔萃"考试前夕的练习之文，是标准的科场判文体式。白居易《与元九书》："日者，又闻亲友间说：礼、吏部举选人，多以仆私试赋判，传为准的。"① 不管是为了抄袭还是为了练习，总之应试的目的刺激了唐代社会判文的大量出现。

唐判的兴盛，受到科举考试的刺激和社会风尚诸多因素的影响。在唐人眼中，判的写作是评价一个人能力的重要标准。史书和笔记有许多这方面的记载。《旧唐书·文苑传》记载杜审言一段故事："乾封中，苏味道为天官侍郎，审言预选，试判讫，谓人曰：'苏味道必死。'人问其故，审言曰：'见吾判，即自当羞死矣。'"② 杜审言自己判文写得好，就认为足以让苏味道看了"羞死"。他之所以如此狂傲地自负，正从一个侧面说明试判和判文水平，在当时人们心目中有非同小可的地位。官场也往往以书判作为评价官员能力的重要标准。《大唐新语》卷八：

> 裴琰之弱冠为同州司户，但以行乐为事，略不视案牍。刺史李崇仪怪之，问户佐，户佐对："司户小儿郎，不闲书判。"……复数日，曹事委积，众议以为琰之不知书，但遨游耳。他日崇仪召入，励而责之。琰之出，问户佐曰："文案几何？"对曰："急者二百余道。"琰之曰："有何多？如此逼人。"命每案后连纸十张，令五六人供研墨点笔。琰之不上厅，语主案者略言其事意，倚柱而断之，词理纵横，文笔灿烂，手不停缀，落纸如飞。倾州官僚，观者如堵。既而回案于崇仪，崇仪曰："司户解判耶？"户佐曰："司户大高手笔。"仍未之奇也，比四五案，崇仪悚怍，召琰之，降阶谢曰："公词翰若此，何忍藏锋，以成鄙夫之过？"由此名动一州。③

裴琰之不判则已，一判惊人。"倚柱而断之，词理纵横，文笔灿烂，手不停缀，落纸如飞。"思维与写作之敏捷，正是作判的理想境界。

---

① 〔唐〕白居易著，顾学颉校点：《白居易集》卷四五，中华书局1979年版，第3册，第963页。

② 〔后晋〕刘昫等撰：《旧唐书》卷一九〇，中华书局1975年版，第15册，第4999页。

③ 〔唐〕刘肃撰，许德楠、李鼎霞点校：《大唐新语》卷八，中华书局1984年版，第120～121页。据两《唐书》，"李崇仪"当作"李崇义"。

还有一些逸事可以从侧面说明判的重要。《朝野佥载》卷六记载当时吏部侍郎李安期铨选官员的故事：

> 吏部侍郎李安期，隋内史德林之孙，安平公百药之子，性好机警。……又一选人引铨，安期看判曰："弟书稍弱。"对曰："昨坠马损足。"安期曰："损足何废好书？"为读判曰："向看贤判，非但伤足，兼似内损。"其人惭而去。[①]

这个选人（候选官员）以骑马摔伤脚来作为书写不好的理由，的确可笑。而李安期读了他拙劣的判文，还故意"凑趣"地讽刺他不但外伤，而且还内伤。这则著名的笑话原本是以士人的拙迂可笑和李安期的机警幽默相映成趣的，不过，从这笑话可以看出当时铨选对于书判确是相当重视的。

每种文体的兴盛总有其深刻的原因，我们应该把判文兴盛的原因放在唐代文学与文化的双重背景下来研究。判文本身的功能就是裁定事理，辨明是非，既用于司法，也用于处理公务甚至日常生活琐事。自六朝以后，骈文兴盛，至唐不衰。虽然唐代古文运动对骈文有所冲击，但骈文的地位并未受到根本的动摇。判文就语体而言，大致应列入骈文一类。所谓判，实际上近似于以骈文写成的短论，判的文学性，也同样表现在用典、辞藻、骈偶等语言形式上。判作为文体，具有特殊的文化意义。一方面，它是文人走向仕途，实现自己价值所必须掌握的基本技艺；另一方面，判体的骈偶形式，非常适合文人表现自己的语言文学能力。孙梅《四六丛话》卷一九谈到唐判说："于是润案牍以《诗》《书》，化刀笔为风雅。"[②] 所评甚确。总之，判文可以反映出士人学问识见、分析能力与语言表达能力，判是兼"立功"与"立言"于一身、应用性与文学性并举的特殊文体，它具备与诗赋类纯文学形式不同的文化特性。

---

① 《朝野佥载》卷六，第134页。
② 〔宋〕孙梅撰，李金松校注：《四六丛话》卷一九，人民文学出版社2010年版，第386页。

吴承学自选集 WU CHENGXUE ZIXUANJI

## 二、唐判的体制

判文文体虽然在唐代以前早已形成，但唐前遗留下来的判只有寥寥数道，究其原因，或许因为唐前尚未有大量的形式讲究的拟判，而实际的案判在语言形式上又比较质实粗糙，与唐人的审美标准有距离，故留传得少。到了唐代，情况完全不同。现存唐代文献中判的数量非常多，仅《全唐文》《文苑英华》两总集中所收的判就有 1200 多道。此外，敦煌文献中也有不少的判词①。而从宋代的书目文献中，可以看出在宋代尚保存有大量唐代判文集子。宋人对此相当重视，比如郑樵《通志》把判作为一种比较重要的独立文体，这种观点反映在其文献目录的分类之中，《通志》卷七〇"艺文八"专门设立"案判"一类，并录有：

> 百道判一卷　骆宾王撰　又一卷　唐郑宽撰　又一卷　白乐天撰
> 又一卷　唐崔锐撰　穿杨集四卷　唐马幼昌撰　龙筋凤髓判十卷
> 唐张文成撰　判格三卷　唐张伾撰　代耕心鉴甲乙判　唐南华张集唐
> 代诸家判　判范一卷　陈岠撰　究判妙微一卷　方仲舒撰　书判幽烛
> 四十卷　五经评判六卷　周明辨撰　吴康仁判一卷　不详爵里　张咏
> 判辞一卷　拔萃判一卷　毛询撰　百道判图一卷　尹师鲁判一卷　甲
> 乙平等及第判二卷　唐诸公试判一卷　唐诸公案判一卷　凡案判一
> 种二十部七十九卷②

这些"案判"多数是唐判。虽然目录中所列的唐判文集现在很少传世，但此目录至少展示了唐判在宋代承传的痕迹。

唐代判文的内容相当丰富，以《文苑英华》为例，卷五〇三至卷五五二共 50 卷全录判文，共分乾象、律历、岁时、雨雪、傩、水旱、灾荒、礼乐、师学、勤学、惰教、师殁、直讲、教授、文书、书、数、射、投壶、围棋、射御、选举、礼贤、祭祀、丧礼、刑狱、田农、田税、沟渠、

---

① 敦煌出土的《文明判集残卷》和《麟德安西判集残卷》，收录近 30 首较完整的判文，多为拟判。为伯希和掠走，现藏法国巴黎国立图书馆，分别编号为 P. 3813 和 P. 2754。

② 〔宋〕郑樵撰：《通志》卷七〇，中华书局 1987 年版，上册，第 827 页。

堤堰、陂防、户贯、帐籍、商贾、佣赁、封建、拜命、请命、职官、为政、县令、曹官、小吏、继嗣、封袭、孝感、畋猎、卤簿、刻漏、印鉴、枕钩、军令、衣冠扇、食官、酒、器、炭藁瓦、国城、官宅、墙井、关门、道路、钱帛、玉璧、果木、鸟兽、易卜、病疾、占相妖言、巫梦，此外还有"杂判"1卷，"双关"3卷。这些分类涉及社会的方方面面，与其他文体相比，判文内容的丰富性与广泛性也是一个特点。就现存的唐判而言，内容多是关于地方事务或案件，所以，可以说唐判更多地反映出唐代中下层社会的琐细复杂的生活内容和状况，这也是唐判的一个特点。

唐代的判大致可分为：拟判、案判、杂判。下面分别介绍。

（1）拟判。拟判也就是模拟之判文，拟判是为准备铨选考试而作的。唐代的拟判数量最大，大致是虚拟的案件，所以案中往往不是用名字，而是用天干分别代表诉讼案件的人物，故也简称"甲乙判"①。这种形式源远流长，现以汉代董仲舒《春秋决狱》②为例：

> 时有疑狱曰：甲无子，拾道旁弃儿乙养之，以为子。及乙长，有罪杀人，以状语甲，甲藏匿乙，甲当何论？仲舒断曰：甲无子，振活养乙，虽非所生，谁与易之。诗云："螟蛉有子，蜾蠃负之。"《春秋》之义，父为子隐，甲宜匿乙而不当坐。（《通典》六十九东晋成帝咸和五年散骑侍郎贺峤妻于氏上表引）
>
> 甲有子乙以乞丙，乙后长大，而丙所成育。甲因酒色谓乙曰：汝是吾子，乙怒杖甲二十。甲以乙本是其子，不胜其忿，自告县官。仲舒断之曰："甲生乙，不能长育，以乞丙，于义已绝矣。虽杖甲，不应坐。"（同上）

这里记载两个处理父子关系的案例。第一个案例说，某甲收养弃婴某乙，某乙长大后，杀了人，某甲为了保护某乙而藏匿了他。某甲是否犯了窝藏罪呢？董仲舒先确认两人之间虽非血缘，但存在实际的父子关系。然后以

---

① 《文体明辨·序说》："唐制选士，判居其一，则其用弥重矣。故今所传如称某某有姓名者，则断狱之词也；称甲乙无姓名者，则选士之词也。"《四库全书存目丛书》集部第311册，第453页。

② 该书宋以后佚。现转引程树德《九朝律考》卷一"汉律考七·春秋决狱考"，中华书局2003年版，第161页。

《春秋》父子相隐之义为据，判断某甲的窝藏罪不成立。从以上引文的形式已经可以看到"甲乙判"的雏形。唐代拟判有一定体制，通常分为题与对两部分。题即提出需作出判决的案件或事情的原委，对也是判词。判词一般包括几个部分，就题目作正面论述和分析，引经据典，最后以简括的一两句话提出处理意见。拟判一般用骈文写成，篇幅比较简短。拟判因为是应试而作，所以体制比较规范，语言也相当讲究，故较为人们所重视和传诵，这也是现存的判文大多是拟判之故。

现存唐代拟判很多，最著名的是张鷟《龙筋凤髓判》和白居易《百道判》，它们各具特点。历来对于张判与白判的评价有所不同。在唐代张鷟的判非常有名，有所谓"青钱学士"之誉，这也是对其判文的赞誉①。而白居易的拟判也被许多士子"传为准的"。《容斋续笔》卷一二"龙筋凤髓判"条扬白贬张，说张鷟："百判纯是当时文格，全类俳体，但知堆垛故事，而于蔽罪议法处不能深切，殆是无一篇可读，一联可味。如白乐天《甲乙判》则读之愈多，使人不厌。……不背人情，合于法意，援经引史，比喻甚明，非青钱学士所能及也。"②洪迈认为张判徒堆辞藻而不切事理，故远逊白判。对于张判白判的优劣，《四库全书总目》的评价是比较持平公允的，它说张判"其文胪比官曹，条分件系，组织颇工。……居易判主流利，此则绮丽，各一时之文体耳。洪迈《容斋随笔》尝讥其堆垛故事，不切于蔽罪议法。然鷟作是编，取备程试之用，则本为隶事而作，不为定律而作，自以征引赅洽为主。言各有当，固不得以指为鷟病也"③。它指出白判"主流利"而张判"绮丽"，而这又是当时文风所决定的，这种说法是比较合理的。历来目录学著作都把《龙筋凤髓判》列入集部，但《四库全书》却把它放在子部类书，这是非常特殊的。《四库全书简明目录》对此加以说明："其名似乎法家，实则隶事之书。盖唐制以判试士，故辑以备用也。"④ 如卷之四"太医"：

太医令张仲善处方，进药加三味，与古方不同，断绞不伏，云病

---

① 《旧唐书·张荐传》说张鷟中进士后，"凡四参选，判策为铨府之最。员外郎员半千谓人曰：'张子之文如青钱，万简万中，未闻退时。'"见《旧唐书》卷一四九，第12册，第4023页。

② 〔宋〕洪迈：《容斋随笔》，上海古籍出版社1978年版，上册，第358～359页。

③ 〔清〕永瑢等：《四库全书总目》卷一三五，中华书局1965年影印版，下册，第1142页。

④ 〔清〕永瑢等：《四库全书简明目录》卷一四，上海古籍出版社1985年版，第514页。

状合加此味，仰正处分。

五情失候，多生心腹之灾；六气乖宜，必动肌肤之疾。绝更生之药，必藉良医；乏返魂之香，诚资善疗。张仲业优三世，方极四难，非无九折之能，实掌万人之苦。郭玉诊脉，妙识阴阳；文挚观心，巧知方寸。仙人董奉之灵杏，足愈沉疴；羽客安期之神枣，攻兹美痰。华佗削胃，妙达古今；仲景观肠，誉闻环宇。圣躬述谴，谨按名方，肃奉龙颜，须穷鹊术。岂得不遵古法，独任新情，弃俞跗之前规，失仓公之旧轨。若君臣相使，情理或通；若畏恶相刑，科条无舍。进劾断绞，亦合甘从，处方即依，诚为苦屈。刑狱之重，人命所悬，宜更裁决，毋失权衡。①

此判意在说明太医令处方与古方不同，加了三味药，虽然有错，但对之处罚过当，宜更裁决。判中罗列与医学有关的各种典故，其中许多与本案关系不大，而说理也不见有力。假如以真正判案的标准来衡量，的确是"但知堆垛故事，而于蔽罪议法处不能深切"。不过，它是按照当时中央各官署的主次来收集与之有关的典故，以备写判时可用。白判的情况就很不相同，现以《试选人继烛判》为例：

得吏部选人入试，请继烛以尽精思。有司许之。及考其书判，善恶与不继烛同。有司欲不许。未知可否。

旁求俊造，迨将筮仕；历试文词，俾从卜夜。苟狂简而无取，宜确执而勿听。萃彼群才，登于会府：惟贤是急，虑失宝于握珠；有命则从，许借光于秉烛。及乎考核，罕有菁英：属辞既谢于拣金，待问徒烦于继火。将期百炼之后，思苦弥精；何意一场之中，心劳愈拙。曷如早已，焉用晚成。敢告有司，勿从所请。②

这篇判词就吏部试判，有人到时未能交卷，请延长时间这一个案作出判决，全篇都是围绕着这一问题来立论，结论是试判不得延长时间。可以看

① 〔唐〕张鷟撰，田涛、郭成伟校注：《〈龙筋凤髓判〉校注》卷四，中国政法大学出版社1996年版，第151页。

② 《白居易集》卷六七，第4册，第1407～1408页。

出张判与白判分别代表判文文藻华丽和实用平实两种倾向，是当时两种不同的试判模板，其应试参考资料的价值也不同，张判的价值在于提供典故文采而白判则在事理分析。白判是比较规范实用的判体，只要直接套用即可；而张判则是汇聚相关的一系列典故，以备写判时参考。

唐代拟判文通常是一事一判的，但有一种特殊形式叫"双关判"。《文苑英华》卷五五〇至卷五五二"双关门"共收录36首判。"双关"是一种特殊的判词制作形式。题目是两道互不相关的案件，但判文却要求把对两者的分析判决结合起来，制作成一道判文，一文判两事。这需要较高的技巧，如《行荡瓮破奴死弃水判》：

行荡瓮破判

甲负瓮行，被乙荡倒，瓮破索陪（赔），乙不伏。

奴死弃水判

又景①奴死弃水中，人告之。

对

惟甲与景殊途异致，或行因负瓮，颇类汉阴之宾；或家有役僮，不让江陵之树。既而瓮被荡倒，奴则云殂。凿坯无返于在甄，丹籍忽辞于白日。原其情理，核以根由，责之以陪，未尽其意；弃之以水，何太不仁。但法贵从宽，事或通误。必也康庄广陌，甲负乙弃，矜其轻肥，故此行突，将征其价，尚或未惩；如其狭路稠人，风昏日暮，邂逅而损，知欲何伤。若取全陪，恐乖设律。至如畜生之骂，犹虑其惭腼；犬马之微，不弃其帷盖。藏诸广柳之内，托义弥深；葬以江鱼之腹，在情焉取。既为人告，不可无辜。请施惩罚轻科，以符舍事诛意。②

第一案例是甲被乙撞倒，所背的瓮也给打破了，但乙不愿赔偿；第二个案例是丙的家僮死了，丙把他丢到水里。这两件事本毫无关系，"殊途异致"，但"双关"判则要一文断两事，所以，写起判来就要左顾右盼，互

---

① "景"是唐代拟判使用频率非常高的代词。按"景"字即是"丙"字，唐人因避高祖李渊父李昞音讳，以"景"代"丙"。

② 〔宋〕李昉等编纂：《文苑英华》卷五五〇，中华书局1966年影印版，第4册，第2811页。

相照应，不可顾此失彼，的确是有一定难度的。在第一个案例中，损坏东西要赔偿是惯例，但判者认为，如果不问客观情况就判为全部赔偿，则失之简单化，既要看案情的具体环境，是发生在"康庄广陌"还是在"狭路稠人，风昏日暮"，也要看涉案人是否有主观故意而定处罚尺度。第二个案例中，虽然家僮的地位很低微，也已死亡，涉案人本应将其入土，而非弃之水中，所以，对涉案人要施以一定的惩罚。

唐代也有一些人对以判选士的制度提出批评，同时也指出判这种文体的局限。唐代刘迅曾致书于知铨舍人宋昱，批评当时"身言书判"的铨选制度，尤其批评以判来铨选。他认为，"夫判者，以狭词短韵，语有定规为体"。他说如果按照判文的选士标准，古代的圣贤虽然道德高尚，学术精深，但写判文恐怕也不如徐陵、庾信辈①。刘迅对于以判选士的批评，正指出拟判形式过于注重文采辞藻的特点。《文体明辨》认为唐判的缺点是："其文堆垛故事，不切于蔽罪；拈弄辞华，不归于律格，为可惜耳。"② 这种批评主要是指拟判而言的。可以说，唐判的文学价值与本身的缺陷都明显地反映在拟判之中。

（2）案判。案判是指当时官员在处理案件或公务中实际写作的判文，案判与拟判之间可能存在较大的距离。唐代留传下来的案判数量远远不及拟判，拟判讲究语言形式的精致，而案判以实用、中肯、解决问题为目的，"决断不滞，与夺合理，为判事之最"③。大多案判是辞达而已，简明扼要：

> 贞观中，金城坊有人家为胡所劫者，久捕贼不获。时杨纂为雍州长史，判勘京城坊市诸胡，尽禁推问。司法参军尹伊异判之曰："贼出万端，诈伪非一，亦有胡着汉帽，汉着胡帽，亦须汉里兼求，不得胡中直觅。请追禁西市胡，余请不问。"纂初不同其判，遽命，沉吟少选，乃判曰："纂输一筹。余依判。"……俄果获贼。尹伊尝为坊州司户，尚药局牒省索杜若，省符下坊州供送。伊判之曰："坊州本

---

① 《旧唐书》卷一五三，第12册，第4084页。

② 《文体明辨》卷三〇，见《四库全书存目丛书》集部第311册，第453页。

③ 〔唐〕李隆基撰，〔唐〕李林甫注：《大唐六典》卷二尚书吏部"考功郎中"条，三秦出版社1991年版，第45页。

无杜若，天下共知。省符忽有此科，应由谢朓诗误。华省曹郎如此判，岂不畏二十八宿向下笑人！"①

　　杨虞卿为京兆尹时，市里有三王子，力能揭巨石。遍身图刺，体无完肤。前后合抵死数四，皆匿军以免。一日有过，杨令五百人捕获，闭门杖杀之。判云："鳌刺四肢，只称王子，何须讯问？便合当辜。"②

　　高燕公镇蜀日，大慈寺僧申报，堂佛光见。燕公判曰：付马步使捉佛光过。所司密察之……擒而罪之。③

以上四道判文或简或赅，语言或骈或散，均见于笔记，其记录或有详略，不过大致而言案判是比较平易随便的，通常以不甚讲究的简短骈文写成，有的甚至用口语化的片言只语信手写成，所以，这类案判流传下来很少，一般也只记录在笔记或史书之中，而不入集部的。但是由于拟判与当时文风的影响，唐人案判也可能写得非常工整，富有文采。最有名的大概是颜真卿《杨志妻求离判》，《云溪友议》卷上载：

　　颜鲁公为临川内史……邑有杨志坚者，嗜学而居贫，乡人未之知也。山妻厌其馈膳不足，索书求离，志坚以诗送之曰：……其妻持诗诣州，请公牒，以求别醮。颜公案其妻曰："杨志坚素为儒学，遍览九经。篇咏之间，风骚可摭。愚妻睹其未遇，遂有离心。王欢之廪既虚，岂遵黄卷；朱叟之妻必去，宁见锦衣。恶辱乡闾，败伤风俗。若无褒贬，侥幸者多。阿王决二十后任改嫁，杨志坚秀才，赠布绢各二十匹，禄米二十石，便署随军，仍令远近知委。"江左十数年来，莫有敢弃其夫者。④

此判用典精工、辞藻华美，本身就是一篇很有文采的骈文。但总而言之，唐代的拟判与案判是同中有异的。

　　① 《大唐新语》卷九，第 138 页。
　　② 〔唐〕段成式撰，方南生点校：《酉阳杂俎》前集卷八，中华书局 1981 年版，第 78 页。
　　③ 〔宋〕李昉等编：《太平广记》卷二八九引《北梦琐言》，中华书局 1961 年版，第 6 册，第 2301 页。
　　④ 〔唐〕范摅撰，唐雯校笺：《云溪友议校笺》卷上，中华书局 2017 年版，第 7 页。

（3）杂判。杂判是指那些非处理正式的案件或公文，而是在日常生活中针对某些事情有感而发的判文，略举数例：

> 唐狄仁杰倜傥不羁，尝授司农员外郎，每判事，多为正充卿同异。仁杰不平之，乃判曰："员外郎有同侧室，正员卿位擅嫡妻，此难曲事女君，终是不蒙颜色。"①

> 有荐山人范知濬文学，并献其所为文，宋璟判曰："观其《良宰论》，颇涉佞谀。山人宜极言谠议，岂宜偷合苟容。"抑而不奏。②

> 常衮为礼部，判杂文榜后云："他日登庸，心无不锐，通宵绝笔，恨即有余。"所放杂文过者，常不过百人。③

这些杂判似乎是以判的形式写成的随意性很强的杂感，形式上也不拘一格，但以骈语为主。

此外，古人还把某些唐判文称为"花判"，《容斋随笔》卷一〇"唐书判"："世俗喜道琐细遗事，参以滑稽，目为花判。"④ 学术界对花判尚无确解，我以为上述所言的拟判、案判与杂判是以判的应用范围和对象来区别的，而花判却是就其风格而言的，不是同一逻辑层面的分类。花判之"花"，除了滑稽之外，可能还应该指各色琐细繁复之意，如花名册、花户的"花"字之义。花判的文体特征，即洪迈所说的"琐细遗事，参以滑稽"两端。因此，花判可能是案判，也可能是杂判，可实录，可加工，也可虚拟。旧时地方官于民刑细事足资谈助者，其判词亦为俪体而语带滑稽，也就是花判之遗。花判往往以其判词的语言才思和思考的机智幽默而吸引人，这类花判近于街谈巷议，故一般记载在笔记杂录小说之中。如：

> （裴）宽子谞复为河南尹，素好谈谐，多异笔，尝有投牒，误书纸背，谞判云："者畔似那畔，那畔似者畔，我不可辞与你判，笑杀门前著靴汉。"又有妇人投状争猫儿，状云："若是儿猫，即是儿猫；

---

① 《太平广记》卷二五四《御史台记》，第6册，第1976页。
② 〔宋〕孔平仲：《续世说》卷一二，中华书局1985年版，第190页。
③ 《太平广记》卷一七八引《大唐传载》，第4册，第1325页。
④ 《容斋随笔》卷一〇，上册，第127页。

吴承学自选集 WU CHENGXUE ZIXUANJI

若不是儿猫，即不是儿猫。"谞大笑，判状云："猫儿不识主，傍我搦老鼠。两家不须争，将来与裴谞。"遂纳其猫儿，争者亦哂。①

　　唐李据……因岁节，索鱼不得，怒追渔师，云："缘獭暴，不敢打鱼。"判云："俯临新岁，猛兽惊人。渔网至宽，疏而不漏。放。"又祗承人请假，状后判云："白日黄昏须到，夜即平明放归。"祗承人竟不敢去。又判决祗承人："如此痴顽，岂合吃杖，决五下。"人有语曰："岂合吃杖，不合决他。"李曰："公何会！'岂'是助语，共之乎者也何别？"②

花判是文人或官场的逸事，其幽默滑稽近于笑话，反映出当时文人雅谑之风的一面，由于花判的这种特性，故它与小说家言的关系非常密切。后蜀何光远笔记小说《鉴诫录》卷六"戏判作"条记录后蜀枢密使宋光嗣："凡断国章，多为戏判。用三军为儿戏，将万几为诡随，取笑四方，结怨上下。"并录其戏判七道，如"判小朝官郭延钧进识字女子"："进来便是宫人，状内犹言女子。应见容止可观，遂令始制文字。更遣阿母教招，恨不太真相似。且图亲近官家，直向内庭求事。"③ 这种"戏判"，也可以看成花判。

## 三、判体之流变及对叙事文学文体之影响

唐代以后，书判拔萃科的铨选试法科举制度，基本仍为历代统治者所采用，故判文的写作仍为历代士人所重视，并写下大量的各类判文。如吕祖谦《宋文鉴》卷一二九就收录余靖、王回的拟判 8 篇。宋人还把当时名公的案判编录成著名的《名公书判清明集》。明清还有许多著名案判别集，如王浚川《浚川驳稿集》、李清《折狱新语》、徐士林《徐雨峰中丞勘语》、蒯德模《吴中判牍》、樊增祥《新编樊山批公判牍精华》等，都是从唐人的案判发展而来的。但是唐人重拟判而不甚重案判，文学性重于

　　① 〔唐〕郑棨：《开天传信记》，中华书局 1985 年版，第 7 页。
　　② 《太平广记》卷二六一《卢氏杂说》，第 6 册，第 2038 页。
　　③ 〔五代〕何光远：《鉴诫录》卷六，《景印文渊阁四库全书》第 1035 册，台湾商务印书馆 1986 年版，第 897～899 页。

实用性，文学价值甚至高于法学价值。而后代案判专集的出现，说明对于判文实用性及法学价值的重视，而且多数判文改唐代之骈体为散体，这也是后代判文与唐判显著的差异①。明代徐师曾在《文体明辨》中把"判"分为科罪、评允、辩雪、番异、判罢、判留、驳正、驳审、末减、案寝、案候、褒嘉十二类，可见作为实用文体的判文至此已经发展得非常齐备。在历史发展过程中，判文文体内部也发生一些演变，有两方面的情况值得注意：一是有些判文演变成纯文学文体；一是判文对叙事文学形态的影响。

唐代以后，出现纯文学性质的判文，这类作品尤盛于明清时代，如清初文学家尤侗写过《吕雉杀戚夫人判》《曹丕杀甄后判》《孙秀杀绿珠判》《韩擒虎杀张丽华判》《陈元礼杀杨贵妃判》《李益杀霍小玉判》等（《西堂全集·西堂杂俎》一集），都是借古人古事，表现自己的思想感情。尤侗还写一些与自己生活相关的判文如《磔鼠判》：

> 予舟中所作《北征诗》，缮写成帙，一夜为鼠窃去，啮食殆尽。予有愤焉，戏为此辞：
> 制问御史大夫：盖秦亡二世，过首焚书；汉约三章，法严肽箧。蠢兹剧鼠，篡在轻舟。常作水嬉，已甘木食。何乘昏夜，遂盗新诗。寻章摘句，入尔口中；断简残编，遗我床下。夫子云奇字，覆瓿犹羞；长吉锦囊，投厕为辱。矧遭此厄，更倍前贤。批风切月，只供穿屋之牙；煮鹤焚琴，尽果饮河之腹。呜呼，羲圣坤乾，龟龙争负；淮南鸿烈，鸡犬同升。不遇凤衔，反逢鸱吓。天之将丧，虫又何知。顾蠹鱼割裂，且操一字之诛，况龉鼠并吞，可漏五刑之律？李斯若见，恶甚偷仓；张汤尚存，罪浮窃肉。可付刺奸大将军苗氏，磔杀如律施行。②

---

① 徐师曾《文体明辨·序说》批评唐判"独其文堆垛故事，不切于蔽罪；拈弄辞华，不归于律格，为可惜耳。"（《四库全书存目丛书》集部第 311 册，第 453 页。）因为唐代骈判过于注重用典和文采，反而影响法律的准确性。宋代以后的散判语言朴素，重在对事实与证据的分析及法律的评价，故更为准确。

② 〔清〕尤侗：《西堂杂俎》二集，见《尤太史西堂全集》，《四库禁毁书丛刊》集部第 129 册，北京出版社 1997 年版，第 260 页。

这篇判文写自己的诗稿，一夜为老鼠"啮食殆尽"，故愤而撰写"磔杀"老鼠的判文。此判涉笔成趣，虽为游戏文章，但也有所寄托。这类判文已经超越实用的功利目的，作者用判文来抒发某种感情，表达某种观点，语言形式越发精致讲究，而风格往往富有谐趣，所以，上举尤侗作品都被雷瑨录入《古今滑稽文选》之中①。这种判文虚拟则似唐人拟判，诙谐则同唐人花判，但完全消解了唐人判文文体实用性的特征。

最后重点讨论一下判文与叙事文学文体（这里特指小说与戏剧文体）的关系。提到这个问题，我们也许首先想到在历代许多叙事文学作品中，如"三言""两拍"《聊斋志异》乃至《红楼梦》等，都包含数量极多的判文②。在这些作品中，不但判文是故事情节的有机部分，而且作者也喜欢借此机会表现自己的文采风流，这可以说是人们耳熟能详的文学事实，这里不拟重复。本文所谓判文与叙事文学之关系，主要不是指叙事文学中运用多少判文，而是指在文学形态内部，判文对叙事文学文体产生某些潜在的影响。

在判文盛行的唐代，判文对叙事文学已经产生某种潜在的影响。现存文献中所能看到的以判案写成叙事文学作品的是敦煌俗赋《燕子赋》③，它以民间流传的燕雀争巢、凤凰判决的故事为题材。雀儿抢占燕子新筑的窝巢，燕子上告凤凰，最初凤凰主持公道，认为雀儿强占燕巢的蛮横行为是不可容忍的，所以作出判决："雀儿之罪，不得称算，推问根由，仍生拒捍。责情且决五百，枷项禁身推断。"但是随着故事的发展，凤凰发现雀儿曾立过战功，有过"高勋"，所以又改判决："雀儿剔突，强夺燕屋。推问根由，元无臣伏。既有上柱国勋，不可久留在狱。宜即释放，勿烦案牍。"这篇作品在形式上非常突出的特点是始终围绕着凤凰的两道判展开情节，判是整篇作品的关键，起着举足轻重的作用。

宋代罗烨《醉翁谈录》首次把判的形式引入小说之中，把"公案"当作小说的一大类型，他所选录的公案小说有"私情公案"与"花判公

---

① 〔清〕雷瑨辑：《古今滑稽文选》，北京出版社1993年影印版。除上举作品外，还录有绿天翁《鱼元机讼温璋判》《神女讼宋玉判》以及其他作者判文多篇，性质与尤侗判也是一样的。

② 如《醒世恒言》卷八《乔太守乱点鸳鸯谱》乔太守的判、《聊斋志异》的《席方平》二郎的判与《胭脂》中施愚山的判，都是名篇美文。

③ 参考周绍良先生主编《敦煌文学作品选》，中华书局1987年版，第294～313页。

案"，这两种形态都是在判文基础上发展而来的①。从唐代的判文到宋代的公案小说，是判文从实用文体向叙事文体演化的关键一环。《醉翁谈录》中的"私情公案"篇幅较长，只录《张氏夜奔吕星哥》一篇（甲集卷之二）。写星哥与织女青梅竹马，但织女被许配他人，便与星哥私奔，后被执见官府，一番申辩，最终被判无罪。小说的结构分为三部分：事情简介、织女与星哥二人的供状、官府的判文，其中供状与判文所占分量最大，这种形式已启明清案判体小说的先路。而"花判公案"共为 15 则（庚集卷之二），结构更为简单，似乎是衙门的案判记录，只有案情简介与官府判词两部分，而重点是判词。这 15 则"花判公案"中，"张魁以词判妓状""判暨师奴从良状""判娼妓为妻""判妓执照状""富沙守收妓附籍""子瞻判和尚游娼""判和尚相打""判妓告行赛愿"8 则都涉及妓女，另"大丞相判李淳娘供状""判夫出改嫁状""黄判院判戴氏论夫""判楚娘悔梅嫁村夫"等也都与男女之间感情纠葛有关。另外还有"断人冒称进士""判渡子不孝罪"数则也是一些"琐细遗事"。"花判公案"的重点是判文，这 15 则公案的判文大多语带滑稽，形式则不拘一格，或以骈文，或以诗，或以词，试举例说明：

### 张魁以词判妓状

张魁判潭州日，有妓杨赛赛，讼人负约欠钱，投状于张。时值春雨，赛赛立于厅下，张夫览状，先索纸笔云，花判《踏莎行》云："凤髻堆鸦，香酥莹腻，雨中花占街前地。弓鞋湿透立多时，无人为问深深意。　　眉上新愁，手中文字，如何不倩鳞鸿去。想伊只诉薄情人，官中不管闲公事。"

### 判娼妓为妻

鄂州张贡士，与一角妓情好日久，后挈而之家，得金与妓父李参军，未偿所欲。一日，讼于府庭。追至，引问情由，供状皆骈辞俪语，知府乃主盟之。

花判云："风流事到底无赃，未免一班半点；是非心于人皆有，也须半索千文。彼既籍于娼流，又且受其币物，辄背前约，遽饰奸词，在理既有亏，于情亦弗顺。良决杖头之数，免收反坐之愆。财礼

---

① 〔宋〕罗烨：《醉翁谈录》，古典文学出版社 1957 年版。

当还李参军，清娘合归张贡士。为妻为妾，一任安排，作正作偏，从教处置。"

判妓执照状

柳耆卿宰华阴日，有不羁子挟仆从游妓，张大声势；妓意其豪家，纵其饮食。仅旬日后，携妓首饰走。妓不平，讼于柳，乞判执照状捕之。柳借古诗句，花判云："自入桃源路已深，仙郎一去暗伤心。离歌不待清声唱，别酒宁劳素手斟。更没一文酹半宿，聊将十足当千金。想应只在秋江上，明月芦花何处寻？（原注：十足乃走字也。）"①

可以看出，花判之所以传诵，就在于别致诙谐的判词。《醉翁谈录》花判作品，有不少的判词直标"花判"，如"张魁以词判妓状"在《踏莎行》前标"花判"，其所选的作品对于理解"花判公案"一词的内涵是很有帮助的②。《醉翁谈录》所载的"花判公案"吸引人之处主要不是故事情节而是判文的风趣与文采，本身叙事文学的因素还是很少的，但是判既然是针对一定的事情而作的，事件本身往往就有一定的吸引人之处，而判案关系到人物的命运，反映主判者的识见和智慧，从案到判的过程，已潜在具有事件的完整性和叙事文学的因素。判文因为具有一定的叙事因素（尤其是案件），所以对后来的判案小说产生了影响。如宋代皇都风月主人编辑《绿窗新话》中的"王尹判道士犯奸"，为凌濛初《初刻拍案惊奇》卷一七《西山观设箓度亡魂　开封府备棺追活命》正文的本事来源，而故事情节在原来简要梗概上进一步地展开。"苏守判和尚犯奸"一文也就是《醉翁谈录》中的"子瞻判和尚游娼"，明代西湖渔隐主人把它改编为《欢喜冤家·一宵缘约赴两情人》。

判文对元代戏曲的影响也是不容忽视的。以《元曲选》为例，《陈州粜米》《碎砂担》《合同文字》《神奴儿》《蝴蝶梦》《勘头巾》《灰阑记》《魔合罗》《盆儿鬼》《窦娥冤》《生金阁》等都是叙述与案件相关的故事，而且都与判文有直接关系。值得注意的是，其形式颇为相似——在故事的结尾或即将结局之处，由审案的官员下一判词了断公案。而这判词又

① 引文见日本昭和十五年（1940年）十月文求堂影印观澜阁藏孤本宋椠《醉翁谈录》。
② 《醉翁谈录》乙集卷一还收录《宪台王刚中花判》，与庚集卷二的"花判公案"文体相同。

多数以官员"听我下断"开始，然后"词曰……"，这些"词"即是判文，它们大体都是讲究骈对文采的。如《陈州粜米》结尾，包公云：

> 张千，将刘衙内拿下者，听老夫下断。（词云：）为陈州亢旱不收，穷百姓四散飘流。刘衙内原非令器，杨金吾更是油头。奉敕旨陈州粜米，改官价擅自征收；紫金锤屈打良善，声冤处地惨天愁。范学士岂容奸蠹，奏君王不赦亡囚。今日个从公勘问，遣小憝手报亲仇。方才见无私王法，留传与万古千秋。①

这种形式颇似宋人的"花判公案"。当然在元曲中，也有一些公案戏结尾的"下断"没有"词曰"，而是用比较朴素的口语化语言来下判的。

在叙事文学形态中，受判文形式影响最为明显、规模最大的是明代案判小说。在这些案判小说中，最为著名的是《包公案》《海公案》故事。明代包公案故事甚多。如《包龙图判百家公案》（一名《包公案》）、《龙图公案》（又名《龙图神断公案》《包公七十二件无头奇案》）、《皇明诸司廉明公案》、《皇明诸司公案》、《郭青螺六省听讼录新民公案》、《古今律条公案》、《国朝宪台折狱苏冤神明公案》、《国朝名公神断详情公案》、《国朝名公神断详刑公案》、《名公案断法林灼见》、《明镜公案》等，形式上都有相似之处。《龙图公案》是第一部以公案为题材的短篇小说专集。全书10卷，收集包公判案故事100篇，文体上以话本体为主而兼有书判体，其中30多篇主要是以告状人的诉词和包公的判词构成的，与宋代书判体公案小说的关系非常密切。海公案小说的情况与之相似，它们是以民间流传的故事传说加工而成的。以《海刚峰先生居官公案传》卷一第十回《勘饶通夏浴讼》②为例。饶于财喝了婢女送的茶被毒死，前妻之子控告继母谋杀。海瑞在审案过程中，发现原来婢女放茶之处有蜈蚣，断定饶于财误饮掉进蜈蚣的茶而死，遂洗冤案。该篇由事由、告状、诉状和海公判四部分组成：

---

① 〔明〕臧晋叔编：《元曲选》第1册，中华书局1958年版，第32～52页。

② 〔明〕佚名：《海刚峰先生居官公案传》，载《古本小说丛刊》第7辑，中华书局1990年影印版。

事由：淳安县乡官通判饶于财，夏浴空室。夜渴，索茶。小婢持置墙孔，饮之，遂中毒死。其前妻之子谓以继母有奸夫在，故毒杀其父，乃讼之于邑。置狱已久，不决。公当时巡行于郡，各县解犯往郡赴审。其继妻再三称冤，公蹙然思之："其妇如此称冤，莫非果负冤乎？"径造饶室，详审秘探，阅浴处及置茶处，遂严钥其门，概逐饶通判家口于外，亲与一小门子宿其中，仍以茶置墙所。次早起视，果有蜈蚣堕焉。急命拆墙，遍内皆穴蜈蚣。焚烧移两时方绝，臭不可闻。遂开其妇之罪，冤始得解，妇叩谢而归。

紧接的是饶通判前妻之子告状人饶清的"告继母谋杀亲夫"的状词和被告人姚氏所写的"诉"状。文长不录。而最后部分则是"海公判"：

　　审得于财之死，非毒药之毒，蜈蚣之毒矣！但无用小婢置茶，胡不持入室而与，何持置墙孔而与之哉！因而中毒，死者亦命已矣。饶清以继母有他奸夫，怒究之姚氏将毒药杀，而清之告亦为父伸冤之故也，但未询其实，陷母置狱，坏名节，是伊为子之过矣。若非经吾睫亲睹，是姚氏偿伊父命者将何以辞焉。非几乎屈陷一命，合拟忤逆罪加。姑且免究，的决惩戒。

这篇作品的形态在明清案判小说中是比较典型的。明清案判小说结构形式大同小异，基本都是由事由、告状、诉状和判词几部分组成的。在形式上和公牍文案非常相似，这在小说史上是非常奇特的。案判小说的这种特殊文体，明显是受到判文与公案书籍的影响，如宋人小说《醉翁谈录》的"私情公案"和"花判公案"就是采用这种形态。从叙事文学角度看，这种判案小说与一般的小说不同，它不注重事件过程的叙述，而在于对事件的分析判断。它们似乎是案判的公文集成，可能需要说书艺人加以演绎加工。这类小说没有产生过非常杰出的艺术作品，可能反映出这种形态的局限性。

　　从唐代的判到宋代的公案小说、元代的公案戏和明清的案判小说，其间的承传关系隐约可辨。判文原来是一种应用性很强的文体，与叙事文学文体似乎是风马牛不相及的，文学史事实却告诉我们，判文文体曾影响一些叙事文学文体。值得深思的是，在中国古代像判文一样兼应用性和文学性于一身的文体很多，例如诏、册、表、章、露布、奏疏、弹文、檄文等，为什么它们却不能像判文那样，对叙事文学产生直接影响呢？从文体的内部来看，判所具有的虚拟性与叙事因素是判文与叙事文学产生联系的内在原因。孙梅《四六丛话》卷四九谈到唐代试判的体制时说："设甲以为端，假乙以致诘。……盗瓜逢幻，迹类子虚；剥草致伤，事同戏剧。"[①]他已明确指出判文虚构性与叙事文学有相类似之处。许多判文所涉及的事件都具有一定的虚拟性，是想象虚构之辞，这是它与叙事文学的共通之处；而且更重要的是，判文本身具有一些潜在的、特殊的叙事功能。因为判的前提是某一事件的发生，判文又包含对于事件的叙述和分析，判的结果便是事件的终结。因此，判文具有关于事件由来、发展及结局等简单叙事因素，具有一定的故事性，或者说具备发展成叙事文学的可能性和空间。而在此基础上对这些因素加以渲染、加工和演绎，自然也就成为案判类的叙事文学，这在中国文体发展史上是值得注意的现象。

（原载《文学遗产》1999 年第 6 期）

---

① 《四六丛话》卷一九，第 386 页。

# 诗可以群

## ——从魏晋南北朝诗歌创作形态考察其文学观念

东汉以后，儒学丧失其独尊的地位，在政治和思想文化领域都处于相对衰微的境地，而玄学和佛学成为儒学之外的两大思想文化力量，对于文学创作的影响也日渐深广；但经过两汉儒家诗教的长期影响，其观念已深入人心，形成集体无意识的潜在积淀，儒学实际上仍然起着主导作用。

在魏晋南北朝文坛上，出现一种复杂的文学现象：当时诗学批评主要是揭示与倡导诗歌创作的个性化与抒情作用，这对儒学强调文艺为政教服务的传统美学观念起了一定的解构作用；然而在当时的创作形态上，却反映着另一种文学倾向和文学风气，即在创作上追求集体性、功利性与交际功能，这实际上在强化和体现儒家"诗可以群"的美学观念。这两种文学倾向在当时是并行不悖的，但是由于前者有明确的理论形态之表述，故容易为人所注意和认可；而后者并没有明确的理论阐述，主要体现在一些具体而分散的创作形态上，所以往往为前者所掩盖，甚至被人忽视。

本文尝试从魏晋南北朝所出现和风行的一些具体创作形态入手，分析当时的文学创作如何体现出儒学"诗可以群"的文学观念。

一

唱和是较早出现的诗歌集体性创作的形态，其渊源甚早，比如《诗·郑风·萚兮》："萚兮萚兮，风其吹女！叔兮伯兮，倡予和女！"① 《论语·述而》云："子与人歌而善，必使反之，而后和之。"② 《礼记·乐记》谓："倡和清浊，迭相为经。"孔颖达疏："'倡和清浊'者，谓十二

---

　① 〔汉〕毛亨传，〔汉〕郑玄笺，〔唐〕孔颖达疏：《毛诗正义》卷四，见〔清〕阮元校刻《十三经注疏》上册，中华书局 1980 年影印版，第 342 页。
　② 〔三国魏〕何晏等注，〔宋〕邢昺疏：《论语注疏》卷七，见《十三经注疏》下册，第 2484 页。

月律先发声者为倡，后应声者为和。"①《盐铁论·非鞅》云："夫善歌者使人续其声，善作者使人绍其功。"②早期文献中的所谓"和"，并非创作，往往是有声无辞，表示欣赏而随声附和，以获得一唱三叹之美。不过，相传舜与皋陶的赓歌是唱和而有辞的，虽然其真实性难以确定，但其诗已载于《今文尚书·皋陶谟》之中，所载的文献显然是相当古老的，所以皋陶的赓歌可以看成是唱和形态的萌芽。

然而，成熟的唱和诗形态却较为晚出。从现有的传世文献来看，文人之间唱和的诗歌形态到东晋时代才真正形成。东晋高僧释慧远作有《游庐山诗》，刘程之、王乔之和张野三人都写了《奉和慧远游庐山诗》③。东晋之后，唱和风气开始兴盛。晋宋以还，唱和活动与公宴之风相结合，益发兴盛，同时又促使一些诗歌形态成熟④。据《先秦汉魏晋南北朝诗》，现存魏晋南北朝时期诗歌中有"和诗"近 200 首，可见唱和诗在当时之盛。

六朝唱和诗大致和意而不和韵。宋人洪迈说："古人酬和诗，必答其来意，非若今人为次韵所局也。观《文选》所编何劭、张华、卢谌、刘琨、二陆、三谢诸人赠答，可知已。"⑤ 到了唐代元、白诸人，唱和诗遂从和意走向和韵，这是唱和诗发展的一大转折。不过，和韵创作形态的萌芽在六朝也已出现。《四库全书总目》卷一八六总集类一《松陵集》提要谓"依韵唱和，始于北魏王肃夫妇"⑥。按《洛阳伽蓝记》卷三载：

> 肃在江南之日，聘谢氏女为妻，及至京师，复尚公主，谢作五言

---

① 〔汉〕郑玄注，〔唐〕孔颖达疏：《礼记正义》卷三八，见《十三经注疏》上册，第1536 页。

② 〔汉〕桓宽撰，王利器校注：《盐铁论校注》，中华书局 1992 年版，第 94 页。

③ 释慧远诗题亦作《庐山东林杂诗》，上述诗作分别见逯钦立辑校《先秦汉魏晋南北朝诗》晋诗卷二〇、卷一四，中华书局 1983 年版，中册，第 1085 页、第 937～938 页。

④ 《四库全书总目》卷一八八集部总集类三《玉山名胜集》提要谓："考宴集唱和之盛，始于金谷、兰亭。"又卷一六八集部别集类二一《咏物诗》提要谈到咏物诗的发展时说："昔屈原颂橘，荀况赋蚕，咏物之作，萌芽于是，然特赋家流耳……其托物寄怀，见于诗篇者，蔡邕《咏庭前石榴》，其始见也。沿及六朝，此风渐盛。王融、谢朓，至以唱和相高，而大致多主于隶事。"可见六朝的唱和对于咏物诗的发展和繁荣起了促进作用。见〔清〕永瑢等《四库全书总目》下册，中华书局 1965 年版，第 1710、1453 页。

⑤ 〔宋〕洪迈：《容斋随笔》卷一六，上海古籍出版社 1978 年版，上册，第 210 页。

⑥ 《四库全书总目》下册，第 1689 页。

诗以赠之。其诗曰："本为箔上蚕，今作机上丝。得路逐胜去，颇忆缠绵时。"公主代肃答谢云："针是贯线物，目中恒任丝。得帛缝新去，何能衲故时。"①

王肃原有妻子谢氏女，后来又娶公主为妻。四库馆臣所谓"王肃夫妇"唱和之说不甚准确。在这个故事中，公主是代王肃答原妻子谢氏之诗，仍按谢氏诗韵，并按"丝""时"之次序，也可看作次韵。宋人程大昌《考古编》卷七"古诗分韵"条以《洛阳伽蓝记》所载诗为次韵先例②。赵翼《陔馀丛考》卷二三"和韵"条据此认为："则六朝已有此体，以后罕有为之者，至元、白始立为格耳。"③ 齐梁时代也出现一些和韵之作。清代吴乔《围炉诗话》卷一也说："次第皆同，谓之步韵。萧衍、王筠《和太子忏悔诗》，始是步韵。步韵，乃趋承贵要之体也。"④ 吴乔指出步韵为"趋承贵要之体"，而此体始于六朝。庞垲《诗义固说》上也说："梁武帝同王筠《和太子忏悔诗》押韵，晚唐效之。"⑤ 可以说，唐宋所流行的诗歌创作和韵、次韵的萌芽在六朝都已出现了。

六朝人颇重和诗。《陈书》卷二七《姚察传》载：

> （江）总为詹事时，尝制登宫城五百字诗，当时副君及徐陵以下诸贤并同此作。徐公后谓江曰："我所和弟五十韵，寄弟集内。"及江编次文章，无复察所和本，述徐此意，谓察曰："高才硕学，庶光拙文，今须公所和五百字，用偶徐侯章也。"察谦逊未付，江曰："若不得公此制，仆诗亦须弃本，复乖徐公所寄，岂得见令两失。"察不获已，乃写本付之。为通人推挹，例皆如此。⑥

可见当时人推重和诗如此。又，姚察由梁入陈，在钟山明庆寺"遇见梁

---

① 〔北魏〕杨衒之撰，周祖谟校释：《洛阳伽蓝记校释》，中华书局 2010 年第 2 版，第 109 页。按周祖谟校释改"作"为"为"，据丁福保改"路"为"络"。
② 〔宋〕程大昌撰，刘尚荣校证：《考古编 续考古编》，中华书局 2008 年版，第 110 页。
③ 〔清〕赵翼：《陔馀丛考》，中华书局 1963 年版，第 467 页。
④ 郭绍虞编选，富寿荪校点：《清诗话续编》上册，上海古籍出版社 1983 年版，第 486 页。
⑤ 《清诗话续编》上册，第 730 页。
⑥ 〔唐〕姚思廉：《陈书》第 2 册，中华书局 1972 年版，第 354 页。

国子祭酒萧子云书此寺禅斋诗，览之怆然，乃用萧韵述怀为咏"①。这首诗名为《游明庆寺诗》，正是"和韵"之作②。

诗歌赠答是古老的传统。《荀子·非相》谓："赠人以言，重于金石珠玉；观人以言，美于黼黻文章。"③ 据古人所说，《诗经》中就有一些赠诗。如《诗·豳风·鸱鸮》序所言："成王未知周公之志，公乃为诗以遗王，名之曰《鸱鸮》焉。"④ 相传苏武与李陵的古诗也是较为古老的赠答诗。后汉蔡邕有《答卜元嗣》诗云："斌斌硕人，贻我以文。辱此休辞，非余所希。敢不酬答，赋诵以归。"⑤ 至汉末建安时代，赠答诗始大盛。现存魏晋南北朝诗歌中，"赠诗"700多首、"答诗"约400首。《文选》卷二三至二六皆收录"赠答"类诗，在《文选》所收诸类诗歌中所占分量最大。赠答诗与唱和诗关系密切，有些答诗就是和诗，如《文选》卷二六就收录了颜延年《和谢监灵运》。

唱和诗这种创作形态的勃兴正反映出一种新的诗学观念，即是以诗歌作为社会交际、感情交流的工具。唱和大体可分为文人间的唱和与奉命唱和两种：前者是文人之间意气相投的诗艺交流，后者主要是君臣之间、上下级之间的应酬交际之作。文人之间的唱和尤其值得重视，因为原作与唱和诗在题材与体裁等方面往往是比较相近甚至相同的，所以这种创作形态，对于诗人们来说，既可以文会友，在艺术上起一种切磋促进作用，也是潜在的竞赛和优劣的比较，唱和活动甚至对于文学集团与文学流派的形成都有一定的促进作用。

## 二

公宴之风，始于先秦。《诗经》中已有大量的宴饮诗，《左传》《国语》等关于各国诸侯大夫在宴享时赋诗的记载，更说明早期诗歌的社会交际功能。不过，春秋时期的赋诗基本上是"赋诗断章"，而非自己所创

---

① 《陈书》第 2 册，第 352 页。
② 收入《先秦汉魏晋南北朝诗》隋诗卷三，下册，第 2674 页。
③ 〔清〕王先谦撰，沈啸寰、王星贤点校：《荀子集解》上册，中华书局 1988 年版，第 83～84 页。
④ 《毛诗正义》卷八，见《十三经注疏》上册，第 394 页。
⑤ 《先秦汉魏晋南北朝诗》汉诗卷七，上册，第 193 页。

吴承学自选集｜WU CHENGXUE ZIXUANJI

作。公宴之上集体作诗、赋诗之风始盛于魏晋南北朝，而且，与春秋时代的赋诗着重于各国之间的政治外交应对不同，魏晋南北朝的公宴诗基本上是统治集团内部人际关系的润滑剂，着重于沟通君臣、臣僚之间的感情，进一步发挥"诗可以群"的功能。六朝大量的公宴诗，内容多写集体的宴饮、游乐，也有些是咏物或咏怀之作，借此表达臣僚之间、君臣之间的感情。

刘勰《文心雕龙·时序》谈到曹魏时代最高统治者非常重视诗歌："魏武以相王之尊，雅爱诗章；文帝以副君之重，妙善辞赋；陈思以公子之豪，下笔琳琅。并体貌英逸，故俊才云蒸。"[1] 并说建安诸子"傲雅觞豆之前，雍容衽席之上，洒笔以成酣歌，和墨以藉谈笑"[2]。在《明诗》篇中又说建安诗人"并怜风月，狎池苑，述恩荣，叙酣宴；慷慨以任气，磊落以使才"[3]。的确，在建安时代，统治者与文人之间关系非常密切，尤其是曹丕，他和文士们"行则连舆，止则接席，何曾须臾相失？每至觞酌流行，丝竹并奏，酒酣耳热，仰而赋诗"[4]。《初学记》卷一二引《魏高贵乡公集》谓曹髦"幸华林，赐群臣酒。酒酣，上援笔赋诗，群臣以次作。二十四人不能著诗，授罚酒"[5]。

这种公宴赋诗的风气逐渐成为一种传统。南朝宋时，"明帝秉哲，雅好文会"[6]；梁朝"时主儒雅，笃好文章，故才秀之士，焕乎俱集。于时武帝每所临幸，辄命群臣赋诗，其文之善者赐以金帛。是以缙绅之士，咸知自励"[7]。裴子野《雕虫论》还说："（宋明帝）每有祯祥及行幸宴集，辄陈诗展义，且以命朝臣，其戎士武夫，则请托不暇，或买以应诏焉。"[8] 在这种场合，一些好胜的"戎士武夫"也会附庸风雅。如梁代大将军胡

① 〔南朝梁〕刘勰著，詹锳义证：《文心雕龙义证》卷九，上海古籍出版社 1989 年版，下册，1687 页。
② 《文心雕龙义证》卷九，下册，第 1692 页。
③ 《文心雕龙义证》卷二，上册，第 196 页。
④ 〔三国魏〕曹丕：《与吴质书》，见〔南朝梁〕萧统编，〔唐〕李善注《文选》卷四二，上海古籍出版社 1986 年版，第 5 册，第 1896～1897 页。
⑤ 〔唐〕徐坚等：《初学记》第 2 册，中华书局 1962 年版，第 283 页。
⑥ 《文心雕龙·时序》，见《文心雕龙义证》卷九，下册，第 1706 页。
⑦ 〔唐〕李延寿：《南史》卷七二《文学传序》，中华书局 1975 年版，第 6 册，第 1762 页。
⑧ 〔清〕严可均辑：《全梁文》卷五三，见《全上古三代秦汉三国六朝文》第 4 册，中华书局 1958 年版，第 3262 页。

僧祐虽然"不解缉缀"，但"每在公宴，必强赋诗，文辞鄙俚，多被嘲谑，僧祐怡然自若，谓己实工，矜伐愈甚"①。武将赋诗最有名的莫过于梁武帝时曹景宗"归来笳鼓竞"之作，又如出生于泰山梁甫的羊侃，梁武帝曾制《武宴诗》三十韵以示侃，"侃即席应诏，高祖览曰：'吾闻仁者有勇，今见勇者有仁，可谓邹、鲁遗风，英贤不绝。'"②，可见君臣对儒学价值观念心有戚戚。公宴诗也颇为时人所重，如皇室宗亲萧藻"善属文辞，尤好古体，自非公宴，未尝妄有所为，纵有小文，成辄弃本"③。可见当时不但"诗可以群"，而且写诗似乎也成为高雅之"群"的标配。

在公宴上赋诗，也就出现即席的创作。赵翼《陔馀丛考》卷二四"即席"条谓：

> 宋武帝延后进二十余人，置酒赋诗。萧介染翰即成，文不加点。臧盾以诗不成罚酒一斗，盾饮尽，言笑自若。帝曰："臧盾之饮，萧介之文，皆即席之美也。"《南史》：梁武帝制《武宴诗》三十韵示羊侃，侃即席上应诏。后世即席赋诗本此。④

赵翼认为"即席赋诗"创作的风气，始于刘宋。此前的"即席"创作之风，主要集中在作赋方面，比如枚皋"为文疾，受诏则成"⑤，又如祢衡在黄射宴会上应命所作之《鹦鹉赋》，范晔称其"揽笔而作，文无加点，辞采甚丽"⑥。江总《赋得一日成三赋应令诗》对即席作赋有详细描写："副君睿赏遒，清夜北园游。下笔成三赋，传觞对九秋。飞文绮縠采，落纸波涛流。"⑦ 也可见诗、赋同作之风。当然，即席赋作通常篇幅较为短小，有时甚至只是寥寥几句，如《三国志·吴书》卷五六《朱桓传》裴松之注引《文士传》：

① 〔唐〕姚思廉：《梁书》卷四六《胡僧祐传》，中华书局1973年版，第3册，第639页。

② 《梁书》卷三九《羊侃传》，第2册，第559页。

③ 《梁书》卷二三《萧藻传》，第2册，第362页。

④ 《陔馀丛考》，第485页。

⑤ 〔东汉〕班固撰，〔唐〕颜师古注：《汉书》卷五一《枚皋传》，中华书局1962年版，第8册，第2367页。

⑥ 〔南朝宋〕范晔撰，〔唐〕李贤等注：《后汉书》卷八〇《文苑列传·祢衡传》，中华书局1965年版，第9册，第2657页。

⑦ 《先秦汉魏晋南北朝诗》陈诗卷八，下册，第2586页。

张惇子纯与张俨及（朱）异俱童少，往见骠骑将军朱据。据闻三人才名，欲试之，告曰："……其为吾各赋一物，然后乃坐。"俨乃赋犬曰："守则有威，出则有获。韩庐、宋鹊，书名竹帛。"纯赋席曰："席以冬设，簟为夏施。揖让而坐，君子攸宜。"异赋弩曰："南岳之干，钟山之铜。应机命中，获隼高墉。"三人各随其目所见而赋之，皆成而后坐，据大欢悦。①

这样的即席之赋，形态短小，实际上是咏物赋篇中的赋句。由于魏晋南北朝流行的五言诗歌体制较便于集体参与，所以即席作诗之风逐渐盛于即席作赋。即席创作既体现出群体相处之乐，对于诗人的才思也是一个考验。《南史》卷五九《王僧孺传》载：

竟陵王子良尝夜集学士，刻烛为诗。四韵者则刻一寸，以此为率。（萧）文琰曰："顿烧一寸烛，而成四韵诗，何难之有？"乃与令楷、江洪等共打铜钵立韵，响灭则诗成，皆可观览。②

这则史料非常传神地记录了当时诗人的即席创作活动，先是以刻烛来限制写诗的时间，大家犹嫌其易，所以竟出现打铜钵立韵，要求"响灭则诗成"，可见这种即席作诗在当时已成为一种诗思敏捷的竞赛。梁武帝萧衍经常主持这种即席限时的创作，并对优胜者多加褒奖，甚至加官晋爵。《梁书》卷四一《褚翔传》载："中大通五年，高祖宴群臣乐游苑，别诏翔与王训为二十韵诗，限三刻成。翔于座立奏，高祖异焉，即日转宣城王文学，俄迁为友。时宣城友、文学加它王二等，故以翔超为之，时论美焉。"③ 又如《南史》卷二二《王规传》载梁武帝"诏群臣赋诗，同用五十韵。规援笔立奏，其文又美，武帝嘉焉，即日授侍中"④。《梁书》卷一四姚察评论道："观夫二汉求贤，率先经术；近世取人，多由文史。"⑤ 以

① 〔晋〕陈寿著，〔南朝宋〕裴松之注：《三国志》第5册，中华书局1982年版，1316页。
② 《南史》第5册，第1463页。
③ 《梁书》第3册，第586页。
④ 《南史》第2册，第598页。
⑤ 《梁书》第1册，第258页。

上记载可见当时取士风气之一斑。

钟嵘《诗品序》谈到诗歌创作的动因时说：

> 嘉会寄诗以亲，离群托诗以怨。至于楚臣去境，汉妾辞宫，或骨横朔野，或魂逐飞蓬，或负戈外戍，杀气雄边；塞客衣单，孀闺泪尽；又士有解佩出朝，一去忘返；女有扬蛾入宠，再盼倾国：凡斯种种，感荡心灵，非陈诗何以展其义，非长歌何以骋其情？故曰："诗可以群，可以怨。"①

"嘉会寄诗以亲，离群托诗以怨"，嘉会与离群都是诗歌创作的动因，这里把诗"可以群"与"可以怨"相提并论，而怨也是因为"离群"。

魏晋南北朝文士之间的欢聚与离别给诗人提供了丰富的情思与灵感，《文选》收公宴诗14首、祖饯诗8首，而赠答诗收得最多，共收72首，而其中佳作也相当多。严羽《沧浪诗话·诗评》谓："唐人好诗，多是征戍、迁谪、行旅、离别之作，往往能感动激发人意。"② 其实，这种"感动激发人意"的"好诗"部分传统在魏晋南北朝就形成了。

## 三

从魏晋开始，统治者热衷参与、倡导文学创作，这种风气导致一系列新兴文学形态的出现，如应制、应令、应教、奉和、奉答等诗的大量涌现。这些诗歌是臣僚应皇帝、太子、诸王之命所作或者所唱和的，内容以歌功颂德为主，风格则典实富艳③。应制诗、应诏诗与应教诗等艺术形式不但反映出当时以诗歌作为交际工具的诗歌潮流，也标志着遵命或奉命文学的出现。同时，这又引发一些新的创作形态，如诗、赋的同题共作。

诗歌创作的题目原本应该是非常个人化的，但是魏晋时代出现诗歌题目集体化的倾向，即同题共作之风。同题共作之风始于建安时代。王苣孙

---

① 〔南朝梁〕钟嵘撰，曹旭笺注：《诗品笺注》，人民文学出版社2009年版，第28页。

② 〔宋〕严羽著，郭绍虞校释：《沧浪诗话校释》，中华书局1983年版，第198页。

③ 〔宋〕葛立方《韵语阳秋》卷二云："应制诗非他诗比，自是一家句法，大抵不出于典实富艳尔。"上海古籍出版社1979年版，第28页。

吴承学自选集

WU CHENGXUE ZIXUANJI

《读赋卮言·献赋》说："自魏以来，君臣之际，多云同作，或命某作，或被诏作。"① 所论为赋，但诗歌创作也是如此。邺下集团同题共作的风气始于宫廷的奉命而作。《初学记》卷一〇引《魏文帝集》曰："为太子时，北园及东阁讲堂，并赋诗，命王粲、刘桢、阮瑀、应玚等同作。"② 《太平御览》卷三五八引魏文帝《马脑勒赋》云："马脑，玉属也……余有斯勒，美而赋之，命陈琳、王粲并作。"③ 李善注潘岳《寡妇赋》引魏文帝《寡妇赋序》："陈留阮元瑜，与余有旧，薄命早亡，故作斯赋，以叙其妻子悲苦之情，命王粲等并作之。"④ 这种风气反映出当时统治者喜欢以集体性的诗赋创作为工具，来达到协调君臣之间与统治集团内部人际关系的目的。魏晋南北朝诗人的同题共作，其诗题往往集中在咏物之上，这也是咏物诗在此期间兴盛的主要原因之一。

在相同的背景下，"分题"与"分韵"创作形态也出现了。所谓"分题"，是指若干诗人分探得题目以赋诗，亦称"探题"。严羽《沧浪诗话·诗体》列有"分题"并说："古人分题，或各赋一物，如云送某人分题得某物也。或曰探题。"⑤ 这种分题的风气大约始于南齐，王融、沈约、虞炎、柳恽与谢朓等人在宴席上，分别以座上所见之物为题而赋诗⑥，此后分题诗便盛行起来。"分韵"或称"赋韵"，是指相约作诗，举定数字为韵，互相分拈，而各人就所得之韵赋诗。《南史》卷五五《曹景宗传》载，梁代武将曹景宗在武帝为其凯旋而召集的宴会上，用群臣挑剩的"竞""病"二韵，"斯须而成"五言四句诗一首："去时儿女悲，归来笳鼓竞。借问行路人，何如霍去病。"⑦ 曹景宗所分得为僻韵，而所作却雄壮且自然，颇为难得，故传为佳话。洪迈说南朝人作诗多先赋韵：

　　　　南朝人作诗多先赋韵，如梁武帝华光殿宴饮连句，沈约赋韵，曹

① 王冠辑：《赋话广聚》第 3 册，北京图书馆出版社 2006 年版，第 330 页。

② 《初学记》第 1 册，第 230 页。

③ 〔宋〕李昉等编：《太平御览》第 2 册，中华书局 1960 年版，第 1647 页。

④ 《文选》卷一六，第 2 册，第 735 页。

⑤ 《沧浪诗话校释》，第 198 页。

⑥ 谢朓有与诸人《同咏座上所见一物》之诗，所咏之物如镜台、灯、烛、琴、乌皮隐几、席、竹火笼等。又题作《杂咏三首》，见《先秦汉魏晋南北朝诗》齐诗卷四，中册，第 1452～1454 页。

⑦ 《南史》第 5 册，第 1356 页。

景宗不得韵，启求之，乃得"竟""病"两字之类是也。予家有《陈后主文集》十卷，载王师献捷，贺乐文思，预席群僚，各赋一字，仍成韵，上得"盛、病、柄、令、横、映、复、并、镜、庆"十字，宴宣猷堂，得"迮、格、白、赫、易、夕、掷、斥、坼、哑"十字，幸舍人省，得"日、谧、一、瑟、毕、讫、橘、质、帙、实"十字。如此者凡数十篇。今人无此格也。①

宋程大昌《考古编》卷七"古诗分韵"条云：

> 梁天监中，曹景宗立功还，武帝宴华光殿联句，令沈约赋韵，独景宗不预。固启求赋诗。韵已尽，惟余"竟""病"二字。景宗操笔而成，所谓"归来笳鼓竟"者是已。初读此，了未晓赋韵、韵尽为何等格法，偶阅《陈后主集》，见其《序宣猷堂宴集》五言曰："披钩赋咏，逐韵多少，次第而用。座有江总、陆瑜、孔范等三人。"后主韵得迮、格、白、赫、易、夕、掷、斥、折、措字，其诗用韵与所得韵次前后正同，曾不挽乱一字。乃知其说，是先书韵为钩，坐客均探，各据所得，循序赋之。正后世次韵格也。唐世次韵起元微之、白乐天二公，自号"元和体"，曰："古未之有也。"抑不知梁、陈间已尝出此。但其所次之韵，以探钩所得，而非酬和先唱者，是小异耳。②

俞樾《茶香室丛钞》四钞卷一三"古人分韵法"条对六朝分韵方式作了分类：

> 又按，即《陈后主集》考之，颇得古人分韵之法，如《立春日泛舟元圃各赋一字六韵成篇》，则所赋之韵止一字外，五韵任其自用者也。如云《献岁立春泛舟元圃各赋六韵》，则所赋者有六字，各人以所赋韵作六韵诗一首也。如云《上巳元圃宣猷堂禊饮同共八韵》，则所赋八字在坐同之，人人以此八字作八韵诗一首也。各赋一字最

---

① 《容斋随笔·续笔》卷五"作诗先赋韵"条，上册，第280页。
② 《考古编　续考古编》，第110页。

宽，如今诗限官韵耳，各赋六韵较严，六韵外不得更溢一字，然犹一人有一人之韵也。同共八韵，则人人用此八字，竟如今之次韵诗矣。①

分题、分韵的集体创作方式体现娱乐化和游戏化的倾向，使君臣和悦，上下尽欢，而在这种娱乐化和游戏化的集体创作中，又暗含着比较高下的意味，这种"群居相切磋"的创作现象表明，自觉追求创作的集体性和功利性已成为当时的风气。

史书中关于"剧韵""强韵"的记载也说明，齐梁时代已经非常重视在集体创作中诗人用韵的能力。当时风气往往喜欢限韵限时赋诗，才思敏捷、用韵自如者最为人钦赏，如《梁书》卷八《昭明太子传》说萧统："每游宴祖道，赋诗至十数韵。或命作剧韵赋之，皆属思便成，无所点易。"②《梁书》卷三五《萧子显传》记载萧子显之子萧恺："时中庶子谢嘏出守建安，于宣猷堂宴饯，并召时才赋诗，同用十五剧韵，恺诗先就，其辞又美。太宗与湘东王令曰：'王筠本自旧手，后进有萧恺可称，信为才子。'"③《陈书》卷三四《徐伯阳传》云："（鄱阳）王率府僚与伯阳登匡岭，置宴，酒酣，命笔赋剧韵二十，伯阳与祖孙登前成，王赐以奴婢杂物。"④ 这种风气沿至唐代，《东观奏记》卷下记载唐宣宗"每择剧韵"令僧从晦赋诗，"亦多称旨"⑤。唐代诗人刘禹锡《牛相公见示新什谨依本韵次用以抒下情》云："剧韵新篇至，因难始见能。"⑥ 关于强韵，《梁书》卷三三《王筠传》载："筠为文能押强韵，每公宴并作，辞必妍美。（沈）约常从容启高祖曰：'晚来名家，唯见王筠独步。'"⑦ "剧韵""强韵"⑧ 均是生僻难押之韵，制作难度大，加上齐梁时往往限时赋诗，因此

---

① 〔清〕俞樾撰，贞凡等点校：《茶香室丛钞》第 4 册，中华书局 1995 年版，第 1680 页。

② 《梁书》第 1 册，第 166 页。

③ 《梁书》第 2 册，第 513 页。

④ 《陈书》第 2 册，第 469 页。"剧韵二十"《南史》作"剧韵三十"，见《南史》卷七二，第 6 册，第 1790 页。

⑤ 〔唐〕裴庭裕：《东观奏记》，中华书局 1994 年版，第 130 页。

⑥ 〔唐〕刘禹锡：《刘禹锡集》，中华书局 1990 年版，第 502 页。

⑦ 《梁书》第 2 册，第 485 页。

⑧ 关于"强韵"，详可参看余恕诚、张柏青《"强韵"考论》，载《国学研究》第 7 辑，收入《古典文学与文献论集》，安徽人民出版社 2000 年版，第 271 页。

最能表现诗人因难见巧的独到才能，同时也是品评诗人诗作的标准之一。

分题分韵方式的出现标志着诗歌创作出现由他人命题或随机选题而作的风气，在这里，诗歌创作的个性化首先受到集体性规范的制约。诗人要有娴熟的技巧和广博的知识才能对各种题目应对自如，或在所限的韵中运用自如，不致受到拘束。分题与分韵无疑会增进诗歌创作的难度，当时人们之所以乐于此道，也在某种程度上反映出当时诗歌创作重视集体性与社会交际的新时尚。

四

与宴会集体创作的分题形式相关，齐梁间还出现以"赋得"为题的诗歌创作形式。赋得诗主要是在文人集会、宴会上所作，即"赋诗得某题"之意。有的诗题就已标明是在公宴上所作，如王枢《徐尚书座赋得可怜》、刘孝威《侍宴赋得龙沙宵月明》、阴铿《侍宴赋得竹》、江总《侍宴赋得起座弹鸣琴诗》等。其中不少是皇帝主持的公宴，像梁简文帝萧纲、梁元帝萧绎、陈后主等，皇帝本人也是赋得诗创作的参与者。上行下效，赋得诗风气盛行于齐梁陈三代，与皇帝的爱好和参与是分不开的。赋得诗中有不少标明是应令诗、应诏诗、应教诗等，最能说明统治者带头参与集体创作活动的特点，如萧推《赋得翠石应令诗》、庾信《行途赋得四更应诏诗》、张正见《初春赋得池应教诗》及《赋得秋蝉喝柳应衡阳王教诗》等。

从诗题看，赋得诗大致可分为两类：

第一类赋得诗以古人诗句为题，如《玉台新咏》中，刘孝绰《赋得遗所思》[①]、朱超道《赋得荡子行未归》[②]。《先秦汉魏晋南北朝诗》中所收更多，如梁元帝萧绎《赋得涉江采芙蓉》《赋得兰泽多芳草》[③]、张正见《赋得落落穷巷士诗》[④]《赋得日中市朝满诗》[⑤] 等。《四库全书总目》卷一六五集部别集类一八《须溪四景诗集》提要云："考晋宋以前，无以

---

① 出自《楚辞·山鬼》"折芳馨兮遗所思"。
② 出自《古诗十九首·青青河畔草》"荡子行不归"。
③ 出自《古诗十九首·涉江采芙蓉》"涉江采芙蓉，兰泽多芳草"。
④ 出自左思《咏史诗》"落落穷巷士"。
⑤ 出自鲍照《代结客少年场行》"日中市朝满"。

吴承学自选集

WU CHENGXUE ZIXUANJI

162

古人诗句为题者。沈约始有《江蓠生幽渚》诗，以陆机《塘上行》句为题，是齐梁以后例也。沿及唐宋科举，始专以古句命题。其程式之作，唐莫详于《文苑英华》，宋莫详于《万宝诗山》，大抵以刻画为工，转相效仿。"① 这段话对赋得诗的历史发展及特征论述得扼要清楚，沈约《江蓠生幽渚》诗尚未标举"赋得"为名，还是偶一为之，到后来"赋得"诗盛行，就形成固定的诗题。今考现存魏晋南北朝诗歌，题中标有"赋得"者共 110 多首，另外有的诗虽然不以"赋得"为名，实际上也还是赋得诗，如张正见《秋河曙耿耿》② 等，有的可能是独自写作时的练习之作，故不用赋得之名。这类以古人诗句为题的赋得诗，是最为典型的命题之作，要求诗人在古人诗句规定下扣题写作，竭力翻出新意，尽管其中也有佳作，但更多的往往是规摹前人，亦步亦趋，难以自出手眼。

第二类赋得诗以即目所见之事物为题，所赋之事物从自然万物到人工制品，巨细不拘，与齐梁盛行的咏物诗风气有密切关系③。如梁简文帝萧纲《赋得桥诗》《赋得白羽扇诗》、梁元帝萧绎《赋得竹诗》《赋得春荻诗》等，又如刘孝绰、刘孝威、徐摛、庾肩吾、庾信等均有此类诗。《梁书》卷五〇《王籍传》载，王籍"尝于沈约坐赋得《咏烛》，甚为约赏"④，可以想见这些诗酒宴会的常客集体创作和评赏的特点。前人的咏物诗往往是借物抒情，在情而不在物；而赋得咏物诗则往往以刻画物态精细入微取胜，更着重在描绘、刻画事物本身情态，其特点更类似赋体穷形

① 《四库全书总目》下册，第 1410 页。四库馆臣乃沿宋人王应麟之说，然古人亦有其他说法。冯惟讷《古诗纪》卷一四六"杂体"引王应麟《困学纪闻》："梁元帝《赋得兰泽多芳草》诗，古诗为题见于此。"又谓："今按刘琨有《胡姬年十五》，沈约有《江蓠生幽渚》，皆在元帝前。"又，《古诗纪》卷四一刘琨诗《胡姬年十五》题下冯按："《乐府》作'晋刘琨'，《五言律祖》作'梁刘琨'。然晋未有律体，《律祖》或有考也。"此处冯惟讷认为《五言律祖》作"梁刘琨"的说法可能有根据，从《胡姬年十五》的平仄、押韵及对仗等方面看，可说是一首失粘的律诗，近于齐梁间永明体。由于此诗年代未经考定，而冯惟讷本人说法不一，为慎重起见，我们未采冯惟讷之说法。引文分别见《文津阁四库全书》集部总集类第 461 册，商务印书馆 2005年影印版，第 396、109 页。

② 出自谢朓《暂使下都夜发新林至京邑赠西府同僚诗》"秋河曙耿耿"。

③ 赋得形态与咏物诗、公宴诗之盛都是密切相关的。从南齐永明年间起，咏物诗大兴。今存咏物诗最多的是沈约、谢朓、王融、范云、萧衍，可以看出，竟陵八友是咏物诗积极创作者。当时许多咏物诗就是上流社会聚会、公宴活动的产物。可参见刘跃进《永明诗歌平议》，载《文学评论》1992 年第 6 期，第 87 页。

④ 《梁书》第 3 册，第 713 页。

尽相的"体物"，而少了诗歌"缘情"的创作冲动。赋得诗的集体创作形式和宫廷馆阁生活的视野限制，更加突出它这方面的特征。裴子野《雕虫论》曾批评宋齐诗风"深心主卉木，远致极风云，其兴浮，其志弱"[1]，这用来评价齐梁赋得诗也是切中肯綮的。

赋得诗中也有送别诗类，如张正见《别韦谅赋得江湖泛别舟诗》、王胄《赋得雁送别周员外戍岭表诗》；有的应该是友人唱和之作；除了古人诗句外，也包括古歌谣、古人事迹（如周弘直《赋得荆轲诗》）等。在赋得诗的诗题中，保存了不少古人的诗句，有的今已不存，可作为文献辑佚与诗史研究之用。

俞樾《茶香室丛钞》四钞卷一三"古人分韵法"条云：

> 《困学纪闻》云："梁元帝《赋得兰泽多芳草》诗，古诗为题见于此。"至今场屋中犹循用之。然所谓"赋得"之义，多习焉而不察，今乃知亦赋予之赋。盖当时以古人诗句分赋众人，使以此为题也。《江总集》中有《赋得谒帝承明庐》《赋得携手上河梁》《赋得汎汎水中凫》《赋得三五明月满》等诗，并是此义。题非一题，人非一人，而己所得此句也，故曰"赋得"。今场屋中诗通场共一题，而亦袭其名，误矣。[2]

俞樾强调六朝的"赋得"形态特点是"以古人诗句分赋众人"，"题非一题，人非一人"，与同题共作不同。赋得诗对后来的科举考试诗体的影响也很值得注意，唐代考官以古人诗句或者各种事物为题，令考生作五言排律六韵或八韵，称为"试帖"或"试律"，题目也常常用"赋得"，但与六朝的"题非一题，人非一人"的情况不太一样，因为同题共作的考试更容易比较出优劣来。唐代以后，试帖诗成为科举诗体之一种。其中也出现过一些佳作，比如为人熟知的钱起《湘灵鼓瑟》就是一例。很明显，试帖诗继承了齐梁以来的赋得诗传统，而且在扣题、铺写等诗体结构方面更加谨慎细密，逐渐成为一种考试诗体的格式。不单是"诗可以群"，而且成为朝廷权衡高下、选拔人才的程序。

---

[1] 《全梁文》卷五三，见《全上古三代秦汉三国六朝文》第4册，第3262页。

[2] 《茶香室丛钞》卷一三，第4册，第1679页。

顾炎武《日知录》卷二一"诗题"条云："唐人以诗取士，始有命题分韵之法，而诗学衰矣。"① 袁枚《随园诗话》卷七也批评道："至唐人有五言八韵之试帖，限以格律，而性情愈远。且有'赋得'等名目，以诗为诗，犹之以水洗水，更无意味。从此，诗之道每况愈下矣。"② 实际上，这种赋得诗源于齐梁，而且后来还出现限韵之作，如庾肩吾《暮游山水应令赋得碛字诗》，就与分韵相关，陈后主集中最多此种赋得诗，只是唐代试帖诗诗体形式要求更趋严格罢了。顾炎武还认为："古人之诗，有诗而后有题。今人之诗，有题而后有诗。有诗而后有题者，其诗本乎情。有题而后有诗者，其诗徇乎物。"③ 持相似看法的人不在少数。诗歌命题在古诗发展过程中的意义和影响有其特别之处，而赋得诗突出的命题特征更值得注意，其诗题本身和作品数量之多就已经很好地体现出"诗可以群"的创作方式和特点。

## 五

联句诗④，即由两人或多人共作一诗，联结成篇，是比较典型地体现出诗歌创作集体性的形态。在大量的联句诗出现之前，联句这种创作形态早已出现。如《大言赋》与《小言赋》相传为楚襄王、唐勒、景差、宋玉共造，性质就近于联句诗⑤。传统文体学史家认为，联句诗始于《柏梁台诗》⑥。如刘勰《文心雕龙·明诗》谓："联句共韵，则《柏梁》馀

---

① 〔清〕顾炎武著，〔清〕黄汝成集释，栾保群、吕宗力校点：《日知录集释》中册，上海古籍出版社 2006 年版，第 1170 页。

② 〔清〕袁枚：《随园诗话》上册，人民文学出版社 1982 年版，第 228 页。

③ 《日知录集释》中册，第 1171 页。

④ 联句，又称"连句"。〔清〕赵翼《瓯北诗话》卷三自注："六朝以前谓之'连句'见《梁书》及《南史》。"人民文学出版社 1963 年版，第 31 页。

⑤ 虽然两赋的年代可存疑，不过比起真正可靠的联句诗来，恐怕还是要早些。

⑥ 袁枚《随园诗话》卷七则以为联句的起源更早："联句始《式微》，刘向《列女传》谓：《毛诗》'泥中'、'中露'，卫二邑名。《式微》之诗，二人同作，是联句之始。"见《随园诗话》上册，第 226 页。按：《式微》为《国风·邶风》，二章八句，其诗旨众说不一。《诗序》谓："《式微》，黎侯寓于卫，其臣劝以归也。"袁枚的这种说法正如王士禛《带经堂诗话》卷一所评论的，"此说甚新，然不知有据依否"，恐怕推测成分太多而未有实证。见〔清〕王士禛著，〔清〕张宗枏纂集，戴鸿森校点《带经堂诗话》上册，人民文学出版社 1963 年版，第 30 页。

制。"① 据说汉元封三年（−108年），柏梁台上君臣聚会，先是皇帝作一句七言诗，然后由亲王、丞相、大将军等按职位高低依次各续一句，且共用一韵。此诗后人多有怀疑，因诗中所言的"大鸿胪""大司农""执金吾""京兆尹"等官职，元封三年尚无。而梁孝王乃汉文帝之子，元封三年前已去世，不可能参与作诗②。然此诗见于《东方朔别传》，纵是伪作，其时代也是比较早的。挚虞《文章流别志论》已提到此诗，而且现存文献中还没有比它更早的联句形式，所以此诗在文体研究上还是非常重要的③。游国恩先生认为，《柏梁诗》的年代大抵不能早于魏晋之世。"在联句诗体发生以前，应该经过一个阶段，这便是建安时代的同题共咏。"他举例说明：王粲、应玚、阮瑀都有《公宴诗》，曹植、王粲、阮瑀都有《七哀诗》，曹植、应玚、刘桢都有《斗鸡诗》，魏文帝、徐幹都有《见挽船士新婚与妻别诗》等，而同题共咏并不限于诗，作赋也如此。"这些同题共咏的诗赋便是联句的先声。经过这一阶段，联句的风气才渐渐地盛起来。"④ 无论如何，联句与同题共咏处于相近的文学史背景，这就是注重诗歌创作的集体性形态。

联句诗盛于六朝。较早的成熟的联句形态是晋朝贾充《与妻李夫人联句》⑤。此联句为一人两句，押韵则比较自由。这种联句正好表现夫妻之间的情感与夫唱妇随的家庭情景。联句作诗并无定式，或一人一句一韵，或一人两句一韵乃至两句以上者，依次而下，联成一篇，后来较多的是一人出上句，继者须对成一联，再出上句，轮流相续，最后结篇。《文体明辨》说：

> 按联句诗起自《柏梁》人各一句，集以成篇。其后宋孝武《华林曲水》，梁武帝《清暑殿》，唐中宗《内殿》诸诗，皆与汉同。唯魏《悬瓠方丈竹堂宴飨》，则人各二句，稍变前体。自兹以还，体遂不一：有人各四句者，如《陶靖节集》所载是也。有人各一联者，

---

① 《文心雕龙义证》卷二，上册，第215页。
② 参考《日知录》卷二一"柏梁台诗"条，见《日知录集释》中册，第1192～1194页。
③ 关于《柏梁诗》的真伪与时代问题的争论，详见刘跃进《中古文学文献学》第5章第4节，江苏古籍出版社1997年版，第277页。
④ 《柏梁台诗考证》，见游国恩《游国恩学术论文集》，中华书局1989年版，第369页。
⑤ 《先秦汉魏晋南北朝诗》晋诗卷二，上册，第587页。

吴承学自选集

WU CHENGXUE ZIXUANJI

如杜甫与李之芳及其甥宇文彧所作是也。有先出一句，次者对之，就出一句，前人复对之者，如《韩昌黎集》所载《城南诗》是也。①

晋宋时代不少人作诗用联句，与柏梁体不同的是，大抵为一人作四句，并有较完整的意思。王士禛《带经堂诗话》卷一《体制类》云："联句有人各赋四句，分之自成绝句，合之仍为一篇。谢朓、范云、何逊、江革辈多有此体。"② 这种联句颇近于后来的绝句，所以有些学者曾以此为后来五言绝句所从出。如陶潜诸人咏雁《联句》：

> 鸣雁乘风飞，去去当何极。念彼穷居士，如何不叹息。（渊明）
> 虽欲腾九万，扶摇竟何力。远招王子乔，云驾庶可饬。（愔之）
> 顾侣正徘徊，离离翔天侧。霜露岂不切，徒爱双飞翼。（循之）
> 高柯擢条干，远眺同天色。思绝庆未看，徒使生迷惑。（渊明）③

此联句在形式上和柏梁体有较大不同，一是以五言而不是以七言联句，这是受当时五言兴盛之影响；另外采用隔句相押方式，而不是像柏梁体那样，一人一句，句句入韵。

梁代何逊喜作联句诗，现存联句诗10多首，其中《拟古三首联句》，数人同时以拟古诗的方式来联句，颇有新意："家本青山下，好上青山上。青山不可上，一上一惆怅。"（何逊）"匣中一明镜，好鉴明镜光。明镜不可鉴，一鉴一情伤。"（范云）"少知雅琴曲，好听雅琴声。雅琴不可听，一听一沾缨。"（刘孝绰）④ 数首联句之间，结构相同，重复咏叹，婉转回环，颇有乐府风韵，在联句诗中自成一格，形态上似为后代一些文人酒令或文字游戏之源，然其情调高雅，不涉佻薄。

江革《赠何记室联句不成诗》："龙鳞无复彩，凤翅于兹铩。畴昔似翩翩，今辰何乙乙。"何逊《答江革联句不成》诗云："日余乏文干，逢

---

① 〔明〕徐师曾：《文体明辨》卷一六，见《四库全书存目丛书》集部第311册，齐鲁书社1997年版，第124～125页。

② 《带经堂诗话》，上册，第31页。

③ 《先秦汉魏晋南北朝诗》晋诗卷一七，中册，第1013～1014页。

④ 《先秦汉魏晋南北朝诗》梁诗卷九，中册，第1710页。《诗纪》卷八四以此为题，而其本集则题为《拟古三首》。

君善草札。工拙既不同，神气何由拔。"① 这两首诗反映出当时文人对联句的态度和看法，正如徐师曾所说的，联句创作"必其人意气相投，笔力相称，然后能为之"②。一方面，诗人们往往以联句形式表达彼此之间相契相知、意气相投的友情；另一方面，在联句创作中，因为诗人们有相同的创作背景，面临相同的形式要求，所以比起其他形式的诗歌创作，在评价诗人方面更具可比度，于是联句也就顺理成章地成为文人之间自觉或不自觉的"友谊比赛"。

六朝的联句与唱和关系非常密切，许多联句都包含着唱和的意味。有些在特别的情形下的联句，往往包含着自然流露的强烈感情。《宋书》卷四四《谢晦传》载，谢晦叛乱被诛，从子谢世基坐从，谢世基"临死为连句诗曰：'伟哉横海鳞，壮矣垂天翼。一旦失风水，翻为蝼蚁食。'晦续之曰：'功遂侔昔人，保退无智力。既涉太行险，斯路信难陟。'"③。又如，《南史》卷五三《萧纪传》载，梁武帝第八子武陵王萧纪在蜀地僭立为梁王，梁元帝萧绎下萧纪之子萧圆正于狱，并派兵西征，有感于兄弟相残，元帝赋诗一首："回首望荆门，惊浪且雷奔。四鸟嗟长别，三声悲夜猿。"萧圆正"在狱中连句"曰："水长二江急，云生三峡昏。愿赏淮南罪，思报阜陵恩。"④ 据说梁元帝"看诗而泣"，正因为萧圆正的联句也是饱含悔罪之情的和诗，才如此牵动梁元帝的情怀。

谢朓是联句诗的热心创作者，现存 7 篇联句诗⑤。其中一篇《阻雪连句遥赠和》就是相当有特点的联句唱和之作。此联句为谢朓、江革、王融、王僧孺、谢昊、刘绘、沈约七人同作，而每人所作，近乎一首绝句，且同用一韵。题目谓之"遥赠和"，可见不是诗人们在一时一地之作，而是各地诗人以联句形式的唱和，这是联句诗的新体式。谢朓其他 6 首联句的形式也是每人四句，其内容也是描写风景的，由谢朓诗可窥见当时联句风气之一斑。

① 二诗均收入《先秦汉魏晋南北朝诗》梁诗卷九，中册，第 1716 页。
② 《文体明辨》卷一六，见《四库全书存目丛书》集部第 311 册，第 125 页。
③ 〔南朝梁〕沈约：《宋书》第 5 册，中华书局 1974 年版，第 1361 页。
④ 《南史》第 5 册，第 1331 页。
⑤ 《先秦汉魏晋南北朝诗》齐诗卷四，中册，第 1455～1457 页。

# 六

每个时代文学思潮的表现是多样的，见诸文字的理论如专论、序跋等，容易为人所注意和认可；但是许多司空见惯而又习焉不察的事物或现象，有时反而可能更真切地反映人们深层的思想观念。文体创作形态就是如此。文体形态是人类感受世界、把握世界、阐释世界的方式之一，它们是历史的产物，积淀着深厚的文化意蕴。当特定的文体形态与群体的感受方式和时代精神相对应时，才得到普遍的接受。这正是某些文体形态在特定时代兴盛的基础。魏晋南北朝时期文坛上，兴起一些创作形态，这些创作形态往往又是交织而兼用的。虽然，有些创作形态早在魏晋以前就出现，但是直至魏晋南北朝才形成风行的局面。这是值得特别注意的现象。因为这些创作形态从总体上呈现一种当时诗坛上带共性的审美趣味：它们都体现出诗歌创作上注重集体性、功利性与交际功能的倾向，这反映了与当时人们所公开标榜的文学理论迥然不同的趣味。

东汉以后，儒学衰微，玄学振起，通常人们认为，魏晋南北朝文学倾向是注重个性化与审美，但这仅是一个方面；另一方面，魏晋南北朝实际的文学创作中所反映出来的注重集体性、实用性与交际功能的观念，也是不可忽视、无法回避的。然而这种观念往往为人所忽略，而忽略这一点，对魏晋南北朝文学思潮风貌的掌握就可能是不完整的。

魏晋南北朝文坛与儒学传统之关系，是一个值得研究的复杂论题。固然魏晋南北朝时期的文学创作，对强调文学为政治教化服务的儒学文艺观有所突破，但在深层方面，仍然受到儒学的巨大影响，甚至对儒家文艺观有所发挥，比如他们在创作形态上，比起前代都更充分地体现和发挥儒家"诗可以群"的美学观念。

孔子曾说："诗可以兴，可以观，可以群，可以怨。"（《论语·阳货》）① 所谓"群"，何晏《集解》引孔安国的话说是"群居相切磋"②，朱熹《四书集注》说是"和而不流"③，"诗可以群"就是指人们可以用

---

① 《论语注疏》卷一七，见《十三经注疏》下册，第 2525 页。
② 《论语注疏》卷一七，见《十三经注疏》下册，第 2525 页。
③ 〔宋〕朱熹：《论语集注》卷九，见《四书章句集注》，中华书局 1983 年版，第 178 页。

诗歌来交流、沟通思想感情，起到协和群体的作用。在孔子的理论体系中，"群"的思想占有相当重要的地位。孔子主张君子要"群而不党"①，不主张个人离群索居。《论语·微子》中说："鸟兽不可与同群，吾非斯人之徒与而谁与？"② 他非常强调人的社会性、集体性，强调人只有生活于社会伦理关系之中才能生存和发展，因此人必须结成群体共同生活，个人的意志需求应该建立在社会群体的情感、社会责任、社会行为的基础上，个体与群体和谐相处，协作团结，在儒家的理论体系中，人具有互相依存的社会性。子夏曰："四海之内皆兄弟也。"③ 儒学建构以仁为核心，以血缘亲情关系推衍到社会集体乃至民族国家的思想体系。这是一种比较积极的人生态度和入世精神，表现出对人生、社会和集体的关注和积极的参与精神。儒家伦理学并不忽视个人价值，但相较而言，更重群体，这正是与道家那种高扬个性而超然物外、隐遁山林、逃避人生的态度绝不相同的。所以，"诗可以群"反映出儒家对于文学艺术的某种需求，就是通过文学艺术而达到上下和悦、互相仁爱、协作团结的目的，这是儒家所提倡的"仁者爱人"即真诚互爱的仁爱精神在美学上的反映和要求。

儒学的地位在魏晋南北朝虽然不及汉代，但是儒学的一些内在精神在人们的观念中仍处于统治地位。尽管魏晋南北朝文学批评很少直接和系统地阐发儒学"诗可以群"的诗学思想，但是在创作上却比以往任何时候都更热衷于实践和发展这种观念。同气相求、以文会友是古代儒家标榜的伦理传统。《易·兑》谓："君子以朋友讲习。"④《小雅·伐木》谓："嘤其鸣矣，求其友声。"⑤《论语·颜渊》谓："曾子曰：'君子以文会友，以友辅仁。'"⑥ 魏晋以后，文人在社会生活中交往更为广泛而频繁，社会交际变得越来越重要，诗歌创作在注重个人"吟咏情性"的抒情功能的同时，其诗歌创作的集体性、功利性与交际功能越来越受到重视，上述所涉及的种种文学形态正反映这种文学倾向与文学观念。

---

① 《论语注疏》卷一五《卫灵公》，见《十三经注疏》下册，第2518页。
② 《论语注疏》卷一八，见《十三经注疏》下册，第2529页。
③ 《论语注疏》卷一二《颜渊》，见《十三经注疏》下册，第2503页。
④ 〔三国魏〕王弼、〔东晋〕韩康伯注，〔唐〕孔颖达疏：《周易正义》卷六，见《十三经注疏》上册，第69页。
⑤ 《毛诗正义》卷九，见《十三经注疏》上册，第410页。
⑥ 《论语注疏》卷一二，见《十三经注疏》下册，第2505页。

在魏晋南北朝这种注重文学的集体性、功利性与交际功能的风气之中，统治者对这种风气起了推波助澜的作用。魏晋南北朝的许多统治者都喜爱文艺，他们积极参与文学创作，并对其内容与形式起着导向作用。六朝的许多诗歌创作活动是在君主与权贵的主持下进行的，一些诗人的创作则是奉君主与权贵之命而作的。虽然，在魏晋南北朝主张诗歌为政治教化服务的理论声音较前弱化，但是却开始出现统治者占据文学话语权的趋势，出现了遵命文学的趋势。

"诗可以群"的意义与作用是双向的。在魏晋南北朝时期，由于文学观念的自觉，诗歌创作的地位提高，诗歌既成为抒发个人性灵的工具，也开始成为公共社会关系的润滑剂。魏晋南北朝文人对于这种创作的集体性、功利性与交际功能的追求已形成一种风气，诗人一方面固然可以利用这些形态，表达出亲情、友情、同僚之情以及君臣之情，同时诗坛也就不可避免地出现大量歌功颂德、附庸风雅的低劣诗篇，产生大量遵命而作、为文造情甚至重复雷同的无聊作品。自此之后，诗歌既可能成为个人性灵的雅品，也可能沦为应酬交际的俗物。

但是无论如何，"诗可以群"这种注重创作集体性、功利性与交际功能的倾向是诗歌创作走向普及与繁荣的巨大驱动力之一。也许还可以说，"诗可以群"也是中国古代文学所固有的民族特色之一。

（原载《中国社会科学》2001 年第 5 期，与何志军合作）

# 《过秦论》： 一个文学经典的形成

　　文学经典形成过程的研究是中国文学批评研究的一个新领域。我们现有的批评史主要是对于批评家独创性与理论个性的研究，可以说是个体批评家及其著作的研究集成。这些固然有意义，但是除此之外，还有一种非个人的文学理念，代表集体性的审美理想。经典的形成就是这样一种集体审美趣味的合成，是理论家与一般读者所共同创造的，反映出社会公众心理与需求的共性方面。

　　"经典"的概念最早是在尊经重儒的汉代产生的①。"经"在汉代主要指地位最高的儒家著作；"典"就是典籍。"经""典"二字合而言之，指地位至高、具有代表性和指导意义的著作。这个概念后来逐渐被引申到文化艺术领域中，又和典范的概念相结合，成为一种创作范式和标准。艺术经典有崇高的地位与广泛影响，而且为社会所共有，其地位和价值都得到世人的普遍认同。

　　经典是对文本的价值评价，其形成过程是相当复杂的，而且经典的地位也是动态的。有些作品曾被认为是经典，后来又被推翻；有些不为当时所重的作品，却被后代"追认"为经典；还有些经典能自始至终都保持其崇高地位，成为历代读者所公认的经典之作。本文所研究的经典个案——贾谊的《过秦论》②——就是历代公认的经典。《过秦论》的经典

---

① "经典"一词最早出现在《汉书》卷七七《孙宝传》。
② 《过秦论》的篇名与分篇历来众说纷纭，章学诚《文史通义·诗教下》："贾谊《过秦》，盖《贾子》之篇目也。（原注：今传《贾氏新书》，首列《过秦》上下二篇，引为后人辑定，不足为据。《汉志》：《贾谊》五十八篇，又赋七篇，此外别无论著，则《过秦》乃《贾子》篇目明矣。）因陆机《辨亡》之论，规仿《过秦》，遂援左思'著论准《过秦》'之说，而标体为'论'矣。"所以当时的篇名也未必就是现在我们所见到的"过秦论"，班固在《典引》中就称为《过秦篇》。现传贾谊《新书》各版本亦有两篇与三篇之别，分三篇者，各篇的先后次序也有所不同。《史记》在《秦始皇本纪》与《陈涉世家》中，割裂其原文用作赞语。而《汉书·陈胜项籍传》也引用了《过秦论》的部分文字，后来《文选》所收录的也并非其全文，这就更使得这个古文经典的原来面貌显得扑朔迷离了。宋代真德秀编选的《文章正宗》将其分为三篇，次序就与我们现在所常见的不同。《古文辞类纂》根据《史记》，重行编次定为上中下三篇。高步瀛《两汉文举要》按语说："《过秦》当依小司马《索隐》及贾谊《新书》潭州本作三篇是。上篇过始皇，中篇过二世，下篇过子婴，界画甚明。"参看孙钦善《贾谊〈过秦论〉分篇考》，载中华书局出版《文史》第3辑。

吴承学自选集

WU CHENGXUE ZIXUANJI

形成过程非常典型，它从产生之时起，两千多年以来差不多是毫无疑义的经典。从其形成的过程可以看出各个时代审美取向及其共通之处，也能够看到一个真正的经典之作需要具备何种要素。

## 一、从史学经典到文学经典

贾谊《过秦论》产生于汉初天下方定，百废待兴之时。文中讨论秦代的政治得失，为汉代提供政治借鉴，具有强烈的现实意义。《过秦论》产生于汉初总结秦朝政治悲剧的思潮中，"过秦"是当时社会的热门话题。钱锺书说："《史记·陆贾列传》汉高帝曰：'试为我著秦所以亡失天下'；'过秦''剧秦'遂为西汉政论中老生常谈。严氏（指严可均）所录，即有贾山《至言》、晁错《贤良文学对策》、严安《上书言世务》、吾丘寿王《骠骑论功论》、刘向《谏营昌陵疏》等，不一而足。贾生《过秦》三论外，尚复《上疏陈政事》，戒秦之失。汉之于秦，所谓'殷鉴不远，在夏后氏之世'也。"[①] 钱先生所举的贾山《至言》和刘向《谏营昌陵疏》等文也都是西汉的古文名篇，但以秦为鉴的文章，就其影响而言，仍要以《过秦论》为首选。

贾谊此文受到后世的如此青睐，不仅因其文章本身价值，也与它被推为经典史论有关。《过秦论》的经典之旅始于汉代的史学界，最早受到汉代史学家的重视。《史记》一般以"太史公曰"为表达自己历史观的史论模式，但在《秦始皇本纪》与《陈涉世家》两篇却取贾谊《过秦论》为"赞"文，以《过秦论》为论秦朝正宗的经典评价。班固不仅在《汉书》中引用了《过秦论》为史论，更对贾谊"屡抗其疏，暴秦之戒，三代是据"（《汉书》卷一百下叙传第七十下）的言论大加称述。可见在有汉一代，贾谊《过秦论》的经典地位就已经基本确立了。

这是因为其内容具有强烈的时代特色，在历史的分析与判断方面，具有重要的史论价值。如刘向所说："贾谊言三代与秦治乱之意，其论甚美，通达国体，虽古之伊、管未能远过也。"（《汉书·贾谊传赞》引）这也符合贾谊创作《过秦论》的本意。它本是政论性实用性很强的文章，

---

① 钱锺书：《管锥编》第三册全汉文卷一六"贾谊《过秦论》"条，中华书局1979年版，第891页。

文学性并不是它所追求的首要目标。到了三国时代，曹丕仍说："余观贾谊《过秦论》发周秦之得失，通古今之制义，洽以三代之风，润以圣人之化，斯可谓作者矣。"① 可见贾谊之被称为"作者"，仍然是因为他在《过秦论》中的史学观点和政治见解受到重视之故。

　　中国最早的经典是汉代经学思潮中推尊的先秦儒家原典。儒家六经中尽管也有文学性著作，如《诗经》，但并不是从文学角度去认识的。在汉代，人们所认可的文学经典主要是诗赋，如刘向、刘歆的《七略》中的"诗赋略"。文章则含在"诸子"之中，所以后来目录学家说，当时的子书就是后来的集部。汉代的"尊经重儒"不仅在思想上确立了一种权威的统治，实际上也给人们树立了一种尊崇权威的观念。因而在汉代也树立了尊崇经典的意识。贾谊的《过秦论》无疑是这种意识的最早受益者之一。如果说经典只是对权威的尊崇，仍停留在初步的接受层面的话，那么典范的确立则是以经典作为范式，进一步指导创作实践。这常常表现在后世对经典作品的模仿和拟作上。经典往往是文学创作模拟的选择对象。大概自晋代开始，模拟前人经典的创作风气已经很盛行了。《过秦论》也成了被模拟的对象之一。宋人陈师道说："贾谊之《过秦》，以谕汉也；陆机之《辨亡》以警晋也，有经世之心焉。"（《后山集》卷二二）陆机《辩亡论》在篇章结构与思路上模拟《过秦论》，论述吴国之所以兴亡，先极写魏国的声势，然后写吴国轻易地战胜魏国，又写孙权时代之盛况，转写孙皓时代之衰亡，文章写出吴国从弱胜强，到由强趋衰的历史，指出兴国之道在于任用贤才，而亡国之源在于所用非人。所谓"有经世之心"，就是说陆机对《过秦论》的模拟并不单单是文学层面上的简单效法而已，其实也是包含了对其政治思想和历史见解方面的学习在内的②。不过历来批评大致认为陆作不如贾作。《文心雕龙·论说》："陆机《辨亡》效《过秦》而不及，然亦美矣。"虽然肯定陆机的《辨亡论》的文学成就，但认为不及《过秦论》。除陆机的《辨亡论》之外，当时的其他作品也可能受到《过秦论》的影响。明代方岳贡曾评《过秦论》："此文迂回层折，以盛衰之势相形，干宝《晋论》大概规仿此。"（《历代古文国玮

---

① 《太平御览》卷五百九十五文部十一"论"条引《典论》。
② 后代也有模拟《过秦论》之作，如北宋王令著有《过唐论》（《广陵先生集》卷十五）即套用贾谊之题。

集·西汉国玮集》卷之三）认为干宝的《晋论》模拟《过秦论》。

从时代风气来看，魏晋时期人们开始以审美的视角来看待前代的作品，包括对《过秦论》这样的史论政论经典，都开始从其文采、形式等方面重新认识。吴国大臣阚泽甚至还利用《过秦论》的文学价值来带动对其政论价值的关注："孙权尝问：书传篇赋何者为美？泽欲讽谕以明治乱，因对：贾谊《过秦论》极美。权览读焉。"（《太平御览》卷二四四引《吴志》）我们注意到阚泽推荐《过秦论》为"最美"（文采与词藻）之文章，是为了"欲讽谕以明治乱"。这是将其内容的深刻性与文学性相联系，可以说是利用文学来为政教服务。

以《过秦论》作为论说文的经典，这种观念在晋代已经开始了。左思《咏史诗》"著论准《过秦》，作赋拟《子虚》"就是以《过秦论》为著论的极则，正如司马相如《子虚赋》在赋中的地位。此处是把《过秦》与《子虚赋》当作文人文学才华的代表。所以到了晋代，《过秦》已逐渐走向文学经典的宝座。

南朝宋范晔作为一个史学家却用文学眼光来看待《过秦论》："吾杂传论，皆有精意深旨，既有裁味，故约其词句。至于《循吏》以下及六夷诸序论，笔势纵放，实天下之奇作，其中合者，往往不减《过秦》篇。"（《狱中与诸甥侄书》）他虽然仍是谈史学的作品，但却是从文学的角度，以《过秦论》作为比较对象，赞美自己的文章。"笔势纵放，实天下之奇作"正是自己作品和《过秦论》共有的特色，这也是比较早对于《过秦论》艺术特色的总结。

与《过秦论》的文学地位提高相应，贾谊的文学才华也倍受六朝的文人看重，比如在《文心雕龙》中就几次提到了他的才情："英华出于情性，贾生俊发，则文洁而体清。"（《体性》）"贾谊才颖，陵轶飞兔，议惬而赋清，岂虚至哉？"（《才略》）可以说六朝时候对《过秦论》的艺术特色和作者贾谊文学才华的认同是相辅相成的。其实无论是由于史论价值还是由于其文学价值，《过秦论》的经典地位在六朝时已经非常稳固地确立下来了，甚至成了儿童早期教育的内容之一。南朝的刘显"幼而聪敏，六岁能诵吕相《绝秦》、贾谊《过秦》。琅邪王思远、吴国张融见而称之。号曰'神童'"①。六岁的小孩就已经能诵读《过秦论》这样的文章，看

① 〔唐〕李延寿：《南史》卷五十列传第四十《刘瓛传》附族子显传。

来还是父辈的有意教导吧。这也可以看出《过秦论》已经成为当时文人倡导的基本读物。

真正确定《过秦论》文学经典地位的首要功绩当推梁代萧统《文选》。《文选》首次在集部中选入《过秦论》，作为"论"体之首篇，这是使其从史学经典之后又成为文章经典的关键与标志。《文选》选文是依照很严格的文章标准："若贤人之美辞，忠臣之抗直，谋夫之话，辨士之端"，尽管"事美一时，语流千载"，但是却"旁出子史"，所以"亦所不取"。"至于记事之史，系年之书，所以褒贬是非，纪别异同，方之篇翰，亦已不同。若其赞论之综辑辞采，序述之错比文华，事出于沉思，义归乎翰藻，故与夫篇什，杂而集之。"（《昭明文选序》）就《过秦论》本身的内容而论，正是"谋夫之话，辨士之端"，而其流传也确实是"旁出子史"。萧统之所以仍然把它收入《文选》，正是符合其综辑辞采，错比文华，"事出于沉思，义归乎翰藻"的标准。进入《文选》这样一部具有长久影响力的文学作品总集，更意味着《过秦论》的文学价值已经得到了普遍的认同。

《文选》是唐代科举考试的必读书，所以《过秦论》必然对唐代的文人产生广泛的影响。唐代的史学家刘知几就不止一次地在《史通》中提到《过秦论》："自六义不作，文章生焉。若韦孟讽谏之诗，扬雄出师之颂，马卿之书封禅，贾谊之论过秦，诸如此文，皆施纪传。……夫能使史体如是，庶几《春秋》《尚书》之道备矣。"（"载言第三"）这是从史书著录的角度来谈的，但另一方面他又把《过秦论》作为文学经典来看待："至如诗有韦孟《讽谏》，赋有赵壹《嫉邪》，篇则贾谊《过秦》，论则班彪《王命》，张华述箴于女史，张载题铭于剑阁，诸葛表主以出师，王昶书家以诫子，刘向谷永之上疏，晁错李固之对策，荀伯子之弹文，山巨源之启事，此皆言成轨则，为世龟镜。求诸历代，往往而有。苟书之竹帛，持以不刊，则其文可与三代同风，其事可与五经齐列，古犹今也，何远近之有哉？"（"载文第十六"）所谓"言成轨则，为世龟镜"，"其文可与三代同风，其事可与五经齐列"正是对其经典地位的表述。

从魏晋时代开始，就出现了专供文人写作检索资料用的工具书——类书。现在所能见到的唐代类书已经收录了《过秦论》。如《艺文类聚》卷十一"帝王部一""总载帝王"引《过秦论》至"攻守之势异也"。类书作为文人创作常用的工具书，收录的词条基本都应该是当时文章写作所

吴承学自选集

WU CHENGXUE ZIXUANJI

176

必备的词章典故。在类书中收入了《过秦论》意味着它已经成为文人写作必不可少的参考文献了。所以在唐代文人的创作中，大量出现以《过秦论》为象征的意象。徐彦伯的《登长城赋》中写道："徐乐则燕北书生，开伟词而喻汉。贾谊则洛阳才子，飞雄论以过秦。"（《文苑英华》卷四五）还有文人的自谦之辞也说："某年将逾谊，才不及宏。论乏《过秦》，诗殊《咏史》。"（《文苑英华》卷六六四顾云《投陆侍御启》）在这里，《过秦论》代表了一种文人追求的文章理想和创作的价值标准。

宋代的《太平御览》等类书也收入了很多《过秦论》的文字，如卷三二〇兵部五十一"拒守"条就有："贾谊《过秦论》曰：'有囊括四海之意，并吞八荒之心。当是时商君佐之。内立法度，务耕织，修守战之备；外连衡而斗诸侯。'又曰：'然后践华为城，因河为池，据亿丈之城，临不测之溪，以为固。良将劲弩守要害之处，信臣精卒陈利兵而谁何。'"把这段文字作为拒守的经典描述，可见其丰富的内容具有多方面的价值。

## 二、古文经典与文人怀抱

从唐初开始，倡导复古的理论家和文学家就已经看到了思想内容深刻而又文采斐然的贾谊文章的重要性。初唐的卢藏用曾评述历代文学："孔子殁而骚人作，于是婉丽浮侈之法行焉。汉兴二百年，贾谊、马迁为之杰，宪章礼乐，有老成人之风。"（《陈氏集序》，《文苑英华》卷七百）以贾谊和司马迁为汉代文章的杰出代表。唐代中期的萧颖士在评论历代文学时，也"以为《六经》之后，有屈原、宋玉，文甚雄壮而不能经，厥后有贾谊，文词最正，近于理体"（李华《扬州功曹萧颖士文集序》，《文苑英华》卷七百一），他更是把贾谊誉为上接《六经》的文章代表。独孤及也积极推崇贾谊的文章。据说他"每申之以话言，必先道德而后文学。且曰：'后世虽有作者，六籍其不可及已。荀孟朴而少文，屈宋华而无根。有以取正，其贾生、史迁、班孟坚云尔。吾子可与共学庶乎成名。'"（梁肃《常州刺史独孤及集后序》，《文苑英华》卷七百三）。既然是"先道德而后文学"，那么独孤及所"取正"的贾谊之文必然是符合这个要求的了。在他看来，贾谊文章甚至有超越儒家圣贤荀子、孟子和诗赋之祖屈原、宋玉之处，正在于其文章朴而有文、华而有根，也就是说其思想性和文学性和谐统一，所以得到古文作家的大力推崇。这样，贾谊就以其在古文谱系中的重要地位而成为西汉文章的代表，而贾谊代表作《过秦论》在唐代以后也自然成了古文的经典。

唐代的古文学家之所以推崇贾谊，是认为他代表了古文与古道的完美结合，这也正是他们的理想。柳冕说："至若荀、孟、贾生，明先王之道，尽天人之际，意不在文而文自随之，此真君子之文也。"（《谢杜相公论房杜二相书》，《唐文粹》卷七九）他还说："文而知道，二者兼难，兼之者大君子之事。上之尧、舜、周、孔也，次之游、夏、荀、孟也，下之贾生、董仲舒也。"（《答徐州张尚书论文武书》，《唐文粹》卷八四）另外，出于对六朝浮靡文风的反拨，唐代的文人对文章的经世致用价值更为重视了，贾谊文章自然也在此范围中。如著名政论家陆贽"尝读贾谊书，观其经制人文，铺陈帝业，术亦至矣"（权德舆《翰苑集原序》）。对贾谊文章的风格也取其所长："唐宰相陆贽才本王佐，学为帝师。论深切于事情，言不离于道德。智如子房，而文则过辩如贾谊。"（《东坡全集》卷六四《乞校正陆贽奏议上进札子》）可以说贾谊文章内容的政论价值再次巩固了其经典地位，也正是由此而能在古文运动中砥柱中流。

宋人继承唐人的看法，把《过秦论》纳入其新建构的古文谱系中。苏辙在谈到汉初散文的时候说："其后贾谊、董仲舒相继而起，则西汉之文，后世莫能仿佛。盖孔氏之遗烈，其所及者如此。"（《栾城后集》卷二三《欧阳文忠公神道碑》）他是将欧阳修这样的宋代古文家与两汉散文的传统联系起来，把贾谊等人的文章视为古文的巅峰之作。王十朋也将贾谊的《过秦论》与班固、韩愈的文章相媲美，认为"真文中之杰"（《梅溪前集》卷十九）。这些评论不仅仅是对贾谊文章的推崇，而且把它放到一脉相承的古文传统中，确立了其经典古文的地位。

宋代以贾谊的文章作为古文传统中的经典传承之作主要有两个原因。一是到唐代韩愈提倡古文与古道之后，人们才重视古文与骈文的区别。宋代以后，古文地位取代了骈文的地位，古文文体占主流地位。另外还有比较实际的社会原因。宋代科举考试中"当时每试必有一论，较诸他文应用之处为多"（《四库全书总目》卷一八七《论学绳尺》提要），"论"体对于那些希望学而优则仕的文人士子来说十分重要。而宋人又认为《过秦论》是论体文中代表之作："《过秦》一论，议者以为书传之最善者。"（宋王之望《汉滨集》卷三"策问"条）所以《过秦论》几乎是宋代文人的必读书了。

吴承学自选集 WU CHENGXUE ZIXUANJI

欧阳修曾说："然观其用意，在于策论。此古人之所难工，是以不能无小阙。其救弊之说甚详，而革弊未之能至。见其弊而识其所以革之者，才识兼通，然后其文博辩。而深切中于时病，而不为空言。盖见其弊，必见其所以弊之因。若贾生论秦之失，而推古养太子之礼，此可谓知其本矣。然近世应科目文辞若此者盖寡，必欲其极致，则宜少加意。然后焕乎其不可御矣。文章系乎治乱之说未易谈，况乎愚昧恶能当此。"（《文忠集》卷六七《与黄校书论文章书》）作为宋代古文运动的领袖人物，欧阳修是从策论文体的角度来看待《过秦论》，并以此来评论今人的创作的。他点出了策论需要"救弊""革弊"，更要"见其所以弊之因"，也就是作者需要有洞察力。从这一点上来说，贾谊的《过秦论》正是以策问为试的宋代士子所要学习的典范。

金代著名文学家赵秉文也是从古文谱系的角度把贾谊奉为文章宗师的。他说"故为文当师六经、左丘明、庄周、太史公、贾谊、刘向、扬雄、韩愈"（《滏水集》卷十九《答李天英书》）。这很明显是把贾谊的文章抬到了与儒家经典同样的高度，以之为从儒家的经学到唐代的韩愈古文经典传统当中的重要一环。赵秉文在自己的创作中也有一些模拟《过秦论》文章立意与风格的作品。如《滏水集》卷十四《西汉论》开篇"汉高帝起布衣，取天下，当时比之逐鹿，幸而得之"等语就和《过秦论》开篇"秦孝公据崤函之固"一段文字十分相似。随着《过秦论》在古文谱系地位中的不断巩固，这种以之为古文典范来指导创作的倾向也一直在古文发展的潮流中得到不断延续。

到了明代，《过秦论》也对科举考试的文章有很大的帮助。明代杨慎说自己弱冠时"岁未习举子业，而好古文，每妄拟名贤之作。曾拟《吊古战场文》，叔父龙崖先生见而心异之，袖其稿以呈祖父。留耕翁召慎谓曰：吾孙信敏，然场屋何用此也？尔既好古文，何不拟贾谊《过秦论》乎？"（《升庵集》卷七〇《拟过秦》）唐代李华的《吊古战场文》是赋，于明代考试无益。而《过秦论》既是古文，却又对于科举考试有所帮助，学习《过秦论》可以说是一举两得。所以宋代以后，《过秦论》差不多成为众多古文选本的必选篇目。

《过秦论》既被后世文人奉为圭臬，其作者贾谊无疑也倍受推崇。在《过秦论》的经典之旅中，文章与作者的命运几乎是息息相关的。贾谊作为一个历史人物，他最初的形象是和屈原联系在一起的。《史记》卷一三

○《太史公自序》："作辞以讽谏，连类以争义。《离骚》有之，作《屈原贾生列传》第二十四。"司马迁把贾谊和屈原合为一传，相提并论，不仅是因为两人都有非凡的文学才华，在辞赋方面有着很深的造诣，可能也因为两个人怀才不遇的命运有相似之处。王充在《论衡·案书篇》中评论当时的文人："善才有浅深，无有古今。文有伪真，无有故新。广陵陈子回、颜方，今尚书郎班固、兰台令杨终、傅毅之徒，虽无篇章，赋、颂、记、奏，文辞斐炳。赋象屈原、贾生，奏象唐林、谷永，并比以观好，其美一也。"也以屈原和贾谊并列为辞赋的代表。这也是后来文学史上"屈贾"并称的出处。贾谊沦落不被重用的命运，也逐渐成为文人感慨的对象，不过这一类的感慨也是和他的辞赋作品相联系的。如陶渊明《读史述九章·屈贾》："嗟乎二贤，逢世多疑。候詹写志，感鹏献辞。"秉承这种传统，唐代出现了将贾谊个人命运与《过秦论》结合起来的新现象。于是，《过秦论》更成为一种文人议政忧时的意象。贾谊才华过人，有志于治国大业，最终却怀才不遇，郁郁而终，这种悲剧性的命运使《过秦论》多了一层悲壮的色彩，让历代文人产生一种深切的共鸣。王勃《滕王阁序》："嗟乎！时运不齐，命途多舛。冯唐易老，李广难封。屈贾谊于长沙，非无圣主，窜梁鸿于海曲，岂乏明时？"张九龄诗有："一闻《过秦论》，载怀空杼轴。"(《曲江集》卷二《和黄门卢监望秦始皇陵》)杜甫《久客》："去国哀王粲，伤时哭贾生。"(《杜诗详注》卷二二)孟郊《寄崔纯亮》诗云："唯余洛阳子，郁郁恨常多。时读《过秦篇》，为君涕滂沱。"(《孟东野诗集》卷七)

宋人也把《过秦论》作为创作的典范和评论的标准："少年豪纵志凌云，著论将期拟《过秦》"①"诗妙终联鼎，文高类《过秦》"②"客来谈笑无非楚，纸上文章近《过秦》"③"灵文陋《诅楚》，高论追《过秦》"④。尽管以上有些诗句是以"《过秦》"来称许他人的，但也说明《过秦论》在当时仍保持着崇高的经典地位，才会被宋人作为称许之辞来用。宋代的文人也同样对贾谊怀才不遇的命运表示同情。著名的古文运动

---

① 〔宋〕张嵲：《紫微集》卷七《遣兴》。
② 〔宋〕僧惠洪：《石门文字禅》卷九《闻资钦提举生辰》。
③ 〔宋〕李之仪：《姑溪居士前集》卷六《寄题子椿野轩》。
④ 〔宋〕饶节：《倚松诗集》卷一《襄室诗王立之为宗子求》。

领袖欧阳修撰专文《贾谊不至公卿论》来"痛贾生之不用",主要在为贾谊发感慨不平①。此后的文人大致如此。元代周霆震也同样对贾谊的遭遇表达了这种"文章憎命达"的意思:"投笔当年论《过秦》,贾生岂料谪居贫?非关绛灌轻相弃,自是才高反累人。"(《石初集》卷五《前诗子勤连和七章或病首句秦字难押援笔泛及故事不觉其言之长》)其实这些也不过是文人感慨自身的命运,借贾谊的酒杯来浇自己的块垒罢了。宋人不但延续唐人以《过秦论》代表文人才华与抱负的传统,而且更把它看作抒发文人幽愤与不平胸怀的象征,比如:"浇君胸中《过秦论》,斟酌古今来活国"②"山河若欲摅幽愤,盥手焚香读《过秦》"③。于是《过秦论》几乎已经成为一个寄托着文人的理想与怀抱的符号与象征了。不管历代的文人如何评论贾谊的命运,同情也好,惋惜也罢,或是因人而论文,或是由文而知人,都是把贾谊作为文人的一种典型,把他和他的文章与自己的命运遭际联系到一起。这种共鸣无疑在《过秦论》经典化的过程中产生了积极的推动作用。

### 三、受到质疑的史学经典

　　《过秦论》在宋代仍受到史学家的重视,如朱熹认为,在史书中《过秦论》这样的"节目处"是文人所必须掌握的基本知识,"须要背得始得"④。朱熹仍然尊重和推崇其经典地位。尽管如此,作为史学经典的《过秦论》从宋代开始也受到质疑和重新解读。宋代批评家开始表现出对于《过秦论》某些不满,包括对其史识和史实等方面的批评和质疑,表现出宋人对于经典那种独立的见解和批评精神。如吴枋《宜斋野乘》有"过秦论误"一条:"贾谊《过秦论》言:'始皇吞二周而亡诸侯。'按:

---

　　① 当然也有人对贾谊不表同情。苏轼的《贾谊论》说贾谊不能被汉文帝重用,"未必皆其时君之罪,或者其自取也",都是因为"贾生志大而量小,才有余而识不足也"。而苏辙则认为人不能求全,贾谊既然被老天赋予了非凡的才华,命运就不可能一帆风顺了(《栾城集》卷五〇《贺欧阳副枢启》)。

　　② 〔宋〕黄庭坚:《山谷集》卷三《以团茶洮州绿石砚赠无咎文潜》。

　　③ 〔宋〕潘良贵:《默成文集》卷四《和沈秀才》。

　　④ 《朱子语类》卷十一:"人读史书节目处须要背得始得,如读《汉书》高祖辞沛公处,义帝遣沛公入关处,韩信初说汉王处,与史赞《过秦论》之类,皆用背得方是。"

秦昭王五十一年灭西周，其后七年，庄襄王灭东周，四年庄襄卒，始皇方即位。则吞二周乃始皇之曾祖与父，非始皇也。"（《说郛》卷十一下）这是指出其历史事实方面的错误。宋王应麟《困学纪闻》卷十一："贾生《过秦》曰：'秦孝公据殽函之固'，春秋时殽桃林，晋地，非秦有也。"这是从历史地理的角度对《过秦论》的批评。

宋人对于《过秦论》的批评比较集中在它对于秦代失败原因的总结。《过秦论》上篇结语："然秦以区区之地，致万乘之权，招八州而朝同列，百有余年矣，然后以六合为家，殽函为宫。一夫作难，而七庙隳，身死人手，为天下笑者。何也？仁义不施，而攻守之势异也。"在北宋就有人批评贾谊所谓"攻守异势"看法了。苏轼曾在《儒者可与守成论》中为贾谊辩解说："善夫贾生之论曰：'仁义不施，攻守之势异也。'夫世俗不察，直以攻守为二道。故具论三代以来所以取守之术，使知文、武、禹、汤之威德，亦儒者之极功。"（《东坡全集》卷四〇）苏轼之意赞成贾谊之论，认为是因为人们误解了贾谊此话，所以才以"攻守为二道"。不过，苏轼为贾谊辩解仅说"圣人取守一道"，根本没有就贾谊之语展开论证，所以这种辩解没有多少说服力。"苏门四学士"之一张耒就针对《过秦论》专门写了《秦论》：

> 贾生论秦曰："仁义不施，而攻守之势异也。"世以为确论，予独谓之不然。夫攻守殊而事相关，异施设而同利害，其守之安危，观其攻之善恶，其报应如表影声响之不差也。……故如是而取之，必如是而失之。安有以盗贼所以取之，而能以君子之道守之欤？秦王始灭韩齐，大率十年间耳。皆灭人之国，虏人之君，其毒至惨也。夫此六国诸侯者其上世皆有功于民，又皆据国数百年，其本根深结于人心者。固一旦芟夷荡覆之，其势必不帖然而遂已，如塞大水，伐大木，其渐渍之末流，播散之余种，将且复涨而暴兴，不得其寂寥，气尽则不止。秦虽欲反其所以取之道守之，而其机必成，其势必复矣。故秦之事不可为也。呜呼，秦灭六国不十余年，而六国并立，秦以不祀，其效岂不然欤？故贾生之论，戏论也。（《柯山集》卷三五）

张耒引据大量史实来抨击贾谊"仁义不施，而攻守之势异也"的观点，针锋相对地提出"夫攻守殊而事相关，异施设而同利害，其守之安危，观其攻之善恶，其报应如表影声响之不差也"，甚至认为"贾生之论，戏论也"，这些都是对《过秦论》的史识和结论进行的批评，其实也就否定了它为前人所肯定的主要的史论价值。这样，它所具有的史学经典地位自然而然地受到怀疑。这当然不是张耒的个人看法，而差不多是宋代儒者的共识。如胡宏："贾生谓攻守之势异，非欤？曰：攻守一道也。是故汤武由仁义以攻，由仁义以守。汉唐以仁义而攻，以仁义而守。子孙享之各数百年，盖得其道也。"（《知言》卷三）宋儒的普遍看法是攻守一道，仁义而已。

有些学者则进一步从汉初思想界背景考察贾谊《过秦论》思想杂驳的根源："谊之论秦备述本末，而断以两言。可谓至矣。然谊之意，以攻守为二涂，用权谋以攻，而用仁义以守，然后为得。汉初豪杰所见大抵如此，故陆贾有逆取顺守之言，而谊亦为攻守异势之说，岂知三代之得天下与守天下，初无二道乎？此谊之学所以为杂于申韩也。"（真德秀《文章正宗》卷十二选《过秦论》评语）这是说贾谊的思想受到汉初思想界的影响，"杂于申韩"，所以《过秦论》才会有"攻守异势"之论[①]。叶适《习学记言序目》卷一九也说："贾生论秦，专指险塞攻守，殊不然。周在岐、邠，何尝用险？……贾生本用纵横之学，而并缘以仁义，固未能得其统也。"其意谓贾谊《过秦论》的史学见解并非纯儒学思想。明王世贞撰《弇州四部稿》卷一五九："贾长沙《过秦论》末所云'仁义不施而攻守之势异'，为宋儒所笑，不知其原出于丹书也。曰仁得之，以仁守之，其量百世。以不仁得之，以仁守之，其量十世。以不仁得之，以不仁守之，必及其世。"王世贞虽然为贾谊辩解，认为其说法是渊源有自的，但恰好说明贾谊的说法是出于儒家之外的学说。

有人认为，《过秦论》的一些观点不但错误，而且十分幼稚。《过秦论》提到秦始皇之后，"秦二世立，天下莫不引领而观其政。夫寒者利裋褐，而饥者甘糟糠，天下之嗸嗸，新主之资也。此言劳民之易为仁也"。又提出，如果二世能够任忠贤，免刑戮，轻赋少事，以威德与天下，就算他是一个庸主，天下仍可以太平。真德秀在《文章正宗》卷十二按语中批评贾谊这种说法道：

---

① 谓贾谊之论杂于申韩，实本自司马迁之说。西山以《过秦》证此说。

谊所谓"天下嗷嗷，新主之资。此正孟子饥渴易饮食之说也"。然桀纣之虐，必有如汤武者代之，然后可以慰斯民之望。若二世者，以始皇为之父，赵高为之师，所习见者，非斩刈人则夷人之三族也，谊乃以任忠贤、忧海内望之，何异责盗跖以伯夷之行乎？且国于天地，必有以为之根本者。根本不摇，然后扶植之功有所措。彼秦皇者，徒以力吞天下，而非有凭借扶持之素也。天命人心之去也久矣。借使嗣君有庸主之行，欲以区区小善，挽而回之，是犹以杯水救舆薪之火耳，焉能大有益哉？昔有谓太甲苟不能改过，则商必亡，秦能立扶苏，则秦必祀。先贤非之曰：以成汤之圣德，天必不使太甲终于桐宫，以始皇之暴虐，天必不使扶苏得嗣守其业。斯言当矣。如谊所云，真书生之论也。今姑以其文而取之。

真德秀认为贾谊立论的基础不存在，指出"如谊所云，真书生之论"，认为贾谊《过秦论》闻名天下，对秦二世的期待完全是不切实际和幼稚的书生之见，但因为文章写得好——"姑以其文而取之"。于是，《过秦论》的史论经典地位因受到质疑而动摇了，但是其文章经典的地位仍自岿然不动。

## 四、文本细读与文体分析

从宋代开始，与儒学的高度发展同步，对经典的重新解释成一代新风。在文学批评领域里，这种风气则促进对文学经典的解读尤其是向有解释深度的细读方面发展。宋人对《过秦论》的史识与史实提出质疑，从另外的角度看，这正说明《过秦论》是经过了宋人的字斟句酌的。从文章学研究来看，这是有其积极意义的：宋人开始重视对《过秦论》技法章法的研究，从写作与应试的实用角度去细读和评点，所以真正把《过秦论》作为古文经典加以阐述是从宋代开始的，此之前《过秦论》虽然被认可为经典，但只是比较笼统的评价，既未从文章学的角度分析过，也未有过明确的文体研究。

对于《过秦论》，有些批评家是从文章总体结构写作方法来分析的。如李涂的《文章精义》："文字有终篇不见主意，结句见主意者。贾谊《过秦论》，'仁义不施，而攻守之势异也'，韩退之《守戒》'在得人'

之类是也。"这种批评成为定论。《过秦论》开始极写六国之强，却为弱秦所灭，秦有天下，却为远不及六国兵力与智能的陈胜、吴广所推翻，在叙述过程中，作者仅陈事实而不表述自己的观点，到了篇终才点出秦亡是由于"仁义不施，而攻守之势异也"的原因，文章也戛然而止。这就是所谓的"有终篇不见主意，结句见主意者"。这种批评比较偏重于对文章形式的分析。

宋人甚至对《过秦论》的用典出处也都作了细致的考察。如俞琰《书斋夜话》卷一："文子云：所以亡社稷，身死人手，为天下笑者，未尝非欲也。贾谊《过秦论》末句盖用《文子》语。"刘克庄更指出《过秦论》"陈涉锄耰棘矜，不铦于钩戟长铩；谪戍之众，非抗九国之师"的句子语本《吕氏春秋》"驱市人而战之，可以胜人之厚禄教卒；老弱罢民，可以胜人之精士练材，离散系系，可以胜人之行阵整齐；钮耰勾挺，可以胜人之长铫利兵"，并且称贾谊是"善融化者"（《后村诗话》卷六）。我们注意到刘克庄的这番分析是出现在诗话中，而不是文论中的。可见评论者是要以贾谊"善融化"的写作技巧来指导诗歌创作。这说明宋人已经把《过秦论》放到一个更为广阔的文学视野中去看待了。

将《过秦论》的古文风格与诗歌风格进行比较则更能看出宋人对其审美价值的认识。许顗的《许彦周诗话》就是以《过秦论》来批评诗歌的："鲍明远《松柏篇》悲哀曲折，其末不以道自释，仆窃恨之。明远《行路难》壮丽豪放，若决江河，诗中不可比拟，大似贾谊《过秦论》。"他认为鲍照的诗歌《行路难》文采与气势在诗歌中无可比拟，只能比为文中的《过秦论》，这种批评也与宋人打通文体"以文为诗"的观念有着密切的联系。

宋人开始从文体角度审视《过秦论》的特色与地位。宋代高承的《事物纪原》追溯各种事物的起源，其卷四"论"条如下："《文心雕龙》：昔仲尼微言，门人追记，目为论语。盖群论立名，始于兹矣。庄周之书，有尝试论之。荀卿有《正论》，贾谊有《过秦论》，论以荀、贾为始。"这是把贾谊的《过秦论》作为"论"体文章之始。而吴子良在提到"论"体文的先导时也举《过秦论》为例[①]："论之名起于秦汉以前，荀子《礼论》《乐论》、庄子《齐物论》、慎到《十二论》、吕不韦《八览》

---

① 〔宋〕吴子良：《荆溪林下偶谈》卷二"《文章缘起》"条按语。

《六论》是也。至汉则有贾谊《过秦论》，昉乃以王褒《四子讲德论》为始，误矣。"至元代郝经更对"论"体文的发展详加分析："六经无论，至庄、荀骋其雄辩，始著论，如《礼、乐正论》，《齐物论》等皆篇第之名，未特以为文也。汉兴，贾谊初为《过秦》一篇，始以为题而立论。于是二京、三国诸文士，往往著论，大抵反复明理而已，辞达义畅，不以文为胜也。"（《续后汉书》卷六六上注）在这里，他指出《过秦论》是最早依题立论的论说文。从文体的角度看，《荀子》的文章已不再是语录或对话的连缀，而是自成体系的专题论文，这在先秦诸子之文中，是颇为出色的，在文体发展史上，无疑具有重要地位。不过《荀子》之文多系专题式学术论文，而《过秦论》却是最早成熟的独立论说文，也是史论文成熟的标志。

在宋人既看到《过秦论》作为论说文的文体特点，同时也指出其具有文体变异的因素。宋代项安世指出《过秦论》是以赋体为古文："予尝谓贾谊之《过秦》，陆机之《辩亡》皆赋体也。大抵屈宋以前，以赋为文。"（《项氏家说》卷八"说事篇"一"诗赋"条）所谓"以赋为文"就是古文写作中借用赋体铺陈夸张的写法。《过秦论》中不少铺陈、对偶、排比的句子，也确实近乎赋体，读起来气势雄健，文笔恣肆酣畅，既增加了语势，也适应了铺陈史实的需要。由此可见《过秦论》文体特色的复杂性和丰富性。所以钱锺书以之为文章"破体"的例子："名家名篇，往往破体，而文体亦因此而恢弘焉。……贾生作论而似赋，稼轩作词而似论，刘勰所谓'参体'，唐人所谓'破体'也。"[1]

在宋代这个敢于挑战经典和权威的时代，作为古文经典的《过秦论》受到一些人的批评，同时又出现了针锋相对的讨论。有人提出："汉人文章最为近古，然文之重复，亦自汉儒倡之。贾生《过秦论》曰：'席卷天下，包举宇内。囊括四海之意，并吞八荒之心'，四句而一意也。"（孙奕《示儿编》卷二三"文重复"条）林希逸对此加以辩护："论古文者，以省字省句为高，若《过秦论》所谓'有席卷天下，包举宇内，囊括四海之意，并吞八荒之心'，其间十六字，只是一意。盖不如此，不足以甚孝公之用意也。若以并吞为心，是有甚其用心，犹在四海之表也。今观始皇既并六国，有天下，遂筑长城，限匈奴，南取百粤，非并吞八荒之心

---

① 《管锥编》第三册全汉文卷一六"贾谊《过秦论》"条，第888页。

乎？"（《竹溪鬳斋十一稿续集》卷二八）① 其实秦汉文章，本受战国时期纵横家的影响，喜欢夸张与铺陈，《过秦论》正是为了强调而采用重复与夸张的写法，至于这种写法是否产生了好的效果，倒是可以见仁见智。

自宋代以后，《过秦论》进入了众多的古文选本，比如：宋代楼昉《崇古文诀》选上篇、真德秀《文章正宗》全选三篇，元陈仁子辑《文选补遗》收《文选》所未收的后二篇，明贺复征编《文章辨体汇选》选全三篇；明梅鼎祚《西汉文纪》选全三篇、《文章正论》选上篇、《文章指南》选全三篇；《秦汉鸿文·两汉鸿文》选全三篇、《秦汉文脍·先秦两汉文脍》选上篇、《秦汉文钞》选全三篇，明倪元璐编《秦汉文尤》选全三篇；《文翰类选大成》选上篇，明方岳贡评选《历代古文国玮集·西汉国玮集》选全三篇，清代蔡世远编《古文雅正》选上篇、康熙《御选古文渊鉴》选全三篇、《古文辞类纂》选全三篇、《古文观止》选上篇、高步瀛《两汉文举要》选全三篇。《过秦论》被大量的选本收入，其经典地位也就更为巩固。历代许多文章选本对《过秦论》还有评点细读的文字，影响也很大，至于历代笔记对于《过秦论》的评论就更是不可胜数了。

## 五、结语

自秦汉以来，中国社会一方面王朝政权更迭频繁，另一方面封建社会总体又处于超稳定的结构。前者使关于政权盛衰的经验教训成为历代统治者和政治家以及文人所共同关心的核心问题；后者则使许多事物的评价标准乃至某些文学经典评判标准也同样具有超稳定性。而这两者相辅相成构成推动《过秦论》经典化的合力，《过秦论》之所以历久不衰，就是因为它直接触动了中国封建社会最为敏感又生命力最强的神经。经典的形成是历代人们审美价值观选择的结果。《过秦论》文本所具有的丰富价值内涵差不多可以满足古代文人各种心理需求与期待。《过秦论》在汉代之所以被重视，是因为它有强烈的时代性，符合当时人们的政治需要。《过秦论》谈论的是秦代，但也是对当代政治建设的参与。《过秦论》的经典

---

① 钱锺书对此有不同评价。他认为："今乃读之祇觉横梗板障，拆散语言眷属，对偶偏枯杌陧。""堆迭成句，词肥义瘠。""此论自是佳文，小眚不掩大好，谈者固毋庸代为饰非文过也。"（见《管锥编》第三册全汉文卷一六）

化，反映了历代文人对于政治的关心与强烈的参与意识。古人认为文章是"经国之大业，不朽之盛事"，在中国古代文章之中，政论与史论又是与"经国之大业"关系最为密切的重要文体类别之一，可以成为立功立言之作。唐代刘禹锡说："古之为书者，先立言而后体物。贾生之书，首《过秦》而荀卿亦后其赋。"（《刘宾客文集》卷十九《唐故衡州刺史吕君集纪》）就是把《过秦论》作为文人"立言"的典范。许多古人把《过秦论》作为文人之抱负与不平的经典符号，《过秦论》的经典化，也是因为他们在《过秦论》和贾谊身世上，投射了自我的用世怀抱与块垒。

经典是作者与读者共同创造的。以《过秦论》而言，它之所以成为经典，是因为它本身确是杰作，另外也有读者与批评家参与创造之功。从传播角度来看，它先被《史记》后被《文选》录入，是其成为经典的关键，这两部史学与文学巨著差不多就奠定了它的经典地位，使之成为史学与文学的双料经典。

《过秦论》兼有文学性和实用性。在唐代载有《过秦论》的《文选》是文人的必读书；到了宋代，考试重试论，论是必考科目的文体，所以《过秦论》作为"论"的典范，也是文人的必读书。明代以后讲究"文必秦汉"，《过秦论》更是不可移易的古文经典。到了现代，《过秦论》仍是高中语文课本的入选篇目，所以从《史记》《文选》到历代文集，《过秦论》差不多都是文人的必读书。可见后代考试制度和社会风气对《过秦论》经典地位的巩固也起着至关重要的作用。

中国古代许多文学经典由于各时代文学风尚的嬗变而地位升沉不定，但《过秦论》却是屹然不动的，各种文学风尚似乎都可容纳它。比如它同时得到古文家与骈文家的青睐，它既符合"文必秦汉"的美学倾向，又符合骈文讲求文采与铺陈手法的要求。从文体来看，它受到两大流派的肯定，这在文章学史上是比较少见的。《过秦论》为《文选》所录，后又为《骈体文钞》等所录①。当然它更多地为各种古文选本所选入，如代表桐城派古文主张的《古文辞类纂》、高步瀛《两汉文举要》就都把《过秦论》作为首篇，这恰好说明《过秦论》在文体方面的特殊性和丰富性。

总的来说，《过秦论》的经典之旅就是它的史论、政论价值与文学价

---

① 这引起了后人的争议，如谭献评《骈体文钞》："以骈体为名，不当入此文。"但是《文选》既可收入，《骈体文钞》把它收入就是可以理解的。

吴承学自选集

WU CHENGXUE ZIXUANJI

188

值被不断阐释的过程：从最初由史论、政论价值而迈入经典殿堂，到集史学经典和文学经典于一身的辉煌。宋人虽然质疑其史学价值，它的文学经典地位仍固若金汤。后代众多的选本更是不断强化其经典地位，时至今日，《过秦论》不仅是通常中国文学史所必涉及的篇章，而且还作为古文经典收入中学的课本。看来《过秦论》还将在它经典的旅程上继续前行。

一篇作品写得好不好，取决于作者个人的才能；但它能否成为经典，却不仅仅是作家本人所能决定的。《过秦论》这一文学经典是贾谊与历代读者所共同创造的。

（原载《文学评论》2005 年第 3 期）

# 宋代文章总集的文体学意义

宋代文章总集非常繁荣，远超前代。《宋史·艺文志》载总集 435 部，10657 卷，其中主要是宋代的文章总集。宋明目录所载的宋人总集，有 300 多种，还有大量的总集虽然未著录于目录，但仍有序跋流传①。宋代是中国文学与文体学发展的重要时期，宋代文章总集具体而准确地反映出宋人的文体观念以及相关的文学观念，为文学批评提供了特别的研究视角。当然宋人别集同样具有文体学研究价值，但由于不同作家有不同的才性与习惯，一般来说，别集所包含的文体类别远不如总集全面。限于篇幅，本文主要以这个时期综合各体的文章总集为对象，讨论其文体观念兼及相关的文学观念。

## 一、唐宋新文体的确认与传播

文体是人们感受世界、阐释世界所选择的工具。文体的生灭盛衰，具有深刻的文学史意味。从六朝至唐宋，中国文学发生了巨大的变化。这种变化不仅出现在作品的思想内容与艺术风格中，还体现在具体的形式嬗变上：旧文体的淡出、新文体的出现，都是文体史与文学史发展的重要标志。关于唐宋文体新变，学术界已有一些研究成果②。本文要补充的是：唐宋新文体的出现、定名、传播和接受，集中地反映在宋代文章总集的编录之中，它们为理解文体史与文学史的发展提供了新颖的角度和有力的证据。对于唐宋文体研究可以有多种路径，但是不夸张地说，宋代文章总集是唐宋新文体最为具体而准确的总结与标志，也是唐宋新文体传播的最重要方式。而这一点，却往往被人所忽视。

---

① 参见祝尚书《宋人总集叙录》，中华书局 2004 年版。
② 如钱穆《杂论唐代古文运动》，见《中国学术思想史论丛 4》，安徽教育出版社 2004 年版，第 18 页；杨庆存《宋代散文体裁样式的开拓与创新》，载《中国社会科学》1995 年第 6 期，第 154 页。

吴承学自选集 | WU CHENGXUE ZIXUANJI

从挚虞《文章流别集》与萧统《文选》开始，文章总集形成一种分体编录的体例。唐代流传下来的文章总集很少，但是从《文馆词林》残本来看，体例与《文选》相似①。另外，《古文苑》世传为唐人所编，真伪莫明，宋人章樵《〈古文苑〉序》谓："《古文苑》者，唐人所编，史传所不载，《文选》所不录之文也。歌、诗、赋、颂、书、状、笺、铭、碑、记、杂文，为体二十有一，为篇二百六十有四，附入者七。"② 观其编辑体例，近乎《文选》。北宋文章总集的编纂方式有多种，但《文选》模式，即以文体为纲、以事类为目的方式占了主流③。宋人几部重要文章总集如《文苑英华》《唐文粹》《宋文鉴》等大致采用《文选》的编排体例。这些总集与《文选》相比，反映出从六朝至唐宋文体的具体变迁，也透露出唐宋人文学观念的新变。

北宋前期李昉等编纂《文苑英华》④，全书 1000 卷，其中以唐代作品收录最多，约占十分之九。《文苑英华》把所收作品分为 38 体。姚铉编《唐文粹》⑤ 100 卷，所收作品文体分为 30 余类。南宋吕祖谦编《宋文鉴》⑥ 150 卷，所选文分 61 类。把这几部有代表性的宋人文章总集与《文选》的目录进行比较，就透露出一些值得注意的宋人的文体观念与文体史信息，以下略加论述。

首先，不难发现有些在六朝非常盛行的文体在宋人总集中已被边缘化了，比如《文选》所收录的"七"体，是汉代至六朝极为流行的文体，在《文选》中的文体次序处于"赋""诗""骚"之后。但隋唐以后，已很少人用这一体裁写作，因此，宋人几部文章总集不再独立设"七"体，正反映出"七"体在当时文学创作中，已经不再是强势文体。又如《文选》有"符命"，《文心雕龙》有"封禅"，可见这是当时的重要文体，但唐宋以后，它们在总集中的作品数量与重要性都明显下降了⑦。

---

① 参见罗国威整理《日藏弘仁本文馆词林校证》，中华书局 2001 年版。
② 〔宋〕章樵：《〈古文苑〉序》，见《古文苑》，《文渊阁四库全书》第 1332 册，第 575 页。
③ 参见郭英德《中国古代文体学论稿》，北京大学出版社 2005 年版，第 99 页。
④ 本文据中华书局 1966 年影印本。
⑤ 本文据浙江人民出版社 1986 年影印本。
⑥ 本文据中华书局 1992 年排印本。
⑦ 《唐文粹》第 19 卷收录"封禅" 3 首，但系于"颂"体之下，而《宋文鉴》则不收封禅文。

吴承学自选集

WU CHENGXUE ZIXUANJI

其次，从文体类目的细化可以看出同一文体的演变和增殖。如《文选》有"诏"，《文苑英华》分为"中书制诰"与"翰林制诏"，"中书制诰"下列子目20类，"翰林制诏"下列子目10类，《宋文鉴》成为"诏、敕、赦文、御札、批答、制、诰"。这些变化折射出唐宋以来朝廷文书制度的嬗变。有些文体的名称虽然相同，其内涵却大大扩展了。《文选》"序"收录书集与诗集之序。唐宋时期新出现了大量用于赠别的"序"，古代多有长亭祖送之宴会，宴会赋诗，因赋诗而有序。当送别者关注点从作诗转向作序，就有了赠序。这种赠序兴盛现象及时地在总集中反映出来。《文苑英华》收"序"40卷，其中专门标出"饯送""赠别"。《唐文粹》有"序"8卷，亦有"饯别"类。《宋文鉴》"序"有8卷，虽然未明确分列书序与赠序，但也收录不少赠序作品。

再次，从宋人总集所录文体与六朝相似文体的比较，也可以看出文体内涵的历史变化。《宋文鉴》卷一二五至一二七收录"杂著"。徐师曾说："按杂著者，词人所著之杂文也；以其随事命名，不落体格，故谓之杂著。"①"杂著"之名，应从《文心雕龙·杂文》而来，但是，《文心雕龙·杂文》主要是指"对问""七""连珠"等几种文体。而《宋文鉴》的"杂著"则不收这几种文体的作品，所收的刘敞《责和氏璧》、王回《告友》《记客言》、王令《道旁父老言》、刘恕《自讼》等文，都是随笔性的散体短篇。骈文中心时代《文心雕龙》的"杂文"大体是指有韵之文，而古文中心时代《宋文鉴》的"杂著"，则特指散体短篇，其内涵已产生明显的变化。

但最值得注意的还是宋代文章总集中反映出来的唐宋新文体，从这些新文体的兴盛与传播，可以见出文体与文学发展的新态势。

从宋人总集的编录可以看出唐宋一些新文体从萌发到定名的过程。如"题跋"一体便是肇始于唐代而定名于宋代。《文章辨体·题跋》："汉晋诸集，题跋不载。至唐韩、柳始有读某书及读某文、题其后之名。迨宋欧、曾而后，始有跋语，然其辞意亦无大相远也。故《文鉴》《文类》总编之曰'题跋'而已。"②《唐文粹》有"序"8卷，含书序、赠序，而

---

① 〔明〕徐师曾：《文体明辨》卷四六，见《四库全书存目丛书》集部第312册，齐鲁社1997年版，第70页。

② 〔明〕吴讷：《文章辨体》"目录"，见《四库全书存目丛书》集部第291册，第27页。

"传录纪事"类下有"题传后"小类，有皮日休《题叔孙通传后》、司空图《题东汉传后》；另外，柳宗元《读毛颖传》则附于韩愈《毛颖传》后，俱见卷九九，然都不称"题跋"。可见在唐代只称为"题""题后"，尚未称为"题跋"。"题跋"之称，始见于宋人总集。《宋文鉴》卷一三〇以下两卷为"题跋"类，共46篇，有欧阳修《跋放生池碑》、王安石《读孟尝君传》、苏轼《书黄子思诗集后》、李格非《书洛阳名园记后》等文。

《文苑英华》等宋人总集与《文选》相比，明显多出"传""记"二体。在《文选》产生的时代及此后相当长的时期中，叙事与述人的功能基本是由史传来完成的①，所以只有少数文体如碑文涉及叙事与述人的功能。但是自从唐宋古文兴盛以后，出现文、史合流的倾向。文章学内部越来越重视叙事性，叙事性文章也大为增多。具体反映到文体之上，便是记体与传体的高度繁荣。

关于记体，徐师曾《文体明辨·记》说："《文选》不列其类，刘勰不著其说，则知汉魏以前，作者尚少；其盛自唐始也。"②《文选》《文心雕龙》皆不载记体文章，至唐宋记体大盛，宋人文章总集中收录大量记体文章。《文苑英华》收记体37卷，《唐文粹》收7卷，《宋文鉴》收8卷。唐宋的记体略有不同，唐代的记为纪事之文，而宋人喜欢杂以议论。吴讷《文章辨体·记》："《金石例》云：'记者，纪事之文也。'西山曰：'记以善叙事为主。《禹贡》《顾命》，乃记之祖。后人作记，未免杂以议论。'后山亦曰：'退之作记，记其事耳；今之记，乃论也。'"③宋人以叙事为"记"的正体，议论为其变体。"记"之中的山水游记、亭阁记、书画记等，都是唐以来盛行的文体，宋人总集中所收甚多，文学史多有论述，此不赘言。然《文苑英华》中"厅壁记"共10卷，在记体之中所占分量最重，值得注意。唐代以来厅壁记大兴，朝廷百司乃至州县官署都有壁记。唐封演《封氏闻见记》卷五"壁记"条谓："朝廷百司诸厅皆有壁记，叙官秩创置及迁授始末。原其作意，盖欲著前政履历，而发将来健羡

---

① 在理论上首次系统研究"叙事"的，不是文学批评家而是史学家。见〔唐〕刘知几《史通·叙事》。

② 《文体明辨》，见《四库全书存目丛书》集部第312册，第162页。

③ 《文章辨体》，见《四库全书存目丛书》集部第291册，第24页。

焉。故为记之体，贵其说事详雅，不为苟饰。而近时作记，多措浮辞，褒美人材，抑扬阀阅，殊失记事之本意。韦氏《两京记》云：'郎官盛写壁记以纪当厅前后迁除出入，浸以成俗。'然则壁记之出，当是国朝以来，始自台省，遂流郡邑耳。"① 可见自唐代以来，壁记是朝廷与地方官员所喜爱的文体，是考察唐宋官场政治制度、政治风气与官员政治理念的重要材料。

如果说记体以叙事为主，传体则以人物为中心。《文心雕龙》有《史传》篇，认为传本为翼经之作②。《文选》有史论，但不收史传。《文苑英华》卷七九二以下5卷收录30篇"传"。《唐文粹》不收正史之传，然在卷九九"传录纪事"类下有"假物"（读传附）、"忠烈"、"隐逸"、"奇才"、"杂伎"、"妖惑"等小类的"传"体文章，"假物"类有韩愈《毛颖传》等，"忠烈"类有沈亚之《李绅传》等，"隐逸"类有陆龟蒙《江湖散人传》等，"奇才"类有李商隐《李贺小传》等，"杂伎"类有柳宗元《梓人传》等，"妖惑"类有柳宗元《李赤传》。《宋文鉴》卷一四九、一五○收录17篇"传"。唐宋以来文坛盛行的"传"体实始于史学，然文章学的"传"体与史学的"传"体又有明显差异。徐师曾《文体明辨·传》说："自汉司马迁作《史记》，创为'列传'以纪一人之始终，而后世史家卒莫能易。嗣是山林里巷，或有隐德而弗彰，或有细人而可法，则皆为之作传以传其事，寓其意；而驰骋文墨者，间以滑（音骨）稽之术杂焉，皆传体也。"③ 顾炎武《日知录》卷一九"古人不为人立传"条亦云："列传之名始于太史公，盖史体也。不当作史之职，无为人立传者，故有碑、有志、有状而无传。梁任昉《文章缘起》言传始于东方朔作《非有先生传》，是以寓言而谓之传。韩文公集中传三篇：《太学生何蕃》《圬者王承福》《毛颖》。柳子厚集中传六篇：《宋清》《郭橐驼》《童区寄》《梓人》《李赤》《蝜蝂》。《何蕃》仅采其一事而谓之传。王承福之辈皆微者而谓之传。《毛颖》《李赤》《蝜蝂》则戏耳而谓之传，盖比

---

① 〔唐〕封演撰，赵贞信校注：《封氏闻见记校注》，中华书局2005年版，第41页。

② 古代经史不分，章学诚说："传记之书，其流已久，盖与六艺先后杂出。古人文无定体，经史亦无分科。《春秋》三家之传。各记所闻，依经起义，虽谓之记可也。经《礼》二戴之记，各传其说，附经而行，虽谓之传可也。"〔清〕章学诚著，叶瑛校注：《文史通义校注·传记》，中华书局1994年版，第248页。

③ 《文体明辨》卷五八，见《四库全书存目丛书》集部第312册，第370页。

于稗官之属耳。若《段太尉》，则不曰传，曰'逸事状'。子厚之不敢传段太尉，以不当史任也。自宋以后，乃有为人立传者，侵史官之职矣。"①徐师曾、顾炎武指出文章学中的"传"与史学的"传"分属不同的学术体系，史传作者为史官，传主为贵人名士，所述为其较完整的生平。而文传作者为文人，传主多为小人物或失意者，或为自传，或"仅采其一事"，或为有寄托之寓言或游戏笔墨，与"稗官"文体相似。考之宋人文章总集，以上所言基本属实。顾炎武所说"自宋以后，乃有为人立传者，侵史官之职矣"，殆指文集多收传文。《宋文鉴》卷一四九收司马光所撰《范景仁传》《文中子补传》，确近乎史传，在宋代的文传之中，显得比较特殊。事实上，《隋书》与《宋史》分别有王通与范镇的传。不过，司马光本身就是史官，故不可谓之"侵史官之职"。文体现象总是比文体通例更为复杂，所以学者对文集收录传体问题自然也就有所讨论和补充②。

　　因篇而得名是中国古代文体命名方式之一，如"七"体即因《七发》而得名，又如任昉《文章缘起》所列文章名都是因圣君贤士之名篇而得。宋人王得臣《麈史》说："梁任昉集秦汉以来文章名之始，目曰《文章缘起》……至韩、柳、元结、孙樵又作'原'，如《原道》、《原性》之类；又作'读'，如《读仪礼》、《读鹖冠》之类；又作'书'，如《书段太尉逸事》；'讼'，如《讼风伯》；'订'，如《订乐》等篇。呜呼，文之体可谓极矣。"③ 他非常明确地指出当时许多文体都是因韩、柳古文名篇而立名的。从宋代总集的文体及所选篇目，可以印证这个重要事实：唐代以来盛行的新议论文体，其中不少是因为韩愈、柳宗元的古文名篇而得名的，正可窥见韩、柳在宋代文章学上的影响以及新文体的命名、确立与接受。

---

　　① 〔清〕顾炎武著，〔清〕黄汝成集释，栾保群、吕宗力校点：《日知录集释》（全校本），上海古籍出版社 2006 年版，第 1106 页。

　　② 参见《日知录集释》该则"续补正"、章学诚《文史通义·传记》。又《古文辞类纂·序目》："传状类者，虽原于史氏，而义不同，刘先生云：'古之为达官名人传者，史官职之。文士作传，凡为圬者种树之流而已，其人既稍显，即不当为之传，为之行状，上史氏而已。'余谓先生之言是也。虽然，古之国史立传不甚拘品位，所纪事犹详，又实录书人臣卒，必撮序其平生贤否，今实录不纪臣下之事，史馆凡仕非赐谥及死事者不得为传。乾隆四十年定一品官乃赐谥。然则史之传者，亦无几矣。余录古传状之文，并纪兹义，使后之文士得择之。昌黎《毛颖传》嬉戏之文，其体传也，故亦附焉。"浙江古籍出版社 1998 年版，第 7 页。《古文辞类纂》收《圬者王承福传》《方山子传》《毛颖传》等，而不收史传。

　　③ 〔宋〕王得臣：《麈史》卷中"论文"，上海古籍出版社 1986 年版，第 51 页。

唐宋以前，并无"原"体，这种文体的出现，源于韩愈写的《原道》《原性》《原毁》《原人》《原鬼》5篇以"原"命名的文章。吴讷《文章辨体·原》："若文体谓之'原'者，先儒谓始于退之之'五原'，盖推其本原之义以示人也。"① 吴曾祺《文体刍言·论辨类》："原者，溯其始之谓也，古无此体，韩退之始作'五原'，后人因仿而为之。"② "原"体，其实就是推源性的论说文。《崇古文诀》《文章轨范》《古文集成》《古文关键》都收录"原"体。又如"解"，《文体明辨·解》谓："其文以辩释疑惑、解剥纷难为主，与论、说、议、辨，盖相通焉。"③ 虽然，汉代扬雄已有《解嘲》之作，后世亦有模仿；但是在文章总集之中，"解"单独作为一种文体，却是宋代以后的事。《崇古文诀》《文章轨范》《古文集成》《古文关键》都收录"解"体。如《古文集成》的"解"，就收录韩愈的《获麟解》《进学解》《择言解》《通解》等文，明显也是因韩愈文章而立体的。"辩"也是唐宋以来的新文体。《文体明辨·辩》谓："汉以前，初无作者，故《文选》莫载，而刘勰不著其说。至唐韩、柳乃始作焉。"④ 《古文集成》《古文关键》《文章轨范》都收录"辩"体文章，"辩"体很可能也是因为有了韩愈的《讳辩》与柳宗元的《桐叶封弟辩》等名篇而得名的。

　　说到宋人文章总集反映出唐宋以来的新文体，不能回避一个例外：在宋人综合性文章总集中，一般不收录词体作品。词体成熟于唐、五代而兴于宋代，但是主要收录唐五代作品的《文苑英华》却没有收录词体作品。虽然该书收录一些如白居易《杨柳枝词》这类题目标明"词"的作品，但编者编纂时，是把它们作为诗体而非词体编录进来的⑤。《文苑英华》编纂时词体已成熟，此前已有词集《花间集》和《樽前集》了，而且参加编纂《文苑英华》的徐铉、苏易简等人就创作过词作。看来《文苑英华》编纂者并没有考虑把词体作品收录进来。《唐文粹》全书收录文体30

　　① 《文章辨体》目录，见《四库全书存目丛书》集部第291册，第27页。
　　② 吴曾祺：《涵芬楼文谈》附录，台北商务印书馆股份有限公司1998年版，第121页。
　　③ 《文体明辨》卷四三，见《四库全书存目丛书》集部第311册，第761页。
　　④ 《文体明辨》卷四三，见《四库全书存目丛书》集部第311册，第759页。
　　⑤ 事实上，白居易自编《白氏长庆集》就把《杨柳枝词》作为绝句置于"律诗"之下。见〔唐〕白居易著，顾学颉校点《白居易集》卷三一，中华书局1979年据现存最早白集刻本宋绍兴刻71卷本《白氏长庆集》整理本，第714页。

余类，也没有收录唐人词作。更值得注意的是，宋人所编的宋代文章总集也不收宋词。吕祖谦《宋文鉴》所选文章分为 61 类，分体已相当细密详尽，连乐语（教坊词）都收录了，仍没有收录词作。楼昉《崇古文诀》收录自秦汉至宋代的诗赋文章，亦不收唐宋词体之作。《成都文类》所录诗赋文章 35 卷，上起西汉，下迄宋淳熙间，凡 1000 多篇，不收唐宋词作。《文章正宗》收录先秦至唐末之作，包括诗歌，也没有收录词作。另外，《古文集成》《宋文选》《古文关键》这些只收古文，不收诗赋作品的总集当然就更不可能收录词作了。

尽管一般宋人综合性文章总集不收录词体作品，但不能因此简单地认定词体在宋代没有地位。其实，宋人单独的词别集与词总集数量相当多①。这是一个颇为奇怪的现象。如何看待这个问题？首先有一个目录学上的原因。宋人陈振孙《直斋书录解题》集部分为楚辞类、总集类、别集类、诗集类、歌词类、章奏类、文史类，明确把"歌词"独立于总集、别集之外而自成一类。这种文体分类的学术传统为后世所继承。如《四库全书》分类学中，集部包括：楚辞类、别集类、总集类、诗文评类、词曲类。不难看出，"词曲类"是非常独特的自成系统的文体。另一方面，文章总集不收录词体作品，在某种程度上反映出当时人们的文体价值观。胡寅《酒边词序》："词曲者，古乐府之末造也。古乐府者，诗之傍行也……然文章豪放之士，鲜不寄意于此者。随亦自扫其迹，曰谑浪游戏而已也。"② 乐府已是诗的"傍行"，而词又是乐府之"末造"，词在中国古代文体谱系中的地位，可以说是边缘之边缘了。可是文章豪放之士，偏偏要"寄意于此"，但又"随亦自扫其迹"，真是一种复杂的心态。陆游《长短句序》也说："予少时汩于世俗，颇有所为，晚而悔之。然渔歌菱唱，犹不能止。今绝笔已数年，念旧作终不可掩。因书其首，以识吾过。"③ 他把写词作为过错，既习之，又悔之；既悔之，犹不能止；既绝笔，又觉不可掩，对词的态度也颇为矛盾。《四库全书总目》云："词曲二体在文章、技艺之间，厥品颇卑，作者弗贵，特才华之士以绮语相高

① 参见蒋哲伦、杨万里编撰《唐宋词书录》，岳麓书社 2007 年版。
② 〔宋〕向子諲：《酒边词》，见《文渊阁四库全书》第 1487 册，第 524 页。
③ 〔宋〕陆游：《渭南文集》，见《陆游集》，中华书局 1976 年版，第 2101 页。

耳。"① 从正统的诗学观念看，词多花间樽前的"绮语"，词风婉媚，故与载道之文、言志之诗相比，"厥品颇卑"。文人们普遍既认为词曲品位不高，然又十分喜爱。宋代文章总集编录反映出宋人这种文体观念：词体既是边缘的，又是独立而独特的文体。

## 二、从总集看宋人的古文观念

宋代文章总集的编纂，既反映出古文新文体的勃兴，也反映了以古文为中心的时代风气。汉代之前，并无"古文"② 之说。到了司马迁时代，才使用这个概念来指秦以前的文献典籍。《史记·太史公自序》："年十岁，则诵古文。"③ 王国维《观堂集林·史记所谓古文说》："故太史公修《史记》时所据古书若《五帝德》，若《帝系姓》……凡先秦六国遗书非当时写本者皆谓之古文。"④ 唐宋韩、柳、欧、苏倡导古文，"古文"又有了特别的含义。现代权威辞书对于作为文体名称的"古文"定义是："原指先秦两汉以来用文言写的散体文，相对六朝骈体而言。后则相对科举应用文体而言。"⑤ 也就是说"古文"是与骈文和科举考试文体相对的，这也是现代学术界的基本共识。但是如果从宋人所编纂的古文总集收录情况来看，实际情况相当复杂，须略加辨析。《四库全书总目》"崇古文诀"条下说："宋人多讲古文，而当时选本存于今者不过三四家。真德秀《文章正宗》以理为主……世所传诵，惟吕祖谦《古文关键》、谢枋得《文章轨范》及昉此书而已。"⑥ 此处拟从《古文关键》《崇古文诀》《文章轨范》《文章正宗》等现存几本有代表性的宋人古文选本入手，考察宋人的古文观念。

一般认为，古文与骈体文是相对的。其实，宋人的古文选本并不强烈地排斥骈体文。《古文集成》卷一五所收李斯《上秦皇书》，李兆洛《骈

① 〔清〕永瑢等：《四库全书总目》卷一九八，中华书局 1965 年版，第 1807 页。

② 关于"古文"一词，参见〔清〕章学诚《章氏遗书》卷九"杂说下"论"古文之目"，商务印书馆 1936 年版，第 365～366 页。

③ 〔西汉〕司马迁：《史记》，中华书局 1959 年版，第 3293 页。

④ 王国维：《王国维遗书》第 1 册，上海书店 1983 年版，第 322 页。

⑤ 罗竹风主编：《汉语大词典》（缩印本）上卷，汉语大词典出版社 1997 年版，第 1450 页。

⑥ 《四库全书总目》卷一八七，第 1699 页。

体文钞》卷一一收录并评曰："是骈体初祖。"① 《古文集成》卷二二收李密《陈情表》，《骈体文钞》卷一六收录，当然也是用骈体写就的。《崇古文诀》卷七收江淹《诣建平王上书》、孔稚圭《北山移文》两篇更是典型的骈文。《崇古文诀》卷一〇所收韩愈《进学解》，也是骈文味十足的文章。

　　说到古文，人们往往认为就是"用文言写的散体文"，这种说法未尝没有道理。一些宋人的诗文评或其他著作中，也有这种观念。沈括《梦溪笔谈·艺文一》："往岁士人多尚对偶为文，穆修、张景辈始为平文，当时谓之'古文'。"② 所谓"平文"，也就是散体文。宋吴曾《能改斋漫录》卷一〇"古文自柳开始"："本朝承五季之陋，文尚俪偶。自柳开首变其风。始天水赵生，老儒也，持韩愈文数十篇授开。开叹曰：唐有斯文哉！因谓文章宜以韩为宗。遂名'肩愈'，字'绍元'，亦有意于子厚耳。故张景谓韩道大行，自开始也。"③ 宋朱弁《曲洧旧闻》卷九也说："方古文未行时，虽小简亦多用四六，而世所传宋景文公《刀笔集》，虽平文而务为奇险，至或作三字韵语，近世盖未之见。"④ 以上之例，都是以古文作为和骈文相对的文体。但是，这仅是宋人"古文"观念的一面。从宋人文章总集所收录文体来看，"古文"并不等于散文，它可以包括骈文，也可以包括辞赋等韵文。比如《崇古文诀》收录楚辞《九歌》《两都赋》，《文章轨范》收录《归去来辞》《阿房宫赋》与前后《赤壁赋》。黄坚所选编的《古文真宝》后集10卷，以散体文为主，也收录《离骚》等辞赋韵文作品，同时收录《北山移文》《滕王阁序并诗》《春夜宴桃李园序》等骈体文章。

　　宋人文章总集中，"古文"甚至可以包括诗歌（古诗）。《古文苑》卷八、卷九中收录各体诗数十篇。《文章正宗》卷二二、二三、二四收录诗歌，包括《康衢歌》《击壤歌》等上古歌诗，及汉魏乐府及王粲、曹植、刘桢、阮籍、嵇康、左思、张华、傅玄、张载、束皙、孙楚、陆机、刘琨、郭璞、陶渊明、谢灵运、颜延之、鲍照、谢朓、沈约、陈子昂、李

　　① 〔清〕李兆洛：《骈体文钞》，见《万有文库》第2册，商务印书馆1937年版，第155页。
　　② 〔宋〕沈括：《梦溪笔谈》卷一四，岳麓书社2002年版，第108页。
　　③ 〔宋〕吴曾：《能改斋漫录》卷一〇，中华书局1985年版，第245页。
　　④ 〔宋〕朱弁：《曲洧旧闻》卷九，中华书局1985年版，第70页。

白、杜甫、韦应物等家古诗，明显把古诗纳入古文正宗谱系中。《古文真宝》前集 12 卷，按照五言古风短篇、五言古风长篇、七言古风短篇、七言古风长篇、长短句、歌类、行类、吟类、引类、曲类、辞类，收录古诗。

总括而言，宋人文章总集中"古文"范围虽以散体文为主，但可以包含骈文与韵文（含古诗），至少并不特别加以排斥①。明清人文章选本之"古文辞"与宋人的古文选本之"古文"内涵倒是比较一致的，如姚鼐的《古文辞类纂》收录了大量的辞赋韵文，而梅曾亮的《古文词略》更在此基础上特别增加"诗歌类"4 卷，收录古诗。

元代刘将孙《养吾斋集》卷二五《题曾同父文后》："自韩退之创为古文之名，而后之谈文者，必以经、赋、论、策为时文，碑、铭、叙、题、赞、箴、颂为古文。"② 关于何为古文的问题，可就几种宋人古文总集收录的文体来讨论。南宋末年王震霆《古文集成》标榜古文，所收录文体有：序、记、书、表、札、论、铭、封事、疏、状、图、解、辨、原、辞、议、问对、设论、戒等。吕祖谦《古文关键》③ 所收文体为：解、说、论、原、书、辨、序、议、传、碑。谢枋得《文章轨范》所收文体为：书、序、论、辨、议、碑、解、说、读、表、墓志、记、跋、书后、祭文、铭、赋、辞。楼昉《崇古文诀》所收文体为：书、辞、论、疏、檄、难、序、赋、诗、封事、表、移文、祭文、原、碑、墓铭、解、传、哀辞、记、说、逸事状、叙、引、赞、制、札子、奏疏、书后、策。如果从这几部古文选本的情况来看，刘将孙的说法并不准确，至少不全面。

在笔者看来，宋人古文选本的"古文"一词，不过是古雅文章之含义而已，在文体上并没有太明确的限定与排他性，它差不多可以包含多数的文体。这正如韩愈所说："愈之为古文，岂独取其句读不类于今者耶？

---

① 宋人总集的实际情况与当今学术界的理解有所不同。如李道英说："'古文'一词在唐宋两代有其特定含义，即主要指唐宋八大家及其追随者所写的文章，而不涉及骈文和辞赋。"这应该是目前学术界普遍的观点。参见氏著《唐宋古文研究》"导论"，北京师范大学出版社 2005 年版，第 3 页。

② 〔元〕刘将孙：《养吾斋集》卷二五，见《文渊阁四库全书》第 1199 册，第 242 页。

③ 以下几本总集不是以文体分类，而是以时代、作家或其他分类排序的，本文是按其作品文体出现的次序排列的。

思古人而不得见，学古道则欲兼通其辞；通其辞者，本志乎古道者也。"①
"古文"的精神在于上接"古道"。宋人柳开也说："古文者，非在辞涩言苦，使人难读诵之；在于古其理，高其意，随言短长，应变作制，同古人之行事，是谓古文也。"② 可见宋人心目中的古文，主要是在于高古的艺术旨趣方面，只要是符合他们旨趣的，都可以称为古文。在形式上，古文以散体文为主，但并不绝对排斥骈体文、辞赋等韵文。总之，古文即古雅之文，非时俗之文，这是宋人广义的古文观念。

再看宋人狭义的古文观念。姚铉《唐文粹》选录文章，特别标出"古文"一体，正为研究者提供了另一种理解的参照。《唐文粹》卷四三至卷四九共 7 卷收录唐代"古文"189 篇③，数量相当大，它们就是姚铉眼里唐代"古文"的代表作。这些"古文"也反映出当时人们心目中"古文"这种特殊文体的体制：从内容来看，这些"古文"都与宣传儒家之道或者积极干预时政有关；从形式来看，姚铉所谓"古文"主要是原、规、书、议、言、语、对、经旨、读、辩、解、说、评等文体。这些文体多是《文选》《文心雕龙》等书所未载的，由于唐宋人的创作以及文集分类观念的强化，这些名目逐渐成为后人承认的文体。总的说来，该书收录的"古文"绝大多数是产生于唐代的比较短小的、思辨性强的、有真知灼见的议论性文体。《唐文粹》所标示的文体和编选的作品，应该代表了宋人比较狭义的古文观念。

宋人面临着两个古文传统：一是先秦两汉古文传统，一是唐宋古文传统，也可简称为"秦汉文"与"唐宋文"。钱穆说："韩、柳之倡复古文，其实则与真古文复异……二公乃站于纯文学之立场，求取融化后起诗赋纯文学之情趣风神以纳于短篇散文之中，而使短篇散文亦得侵入纯文学之阃域，而确占一席地。故二公的贡献，实可谓在中国文学园地中，增殖新

① 〔唐〕韩愈撰，马其昶校注，马茂元整理：《韩昌黎文集校注》，上海古籍出版社 1986 年版，第 304 页。

② 〔宋〕柳开：《应责》，见《河东先生集》卷一，《四部丛刊》本，上海书店 1989 年版，第 10 页。

③ 郭英德认为《唐文粹》的"古文"分类是从《文苑英华》的"杂文"来的。参见氏著《中国古代文体学论稿》，第 112 页。这种看法有道理，两者确有一定的相关性。但《文苑英华》的"杂文"与《唐文粹》的"古文"仍有比较明显的差异，如《文苑英华》"杂文"收录"骚"体 5 卷，"杂制作"中又收录"中和乐"等，《唐文粹》显然与之不同。

苗，其后乃蔚成林薮，此即后来之所谓唐宋古文是也。"① 他也特别指出"唐宋古文"与"真古文"之差异。

在宋人诗文评中，往往流露出对于秦汉以降文章的轻蔑态度。陈师道云："余以古文为三等：周为上，七国次之，汉为下。周之文雅，七国之文壮伟，其失骋。汉之文华赡，其失缓。东汉而下无取焉。"② 在古文观念上反映出强烈的厚古薄今倾向。但是在宋人总集实际编纂中，情况却非如此，甚至相反。就宋人总集所收古文的历史范围来看，有些从先秦两汉收起，有些则只收唐宋古文，总集中出现了重秦汉文或重唐宋文两种倾向，似乎已启明代秦汉派与唐宋派分野之先声。但总体来说，宋人的古文选本基本是厚今薄古的，收录当代作品最多，基本不收六朝的作品。《崇古文诀》"尊先秦而不陋汉、唐，尚欧、曾而并取伊洛"③，只标先秦文、两汉文、唐文、宋文，六朝文只收江淹《诣建平王上书》、孔稚圭《北山移文》，全书收录宋文最多。王震霆《古文集成》"所录自春秋以逮南宋，计文五百二十二首，其中宋文居十之八"④。《文章轨范》唐前只收陶潜《归去来辞》与诸葛亮《前出师表》。《古文关键》标榜古文，其实只选唐宋古文，而唐代只选韩愈、柳宗元，宋代作家占绝对多数。可见，在总集中，唐宋文的分量明显重于秦汉文。

为何宋人更重唐宋古文？首先，当然与宋人对当代文化的强烈自信心有关，朱熹说："国朝文明之盛，前世莫及。"⑤ 刘克庄说："本朝五星聚奎，文治比汉唐尤盛。"⑥ 在文章学领域，宋人也非常有自信心。杨万里说："古今文章，至我宋集大成矣。"⑦ 有些学者甚至认为："（然则）文

202

① 《杂论唐代古文运动》，见《中国学术思想史论丛4》，第52页。
② 〔宋〕陈师道：《后山诗话》，见何文焕辑《历代诗话》，中华书局1981年版，第305页。
③ 〔宋〕刘克庄：《迂斋标注古文序》，见《后村先生大全集》卷九六，四川大学出版社2008年版，第2475页。
④ 《四库全书总目》卷一八七，第1703页。
⑤ 〔宋〕朱熹：《服胡麻赋》小序，《楚辞后语》卷六，见《楚辞集注》，上海古籍出版社1979年版，第300页。
⑥ 〔宋〕刘克庄：《平湖集序》，见《后村先生大全集》卷九八，第2524页。
⑦ 〔宋〕杨万里：《杉溪集后序》，见《杨万里集笺校》卷八三，中华书局2007年版，第6册，第3350页。

章在汉唐未足言盛，至我朝乃为盛尔。"① 同时宋人更重唐宋文又与唐宋文比较实用有关。秦汉文尚未有文体区分，高古而又含茫混沌，可谓无迹可求。而唐宋文文体明晰，技法完备，便于掌握②。更重要的是，掌握唐宋古文，有利于参加科举考试。

唐宋古文与时文的关系，是一个饶有趣味的论题。王阳明说："夫自百家之言兴而后有六经，自举业之习起而后有所谓古文。古文之去六经远矣，由古文而举业，又加远焉。"③ 在一般的认识中，古文是与科举相抗衡或相对立的文体。然而有趣的是，宋代古文之盛，其实与科举考试关系相当密切。被人视为时文的经义、论、策等考试文体，宋初便是用比较自由的古文形式来写作的，以后才渐渐程式化。古文与时文之间，既没有截然的界线，也不是永不相交的平行线。所谓时文，其实就是程式化的古文。而从古文中寻找文章技法，就成为时文写作的必经之路。唐宋古文家在宋代以至明清时代的科举考试中，起了至关重要的引导作用④。《制义丛话》卷二引胡调德语："唐以前，无专以文为教者。至韩昌黎《答李翊书》、柳柳州《答韦中立书》、老泉《上田枢密书》《上欧阳内翰书》、苏颍滨《上韩太尉书》，乃定文章指南……操觚之士，苟好学深思，心知其意，制义之金针不即在是哉？"⑤ 八大家所定的"文章指南"在当时之所以产生巨大的社会反响，原因之一就是它们可能是"制义之金针"。陆游曾说："国初尚《文选》，当时文人专意此书……方其盛时，士子至为之语曰：'《文选》烂，秀才半。'建炎以来尚苏氏文章，学者翕然从之，而

---

① 〔宋〕真德秀：《跋彭忠肃文集》，见曾枣庄、刘琳主编《全宋文》第 313 册，上海辞书出版社、安徽教育出版社 2006 年版，第 258 页。

② 正如明代唐顺之《董中峰文集序》中所说的："汉以前之文，未尝无法，而未尝有法，法寓于无法之中，故其为法也，密而不可窥。唐与近代之文，不能无法，而能毫厘不失乎法，以有法为法，故其为法也严而不可犯。"〔清〕黄宗羲编：《明文海》卷二四五，中华书局 1987 年版，第 2553 页。

③ 〔明〕王阳明：《重刻〈文章轨范〉序》，见《王阳明全集》卷二二，外集 4，上海古籍出版社 1992 年版，第 875 页。

④ 周作人《谈韩退之与桐城派》一文认为唐宋八大家与八股文具有某种内在联系："古文与八股之关系不但在桐城派为然，就是唐宋八大家传诵的古文亦无不然。韩退之诸人固然不曾考过八股时文，不过如作文偏重音调气势，则其音乐的趋向必然与八股接近，至少在后世所流传模仿的就是这一类。"参见钟叔河编《周作人文类编》第 2 册《千百年眼》，湖南文艺出版社 1998年版，第 669 页。

⑤ 〔清〕梁章钜：《制义丛话》，上海书店 2001 年版，第 34 页。

蜀士尤盛。亦有语曰:'苏文熟，吃羊肉;苏文生，吃菜羹。'"① 这两句著名的谚语既夸张又准确地反映出宋初与宋中期以后截然不同的社会风气与文章价值取向:作为骈文时代文章经典《文选》的地位已被唐宋古文的新典范苏轼文章所代替了，其原因就在于考试科目与方式改变了，"制义之金针"也随之变化②。

把古文经典变为"制义之金针"，这是一种艰难而实用的文体转换。当时的许多古文选本及其评点，其实是为了示人以文法，便于应试者揣摩和参加科举考试。举子读的虽然是古文，若有所领悟，却有助于时文的写作③。倪士毅《作义要诀·自序》:"宋初因唐制取士试诗赋(省题诗及八韵律赋)，至神宗朝王安石为相，熙宁四年辛亥议更科举法，罢诗赋，以经义、论、策试士。"④ 论体文是当时科举考试的重要科目，所以宋代出现了研究论体文写作的所谓"论学"(如魏天应编总集《论学绳尺》)。《古文关键》是科举考试入门辅助读本，收录论体文近50篇，约占总数百分之八十，其他的文体多为书、序与传，而所谓的书、序作品，主要也是论体文⑤。另外如《苏门六君子文粹》也是当时流行的文章总集，正如四库馆臣所说:"观其所取，大抵议论之文居多。盖坊肆所刊，以备程试之用也。"⑥ 张耒《宛丘文粹》收论、议、说、议说、诗传、书、记、序、杂著，秦观《淮海文粹》收进策、进论、论、传、书、记、序、说、杂著，黄庭坚《豫章文粹》收论、序、记、书、杂著、题跋，陈师道《后山文粹》收论、策、策问、书、记、序、杂著，李廌《济南文粹》收进论、书、记、赞、杂著，晁补之《济北文粹》收杂论、策问、书、记、

① 〔宋〕陆游撰，李剑雄、刘德权点校:《老学庵笔记》卷八，中华书局1979年版，第100页。

② 〔宋〕王应麟《困学纪闻》卷一七说:"熙、丰以后，士以穿凿谈经，而'《选》学'废矣。"骆鸿凯解释说:"王氏谓熙、丰以后，'《选》学'遂废，殆谓自荆公以新经试士后，帖括代兴，学者趋义疏之空疏，而弃辞章于弗问矣。"见《文选学》"源流第三"，中华书局1989年版，第74页。

③ 〔清〕方苞《钦定四书文·正嘉四书文》卷二评语说:"以古文为时文，自唐荆川始，而归震川又恢之以闳肆。"见《文渊阁四库全书》第1451册，第88页。然而以古文为时文之助，却是始于宋人的。

④ 〔元〕倪士毅:《作义要诀》，见《文渊阁四库全书》第1482册，第372页。

⑤ 参见吴承学《现存评点第一书——论〈古文关键〉的编选、评点及其影响》一文，载《文学遗产》2003年第4期，第72页。

⑥ 《四库全书总目》卷一八七，第1704页。

序，所收绝大多数为议论文。议论文体的风行，于总集编纂中有明晰的体现，反映出科举考试对士子的影响。

虽然历代诗文评著作对于先秦两汉的子、史文章多加赞赏，但是现存宋前的文章总集中，似未出现子、史进入总集的例子。六朝至唐所遗存的文章总集极少，《文选》当然是不收子、史的。唐代柳宗直《西汉文类》，见《新唐书》卷四〇，至宋代已佚。宋人陶叔献重新编纂，见《郡斋读书志》卷四下。从其兄柳宗元的序言看①，《西汉文类》全辑于班固《汉书》，可以说是收入史部文章，但它单纯辑自一书，与本文所讨论的"总集"有所不同。《直斋书录解题》卷一五录有《古文章》16 卷，并说："会稽石公辅编。与前书（按：指《古文苑》）相出入而稍多，亦有史传中钞出者。首卷为武王《丹书》，其末蔡琰《胡笳十八拍》也。"② 由于此书已佚，其时代与内容亦未能确定，因此很难下结论。不过，从现存文献看，说宋代以前尚未形成子、史进入总集的风气应该是可以成立的。

宋人总集要收录先秦两汉子、史文章，必须突破观念与技术两个层面的制约，他们必须对古文文体与古文经典进行发掘与扩展，这是一个非常重要的问题。萧统《文选》以来，总集所录大致是独立成篇的作品，而不是从经、史、子采摘成文。章太炎《国故论衡·文学总略》："《文选》之兴，盖依乎挚虞《文章流别》，谓之总集……总集者，本括囊别集为书，故不取六艺、史传、诸子。"③ 宋以前，文章总集的体例与选文标准基本是按照《文选》模式。宋代文章总集一个非常重要的创举是把文学经典的范围扩展到子、史两部，重加采摘，而成文章经典。这种开掘经典的工作，既是对篇章的重构，也可能是对文体的重造。因为经典开掘工作首先是要选择、断章，从一长篇书籍中节取出部分内容，作为篇章。有时还需要给文章加上篇名，而篇名的确定，便有对文章文体分类认定的意义。如《崇古文诀》卷一选入乐毅《答燕惠王书》、李斯《上秦皇逐客书》，这两文都是从史传中摘出并重新命名的。同样内容在《古文集成》卷一五则题为乐毅《报燕惠王书》、李斯《上秦皇书》，题目虽然不尽相

① 〔唐〕柳宗元：《柳宗直西汉文类集序》，见《柳宗元集》卷二一，中华书局 1979 年版，第 575 页。

② 〔宋〕陈振孙撰，徐小蛮、顾美华点校：《直斋书录解题》卷一五，上海古籍出版社 2015 年版，第 438 页。

③ 章太炎：《国故论衡》，上海古籍出版社 2003 年版，第 55 页。

同，但对于其文体"书"的认定却是相同的。

宋代文章总集在史、子两部扩展文章经典。先说"史"部。《文选》不选史部，理由是："至于记事之史，系年之书，所以褒贬是非，纪别异同。方之篇翰，亦已不同。"①《文选》收录的是形态独立的"篇翰"，即单篇独行的文章，不选录《左传》《国语》之类史书，也不选《史记》《汉书》的史传内容。后来的总集也继承这种传统，不收史部，但《文章正宗》的辞命、议论、叙事几部分都收录《左传》《国语》章节，而且成为后来古文选本的体例。《四库全书总目》论真德秀《文章正宗》时特加按语说："总集之选录《左传》《国语》，自是编始。遂为后来坊刻古文之例。"② 这标志着宋人一种新的文章观念与眼光，也是对《文选》体例的另一个重要突破，而这种影响则远远超出"坊刻古文之例"③。《文章正宗》以《左传》和《国语》为《春秋》"内外传"，"辞命"类序说："《书》之诸篇，圣人笔之为经，不当与后世文辞同录，独取《春秋》内外传所载周天子谕告诸侯之辞、列国往来应对之辞，下至两汉诏册而止。"④ "议论"类序说："然圣贤大训，不当与后之作者同录。今独取《春秋》内外传所载谏争论说之辞、先汉以后诸臣所上书疏封事之属，以为议论之首。"⑤ 在"叙事"类序中，非常重视《左传》："今于《书》之诸篇与史之纪传，皆不复录，独取《左氏》《史》《汉》叙事之尤可喜者，与后世记序传志之典则简严者，以为作文之式。"⑥《文章正宗》共选《左传》133 篇文章，其中辞命类 39 篇，议论类 73 篇，叙事类 21 篇，数量相当多。其他宋人选本同样也有从史传摘采文章的情况，如汤汉《妙绝古今》亦选《左传》文 8 篇、《国语》文 7 篇，占全书近四分之一。这既可能受到《文章正宗》的影响，更可能是当时的文坛风气。

再说子部。虽然在诗文评与历代作家的文章中，诸子一直是关注和赞扬的对象，如《文心雕龙》即设《诸子》篇；但是在宋代之前的学术界，

---

① 见〔南朝梁〕萧统编，〔唐〕李善注：《文选》卷首，上海古籍出版社 1986 年版，第 1 册，第 3 页。

② 《四库全书总目》卷一八七，第 1699 页。

③ 《古文观止》收录《左传》文章，曾国藩《经史百家杂钞》也收录《左传》作品。

④ 〔宋〕真德秀：《文章正宗·纲目》，见《文渊阁四库全书》第 1355 册，第 5 页。

⑤ 《文章正宗·纲目》，见《文渊阁四库全书》第 1355 册，第 6 页。

⑥ 《文章正宗·纲目》，见《文渊阁四库全书》第 1355 册，第 6 页。

吴承学自选集

WU CHENGXUE ZIXUANJI

子部与集部畛域甚严，诸子文章从未被选录进入总集之中。《文选》不选子部，理由是："老、庄之作，管、孟之流，盖以立意为宗，不以能文为本，今之所撰，又以略诸。"① 但是宋人总集开始从先秦汉代诸子采摘文章。如南宋汤汉《妙绝古今》从《孙子》《列子》《庄子》《荀子》《淮南子》选摘文章，突破了《文选》所设置的"能文为本"的限制，把"立意为宗"的诸子之文纳入总集。虽然就现存的文献看，宋代把子部纳入文章总集的情况并不多见，但仍具有不可低估的开创意义。

将子部和史部加以分体并纳入文章总集的做法，具有对文章文体重新分类的意义，同时也扩展了文体学与文学经典的范围。

宋人的"古文"观念相当复杂，有广义的，有狭义的。对于"古文"，诗文评著作的表述与总集的收录情况也不尽一致。在宋代的文章总集中，古文与骈文、诗赋、时文的关系也不是现在所想象的那么简单明了。虽然，宋人文章总集的选录情况所反映出来的文体内涵不是"标准答案"，但至少给研究者提供了另外的视角，而且是重要的视角。

## 三、总集叙次与文体、文学观念

如果说《文选》的编纂集中反映出骈文中心时代的审美旨趣和文体观念，那么到了以古文为中心的宋代，文章总集的编纂必然反映出不同的文学旨趣。自北宋以来，《文选》就受到一些非议，如苏轼就曾批评《文选》"编次无法，去取失当"②，表达出对《文选》编辑体例的强烈不满。在总集编纂方面，也出现一些走出《文选》模式的风气，如真德秀不满《文选》的编纂，以为未得"源流之正"③。以上谈到宋人以子、史入总集，也是对《文选》模式的突破。除了编选的内容，宋人总集的编辑体例也丰富和突破了《文选》的模式。宋代综合性文章总集的编纂大致可分为：以体叙次、以类叙次、以人叙次以及以技叙次诸种体例。

文章总集的文学思想，不仅表现在它所选录作家与文章的名单之中，也反映在其编纂体例中，后者往往为人所忽略。文章总集编纂者面对众多

---

① 〔南朝梁〕萧统：《文选序》，见《文选》卷首，第 1 册，第 2 页。
② 〔宋〕苏轼：《苏轼文集》卷六七《题〈文选〉》，中华书局 1986 年版，第 2092 页。
③ 《文章正宗·纲目》，见《文渊阁四库全书》第 1355 册，第 5 页。

的文章，首先必须选择某种方式把它们统贯起来，然后再加以排列组合。编者首先要选择一种要素作为贯串总集的纲，以之起纲举目张的作用。这种要素也就是编纂者首要的关注点和切入点，其深层正是编纂者的文学观念。而以体、以人、以类、以技为纲的不同叙次的总集，则编织成不同的文章网状结构，并给读者以不同的总体感受和印象。

（1）以体叙次，这是《文选》以来的传统模式。六朝以来，综合性文章总集编选的体例基本是采用《文选》模式，宋人的文章总集多数也是用文体分类的模式。除了上述《文苑英华》《唐文粹》《宋文鉴》等几部重要的总集之外，如《圣宋文海》《古文集成》《成都文类》《文选补遗》《三国志文类》等总集也都是以体叙次的。

但是在宋人以体叙次的总集中，也出现了打破《文选》原有文体模式的情况。在中国古代的文体谱系中，文体排列的先后往往暗含着编纂者对文体的价值高下的判断。《文选》以赋、诗、骚、七先于诏、册、令、教、策、表等文体，宋人对此有不同看法。元陈仁子辑《文选补遗》："以为诏令，人主播告之典章；奏疏，人臣经济之方略。不当以诗赋先奏疏，矧诏令？是君臣失位，质文先后失宜。"① 故《文选补遗》以"诏诰"置于书首。《三国志文类》分诏书、教令、表奏、书疏、谏诤、戒责、荐称、劝说、对问、议、论、书、笺、评、檄、盟、序、祝文、祭文、诔、诗赋、杂文、传等二十三门，把诏书置各文体之首，体现了以王权政治为本位的文体价值秩序，具有强烈的政治色彩，这也是值得注意的倾向。《文章正宗》虽然不是以体叙次的总集，但它以"辞命"为编首，把"诗赋"置之末类，彻底颠覆了《文选》所排列的文体次序。清代学者王之绩对于以"诗赋"置之末类的编纂方式评论说："西山《正宗》亦列诗赋于叙事、议论后，诚以诗赋虽可喜，而其为用则狭矣。"② 可见以"辞命"为首，以"诗赋"为末的次序正反映出宋人实用的文体观念。

以体叙次，即以文体为优先关注点，以文体作为编纂文章的纲，所有的作家作品被系之不同的文体之中。所以，以体分类的总集给人最强烈的印象是各体文章的历时性发展，而时代与作家的个性则被分散和淡化在各体文章之中。这种对于文体的极度重视，正是六朝以来主流的文学思想。

---

① 〔宋〕赵文：《文选补遗·序》，见《文渊阁四库全书》第1360册，第3页。
② 〔清〕王之绩：《铁立文起》卷一，见《四库全书存目丛书》集部第421册，第700页。

这种思想到宋代也一直占据主流。宋代文体学发展最值得关注的，是辨体意识的普遍高涨。辨体批评，成了这个时期文学批评的重要内容，并深刻影响了整个时代的文学创作。因此，许多作家和批评家坚持文各有体的传统，主张辨明和严守各种文体体制。如倪思（正父）说："文章以体制为先，精工次之。失其体制，虽浮声切响，抽黄对白，极其精工，不可谓之文矣。"① 王正德《馀师录》卷二："荆公评文章，常先体制而后工拙。"② 总集以文体叙次，正体现出"文章以体制为先"的传统观念。

（2）以人叙次即以作家为序，各体作品系之作家名下③。这种方式包括以时叙次，即按时代——作家——各体文章的次序来排列。《宋文选》收录欧阳修、司马光、范仲淹、王禹偁、孙复、王安石、余靖、曾巩、石介、李清臣、唐庚、张耒、黄庭坚、陈瓘北宋十四家作品。吕祖谦《古文关键》收录韩文、柳文、欧文、老苏文、东坡文、颍滨文、南丰文、宛丘文共八家。汤汉《妙绝古今》收《左传》、《国语》、《孙子》、《列子》、《庄子》、《荀子》、《战国策》、《史记》、《淮南子》、扬雄、刘歆、诸葛亮、韩愈、柳宗元、杜牧、范仲淹、欧阳修、曾巩、王安石、苏洵、苏轼共二十一家。虽然以时叙次和以人叙次不完全相同，但本质是一样的。楼昉《崇古文诀》收录先秦文、两汉文、唐文、宋文，整体上是以时叙次的，但书中的作品，则以所属之时代作家为序，所以实际上可视为是以人叙次的。

以人叙次的关注点从文体转移到不同时代与作家的创作个性上。这种总集给人们的印象不是某一文体，而是在具体时代背景下某一作家的个性与成就。各种文体的重要性已经被淡化，并被时代与作家的个性所掩盖。以人叙次和以时叙次的结合，具体地体现出编纂者的文学史观。

（3）以类叙次，即从文章功能着眼，把各体文章加以归类，按类加以编排。真德秀《文章正宗》采用功能归类法，把各种文章归为"辞命""议论""叙事""诗赋"四大类。"辞命"类"独取《春秋》内、外传所载周天子谕告诸侯之辞、列国往来应对之辞，下至两汉诏册

① 〔宋〕王应麟：《玉海》卷二〇二引倪正父语，江苏古籍出版社、上海书店1987年版，第3692页。

② 〔宋〕王正德：《馀师录》卷二引王安石语，中华书局1985年版，第20页。

③ 宋代以前如《河岳英灵集》等也是以人为次的，但此类主要是只收一体（如诗）的总集。

而止"，收入诏、告、谕、赦令、赐书、遗书、玺书、丹策、赐策、策问等"王言之体"的文章。"议论"类"独取《春秋》内、外传所载谏争论说之辞、先汉以后诸臣所上书疏封事之属，以为议论之首。他所纂述，或发明义理，或敷析治道，或褒贬人物，以次而列焉"，收入疏、对策、奏、对、封事、论、谏、上书、书、议、表、原、说、读、辨、赞、赠序等文体。"叙事"类"独取《左氏》《史》《汉》叙事之尤可喜者，与后世记序传志之典则简严者，以为作文之式"①，收入碑志、传、行状、记、序等文体。《文章正宗》"诗赋"类只收诗歌而不收"辞赋"，也不收律诗。除了古诗之外，还收入箴、铭、颂、赞、乐歌、琴操等。《文章正宗》归纳了原先各种体裁功能上的共通处，以简驭繁，打破了《文选》以来总集文体分类的传统模式，反映出全新的文章分类观念，这在文体学史上是非常值得重视的现象。《文章正宗》的文章归类是以文体功能为标准的，所以同一种文体的作品，因为功能不同，会被分别归入不同的类型之中。如同为序体，韩愈《送许郢州序》《赠崔复州序》《送郑尚书序》《送水陆运使韩侍御归所治序》《送幽州李端公序》《送石处士序》、柳宗元《送薛存义之任序》诸篇收录卷一五"议论"类，而韩愈《张中丞传后序》《赠张童子序》、柳宗元《愚溪诗序》则与记体文章同列，收到卷二一下"叙事"类中。《文体明辨》在论序体时已注意到真德秀这种特别的处理方式："其为体有二：一曰议论，二曰叙事。宋真氏尝分列于《正宗》之编。"② 这种方式也打破了《文选》的惯例，并为后世一些文章总集所采用。

《文章正宗》以类叙次的方式体现了宋人"以明义理，切世用为主"③ 的观念。它的关注点既不在文体，也不在作家个性，而在文章的"世用"。《四库全书总目》"总集类序"说："《文选》而下，互有得失。至宋真德秀《文章正宗》，始别出谈理一派，而总集遂判两途。"④ 强调《文章正宗》在传统总集之外别创一途，这是有眼光的，但《文章正宗》不仅"别出谈理一派"，还开创了一种迥异于《文选》编排体例的新传

① 〔明〕叶盛撰，魏中平点校：《水东日记》卷二八"文章正宗叙论"条，中华书局1980年版，第274页。

② 《文体明辨》卷四四，见《四库全书存目丛书》集部第312册，第1页。

③ 《文章正宗·纲目》，见《文渊阁四库全书》第1355册，第5页。

④ 《四库全书总目》卷一八六，第1685页。

统。如果说《文选》是以文学性为文章的本位，那么，《文章正宗》则是以实用性为文章的宗旨。重视文章的实用性无疑是宋人普遍的风气，而真德秀把这种风气推到极点，形成了与《文选》鲜明的对立。当然，真德秀矫枉过正地强调文章的实用性，从文学批评的角度看，可谓利弊兼具：其缺陷是明显的，其特色也是明显的。真德秀的文体分类也是既有其长，又有其短的。明代吴讷《文章辨体·凡例》："《文章正宗》义例精密，其类目有四：曰辞命，曰议论，曰叙事，曰诗赋。古今文辞，固无出此四类之外者。然每类之中，众体并出，欲识体制，卒难寻考。"[1]《文章正宗》把文章归为四类，有很强的概括性，以少总多，这是其长处。但是"每类之中，众体并出"，各种文体的渊源流变与体制特性被隐蔽在总类之中，则不免令人"卒难寻考"了。

（4）以技叙次，即按不同的写作技巧的程度来排列文章的次序。谢枋得《文章轨范》全书 7 卷，前两卷题"放胆文"，后五卷题"小心文"。编者题"放胆文"谓："凡作文初要胆大、终要心小，由粗入细，由俗入雅，由繁入简，由豪荡入纯粹。"题"小心文"谓："议论精明而断制，文势圆活而婉曲，有抑扬，有顿挫，有操纵，场屋程文论当用此样文法。"[2]可见"放胆文"与"小心文"是从技法运用上来分类的。编者把诸葛亮、陶渊明、韩愈、柳宗元、元结、杜牧、范仲淹、欧阳修、苏洵、苏轼、王安石、李格非、胡铨、辛弃疾诸人各体文章，分散地排列到他所设计的"放胆文"与"小心文"之中。而"放胆文"与"小心文"之中，又各有不同境界与层次，全书 7 卷就是 7 种技法境界。每一卷卷首都有总评，特别说明此卷所收作品之技法特色。《文章轨范》所代表的以技叙次的编纂方式，其关注点不在文体，不在作家个性，而在于有助举业的功利目的。王阳明《重刻〈文章轨范〉序》说："宋谢枋得氏取古文之有资于场屋者，自汉迄宋凡六十九篇，标揭其篇章句字之法，名之曰'文章轨范'。盖古文之奥不止于是，是独为举业者设耳。"[3]宋人的古文选本多与科举考试有关系，但以技叙次的文章总集的功利性就更为直露了。此类总集的编排叙次乃至编选、评点，都是为举业服务的。

---

① 《文章辨体》，见《四库全书存目丛书》集部第 291 册，第 6 页。
② 〔宋〕谢枋得：《文章轨范·目录》，中州古籍出版社 1991 年版。
③ 《王阳明全集》卷二二，外集 4，第 874 页。

从文体学的角度看，以上所举的 4 种总集体例之中，最富有文体学意义的是《文选》所代表的以体叙次和《文章正宗》所代表的以类叙次两种。分体与归类，是中国古代文体分类学的两种不同路向，前者尽可能详尽地把握所有文体的个性，故重在精细化；而后者尽可能归纳出相近文体的共性，故所长在概括性。古人说，"文本同而末异"。如果说，文体分类是辨其"异"，文体归类就是求其"同"。所以中国古代文体分类学其实应该包括"分体学"与"归类学"。《文选》是分体学的代表，而《文章正宗》则开创了归类学的总集传统。这两种迥异的系统学术影响大小不同，各有优劣，并行不悖。《文选》的影响不必多言，《文章正宗》开创的功能归类法的影响可略作补充。元代郝经将历代文章归入《易》《书》《诗》《春秋》四部①。其中归入《易》部的有序、论、说、评、辨、解、问、难、语、言诸体，归入《书》部的有书、国书、诏、册、制、制策、敕、令、教、下记、檄、疏、表、封事、奏、议、笺、启、状、奏记、弹章、露布、连珠诸体，归入《诗》部的有骚、赋、古诗、乐府、歌、行、吟、谣、篇、引、辞、曲、琴操、长句杂言诸体，归入《春秋》部的有国史、碑、墓碑、诔、铭、符命、颂、箴、赞、记、杂文诸体。《易》《书》《诗》《春秋》四分法本质上是力图把中国古代的所有文体按论说、公文、抒情与叙事来归纳，与《文章正宗》把古代各种文章归为辞命、议论、叙事、诗赋四大类是相通的。清储欣编《唐宋八大家类选》14 卷，把八大家古文分为奏疏、论著、书状、序记、传志、词章六大类；《古文辞类纂》把古今文章分为论辨、序跋、奏议、书说、赠序、诏令、传状、碑志、杂记、箴铭、辞赋、颂赞、哀祭十三类；曾国藩《经史百家杂钞》以"门"来统摄文体类别，"著述门"分论著、词赋、序跋，"告语门"分诏令、奏议、书牍、哀祭，"记载门"分传志、叙记、典志、杂记，确立了门、类、体文体三级分类法，体统于类，类归于门，传承和发展了功能分类法的传统。

　　文体观念与文学观念是宏观而浑茫的话题，而文章总集则是微观而具体的文本。从文章总集的编纂去考察它所蕴含的文体史与文学史意义，这种管窥蠡测也许能为考察宋代文体史与文学史的复杂性与多样性提供另一

---

① 〔元〕郝经：《续后汉书》卷六六"文章总叙"，见《文渊阁四库全书》第 385 册，第 624 页。

吴承学自选集

WU CHENGXUE ZIXUANJI

212

种独特的研究视角。它可能印证了以往文学史常识的合理性，但也可能得出与常识不尽相同的结论。当然，个人"结论"并不等同于定论，如果能引起学术界的思考或争论，所讨论问题也就不无意义了。

（原载《中国社会科学》2009 年第 2 期）

# "诗能穷人"与"诗能达人"

## ——中国古代对于诗人的集体认同

在古代文论的原始语境中,理论的"生态"往往是平衡的,每种理论常常是和它的对立面相反相成地存在的。但是,经过人们的阐释与接受之后,"平衡"就被打破了。某些理论凸显了,某些理论隐没了。考察相关理论从"平衡"到"失衡"的历史与原因,不但是有趣的,也是必要的。这往往也是中国文学批评史研究的一个薄弱环节。司马迁所谓"好学深思,心知其意"① 是治史之道,亦是治学之道。我们需要从中国文学批评的内在理路与文献史料出发,也需要能超越文字之表和惯性思维的悟性与洞察力。本文试图在还原古代文论原始语境的基础上,从中国古代对于"诗能穷人"与"诗能达人"的选择中,考察出中国古人的一种文学观念,即对"诗"与"诗人"的集体认同②。"诗人薄命""穷而后工"在古代诗学观念中既不是唯一的,也不是理所当然的经典意识。它的形成是被不断选择的过程,而主导这个过程的就是中国古代基于深层价值观念的集体认同。了解这一点,再反观"诗人薄命""穷而后工",我们就会感受到更多的言外之意与味外之旨。

---

① 〔西汉〕司马迁:《史记》卷一《五帝本纪》,中华书局 1959 年版,第 46 页。

② 在中国古代,包括"诗人"在内的"文人",是一个有共性的群体。但是由于诗歌更为直接、更为强烈地反映出诗人的个性与情感,"诗骚"传统与诗人的形象更为鲜明突出。诗人既是文人群体的一部分,又是其中最具代表性和典型意义的一部分。文学批评上既有"诗人薄命"之论,也有"文人命蹇"之说,两种说法本质是相通且不可分的。不过,"诗人薄命"之论要比"文人命蹇"之说更为普遍,更为流行,"诗人薄命"之论无疑更集中地反映出中国古人的文学观念。鉴于文人群体的共性和诗人在文人群体中的代表性,本文的研究范围和文献资料将以诗人为中心和重点,部分也涉及文人群体,在理论上则以讨论"诗人薄命"之论为中心,同时涉及"文人命蹇"之说。

吴承学自选集 WU CHENGXUE ZIXUANJI

# 一、从"伐能"到"薄命"

在中国古代，"诗人"这个概念，有广、狭之分。狭义的诗人特指《诗经》作者，所以往往与"辞人"相对。如《文心雕龙·情采》谓："昔诗人什篇，为情而造文；辞人赋颂，为文而造情。"① 广义的诗人泛指写诗之人，当然也包括"辞人"在内了。自从司马迁《史记》著《屈原贾生列传》以后，屈、贾并称。两人虽时代不同，然而平生都忧谗畏讥，遭遇相似，又皆长于辞令，故屈、贾逐渐成为古人心目中某类诗人、文人的代表人物。正如陶渊明《读史述九章·屈贾》诗说："嗟乎二贤，逢世多疑。候詹写志，感鹏献辞。"② 这类诗人的特点就是才华出众而与世多违。汉代以后，人们开始注意到诗人与文人的不幸命运。不过，早期人们比较多地把诗人、文人的不幸与他们才性上的缺陷——张扬自我而忽于操持——联系起来。班固《离骚序》批评屈原"露才扬己"③。南朝刘宋袁淑《吊古文》曰："贾谊发愤于湘江，长卿愁悉于园邑。彦真因文以悲出，伯喈衔史而求入。文举疏诞以殃速，德祖精密而祸及。夫然，不患思之贫，无若④识之浅，士以伐能见斥，女以骄色贻遭。以往古为镜鉴，以未来为针艾，书余言于子绅，亦何劳乎蓍蔡。"⑤ 在中国古人的观念中，诗人与美人之间，具有某些共性。这里，将"士"之"伐能"与"女"之"骄色"相提并论，认为他们过于表露自己的才华或容貌而遭受贬抑，其遭遇多少是自身的缺陷所造成的。

颜之推《颜氏家训·文章》也谓"自古文人，多陷轻薄"，并历数屈原以来许多诗人、文人的轻薄与厄运。他谈到其原因时说："每尝思之，原其所积，文章之体，标举兴会，发引性灵，使人矜伐，故忽于持操，果

① 〔南朝梁〕刘勰著，詹锳义证：《文心雕龙义证》，上海古籍出版社 1989 年版，第 1156 页。
② 〔东晋〕陶渊明著，逯钦立校注：《陶渊明集》卷六，中华书局 1979 年版，第 183 页。
③ 〔清〕严可均校辑：《全后汉文》卷二五，见《全上古三代秦汉三国六朝文》第 1 册，中华书局 1958 年版，第 611 页。
④ 《艺文类聚》作"无若"，严可均校辑《全上古三代秦汉三国六朝文》作"无苦"。罗根泽《中国文学批评史》也取"无苦"之说。"无苦"与"不患"相对，其义似更稳。
⑤ 〔唐〕欧阳询撰，汪绍楹校：《艺文类聚》卷四〇"吊"，上海古籍出版社 1965 年版，第 730 页。

吴承学自选集

WU CHENGXUE ZIXUANJI

于进取。"① 颜之推是从"文章之体"的特点入手来讨论这个问题的。推衍其意旨，文章的特点与本质就是使人"标举兴会，发引性灵"的，所以文章之士难免喜欢自我表现而忽略自我操守。粗看起来，颜之推所言与前人批评文人伐能之说相同，但其实是有所不同的。颜之推认为，文章之士的厄运固然是由于其自身的道德缺陷所造成的，但是更深层的原因，则是由于文章之体所决定的。实际上，颜之推已涉及一个深刻的问题，即"文章之体"引发文章之士形成的性格特点，又决定了文章之士的某种命运。

"诗人薄命"的命题在唐代就被明确提出来了，此后又不断被重复与强化，积累而成一种长久流行的文学观念。这种观念的产生有其深刻的思想文化原因。从文学内部来看，在唐代以前，"诗人薄命"的观念已隐约存在。汉代司马迁已经强调作者的生活遭遇与创作之关系，而诗歌以悲怨为美的观念在古代也有深远的传统②。唐代以来，儒学对诗学的影响更为显著，人们对于诗人社会责任感的要求也更高了。从文学价值观的角度对心目中的好诗与好诗人进行历史考察，自然会涉及诗人的命运问题。从社会政治制度的层面来看，唐代以诗取士，诗艺之工拙关乎仕途之通塞，这就更直接引发人们进一步思考诗人的悲剧性命运的问题。杜甫《天末怀李白》已感叹说："文章憎命达。"③ 白居易接过这个话题，又大加发挥，明确提出"诗人薄命"之说："采石江边李白坟，绕田无限草连云。可怜荒垄穷泉骨，曾有惊天动地文。但是诗人多薄命，就中沦落不过君。"④ "辞人命薄多无位，战将功高少有文。"⑤ "翰林江左日，员外剑南时。不得高官职，仍逢苦乱离。暮年逋客恨，浮世谪仙悲。吟咏流千古，声名动

---

① 〔北齐〕颜之推撰，王利器集解：《颜氏家训集解》（增补本），中华书局 1993 年版，第 237、238 页。

② 钱锺书《诗可以怨》："古代评论诗歌，重视'穷苦之言'，古代欣赏音乐，也'以悲哀为主'。"见钱锺书《七缀集》，上海古籍出版社 1985 年版，第 113 页。又钱锺书《管锥编》有"好音以悲哀为主"条。见钱锺书《管锥编》，生活·读书·新知三联书店 2007 年版，第 1506 页。

③ 〔唐〕杜甫著，〔清〕仇兆鳌注：《杜诗详注》卷七，中华书局 1979 年版，第 590 页。

④ 〔唐〕白居易：《李白墓》，见《白居易集》卷一七，中华书局 1979 年版，第 363 页。

⑤ 《宣武令狐相公以诗寄赠，传播吴中，聊奉短章，用伸酬谢》，见《白居易集》卷二四，第 530 页。

四夷。文场供秀句，乐府待新辞。天意君须会，人间要好诗。"① 白居易又以李白、杜甫为例，说明他们在世时历经乱离磨难，但诗名却传之久远。言外之意谓此是一种"天意"：人间需要好诗，所以诗人要经过乱离才行。白居易《读邓鲂诗》也列举数位本朝诗人薄命之例云："诗人多蹇厄，近日诚有之。京兆杜子美，犹得一拾遗。襄阳孟浩然，亦闻鬓成丝。嗟君两不如，三十在布衣。擢第禄不及，新婚妻未归。少年无疾患，溘死于路歧。天不与爵寿，唯与好文词。此理勿复道，巧历不能推。"② 他觉得诗人蹇厄是一种人们无法理解与推测的神秘天数。白居易《自解》诗又云："我亦定中观宿命，多生债负是歌诗。"③ 白居易这里提出了诗人的"宿命"。白居易的"宿命"是佛教的概念，指前世的生命。佛教认为人之往世皆有生命，辗转轮回，故称宿命。"多生"，也是佛教术语。佛教以众生造善恶之业，受轮回之苦，生死相续，谓之"多生"。白居易意谓自己之往世今生，皆为诗人，亦受其轮回之苦。白居易把中国本土的命运之说与佛教传入的宿命之论结合起来，谈论诗人的命运问题。

　　宋代以后，这种说法更为流行，苏轼诗云："诗人例穷蹇，秀句出寒饿。"④ "诗人"与"穷愁"似乎结下了不解之缘。而诗人的穷苦，又是上天的意思，是一种不可解脱的宿命，好的诗人与好的诗都要经过穷苦的磨炼。东坡又云："诗人例穷苦，天意遣奔逃。"⑤ 诗人穷苦乃为"天意"，此亦为"宿命"。苏轼所言与白居易意思相同，而用词却有所差异。白居易谓"多薄命"，而苏轼则说"例穷苦"，"穷苦"成为诗人的通例与规律。不穷苦的诗人，反而是极少数的例外。虽然"诗人例穷苦"之说是诗人之语，不能过分执着地去理解，但是当其他诗人也持相同说法的时候，我们就不能把它当成某位诗人一时兴到之语。如宋人徐钧诗云："自古诗人例怨穷，不知穷正坐诗工。"⑥ 诗人不但自己薄命，还连累了身

---

① 《读李杜诗集，因题卷后》，见《白居易集》卷一五，第 319～320 页。

② 《读邓鲂诗》，见《白居易集》卷九，第 185 页。

③ 《自解》，见《白居易集》卷三五，第 791 页。

④ 〔宋〕苏轼：《病中，大雪数日，未尝起，观虢令赵荐以诗相属，戏用其韵答之》，见《苏轼诗集》卷四，中华书局 1982 年版，第 159 页。

⑤ 《次韵张安道读杜诗》，见《苏轼诗集》卷六，第 26 页。

⑥ 〔宋〕徐钧：《孟郊》，见《史咏诗集》下卷，《续修四库全书》第 1321 册，上海古籍出版社 2002 年版，第 117 页。

「诗能穷人」与「诗能达人」

217

边的事物。"阴霏非是妒春华，薄命诗人带累花。"① 因为阴雨霏霏，而想到是因为"薄命诗人"连累了梅花。这也是很有趣的联想。

对文章之士命运的关注，是古已有之的。不过，对其不幸遭遇原因的阐释则有所变化。从汉代的"文人伐能"之说，到唐宋的"诗人薄命"之说，是一种转折②。它意味着人们从关注诗人自身的品德缺陷变成关注诗人悲剧性的宿命，对诗人的态度也从批评转为理解与欣赏了。

古人已注意到在唐代以前，是不以穷达论诗的，以穷达论诗始于中唐。元代黄溍云："古之为诗者，未始以辞之工拙验夫人之穷达。以穷达言诗，自昌黎韩子、庐陵欧阳子始。昌黎盖曰：'穷苦之言易好'，庐陵亦曰：'非诗能穷人，殆穷而后工耳。'自夫为是言也，好事者或又矫之，以诗能达人之说，此岂近于理也哉？《匪风》《下泉》诚穷矣，《凫鹥》《既醉》，未或有不工者。窃意昌黎、庐陵特指夫秦汉以来，幽人狷士悲呼愤慨之辞以为言，而未暇深论乎古之为诗也。"③ 为什么在以诗取士的唐代反而会出现"诗人薄命"之说？正如上文所论，这种观念的产生有其悠久的历史传统，有其深刻、复杂的思想文化以及文学内部原因。而在唐代，这种观念从原先的隐约和个别，变得更为明晰与系统，则与政治制度直接相关。

在未实施科举制度之前，诗人的前途命运与文学才华并没有必然的关系，所以人们很少去考虑诗人的穷达问题。正是到了唐代实施以诗取士的科举制度后，能诗者有幸则可平步青云，取得上流社会的入场券；而一旦其中有能诗却穷苦不达的诗人，则与人们原有的期望值形成巨大的反差。虽然是少数，但给人以更为强烈的印象。与贵族政治时代由血缘出身决定人的等级差异不同，科举制度强调的是对于人才的平等精神。在这样"平等"的时代，如果杰出的人才还遭遇穷困，其原因大概只能归之天命了。自唐代以后，诗歌功能出现两极化：诗歌既是吟咏情性的工具，也是平步青云的阶梯，这就引起人们对不同类别诗歌的审美价值、不同际遇诗

---

① 〔宋〕张镃：《寓舍听雨忆园中梅花》，见《南湖集》卷五，《景印文渊阁四库全书》第1164 册，台湾商务印书馆 1986 年版，第 582 页。

② 这种"转折"并不是说，唐宋以后"文人伐能"说就消失了，而是"诗人薄命"说代表新的诗学观念。

③ 〔元〕黄溍：《蕙山愁吟后序》，见《金华黄先生文集》卷一八续稿 15，《续修四库全书》第 1323 册，第 265 页。

人的历史地位的思考。因此，以诗取士的制度与其他思想文化以及文学内部因素共同构成"诗人薄命"说产生的社会背景。

## 二、"诗能穷人"与"诗能达人"

在研究文学批评史时，我们会把司马迁的"发愤著书"、韩愈的"不平则鸣"以及欧阳修的"穷而后工"等说法作为文学批评史的一条理论线索①。这其实只是古人说法的一个方面。在古代文论的原始语境中，每种理论往往是和它的对立面相反相成地存在的。宋代以后，"诗能达人"之说正是针对唐代以来"诗人薄命"与"诗能穷人"而提出来的。客观地看，"诗能穷人"与"诗能达人"是中国文学史史实与理论中不可分割的两个方面。古人既有认为诗能穷人的，也有认为诗能达人的。这原本是两个自有道理、各有例证的话题。把"诗能穷人"与"诗能达人"两个话题放到一起考察，相互印证，对中国诗学的理解才会比较全面、真实和圆融，也比较深刻。

在"诗人例穷苦"说流行之时，就有人对此表示怀疑。宋人许棐直截了当地表示，"不信诗人一例穷"②。在宋代，一方面"诗人薄命"之说更为普遍，另一方面也出现完全相反的说法，那就是"诗能达人"。可是，这种说法并不流行，甚至差不多被后人遗忘。这种遗忘当然有它的道理，但是从学术研究的角度看，如果完全漠视这种说法，可能会显得片面和肤浅。

《孟子·尽心上》："穷则独善其身，达则兼善天下。"③"达"有显贵、显达之意，"穷"特指不得志。作为诗学命题的"诗能穷人"与"诗能达人"在对举时，其"穷""达"之义大致与此相仿。但在具体语境中，意义却比较复杂。"穷"有生活困顿、穷愁潦倒这种物质层面的"穷"，也有理想与现实强烈矛盾的精神层面的"穷"。"达"可指社会地位的显达，也可指诗名远扬的显达。我们要注意到在不同语境中的意义

① 钱锺书：《诗可以怨》，载《文学评论》1981 年第 1 期，第 16 页。又见《七缀集》。
② 〔宋〕许棐：《挽沈晏如》，见《梅屋集》卷一，《景印文渊阁四库全书》第 1183 册，第 197 页。
③ 〔清〕阮元校刻：《十三经注疏》下册，中华书局 1980 年影印版，第 2765 页。

差异。

在文学批评史上，最早提出"诗能达人"的是宋人陈师道。他在《王平甫文集后序》云："欧阳永叔谓梅圣俞曰，世谓诗能穷人，非诗之穷，穷则工也……方平甫之时，其志抑而不伸，其才积而不发，其号位势力不足动人，而人闻其声，家有其书，旁行于一时，而下达于千世，虽其怨敌不敢议也，则诗能达人矣，未见其穷也。夫士之行世，穷达不足论，论其所传而已。"① 陈师道以王安国（平甫）为例，说明"诗能达人矣，未见其穷"。不过，他所理解的"达"，不是现世的"显达"，而是诗歌在当下与后世的影响与流传。元代李继本也说："余意诗能达人则有之，未见其穷也。不有达于今，必有达于后。从古以来，富贵磨灭，与草木同朽腐者，不可胜纪。而诗人若孟郊、贾岛之流，往往有传于后，岂非所谓达人者耶？"② 他所谓的"达"，与陈师道同意。这种"诗能达人"之说在理论上与"穷而后工"并没有本质差别。

宋代的陈与义就是当时人们认为"诗能达人"的典型。葛胜仲说："世言诗能穷人……予谓诗不惟不能穷人，且能达人。"③ 他以陈与义为"诗能达人"的典型。宋人胡仔解释说："简斋《墨梅》皋字韵一绝，徽庙召对称赏，自此知名，仕宦亦浸显。陈无己所以谓之'诗能达人矣，未见其穷也'。葛鲁卿序《简斋集》，亦用此语，盖为是也。"④ 这里的"达人"，与陈师道所言内涵不同，是指现世的显贵。这种"诗能达人"的含义更为普遍和流行。我们在下文谈到"诗能达人"时，便是特指这种含义。

类书是中国古人体系化的"常识"。在宋代的类书中，就有"诗能穷人"与"诗能达人"两种完全相反的词条，反映出当时的文学观念。南宋祝穆《事文类聚》别集卷九"文章部"有"因诗致穷"类，又有"诗能达人"类。除了类书之外，古代大量的诗话对此也有所记载。如《诗话总龟》中的"知遇""称赏""投献"等门类，记载了大量诗能达人的

① 〔宋〕陈师道：《后山居士文集》卷一六，上海古籍出版社 1984 年版，第 718～719 页。
② 〔元〕李继本：《冰雪先生哀辞》，见李修生主编《全元文》卷一八八〇，江苏古籍出版社 1998 年版，第 1053 页。
③ 〔宋〕葛胜仲：《陈去非诗集序》，见曾枣庄、刘琳主编《全宋文》第 142 册，上海辞书出版社、安徽教育出版社 2006 年版，第 343 页。
④ 〔宋〕蔡正孙：《诗林广记》后集卷八引，中华书局 1982 年版，第 371 页。

故事。

历来对"诗能达人"之说论述最为全面的是南宋的胡次焱，他说：

> 诗能穷人，亦能达人，世率谓诗人多穷，一偏之论也。陈后山序
> 《王平甫集》，虽言穷中有达，止就平甫一身言之，予请推广而论。
> 世第见郊寒岛瘦，卒困厄以死，指为诗人多穷之证。夫以诗穷者固多
> 矣，以诗达者亦不少也。①

胡次焱还举出许多例子，说明有"以诗擢科第者""以诗转官职者""以诗蒙宠赉者"，而且"诗可完眷属""诗可以蠲忿""诗可以行患难"。胡次焱以实证的方式用大量的历史事实（其中不乏小说家言）来证明"世谓'诗能穷人'，岂公论哉？"从胡次焱所举例证来看，诗不仅能使人在现实社会中尊贵与显达，而且还具有消灾解困之功用，所以胡次焱"诗能达人"之说带有世俗社会强烈的功用色彩。

宋代以后，理论家们开始追溯历史，以事实证明诗人不必皆穷，亦有达者。姚鼐云："夫诗之源必溯于风雅，方周盛时，诗人皆朝廷卿相大臣也，岂愁苦而穷者哉？"② 徐世昌《读梅宛陵诗集书后》："人谓诗以穷而工，我谓工诗而后穷。自古诗人多富贵，《雅》《颂》作者何雍容。"③ 他们都指出早期中国诗史，《雅》《颂》的作者多为达者。此外，也有人指出，唐代以来的诗人，也多有命运不薄、福寿双全者。清程晋芳《申拂珊副宪七十寿序》："人咸言诗人少达而多穷，又或谓呕心肝，擢胃肾，非益算延年术也，是特就一二人言之耳，乌足概其全哉？由唐以来，诗大家香山、放翁，官未尝不达，而年近耇耆，庐陵、临川，皆至宰辅。近人朱竹垞、查他山辈，官虽不高，寿皆至七八十岁。盖天欲厚其传，非使之长年则撰著不富。"④ 他们指出，无论是历史还是现实，诗人穷苦，只是极个别现象而已。他们所说的"达"，又是指福、禄、寿齐全式的世俗社会幸福生活。

---

① 〔宋〕胡次焱：《赠从弟东宇东行序》，见《全宋文》第356册，第120页。
② 〔清〕姚鼐：《陈东浦方伯七十寿序》，见《惜抱轩诗文集》文集卷八，上海古籍出版社1992年版，第118页。
③ 〔清〕徐世昌：《晚晴簃诗汇》卷一二五，见《续修四库全书》第1631册，第692页。
④ 〔清〕程晋芳：《勉行堂文集》卷二，见《续修四库全书》第1433册，第317页。

清代严首升针对"穷而后工"之说，引诸史实，特别指出"达"更有利于创作：

> 自古诗人，若陈拾遗、孟襄阳等辈，皆相望于穷。或遂以为诗能穷人，或以为穷而后工，皆不然之论也。王文穆、杨徽之皆以一字、数联立致要路，诗何尝不能达人？摩诘佳处什九在开元以后，苏明允既游京师，落笔敏于山中时，又安在不达而后工哉？夫抱心者身也，身实有苦乐，而心安得不有艰易？先民有言，惟福生慧。穷尚工矣，何况达乎？予因以是细数古今词赋之事，自人主为之，鲜不加于民间数等，其次则诸王宗室与幕府宾客，倡和园林，亦必有群中鹤立之美，往往然也。陈隋之主无道已，文皇、明皇独步三唐。若乃淮南、陈思、昭明、谪仙、长吉诸君子，一时作者，咸逊为弗如，此曷故哉？大约本支百世，氤氲已久，且其色声香味，既与人殊，宜其心之所思，亦莫得同也。

> 今夫以匹夫徒步之子，席门绳枢、竹床土锉之间，细丝高竹，未调于耳；琼花怪石，不供于目；以逮好鸟丽人、高僧名士，莫缘为侣。此外或惟江上清风、山间明月，可得存耳。然而，登高临流或无其具，良宵令节不知将至者有之矣。诸如此类，皆所谓诗料也，而皆无有，而皆恃此支离憔悴之心，诳空而为诗。辟之则文人谈武事，地间人谈天上，中国人谈海外，无望其言之亲切也。惟是怨贫伤老，终日书怀，洲望一色，无足观耳。[1]

严首升说的"达"则不仅指有高贵的社会地位，还指具有能为艺术审美活动提供充分条件的物质生活基础。他既认为"诗何尝不能达人"，又进一步明确提出诗人"达而后工"之说，似乎有故作翻案、谲诡怪诞之嫌。但古人认为，"居移气，养移体"[2]。社会地位高者，可以广泛交流，转益多师，视野开阔，居高临下，故"达"者亦可"工"也，正如"穷"而未必皆"工"。社会地位高贵的"达"者也是可以有忧患的，也可能产生

① 〔清〕严首升：《种玉堂集序》，见《濑园文集》卷二，《四库禁毁书丛刊》集部第147册，北京出版社1997年版，第156～157页。

② 《孟子·尽心上》，见《十三经注疏》下册，第2769页。

理想与现实矛盾的苦闷，"达"者亦有"穷"时。事实上，有些好诗确是"达"者才能写出来的，像刘邦《大风歌》："大风起兮云飞扬，威加海内兮归故乡，安得猛士兮守四方！"①像曹操《短歌行》："山不厌高，海不厌深。周公吐哺，天下归心。"②退一步讲，这种诗就算"穷"者能写出来，也是矫情而不实的。"穷而后工"之"穷"应该是特指那些具有突出的艺术才华，有理想、有抱负而遭遇挫折者。许多处于社会底层的"穷"者却可能是平庸的，或"穷"不思变的。就诗人而言，古代有大量三家村之诗人，困于生计，限于交际，独学无友，孤陋寡闻，虽穷之甚，而诗多不工。严首升所论，或有偏颇。然而，他认为诗人由于"穷"，受到物质条件与主观条件的限制，其交际和阅历、眼界和胸襟都可能受到影响，此说从创作心理的角度，强调诗人的社会地位、物质基础与创作的关系，强调诗人良好的环境与心境对于创作的正面影响，力破传统"诗穷而后工"之说的某种思维定势，不为无见。

明清时期，出现和"诗能穷人"与"诗能达人"密切相关又有所引申的另一组针锋相对的命题，即"文章九命"与"更定文章九命"。"文章九命"是明代王世贞所提出来的。"薄命"的内涵颇为含混，古人泛指穷愁不达之类的生活际遇。王世贞则把"薄命"的内涵明确细化，并加以分门别类：

> 古人云："诗能穷人。"究其质情，诚有合者。今夫贫老愁病，流窜滞留，人所不谓佳者也，然而入诗则佳。富贵荣显，人所谓佳者也，然而入诗则不佳。是一合也。泄造化之秘，则真宰默雠；擅人群之誉，则众心未厌。故呻占椎琢，几于伐性之斧；豪吟纵挥，自傅爱书之竹，茅刃起于兔锋，罗网布于雁池，是二合也。循览往匠，良少完终，为之怆然以慨，肃然以恐。曩与同人戏为文章九命：一曰贫困，二曰嫌忌，三曰玷缺，四曰偃蹇，五曰流窜，六曰刑辱，七曰夭折，八曰无终，九曰无后……吾于丙寅岁，以疮疡在床褥者逾半岁，几殆。殷都秀才过而戏曰："当加十命矣。"盖谓恶疾也。③

① 逯钦立辑校：《先秦汉魏晋南北朝诗》上册，中华书局1983年版，第87页。
② 《先秦汉魏晋南北朝诗》上册，第349页。
③ 〔明〕王世贞著，罗仲鼎校注：《艺苑卮言》卷八，齐鲁书社1992年版，第389～421页。

王世贞"九命"一词，或为一时兴到之言，或为换骨脱胎之语。周代的官爵分为九个等级，称"九命"。王世贞可能仿古代官制而"戏为"调侃之词，亦谐亦庄。所谓文章"九命"，是指文章给人带来的各种厄运。这里的"文章"，所指甚广，但也包括了诗歌。王世贞分析"诗能穷人"的两大原因：一是从审美来看，诗中表现穷苦之言比表现富贵之言更有价值。二是从诗的社会效应来看，诗歌揭露了造化的秘密，引发上天的暗恨；诗人的声誉又挑起众人的妒忌。王世贞力图从文学与社会学的角度，从内部与外部揭示"诗能穷人"之秘密，虽略有夸张，然颇有道理。

王世贞"文章九命"之说一出，即成为当时文人热议的话题。胡震亨《唐音癸签》卷二八："王弇州尝为'文章九命'之说，备载古今文人穷者，今摘唐诗人，稍加订定录后。"[1] 他又列举唐诗人为例，加以补充。胡应麟《诗薮》云："若陶婴、紫玉、班婕妤、曹大家、王明君、蔡文姬、苏若兰、刘令娴、上官昭容、薛涛、李冶、花蕊夫人、易安居士，古今女子能文，无出此十数辈，率皆寥落不偶，或夭折当年，或沉沦晚岁，或伉俪参商，或名检玷阙，信造物于才，无所不忌也。王长公作《文章九命》，每读《厄言》，辄为掩卷太息，於戏！宁独丈夫然哉？"[2] 胡应麟从历代女诗人之厄运的角度补充"文章九命"之说：不独男子如此，女子也是如此，可见此说具有普遍性。明沈长卿云："王元美戏为《文章九命》，伤才士数奇也……予谓'十命'当分'天刑'、'人祸'两则。绮语诬谤者，遭阴殛之报，天刑之；愤世怨怼者，罗阳网之报，人祸之。然平坦之肠，必无警句；光尘之品，宁有奇文？即欲抑其才以自韬而不能，此数奇之由也。若曰：享名太过，销折其福，依然忌者之口也。更有说焉，文入于妙，不必更作他业，即此已为世所深恨。犹入宫之女，岂尝詈诸嫔嫱，而反唇侧目者趾相接也。"[3] 此则是对王世贞"文章九命"之补充，以之分为"天刑""人祸"两种，谓文人之"数奇"，不可避免。

自明代以来，王世贞《文章九命》影响甚大，它被收入《古今图书集成》之《文学典》卷十一"总论"中，甚至成为文人诗文创作中的独

① 〔明〕胡震亨：《唐音癸签》卷二八，上海古籍出版社1981年版，第295页。
② 〔明〕胡应麟：《诗薮》外编卷一，上海古籍出版社1958年版，第133页。
③ 〔明〕沈长卿：《沈氏日旦》卷二，见《续修四库全书》第1131册，第346页。

特话语。比如诗中有云："尘劫三生终杳渺，文章九命独蹉跎。"① "五字长城七子才，文章九命古今推。"② 文中有云："呜呼！自古才人，造物所忌。文章九命，真堪流涕！人生缺陷，万事难遂。"③ 总之，在诗文中"文章九命"已成为文人命蹇、才士数奇的代语。

到了清代，有人力反其说，重新编制具有正面意义的"文章九命"。清王晫《更定文章九命》："昔王弇州先生创为《文章九命》……天下后世尽泥此言，岂不群视文章为不祥之莫大者，谁复更有力学好问者哉？予因反其意为《更定九命》，条列如左，庶令览者有所欣羡，而读书种子或不至于绝云。"④《更定九命》具体的内容为：一曰通显、二曰荐引、三曰纯全、四曰宠遇、五曰安乐、六曰荣名、七曰寿考、八曰神仙、九曰昌后，各引古人往事以实之。王晫的"九命"是有意与王世贞的"九命"一一对应而相反的。

王晫《更定文章九命》引导读书人乐观地看待文章与命运的关系，清代施闰章《王丹麓松溪诗集序》赞扬王晫说："王元美'文章九命'之说，足使文人失志，悉反其说，取古文人之通显寿考、声实荣畅者，辑为《更定文章九命》一编，读之阳气且满大宅，若春日之暖寒谷也。"⑤ 不过，为人写序，可视为世故的客气话，不太具有实际的批评内涵。而事实却是：王世贞的《文章九命》非常知名，非常流行，而《更定文章九命》在文学批评史上，不但没有流行，而且很少有人注意到。这种现象，耐人寻味。

① 〔清〕王昶：《闻李贡生宪吉旦华之讣兼讯其尊人绎刍同年集》，见《春融堂集》卷九，《续修四库全书》第1437册，第431页。

② 〔清〕吴骞：《题徐兰圃楚畹近稿二首》，见《拜经楼诗集》卷一二，《续修四库全书》第1454册，第119页。

③ 〔清〕尤侗：《公祭陈其年检讨文》，见《西堂文集·杂组三集》卷八，《续修四库全书》第1406册，第485页。

④ 〔清〕王晫：《更定文章九命》，见王水照编《历代文话》第4册，复旦大学出版社2007年版，第3852页。

⑤ 〔清〕施闰章：《王丹麓松溪诗集序》，见《学馀堂文集》卷七，《景印文渊阁四库全书》第1313册，第83页。

# 三、"诗人薄命"：一种集体认同

中国古代既有"诗能穷人"之说，又有"诗能达人"之说；既有"穷而后工"之说，也有"达而后工"之说；既有《文章九命》，又有《更定文章九命》。但是前者成为流行的说法，而后者则少为人所接受。这是中国文学批评史上一个奇特的现象，笔者把它称为"诗人薄命化"倾向。

那么，"诗人薄命化"倾向是如何形成的？难道是因为它揭示了中国文学史的普遍规律吗？不是。总体来说，重视诗赋等文学创作是中国古代的社会风尚，"雅好文章"和提拔文章之士是君主的雅趣。《汉书》中记载西汉枚乘、司马相如都因善赋而见用。而《后汉书》也记载东汉班固因为《两都赋》名闻天下，"及肃宗雅好文章，固愈得幸"①。马融"上《东巡颂》，帝奇其文，召拜郎中"②。六朝以还，此风尤盛。隋代李谔上书隋高祖，以批评的口吻谈到江左齐梁"爱尚"诗歌的风气："世俗以此相高，朝廷据兹擢士。禄利之路既开，爱尚之情愈笃。于是闾里童昏，贵游总丱，未窥六甲，先制五言。"③ 明确指出，诗歌已经成为"朝廷据兹擢士"的"禄利之路"。但是在齐梁时代，"朝廷据兹擢士"应指对于善诗者可特别加以升迁④，尚未成为面向一切社会阶层以诗取士的制度，尽管它对后来的科举以诗文取士有重要影响。自从唐代实施科举制度，尤其是设立注重文词的"进士科"，诗歌便成为下层士子改变命运的途径，真正成为对所有读书人开放的"禄利之路"。诗歌为许多士子带来的恰恰是幸运，而不是厄运。不仅如此，在中国古代，诗歌是当时社会交往的一种

① 〔南朝宋〕范晔撰，〔唐〕李贤等注：《后汉书》卷四〇下《班彪列传》，中华书局1965年版，第1373页。

② 《后汉书》卷六〇上《马融列传》，第1971页。

③ 〔唐〕魏征、〔唐〕令狐德棻：《隋书》卷六六《李谔传》，中华书局1973年版，第1544页。

④ 比如《梁书》卷四一《王规传》："六年，高祖于文德殿饯广州刺史元景隆，诏群臣赋诗，同用五十韵，规援笔立奏，其文又美。高祖嘉焉，即日诏为侍中。"见〔唐〕姚思廉《梁书》，中华书局1983年版，第582页。《梁书》卷四一《褚翔传》："中大通五年，高祖宴群臣乐游苑，别诏翔与王训为二十韵诗，限三刻成。翔于坐立奏，高祖异焉，即日转宣城王文学，俄迁为友。时宣城友、文学加它王二等，故以翔超为之，时论美焉。"见《梁书》，第586页。

吴承学自选集

WU CHENGXUE ZIXUANJI

重要工具。无论在上流社会还是民间社会，能诗是一种荣誉，也具有很高的才华显示度。文章之士通过考试能获得担任官员的资格，便在当时世界范围内，中国文人也是少有的"幸运"者。故可以说，"诗能达人"在中国古代也具有某种程度的真实性。古代诗人遭受厄运的毕竟是少数，而为诗所"穷"，纯粹由于写诗的原因而遭受厄运的诗人，更是少之又少——多数是出于"政治"的原因。所以如果从数字统计的角度来看，诗歌和"薄命"是没有必然关系的，诗人薄命并不是普遍的事实，而仅仅是片面的真实："诗能达人"与"诗能穷人"同时构成事实的整体。

正因为"自古诗人多薄命"不是普遍的历史真实，它的理论内涵、理论价值和意义才更为凸显出来：它不是对事实的客观总结，而是一种带有强烈集体性主观色彩的想象与含混的印象①，也是出于对理想的诗歌和诗人的深切期待。"诗人薄命"不是真实的命题，而是建构的命题。从这个角度看，"诗人薄命"反映出中国古人超越现实的创造性的诗学理想，其内涵的深刻性和丰富性还有待探讨。

如果我们超越表面现象，便可看出，中国古代文论中关于"诗人薄命"之说其实是一种有选择性的集体认同：在"诗能穷人"与"诗能达人"两者中，选择了"诗能穷人"；在"穷而后工"与"达而后工"两者中，选择了"穷而后工"；在《文章九命》与《更定文章九命》两者中，选择了《文章九命》。选择也是一种批评。孤立地看，"诗能达人"之说是可成立的，但当它与"诗能穷人"或"穷而后工"之说相提并论时，两者的差异与深浅便显现出来。虽然，"诗能达人"也具有某种真实性与合理性，但这种理论大多仅是对世俗社会现象的总结，没有更深邃、更崇高的传统诗学理想与价值观来支撑，有时还流露出某种世俗功利色彩②。而"诗能穷人"或"穷而后工"之说虽然是"片面"的，却显深

---

① 比如说，"贫困""嫌忌""玷缺""偃蹇""流窜""刑辱""夭折""无终""无后"这些所谓典型的"薄命"现象，难道是诗人文人所特有的而其他阶层或群体所没有或少有的？事实上，任何阶层和群体都可能有此遭遇，甚至还可能更为严重：如"贫困"之于农夫，"嫌忌""流窜""刑辱"之于官宦。又比如说，诗人在何种程度上便是"薄命"？古人所言，时而指终身困苦，时而指人生过程中遭遇某些穷厄。所以"诗人薄命"这一命题是无法用统计和量化的方法来论证的。

② 这里所论，不包括上述陈师道等人所说的"诗能达人"，因为他说的"达"，是指其诗歌可"下达于千世"，与一般的"诗能达人"的含义不同。

刻。它反映的是一种超越世俗、追慕崇高的诗学理想。

历史之所以作出这种选择，固然与司马迁、韩愈、白居易、欧阳修、苏轼等文坛领袖的强势话语有关，固然与中国古代经典诗歌多为"穷苦之言"有关，但从某种意义而言，这些是"果"而不是"因"，更深层的原因是潜藏的中国古代诗学价值观念的影响。中国诗学始终强调和重视诗人的社会责任，其诗学价值观念最为推崇的理想当然是志在用世、兼"事业"与"文章"于一身的诗人。然而在社会现实中，二者往往难以得兼。欧阳修在《薛简肃公文集序》中说："君子之学，或施之事业，或见于文章，而常患于难兼也。盖遭时之士，功烈显于朝廷，名誉光于竹帛，故其常视文章为末事，而又有不暇与不能者焉。至于失志之人，穷居隐约，苦心危虑而极于精思，与其有所感激发愤惟无所施于世者，皆一寓于文辞。故曰穷者之言易工也。"① 既然"事业"与"文章""常患于难兼"，"失志"诗人不得已就把用世之志寄寓于诗文。既然在社会、政治领域"无所施于世"，那就只能通过诗文来发挥"施于世"的影响。以"立言"来寄托着"立德"与"立功"的理想和追求——这种倾向在那些有政治理想与社会责任感的"失志"诗人身上表现得特别强烈和鲜明。诗歌就是他们生命价值与人生理想的唯一寄托，是他们的精神家园或安身立命之处。诗歌对于他们不仅是一种语言形式，更是生命价值的现实体现与历史延续的最佳载体。他们对于社会、人生、生命的体验特别深切、特别丰富，他们对于诗歌的追求分外投入、分外执着，就如欧阳修所说的，"苦心危虑而极于精思"。因此，他们的诗歌也就具有特别的审美价值。

历史之所以作出这种选择，从更根本来看，它所体现的是深厚的中国传统文化心理。中国诗学精神主体的根基是以孔孟为代表的儒家思想。儒家学派产生于道术分裂、礼崩乐坏的乱世，孔孟之徒以济世、弘道为己任，从不因个人的得失荣辱放弃对理想的追求，甚至以穷愁苦痛作为砥砺君子人格、实现儒家理想的必由之路，故有"天将降大任于是人也，必先苦其心志，劳其筋骨，饿其体肤，空乏其身，行拂乱其所为"② 等砺志

---

① 〔宋〕欧阳修著，李逸安点校：《欧阳修全集》第2册，中华书局2001年版，第618页。
② 《孟子·告子下》，见《十三经注疏》下册，第2762页。

之言。孔子的"杀身以成仁"①，孟子的"舍生而取义"②，都是主张为了崇高的理想敢于坦然面对苦难与牺牲。这种以身殉道的悲剧精神深刻地影响了中国诗学与中国诗人。以"诗言志"为开山纲领的中国传统诗学，特别强调风雅比兴与怨刺精神，强调发愤抒情。诗人在对人生悲剧、忧患愁苦的体认、接受和抒发之中，更多地体现了对道的坚守和追求，因而其心灵深处充满了以道自任、任重道远的使命感与悲剧性的崇高感。所以真正诗人之"穷"就不仅只关乎一己之困顿，而且是与生命本质和人类的命运息息相关的。诗人表达的生老病死与穷愁哀伤可以超越个人的际遇，而与人类的普遍情感相通，从而能超越时代引起人们的普遍共鸣。"穷而后工"的"工"，绝不仅是因为技术层面上的成就，更因为它是具有深刻人文主义情怀与理想的艺术精品。

这种选择是文学上的集体认同，它既不是统计学上的平均值，也不是一种实证，而是一种对于事实的选择性接受和传播，主导着这种集体认同的则是中国古代潜藏不露的深层文学观念。我们的一切接受都是在"前理解"之中进行的。这种"前理解"，可以使人"有所见"，也可以使人"有所蔽"；可以使人"明察秋毫"，也可以使人"不见舆薪"。文学的理解当然也不例外③。"诗人多薄命"暗含了丰富的内涵，它并不是对于所有诗人命运的准确总结，而是一种想必如此、理应如此的期待与想象之词。事实并不是"诗人例穷苦"，但是按照读者的理解却应该这样，因而对大量"诗能达人"的现象视而不见，或者熟视无睹。所谓"诗人多薄命"的"宿命"，不是上天所注定的"宿命"，而是读者所理解、所向往的必然选择。"天意"不是别的，正是中国古人自诗骚雅怨以来世代积淀而成的基于深层价值观念的集体认同。

在中国古代文学批评上存在一些"集体认同"，它不是代表某个理论家、某部理论著作，而是多数人的共识，它甚至可以超越阶层与身份，超越地域与时间。它不一定有系统、完整的理论阐释，更多的是想象与印象的集合体。集体认同具有某种强大的力量，它不但会使人们在大量的现象

---

① 《论语·卫灵公》，见《十三经注疏》下册，第 2517 页。

② 《孟子·告子上》，见《十三经注疏》下册，第 2752 页。

③ 参见吴承学、沙红兵《古代文学研究的历史想象——超越"前理解"与"还原历史"的二元对立》，载《文学评论》2009 年第 6 期，第 30 页。

中选择符合自己理想的事实，甚至也会改造事实，扭转事实的指向。在文学批评上，这种集体认同会引导读者对历史事实进行选择性考察，在这种"滤光镜"的作用下，"诗人薄命"的现象也就非常明晰地凸显出来了，而不符合集体认同的大量事实则被遮蔽了。

　　集体认同的过程，已经包含了对历史事实进行虚构和改造。比如司马迁《史记·太史公自序》中提出"发愤著书"之说，认为历史上许多名著——包括后来学术分类上的经（《周易》《春秋》《诗经》）、史（《国语》）、子（《孙子》《吕氏春秋》）、集（《离骚》）——都是作者遭受不幸后的产物，但司马迁所举例证却多与《史记》所载不符。如《太史公自序》中说："孔子厄陈蔡，作《春秋》。"[①] 据《史记·孔子世家》，孔子作《春秋》是在"西狩见麟"之后，远在"厄陈蔡"之后[②]。"不韦迁蜀，世传《吕览》。"而《史记·吕不韦列传》则记载："吕不韦乃使其客人人著所闻，集论以为《八览》《六论》《十二纪》，二十余万言，以为备天地万物古今之事，号曰《吕氏春秋》。"[③] 则《吕氏春秋》明显是在"不韦迁蜀"之前，是得志时所作。"韩非囚秦，《说难》《孤愤》。"《史记·老庄申韩列传》："非见韩之削弱，数以书谏韩王，韩王不能用……故作《孤愤》《五蠹》《内外储》《说林》《说难》十余万言……人或传其书至秦，秦王见《孤愤》《五蠹》之书曰：'嗟乎！寡人得见此人，与之游，死不恨矣！'"[④] 则《说难》《孤愤》明显是入秦之前所作，与"囚秦"毫无关系。"《三百篇》，大抵贤圣发愤之所为作也。"基本上也是想象之词，至少有以偏概全之嫌。司马迁以上诸语，都有与《史记》相矛盾之处。作为历史文体的《史记》，所载是更为真实的历史；而《太史公自序》文体上属于子论，要表达的是作者的思想观念，虚构和改造正是子论文体常用的修辞手法。司马迁处于"遭李陵之祸，幽于缧绁"的语境，为了强调作者的遭遇（"厄""迁""囚"）与写作的关系，从而把著述的时间、地点和原因都作了改动，从而成为"此人皆意有所郁结，不得通其道也，故述往事，思来者"思想观念之有力证据[⑤]。而这些被改

① 《史记》卷一三〇，第 3300 页。下引《太史公自序》皆同。
② 《史记》卷四七，1943 页。
③ 《史记》卷八五，2510 页。
④ 《史记》卷六三，2154 页。
⑤ 参考郭绍虞主编《中国历代文论选》第 1 册，上海古籍出版社 1979 年版，第 81 页。

造过的史实后来又成为集体认同的基础，乃至成为后人的"前理解"。

集体认同也引导读者对于批评理论进行选择性理解。这里以古人对韩愈的经典理论"不平则鸣"与"穷言易好"的理解为例。

韩愈《送孟东野序》开宗明义说："大凡物不得其平则鸣。"① 在文学批评研究中，人们也往往以"不平则鸣"来阐释诗人作家的不幸遭遇和痛苦生活对于创作的积极作用，并且把它与"发愤著书""穷而后工"作为同一理论源流。假如把"不平则鸣"单纯解释为对于不公平事情的愤慨，则《送孟东野序》中出现了大量难以解释甚至矛盾之处。宋代学者洪迈在《容斋随笔》认为，韩愈既说"物不得其平则鸣"，而文中却以唐虞时代的皋陶、大禹，殷代的伊尹，周代的周公等为"善鸣者"，这些人都是成功的政治家，似乎难和"不平"扯到一起；而且文中还说"天将和其声而使鸣国家之盛"等，这就更谈不上"不平则鸣"了。洪迈认为韩愈所举之例与"不平则鸣"的说法不相符②。钱锺书在《诗可以怨》一文中说："韩愈的'不平'和'牢骚不平'并不相等，它不但指愤郁，也包括欢乐在内。"③ 钱先生这个解释是很有见地的，它纠正了以往一些对"不平"的狭隘理解。不过韩愈所说的"不平"并不限于人的感情问题，"平"是指平常、平静、平衡、平凡等；"不平"则是指异乎寻常的状态，既可指事物受到压抑或推动，也可指事物处于发展变化，或充满矛盾的状况。总之"不平"所指甚广，并不指逆境。"不平则鸣"应是指自然、社会与人生若处于不寻常的状况之中，一定会有所表现。韩愈认为孟郊是一个"善鸣"的诗人，但不知道老天爷是让他"鸣国家之盛"呢，还是"使自鸣其不幸"，不过不管哪种情况都不会影响孟郊的"善鸣"，所以劝他不必为处境顺逆而"喜""悲"。在这里，韩愈并不单纯强调"不幸"对于诗人的作用。为什么后来的读者理解"不平则鸣"往往偏重于不幸、愤懑这一方面的含义呢？这既因为孟郊本来就是一个穷苦的诗人，让人偏向于把"不得其平"理解为像孟郊一样由于生活的穷苦而悲愤，但更重要的是，这是人们的"前理解"所致。

---

① 〔唐〕韩愈：《送孟东野序》，见马其昶校注，马茂元整理《韩昌黎文集校注》卷四，上海古籍出版社1986年版，第233页。

② 〔宋〕洪迈：《容斋随笔》卷四，上海古籍出版社1978年版，第52页。

③ 《七缀集》，第107页。

如果说，《送孟东野序》是为孟郊写序，而孟郊的生活际遇容易让人把"不得其平"理解为穷厄逆境，那么，韩愈《荆潭唱和诗序》则是为达官贵人的诗集写序，但是人们仍偏向认为韩愈倡导诗歌要表现"愁思之声"和"穷苦之言"，这也是选择性理解的结果。按照古代"书序"的文体惯例，序文大体会对所序的作者与作品有所褒扬。该文也不例外。从语境来讲，作为一篇诗集之序，"和平之音""欢愉之辞"其实是为了下文"荆潭唱和诗"张目的，而且所指就是荆潭唱和诗，这是一种巧妙的修辞方式。在具体文本中，"欢愉之辞难工，而穷苦之言易好也"的"难"与"易"两个字是关键字。在该序中，作者强调的是"和平之音"与"愁思之声"、"欢愉之辞"与"穷苦之言"两者在所产生的艺术效果与艺术创作上的难易，而不是两者本身艺术价值的高下。序言的主旨恰恰是说：裴均与杨凭两人是达官，不但喜欢诗歌，而且诗歌居然写得"铿锵发金石，幽眇感鬼神"，所以更为难得，作者的目的是称赞他们两人"才全而能巨"，这样理解才"得体"（文体之要）。所以林云铭认为："是篇赞裴、杨二公倡和之佳……与欧阳公所谓'诗能穷人'等语了不相涉，世人辄把'欢愉之辞难工'二语以为旧话置之，可谓真正俗眼。"[①]但是历来解读《荆潭唱和诗序》大都偏向于认为韩愈倡导诗歌应该写"愁思之声"和"穷苦之言"。这可以说也是一种有意义的误读，因为不管有意无意，它都是有选择性的。在"不平"的种种状态之中选择"牢骚不平"，在"和平之音"与"愁思之声"、"欢愉之辞"与"穷苦之言"的对举中，选择"愁思之声"和"穷苦之言"。这种对韩愈的解读，实际上是集体认同在起作用。

## 四、从"薄命"到"无穷"

对于"诗人薄命""诗能穷人""穷而后工"之说的选择反映出中国古人基于诗学观念与价值判断之上的集体认同。至于诗人何以薄命的原因，古人的理解似乎出现明显的分歧，不过，最终价值指向还是统一到集体认同之上。

有一种说法认为，这是上天对诗人的惩罚。清代计东云："夫富于文

---

① 〔清〕林云铭：《韩文起》卷四，华东师范大学出版社 2015 年版，第 160 页。

章，富于学问，与富于金钱等耳。夫多获者，必有少取者矣。多少相耀，多者必见妒于少者，人之情也。岂特人也，天亦然。汝不见'文章九命'乎？"① 诗人因为"富于文章"而引起造物者的妒忌，叶梦得诗云："天公可是怜风月，判遣诗人一例穷。"② 诗人怀疑老天爷因为喜欢有人吟风弄月创作诗文，而惩罚诗人，让他们遭受穷苦。刘克庄诗云："菊涧说花翁，飘蓬向浙中。无书上皇帝，有句恼天公。世事年年异，诗人个个穷。"③ "有句恼天公"而导致"诗人个个穷"。宋赵蕃《秋怀十首》："吁嗟古诗人，达少穷则多。定逢造物嗔，故此成折磨。"④ 诗人受折磨是因为造物者嗔怒，同时也因为受到造物者所"妒"。诗人把自然神秘之处都表现出来，造物者感到受嘲弄，即受到诗人挑战，而惩罚诗人。这种观念本身没有什么理论深度，甚至有点荒唐。但是，如果我们本着"了解之同情"的话，就可以看出，古人这种观念的前提是认为，诗歌具有一种神秘的力量："天地入胸臆，吁嗟生风雷。文章得其微，物象由我裁。"⑤ 天公创造自然，诗人则创造艺术。诗人揭示了人生、自然与社会的奥妙之处，产生了一种"动天地、感鬼神"⑥ 的伟大力量，"笔落惊风雨，诗成泣鬼神"⑦，甚至引起造物者的嗔怒和妒忌。古人这种虚构的夸张可谓"无理而妙"，因为它从另一个角度，说明在中国古人心目中诗歌与诗人之伟大。相类似的另一种是诗人不得兼美之说。如陈师道在《王平甫文集后序》中说："天之命物，用而不全。实者不华，渊者不陆。物之不全，物之理也。尽天下之美，则于贵富不得兼而有也。诗之穷人又可信

　　① 〔清〕计东：《与李屺瞻书》，见《改亭文集》卷一〇，《四库全书存目丛书》集部第228 册，齐鲁书社 1997 年版，第 663 页。
　　② 〔宋〕叶梦得：《戏方仁声四绝句》，见《建康集》卷二，《景印文渊阁四库全书》第1129 册，第 603 页。
　　③ 〔宋〕刘克庄：《赠高九万并寄孙季蕃》之二，见《后村先生大全集》卷八，《四部丛刊初编》本，第 72 页。
　　④ 〔宋〕赵蕃：《秋怀十首》，见《章泉稿》卷一，《景印文渊阁四库全书》第 1155 册，第342 页。
　　⑤ 〔唐〕孟郊：《赠郑夫子鲂》，见《孟东野诗集》卷六，人民文学出版社 1959 年版，第110 页。
　　⑥ 《十三经注疏》上册，第 270 页。
　　⑦ 〔唐〕杜甫著，〔清〕仇兆鳌注：《杜诗详注》卷八《寄李十二白二十韵》，中华书局1979 年版，第 661 页。

矣。"① 因为诗人的才华已"尽天下之美",为了公平起见,上天就不让诗人兼得富贵。

关于"诗人薄命"的另一种说法是因为天公厚爱诗人。正如孟子所说:"故天将降大任于是人也,必先苦其心志,劳其筋骨,饿其体肤,空乏其身,行拂乱其所为,所以动心忍性,曾益其所不能。"② 古人也以同样的思路来理解"诗人薄命"。宋代姜特立《诗人》:"自古诗人多坎壈,早达唯有苏长公。流离岭外七年谪,受尽人间半世穷。我方六十遇明主,前此独卧空山中。岂唯食粥动经月,门外往往罗蒿蓬。呜呼诗人天爱惜,不与富贵唯穷空。彼苍于我亦厚矣,但畀明月和清风。"③ 因为"天爱惜"诗人,所以故意不让他"富贵"而让他"穷空"。明人艾穆云:"今人士不得志于时,辄仰天诧曰:'造物忌才!'……嗟嗟,岂知造物忌才,乃所以为玉才哉?"④ 清尤侗说:"佳人薄命,才子亦薄命。虽然,不薄命何以为才子佳人哉……天之报之甚矣厚矣,谁谓才子佳人为薄命哉。"⑤ 许宗彦云:"呜呼!欢音难好,作者皆然。穷者后工,斯言尤信。凡才人之薄命,原造物之玉成。"⑥ 此皆所谓艰难困苦,玉汝于成之意。宋代余靖云:"世谓诗人必经穷愁,乃能抉造化之幽蕴,写凄辛之景象。盖以其孤愤郁结,触怀成感,其言必精,于理必诣也。"⑦ 这是很有理论价值的阐释,因为它深层地解释了诗人的穷与创作之工的关系:诗人因为"穷",经过磨炼和体验,对人生与自然的理解才更为透彻,其表现更为精当。

以上两种说法看似相反,实是相成,两者的前提即对于诗人的理解是一致的。无论是上天厚爱也好,上天妒忌也好,在中国古人的观念中,诗人便是天生具有悲剧命运的人,这是诗人的"宿命",这是一种集体认

234

① 《王平甫文集后序》,见《后山居士文集》卷一六,第718～719页。

② 《孟子·告子下》,见《十三经注疏》下册,第2762页。

③ 〔宋〕姜特立:《梅山续稿》卷一六,见《景印文渊阁四库全书》第1170册,第108页。

④ 〔明〕艾穆:《玉才篇送陈洞衡之光山》,见《艾熙亭先生文集》卷三,《四库未收书辑刊》第5辑第21册,北京出版社1997年版,第720页。

⑤ 〔清〕尤侗:《西堂文集》,见《西堂杂组》一集卷八,《续修四库全书》第1406册,第275页。

⑥ 〔清〕许宗彦:《孙碧梧女史诗序》,见《鉴止水斋集》卷二〇,《续修四库全书》第1492册,第500页。

⑦ 〔宋〕余靖:《孙工部诗集序》,见《全宋文》第27册,第17～18页。

同。古人诗云："酒能作祟可忘酒，诗不穷人未是诗！"① "不穷人"的诗便失去诗的资格，若按此推理，不穷的诗人也难为合格之诗人。杨万里诗云："窗间雨打泪新斑，破处风来叫得酸。若是诗人都富贵，遣谁忍饿遣谁寒？"② 如果诗人不承受饥寒，那么谁来承受饥寒呢？此语令人惊心动魄，其背后潜藏着深层文学观念——承受人间苦难是诗人分内之事！王国维说："尼采谓'一切文学，余爱以血书者'。后主之词，真所谓以血书者也。宋道君皇帝《燕山亭》词亦略似之。然道君不过自道身世之戚，后主则俨然有释迦、基督担荷人类罪恶之意，其大小固不同矣。"③ 这里对宋徽宗与李煜词的评价未必准确，但其意可取。真正的诗人，其作品是用血泪写成的，表达的虽然是个人的悲伤，却不仅是一己之私情，而且与全人类的悲剧之情相通。

中国古代对于诗人形象的想象也存在集体认同。诗人既是孤独的，也是清高的。"举世皆浊我独清，众人皆醉我独醒，是以见放。"④ "前不见古人，后不见来者，念天地之悠悠，独怆然而涕下。"⑤ 虽然孤独，但是诗人具有一种遗世而独立的超凡脱俗。屈原是中国古代第一位伟大的诗人，他代表了中国诗歌这种独立不阿、超越世俗的崇高追求。《楚辞·渔父》："屈原既放，游于江潭，行吟泽畔，颜色憔悴，形容枯槁。"⑥ 虽是忧郁寂苦，但决不变心从俗，神态傲岸，气宇轩昂，飘然远行。屈子这种形象在中国古人观念中，是比较典型的诗人形象⑦。唐宋以后，"诗人骞驴"也是一个对诗人形象有特殊意味的想象。陆游《剑门道中遇微雨》："衣上征尘杂酒痕，远游无处不消魂。此身合是诗人未？细雨骑驴入剑

235

---

① 〔宋〕方岳：《梅边》，见《秋崖集》卷七，《景印文渊阁四库全书》第 1182 册，第 209 页。

② 〔宋〕杨万里：《过望亭》，见杨万里著，辛更儒笺校《杨万里集笺校》卷二八，中华书局 2007 年版，第 1438 页。

③ 王国维：《人间词话》，人民文学出版社 1960 年版，第 198 页。

④ 〔宋〕洪兴祖：《楚辞补注》卷七《渔父》，中华书局 1983 年版，第 179 页。

⑤ 〔唐〕陈子昂：《登幽州台歌》，见《陈子昂集》，中华书局上海编辑所 1960 年版，第 232 页。

⑥ 《楚辞补注》，第 179 页。

⑦ 这种对诗人形象的想象，最典型表现在明代陈洪绶《屈子行吟图》之上。

门。"① 钱锺书解释说："李白在华阴县骑驴，杜甫《上韦左丞丈》自说'骑驴三十载'，唐以后流传他们两人的骑驴图（王琦《李太白全集注》卷三六，《苕溪渔隐丛话》后集卷八，施国祁《遗山诗集笺注》卷一二）；此外像贾岛骑驴赋诗的故事、郑綮的'诗思在驴子上'的名言等（《唐诗纪事》卷四〇、卷六五），也仿佛使驴子变为诗人特有的坐骑。"② 张伯伟曾撰文说，驴是中国古代诗人喜爱的坐骑，是诗人清高心志的象征。诗人骑驴是与高官骑马相对的，表现了在野与在朝、隐与仕的对峙③。杨万里《跋陆务观剑南诗稿》二首之二："可怜霜鬓何人问，焉用诗名绝世无。雕得心肝百杂碎，依前涂辙九盘纡。少陵生在穷如虱，千载诗人拜蹇驴。"④ "千载诗人拜蹇驴"一语，可以说是对唐宋以来诗人意象的一个概括，它之所以有意味，是因为它是一种文化积淀，与"诗人薄命"的集体认同若合一契。

虽然"诗人薄命"，但是他们却可能因此获得"不朽"与"无穷"。这种希望正是激励中国诗人忍受薄命与苦难的动力。在诗人的世界里，诗歌具有至高无上的价值："浮世荣枯总不知，且忧花阵被风欺。侬家自有麒麟阁，第一功名只赏诗。"⑤ 中国的古人认为，诗人与文人的价值不在当下，而在未来。中国古人强调"三不朽"，其价值次序的排列是立德、立功、立言。但是在一些人心目中，文章的价值并不逊色于建功立业。"盖文章经国之大业，不朽之盛事。年寿有时而尽，荣乐止乎其身，二者必至之常期，未若文章之无穷。是以古之作者，寄身于翰墨，见意于篇籍，不假良史之辞，不托飞驰之势，而声名自传于后。"⑥ 无论是镌刻在

---

① 〔宋〕陆游：《剑门道中遇微雨》，见钱仲联校注《剑南诗稿校注》，上海古籍出版社2005年版，第269页。

② 钱锺书：《宋诗选注》，人民文学出版社1988年版，第199页。

③ 张伯伟：《再论骑驴与骑牛——汉文化圈中文人观念比较一例》，载《清华大学学报》2007年第1期，第12页。

④ 《跋陆务观剑南诗稿》，见《杨万里集笺校》卷二〇，第1021页。

⑤ 〔唐〕司空图：《力疾山下吴村看杏花十九首》，见〔明〕赵宧光等编《万首唐人绝句》卷三四，书目文献出版社1983年版，第832页。

⑥ 〔三国〕曹丕：《典论·论文》，见〔南朝梁〕萧统编，〔唐〕李善注《文选》卷五二，上海古籍出版社1986年版，第6册，第2271页。

石头上，还是记载在历史上的声名，都不如文章那样留在人心之永恒①。在中国古代，文人大都有追求功名的理想，但只有诗歌才能让他们摆脱世俗的观念，卑视功名，追求永恒。如上所述，在理论的原生态中，每种理论通常是和它的对立面相反相成地存在的。无可讳言，中国古代诗人在现实面前，也常常会怀疑诗歌的价值，如李白就曾感叹："吟诗作赋北窗里，万言不直一杯水！"② 但是在一次次的自我怀疑之后，诗人还是坚守自己的信念。所以李白诗又云："屈平词赋悬日月，楚王台榭空山丘。兴酣落笔摇五岳，诗成笑傲凌沧洲。功名富贵若长在，汉水亦应西北流。"③ 这典型地体现了中国诗人对于诗歌价值的想象。这种想象也是激励诗人忍受"薄命"的动因。杜荀鹤《苦吟》云："世间何事好，最好莫过诗。一句我自得，四方人已知。生应无辍日，死是不吟时。"④ 诗人生命尽头才是诗歌创作的终点，却不是诗人声名的终结。宋代陈人杰《沁园春》，是一首奇特有趣的词作：

> 诗不穷人，人道得诗，胜如得官。有山川草木，纵横纸上，虫鱼鸟兽，飞动毫端。水到渠成，风来帆速，廿四中书考不难。惟诗也，是乾坤清气，造物须悭。
>
> 金张许史浑闲。未必有功名久后看。算南朝将相，到今几姓？西湖名胜，只说孤山。象笏堆床，蝉冠满座，无此新诗传世间。杜陵老，向年时也自，井冻衣寒。⑤

①　当然，我们注意到另一种声音。明代宋濂《白牛生传》自谓："生好著文，或以'文人'称之，则又艴然怒曰：'吾文人乎哉？天地之理欲穷之而未尽也，圣贤之道欲凝之而未成也，吾文人乎哉？'"〔明〕宋濂著，黄灵庚编辑校点：《宋濂全集》卷一六，人民文学出版社2014年版，第294页。这里的"文人"特指单纯舞文弄墨，不识义理胸无大志者。又如顾炎武说："宋刘挚之训子孙，每曰'士当以器识为先，一号为文人，无足观矣'。然则以文人名于世，焉足重哉！"这种说法可谓别有怀抱的有寄托之言，也是为了批评唐宋以来那些"不识经术，不通古今，而自命为文人者"。［《日知录》卷一九"文人之多"，顾炎武著，黄汝成集释：《日知录集释》（全校本），上海古籍出版社2006年版，第1089页］他并不是泛泛地否定文章之士。

②　〔唐〕李白：《答王十二寒夜独酌有怀》，见〔唐〕李白著，王琦注《李太白全集》卷一九，中华书局1977年版，第911页。

③　《江上吟》，见《李太白全集》卷七，第374页。

④　〔唐〕杜荀鹤：《杜荀鹤文集》卷三，见《宋蜀刻本唐人集丛刊》第25册，上海古籍出版社1994年版，第93页。

⑤　唐圭璋编纂：《全宋词》，中华书局1965年版，第3079页。

陈人杰是在"诗能穷人"这个传统语境中，形象地表达了诗人自己的价值观：诗歌是永恒的，而功名是短暂的，所以在这个意义上，"诗不穷人"。要特别指出的是，无论是"诗能穷人"之说还是"诗不穷人"之说，它们所指向的诗学价值观念都是完全一致的。

中国文化既有世俗化、功利性的一面，又有高贵与超越性的一面。可以说，中国诗人是中国高贵文化传统的代表，他们对于诗歌有一种执着的追求与愿为之牺牲的信仰。晋朝张季鹰曾说："使我有身后名，不如即时一杯酒。"① 这确是旷达而沉痛的真话。杜甫诗云："千秋万岁名，寂寞身后事。"② 尽管如此，中国诗人梦想中的"光荣"，既不是"来生"，也不在"彼岸"，还是与本人全不相干的"身后"之名。中国诗人对于"身后名"的梦想与追求，实在是一种非功利的、悲剧性的崇高信仰。

总括言之，"诗能穷人""诗人薄命"并非一种对历史事实的全面真实的总结，而是古人的一种集体认同。表面看来，这种集体认同比较消极，似乎是出于无奈的悲慨哀伤；然从深层考察，却有相当丰富而积极的意义，它表现出古人对"诗"与"诗人"的想象与期待：诗歌是一种表达寄托与信仰的神圣文体，诗人则是一个被赋予悲剧色彩的崇高群体。诗人必须面对苦难和命运的挑战，承受生活与心灵的双重痛苦，必须有所担当，有所牺牲。"诗人薄命"，却可能赢得"文章之无穷"与"千秋万岁名"。这种诗人的"宿命"，正是中国古代对于诗与诗人的集体认同，其本质也是人们对于文学使命的一种期待。

（原载《中国社会科学》2010 年第 4 期）

---

① 余嘉锡：《世说新语笺疏·任诞》，上海古籍出版社 1993 年版，第 738 页。
② 《梦李白二首》之二，见《杜诗详注》卷七，第 558 页。

# 中国文章学成立与古文之学的兴起

近年中国文章学研究成为新的学术热点，并取得丰硕成果。关于中国文章学成立时代的问题是近来文章学讨论的热门话题，这是一个相当重要的问题，它不仅是对时间先后的不同判断，更涉及对中国文章学的基本内涵、理论体系、总体特色与历史演变的认同与理解。这个问题本身具有主观性，不同学者对此问题见仁见智可以理解。对此问题看法或有不同，但讨论意义的指向却是一致的：从不同的角度和思路出发，通过学理上的梳理与阐释，不断丰富、调整与加深对于中国文章学的理解，共同推进和深化中国文章学研究。

## 一、何谓"中国文章学"

讨论中国文章学成立时代的难度在于这个命题是建立在一个多解的前提之上：何谓"中国文章学"？解答这个问题并不是"非正即误"的逻辑判断，而是一种见仁见智的价值认同。前提的多解性自然会导致结论的多样化，而无法得出唯一"正确"的答案。所以，讨论此命题的目的与重要性不是也不可能是对中国文章学成立时代达成共识，而是通过多元化的途径去探讨中国文章学的内涵与体系、特色与演变。研究视野的多元化，有利于在理论上互相补充，尽量消除各种视野本身的局限和"盲点"。

何谓"中国文章学"，学术界众说纷纭。有人把文章学理解为文章写作技法方面的理论。如曾枣庄认为："文章学是研究诗文篇章结构、音韵声律、语言辞采、行文技法的学问。"① 祝尚书更明确地说，文章学也就是宋人所称的"笔法学"："文章学就是解决诸如文章如何认题立意，以及它的间架结构、声律音韵、造语下字、行文技法等等'知之'方面的

---

① 曾枣庄：《文章学须以文体学为基础》，见王水照、朱刚主编《中国古代文章学的成立与展开——中国古代文章学论集》，复旦大学出版社 2011 年版，第 6 页。

问题。"① 有人则把文章学理解为关于文章的形成、创作、鉴赏的系统研究。张寿康《文章学论略》认为，文章学的内容有源流论、类别论、要素论、过程论、章法论、技法论、阅读论、修饰论、文风论、风格论等②。王凯符《古代文章学概论》认为文章学的科学体系至少包括："文道论""修养论""写作论""文体论""风格论"③。这两种不同说法都认同中国文章学具有一定的理论体系，其不同之处在于对文章学概念的内涵与外延有不同的理解。

把中国文章学定义为文章写作技法理论，这敏锐地抓住了中国文章学的实用性本质，即在中国古代，文章学的最直接、最主要的目的就是指导文章写作。到了实施科举取士制度，写作成为士子进入上层社会的主要手段之后，这种事实尤其明显。但这种定义把中国文章学仅仅视为研究文章技法之学似又略嫌狭窄，可能会遗漏或忽视文章技法之外的某些理论甚至非常重要的理论。

宽泛的中国文章学定义差不多覆盖了中国文章的所有相关问题，有较大的包容性与开放性，其内涵丰富而体系庞杂。但是，过于宽泛的文章学内涵缺少边界、不见涯涘，容易失之泛而不切。如果中国文章学成为一个包罗万象、没有重点与中心的系统，那么其学科的特性如何体现出来，又如何与一般的中国文学批评或古代文论区分开来呢？

在传统目录学分类中，我们所说的中国"文章学"著作属于"文史"类或"诗文评"类，作为有学科意义的"中国文章学"与"中国文学批评"或"古代文论"都是近代以来才出现的学术名称，它们并不是在同一个理论框架里的严格分类，所以其间确实有许多重叠与交叉之处，无法截然分开，不太可能给予明确的划界，但从当代学术研究的需要看，它们各自应该具有一定的特殊对象与理论特性。文章学重在总结、指导文章阅读和写作活动，实践性很强；文学批评虽以实践为基础，但重点在认识、评价作家、作品、文学运动、思潮、流派等现象，探讨文学发展规律，其理论性更强。中国文章学固然涉及文道、文体、文气、文术、文评等诸多

---

① 祝尚书：《对文章学研究中几个问题的思考》，见复旦大学中文系编《第二届中国古代文章学学术研讨会论文集》，2012 年 9 月 10 日，第 1 页。

② 张寿康：《文章学论略》，载《首都师范大学学报》1986 年第 4 期。

③ 王凯符：《古代文章学概论》，武汉大学出版社 1983 年版。

问题，是关于文章问题的比较系统完整的研究与知识，但是其对象与重心应该是关于文章之写作与批评，或者说中国文章学就是以文章之写作、批评为核心并包涵相关问题的系统理论。另外，我们要强调的是，虽然中国文章学以文章之写作、批评为核心，但不能因此褊狭地把中国文章学理解为文章写作技法之学。在中国古代，单纯的有强烈实用和功利色彩的文章写作技法理论著作反而影响不大、地位不高。中国文章学往往是形而上的"道"与形而下的"技"两者水乳交融不可分割的。比如《文心雕龙》，"刘勰写作此书，原意是谈作文之原则和方法。……他这部书细致地讨论作文之道，故采取过去'雕龙奭'的说法，名叫《文心雕龙》。如用现代汉语，大致可以译成《文章作法精义》"①。但《文心雕龙》又绝不只是一部文章写作技法理论，它的涉及面几乎涵盖古代文学理论批评的重要问题。

"文章学"是一个不断演变发展的概念，有明显的历史色彩，而且同一时代的不同理论家、同一理论家在不同文本语境中都可能出现不同的表述。"文章学"研究的"文章"对象也在不断变化。早期的"文章"泛指一切文字著作。东汉以后，"文章"开始指称以诗赋为主要文体、以骈文为主要语体的各类文辞篇章，此时的"文章学"主要是诗赋骈文之学。唐宋以后，随着古文的兴起，散体古文占据文坛中心地位，"文章"偏重指称以古文为主体、以散体为主要语体的作品而兼及骈文、辞赋等，此时的"文章学"主要是古文之学而兼骈文辞赋之学。而到了晚近，随着各种文体分类学的独立与发展，"文章学"也可能特指与诗学、词学、曲学、赋学、小说学、戏曲学等相提并论的特定理论。

总之，从古代中国到现代中国，"文章"与"文章学"都是因时而异、因人而异的概念。事实上，要对"中国文章学"概念的内涵与外延给出一个贯通古今而历代适用的"科学"界定，可能是削足适履或刻舟求剑之事。所以，讨论中国文章学成立时代必须把"文章"与"文章学"看成是动态的、有弹性的历史概念，所有相关问题都要从古代文章学原始的具体语境出发，尽量避免以一个固定的或后起的概念为尺度去衡量整个中国文章学。

---

① 王运熙：《文心雕龙探索》（增补本），上海古籍出版社 2005 年版，第 1 页。

## 二、文章观念的成熟与文章学的成立

中国文章学成立的标准是什么？笔者认为，应该是中国文章学的基本内涵已经明确，理论系统初步建构，并且产生一系列对后代有重大影响的代表性成果。按此标准，魏晋南北朝可以视为中国文章学成立的时代。

"文章"观念的成熟，是"中国文章学"成立的基础。"文章"的概念，来源甚早，含义复杂。或指色彩花纹，或指礼乐制度，或指车服旌旗，或指文字。但汉代以来作为"文章学"意义的"文章"（即文辞或独立成篇的文字）一词开始出现。如《史记·儒林列传序》："臣谨案诏书律令下者，明天人分际，通古今之义，文章尔雅，训辞深厚，恩施甚美。"① 这里的"文章"泛指文字著作。东汉时期，人们已明确把诗赋、辞章称为"文章"②。此后曹丕以"文章"为"经国之大业，不朽之盛事"③。曹丕虽然没有论及"文章"所指，但在下文即提到奏、议、书、论、铭、诔、诗、赋等，可见"文章"是独立成篇、有一定文体形态的文字。至六朝，纯粹"文章学"意义上的"文章"概念已非常明晰。南朝宋范晔《后汉书》中，"文章"一词与文体紧密相连。如《王隆传》"能文章。所著诗、赋、铭、书，凡二十六篇"④；《傅毅传》"文章之盛冠于当世。毅早卒，著诗赋、诔、颂、祝文、七激、连珠，凡二十八篇"⑤。《文选·序》云"凡次文之体，各以汇聚"⑥，《文选》也是以"文"泛指多种体裁的诗文篇章。《文心雕龙》使用"文章"一词意义广泛，但重点则指涵括各类文体的文辞篇章。另外，从当时子书来看，颜之推《颜氏家训》专立"文章"一篇，其意大致和《文选》《文心雕龙》的内涵一样。可见在六朝"文章"的概念已非常明晰，是指包括诗赋与

---

① 〔西汉〕司马迁：《史记》卷一二一《儒林列传》第61，中华书局1959年版，第3119页。

② 参考郭英德《中国古代文体学论稿》之《文章的确立与文体的分类》，北京大学出版社2005年版，第50～61页。

③ 曹丕：《典论·论文》，见〔南朝梁〕萧统编，〔唐〕李善注《文选》卷五二，上海古籍出版社1986年版，第2271页。

④ 〔南朝宋〕范晔撰，〔唐〕李贤等注：《后汉书》卷八〇《文苑列传》第70上，中华书局1965年版，第2609页。

⑤ 《后汉书》卷八〇《文苑列传》第70上，第2613页。

⑥ 〔南朝梁〕萧统：《文选·序》，见《文选》，第3页。

吴承学自选集

WU CHENGXUE ZIXUANJI

各类文体在内的骈、散、韵各种语体的文辞或独立成篇的文章。

文章之士地位的确立，也是文章观念成熟的重要标志。东汉以来，随着文章从经学中逐渐独立出来，文章之士与儒学之士已相提并论，并有较高地位了。当时的子史之书对此都有明确表达。王充《论衡·超奇篇》中说："故夫能说一经者为儒生，博览古今者为通人，采掇传书以上书奏记者为文人，能精思著文连结篇章者为鸿儒。故儒生过俗人，通人胜儒生，文人逾通人，鸿儒超文人。"①王充所谓"文人"，偏指撰写实用文章之士，然亦属文章之士。王充推崇"鸿儒"，"文人"地位虽在鸿儒之下，却在儒生、通人之上，不可谓低。班固《汉书·公孙弘卜式兒宽传》赞曰："汉之得人，于兹为盛，儒雅则公孙弘、董仲舒、兒宽……文章则司马迁、相如……孝宣承统，纂修洪业，亦讲论《六艺》，招选茂异，而萧望之、梁丘贺、夏侯胜、韦玄成、严彭祖、尹更始以儒术进，刘向、王褒以文章显。"②班固以司马迁、司马相如、刘向、王褒为"文章"代表，更明确指文章之士。"文章"与"儒雅""儒术"对称，反映出文章之士已经具有与经学家并列的独立地位。此后，南朝范晔《后汉书》别立"文苑列传"、萧子显《南齐书》别立"文学传"，更标志史家对文章之士独立地位的高度认同。

汉代以来"文章"观念的成熟，促成"文章学"在魏晋南北朝的相应成熟。首先，专门评论文章之著作在此期出现并成熟。汉末蔡邕的《独断》，是现存最早研究文章体式的著作③。至魏晋时代，文章学论著更是层出不穷。仅就现存的文章学著作、文集与论文来看，其内涵明确，形式多样，形态上已经成熟，产生了诸如曹丕《典论·论文》、陆机《文赋》、挚虞《文章流别论》、李充《翰林论》、任昉《文章始》（又名《文章缘起》）④、刘勰《文心雕龙》、萧统《文选》、颜之推《颜氏家训·文章》等一批影响深远的文章学论著。这些著作涉及广义或狭义的文章学内容，诸如文道论、文章实用功能与审美功能论、文章文体论、文章结构

---

① 〔东汉〕王充著，黄晖校释：《论衡校释》卷一三《超奇篇》，中华书局 1990 年版，第607 页。

② 〔东汉〕班固撰，〔唐〕颜师古注：《汉书》卷五八，中华书局 1962 年版，第 2634 页。

③ 参考刘跃进《〈独断〉与秦汉文体研究》，载《文学遗产》2002 年第 5 期。

④ 关于此书的真伪，可参考吴承学、李晓红《任昉〈文章缘起〉考论》，载《文学遗产》2007 年第 4 期。

论、写作技巧论、构思论、体势论、文气论、写作心理学、个性论、批评与欣赏论，等等。具体而言，曹丕《典论·论文》言简意赅，意义重大。他高度评价文章是"经国之大业，不朽之盛事"，指出文章的当世作用与历史价值，探讨"文气"问题、作家个性与作品风格关系问题，文体分类与文体风格问题。陆机《文赋》则是中国文章学史上第一篇明确而自觉地从文章内部讨论写作"用心"的作品，其序谓："余每观才士之所作，窃有以得其用心。……故作《文赋》，以述先士之盛藻，因论作文之利害所由。"① 他论及写作的冲动、作家的才气、情感、想象、感兴与写作的关系以及文意与文辞、文体体制、篇章结构与语言安排等，相当全面深入。程千帆评其曰："盖单篇持论，综核文术，简要精确，伊古以来，未有及此篇者也。观其辞锋所及，凡命意、遣辞、体式、声律、文术、文病、文德、文用，莫不包罗，可谓纳须弥于芥子者已。"② 在文章学创作论方面，《文赋》堪称《文心雕龙》的雏形。任昉《文章始》中各体都列代表性作品，所标举作品大致是六经之外、秦汉以来有明确的创作年代、作者，有一定典范意义的独立完整的篇章。《文章始》把"文章"和"文体"与具有典范性的独立成篇的作品结合起来，重点关注脱离经学束缚之后个体的文章创作，以簿录的方式记录了任昉心目中具有一定独立性与典范性的文章学之文体谱系。正如曾枣庄所言："相比较而言，文章学与相邻学科的关系，可说与文体学最为密切。文章学必须以文体学为基础……因此，历代的文章学著作往往同时也是文体学著作，反之亦然。"③文体学与文章学的相通之处在于它同样把文章写作与批评作为重点关注对象与理论指向。文章学以文体学为基础，是因为所有的文章写作无不是在具体的文体中展开的，所有的文章学批评都离不开具体的文体背景与知识。魏晋南北朝时期是中国文体学著作最早兴盛的时代，这是不争的事实。中国文体学著作的兴盛为中国文章学的成立打下了坚实的基础。

其次，魏晋南北朝的"文章学"成熟，还突出体现在当时的"文章

① 《文选》卷一七，第 761～762 页。

② 程千帆：《文论十笺》，见莫砺锋编《程千帆选集》（上），辽宁古籍出版社 1996 年版，第 557 页。

③ 曾枣庄：《文章学须以文体学为基础》，见《中国古代文章学的成立与展开——中国古代文章学论集》，第 6 页。

志"与文章总集编纂上①。《隋书·经籍志》收录为数不少的"文章志"与文章总集。《隋书》"经籍二"史部之"簿录篇"著录"文章志"如：荀勖撰《杂撰文章家集叙》10卷，挚虞撰《文章志》4卷，傅亮撰《续文章志》2卷，宋明帝撰《晋江左文章志》3卷，沈约撰《宋世文章志》2卷。"簿录篇"为目录学著作，所录皆"总其见存"，是当时所存之书。可见"文章志"类书籍是具有文章家传性质的目录学著作②。另外，《隋书》卷三五"经籍四"之"总集"，还著录挚虞撰《文章流别集》41卷，《文章流别志》《文章流别论》2卷，谢混撰《文章流别本》12卷，孔宁撰《续文章流别》3卷，谢沈撰《文章志录杂文》8卷，姚察撰《文章始》1卷，任昉撰《文章始》1卷，张防撰《四代文章记》1卷，昭明太子撰《文章英华》30卷等多种"文集总钞"并"解释评论"之专书。其中，挚虞的《文章志》与《文章流别集》最具代表性。《晋书·挚虞传》："虞撰《文章志》四卷……又撰古文章，类聚区分为三十卷，名曰《流别集》，各为之论，辞理惬当，为世所重。"③ 挚虞的《文章流别集》开创了文章总集的体例，"是后文集总钞，作者继轨，属辞之士，以为覃奥，而取则焉"④。《四库全书总目》论总集时也说："故体例所成，以挚虞《流别》为始。"⑤ 刘师培《搜集文章志材料方法》谓："文学史者，所以考历代文学之变迁也。古代之书，莫备于晋之挚虞。虞之所作，一曰《文章志》，一曰《文章流别》。志者，以人为纲者也。流别者，以文体为纲者也。"⑥《文章流别集》分体编录前代文章，重点在于文章文体之分类与其渊源流变，体现了对于"文章"与"文体"概念的理解。总之，作为目录学著作的"文章志"与文章作品编选性质的总集，这些具有"考

---

① 参考胡大雷《〈文选〉编纂研究》第二章第一节"'文章志'及总集、别集编纂"，广西师范大学出版社 2009 年版，第 38～39 页。

② 从现存诸《文章志》的佚文看来，其内容大致是文章家小传。详见《鲁迅辑录古籍丛编》第 3 卷所辑诸志佚文（人民文学出版社 1999 年版，第 375～408 页）。

③ 《晋书》卷五一《挚虞传》，中华书局 1974 年版，第 1427 页。

④ 〔唐〕魏征、〔唐〕令狐德棻：《隋书》卷三五"经籍四"，中华书局 1973 年版，第 1089～1090 页。

⑤ 〔清〕永瑢等：《四库全书总目》卷一八六集部"总集类序"，中华书局 1965 年版，第 1685 页。

⑥ 刘师培：《左庵外集》卷一三，见《刘申叔遗书》下册，江苏古籍出版社 1997 年版，第 1655 页。

历代文学之变迁"意义的著作，最早都是在魏晋南北朝出现的。虽然这些文章总集与文章志多数已亡佚，但历史记载仍可以反映出当时文章学之盛况。

王水照《历代文话序》说："以文评著作为主要载体之我国古代文章学，内涵丰富复杂，却自成体系，最具民族文化之特点。"又谓举其大端，则有文道论、文气论、文境论、文体论、文术论、品评论、文运论等①。这些理论，在魏晋南北朝文章学中都得到反映，并已基本形成中国文章学系统。虽然此后历代的文章学都有所演变和发展，但仍保持其理论基点与格局。

从学术史角度看，中国文章学成立于魏晋南北朝有其学理的必然性。先秦时代，文章学交融于经史之中，学科混沌未开。汉代以后，"文章"的意识已相当清晰。值得一提的是，独立的文章学观念形成要早于独立的史学观念。从目录学的角度看，汉武帝之后，史学尚为经学的附庸，而文章学则已显示出独立性了。《汉书·艺文志》依西汉末刘向、刘歆《七略》把古今典籍按"六艺""诸子""诗赋""兵家""数术""方技"六大分类加以载录和述要。虽然，按传统儒学理论，"诗赋"之源皆可追溯到《诗经》，然在《汉书·艺文志》中，具有"文章"性质的"诗赋"已完全独立于"六艺"之外，而且在这个有价值判断序列的知识体系中，"诗赋"地位并不低。但是，史学作为学科史的发展情况反而迟于文章学。在《汉书·艺文志》中，历史书籍尚未自成一类，而是附录于"六艺"的《春秋》类之下。晋代以后情况有所变化，经学、史学开始分离，西晋荀勖《中经新簿》，把书籍分为四部，史学开始独立一类。东晋以后，经、史、子、集四部的次序就定型了。单纯按这个次序，似乎"文章"的地位是比较低的。不过，在南朝，情况恰相反，文章学的地位反而是比较高的，影响也是比较大的。正如历史学者所指出的："这一时期，士人的兴趣主要在文而不在史，文的地位重于史的地位。史对文的影响不是很大，但文对史的影响却非常明显。""在文史分离的南朝，文学正处于高涨阶段，史学处于被动的地位……文学的进一步独立迫使史学不得不随之独立。"② 在这个大的知识背景下，中国文章学成立于魏晋南北

<hr>

① 王水照编：《历代文话》第一册，复旦大学出版社2007年版，第5页。
② 胡宝国：《汉唐间史学的发展·文史之学》，商务印书馆2003年版，第68、71页。

朝乃是水到渠成之事。

就现存文献来看，隋唐五代文章学较为寥落，但也出现一些专著。比如杜正伦《文笔要诀》、佚名《赋谱》、倪宥《文章龟鉴》、孙郃《文格》、王瑜《文旨》、王正范《文章龟鉴》、冯鉴《修文要诀》、僧神郁《四六格》、张仲素《赋枢》、白行简《赋要》、纥干俞《赋格》、浩虚舟《赋门》、佚名《诗赋格》、和凝《赋格》①。相关的文章学著作还有：《文笔十病得失》②、佚名《文笔式》③、《笔札》④ 等。虽然这些著作或断简残篇，或仅存书目，难窥全豹。不过，这些文献已足够说明：隋唐五代文章学并未中断。更重要的是从这些文献可以看出，与魏晋六朝相比，隋唐五代文章学明显出现朝文章技法学转向的趋势，这一趋势发展到宋代终于蔚然而成大国。从这个角度看，隋唐五代文章学仍具有独特的价值和意义。

## 三、古文之学的成立及影响

中国文章学在宋代出现重大的发展变化。从魏晋南北朝至初盛唐，文坛一直以诗赋、骈文为中心。自中唐韩愈、柳宗元大力倡导和创作"古文"以来，至宋代，文坛风气丕变。随着古文的兴盛，相关的研究与批评成为文章学主流，并形成专门之学。王水照在《历代文话序》中指出，在宋代"古文研究与批评""真正成为一门学科"⑤。古文之学的兴盛，对中国文章学体系产生了重大影响，反映到文体学上，便是从六朝以来的文笔之辨转向诗文之分。正如学者所论："诗文之分逐渐代替了文笔之分，再加上诗人文人分途扬镳，各有千秋，于是文笔说也逐渐成为历史上的陈迹。"⑥"唐宋古文运动倡导者都自称所作散文为'古文'，或亦径称'文'、'文章'，于是有韵之'诗'可以不再包括在'文'、'文章'之

---

① 参见张伯伟《全唐五代诗格汇考》附录三、四，凤凰出版社 2002 年版，第 554～578 页。

② 收入《文镜秘府论·西卷》，王利器注以为"当出刘善经之手"。弘法大师原撰，王利器校注：《文镜秘府论校注》，中国社会科学出版社 1983 年版，第 459 页。

③ 《文镜秘府论·西卷》之《文笔十病得失》引《文笔式》，见《文镜秘府论校注》，第 475 页。

④ 《文镜秘府论·东卷》有《〈笔札〉七种言句例》，遍照金刚撰、卢盛江校考《文镜秘府论汇校汇考》，中华书局 2006 年版，第 849 页。

⑤ 《历代文话》第一册，第 2 页。

⑥ 郭绍虞：《试论"古文运动"——兼谈从文笔之分到诗文之分的关键》，见《照隅室古典文学论集》下编，上海古籍出版社 1983 年版，第 88 页。

内，而是与'文'、'文章'并列了。"① 王水照先生在此基础上从创作与
理论诸多方面总结了宋代古文之学与文章之学的盛况：宋代古文真正流
行，成为文坛的主流。"古文"这一概念在理论与创作方面都得到真正的
确立。"文"与"诗"并举已经成为宋代士人的习惯用法，"文"的涵义
已确指为古文。从诗文评著述情况来看，宋代以来，文章批评大量涌现，
而且体裁完备，几乎涵盖了后世文章学著述的所有类型。宋代文章学初步
建构了文章批评的理论统系，奠定了文章学论著的体制基础，形成了一套
具有适应于文章特点的批评话语。② 这些总结已揭示出宋代文章学与古文
之学的成就与特性。在此，我还想就宋代古文之学的成立、兴起及对中国
文章学的影响再作几点补充。

　　宋代文章学以古文为中心，有一个重要的创获便是把六朝以来一直被
排斥在集部之外的秦汉时代的经、史、子的大量内容成功吸纳到文章经典
之中。章太炎《国故论衡·文学总略》曰："《文选》之兴，盖依乎挚虞
《文章流别》，谓之总集……总集者，本括囊别集为书，故不取六艺、史
传、诸子。"③ 宋代以前，文章总集的体例与选文标准基本是沿袭《文选》
模式的。宋代文章总集编纂的重要创举是把文章经典的范围扩展到子、史
两部，从中采摘、重造和扩展文章经典④。如《文章正宗》的辞命、议
论、叙事部分都收录了《左传》《国语》章节，仅《左传》就选录 133 篇
文章，其中辞命类 39 篇，议论类 73 篇，叙事类 21 篇，数量相当多。这
标志着宋人一种新的文章观念与眼光，是对《文选》体例的另一个重要
突破，也成为后来古文选本的通行体例⑤。其他宋人选本同样也有从史传
采摘文章的情况，如南宋汤汉《妙绝古今》选《左传》文 10 篇、《国语》

　　① 王运熙、顾易生主编：《中国文学批评通史·魏晋南北朝卷》，上海古籍出版社 1996 年
版，第 204 页。
　　② 此处是对《宋代：中国文章学的成立》一文相关论述的概括。王水照、慈波合撰：《宋
代：中国文章学的成立》，载《复旦大学学报》2009 年第 2 期，收入《中国古代文章学的成立与
展开——中国古代文章学论集》，第 139～156 页。
　　③ 章太炎撰，庞俊、郭诚永疏证：《国故论衡疏证》，中华书局 2008 年版，第 271～272 页。
　　④ 唐代柳宗之《西汉文类》，全辑于班固《汉书》，可以说是收入史部文章，但它单纯辑
自一书，与本文所讨论的"总集"有所不同。关于这个问题，可参考吴承学《宋代文章总集的
文体学意义》，载《中国社会科学》2009 年第 2 期。
　　⑤ 《四库全书总目》真德秀《文章正宗》提要说："总集之选录《左传》、《国语》自是编
始，遂为后来坊刻古文之例。"（《四库全书总目》卷一八七，第 1699 页）

文 6 篇，占全书近四分之一。宋代之前子部与集部畛域甚严，诸子文章从未被选录到总集之中。宋人总集开始从先秦汉代诸子中采摘文章。在《文选》以来一直被视为"立意为宗"的诸子之文中，发现它们"能文为本"的性质，将之纳入总集。如汤汉《妙绝古今》从《孙子》《列子》《庄子》《荀子》《淮南子》选摘文章。这是宋代文章学的又一重要贡献①。

在诗赋骈文时代，文章的主要功能是论理与抒情。宋代以后，由于史传文章进入集部，文章学内部产生变化，非常重视叙事功能，这就大大拓展了文章的表现功能。秦观《韩愈论》："夫所谓文者，有论理之文，有论事之文，有叙事之文，有托词之文，有成体之文。""考同异，次旧闻，不虚美，不隐恶，人以为实录，此叙事之文，如司马迁、班固之作是也。"②宋代真德秀《文章正宗》，分辞命、议论、叙事、诗赋。他对于"叙事"的解读是：

> 叙事起于古史官，其体有二：有纪一代之始终者，《书》之《尧典》、《舜典》与《春秋》之经是也，后世本纪似之。有纪一事之始终者，《禹贡》、《武成》、《金滕》、《顾命》是也，后世志、记之属似之。又有纪一人之始终者，则先秦盖未之有，而昉于汉司马氏，后之碑、志、事状之属似之。（《文章正宗纲目》）③

宋代以后，诗文评都相当重视叙事功能及相关文体。元代陈绎曾《文筌》认为"叙事之文贵简实"，以"记""序""传""纪""录""志""碑""表"为叙事之文。由于重视文章叙事功能，这类和叙事相关的文体大盛，显示了史传传统对于文章学的巨大影响。这种现象甚至引起坚守传统文章学的学者的不满。顾炎武《日知录》卷一九"古人不为人立传"谓："列传之名始于太史公，盖史体也。不当作史之职，无为人立传者。……自宋以后，乃有为人立传者，侵史官之职矣。"又谓："志、

---

① 参考吴承学《宋代文章总集的文体学意义》，载《中国社会科学》2009 年第 2 期。

② 〔宋〕秦观：《韩愈论》，见《淮海集》卷二二，《四部丛刊初编》集部第 168 册，上海书店 1989 年版，第 2 页。

③ 〔宋〕真德秀：《文章正宗》，见《景印文渊阁四库全书》集部第 1355 册，台湾商务印书馆 1986 年版，第 6 页。

状不可妄作。"① 此正说明宋代以后，文章叙事功能之增强，文、史功能交融，于是文人"越界"而行古代史官之事。这是古文之学兴起之后的重要变化。这种重叙事的倾向甚至影响到诗词理论之中，比如重视诗与史之关系、重视诗歌的叙事性、倡杜甫"诗史"之说等。

从文体学角度来看，中国文坛从六朝至唐代是以诗赋、骈文为主流的，宋代以后，则以散体古文为主流。中国文章学在宋代出现从以骈文为中心到以古文为中心的转型。这一转型，引发了许多新现象，其中最重要的是时代审美风气与文学批评价值观的变化。王运熙先生说："从我国古代文学的发展过程看，汉魏六朝和唐宋元明清是两大不同的历史时期。前一时期辞赋、骈文发达，文风华丽，后世所谓八代文学（八代指东汉、魏、晋、宋、齐、梁、陈、隋），是骈体文学昌盛的时代。后一时期古文运动抬头并发展，古文取代骈文在文坛上占统治地位，文风趋向质朴。由于创作风尚不同，反映到文学理论和批评方面，审美标准和批评标准在主要倾向上也大异其趣。"② 唐代尚处于从骈文中心向古文中心转型之际，兼具两者的特点。从宋代开始，古文才真正取代骈文在文坛上占统治地位。从骈文中心时代到古文中心时代，整个文坛的审美观念与评价标准产生了明显的变化。以诗赋、骈文为中心的六朝重视用典、声律、辞藻、对偶，重视文采与语言形式之美，重视文章的抒情功能。而以古文为中心则艺术上重视质朴，提倡风骨与格力。宋代以来，文坛风气趋于质朴，并出现一些经典重构的现象。比如，在诗歌方面，谢灵运在六朝是品评最高的代表性诗人，陶渊明根本不能与之相比。在唐代陶诗的地位仍不如谢灵运。钱锺书先生深叹"渊明在六代三唐，正以知希为贵"，并指出"渊明文名，至宋而极。永叔推《归去来辞》为晋文独一；东坡和陶，称为曹、刘、鲍、谢、李、杜所不及。自是厥后，说诗者几于万口同声，翕然无间"③。所言极确。在宋代，陶渊明完全取代了谢灵运，超越曹、谢、刘、鲍与李、杜，成为古今伟大诗人之一，并被誉为自然诗风的典范。黄庭坚多次指出陶胜于谢："谢康乐、庾兰成之于诗，炉锤之功不遗力也。然陶

① 〔清〕顾炎武著，〔清〕黄汝成集释，栾保群、吕宗力校点：《日知录集释》，上海古籍出版社 2006 年版，第 1106、1107 页。

② 王运熙：《从文论看南朝人心目中的文学正宗》，原载《文学遗产》1984 年第 4 期，收入《中国古代文论管窥》（增补本）上编，上海古籍出版社 2006 年版，第 165 页。

③ 钱锺书：《谈艺录》二四，生活·读书·新知三联书店出版社 2001 年版，第 217 页。

彭泽之墙数仞，谢、庾未能窥。"① 陶渊明高超的人格和朴素自然的诗风，与宋代整个人文思想趋向完全契合，所以地位最高。

唐宋以来，由于古文与政教的密切关系，更为重视文以载道，作家道德、人格也成为批评的重要标准。宋代以后文学批评不但强调道德修养对文辞的决定作用，还把作家的人品纳入审美评价的范畴中，把它放在相当重要的地位。以这种标准重审以前的文章学经典，便有新的评价。比如，在宋以前，扬雄及其作品都具有崇高的地位。在一些学者眼中，扬雄是上承孔孟之道的伟人："盖仲尼既殁，微言不行；史公著书，是非多谬。由是百家诸子，诡说异辞，务为小辨，破彼大道，故扬雄《法言》生焉。"② 扬雄还被视为高隐之士："寂寂寥寥扬子居，年年岁岁一床书。独有南山桂花发，飞来飞去袭人裾。"③ 《文选》《文心雕龙》都把《剧秦美新》作为"符命""封禅"文体的典型④。但宋代以后，对扬雄开始另有看法，有人认为扬雄谄媚王莽以取高官之位，人品卑下。苏轼批评扬雄"好为艰深之词，以文浅易之说"⑤，朱熹对扬雄及其作品尤持鄙视态度，他在《楚辞后语》卷二《反离骚》一文中说："王莽为安汉公时，雄作《法言》，已称其美，比于伊尹、周公。及莽篡汉，窃帝号，雄遂臣之，以耆老久次转为大夫。又放相如《封禅文》，献《剧秦美新》以媚莽意……然则雄固为屈原之罪人，而此文乃《离骚》之谗贼矣，它尚何说哉！"⑥ 在宋代一些文学家与理学家的双重打击下，扬雄及其作品作为文章经典的地位大受影响。

---

① 〔宋〕黄庭坚：《论诗》，见刘琳、李勇先、王蓉贵点校《黄庭坚全集》外集卷第 24 杂著上，四川大学出版社 2001 年版，第 1428 页。

② 〔唐〕刘知几：《史通·自叙》，见〔唐〕刘知几撰，〔清〕浦起龙释《史通通释》，上海古籍出版社 1978 年版，第 291 页。

③ 〔唐〕卢照邻：《长安古意》，见〔清〕彭定求等编《全唐诗》卷四一，中华书局 1960 年版，第 519 页。

④ 参见《文选》卷四八，第 2418 页；〔南朝梁〕刘勰著，王利器校证《文心雕龙校证》卷五《封禅》，上海古籍出版社 1980 年版，第 151 页。

⑤ 〔宋〕苏轼：《答谢民师推官书》，见孔凡礼点校《苏轼文集》卷四九，中华书局 1986 年版，第 1418 页。

⑥ 《朱子全书》第 19 册《楚辞集注》之《楚辞后语》卷二《反离骚》，上海古籍出版社、安徽教育出版社 2002 年版，第 249 页。

# 四、宋代以后"文章"观念的复杂性

宋代是中国文章学转型时代，但转型并不是颠覆，其"文章"观念在此前中国文章学观念基础上既有变化也有继承和延伸。其"文章"偏重指称以古文为主体、以散体文为主要语体的作品，但也可能包含骈文与诗赋。

在宋代文坛的原始语境之中，"文章"既可以特指以古文为主体的作品，也可以泛指诗文在内的所有文体和篇章。此后至明清时代，这两种"文章"内涵在不同语境与批评家那里是并行不悖的，也未有统一或固定。"文章""文"乃至"古文"的概念一直都是相当灵活、模糊而又开放、有弹性的，"文章"的内涵要在具体的语境中才可能得到确解。下面从几个方面来考察宋代以后"文章"的复杂内涵。

（1）文话中的"文章"内涵。以《历代文话》所收题为"文章"的文话为例①。①"文章"指涵盖诗歌在内的所有文体。元代李淦《文章精义》所论"文章"以散体古文为主，但也涉及诗赋。如陶渊明诗、杜甫诗、卢仝诗、朱熹诗。元代陈绎曾《文章欧冶》分"古文谱"（"四六"附说）、"楚赋谱"、"汉赋谱"（"唐赋"附说）、"古文矜式"、"诗谱"，基本涉及所有的诗文文体。明代王世贞《文章九命》与清代王晫《更定文章九命》所涉"文章"之士，包括古代的诗人作家。清代王兆芳《文章释》论及143种文体，笼括一切著述之文体。晚清民国来裕恂《文章典》将文体分为"叙记""议论""辞令"三大类，包括中国古代诗文小说戏曲所有文体。清末唐恩溥《文章学》的文章学概念，也是包括古代诗文各种文体在内的。②"诗""文"分开，只论文而不及诗。明代高琦《文章一贯》为分类辑录之作，"文章"为散体文而不及诗歌。清方以智《文章薪火》所论皆为散体古文。

（2）总集中的"文章"内涵。以宋代以来几部标名"文章"的总集

---

① 为了论述更为简便，更有说服力，我们仅选用那些题为"文章"的文话。其实更多的是题为"文"的，如宋代陈骙《文则》、金代王若虚《文辨》、元代陈绎曾《文说》等。为了更真实地反映出历史原貌，此处不谈由今人辑录而重加命名之作。如《历代文话》第三册屠隆《文章四题》，是以《鸿苞集》中四篇文章整合而重新命名的。

为例。①宋代真德秀《文章正宗》分辞命、议论、叙事、诗赋。明代吴讷《文章辨体》收录古今各种文体近 60 种，包括诗歌与词曲。徐师曾《文体明辨》在此基础上踵事增华，亦诗文兼收。清代杨绳武编《文章鼻祖》收入《尚书》《左传》《史记》《汉书》，而卷六则为"诗赋"。②宋代谢枋得《文章轨范》所选汉、晋、唐、宋之文，主要为韩、柳、欧、苏的散体古文。宋代方颐孙编《大学新编黼藻文章百段锦》（《大学黼藻文章百段锦》）从科举考试的角度，选唐宋名人之文为范式，标其作法。明代朱櫶辑《文章类选》和刘祐选《文章正论》收入诗歌以外的所有骈散韵文之体。贺复征《文章辨体汇选》所选文体 130 多种，然不收诗赋。旧题明代归有光编《文章指南》收录"春秋而迄唐宋之文"，不收诗歌。

（3）类书中的"文章"内涵。①如章如愚《山堂考索》前集卷一九至二二"文章门"分为"赋类""诗类""文章缘起类""评诗类""讲说类"，后集之一七至一八卷"文章门"则分为"古今之文""诸家之文""楚辞""总集文集""诗赋""论诗""文选"等门类，涉及诗、骚、赋以及各种文体。祝穆《事文类聚》别集卷九"文章部"包括诗赋等所有文体。②如李昭玘、李似之《太学新增广合璧联珠万卷菁华后集》卷一三"文章门"与"词赋门""诗赋门"分开。吕祖谦《东莱先生分门诗律武库》卷一一"文章门"与卷一二"诗咏门"分开。

同样，"古文"的内涵也非常复杂。"古文"在文体上并没有明确的限定与排他性，甚至很难找到古文与骈文在具体文体上的确切差别。韩愈说："愈之为古文，岂独取其句读不类于今者耶？思古人而不得见，学古道则欲兼通其辞；通其辞者，本志乎古道者也。"① 宋人柳开也说："古文者，非在辞涩言苦，使人难读诵之；在于古其理，高其意，随言短长，应变作制，同古人之行事，是谓古文也。"② 唐宋古文家心目中的古文，主要在于高古的艺术旨趣方面，只要是符合这种旨趣的，都可以称为古文。中国古代的各种文体本身，都不带价值评价，比如说"诗""文""辞""赋"这些具体的文体，都可能产生优劣作品。但"古文"却是带有肯定

---

① 〔唐〕韩愈撰，马其昶校注，马茂元整理：《韩昌黎文集校注》，上海古籍出版社 1986 年版，第 304 页。

② 〔宋〕柳开：《应责》，见《河东先生集》卷一，《四部丛刊初编》集部第 134 册，第 11 页。

性价值判断的概念，即是载古道之文或古雅之文，"古文"本身并没有明确的文体分类含义，在文体学上具有开放性、含糊性和有弹性内涵的特色。"古文"包括什么文体，或者什么文体可称为"古文"，都是见仁见智的①。

在形式上，古文以散体文为主，但并不绝对排斥骈体文、辞赋甚至诗歌。唐宋以来，虽然出现诗文之分，但也不绝对，"古文"也可以包含古诗。柳冕《答荆南裴尚书论文书》云："故在心为志，发言为诗谓之文。"②柳宗元《杨评事文集后序》云："文有二道：辞令褒贬，本乎著述者也；导扬讽谕，本乎比兴者也。"③此皆以诗纳入"文"中。宋代以后，"古文"的内涵与"文章"一样，在不同语境中也有不同理解。郭绍虞先生说："从文的广义讲，本可包括诗文二体，宋以前如此，宋以后也还是如此。……但是凡以'古文'标目的，就不是如此。吕祖谦的《古文关键》、姚鼐的《古文辞类纂》，显然只取文的狭义，与诗分疆。"④确实多数古文总集只收文而不收诗，如宋代《古文集成》《古文关键》就只收古文。到了明清，这种情况更为普遍，如清代吴楚材等编《古文观止》、余诚编《古文释义》。但是，"古文"、"古文辞"（古文词）选本也有诗文并选的。宋代真德秀《文章正宗》分辞命、议论、叙事、诗赋四类⑤。宋人黄坚选编《古文真宝》分前、后集，前集12卷，收录古诗200余首⑥。总之，"古文"这个概念，并没有明确的文体规定。在中国古代

---

① 宋人的"古文"观念有广义，也有狭义。上文特指宋人广义的"古文"观念。宋人狭义的"古文"观念，如姚铉《唐文粹》中特别标出"古文"一体，特指近代新兴的比较短小、思辨性强的议论性文体。参见吴承学《宋代文章总集的文体学意义》，载《中国社会科学》2009年第2期。

② 〔宋〕姚铉：《唐文粹》卷八四，《四部丛刊初编》集部第319册，第2页。

③ 〔宋〕柳宗元：《柳宗元集》卷二一"题序"，中华书局1979年版，第579页。

④ 郭绍虞：《试论"古文运动"——兼谈从文笔之分到诗文之分的关键》，见《照隅室古典文学论集》下编，第107～108页。

⑤ 《文章正宗》虽不标明"古文"，但历来被视为宋代古文总集之一。《四库全书总目》卷一八七《崇古文诀》提要说："宋人多讲古文，而当时选本存于今者不过三四家。真德秀《文章正宗》以理为主……世所传诵，惟吕祖谦《古文关键》、谢枋得《文章轨范》及昉此书而已。"（《四库全书总目》，第1699页）而《文章正宗》提要又说："总集之选录《左传》、《国语》自是编始，遂为坊刻古文之例。"（《四库全书总目》卷一八七，第1699页）真德秀虽然称为"诗赋"类，但实际上此类只收诗歌而不收辞赋，诗歌则收古诗而不收律诗。

⑥ 参考黄坚选编，熊礼汇点校《详说古文真宝大全》，湖南人民出版社2007年版。

吴承学自选集 WU CHENGXUE ZIXUANJI

原始语境中，"文"与"诗"固然可以是并称的，但在更多时候，"文"的内涵远大于"诗"。"古文"是兼骈、散、韵文的，以不包括诗为常态，但有时也可以包含诗歌（古诗）。

虽然我们无法进行精确的量化统计，但仅从以上例子可以看出：宋代以来"文章"与"古文"的内涵都是相当多元的，这种现象提醒我们不能忽略宋代以来"文章学"的复杂性。

## 五、宋代文章学与中国文章学

中国文章学成立于宋代的观点是王水照先生率先提出来的①。他早在2005年就说："文章学的成立，殆在宋代，其主要的标志在于专论文章的独立著作开始涌现。"② 数年之后，王先生更明确地提出中国文章学成立于南宋的重要命题③。此后，祝尚书先生在《略论文章学研究的资源开发》一文中更具体地说："文章学当成立于南宋孝宗朝，标志是陈骙《文则》、陈傅良《止斋论诀》、吕祖谦《古文关键》等的相继问世，直到元末，是文章学蓬勃发展的时期。"④ 最近，祝先生又专门撰文论述中国文章学正式成立的时限为南宋孝宗朝⑤。笔者认为，中国文章学成立于宋代（南宋）之说是从狭义的中国文章学即以古文为中心的立场出发而提出来的。这一命题的积极意义在于：它不但发现和阐释宋代文章学的特色，而且在一定程度上纠正了以往中国文学批评重诗学研究而轻古文之学研究的倾向，这对文章学研究将有重要的推动作用。事实上，在王水照先生的倡

255

---

① 1998年复旦大学赵冬梅博士论文《中国古代文章学》已提出关于古代文章学成立于宋代的说法，但鉴于其博士论文指导教师为王水照教授，可以推想这种说法也是师承王先生的。

② 王水照：《文话：中国古代文学批评的重要学术资源》，载《四川大学学报》2005年第4期。

③ 王水照、慈波合撰《宋代：中国文章学的成立》"附记"明确说明："本文将文章学成立的时间断在宋代，更确切地说，在南宋。"（《中国古代文章学的成立与展开——中国古代文章学论集》，第156页。）

④ 祝尚书：《略论文章学研究的资源开发》，载《文学遗产》2007年第2期。

⑤ 祝尚书：《论中国文章学正式成立的时限：南宋孝宗朝》，载《文学遗产》2012年第1期。他的主要观点是：诗赋格法是文章学创立的学术基础；孝宗"更化"与古文典范的确立是文章学创立的必具条件；理学事功派是文章学正式成立的主力。

导和示范下①，近年中国文章学研究已成为新的学术热点，并取得了相当丰硕的成果。

以动态的中国文章学眼光来看，宋代古文之学或古文文章学的成立，是文章学发展到某一历史阶段的产物。古文之学之成立与中国文章学之成立是有差别的。古文之学、宋代文章学、中国文章学是三个在逻辑上有递进关系的问题：宋代古文之学从属于宋代文章学，宋代文章学从属于中国文章学。宋代古文之学不等同于宋代文章学，更不能等同于中国文章学。宋代古文之学成立与兴盛是事实，但它仍属于中国文章学与宋代文章学的一部分。换言之，不能以古文文章学的成立等同于中国文章学的成立。

宋代究竟是"中国文章学的成立"时代还是"古文之学的成立"时代？这个问题本质上涉及对"中国文章学"基本内涵与理论体系的不同认识。从以古文之学为中心的立场看，中国文章学成立于宋代。王水照先生在《历代文话序》中说："古文研究与批评之真正成为一门学科，即文章学之成立，殆在宋代。"② 在《宋代：中国文章学的成立》一文中说："由创作的实际情况来看，'文章'以古文为主体，又包含了赋、骈文以及铭、赞、偈、颂等诗歌以外的韵文作品，而文章学则是以此为中心所进行的理论探讨。从诗文互融到文笔之分再到古文崛起，迨至宋代，'文章'的内涵与概念都已趋于稳定，为文章学的成立奠定了学理基础。"③此中"文章学"内涵就是以"古文为中心所进行的理论探讨"，显然站在狭义的"中国文章学"立场，这是把宋代定为中国文章学成立时代的主要原因。中国文章学成立于宋代之说，一方面极为鲜明地突出了古文之学的重大贡献与历史价值，具体而微地考察和总结了宋代文章学的成就与特点，对宋代的文法学、章法论、技法论与评点之学等方面作出了比较全面和深刻的研究；另一方面在学理上又明显要面临着如何恰当地描述和评价宋代以前尤其是魏晋南北朝文章学的难题：如果说，中国文章学正式成立于南宋或南宋孝宗朝（1163—1189 年），那么此前近千年的中国文章学，

---

① 我认为，王水照先生是把中国文章学研究放到整个中国学术史过程中加以考察的，比如在《三个遮蔽：中国古代文章学遭遇"五四"》一文中，从学术史的高度提出中国古代文章学研究中的"学术承担的责任感与使命感"（载《文学评论》2010 年第 4 期）。因此，他的中国文章学研究具有独特的学术史眼光与当代文化关怀的思想高度。

② 《历代文话》第一册，第 2 页。

③ 《中国古代文章学的成立与展开——中国古代文章学论集》，第 141 页。

就只能称为"前中国文章学时代"。汉代中国"文章"观念就开始成熟了，到宋代中国文章学才"正式成立"，中间相隔一千多年，似乎过于漫长了。

从中国文章学史来看，魏晋南北朝的文章学是以骈文之学为中心的；宋代文章学是以古文之学为中心的，但亦包含骈体之学与辞赋之学等内容。宋代古文之学属于宋代文章学的主体内容，也属于中国文章学体系的有机组成部分。宋代文章学出现新变与转型，在章法论、技法论与评点之学方面，确是开创新局面，增加新内容，但本质上仍属于中国文章学的一部分。

把宋代古文之学与文章学放到中国文章学系统中，当作其重要与关键的一环来考察，才能实事求是地评价其历史地位。以宋代为中国文章学成立之时代，这种文章学史观念一方面揭示了宋代文章学与古文之学的成就与特性，另一方面又可能在强调古文之学独特性的同时，不经意间轻估了此前文章学的理论贡献与历史地位。王水照先生认为宋代文章学与前人相比，"初步建构了文章批评的理论统系"：

> 在此之前，对文章学的探讨多局限于格法的讨论……因此对技法的热衷超过了对文章之学的兴趣。宋代的文章之学则在尚用的基础之上，展开了一系列的深入研讨，几乎涵盖了文章的所有领域：本体论，关注文章的本原，突出"文"与"道"的关系；创作论，强调对文章作法的讲求，分析众多作家作品，把握其风格特征，注重世风与文风的关联；批评论，对创作的得失做出分析，在指导写作的同时强调普遍规则的重要。可以说，诸如文道论、文气论、文体论、文境论、文法论、鉴赏论等文章学领域，都已纳入宋人的研究视野。①

笔者完全同意"文道论、文气论、文体论、文境论、文法论、鉴赏论等文章学领域，都已纳入宋人的研究视野"的说法。不过，我们也应该看到，这类理论其实早已进入魏晋南北朝的文章学研究视野了。质言之，在中国文章学史上，最早"初步建构了文章批评的理论统系"并非宋代文章学，而是以《文心雕龙》为代表的六朝文章学。

----

① 《中国古代文章学的成立与展开——中国古代文章学论集》，第147页。

# 六、中国文章学成立的标志

有学者认为宋代文话是宋代"文章批评最重要的载体",其兴起与快速发展"标志着中国文章学的成立"①。这也是从狭义的中国文章学观念来立论的。文话起源于宋代,是文章学的一种重要的批评文体,然历来重视不够。王水照先生积十年之功搜集整理而编成的十卷本《历代文话》,填补了我国文话汇编的空白,是中国文章学研究扎实可靠的基础工程,为之提供了基本文献与丰富资源,沾溉后学,厥功甚伟。《历代文话》的编纂与出版,大大推动了中国文章学研究,改变了以往学术界忽视文话的倾向。在短短时间内,文话研究就从边缘或几近空白的学术领域而渐成"显学"。可以说,《历代文话》是 21 世纪以来引用率最高、影响最大的古代文学研究成果之一。

文话虽与诗话、词话并称,但形态与性质实有所不同。在中国古代诗文评著作中,有一个有趣的现象:题为"诗话""词话""曲话""赋话"的极多,但题名"文话"的却很少。在十册《历代文话》中,只有清人叶元垲《睿吾楼文话》与孙万春的《缙山书房文话》两种。更多此类著作并不标明"话",而是用"论""说""记""评""谈""言""录"或者"则""诀""式""法""谱""例"等名称。以笔者的推测,这种奇怪的现象一方面说明"文话"之称在文学批评史上的认可度与接受程度不如诗话、词话那么高,另一方面这些"论""说""记""评"等书名,似乎反映出文话与诗话在文体上的差异。《四库全书总目》谓宋人诗话"体兼说部"②,而文话却离"说部"稍远,可谓"体近子论"。文话很少像诗话有那么多的名人逸事、传说趣闻、街谈巷议,明显较为严谨与理性。所以,文话与诗话相比,具有独特的理论形态与品格,也具有独特而

---

① 如王水照先生在《宋代:中国文章学的成立》一文绪论中说:"文话蔚然勃兴,无论是本事丛谈、月旦篇章、考辨真伪还是精到的理性阐释,都在文话中一一呈现。作为文章批评的最重要载体,文话在宋代的兴起标志着中国文章学的成立。"(《中国古代文章学的成立与展开——中国古代文章学论集》,第 139 页)论文结语再次强调:"从此,文话作为一种新兴的文章理论批评样式,走上了快速发展的道路,而文章学也正式宣告成立。"(《中国古代文章学的成立与展开——中国古代文章学论集》,第 156 页)

② 《四库全书总目》卷一九五"诗文评类序",第 1779 页。

重要的理论价值。

"文话"是中国文章学的重要形态，它是在唐宋笔记、随笔、札记等文体兴盛之后在文学批评领域中的产物，颇能表现出中国古代诗文评灵活而生动、要言不烦而感性深刻的特色。文话是文章批评的重要载体，这是可以肯定的，不过，"文话在宋代的兴起标志着中国文章学的成立"之说，则可能夸大宋代文话的重要性，或者说，可能忽略此前中国文章学的已有成就。正如王先生所说，欧阳修的《六一诗话》和杨绘的《时贤本事曲子集》"作为历史上第一部诗话和词话，这两部书正是当时谭艺风尚的体现，也是中国诗学与词学发展过程中标志性的成就"①。他强调诗话、词话在中国诗学、词学"发展过程中标志性的成就"，而不是把它们作为中国诗学、词学成立的标志，因为在诗话出现之前，中国诗学早就自成系统了。同理，文话也不一定可以作为文章学成立的标志。因为在文话出现之前，中国文章学也早就形成了。

文话是文章学的一种重要的批评文体。从文话发展史的角度看，宋代的文话有开创之功，但文话的真正兴盛是要到元代以后，尤其是明清时代。宋代文章批评形式繁多，文话能否视为宋代"文章批评最重要的载体"并视为文章学成立的标志也值得讨论。事实上，从数量上来看，文话在宋代尚谈不上"快速发展"。宋代文话与宋代诗话、词话相比，不但数量要少得多，影响也不能相提并论。以《四库全书》所收的"诗文评"为例，《四库全书总目》卷一九五"诗文评类一"收入欧阳修《六一诗话》等诗话类书籍30多种，而纯粹论文的文话类仅收王铚《四六话》、谢伋《四六谈麈》、陈骙《文则》、王正德《馀师录》、李耆卿《文章精义》5种，又有诗文兼评和体兼诗话、文话的吴子良《荆溪林下偶谈》、周密《浩然斋雅谈》2种。可见宋代文话与诗话相比，数量上是相当少的，其中又有不少是论骈文之作，仅有的数部文话并未能真正反映出宋代古文之学兴盛的局面。真正反映出宋代文章学仍然与传统文章学一样的是那些杂出于史书的传序和集部中的序、跋、书、论以及一些诗赋作品，子

① 《中国古代文章学的成立与展开——中国古代文章学论集》，第139页。

部中大量的笔记①。

从宋代文话的内容来看，文话也难以称为"以古文为主的文章之学成立"的标志。下面以《历代文话》第一册所收 20 种宋代"文话"为例。

文话的内容相当庞杂，纯粹专论"古文"的文话非常少，从总体上看，仍是骈文文章学与古文文章学的合成。《四六话》《四六谈麈》《容斋四六丛谈》《云庄四六馀话》四种文话所论无疑是骈文而非"古文"。而其他许多"文话"也往往是泛论各体文章。诗、赋、散体、骈体、韵体皆论，并没有特别把诗歌排除在外。《文则》比较集中讨论古文，但也论及古诗古歌。叶适《习学记言序目·皇朝文鉴》为读吕祖谦《宋文鉴》的札记，所述文体与该书收录相同，仍是非常宽泛的诗文兼收的"文章"，而不是散体古文。比如一开始论"赋""律赋""诗""四言诗""乐府歌行""五言古诗""五七言律诗""七言律诗""七言绝句""骚"。张镃的《仕学规范》既论《作文》，亦论《作诗》。王正德《馀师录》选辑前人论文章之语，所取甚广，虽以古文为主，但也多有论诗之语。吴子良的《荆溪林下偶谈》诗文并论，黄震《黄氏日抄·读文集》诗文并论，皆几涉所有文章文体。王应麟《玉海·辞学指南》所论为当时科举"辞科"文体与写作，属于时文研究，与"古文"颇有距离。魏天应《论学绳尺·行文要法》选录南宋科举中选之文，文体为策论。论者或以其技法格式为八股之"滥觞"②。可见，此书与"古文"关系不大，甚至可谓背道而驰。所以，如果把上述宋代文话作为"以古文为主的文章之学"成立标志，仍觉单薄。

中国文章学成立的标志是什么？从广义的中国文章学角度来看，是南朝刘勰的《文心雕龙》，而狭义的中国文章学则标举南宋陈骙的《文则》。对这两部标志性著作的不同认识，鲜明而集中地反映出广义与狭义的中国文章学的差异。

---

① 关于宋代文章学的史料文献，可参考《古今图书集成·文学典》之"文学总部"第四至九卷，"文学总部·艺文"部分，卷一二五～一二七。另可参考张伯伟主编《中华大典·文学典》"文学理论分典"，凤凰出版社 2008 年版。

② 《四库全书总目》卷一八七《论学绳尺》提要："其破题、接题、小讲、大讲、入题、原题诸式，实后来八比之滥觞，亦足以见制举之文，源流所自出焉。"（《四库全书总目》，第 1702 页）

吴承学自选集

WU CHENGXUE ZIXUANJI

南宋陈骙所著《文则》是现存最早的文话。顾名思义，《文则》就是讨论文章写作规范，可视为辞章学专著。该书有考察文体起源者，有辨析文章风格者，这些都是前代文章学著作早就涉及的。最有新意的是比较系统地论述修辞问题，这确实很重要，它在经典细读与语言分析上要比前代文章学推进一大步。但如果不是把文章学局限于修辞学与章法技法之学的话，那么，在文章学的系统性、整体性与重要性诸多方面，《文则》恐怕仍不能与《文心雕龙》相比。

《文心雕龙》体大思精，结构严密，为集大成之作，已经初步建构了中国文章学的理论系统。从广义文章学来看，《文心雕龙》是一部文章学杰作，正如周振甫先生所言：“《文心雕龙》实为文章学的巨制，论文章学的，可以举为准绳。”[①] 特别值得注意的是，仅从狭义的文章学即写作技法论方面看，《文心雕龙》也极为完备。《文心雕龙·序志》指出，“文心”就是“言为文之用心”，全书细致地讨论作文之道，可以说是典型的文章学专著。汉代以前，文学批评的主要内容是探讨文与德、文与质等关系以及比较笼统的修辞观。汉代以后，随着经典阐释的兴起，人们对儒家经典的外在形式、体制特征、组织结构等研究越来越深入，六朝的文章学出现了从原先的外部批评逐渐扩展至内部批评的趋势[②]。刘勰《文心雕龙》全面总结汉代以来章句研究的成果，吸收前人关于文章结构理论的精华，构筑了一个完整、严密的文章结构论体系。在具体的写作技法上，《镕裁》谈文章写作的炼意与炼词，《比兴》研究两种最古老与最基本的修辞与写作方式。《夸饰》《事类》《炼字》《附会》《指瑕》也是讨论修辞与具体的写作方式技法的，立意谋篇、炼句炼字乃至修辞、修改皆为其研究对象。从中可见《文心雕龙》已构建了相当完备和系统的写作技法理论。除了《声律》《丽辞》等内容有比较强的骈文时代特色之外，其他技法理论在古文中心时代也没有过时，仍然可以适用。《四库全书简明目录》卷二〇谓“论文之书，莫古于是编，亦莫精于是编矣”[③]。事实上，后代没有哪部文章学著作在理论的系统性与深刻性上

---

① 周振甫：《中国文章学史》前言，江苏教育出版社 2006 年版，第 8 页。

② 参考吴承学、何诗海《从章句之学到文章之学》，载《文学评论》2008 年第 5 期。

③ 〔清〕永瑢等：《四库全书简明目录·诗文评类》，上海古籍出版社 1985 年版，第 871 页。

可与之相比。《文心雕龙》已涉及文章学基本原理，如文道论、修养论、源流论、文体论、章法论、技法论、鉴赏论、批评论等。无论从广义的还是狭义的文章学标准来衡量，《文心雕龙》作为中国文章学成立的标志都是合适的。

从文章学成立于宋代的立场看来，《文心雕龙》只是"杂文学"的理论著作，并非"中国古代文章学"的著作①。不过，从逻辑上讲，"杂文学"是与"纯文学"相对而言的，与"中国古代文章学"之间并不构成非此即彼的关系。从本质上讲，"中国古代文章学"本身就是"杂文学"理论。如前所述，宋代文章总集把六朝以来一直被排斥在集部之外的先秦汉代的经、子、史的大量内容吸纳到文章系统之中，大大扩展了"文章"的内容。可以说宋代以来的文章学系统，甚至比魏晋南北朝的更"杂"。

中国文章学体系是在礼乐制度、政治制度的基础之上形成与发展起来的，具有很强的实用性，并始终与礼乐制度、政治制度密切关联，具有极强的生命力和稳定性。这种自成体系的、具有民族文化特点的中国文章学历史悠久，虽然随着中国文学的发展而演变，但整体仍保持稳定性，并不因为文体发展、变迁而产生完全裂变，从而诞生出全新的理论体系。在魏晋南北朝时期"文章"与"文章学"的基本内涵与系统已形成，此后由于社会与文学的发展，历代文章学产生了许多新理论与新命题，甚至出现重要的转型，但传统文章学的基本性质、特点与内涵、框架也在不断调适，历千年仍保持基本稳定。比如，刘勰《文心雕龙》提出来的"原道""征圣""宗经"三位一体的理论，从来就是中国文章学的基础，在唐宋古文兴盛之后，这种理论愈加强化。魏晋南北朝之文体论、文气论、批评论、技法论都被后代文章学所继承和发扬光大，所谓"前修未密，后出

---

① 比如王先生说："在刘勰所论三十多类文体中，论及诗歌、辞赋和各体骈散文，而其重点则为诗、赋，因而《文心雕龙》应定位于研究'杂文学'整体的理论著作，与一般所称的'中国古代文章学'是有区别的。"（《中国古代文章学的成立与展开——中国古代文章学论集》，第156页）

转精"，其理论系统从未被推翻过①。自从西学东渐，西方文学理论引进之后，中国文坛发生鼎革，"文章学"才在一定程度上被"文学"所取代。

（原载《中国社会科学》2012 年第 12 期）

---

① 在清末民初，《文心雕龙》仍是传统学者用来捍卫和发扬本土文化的重要思想资源。如来裕恂《汉文典·文章典》（1904）、王葆心《古文辞通义》（1906）、姚永朴《文学研究法》（1914）几种文章学著作都继承了《文心雕龙》的理论体系和传统，如姚永朴《文学研究法》分为《起源》《根本》《范围》《纲领》《门类》《功效》，《运会》《派别》《著述》《告语》《记载》《诗歌》，《性情》《状态》《神理》《气味》《格律》《声色》，《刚柔》《奇正》《雅俗》《繁简》《疵瑕》《功夫》《结论》25 篇，明显模仿《文心雕龙》之例，力图建立全面而宏大的体系。

# 命篇与命体
## ——兼论中国古代文体观念的发生

### 一、文体观念发生的研究路径

文体观念的发生是中国文体学研究首先要面对的问题。目前学界的研究成果，更多地集中于对文体本体、文体史、文体分类等方面的研究，对文体观念的发生特别是先秦文体观念发生的机制、标志、形态等，系统、深入的研究并不多见。研究文体观念的发生具有重要意义，它是文体学的基础，也是其理论雏形和理论基因。文体观念发生学主要研究文体观念发生的原因、途径、形态与标志。文体观念的发生是人的思维、语言形式与社会需求发展到一定程度的必然结果。文体观念最早是无意识的，创作者本身并无文体意识，但其行为是文体现象的体现。比如，甲骨卜辞都有"命辞"①，但这种文体形态最开始是由制作活动本身的功能所决定的，只有对特定的语言形式不断地重复运用，最后成为定式，才会形成独立而自觉的文体意识。

研究文体观念的发生有许多路径，举要而言：

（1）在运用中发生的文体观念。最初的文体观念，主要是在文体运用中体现出来的对文体自身形态的自觉意识。所谓文体运用，即文体创作或使用时采用某种具体的语言特征和语言系统，以及特定的章法结构与表现形式。在某种场合，对某种文体形态的使用，一开始具有偶然性，此后，在类似的场合不断地重复运用某种言语模式以表达类似内容，对特殊形态的言语运用形成习惯，技巧日渐成熟，文体因此逐渐成熟和定型，而文体分类观念亦随之发生。特殊言辞的反复运用方式，可包括特定的应用场合、功用与内容，也可包括特定的韵律、套语、句式、章法结构等文本层面上的形态，这也是早期文体发生的一些重要标志。当这些文本形态上的共性频繁出现，从而形成一种反复采用的定

---

① 《周礼·大卜》谓太卜"以邦事作龟之八命"（〔清〕阮元校刻：《十三经注疏》，中华书局 1980 年影印版，第 803 页），就是指八种卜筮问龟之辞。

吴承学自选集｜WU CHENGXUE ZIXUANJI

式，便意味着相关的文体观念的发生。

（2）制度设置与文体谱系的发生。在先秦时期，制度设置是文体生成的重要来源，因而制度的构建与官守职能的分工，必然对文体观念的发生产生重要影响。制度设置与分工赋予了文体使用者以特殊的职责。对文体使用者的指定是中国早期文体学最为独特的观念之一。在礼仪、政治及制度建构的基础上，产生了中国早期文体谱系观念。从文体使用者的身份与职责延伸出文体功能、文体类别的观念，与之共同构成文体谱系。

（3）礼制与文体观念的发生。在先秦时期，礼制涵盖了政治、文化、社会生活的方方面面，文体的发生与礼制密切相关。早期礼仪活动往往是口头性的，在遣词口宣之初，便具有主动适应礼仪要求的意识，这是初步的文体意识。经过长期使用与积累，逐渐形成了礼制对文体的使用主体与施用对象、使用场合与功能、表现内容、具体措辞与载体等的规定，这些规定又内化为人们写作文体的常规。这些常规一旦成为人们意识中潜在的定式，便意味着相关文体观念的发生。从礼学的角度来看，古人讲究行事、言语要"得体"，从文体学的角度来看，对言语"得体"的要求则是文体观念的反映。从礼学的"得事体"到文章学的"得文体"，是一种顺理成章的延伸。在此基础之上，便出现了一些基于礼制的文体批评，如评论某篇作品的写作是否合礼，亦即是否符合礼制对文体的规范和要求。《左传·哀公十六年》子赣论鲁哀公诔孔子："生不能用，死而诔之，非礼也。"① 《左传·襄公十九年》记载臧武仲论季武子作铭："非礼也。夫铭，天子令德，诸侯言时计功，大夫称伐。今称伐，则下等也；计功，则借人也；言时，则妨民多矣。何以为铭？"② 都以是否"合礼"为标准，评价文体的写作是否合体。

（4）诗乐、典籍归类与文体观念的发生。《尚书·尧典》："诗言志，歌永言，声依永，律和声。"③ 这涉及艺术内部的分类与差异，对文体分类有启示作用。《礼记·乐记》："诗，言其志也；歌，咏其声也；舞，动

---

① 《十三经注疏》，第 2177 页。

② 《十三经注疏》，第 1968 页。

③ 〔清〕孙星衍撰，陈抗、盛冬铃点校：《尚书今古文注疏》，中华书局 1986 年版，第 70 页。

其容也。三者本于心，然后乐器从之。"① 艺体虽不等同于文体，但上古时期的文学体式，特别是诗歌，与艺体实有比较密切的联系。以诗、歌、舞三种艺术类别并列，各言其用，显现一定的文体观念。一些典籍的编纂已反映了一种初步的文体分类学观念。如《诗经》之"风""雅""颂"即近乎文体分类。又有探讨六经体性及影响之不同的，如《礼记·经解》云："温柔敦厚，《诗》教也；疏通知远，《书》教也；广博易良，《乐》教也；洁静精微，《易》教也；恭俭庄敬，《礼》教也；属辞比事，《春秋》教也。故《诗》之失，愚；《书》之失，诬；《乐》之失，奢；《易》之失，贼；《礼》之失，烦；《春秋》之失，乱。"② 又如《庄子·天下》云："《诗》以道志，《书》以道事，《礼》以道行，《乐》以道和，《易》以道阴阳，《春秋》以道名分。"③《荀子·儒效》亦有类似说法。这是在典籍分类的基础上探讨六经在风格、体用上的特点，蕴含着深层的文体分类、文体辨别的观念。从"文本于经"的观念看来，这对后世的文体分类亦有深刻影响。

（5）文献称引与文体学发生。所谓称引，是指对各类文辞的称举与引用。人们在叙述（记录）事物或说明道理的过程中，通常会涉及一些文献或者话语。在上古时期，人们的言辞或各类文献有相当一部分是通过称引的方式而保存下来的。对文辞的称引，往往由一个提示词（也可称"提示语"）引起。所谓提示词，乃指领起称引内容的标志性词语。在文体学上，称引提示词揭示了人们对被称引内容性质的研判，涉及对于文体性质的集体认同。殷商甲骨卜辞中，已经出现不少表示言说行为的称引提示词，反映出人们已认识到所称引事物内容以及文体形态的特殊性。这是文体观念的萌芽。西周时期，出现了兼有动词和名词性质的称引提示"兼类词"，具有言语行为与文体形式浑融一体的性质。春秋以后，单一性文体提示词出现，它或以文体的独特载体、独特书写形态作为名称，或直接指称独立的文体形态，这是文体学观念发生的标志。

（6）命篇、命体与文体观念发生。人们对"篇章"从无意识到有意识，在理论上有重要意义。独立成篇的文献出现之后，出于整理、归档、

---

① 《十三经注疏》，第 1536 页。

② 《十三经注疏》，第 1609 页。

③ 〔清〕郭庆藩辑，王孝鱼整理：《庄子集释》，中华书局 1961 年版，第 1067 页。

称引等需要，便有必要对其命名。早期的文献从无篇名至有篇名，篇名的出现从偶尔到普遍，经过了一个相当漫长的过程。为文献加上标题，不仅体现了命篇者对文献的独立性和结构的完整性的认识，也反映其对文献内容的概括、性质的研判乃至文体的认定。对篇章的命名与命体，是文章学与文体学发展的重要标志。

本文从篇章与命体的角度入手，在语言形式内部考察文体观念的发生。"篇"是文体最基本的文意单位，有篇章，始有文体，文体意识始于篇章意识。篇章的出现是文体学与文章学产生的基础，而篇章意识之出现则可以视为文体学与文章学观念之萌芽。从这个角度来看，中国古代文体观念的发生主要建立在篇章之上。本文试图从先秦至两汉之篇章形态与篇章意识的形成、对篇章的命名以及文体认定的角度，考察中国古代文体观念的产生与发展。由于传世文献经过历代的传写与改写，在文献的断代与书籍格式的真实性上，有时难以得到确证。因此，出土文献尤其是简帛文献为文体观念发生的研究提供了非常必要与确切的佐证①。通过先秦两汉大量的传世与出土文献，观念发生史这种"忽兮恍兮，其中有象"的玄虚、抽象的问题可以实证的方式展示出来。

## 二、篇章形态与篇章意识的形成

篇章的出现是文体学与文章学产生的基础，而篇章意识之出现则可以视为文章学观念之萌芽。人们对"篇章"从无意识到有意识，在理论上有重要意义。

先秦以来的文字记录，经历了从零星、片段的记载进化为有一定文意单位的篇章的发展过程。中国古人很早就有区分文意单位的意识，而篇章形态的形成又在篇章意识出现之前，它源于自然而无意识的创作或相关行为。早期的创作或相关行为，可以分为两大类：一是纯仪式性与口头性的

---

① 本文力求以实证的方式，论证命篇与命体的问题。我们对文献的甄别原则是基于这样的认识：在漫长的文献流传岁月中，古书在不断被改写、补充、编集的过程中，逐渐层累成现今的面貌。先秦古书的体貌与刘向校书以后的面貌肯定是大异其趣的。本文论述先秦文献的命篇与命体主要通过两种途径：一是出土文献，一是比较可靠的先秦文献所引述的篇题。比如考察《尚书》在先秦的命篇情况，是以比较可靠的先秦传世文献所征引的《尚书》篇题为材料，而非传世《尚书》标题。

行为，二是诉诸特定载体的文字记录。

先说纯仪式性与口头性的行为。早期的创作往往具有强烈的实用性与仪式性，是在特定场合出于特定目的而产生的。如盟誓、祭祀活动，歌舞、咏诗之会，它们有起始有结束，有时间长度，是一个过程或阶段，其在内容、形式与时间上具有独立性、特殊性与完整性。这些是"篇章"隐在的客观基础。若有人将之记录下来，就具有篇章性质了。再说诉诸特定载体的文字记录。一些文献本来是出于某些特定目的而单独撰写的，如甲骨卜辞用于记录占卜，青铜器铭文用于记录典礼仪式、征伐战功、先祖功德、赏赐锡命、训诰群臣等内容，等等。这些早期的文字记录往往是为了记载特定的活动、仪式等，因此，内容上的完整性是必然要求。而对内容和结构的完整性的要求，则是篇章意识形成的基础，从而使这些文字记录先天地具有"篇章"的意味。需要注意的是，对仪式性与口头性的行为和文字记录的分类只是相对而言的，二者并不能截然分开，往往可以相互转化。如《尚书》的训、诰、命等篇什和一些青铜器铭文便有明显的记言性质；而仪式性、口头性的行为往往会通过书于竹帛或琢于盘盂的方式保存下来。

商代甲骨卜辞的刻写形态已呈现出最原始的对文意单位的区辨。甲骨卜辞是对占卜的记录，每占一事，自成一条。一条完整的卜辞，可以包含前辞、命辞、占辞、验辞四个部分。虽然结构如此完整的不多，但一般都包含前辞和命辞，因为它们是一条卜辞的主体内容。对这些占卜中的要点记录完毕，一条卜辞便自成一个文意单位。若在同一块龟甲上有多条卜辞，其契刻则遵循一定的规律，以便于各条卜辞之间相互区别。这体现在以下三个方面：第一，甲骨卜辞的刻写行款有特定的走向。董作宾总结道："沿中缝而刻辞者向外，在右右行，在左左行，沿首尾之两边者而刻辞者，向内，在右左行，在左右行。如是而已。"① 甲骨卜辞的刻写行款

---

① 董作宾：《商代龟卜之推测》，见《董作宾先生全集甲编》，台北艺文印书馆1977年版，第872～873页。甲骨文例的定义，应该包括了书刻在甲骨上的卜辞行文形式、位置、次序、分布规律、行款走向的常制与特例，还包括字体写刻习惯等，参见宋镇豪为李旼姈《甲骨文例研究》所作的序（李旼姈：《甲骨文例研究》，台湾古籍出版有限公司2003年版，第1页）。经过几代学者的努力，现在对于甲骨文例的研究已更为细致和科学。本文关注点在于甲骨卜辞的刻写规律所反映的殷人对于卜辞独立性的认识，因此，笔者以为董先生的概括，虽然很早，而且比较简括，但较为准确地总结出甲骨卜辞行款的规律，故未有引用其他后来的研究成果。下文所提出的卜辞在甲骨中的位置布局，着眼点在于各条独立的卜辞之间的区辨，与现有甲骨文例"定位法"研究有所不同，故不包含在关于甲骨文例的论述中。

体现了殷人对于各条独立的卜辞的区分意识。如《乙编》6385 中有两条单行横列的对贞卜辞，以千里路为界，在右的从左往右刻，在左的从右往左刻，两条卜辞对称相背而行，非常易于区分。第二，界线。在甲骨卜辞中，为了便于分辨同一块甲骨上不同的卜辞，有时候会在两辞之间加刻一条线以为界线，这样的例子很常见①。第三，位置布局，即通过安排各条卜辞所书刻的位置以区分彼此。如《甲编》2905 为一大胛骨，一共刻有7 条卜辞，每辞都遵循单行直下的文例，在此基础上，一辞契刻完毕，则另起一行刻第二条；又如《前编》4·6·3 关于王入衣的两条卜辞，每条从上往下契刻，从右往左分为三行，两条卜辞高低位置不同、中间有一定空间间隔以区辨②。

青铜器铭文的创作，同样在内容的完整性上有所要求。特别是西周以后，青铜器铭文的篇幅变长，并有了相对固定和完整的结构。其中以册命铭文最为突出，其格式主要包括时间、地点、受册命者、册命辞、称扬辞、作器、祝愿辞等内容③。可以说，这些铜器铭文，是较早的篇幅较长、文意独立、结构完整的文献材料，初步具有"篇"的性质。

甲骨卜辞与青铜器铭文都有其特定的刻写载体，所以其文本的呈现先天地受到材料的限制。刻写者为保持文本的完整性，会设法克服这一限制，体现出潜在的"完篇"意识。如一些刻写在胛骨上的卜辞，往往因为篇幅较长，正面刻不完便转至反面，只有正反面接续才能通读④。有学者注意到西周中期的《史墙盘铭》，其铭文分铸为对称的两组，字距匀称，但最后一行比其他行多铸入五个字⑤，这是铸工在彝器篇幅的限制下，在铭刻总体的对称美观与铭文内容完整性之间的权宜之举。

春秋时期文献典籍整理活动兴起。在文体观念发生过程中，口头文体的书面化与篇籍的编纂是一个关键环节。上述这些早期的纯仪式性与口头

---

① 陈炜湛：《甲骨文简论》，上海古籍出版社 1987 年版，第 51 页。

② 文中所举卜辞的例子多参考陈炜湛《甲骨文简论》，第三章第三节。袁晖等将甲骨文语言层次的表达方式分为"使用符号"（包括竖线号、横线号、曲线号和折线号）和"留空"两种情况，与本文所举的第二、三点相似，参见袁晖等《汉语标点符号流变史》，湖北教育出版社2002 年版，第 23～32 页。

③ 马承源主编：《中国青铜器》（修订本），上海古籍出版社 2003 年版，第 353 页。

④ 参考《甲骨文简论》，第 50 页。

⑤ ［美］孙康宜、［美］宇文所安主编：《剑桥中国文学史》上册，生活·读书·新知三联书店 2013 年版，第 40 页。

性的行为以及文字记录可能具有"篇章"性质，并初步具有原始的篇章意识。当简牍成为文献流传的主要载体，这些数量较以往大增、类型较以往更为多样的文献以单篇的形态大量流传，甚至当人们把原本孤立的"篇章"记录、编排、汇集在一起，并对不同篇章予以区别，具体"篇章"成为文献整体的一部分时，"篇章"意识才进一步成熟。

从语义学来看，"篇"与简的关系非常密切，其原意便是简册上的文字撰作。《说文解字》曰："篇，书也。"① 又曰："书，箸也。"② 《说文解字叙》曰："著于竹帛谓之书。"③ 则将帛书也包含在内。章学诚说："著之于书，则有简策。标其起讫，是曰篇章。"④ 学者推测商代、西周便有竹简，从现在所见的出土材料来看，简册的使用最早可上溯到战国早期（曾侯乙墓遣册）。战国时期的简牍较甲骨文、铜器铭文这类载体的文献数量增加，类型更为多样化，内容形式也越趋成熟。同时，起码上溯至战国时期，"篇"已作为独立的文意单位来使用。《国语·鲁语下》："昔正考父校商之名《颂》十二篇于周大师，以《那》为首。"⑤ 《墨子·明鬼下》曰："故先王之书，圣人一尺之帛，一篇之书，语数鬼神之有也，重有重之。"⑥ 《墨子·贵义》又曰："昔者周公旦朝读书百篇，夕见漆十士。"⑦ 而且，先秦的简牍文献大部分是以单篇的形态流传的⑧，这表明时人已很自然地按照文意单位来抄写、传播这些材料。

从单篇流传到对单篇的文献加以汇集、编排，是篇章意识进一步明晰的体现。单篇文献的汇集和编次，是促成命篇的重要条件，也是探讨文章学甚至文体学观念何以萌芽的重要基点。传世文献记载较早的文献编集整理，有《国语·鲁语下》所载西周宣王时宋国正考父校《商颂》的活动。在春秋战国时期，对文献的编集活动逐渐增多。春秋后期以后，一些官书

---

① 〔东汉〕许慎：《说文解字》，中华书局 1963 年版，第 95 页。

② 《说文解字》，第 65 页。

③ 《说文解字》，第 314 页。

④ 〔清〕章学诚著，叶瑛校注：《文史通义校注》，中华书局 1985 年版，第 305 页。

⑤ 徐元诰撰，王树民、沈长云点校：《国语集解》（修订本），中华书局 2002 年版，第 205 页。

⑥ 〔清〕孙诒让撰，孙启治点校：《墨子间诂》，中华书局 2009 年版，第 238 页。

⑦ 《墨子间诂》，第 445 页。

⑧ 关于这一点，余嘉锡、张舜徽、李零等学者已多有述及。

吴承学自选集

WU CHENGXUE ZIXUANJI

270

已经过编集整理，如《论语》记载了孔子谈论《周南》《召南》①，且多次言及"诗三百"，可见其时《诗》已编集成书。《左传·昭公二年》记载韩宣子"观书于大史氏，见《易象》与鲁《春秋》"②。可见《象传》及《春秋》在其时已有流传。又如《尚书》，在《左传》《国语》《孟子》等书中已见"虞书""夏书""商书""周书"等称谓，这或可认为是《尚书》诸篇分类成集的证明③。战国以后，私人著述盛行，其撰写虽然并不系统，但在后期应该都经过整理编撰的过程，成书或由作者手定，或经后人递相整理。

伴随着文献的汇集整理，篇章意识也趋于自觉和成熟，这首先体现在以"篇"为单位来区辨汇集在一处的文献。根据出土材料，先秦简册一般通过留白提行来分篇，更有以符号分篇的例子，与甲骨卜辞中使用线号区分文意单位的方法一脉相承。如湖北荆门郭店竹简《成之闻之》、《六德》、《老子》甲等诸篇末尾有钩识号，大致表示分篇。《太一生水》《穷达以时》《鲁穆公问子思》《唐虞之道》等篇末尾有扁黑方框以示分篇④。另外上博简也有以钩识号分篇的用例，如《性情论》。《缁衣》《鲁邦大旱》《子羔》等则在篇末以一长黑方号表示全篇结束⑤。秦汉时期以符号

---

① 《论语·阳货》云："子谓伯鱼曰：'女为《周南》《召南》矣乎？人而不为《周南》《召南》，其犹正墙面而立也与。'"见《十三经注疏》，第 2525 页。

② 《十三经注疏》，第 2029 页。

③ 其他材料如《左传·昭公十二年》："能读《三坟》《五典》《八索》《九丘》。"（《十三经注疏》，第 2064 页）《国语·楚语上》："教之《春秋》，而为之从善而抑恶焉，以戒劝其心；教之《世》，而为之昭明德而废幽昏焉，以休惧其动；教之《诗》，而为之导广显德，以耀明其志；教之礼，使知上下之则；教之乐，以疏其秽而镇其浮，教之令，使访物官；教之语，使明其德，而知先王之务用明德于民也；教之《故志》，使知兴废者而戒惧焉；教之《训典》，使知族类，行比义焉。"（《国语集解》，第 485 页）不一一列举。

④ 参见黄人二《郭店竹简小墨钉点之一作用（上）——兼论简本〈老子〉甲之文本复原》，见简帛研究网 http：//www. bamboosilk. org/Wssf/2002/huangrener06. htm。

⑤ 参见蒋莉《楚秦汉简标点符号初探》，四川师范大学文学院 2004 年硕士学位论文，第 31~32 页。

分篇的现象更为普遍，以大方墨块、圆点、三角号等区分篇目的用例甚多①。此外，先秦简帛文献以各种符号来分章的现象也比较多见，如郭店楚简《缁衣》用小方点间隔章，长沙子弹库楚帛书用朱色填实长方号来分章，等等②。以符号分篇、分章，是文献整理的结果，因为只有文献归并在一处的情况下，才有必要加以区分。辨别篇章是文献整理的必然诉求和必然结果。

春秋战国时代文献编集活动促进了篇章意识的形成，但是从总体而言，先秦的文献仍多以单篇的形态流传，有些聚合一处的文献，往往也只是不系统的杂钞性质，篇目也呈现出此入彼的情况，传世文献和已出土的战国简册都可证明。如在《逸周书》中，还保存着未编入现存《尚书》的一些逸篇。近年出土的清华简中也发现有《尚书》《逸周书》的单篇。又如同一批出土的战国简册，往往都是单独的篇。若几篇合为一卷竹简的，往往只是杂钞，彼此并无关联。③ 其中的原因比较复杂。这一方面与春秋以后"天子失官，学在四夷"的情况相关。西周时《书》类文献等典籍尚可在周王朝集中保存，春秋以后多散在各国，如王子朝奉周之典籍奔楚即是一例。竹简的体量决定了其不便于大量保存及携带，故在文献流动性大增的春秋战国时期，单篇流传成为一种常态。另一方面，当时社会知识传授方式趋于碎片化，亦无明确系统的著述观念，诸子学说的传授及撰作、修订往往历经数代，其师承、传抄又每每不同，故难有完整而系统的定本。

因此，从先秦至于汉初，虽然也有一些文献整理的活动，但古书流传的总体面貌一直以较为分散、错杂的状态持续着。刘向校书以前，中秘藏书有很多重复错杂的篇章。同一本书中的篇章，并不是系统地编纂在一起

吴承学自选集 ｜ WU CHENGXUE ZIXUANJI

① 兹举数例：（一）大方墨块与长方墨块：马王堆汉墓帛书《老子》乙本及卷前古佚书四种，用长方墨块提行，书于行首并高于正文文字，以区分不同书籍；同一书内，各篇之间不提行，用大方墨块分开。《经法》《经》等用墨块分篇。（二）圆点：马王堆汉墓帛书《老子》甲本及卷后古佚书四种，在每段或每章、每篇前用小圆点分隔。《德经》《道经》分章不提行，每章用圆点分隔。还用圆点分隔《德经》《道经》《五行》《九主》《明君》《德圣》诸篇。（三）三角号：表示一篇或一章开始。如武威汉简《仪礼甲本·燕礼》第一枚简的首端书三角号。以上据张显成《简帛文献学通论》第三章第三节"题记与符号"（中华书局2004年版）所举例概括而成。

② 《汉语标点符号流变史》，第48页。

③ 李零：《上博楚简三篇校读记》，中国人民大学出版社2007年版，第8页注1。

的，可能只是经过简单的归类、储存①。刘向校书，使分合不定、次第讹乱的篇章得到了整理和定型，并成为书籍中有系统的一部分，更奠定了校理文献的规范。这不仅仅是"篇章"意识成熟和定型的里程碑，更促使"著述"成为一种规范、稳定的文献形态。这种形态的定型，也是文章得以区别于著述而独立出来，特别是文章观念得以独立出来的前提之一。

文章作为一种独立的、区别于著述的制作从先秦以来对文献的含混认识中分化出来，经历了一个过程。按照汉初人的理解，单篇的制作既可以指"著述"中的单篇，也可以指赋、颂、书、奏等后世所理解的一篇篇"文章"。从观念而言，司马迁将包括赋等文体在内的个人写作都称为"书"。如《史记·司马相如列传》云："相如口吃而善著书。"②《史记·屈原贾生列传》云："贾生……以能诵诗属书闻于郡中。"③ 从创作、流传而言，著述和文章都始于单篇制作，此乃继承先秦以来的文献单篇创作、流传的特点。如《史记·郦生陆贾列传》云："陆生乃粗述存亡之征，凡著十二篇。每奏一篇，高帝未尝不称善，左右呼万岁，号其书曰《新语》。"④ 陆贾所奏有"上书"的性质，都是写成一篇便上奏一篇，最后才将诸篇编订成书，并得高祖赐书名为《新语》。司马相如的著述和文章甚至在其生前都未整理过，都是每写成一篇便被取去。据《史记·司马相如列传》记载，相如"时时著书，人又取去，即空居"，所以其临死时为书一卷，叮嘱其妻，若有使者来取则奏之。除此之外，其家"无他书"⑤。又如贾谊《新书》的《保傅》篇，又载于《大戴礼记》，定县八角廊竹简中亦发现有单行的《保傅》，可见其作为单篇传播甚广。而《汉书》所载贾谊的《治安策》，乃剪裁《新书》的《保傅》等篇什而成。余嘉锡更详论《新书》中的篇什与上疏的关系⑥，可见著述与上疏之文可

---

① 刘向《别录》对此多有说明，如《晏子书录》云："凡中外书三十篇，为八百三十八章。除复重二十二篇六百三十八章，定著八篇二百一十五章。"［吴则虞编著：《晏子春秋集释》（增订本），国家图书馆出版社 2011 年版，第 22 页］可见其中重复的篇章所占比例很大。又如《战国策书录》云："所校中《战国策》书，中书余卷，错乱相糅莒。"（《刘向书录》，见〔西汉〕刘向集录，范祥雍笺证，范邦瑾协校《战国策笺证》，上海古籍出版社 2006 年版，第 1 页）

② 〔西汉〕司马迁：《史记》，中华书局 1959 年版，第 3053 页。

③ 《史记》，第 2491 页。

④ 《史记》，第 2699 页。

⑤ 《史记》，第 3063 页。

⑥ 余嘉锡：《目录学发微　古书通例》，中华书局 2007 年版，第 235～236 页。

相互转化。从编纂而言，直至刘向校书，虽特设"诗赋"一略，但其他的文类大部分仍与著述之文收录在一书之中。如《汉志》"诸子略"有"董仲舒百二十三篇"①，其中内容可从《汉书·董仲舒传》证之："仲舒所著，皆明经术之意，及上疏条教，凡百二十三篇。"② 可见包括上疏条教等单篇文章都被收入个人的著述中。又如"诸子略"有"扬雄所序三十八篇"，班固注："《太玄》十九、《法言》十三、《乐》四、《箴》二。"③ 将《太玄》《法言》等著述与箴等文体合为一书。又如《汉志》有"《东方朔》二十篇"④。按《汉书·东方朔传》云："朔之文辞，此二篇（笔者案：指《客难》及《非有先生之论》）最善。其余有《封泰山》《责和氏璧》及《皇太子生禖》，《屏风》，《殿上柏柱》，《平乐观赋猎》，八言、七言上下，《从公孙弘借车》，凡向所录朔书具是矣。"颜师古注："刘向《别录》所载。"⑤ 颜师古时《别录》未亡，所言《别录》内容，应该可信。因此刘向所校《东方朔》之书应收有《封泰山》等单篇制作。

到了东汉，王充则有意识地区分著述与文章。《论衡·案书》云："广陵陈子迴、颜方，今尚书郎班固，兰台令杨终、傅毅之徒，虽无篇章，赋颂记奏，文辞斐炳，赋象屈原、贾生，奏象唐林、谷永，并比以观好，其美一也。"⑥ 这里的"篇章"乃指著述，与赋、颂、记、奏明确区分开来。《论衡·超奇》云："采掇传书以上书奏记者为文人，能精思著文连结篇章者为鸿儒。"⑦ 《论衡·佚文》又云："文人宜遵五经六艺为文，诸子传书为文，造论著说为文，上书奏记为文，文德之操为文。立五文在世，皆当贤也。造论著说之文，尤宜劳焉。"⑧ 可见王充认为著述是需要精心构思、连接篇章的，比"上书奏记"之文更有价值，"尤宜劳焉"。而且王充所认为的理想著述是有系统的制作，这便与先秦以至汉初的著述先著单篇，然后整理成书甚至由后人整理有明显的不同。"著述"

① 〔东汉〕班固撰，〔唐〕颜师古注：《汉书》，中华书局1962年版，第1727页。

② 《汉书》，第2525页。

③ 《汉书》，第1727页。

④ 《汉书》，第1741页。

⑤ 《汉书》，第2873页。

⑥ 〔东汉〕王充著，黄晖校释：《论衡校释》，中华书局1990年版，第1174页。

⑦ 《论衡校释》，第607页。

⑧ 《论衡校释》，第867页。

观念的明晰，也是与文章观念的形成同步发展的。

由此可知，从先秦至于汉初，本无著述与文章制作之分际，文献皆以单篇形态撰述、流传。汉代以后，一方面，著述成为一种系统的撰作；另一方面，赋颂记奏等写作日益繁盛，成为单篇制作的主流，而文章的观念亦逐渐明晰。在汉人看来，文章与著述成为两种性质不同的撰作模式。这种区分，既出于对"单篇"还是"连结篇章"这种形式上的区别的体察，更源于对其本质的认识，是文章观念史的进步。

篇章的独立以及随之而来的篇翰意识，是汉代文体学发展的重要基础。在先秦时期，"篇"已是对文献的计量单位。至文章创作兴盛的汉代，"篇"亦用以计量文章创作的数量，如《汉书·楚元王传》记载刘向"献赋颂凡数十篇"[1] 等。至范晔《后汉书》著录传主所著文章，则详载各类文体，最后统计篇数，如：冯衍"所著赋、诔、铭、说、《问交》、《德诰》、《慎情》、书记说、自序、官录说、策五十篇"[2]。班固"所著《典引》、《宾戏》、《应讥》、诗、赋、铭、诔、颂、书、文、记、论、议、六言，在者凡四十一篇"[3]。崔骃"所著诗、赋、铭、颂、书、记、表、《七依》、《婚礼结言》、《达旨》、《酒警》合二十一篇"[4]。傅毅"著诗、赋、诔、颂、祝文、《七激》、连珠凡二十八篇"[5]。文体与篇翰的关系乃更为直接而明确。

汉人对于作为古代文献中完整独立的文意单位的"篇"，有了理论高度的概括。王充不仅区分著述之篇章与文章之制作，更对文章结构有了细致的分析。《论衡·正说》云："故圣人作经，贤者作书，义穷礼竟，文辞备足，则为篇矣。其立篇也，种类相从，科条相附。"[6] 这是对"篇"之内容及其文辞完整性、构思条理性的概括。《正说》又云："夫经之有篇也，犹（同'由'）有章句也。有章句，犹有文字也。文字有意以立句，句有数以连章，章有体以成篇。篇则章句之大者也。"[7] 这反映了对

275

---

① 《汉书》，第 1928 页。
② 〔南朝宋〕范晔撰，〔唐〕李贤等注：《后汉书》，中华书局 1965 年版，第 1003 页。
③ 《后汉书》，第 1386 页。
④ 《后汉书》，第 1722 页。
⑤ 《后汉书》，第 2613 页。
⑥ 《论衡校释》，第 1131 页。
⑦ 《论衡校释》，第 1129 页。

字、句、章、篇的文章结构的认识，明确体现了文章学的篇翰意识，在文体学与文章学发展史上都具有重要意义和影响。后来刘勰《文心雕龙·章句》所说"积句而成章，积章而成篇"[1]，所论即基于此。

## 三、篇章之命名及形态

独立成篇的文献出现之后，需要有个名称以便于使用。早期的文献从无篇名至有篇名，篇名的出现从偶尔到普遍，经过一个相当漫长的过程。在先秦时期，文献一般是成篇在前，命篇在后，且命篇的主体以文献的整理者、编撰者甚至抄写者为主。命篇者首先要对该文献结构的完整性有比较清楚的认识，或者理解每一段文献的独立性、有将某一段文献标志出来或区分彼此的需要，才能为其加上标题。标题设置在文献上标志了篇的独立性，也反映了时人对篇的内容、结构等方面的认识。对篇章的命名，也是文体认定与命体的前提，所以命篇是文章学与文体学发生的基础。至汉代，更出现了书籍目录编纂，这种系统、规范、有意识的命篇行为，对后世以《文选》为代表的文集命篇，以至于"以体命篇"有着深远的影响。

标题的制作乃出于日常的交流以及文献的整理、积累与传播等现实之需求。在出土文献中，篇题未见于甲骨文、铜器铭文，在简牍文献中才开始出现。在春秋战国时代，随着文献的日益繁杂与文化交流的频繁，人们在切磋学问、研习经典、赋诗言志，甚至是外交聘问的时候，经常要称引文献与经典，故有必要给这些文献特别是经典篇什加上一个较为固定的称谓。简册作为当时文字资料的主要载体所体现的篇章意识已比较明确，其材料和形制特点使标题制定不仅有可能而且有必要。竹简连缀而成简册，由于文献篇幅长短不一，可能一册一篇，也可能一册多篇，或多册一篇，这样便有加上标题以便区分其文意单位的需要。另外，竹简是一册册卷起来保存的，为了便于归档和查检，有人便在卷册露在外面的竹简上写上标题。由此，人们区分篇章和总括文意的意识愈加成熟。

古书的命篇可能经过历代修改，情况比较复杂。我们可以通过先秦出土文献与传世文献之征引内容来了解文献命篇的大致情况，以期从一个侧

---

[1] 〔南朝梁〕刘勰著，詹锳义证：《文心雕龙义证》，上海古籍出版社1989年版，第1250页。

吴承学自选集 WU CHENGXUE ZIXUANJI

面研究先秦文章观念的发生与发展历程。

先谈命篇的形态与原则。现代以来，有不少学者对文献的标题作过研究①。他们关于标题命名原则的归纳各有详略甚至互有出入，总的来说，余嘉锡的概括较为精审。他将古人为篇章命题的原则归纳为"以事与义题篇"与"摘其首简之数字以题篇"两种②。当然"以事与义题篇"还可能包括"以体题篇"，这是下文我们要重点论述的。"以事与义题篇"的命题方式，体现了命题者对这些文字材料的内容、性质的判断，故更具有文体学研究之意义。

"摘其首简之数字以题篇"的命题方式，因其简单直观，"技术含量"不高，其出现可能比"以事与义题篇"的方式更早。《诗》的标题绝大部分都是取篇首的数字，其出现较早。《论语》已引用了《诗》的标题。《论语·八佾》云："子曰：'《关雎》乐而不淫，哀而不伤。'"③ 《八佾》："三家者以《雍》彻，子曰：'"相维辟公，天子穆穆"，奚取于三家之堂?'"④ 新近发表的安徽大学藏战国竹简显示，在战国早中期，《诗》应已有篇题⑤。据专家考定为战国早期的曾侯乙墓遣册，是最早有标题的出土简册。其第一简正面有"右令建所乘大旆"语，背面写有"右令建驭大旆"，此为标题，可知乃取自篇首文字⑥。这种命篇方式虽然较为简单，但由于其制作出于征引或文献整理的需要，已反映出命篇者对

---

① 包括传世文献与出土文献标题的研究，前者以余嘉锡《目录学发微》《古书通例》影响最大，后世学者多援引之，也有不少研究出土文献的学者以出土文献来印证、修正、发展余先生的学说。张舜徽《广校雠略》与余先生的著作成书时间相距不远，其中也多有卓见。出土文献方面的研究，有张显成《简帛标题初探》，收入谢维扬、朱渊清编《新出土文献与古代文明研究》，上海大学出版社 2004 年版，第 299～307 页。张先生后来写有《简帛书籍标题研究》，收入氏著《简帛文献论集》，巴蜀书社 2008 年版，第 457～513 页。林清源著有《睡虎地秦简标题格式析论》（《"中央研究院"历史语言研究所集刊》第 73 本，第 4 分册，2002 年），其《简牍帛书标题格式研究》（台北艺文印书馆 2004 年版）对简牍文献的标题做了全面细致的研究。此外，还有骈宇骞《出土简帛书籍题记述略》（《文史》总第 65 辑，中华书局 2003 年版）、程鹏万《简牍帛书格式研究》（上海古籍出版社 2017 年版）等。

② 《目录学发微 古书通例》，第 34 页。

③ 《十三经注疏》，第 2468 页。

④ 《十三经注疏》，第 2465 页。

⑤ 安徽大学汉字发展与应用研究中心编，黄德宽、徐在国主编：《安徽大学藏战国竹简》（一），中西书局 2019 年版，第 1～2 页。

⑥ 湖北省博物馆编：《曾侯乙墓》，文物出版社 1989 年版，第 490 页。

文意单位的辨别意识。

"以事与义题篇"的命篇方式的出现可能稍晚。《尚书》的篇题，大部分遵循此原则。《论语》引《尚书》一共8次，但均未标出篇名，有的地方只引作"《书》"①。对比《论语》引《诗》篇名的情况，可推测孔子所据的《尚书》可能尚无篇题，《诗》的篇题形成要比《尚书》早。而被认为是战国早期写成的《左传》则引用了不少《尚书》篇题。比较多学者认为是子思子所作的《礼记·缁衣》所引《尚书》篇题的例子非常多。因此，《尚书》的篇题形成时间应在战国早期之前。此后，《孟子》《国语》《墨子》《礼记》《荀子》《韩非子》《吕氏春秋》等先秦文献对《尚书》的篇题也多有引述②。正是由于流播广泛、经常被称引等原因，相比其他文献，《诗》《书》等篇什的命题相对更普遍、稳定。而且，《尚书》作为儒家传习的经典，以其为代表的命篇方式对汉代以后文献的命篇方式以至于文体认定的影响是直接而深远的。战国时期，诸子著述有不少以事与义题篇的，如《墨子》的《尚贤》《尚同》《兼爱》《非攻》，《邹衍子》的《主运》，《韩非子》的《孤愤》《五蠹》《说林》《说难》等，体现了对篇章主旨的准确把握与精心概括。《楚辞》诸篇的制题如《离骚》《天问》等，以其高度的概括性和艺术性，在诗歌制题史上超乎寻常地成熟，似亦受到诸子著述的影响③。

---

① 据刘起釪《尚书学史》，中华书局1989年版，第64页。

② 先秦文献所引《尚书》篇题，前人研究甚多，本文主要采用陈梦家《尚书通论》（中华书局2005年版）、刘起釪《尚书学史》、程元敏《尚书学史》（台北五南书局2008年版）、许锬辉《先秦典籍引〈尚书〉考》（台北花木兰文化出版社2009年版）等著作的成果，下文如非特别情况不再一一说明。

③ 见吴承学《论古诗制题制序史》，见《中国古代文体形态研究》（第三版），北京大学出版社2013年版，第119页。虽然这些先秦诸子著述的篇题的形成时间难以确证，但作于秦汉以前的可能性较大。《墨子·鲁问》曰："子墨子曰：'凡入国，必择务而从事焉。国家昏乱，则语之尚贤、尚同；国家贫，则语之节用、节葬；国家喜音湛湎，则语之非乐、非命；国家淫僻无礼，则语之尊天、事鬼；国家务夺侵凌，即语之兼爱、非攻，故曰择务而从事焉。'"（《墨子间诂》，第475～476页）此乃墨子后人追述墨子言论，其中可见"尚贤""尚同""兼爱""非攻"等语，除了"尊天""事鬼"以外，皆与今本《墨子》篇题相同。按原文所举未必即是《墨子》篇题，但因其与今本篇题高度吻合，至少可推知，当时对于墨子的理念已有较为系统的总结，将之拟为篇题的可能性非常大，更有可能是墨子自拟。又如《庄子·天下》云："墨翟、禽滑釐闻其风而说之，为之大过，已之大循。作为《非乐》，命之曰《节用》。"（《庄子集释》，第1072页）又《史记》中多可见先秦诸子之文的篇题，如韩非的《孤愤》《五蠹》《说林》《说难》（《史记·老庄申韩列传》），又如《楚辞》的《离骚》《怀沙》《天问》《招魂》《哀郢》（《史记·屈原列传》）等，这些篇题恐非史迁自撰，而是对当时流传文献的记录。

再谈先秦文献的命篇主体。先秦文献主要是由文献的整理者或编撰者命篇的。可以比较确定的是，《诗》篇的标题基本都取诗的首二字或四字，结合诗的性质及其编集的过程，其标题应该是采诗者或者编者所加。《尚书》诸篇在写作之初，应无篇题。上文已论及孔子所见的《尚书》可能尚无篇题。且对同一篇《尚书》文献，不同的先秦典籍所引篇题又有一定差异。另外，清华简（一）有《周武王有疾周公所自以代王之志》，篇题写于第十四支简背下端，简文与今传《尚书·金縢》大致相合，故推测为《金縢》的战国写本，然篇题与今题完全不同①。可证《书》类文献的命题并非出于一人之手。其中，可能有时间推移、辗转抄写、师承各有出入等原因；也可能因为命篇者对文献的理解不同，导致命题有所不同。至于诸子之文，情况则较为复杂。如《论语》《孟子》等由后学整理成书的著作，其篇题应为编者所定，这一点应无异议。而如《邹衍子》《韩非子》等著作，囿于文献的局限，只能通过间接的证据来推测其属于先秦，究竟是否作者自命，亦难以确定。《墨子》的部分篇题似为墨子自命，但该书又有一些篇目是后人所撰，故不可一概而论。总的来说，我们认为先秦诸子之文的篇题多由编者所命。

从出土材料可以发现，某些先秦简册的内容和标题是由不同的人写成。如有学者经过对比，发现上博简《曹沫之阵》的标题与内文的字形明显不同，因而推断两者并非出于同一个写手②。又有学者认为《容成氏》篇题与内文不是一次书写完成的③。清华简（三）有《周公之琴舞》与《芮良夫毖》两篇，其形制、字迹相同，应为同时书写的。而《芮良夫毖》首简有刮削过的篇题"周公之颂志（诗）"，与正文没有关系，而与《周公之琴舞》内容相关。故整理者疑乃书手或书籍管理者据《周公之琴舞》的内容概括为题，误写于这里。由此证明，一些材料是同一个写手同时抄写标题和正文，也有一些可能是一位写手抄写了内文以后，再由他人在简背补写上标题。可见这是文献的整理者、抄写者出于归档、查

---

① 清华大学出土文献研究与保护中心编：《清华大学藏战国竹简》（一），中西书局2010年版，第157页。

② 高佑仁：《〈上海博物馆藏战国楚竹书（四）·曹沫之阵〉研究（下）》，台北花木兰文化出版社2008年版，第391～393页。

③ 赵平安：《楚竹书〈容成氏〉的篇名及其性质》，见赵平安编著《新出简帛与古文字古文献研究》，商务印书馆2009年版，第249页。

检等需要，总括简册文意，进而命题。

由此可见，先秦文献的篇题大多数不是来自原作者，而是由文献整理编纂者甚至是抄写者所制作的，是他们基于对文献结构与内容的理解而"赋予"篇章的题目，这种行为反映了一种朴素的文体观念。

从传世文献的征引内容以及出土文献看来，除了《诗》《书》等广为传诵的经典文献，先秦文献中篇题的使用并不算多，也不很统一和规范。从秦代至于汉代，命篇又有新的发展，篇籍规范的风气渐起，从而显现出新的文章观念。

在文体学史研究上，秦代是一个不应该被忽视的朝代。由于大一统王朝的建立，政治、经济、文化都需要体制化和规范化，即所谓"书同文，车同轨"。这种统一与规范的风气在文体学上也有所反映，只是以比较隐秘的方式存在。秦代出土文献便在标题上显出某种严谨与规范化的趋势。比如在睡虎地秦墓竹简①中，就出现比较规范的标题。《语书》是秦始皇时代的文书，是对官吏进行"法律令"方面的教戒训告，标题书于最后一支简的背面上端。《封诊式》是一部法律文书与案例，全书的标题也写在最后一支简的背面上端。全书共有《治狱》《有鞫》《封守》等二十五节文字，皆各自独立，标题写在每一节第一支简之简首上。《封诊式》的标题设置有两个层次，在秦以前的出土简牍中鲜见。此外，《日书》乙种也设有总标题和子标题。另有《秦律十八种》收入《田律》《厩苑律》《仓律》《金布律》《关市》等十八种秦代法律，每种法律之下各收入数量不等的法条，并在每条独立的律文后标明律名，如《田律》每一条律文后都标明"田律"。因为一种法律下有多条律文，所以在重复时往往采取简省的方法，如律名为"均工"的可简称为"均"，律名为"仓律"的可简称为"仓"，等等。② 格式上非常严谨，律文之间不致混淆。从睡虎地秦简看来，秦代文书在标题的制作上确是比较严谨和规范，与先秦简册的单篇流传并仅设置篇题相比，更具系统性，某种意义上说，已开篇籍规范之风气。

汉代承秦而来，随着典籍整理活动的兴起，篇籍形态的规范又有了较大发展。汉初以后，统治者广为搜集书籍，并加以初步整理，先秦文献单

---

① 睡虎地秦墓竹简整理小组：《睡虎地秦墓竹简》，文物出版社1990年版。
② 林清源：《简牍帛书标题格式研究》，台北艺文印书馆2004年版，第110～112页。

吴承学自选集

WU CHENGXUE ZIXUANJI

280

篇流传的状况开始改变。司马迁编撰《史记》时，已经读到众多已成书的先秦典籍，且多有称引其篇目，或曰某书多少篇，可见这些文献在那时已得到一定程度的整理①。

篇籍形态的规范，最突出的体现是目录的编纂。汉初已有目录，银雀山出土的《孙子兵法》，据推测写于西汉文帝、景帝至武帝初期这段时期内②。诸篇有篇题，且各篇篇题还另外抄写在木牍上，最后用绳子捆扎在简册上。木牍所载，类似书籍目录性质③。西汉末，刘向理校群书、整理篇章，图书的编纂走向规范，其中最重要的一个方面便是目录的编订。《汉志》记载刘向等校书时"每一书已，向辄条其篇目，撮其旨意，录而奏之"④。根据刘向所撰写的《孙卿新书》《晏子》等书的叙录可知，刘向校理群书，程序往往是：去掉重复篇目、定著后加以详细对校、写定正本、撰写该书的书录并详列目录、上奏皇帝。《汉志》所说的"条其篇目"，就是定著并详列目录。目录的撰写体现出一种系统思维。在刚开始，撰写目录可能只是对一书中已有篇题的简单抄录，但如果是在文献整理工作的基础之上撰写目录，面对错杂重复的篇章，有时需要对整部著作的内容加以全面观照并重新建立结构合理的系统，这时目录的厘定、篇题的撰写也随之呈现一定条理性。如刘向为《晏子》篇、章的命题。《史记·管晏列传》云："吾读管氏《牧民》《山高》《乘马》《轻重》《九府》，及《晏子春秋》，详哉其言之也。"⑤ 对比可见，司马迁所见《管子》可能只是单篇流传，尚未成书，而《晏子春秋》已经成书了。但是根据刘向所撰写的《晏子叙录》的说明，刘向对其篇章结构作了较大的改动，主要是分内、外篇，内篇分谏、问、杂三类，外篇则收入诸篇中重

---

① 具见金德建《司马迁所见书考》，上海人民出版社 1963 年版。
② 吴九龙释：《银雀山汉简释文》，文物出版社 1985 年版，第 13 页。
③ 《银雀山汉简释文》，第 11～12 页。
④ 《汉书》，第 1701 页。
⑤ 《史记》，第 2136 页。

复而不合经术者①，条理十分清晰。其中内篇谏上、下各章的标题都非常整饬，如《庄公矜勇力不顾行义晏子谏第一》《景公饮酒酣愿诸大夫无为礼晏子谏第二》《景公饮酒酲三日而后发晏子谏第三》等，每章都是晏子的"谏"。内篇问上、下各章的标题，则如《庄公问威当世服天下时耶晏子对以行也第一》《庄公问伐晋晏子对以不可若不济国之福第二》等，一问一对，亦有定式。刘向所拟篇题分别为"谏""问"，是对各章内容和体制的概括，每篇都是对同一类材料的类编。四篇中的各章，内容完整，且行文和章名都有定式，可以看作独立的文章。刘向所校《晏子》的章题，与先秦古书篇章的题目迥异，基本可以确定为刘向所定，余嘉锡对此有过论证②。古书为章命名的做法鲜见，刘向所命名的章题，体现了他对每章材料的内容、体制的概括，也反映出他的文体观念。

当然，刘向在校理群书时，并不是对每本书都作如此大的改动。有一些著作，特别是经部和一些先秦诸子之书，刘向可能只是定著篇章、校雠字句③。然而，根据出土文献的状况我们可以知道，在先秦的简册中，无篇题的文献所占比例是很可观的。而且据刘向所述，中秘的藏书存在着"错乱相糅莒"（《战国策叙录》）、"章乱布在诸篇中"（《列子叙录》）等情况。因此，根据刘向校书的体例，出于编写目录的需要，他应该做过不

---

① 根据《晏子叙录》，刘向取中外书30篇，除重复22篇，余8篇。但现存8篇中的两篇外篇是取诸篇中重复及不合经术者而成的，可知刘向已对原书结构作了很大的改动，余嘉锡先生《古书通例》论之甚详。该书经其编次后目录为："内篇谏上第一，凡二十五章。内篇谏下第二，凡二十五章。内篇问上第三，凡三十章。内篇问下第四，凡三十章。内篇杂上第五，凡三十章。内篇杂下第六，凡三十章。外篇重而异者第七，凡二十七章。外篇不合经术者第八，凡十八章。"（〔西汉〕刘向、刘歆撰，〔清〕姚振宗辑录，邓骏捷校补：《七略别录佚文　七略佚文》，澳门大学2007年版，第34页）

② 余嘉锡认为现存《晏子春秋》的篇题、章题皆是刘向所为："全书二百十五章，皆有章名，辄至一二十字……与他书之但有篇名无章名者迥异，亦向编次时之所为……是已解散其篇第，离析其章句，分者合之，合者分之，非复原书之本来面目矣。既已别加编次，则旧本篇名皆不可用，故重为定著之如此……向所校定，未有详于此书者。"见《目录学发微　古书通例》，第283页。

③ 以《筦子》（即《管子》）为例，司马迁《史记》已云："吾读管氏《牧民》《山高》《乘马》《轻重》《九府》，及《晏子春秋》，详哉其言之也。"（《史记·管晏列传》，第2136页）刘向《筦子叙录》引《史记》之文，又曰："《九府》书民间无有，《山高》一名《形势》。"（《刘向叙录》，见黎翔凤撰，梁运华整理《管子校注》，中华书局2004年版，第4页）审其语，该篇题在刘向之前已存在，非其所加。考之《史记》，记载这些诸子著作篇目的材料每每可见，如《韩非子》的篇目等，此不详述，可参见金德建《司马迁所见书考》。

吴承学自选集

WU CHENGXUE ZIXUANJI

少整理、完善篇题甚至为无篇题的文献命题的工作，而且经过编目、定题的文献数目应该是很庞大的，工作的规模肯定也是非常巨大的。文献的命篇是整理文献的客观需求和必然结果。因此，这些校书活动无疑进一步促成了文献的命篇，并使命篇的方式逐步规范化。

在汉代，除了图书典籍，对单篇文章、文书档案进行收集整理时，也会编订目录、拟定篇题。诏策等政事之文在写成以后便进入上下级之间、政府机构之间的流通，一般没有标题，这从居延汉简等出土材料以及《史记》《汉书》等史书的引用状况中都可以得到证实。由于数量较多，在归档整理的时候，命篇甚至撰写目录便很有必要。据陈梦家考证，《居延汉简甲编》简 2551 内容为诏书目录①。简文为："县置三老二、行水兼兴船十二、置孝弟力田廿二、征吏二千石以苻卅二、郡国调列侯兵卌二、年八十及孕朱需颂殼五十二。"其中每个条目都是诏书的篇题，条目前半部分的文字是对诏书的概括性文句，后面的数字是诏书的编号。在传世文献中也可以见到诏书有类似的命篇方式。如《汉志》有"《高祖传》十三篇"。班固注："高祖与大臣述古语及诏策也。"② 对照《汉书·魏相丙吉传》记载："高皇帝所述书《天子所服第八》曰……"③ 如淳注曰："第八，天子衣服之制也，于施行诏书第八。"④《天子所服第八》是这篇诏书的题目，而且它处于"施行诏书"的第八篇，可知这些诏书已被编集在一处，"施行诏书"或可理解为诏书册之总名，"第八"则表示具体的诏书的编号或位置。在汉代，诏、令有分别，也有混同之处⑤。天子的诏书可编定为令，此后便具有法律效力。在编定的过程中，便有命题的必要。如武威汉简的"王杖诏令册"收有五个诏书令文件，部分诏令后有"兰台令卌三""令在兰台第卌三"的说明，最后一简写有"右王杖诏书令在兰台第卌三"⑥，既是对诏书令内容和性质的总括，也表明了其收藏处与

---

① 陈梦家：《西汉施行诏书目录》，见《汉简缀述》，中华书局1980年版，第275～284页。

② 《汉书》，第1726页。

③ 《汉书》，第3139页。

④ 《汉书》，第3141页。

⑤ 《汉简缀述》，第278页。

⑥ 武威县博物馆：《武威新出王杖诏令册》，见甘肃省文物工作队编《汉简研究文集》，甘肃人民出版社1984年版，第35～37页。

283

篇目。《后汉书·律历志》的"《令甲》第六《常符漏品》"① 也是类似的例子。这反映了整理者在诏书册或诏书目录中为诸篇诏令命题的情况，而且命题的方式都比较统一和规范。由此我们也可以了解诏令文书在汉代真实的政治生活中的命篇，与后世《文选》等文集中类似文体的命篇方式并不相同，从中可以窥见命篇方式的发展脉络。

总之，资料汇编与目录编制进一步促进了文献命题的自觉和规范。此后在《文章流别集》《文选》为代表的总集以及别集的编撰中，由于编目的需要，文章命题成为文集编纂的必要步骤。在此基础上，随着文体种类的日益繁茂、辨体意识的日益明晰，以体命题的原则逐渐占据了主流。故从历史的角度来看，以刘向为代表的汉代文献整理者，是别集、总集编纂的先导，也是有目的地、规范地对文献进行命题的重要推动者。

以上所论，都是整理者为文献命题，然篇题亦有作者自命者，只是此风较为晚起。余嘉锡《古书通例》已指出："古人之著书作文，亦因事物之需要，而发乎不得不然，未有先命题，而强其情与意曲折以赴之者。故《诗》《书》之篇名，皆后人所题。诸子之文，成于手著者，往往一意相承，自具首尾，文成之后，或取篇中旨意，标为题目。"② 余先生认为作者自为标题，始于成于手著的诸子之文。余先生的推测，在现有文献中不易找到实质的证据。我们认为最早可以确定为作者有意识自制篇题的诸子之文是成书于秦代的《吕氏春秋》。其《序意》曰："凡《十二纪》者，所以纪治乱存亡也，所以知寿夭吉凶也。"③ 既然明确言及"十二纪"，那么至少"孟春纪""仲春纪"等篇题，应是作者自题。秦汉以后，著书时自为篇题成为比较普遍的趋向。如刘安的《淮南子·要略》云："故著二十篇，有《原道》，有《俶真》，有《天文》……"④ 可见刘安的著作是自己为诸篇命题的。又如司马迁的《史记》也是如此，《太史公自序》已明确说明《史记》的篇目结构。至于诗赋创作更是如此。《史记·司马相如列传》："司马相如云：'臣尝为《大人赋》，未就，请具而奏之。'"⑤《大人赋》应为司马相如所自拟之题。

---

① 《后汉书》，第 3032 页。

② 《目录学发微　古书通例》，第 211～212 页。

③ 许维遹：《吕氏春秋集释》，中华书局 2009 年版，第 274 页。

④ 刘文典：《淮南鸿烈集解》，中华书局 1989 年版，第 700 页。

⑤ 《史记》，第 3056 页。

## 四、从命篇到命体

虽然先秦时代文体与文体观念尚未成熟与定型，命体的情况相当复杂，但却标志着早期文体观念的发生，这在文体学史上具有重要意义。对于文献整理而言，从命篇到命体乃是顺理成章之事。篇章的命题是整理者对该文献的内容、创作目的、体式等性质的研判和概括，故"命篇"是一种隐在的文章学"批评"。再深入一步看，一些命篇即具有命体因素，题目含有对该文献的文体认定，这种命篇与命体，又显现古人的文体学观念。如《尚书》一部分篇目的命题，已带有一些文体认定的意味。

在先秦文献中，有些篇题中直接出现文体之名，体现了当时人们的文体意识，对后世的辨体意识产生了很大的影响。古人往往根据文章篇题来辨体，如根据《尚书》诸篇的题目来辨体。成于汉代的《尚书大传》有云："六誓可以观义，五诰可以观仁，《甫刑》可以观诚，《洪范》可以观度，《禹贡》可以观事，《皋陶谟》可以观治，《尧典》可以观美。"① 基于《尚书》的篇题，初步归纳出誓、诰二体。而且值得注意的是，《大传》对文献的列举方式与《后汉书》对文章的著录方式有着明显的相通之处，即对于有明显文体归属的，概括其文体之名，没有明显文体归属的则直接列出其篇名。大约成于东晋的《尚书大序》更归纳出六体："典、谟、训、诰、誓、命之文，凡百篇。"② 这六体都来自《尚书》篇题。到了唐代孔颖达，则更为广之："致言有本，名随其事。检其此体为例有十，一曰典，二曰谟，三曰贡，四曰歌，五曰誓，六曰诰，七曰训，八曰命，九曰征，十曰范。《尧典》《舜典》二篇，典也。《大禹谟》《皋陶谟》二篇，谟也……"③ 孔颖达从《尚书》篇题归纳出"十体"，当然带着后人的眼光，未必是《尚书》的分类实际，但这种因题辨体的思维的存在，值得重视。它不仅仅存在于对经部文献的批评，魏晋六朝以来，

---

① 《尚书大传》是秦汉时伏生所传，汉代时由其弟子整理其学说所撰，刘向曾奏此书目录，后郑玄重新诠次并为其作注。《大传》在宋代便有残缺，并亡于元明之际，清人有辑佚本。此段文字来自《困学纪闻》卷二所引《尚书大传》，可据。见〔宋〕王应麟《困学纪闻》，上海古籍出版社 2008 年版，第 262 页。

② 《十三经注疏》，第 114 页。

③ 《十三经注疏》，第 117 页。

《文心雕龙》成为集部文体批评领域中因题辨体的先声。在宋代以后，因题辨体更成为文章学领域普遍的辨体模式。

在先秦有限的文献篇题中追寻文体发展的轨迹，有些是偶然出现的个案，有些则是多次出现的常例，后者显然更具代表性与说服力。《尚书》便是如此。先秦文献所引《书》类文献中，有些具有"文体"性质的词在篇题中重复出现。"誓"，如《汤誓》《太誓》《禹誓》；"诰"，如《盘庚之诰》《康诰》《唐诰》《仲虺之诰》《尹诰》①；"训"，如《伊训》《夏训》；"命"，如《兑命》《叶公之顾命》；"刑"，如《甫刑》，又《左传·昭公六年》有云："夏有乱政而作《禹刑》，商有乱政而作《汤刑》，周有乱政而作《九刑》。"② 从这些篇题的相似性，我们可以了解到部分《书》类文献的命名原则及其基本体类。其篇题基本上都是标举篇中关键的事物，不少篇题在此基础上进一步概括其文体因素，命题的同时亦为命体，反映命题者对该文献文体性质的认识，具有典型意义，非常值得注意。

除了《书》类文献，现存先秦文献中还有一些以体命题的材料。如：《左传·襄公四年》引有"《虞人之箴》"，又作"《虞箴》"③，后人认为乃箴体滥觞。《逸周书·文传解》："《夏箴》曰……"④ 《吕氏春秋·应同》引"《商箴》云：'天降灾布祥，并有其职。'"⑤《吕氏春秋·谨听》引"《周箴》曰：'夫自念斯学，德未暮。'"⑥。时代定于战国中晚期的上博简（七）《武王践阼》引有《檻（鉴）名（铭）》《鑑（盘）名（铭）》《桯（楹）名（铭）》《柸（杖）名（铭）》《卣（牖）名（铭）》数题，可与《大戴礼记·武王践阼》所载十六条铭题相印证。《礼记·大学》有"汤之《盘铭》曰：'苟日新，日日新，又日新。'"⑦。《礼记·祭统》有

---

① 《礼记·缁衣》作"尹吉"，研究者根据郭店简、上博简，确定应为《尹诰》。

② 《十三经注疏》，第 2044 页。

③ 《十三经注疏》，第 1933 页。

④ 黄怀信、张懋镕、田旭东：《逸周书汇校汇注》（修订本），上海古籍出版社 2007 年版，第 245 页。

⑤ 《吕氏春秋集释》，第 288 页。

⑥ 《吕氏春秋集释》，第 296 页。

⑦ 《十三经注疏》，第 1673 页。

吴承学自选集

WU CHENGXUE ZIXUANJI

"卫孔悝之《鼎铭》"①。《商子·更法》："于是遂出《垦草令》。"② 余嘉锡认为"凡《管》《商》书中多当时之教令，特此篇明见篇名，最为可据耳"③。此外，上博简有《鲍叔牙与隰朋之谏》、清华简有《傅说之命》《封许之命》等篇题，皆出现所标志的文体（谏、命）名称。

值得注意的是，先秦所引文献，有不少同文异题现象，即同一篇章，有不同题目，其中《尚书》最为典型。除去异体字、假借字、同义字等情况，其原因大致有二：第一，命题时取事与义的不同而造成篇题的不同。如《尧典》，《孟子·万章上》引作《尧典》，《礼记·大学》引作《帝典》。《墨子·明鬼下》引《禹誓》，记载与有虞氏战于甘之事。《书序》曰："启与有扈战于甘之野，作《甘誓》。"④ 两者同篇异题⑤。以上两例，虽然标举关键的人、事、物有所不同，但都遵循了"以事与义题篇"的原则，而且其不变的，是对该篇文体性质的概括："典"及"誓"。可见，不同命题者对文献内容的概括虽然有所不同，但对其体式、性质的认识是相对一致的。第二，对同篇文献的命题繁简不同。如：《国语·周语上》引《盘庚》，而《左传·哀公十一年》引作《盘庚之诰》。《左传·昭公六年》引《汤刑》，而《墨子·非乐上》引作《汤之官刑》。以上两例或以"某某之体"的体式来命篇，恰恰是对文献的文体性质的认同与强调，表现出比较强的文体意识。先秦以来的文献以"某某之体"这种形式命题的例子不少，如《上博简》（七）《武王践阼》有《鑑（盘）名（铭）》《桯（楹）名（铭）》《柸（杖）名（铭）》《卣（牖）名（铭）》数题，《大戴礼记·武王践阼》分别作《鉴之铭》《盥盘之铭》

---

① 《十三经注疏》，第 1607 页。

② 《商子》卷一，《四部丛刊初编》本，第 61 册，第 1 页。

③ 《目录学发微　古书通例》，第 233 页。

④ 《尚书今古文注疏》，第 560 页。《书序》的成书年代不明，但不少学者认为其成于先秦，最晚不超过汉初，所以，《甘誓》之篇题的形成，也不会太晚，大抵是秦汉间解经之人所作。

⑤ 将墨子所引《禹誓》与孔传本《甘誓》对照，其文大抵类似，故大致认为《禹誓》《甘誓》同属一篇。然对于该文是禹还是启伐有虞之誓以及作者何人，则各有说法。皮锡瑞看法比较通达："古者天子征讨诸侯，诛其君，不绝其后……则禹伐有扈，何必启不再伐？……《墨子》引此经为《禹誓》，或所传异耳。"（〔清〕皮锡瑞：《今文尚书考证》，中华书局 1989 年版，第 190 页）

《楹之铭》《杖之铭》《牖之铭》①。又如上文所举《虞箴》与《虞人之箴》。这是命题之人突出强调文献之文体性质，是早期文章命题、命体的一种常见的形式。

先秦文献中还存在同文异体现象，即同一文献，不但篇目不同，所标志的文体亦相异，这更值得注意。如《汤誓》又作《汤说》。《国语·周语上》："在《汤誓》曰：'余一人有罪，无以万夫。万夫有罪，在余一人。'"②《墨子·兼爱下》："虽《汤说》即亦犹是也。汤曰：'……万方有罪，即当朕身，朕身有罪，无及万方。'"③ 经考证，两处所引同为汤祷雨之辞，但一题为"誓"，一题为"说"，对文体认定有异。按，《周礼·大祝》有云大祝"掌六祈"，其中"五曰攻，六曰说"，郑注云："攻说则以辞责之。"④《墨子·兼爱下》下文又曰："以祠说于上帝鬼神。"⑤ 可见，"说"是一种祭名或祭礼中的言说方式，因此《汤说》的"说"，应指这种祭祀仪式中所用到的"以辞责之"的文体。"誓"在先秦的使用颇广，祭祀、出师、田猎时往往都行誓礼，甚至行射礼、过他邦假道、入境有时都会行誓礼。誓的含义比较复杂，有对臣下、将士的戒誓，也有对鬼神的起誓等，其中后者与祭祀的"说"有一定的相通之处。又如《太誓》作《大明》。《太誓》见引于诸多先秦古籍，或作《泰誓》《大誓》，"太""泰"即"大"，且不讨论。而《墨子·天志中》引作《大明》。陈梦家认为《大明》即《大誓》，亦即《大盟》⑥，蒋善国更将《墨子》引《大明》《太誓》的三段文字加以对比，确定三者都是《大誓》之文，"明"即"盟"，而"盟""誓"两体相互关联⑦。

先秦文献所引《尚书》之同文异体现象具有深刻而丰富的文体学与文章学意蕴：它反映了中国古代文体分类学有一定模糊性，有些文体之间存在相关性与交叉关系。同文异题或同文异体现象虽出现于先秦时期，却是历代都存在的文体学现象。如汉代"颂""赋"二称经常通用。《史

---

① 〔清〕孔广森：《大戴礼记补注》，中华书局2013年版，第116～118页。

② 《国语集解》，第32页。

③ 《墨子间诂》，第122～123页。

④ 《十三经注疏》，第808～809页。

⑤ 《墨子间诂》，第123页。

⑥ 《尚书通论》，第88页。

⑦ 蒋善国：《尚书综述》，上海古籍出版社1988年版，第219页。

吴承学自选集

WU CHENGXUE ZIXUANJI

记·司马相如列传》："相如以为列仙之传居山泽间，形容甚臞，此非帝王之仙意也，乃遂就《大人赋》。其辞曰：……"① 后文又云："相如既奏《大人之颂》，天子大说。"② 同一文章，既称"赋"，又称"颂"。又如马融《长笛赋序》云："追慕王子渊、枚乘、刘伯康、傅武仲等《箫》《琴》《笙》颂，唯笛独无，故聊复备数作《长笛赋》。"③《汉志》"诗赋略"中有"李思《孝景皇帝颂》十五篇"④，后人或斥《汉志》类例不纯⑤，在笔者看来，这可能反映出同文异体现象，以"颂"为"赋"之属。"同文异题"或"同文异体"现象，在中国古代并不少见，它所反映出的中国文体分类学的复杂性问题，具有普遍意义⑥。

"以体命题"的方式发端于先秦，以《书》类文献的篇题为代表，也偶见于其他文类。直至汉代，文章"以体命题"的现象逐渐增加。略举数种常体为例：

"颂"：《东观汉记》："苍因上《世祖受命中兴颂》，上甚善之。"⑦《东观汉记》："使作《神雀颂》。"⑧

"箴"：《汉书·扬雄传》："箴莫善于《虞箴》，作《州箴》。"⑨《汉书·游侠传》："先是黄门郎扬雄作《酒箴》以讽谏成帝。"⑩

"铭"：《汉志》道家："《黄帝铭》六篇。"⑪《文选》所收扬雄《甘泉赋》下李善注曰："雄答刘歆书曰：'雄作《成都城四隅铭》。'"⑫

---

① 《史记》，第 3056 页。

② 《史记》，第 3063 页。

③ 〔南朝梁〕萧统编，〔唐〕李善注：《文选》，中华书局 1977 年版，第 249 页。

④ 《汉书》，第 1750 页。

⑤ 〔清〕章学诚：《校雠通义·汉志诗赋第十五》，见《文史通义校注》，第 1066 页。

⑥ 如《宋书》卷九三记载陶渊明归终前："与子书以言其志，并为训戒。"（〔南朝梁〕沈约：《宋书》，中华书局 1974 年版，第 2289 页）《太平御览》卷五九四作《陶渊明遗戒》；《六艺流别》卷八命名为《道诫》；《戒子通录》卷四以之为"疏"；《陶渊明集》卷八、《文章辨体汇选》卷二七九、《汉魏六朝百三家集》卷六二《陶渊明集》皆题为《与子俨等疏》。同一内容的文章或被命为戒体，或被命为疏体。

⑦ 〔东汉〕刘珍等撰，吴树平校注：《东观汉记校注》，中华书局 2008 年版，第 242 页。

⑧ 《东观汉记校注》，第 628 页。

⑨ 《汉书》，第 3583 页。

⑩ 《汉书》，第 3712 页。

⑪ 《汉书》，第 1731 页。

⑫ 《文选》，第 111 页。

"解"：《汉书·扬雄传》："时雄方草《太玄》，有以自守，泊如也。或嘲雄以玄尚白，而雄解之，号曰《解嘲》。其辞曰……"①《汉书·扬雄传》："客有难《玄》大深，众人之不好也，雄解之，号曰《解难》，其辞曰：……"②

"书"：《史记·司马相如列传》："相如他所著，若《遗平陵侯书》《与五公子相难》《草木书》篇不采，采其尤著公卿者云。"③

"论"：《汉书·东方朔传》："又设《非有先生之论》，其辞曰……"④《汉书·叙传》："乃著《王命论》以救时难。"⑤《汉志》"诸子略"："《荆轲论》五篇。（班固注：轲为燕刺秦王，不成而死，司马相如等论之。）"⑥

"制"：《史记·封禅书》云：文帝"使博士诸生刺《六经》中作《王制》，谋议巡狩封禅事"。《史记索隐》于此处引"刘向《七录》⑦云：'文帝所造书有《本制》《兵制》《服制》篇。'"⑧

"对"：《汉志》"诸子略"有"《博士臣贤对》一篇。（班固注：汉世，难韩子、商君）。"⑨又有"河间献王《对上下三雍宫》三篇"⑩。《汉志》"六艺略"："《封禅议对》十九篇。"⑪

"策"：《新书·数宁》："因陈《治安之策》，陛下试择焉。"⑫《东观汉记》：（申屠刚）"举《贤良对策》。"⑬

"祝"：《汉书·贾邹枚路传》："武帝春秋二十九乃得皇子，群臣喜，

---

① 《汉书》，第 3565～3566 页。
② 《汉书》，第 3575 页。
③ 《史记》，第 3073 页。
④ 《汉书》，第 2868 页。
⑤ 《汉书》，第 4207 页。
⑥ 《汉书》，第 1741 页。
⑦ 笔者按：此处《七录》疑为《别录》之误。
⑧ 《史记》，第 1382～1383 页。按：卢植认为文帝的《王制》即《礼记·王制》，对此皮锡瑞有过详细批驳，见《郑志疏证》附《答临孝存周礼难》，《续修四库全书》第 171 册，第 379 页。
⑨ 《汉书》，第 1741 页。
⑩ 《汉书》，第 1726 页。
⑪ 《汉书》，第 1709 页。
⑫ 〔西汉〕贾谊撰，阎振益、钟夏校注：《新书校注》，中华书局 2000 年版，第 30 页。
⑬ 《东观汉记校注》，第 564 页。

故皋与东方朔作《皇太子生赋》及《立皇子禖祝》。"①《周礼·大祝》郑玄注:"董仲舒《救日食祝》曰……"②

此外,有一部分汉代的碑刻会在碑额刻写"某某碑"的标题。如"武斑碑",其额题"故敦煌长史武君之碑";"鲜于璜碑",其额题"汉故雁门太守鲜于君碑"等等,其例甚多③。此处之"碑"未必即指文体,或仅指其刻写媒介,但对后世碑体的文体认定有较大影响。

汉代"以体命题"的命题方式,有一些是与先秦一脉相承的,但又有明显的变化与发展,表现出汉代文体观念正在走向成熟与自觉。汉代文章的命篇与命体有几个特点:

首先,汉代的作者自命篇题的单篇文章创作日多,其中赋体文最为突出。以《史记》所记载的司马相如赋作为例:《史记·司马相如列传》记载司马相如向皇帝"请为《天子游猎赋》",赋成才上奏④,又自述"尝为《大人赋》,未就,请具而奏之"⑤,可见是先命题,再创作。在命题之时,并已明确自己所创作的是"赋"这种文体。又如班固在《汉书·叙传》自述:"作《幽通之赋》,以致命遂志。"⑥ 作者更是既明确自己所作的是何文体、命何题,又对为赋之作意有非常明晰的说明。马融《长笛赋序》曰:"追慕王子渊、枚乘、刘伯康、傅武仲等《箫》《琴》《笙》颂,唯笛独无,故聊复备数作《长笛赋》。"⑦ 马融不仅依据前人之作自拟题目,更以序来说明写作缘由,在文体自觉上又更进一步。

其次,为他人命篇命体,如由上司为下属命题或命体创作的情况也十分普遍。《汉书·贾邹枚路传》:"(枚皋)从行至甘泉、雍、河东,东巡狩,封泰山,塞决河宣房,游观三辅离宫馆,临山泽,弋猎射驭狗马蹴鞠刻镂,上有所感,辄使赋之。为文疾,受诏辄成,故所赋者多。"⑧《汉书·贾邹枚路传》:"武帝春秋二十九乃得皇子,群臣喜,故皋与东方朔

---

① 《汉书》,第2366页。

② 《十三经注疏》,第809页。

③ 所举例子参高文《汉碑集释》,河南大学出版社1997年版。

④ 《史记》,第3002页。

⑤ 《史记》,第3056页。

⑥ 《汉书》,第4213页。

⑦ 《文选》,第249页。

⑧ 《汉书》,第2367页。

作《皇太子生赋》及《立皇子褉祝》。受诏所为，皆不从故事，重皇子也。"① 又如颂体，《汉书·严朱吾丘主父徐严终王贾传》："诏褒为圣主得贤臣颂其意。"②《东观汉记》："帝召贾逵，敕兰台给笔札，使作《神雀颂》。"③ 此皆为应制之作。

再次，对前人篇题与文体的模拟。如扬雄就有意识地以前人文体经典为范本，特意模拟。《汉书·扬雄传》记载："其意欲求文章成名于后世，以为经莫大于《易》，故作《太玄》；传莫大于《论语》，作《法言》；史篇莫善于《仓颉》，作《训纂》；箴莫善于《虞箴》，作《州箴》；赋莫深于《离骚》，反而广之；辞莫丽于相如，作四赋。"④ 扬雄依《虞箴》作《十二州二十五官箴》，模拟《离骚》作《反骚》，模拟司马相如赋而作《甘泉赋》《河东赋》《校猎赋》《长杨赋》。对经典的模拟，是建立在对其体式与风格两方面准确把握的基础上的，扬雄以文体模拟作为"文章成名于后世"的方式，这不仅是一种创作方式，还反映出强烈而自觉的文体意识，颇有文体学的意义。

汉人命篇与命体的意识已比较明晰了，这正是集部兴盛的基础与前奏。然而，若与魏晋南北朝相比，汉代文体学的发展尚处于一个独特的"过渡期"。它虽然告别了先秦文体蒙昧的状态，但诸体又未达到魏晋南北朝那样均衡的、全然的成熟。文体丛生，某一些文体体制臻于成熟，创作繁多，作品广为流播，以赋体文为代表；一些文体虽然有广泛的写作，但基本只局限在应用的范围内，如政事之文。这就导致汉代众体文章命名发展到"以体命题"的进程是不一样的，有着明显的不平衡性。从《史记》《汉书》等史籍的记载来看，赋体文以体命题的情况非常普遍；但是如诏、章、奏、表、议、上书、对策这一类应用类的政事文体，有篇题的则非常少，差别明显。

中国文体学史研究首先要面对文体观念发生的问题。从语言形式内部入手，研究古代文献的命篇与命体是其最重要的研究路径之一。先秦古书在漫长与复杂的文献流传过程中，不断受到改写重编，所以研究文体观念

① 《汉书》，第 2366～2367 页。
② 《汉书》，第 2822 页。
③ 《东观汉记校注》，第 628 页。
④ 《汉书》，第 3583 页。

发生所依据的材料，主要应该是出土文献和先秦古书所征引的原始文献。从命篇与命体的角度而言，文体观念发生的标志就是使用者对于所指称的具体文献之文体独特性已有明确认识与认同，能把握该文体独特的形式感，而且将该文献的文体名称明确标示出来，这实际上也反映出对不同文体之间差异的体认。命篇与命体是文体观念发生最重要的表现形态。这种在现代人看来简单的一小步，却是早期文体学发展漫长而关键的一大步。通过考察早期篇章形态与篇章观念的发生、篇章命名与以体命篇的历史发展，可以窥见中国古代文体观念发生与发展的重要线索。从先秦到汉代，文献的命篇与命体从无到有，呈现越来越明晰的趋势，但在文体分类上还是存在许多模糊与不平衡，在集部文体分类成熟以后，命篇与命体才基本得以统一。命篇与命体的历史进程反映了中国文体观念的发生，它既是中国文体学史的起点，也是其理论雏形和理论基因，对中国文体学发展产生了重要而深远的影响。

（原载《中国社会科学》2015 年第 1 期，与李冠兰合作）

# 中国早期文字与文体观念

文字与文体，看起来是两个距离遥远的领域。在当代学术研究中，两者似乎也是风马牛不相及的。我们把两者结合起来研究，并不是为了标新立异、哗众取宠，而是出于学术内部的学理需求。刘师培《文章源始》曾说："积字成句，积句成文，欲溯文章之缘起，先穷造字之源流。"[1] 他认为，考察文章缘起应该从造字源流开始。中国文字是中国文体的存在方式。顺理成章，研究文体与文体观念的产生和发展，也有必要从文字溯源开始。

中国古人造字以象形、指事、会意和形声等方法为基础。古文字所包含的"形""意"与"事"比较形象直观地记录了初民对事物原始状态的朴素认识。从一些古文字的构形与渊源流变入手，可以考察文体的原始状态、形象与意义，考察古人对文体最为原始的感知与文体观念，也可以看出古代文体形成、命名、分类乃至文体观念演变的一些规律。

## 一、文字形态与文体内涵

中国古人既然依照一定的规则来造字，一些与文体相关的文字形态或许透露出文字的原始意义以及初民对早期文体本义的理解。

比如，"命"与"令"是中国古代两种关系非常密切的文体，早期"命"与"令"通用，后来才渐有差别。徐师曾《文体明辨序说·命》说：

> 按朱子云："命犹令也。"字书："大曰命，小曰令。"此命、令之别也。上古王言同称为命：或以命官，如《书·说命》《冏命》是也；或以封爵，如《书·微子之命》《蔡仲之命》是也；或以饬职，

---

① 原载《国粹学报》第 1 年第 5 册，收入郭绍虞主编《中国历代文论选》第 4 册，上海古籍出版社 1980 年版，第 331 页。

如《书·毕命》是也；或以锡赉，如《书·文侯之命》是也；或传遗诏，如《书·顾命》是也。秦并天下，改名曰制。汉唐而下，则以策书封爵，制诰命官，而"命"之名亡矣。①

那么"令"与"命"初始的意思是什么呢？我们从"令"与"命"的构形及其演变可以看出初民对其特征的理解。《说文解字》谓："令，发号也。"② 从文字学角度看，"命""令"同源，"命"字后起，是在"令"字基础上加"口"而成的。据古文字学家所言，二字本为一字一义。罗振玉说："古文'令'从'亼''人'，集众人而命令之，故古'令'与'命'为一字一谊。"③ 在甲骨文中，有"令"的内容数百事，而其中60余条属"王令"，具有命令文体性质。甲骨文有"令"字无"命"字，直到金文才分化出"命"字，但在金文中二字几乎可以通用。甲骨文的"令"，其字形为🔱。罗振玉认为是"集众人而命令之"的意思，而林义光《文源》谓"令"字"从口在人上……象口发号，人跽伏以听也"④。学术界多以林说为是。甲骨刻辞有"王令"辞例，一般是王命令祭祀、征伐、垦田这几类内容⑤。殷代金文中，也有王命的记录，如毓祖丁卣云："辛亥，王在廙，降令曰：归裸于我多高。"⑥（《集成》5396）这是殷商时期王发布命令的记载，这种命令最早的发布，应该是口头性的活动，后来才书于简册。秦始皇统一中国后，把命令改为制诏。司马迁《史记·秦始皇本纪》："臣等昧死上尊号，王为'泰皇'。'命'为'制'，'令'为'诏'。"⑦ 戴侗《六书故》卷十一："命者，令之物也。从口，从令。令出于口，成而不可易之谓命。《传》曰：'君能制命为

① 〔明〕徐师曾著，罗根泽校点：《文体明辨序说》，人民文学出版社 1962 年版，第 111 页。点校本在"《蔡仲之命》"后漏"是"字，见《四库全书存目丛书》第 311 册，齐鲁书社 1997 年版，第 130 页。

② 〔东汉〕许慎撰，〔清〕段玉裁注：《说文解字注》，上海古籍出版社 1988 年版，第 430 页。

③ 罗振玉：《殷虚书契考释》，见宋镇豪、段志洪主编《甲骨文献集成》第 7 册，四川大学出版社 2001 年版，第 45 页。

④ 林义光：《文源》卷六，中西书局 2012 年版，第 222 页。

⑤ 朱歧祥：《殷墟卜辞辞例流变考》，收入《甲骨文研究——中国古文字与文化论稿》，台北里仁书局 1998 年版，第 242 页。

⑥ 中国社会科学院考古研究所编：《殷周金文集成》第 10 册，中华书局 1984 年版，第 312 页。

⑦ 〔西汉〕司马迁：《史记》第 1 册，中华书局 2014 年版，第 304 页。

义.'秦始皇始改令曰诏，命曰制，即诏与制，可以见命、令之分。"①

又如，"占"也是早期文体。黄佐在其文章总集《六艺流别》中说：

> 占者何也？《说文》："视兆问也，从卜口。"谓卜人之口也。《书》曰："三人占，则从二人之言。"则以龟人为主矣。然《易》筮亦必观象玩占，则占者兼卜筮而言也。六爻变动占法，经传甚明，观者当自得之。②

黄佐把占辞当作"易艺"的一种古老文体。《六艺流别》收录相关作品，如《左传·昭公十二年》"鲁南蒯筮叛坤占"、《左传·闵公元年》"晋毕万筮仕屯占"、《国语·周语下》"晋筮立成公乾占"。在甲骨文中，"占"字多数写作从卜从口，裘锡圭认为"卜"即"兆"之初文③，以口解说卜兆即表示占断之义。《说文解字》"占"字属于"卜"部，古人用火灼龟甲，根据裂纹来预测吉凶，叫卜。而"卜"也是象形的。《说文解字》"卜部"："卜，灼剥龟也。象炙龟之形，一曰象龟兆之纵衡也。"④ 在甲骨文中，"卜"字为丫或卜等，徐中舒说："卜，正象灼龟后兆璺纵横斜出之状。卜兆先有直坼，而后有斜出之裂纹，裂纹或向上，或向下，卜人据此以判吉凶。"⑤ 小篆的"占"字构形原理与甲骨文略同，只是把"兆"的初文"卜"改作了"卜"而已，"卜"在这里充当形符，表示的也是卜兆。

中国古代早期文体具有强烈的实用性，沟通人神关系就是其主要功用之一。比如"祝"体，据《周礼·春官·大祝》所记，"大祝掌六祝之辞……一曰顺祝，二曰年祝，三曰吉祝，四曰化祝，五曰瑞祝，六曰策祝"⑥。《尚书》有"祝册"的记载。《尚书·洛诰》载："王命作册逸祝

---

① 〔元〕戴侗撰，党怀兴、刘斌点校：《六书故》，中华书局 2012 年版，第 224 页。

② 〔明〕黄佐：《六艺流别》卷二〇"易艺"之"占"，见《四库全书存目丛书》集部第 300 册，第 492 页。

③ 裘锡圭：《从殷墟卜辞的"王占曰"说到上古汉语的宵谈对转》，见《裘锡圭学术文集 1·甲骨文卷》，复旦大学出版社 2012 年版，第 485～488 页。

④ 《说文解字注》，第 127 页。

⑤ 徐中舒主编：《甲骨文字典》，四川辞书出版社 2006 年版，第 349 页。

⑥ 〔清〕阮元校刻：《十三经注疏》，中华书局 1980 年影印版，第 808 页。

册。"孔颖达《疏》曰："王命有司作策书，乃使史官名逸者祝读此策。"① 按，在甲骨文中，也有关于"祝册"或"册祝"的记录。如《甲骨文合集》32285："丙午贞，酚人册祝。"② 《小屯南地甲骨》2459："……卜棄祝册……毓祖乙惟牡。""祝册"或"册祝"有制作简册、书写祝辞、向神灵祷祝之意。按照《说文解字》的解释："祝，祭主赞词者。从示，从儿口。"段注曰："此以三字会意，谓以人口交神也。"③《释名》曰："祝，属也，以善恶之词相属著也。"④ "祝"既为赞词之人，也是祭告之词。现存不少甲骨材料记录了"祝"的使用情况，"祝"在当时已具有初步的文体意义。甲骨文的字形，并非完全如《说文》所说的"从示，从儿口"，而是或"从示"，或不"从示"。"示"表示神主。值得注意的是，无论其字形是否"从示"，其中都有一个象人跪姿并有所祷告之形，形象地反映出"祝"的初始状态：人虔诚地下跪并与神进行交流。这也是作为早期文体"祝"的本质特征。

## 二、文字载体与文体命名

文体的命名方式是中国文体学研究的重要内容，它为我们理解古代文体之原始功能与体制提供了某种独特的路径。中国古代的文体众多，有些文体对内容有相当严格的限定，有些文体对其内容要求则比较宽松。造成这种现象的原因很多，但从其根源来看，与最早的文体命名方式之不同有很大的关系。

中国古代之文体命名方式颇为复杂，其中最主要是根据文体的行为方式或功能来命名。如：命、训、誓、诰、祷、诔等，都是从一种行为、活动变成一种文体之名。郭英德先生认为，不少先秦文体产生于不同的"言说方式"，他指出："中国古代文体的生成大都基于与特定场合相关的'言说'这种行为方式，这一点从早期文体名称的确定多为动词性词语便

---

① 《十三经注疏》，第 217 页。

② 郭沫若主编：《甲骨文合集》第 10 册，中华书局 1981 年版，第 3939 页；胡厚宣主编：《甲骨文合集释文》32285 号，中国社会科学出版社 1999 年版。

③ 《说文解字注》，第 6 页。

④ 〔东汉〕刘熙撰，〔清〕毕沅疏证，〔清〕王先谦补，祝敏彻、孙玉文点校：《释名疏证补》，中华书局 2008 年版，第 132 页。

不难看出。"因此，他将对行为方式的区别类分，作为中国古代文体分类原初的生成方式。① 胡大雷先生总结说："以行为动作本身来命名这些文体，这是早期文体命名的一般性方法。"② 这种总结是有道理的。但是，早期文体命名除了一般性方法之外，也有其他特殊方法，比如以文字和文体载体为文体命名。

王国维《简牍检署考》开篇说："书契之用，自刻画始。金石也，甲骨也，竹木也，三者不知孰为后先，而以竹木之用为最广。"③ 甲骨文与金文是中国现存最早的文字，但是根据古文献记载，除了甲骨与青铜器之外，同时代还有其他文字与文体之载体，如"简""册""篇""典"等，而且这些载体本身也成为文体的名称。"简"字见于两周金文。西周晚期的有司简簠盖铭文说："丰中（仲）次父其有司简作朕皇考益叔尊簠。"④（《新收殷周青铜器铭文暨器影汇编》736）器主名为"简"，虽然用作人名，但字以竹为意符，很可能就是竹简的"简"。战国时期的中山王響方壶（《集成》9735）有"载之简策"一语。在传世文献中"简"亦早有记载，如《诗·小雅·出车》："畏此简书。"孔颖达《正义》说："古者无纸，有事书之简，谓之简书。"⑤《左传·襄公二十五年》记载："南史氏闻大史尽死，执简以往。闻既书矣，乃还。"⑥ 甲骨文已有"册"字。徐中舒据甲骨文所载"册"字用例，指出殷代除甲骨之外，亦应有简策纪事，又结合《尚书·多士》"惟殷先人，有册有典"之语证之，并指出只是由于年代久远，竹木不易保存，故殷代简策尚无出土实物作为佐证⑦。早至商代竹简已是文字载体，这已成为学界共识⑧。从现在所见的出土材料来看，竹简的使用最早可上溯到战国早期（曾侯乙墓遗册）。战

---

① 郭英德：《中国古代文体学论稿》，北京大学出版社 2005 年版，第 29～31 页。

② 胡大雷：《论中古时期文体命名与文体释名》，载《中山大学学报》2011 年第 4 期。

③ 王国维著，胡平生、马月华校注：《简牍检署考校注》，上海古籍出版社 2004 年版，第 1～2 页。

④ 钟柏生等编：《新收殷周青铜器铭文暨器影汇编》第 736 号，台北艺文印书馆 2006 年版，第 537 页。

⑤《十三经注疏》，第 416 页。

⑥《十三经注疏》，第 1984 页。

⑦ 参考《甲骨文字典》卷二"册"，第 200 页。

⑧ 参考陈炜湛《战国以前竹简蠡测》，载《中山大学学报》1980 年第 4 期；钱存训《书于竹帛》，上海书店出版社 2002 年版，第 72 页。

吴承学自选集 WU CHENGXUE ZIXUANJI

国时期简牍文献较甲骨文、铜器铭文数量增多，使用更为频繁，其类型更为多样化，内容形式也更为成熟。只是由于甲骨与青铜器质地坚实而得以留传下来，而竹简则可能因为未能长远保留而湮灭不见。

从甲骨文、金文中一些文字的最初形状在某种程度上可以了解与文体相关的事实与观念。

《说文解字》"册部"："册，符命也，诸侯进受于王也。象其札一长一短，中有二编之形。"① 然汉墓所出土之简册形制，并非一长一短，皆由大小长短相同之简札编成。甲骨文"册"字象形，竖笔表示简札，中间笔画表两道穿连竹简的绳子②。至于简札为何"一长一短"且与出土所见简策不同，文字学家有许多解释，尚未有共识，不少学者认为一长一短当为刻写变化所致。姚孝遂《甲骨文字诂林》按语："据出土战国秦汉简册，皆有长有短。但成编之册皆等长，长短不一之册，无法编列。商代册制目前仅见龟骨，尚未发现简牍。卜辞累见'冓册'，即举册。国有大事，必有册告。"③ 于省吾认为："策、册古籍同用。经传言册祝、祝册、策告，其义一也。"④ 从职官制度来看，商代开始设置"作册"一职，西周时也称作册内史、作命内史、内史。《尚书·洛诰》："王命周公后，作册逸诰。"可见"作册"之职在于掌著作简册，奉行王的告命。这也可以看出"册"在当时已具有文体意义了⑤。

简与册在文体上的特点与内涵，与其作为载体的本来特点也是直接相关的。简与册虽然可以并列或称"简册"，但在具体使用中，简与册有所区别。杜预《春秋经传集解序》："诸侯亦各有国史，大事书之于策，小事简牍而已。"孔颖达《疏》："单执一札，谓之为简；连编诸简，乃名为策。"⑥（按："策"本义为竹制的马鞭。《说文解字》："策，马箠也。"⑦

---

① 《说文解字注》，第 85～86 页。

② 曾宪通、林志强谓："象编简之形，竖为简，横为编。"见曾宪通、林志强《汉字源流》，中山大学出版社 2011 年版，第 77 页。

③ 于省吾主编：《甲骨文字诂林》第 4 册，中华书局 1996 年版，第 2963 页。

④ 于省吾：《双剑誃殷契骈枝　双剑誃殷契骈枝续编　双剑誃殷契骈枝三编》，中华书局 2009 年版，第 166 页。

⑤ 参见〔清〕孙诒让《周礼正义》卷五二"内史"，中华书局 2015 年版；王国维《观堂别集》卷一《书作册诗尹氏说》，见《观堂集林》，中华书局 1959 年版，第 1122～1124 页。

⑥ 《十三经注疏》，第 1704 页。

⑦ 《说文解字注》，第 196 页。

"策"为形声字,假借为象形字之"册"。马王堆汉墓帛书《老子甲》"筹策"之"策"作"筹",即"筹"字之异体。)之所以有大事和小事之不同书写,原因之一在其载体容量之不同。策的容量大而简牍的容量小。郝经《郝氏续后汉书》谓:

> "册"者,辞、命、记、注之总称。古者书于竹简,一简谓之简,编简谓之册。事小辞略,一简可书,则曰"简"而已。事大辞多,一简不容,必编众简而书之,则曰"册"。故史官大事书之于册,小事简牍而已。其名始见于《金縢》之书,曰"史乃册祝"。其后纳册、作册、祝册、册命,凡告庙、命官、封建,皆用之。汉因周制,尊太上皇、皇太后,立皇后、皇太子,封建诸侯王,拜免三公,皆用册。郊祀天地、谒告宗庙、封禅泰山亦用册。至于特拜郡守,述其政绩,亦用册。古者尚质,惟用竹。秦汉则泥金检玉,号为玉册,示其侈也。(原注:蔡邕曰:"册者,简也。""其制长二尺,短者半之。其次一长一短,两编下附。"许慎《说文》:"册者,符命也,诸侯进受于王者也。象其札一长一短,中有二编之形。"《汉书》:"武帝元狩六年,庙立皇子闳为齐王、旦为燕王、胥为广陵王,初作册。")其于国恤有哀册、谥册。于是高文大册,为汉帝制礼文盛矣,后世皆遵用之。①

从古文字来看,"册"是早期文字的载体,后来逐渐被视为文体,而且在中国古代是使用时代相当长的实用性行政文体。除了册、典之外,还有其他以载体命名的文体,其载体与竹简相关,有些字在现存甲骨文与金文中未见,但《说文解字》收录了,如篇、笺等,② 这些都具有文体意义。

古代以木作为载体的文体也应该很常见。王国维《简牍检署考》说:"用木书者曰'方'……曰版……曰牍。竹木通谓之'牒',亦谓之

---

① 〔元〕郝经:《郝氏续后汉书》卷六六上上"文艺",见《景印文渊阁四库全书》第385册,台湾商务印书馆1986年版,第613页。

② 《文章缘起》:"篇,汉司马相如作《凡将篇》。"见王水照编《历代文话》第3册,复旦大学出版社2007年版,第2537页。

'札'。"① 《仪礼·聘礼》谓："百名以上书于策，不及百名书于方。"郑玄注："名，书文也，今谓之字。策，简也。方，板也。"② "策"是竹简之编连，故容量大；"方"是单独的木片，故容量小。所以字数多者（百字以外）载于竹简，字数少者（百字以内）载于木方。以木为载体类文体，以"木"为部首的有"橛""概""案""札""检"等字。另外，"牍""牒"的部首为"片"，《说文解字》说："片，判木也。从半木。"③ 究其义，就是分剖的木。所以，"牍""牒"也可以视为以木质载体来命名的文体。

从文字的角度看，古代丝帛制品与文体亦有密切关系，如绪、经、统、纪、绝、续、结、终、组、纂、纲、编等文体或著述形态，数量也相当大，其中或有以丝帛为载体者。

还有以石头为载体的文体，这类文体的内容多崇高神圣，作者希望借以传之长久。如"碑"，《说文解字》"石部"说："碑，竖石也。"④ 碑早期指竖立在宫、庙门前用以识日影的石头。另外，古代用以引棺木入墓穴的木柱，后专用石，也叫碑。《礼记·檀弓下》说："公室视丰碑。"郑玄注："丰碑，斫大木为之，形如石碑。于椁前后四角树之，穿中于间为鹿卢，下棺以绋绕。"⑤ 碑可以镌刻图案或文字，可以记载死者生平功德。秦时称为刻石，汉代以后称碑，成为古代最为常用而重要的文体。刘勰《文心雕龙·诔碑》谓："夫属碑之体，资乎史才，其序则传，其文则铭。标序盛德，必见清风之华；昭纪鸿懿，必见峻伟之烈，此碑之制也。"⑥

还有一种特殊现象，即同一文体由于载体不同，而出现不同命名。如"碣"与"楬"两字就是同属一体的。晚清王兆芳《文章释》说："碣者，与'楬'通，特立之石，藉为表楬也。石方曰碑，圆曰碣。赵岐曰：'可立一圆石于墓前。'洪适曰：'似阙非阙，似碑非碑。'隋唐之制，五品以上立碑，七品以上立碣。主于表扬功德，与碑相通。源出周宣石鼓为

---

① 《简牍检署考校注》，第 6～8 页。

② 《十三经注疏》，第 1072 页。

③ 《说文解字注》，第 318 页。

④ 《说文解字注》，第 450 页。

⑤ 《十三经注疏》，第 1310 页。

⑥ 〔南朝梁〕刘勰著，詹锳义证：《文心雕龙义证》，上海古籍出版社 1989 年版，第 457 页。

石碣。"① 此前，唐代封演《封氏闻见记》已从文字学的角度解释说："物有标榜，皆谓之楬……其字本从木，后人以石为墓碣，因变为碣。《说文》云：'碣，特立石也。'据此，则从木从石，两体皆通。"② 《周礼·秋官·蜡氏》谓："若有死于道路者，则令埋而置楬焉。"郑玄注引郑众曰："楬，欲令其识取之，今时揭橥是也。"③ 故可见以特立标识之义立名的文体，以木质则为"楬"，以石质则为"碣"。

中国古代的文字载体颇为多样。《墨子·非命下》说："书之竹帛，镂之金石，琢之盘盂，传遗后世子孙。"④ 钱存训《书于竹帛》一书将之归为"甲骨文""金文和陶文""玉石刻辞""竹简和木牍""帛书""纸卷"诸类⑤。但是，以竹木、丝帛为载体的文体用字最多，其他载体则较少。推其故，可能相比其他载体，竹帛容量更大且更方便使用和传播，故为著述者首选载体。

从以上例证可以看出，以文字与文体载体命名，也是中国古代文体命名的主要方式之一。如果仅仅揭示出这个现象，意义也许不大。重要的是，由此现象我们可以进而思考其丰富的文体学意义。以载体来命名的文体和以行为方式来命名的文体是有差异的。以行为方式来命名，如命、训、誓、诰、祷、诔等文体，这些名称直接地揭示了文体的内容和功能：不同的实际用途、实施对象与操作程序。而以文字载体来命名的文体，载体对文体的内容和功能不一定直接限定，它的实施对象与实际用途比较灵活，也没有什么操作程序。比如"碣"本身只是指石头而已。《说文解字·石部》谓："碣，特立之石也。"⑥ 作为文体的"碣"，石头是其载体，其所载内容一般比较重要和崇高，可以传之久远的，但具体内容却可能有很大差异，既可以记载名胜，也可以歌功颂德，可以是界碑，也可以是墓文。又如"简"，唐代苏鹗《苏氏演义》卷下谓：

---

① 〔清〕王兆芳：《文章释》"碣"，见王水照编《历代文话》第 7 册，复旦大学出版社 2007 年版，第 6294 页。

② 〔唐〕封演撰，赵贞信校注：《封氏闻见记校注》卷六"碑碣"，中华书局 2005 年版，第 57～58 页。

③ 《十三经注疏》，第 885 页。

④ 吴毓江：《墨子校注》，中华书局 2006 年版，第 417 页。

⑤ 钱存训：《书于竹帛》，上海书店出版社 2002 年版。

⑥ 《说文解字注》，第 449 页。

《急就篇》曰：以竹为书笺，谓之简。《释名》云：简者，编也。可编录记事而已。又曰：简者，略也。言竹牒之单者，将以简略其事。盖平板之类耳。①

"简"原以竹之载体为名，本义就是以竹简记事，而所记载的内容则比较宽泛而无单一严格的限定。后来，才逐渐形成书信类文体。

文体在发展的初始阶段，其命名可能与其载体有关，但名称与体制形成之后，便形成一种文体传统，此后有些载体发生变化，而其文体体制依旧沿用。吴讷《文章辨体序说·册》说：

《说文》云："册者，符命也。诸侯进受于王，象其札一长一短，中有二编之形。"当作册，古文作籥。盖册、策二字通用。至唐宋后不用竹简，以金玉为册，故专谓之册也，若其文辞体制，则相祖述云。②

虽然初始阶段文体可能以其文字载体来命名，但文体之名固定以后，便不再受文体载体变化的影响，即使文体载体变化，其"文辞体制"祖述不变，文体之名亦相与沿用。

## 三、文字形（意）符与文体类别

部首之说，始于东汉。然作为文字结构之意符则古已有之。许慎《说文解字·叙》认为，汉字的构造有六种，称为"六书"，即指事、象形、形声、会意、转注、假借。多数汉字是形声字，形声字由表示意义的"形符"与表示发音的"声符"组成。形声字以"形符"为部首，部首原则上表示一组文字的共通意义。部首的意义既建立在客观事实上，也是一种约定俗成的集体认同。所以部首的归属，反映出人们对文字原始意义在类别上的理解。从文体学角度看，同属一形（意）符或部首的文体用

---

① 〔唐〕苏鹗撰，吴企明点校：《苏氏演义（外三种）》，中华书局 2012 年版，第 29 页。

② 〔明〕吴讷著，于北山点校：《文章辨体·凡例》，见《文章辨体序说》，人民文学出版社 1962 年版，第 35～36 页。

字，也反映出某种共通的文体特性。

许慎开创了字书的部首编排即"建首"方式。《说文解字》把形旁相同的字归在一起，称为部，共分为540部，其中大量的部首是象形字。许慎《说文解字·叙》说："其建首也，立一为耑。方以类聚，物以群分。同条牵属，共理相贯。杂而不越，据形系联。引而申之，以究万原。毕终于亥，知化穷冥。"① 可见他具有非常强烈而清晰的分类意识：以"类""群""条""理"对文字进行分类。分类，反映出人类对事物复杂属性的认识，通过比较，揭示出事物间的同异之处。"建首"就是将字形上具有共通处的字置于一类，而部首往往具有独特的字义。同属一部的文字在意义上可能就具有某种同一性。中国古代有许多文体名称的用字有其规律，即使用相同的形（意）符。

以文体功能来给文体归类是中国古代文体学一般的分类方法，但从文字的形（意）符或部首来考察古代众多文体的属性，也可视为一种特殊的文体分类。这一独特角度的意义在于探究早期文字构造所反映出来的更为原始的文体意义。

首先，"口"部文字反映出文体发展初始阶段的口头形态。"口"是象形字，象人口之形。《说文解字》"口部"："口，人所以言、食也，象形。凡口之属皆从口。"② 口的功能就是言语与饮食。在《说文解字》中，与口部相关的文体有：名（后来为"铭"）③、命、召、咨、问、唱、和、吟、叹、唁等。

在《说文解字》所有部首中，"言"部存在着最多可用于文体名称的文字。从文字流变的字形而论，"言"与"口"有密切关系④。许慎《说

---

① 《说文解字注》，第781～782页。

② 《说文解字注》，第54页。

③ "铭"字较"名"字晚出。《释名疏证》卷四毕沅曰："铭，《说文》无'铭'字，郑康成注《仪礼·士丧礼》曰：'今文铭为名。'又注《周礼·小祝》云：'铭，今书或作名。'然则'铭'乃古文'名'也。"（《释名疏证补》，第114页）《说文解字》尚未收入"铭"字。段玉裁《说文解字注》口部："凡经传，铭字皆当作名矣。"（《说文解字注》，第56页）证诸古文字材料，郑公华钟铭（《集成》245，春秋时期）有"名"（铭）字，而属羌钟（《集成》161，春秋时期）、中山王𰯼鼎（《集成》2840，战国时期）则已出现"铭"字，明确指称铜器铭文。

④ 古文字学家认为，从字源学角度看，"言"应当是在"舌"字上部加区别符号"一"而成的指事字。见李学勤主编《字源》，天津古籍出版社2012年版，第167页。

吴承学自选集 | WU CHENGXUE ZIXUANJI

文解字》卷三上："言，直言曰言，论难曰语。从口辛声。凡言之属皆从言。"① 按照这种说法，"言"是个从口辛声的形声字，以"口"为意符。在古文字中，"言"字是在"舌"字上加一横而成，表示"言"由口舌发出，并不从"辛"得声。不过"舌"字本身也有"口"旁，因此无论如何，"言"与"口"有密切关系。在《说文解字》中，从属于"言"部首渐次具有文体意义的文字有：

  语、诗、谶、讽、诵、训、谕、谟、论、议、识、讯、诫、诰、誓、诂、谏、谣、说、话、记、讴、詠、谤、讲、讥、诽、谤、诅、讼、诃、诉、谴、让、诛、讨、谥、诔、译……

这么多的数量确实给我们以强烈的印象，这一现象蕴含了丰富的文体学意义。它们属于同一个部首，正表示古人认为这些文字具有一定的共性，这共性就是与"言"相关，即皆具有口头性。

"号"部也与口头性有关。《说文解字》"号部"："号，痛声也。从口在丂上。凡号之属皆从号。"② 我们在讨论中国古代早期文体的口头性时，应该把这些考虑进来。

《说文解字》认为，"辡"部也与语言有关："辡，罪人相与讼也。从二辛。凡辡之属皆从辡。"此部首即有以言语相讼之意。如"辩"字："辩，治也。从言在辡之间。"③ "辩"是中国古代最常用的论说文体之一。黄佐《六艺流别》解释"辩"之体："辩者何也？治也，从言在辡中。察言以治之，加辩，罪人相讼也。"④ 他对此文体的解释，完全采用了《说文解字》对"辡""辩"的释义。

若从文字部首来看，在所有文体名称之中，属于"口""言"等部、表意与言语相关的文字占了压倒性分量。这种特殊现象不仅揭示了这些文字的原始意义，还反映出中国早期文体形态是以语辞即口头形态为主的。口头性、言语性，正是早期辞命文体形态的基本特点之一。因此我们可以

① 《说文解字注》，第 89 页。
② 《说文解字注》，第 204 页。
③ 《说文解字注》，第 742 页。
④ 《六艺流别》卷十九"春秋艺下"，第 475 页。

得出这样的结论：言辞活动在中国早期社会活动中至为重要，是文体产生之主要源头。虽然以上所列属于"言"等部首的各种文体后来皆可以用文章形态来书写，但溯其原始语境，却离不开言辞。

另外一个值得注意、富有文体学意义的部首是"示"，分属示部的文体用字也比较多。《说文解字》"示部"："𥘅，天垂象，见吉凶，所以示人也。从二（古文'上'）。三垂，日月星也。观乎天文，以察时变。示，神事也。凡示之属皆从示。"① 按其解释，𥘅这个部首是由两部分组成的：其上的"二"是古文字的"上"字，而𥘅下的三垂，表示日、月、星。"示"这个部首的含义表示"神事"，凡与"神事"有关的字，都用这个部首。按：许慎受材料、方法所限，他对"示"字字形的解释不一定妥当。现代有不少学者对此提出新见。如唐兰《释示宗及主》、陈梦家《殷虚卜辞综述》、何琳仪《战国古文字典》都以为"示""主"同字②。"示"就是祭祀的神主。在甲骨文中，它最早的字形是 𝑇、𝑇、𝑇，"示"象神主形③。

在中国古代属于"示部"的文体有：祭、祠、祝、祈、禬、祷、禜、禳、禁等，这些文体都是与祭祀的神主有关系的。以《周礼·春官·大祝》所论及的"六祝""六祈""六辞"为例：

> 大祝掌六祝之辞，以事鬼神示，祈福祥，求永贞。一曰顺祝，二曰年祝，三曰吉祝，四曰化祝，五曰瑞祝，六曰策祝。掌六祈，以同鬼神示，一曰类，二曰造，三曰禬，四曰禜，五曰攻，六曰说。作六辞，以通上下亲疏远近，一曰祠，二曰命，三曰诰，四曰会，五曰祷，六曰诔。④

这里的"祝""祈""禬""禜""祠""祷"皆为"示"部文字。而其功

---

① 《说文解字注》，第2页。
② 唐兰：《唐兰全集》第2册，上海古籍出版社2015年版，第579～581页；陈梦家：《殷虚卜辞综述》，中华书局1988年版，第440页；何琳仪：《战国古文字典——战国文字声系》，中华书局1998年版，第356页。
③ 参考季旭昇《说文新证》，台北艺文印书馆2014年版，第48～49页。
④ 《十三经注疏》，第808～809页。

能"以事鬼神示""以同鬼神示""以通上下亲疏远近"又皆与人神沟通相关。刘师培《文学出于巫祝之官说》谓：

> 盖古代文词恒施于祈祀，故巫祝之职文词特工。今即《周礼》祝官职掌考之，若"六祝""六祠"之属，文章各体，多出于斯。又颂以成功告神明，铭以功烈扬先祖，亦与祠祀相联。是则韵语之文，虽匪一体，综其大要，恒由祀礼而生。欲考文章流别者，曷溯源于清庙之守乎?①

刘师培之意，并非谓所有文学皆出于巫祝之官，而是认为早期文章各体，多与巫祝之官相关。以上这些文字之例，也可为刘师培的说法提供某些佐证。如果说，"言"部（包括"口"部）的众多文体反映出早期文体的口头性和言语性特点，那么，"示"部的众多文体，则反映出一些早期文体所具有的宗教性特点。

通过对中国古代文体用字部首之考察，可以看出：早期的文体以巫祝—辞命为核心，以语辞为主要形态，文字多是对语辞的记录，并以天人鬼神为主要对象，具有强烈的实用性色彩。随着历史发展，语辞式文体才逐渐发展为篇章式文体。

## 四、文字声符与文体特征

裘锡圭先生指出，春秋战国时代，随着汉字象形程度的不断降低，形声字成为造字的主要方式②。从汉代的声训，如刘熙《释名》，到宋代王圣美的"右文说"，至清代王念孙著《广雅疏证》、郝懿行著《尔雅义疏》等，将以声求义的原则贯串于训诂之中，从而形成一种传统。段玉裁说："声与义同原，故谐声之偏旁多与字义相近，此会意、形声两兼之字致多也。"③ 虽然声旁表义并不是造字的普遍规律，但确是值得注意的

---

① 刘师培：《左庵集》卷八，见《刘申叔遗书》下册，江苏古籍出版社 1997 年版，第 1283 页。
② 裘锡圭：《文字学概要》（修订本），商务印书馆 2013 年版，第 36～44 页。
③ 《说文解字注》，第 2 页"禛"条。

现象①。文字的声音与其意义有着密切联系。语言学家认为，一开始，音、义的结合具有偶然性，而经过社会成员的约定俗成，音、义关系也就具有了某种规定性。"由于社会的'约定'，本无必然联系的音义关系便对自身所处的语言系统产生反作用，使语言发展接受其已有的音义关系的影响制约，即早起的音义关系对后起的音义关系产生'回授'作用。"②这是"以声求义"的理论基础。

以声求义的传统也影响到了文章学的研究。刘师培《文章源始》在谈到文章起源时，就引黄承吉（春谷）语，指出字的声旁可以表义：

> 凡字义皆起于右旁之声，任举一字，闻其声即知其义。凡同声之字，但举右旁之声，不必举左旁之迹，皆可通用。

然后"由黄氏之例推之"曰：

> 盖古代之字，只有右旁之声，而未有左旁之形。后世恐无以区别也，乃加以左旁之形，以为区别。故右旁之声，纲也；左旁之形，目也。③

刘师培认为中国文字这种特点直接影响了中国文章的形成。

杨树达先生对以声求义现象进行了一系列的研究④。这些成果虽然不是直接研究文体，但对文体学研究显然具有启示作用。杨树达先生所研究的一些文字，也是文体之名。比如，"说"是中国古代最重要的说理文体之一。《说文解字》云："说，说释也。从言，兑声。一曰谈说。"⑤《文

---

① 此问题可参考曾昭聪《形声字声符示源功能述论》，黄山书社 2002 年版。

② 许威汉：《训诂学教程》第 3 版，北京大学出版社 2013 年版，第 51 页。

③ 《国粹学报》第 1 年第 5 册。收入《中国历代文论选》第 4 册，第 331 页。

④ 如《形声字声中有义略证》《字义同缘于语源同例证》等，载杨树达《积微居小学金石论丛》，见《杨树达文集》，上海古籍出版社 2013 年版，第 60～80、80～112 页；《造字时有通借证》《文字孳乳之一斑》《字义同源于语源同续证》《文字初义不属初形属后起字考》《文字中的加旁字》等，载杨树达《积微居小学述林全编》，见《杨树达文集》，上海古籍出版社 2013 年版；以及《论丛》《述林》中多篇文字考证文章。

⑤ 《说文解字注》，第 93 页。

心雕龙·论说》谓："说者，悦也，兑为口舌，故言资悦怿。"① 而杨树达先生则从以声求义的角度指出，"说"字"兑"声，其义与"兑"相关。他说："兑者锐也。""盖言之锐利者谓之说。"认为"说"的原意就是使用锋芒锐利的语言，"悦怿"则是引申义②。又如"论"，《说文解字》谓："论，议也。从言，侖声。"③ 而"侖"就有条理之意。"侖，理也。"故杨树达说："论，从言，从侖，谓言之剖析事理者也。"④ 即以为"论"字"侖"声，故"论"的原意就是剖析事理之言。又如"议"字，《说文解字》说："议，语也。从言，义声。"⑤ 《礼记·中庸》曰："义者，宜也。"杨树达说："议从言从义，谓言之说明事宜者也。"⑥ 又如"赠"字，杨树达认为："'曾，益也。'赠从曾声，故有增益之义。""曾有益义，故从曾声之字多含加益之义，不惟赠字为然也。"⑦ 又如"祷"字，《说文解字》谓："祷，告事求福也。从示，寿声。"⑧ 杨树达认为："祷从示寿声，盖谓求延年之福于神。许君泛训为告事求福，殆非始义也。"⑨以上诸释，或非文字学之定论，然而诸字都是文体名称，所以从文体学角度来看，则皆可说明文字的声旁反映了文体的独特性。

中国古代确实有些文体可以从声符求义。除了杨树达所举之例外，又如"讲（講）"是形声字，从言，冓声。"冓"有遇到、相会之义，在"講"中当兼表沟通义。从言、冓，会和解意。《说文解字》谓："讲，和解也。"引申出论说、评论、商讨等义。《广雅·释诂二》谓："讲，论也。"如"咏（詠）"，从言，永声。永兼表意。"永"字有水势长流之意，故"咏"有长声而歌、曼声长吟之意，所谓"歌永言"是也。又如

① 《文心雕龙义证》，第 707 页。

② 《积微居小学金石论丛》，第 58～60 页。古代注疏一般训"说"为"解"，其语源有"开释""释放""解释"等意思，其同源词有"敓""悦"等。"锐"虽然与"说"声旁相同，但不一定是同源词。

③ 《说文解字注》，第 91～92 页。

④ 《积微居小学金石论丛》，第 60 页。

⑤ 《说文解字注》，第 92 页。

⑥ 《积微居小学金石论丛》，第 60 页。

⑦ 《积微居小学金石论丛》，第 5～6 页。

⑧ 《说文解字注》，第 6 页。

⑨ 《积微居小学金石论丛》，第 26 页。

"诚"，从言，戒声。"诚"也是形声兼会意字①。

下面重点从以声求义的角度，谈谈中国古代最重要的文体之一"诗"。虽然诗歌作为一种文学体裁古已有之，而且是最早成熟的文体之一，但目前最早的"诗"字仅见于楚简，甲骨文、金文尚未见。在战国中晚期的楚简中，"诗"字对应多种字形，如"寺""時""诗""詈""峕""志""時""𡁲"等②，例如：

《寺（诗）》云："成王之孚，下土之式。"③（郭店《缁衣》13）

善哉！商也，将可学時（诗）矣。④（上博二《民之父母》8）

《诗》，所以会古今之恃（志）也者。⑤（郭店《语丛一》38—39）

《詈（诗）》《书》《礼》《乐》，其始出也，并生于【人】。⑥（上博一《性情论》8）

《峕（诗）》云："仪型文王，万邦作孚。"⑦（上博一《紂衣》1）

子夏曰："无声之乐，无体之礼，无服之丧，何志（诗）是遐？"⑧（上博二《民之父母》7—8）

時（诗），有为为之也。⑨（郭店《性自命出》16）

虞時（诗）曰："大明不出，万物皆暗。"⑩（郭店《唐虞之道》27）

---

① 以上数例，参考《字源》，第175、182～184页。

② 参考陈斯鹏《楚系简帛中字形与音义关系研究》，中国社会科学出版社2011年版，第24～25页；高华平《论先秦诗歌的基本特点及其演进历程——由楚简文字所作的新探讨》，载《学术月刊》2014年第7期；俞琼颖《"诗"字渊源初探》，见郑章应主编《学行堂语言文字论丛》第4辑，四川大学出版社2014年版；滕壬生《楚系简帛文字编》，湖北教育出版社2008年版；李守奎、曲冰、孙伟龙编著《上海博物馆藏战国楚竹书（一—五）文字编》，作家出版社2007年版。

③ 荆门市博物馆编：《郭店楚墓竹简》，文物出版社1998年版，第129页。

④ 马承源主编：《上海博物馆藏战国楚竹书》（二），上海古籍出版社2002年版，第166页。

⑤ 《郭店楚墓竹简》，第194页。

⑥ 《上海博物馆藏战国楚竹书》（一），第230页。

⑦ 《上海博物馆藏战国楚竹书》（一），第174页。

⑧ 《上海博物馆藏战国楚竹书》（二），第164～165页。

⑨ 《郭店楚墓竹简》，第179页。

⑩ 《郭店楚墓竹简》，第158页；并参刘钊《郭店楚简校释》，福建人民出版社2005年版，第150页。

吴承学自选集

WU CHENGXUE ZIXUANJI

"诗"虽有多个字形，但这些字都有一个共同点，或从"寺"，或从"㞢"。"寺""㞢"为诗字声符，与"志"同音而且意义有密切联系。这个声符准确地揭示了古代诗体的特质与内涵。《说文解字》谓："诗，志也。从言，寺声。"① "寺声"也有表意作用，就是"志"。杨树达指出，"'志'字从心㞢声，寺字亦从㞢声，㞢、志、寺古音无二。古文从言㞢，言㞢即言志也。"② "诗言志"作为一种文体观念，可见于多处文献，如《尚书·舜典》谓："诗言志。"《左传·襄公二十七年》谓："诗以言志。"等等。可见"诗"字本身正表达了"言志"的文体内涵。

从文体学角度来看，文字部首提示了文体的类别区分，这是同类文体的共性；而那些具有意义的文字声旁，则在一定意义上提示了文体的独特内涵，这是文体的个性。

## 五、文字规范与文体认同

明末清初学者闵齐伋认为，文字与社会一样，都处于不断的发展变化之中。他在《六书通》中说："世与世禅，字亦与字禅，不有损益，不足以成其禅"，"一代之同文即为一代之变体，变变相寻，充塞宇宙"③。中国古代文字有部分的初始义即与文体相关，但多数文体意义是后起的，它们从初始义引申、假借而来，从而引起文字的分化或合并现象。中国文字的发展经过一个漫长的演变与规范化的历史过程，此过程也包含古人对文字内涵与文体特性的集体认同。

《说文解字》所收许多文字的字形和甲骨文、金文已有相当大的差别。早期文字多用同音假借，其后为了更好地记录语词和分化同音字，而增益意符或形符。到了许慎才把这些同一形符或意符的字归属一类，建立了部首概念。许多汉代人所认定属于某部首的文字，在早期文字中并没有意符或形符，是后来才增益的。或者这些意符或形符在当时并不稳定和规范。这种增加与统一意符或形符的现象，体现了对文字性质类别的理解。

---

① 《说文解字注》，第 90 页。

② 杨树达：《释诗》，见《积微居小学金石论丛》（增订本），第 26 页。

③ 〔明〕闵齐伋：《六书通序》，见〔明〕闵齐伋辑，〔清〕毕弘述篆订《订正六书通》，上海古籍书店 1981 年版。

而从文体学角度来考察，这种文字的演变与规范化可以体现出古人对这类文字所蕴含的文体属性的强调和统一，也反映出一种约定俗成的观念。

例如，"诰"是中国古代非常重要的下行文体，《尚书》六体"典、谟、训、诰、誓、命"之一。甲骨文中，虽然无"诰"字，但有很多"告"字的用例却含有"诰"的文体意义。饶宗颐《殷代贞卜人物通考》认为："'告'即'诰'。"① 屈万里《殷虚文字甲编考释》谓："告，读为诰。"② 而姚孝遂、肖丁则认为，甲骨文的"告"，其中一义为臣属的报告，其内容多为"有关田猎之情报及敌警等"③。金文虽未见"诰"字字形，但已见有"诰"一词，如何尊（《集成》6014）"王誥（诰）宗小子于京室"④。金文中的"诰"写作"𩔖"，隶定为"誥"，"誥"为会意字，象由上告下，双手捧"言"，既形象地体现出"诰"为下行文体的意义，又突出对来自上方之"言"的敬畏之意⑤。在战国楚简中，"誥"字沿用：

《康誥（诰）》曰……（郭店《成之闻之》38）
《尹誥（诰）》云……（郭店《缁衣》5）
《康誥（诰）》云……（郭店《缁衣》28）
《尹誥（诰）》云……（上博一《紂衣》3）
《康誥（诰）》云……（上博一《紂衣》15）

在时代相近的包山楚简中，则出现了"诰"字："仆以诰告子宛公。"（《包山》133）此字原整理者释为"诘"字⑥，然学者多改释为"诰"，如陈伟指出"此字右部与随后及其他'告'字相同，而与卜筮简常见的

---

① 饶宗颐：《殷代贞卜人物通考》，香港大学出版社 1959 年版，第 157 页。

② 屈万里：《殷虚文字甲编考释》，见《屈万里全集》七，联经出版事业公司 1984 年版，第 648 页。

③ 姚孝遂、肖丁：《小屯南地甲骨考释》，中华书局 1985 年版，第 158 页。

④ 中国社会科学院考古研究所：《殷周金文集成释文》第 4 卷，香港中文大学中国文化研究所 2001 年版，第 275 页。

⑤ 容庚编著，张振林、马国权摹补《金文编》收"誥"，中华书局 1985 年版，第 162 页。董莲池《新金文编》仅有 3 例（作家出版社 2011 年版，第 258 页）。陈斯鹏等编著《新见金文字编》收入"诰"字，作"誥"（福建人民出版社 2012 年版，第 73 页）。参考陈初生编纂，曾宪通审校《金文常见字典》，陕西人民出版社 2004 年版，第 251 页。

⑥ 湖北省荆沙铁路考古队：《包山楚简》，文物出版社 1991 年版，第 26 页。

吴承学自选集

WU CHENGXUE ZIXUANJI

'吉'迥异，因而改释。'诰'从言从告，可能专指诉状而言"①。或可说明战国时期虽有"诰"这一字形，但尚未表示下行文体之意义。"诰"是在"告"字基础上增加"言"符而成的。这种增加也是强调"诰"的言语性质。秦文字中尚未发现"𧨷""诰"二字，而《说文解字》云："诰，告也。从言告声。𧨷，古文诰。"②"𧨷"与"𧨷"形近，有学者认为《说文》古文左旁的"月"为误抄③。因此，"诰"取代"𧨷"以表示下行文体之"诰"，应在秦汉以后。"诰"字右旁为声符，兼表意，事实上更能体现"诰"这一下行文体的源流（甲骨文中的"告"）。因此，以"诰"取代"𧨷"不仅体现了文字规范与统一的趋势，也反映了文体观念的进一步成熟与统一。

又比如"论"是古代最为常用的文体之一，但此字最早并没有"言"的意符。章太炎《国故论衡·文学总略》说：

> 论者，古但作"侖"，比竹成册，各就次第，是之谓侖。簫亦比竹为之，故龠字从侖。引伸则乐音有秩亦曰侖，"于论鼓钟"是也；言说有序亦曰侖，"坐而论道"是也。《论语》为师弟问答，乃亦略记旧闻，散为各条，编次成帙，斯曰《侖语》。④

此字在甲骨文中未见。在金文中，已有"侖"字⑤，然未有"言"意符。按章太炎的说法，此字的原始意义是将竹片按次序编成册，就是"侖"，其含义就是有理有序之言。郭店楚简《性自命出》16—17："圣人比其类而仑（论）会之。"⑥ 仍未加"言"，其中"论"正用伦次比类之义。但在《说文解字·言部》"论"作"𧬲"，已加上"言"意符。这种意符的增加，可以理解为对"论"字的口头性的认定和强调。《说文解字》云：

313

---

① 陈伟：《楚简册概论》，湖北教育出版社 2012 年版，第 202 页。

② 《说文解字注》，第 92 页。

③ 王贵元：《〈说文〉古文与楚简文字合证》，见臧克和主编《中国文字研究》2008 年第 2 辑，大象出版社 2008 年版，第 182 页。

④ 章太炎：《国故论衡》中卷"文学总论"，商务印书馆 2010 年版，第 80 页。

⑤ 如中山王𦉡鼎（《集成》02840），文例为"侖（论）其德，省其行，亡不顺道"。

⑥ 《郭店楚墓竹简》，第 179 页。

"论，议也。"① 从文体学的角度看，这是在"论"的条理性基础上，又强调"论"之主于议论性质。

"祭"是中国古代一种常用文体，祭文是一种祭祀或祭奠时表示哀悼或祷祝的文章。《文心雕龙·祝盟》说："若乃礼之祭祝，事止告飨；而中代祭文，兼赞言行。祭而兼赞，盖引伸而作也……凡群言发华，而降神务实，修辞立诚，在于无愧。祈祷之式，必诚以敬；祭奠之楷，宜恭且哀：此其大较也。"② 黄佐《六艺流别》卷十四"祭"："祭者何也？祀且荐也。血祭而埋瘗之，为文以荐于神灵也。"③ 祭文可以视为人与鬼神交流的文体。"祭"字的字形也有个演变过程。《说文解字》谓："祭，祀也。从示，以手持肉。"④ 但是在甲骨文中，"祭"字并不从示，"示"是后来才加的意符。甲骨文的"祭"字作"㓞""𥘅"等，或以手持肉，或以数量不等的点象血点之形，以会祭祀之意⑤。"祭"字的本义是杀牲以带血滴的牲肉献于鬼神，是一种向神灵奉献供品的行为。而在金文中，"祭"字都加上了意符"示"⑥。在保持原来意义的基础上，加上意符"示"，以明确表示"祭"与神鬼之关系。这个意符在文字上起了统一与强调的作用，代表人们对这个字义更为清晰和统一的理解。在文体学上，则反映出"祭"之本义具有沟通人神之意义。

从总体上看，先秦时代文字的"形"与"义"复杂多样，其与文体之关系也比较空泛与含糊。经过秦代的"书同文字"与汉代的"隶古定"之后，文字与文体的关系才变得比较清晰和统一。比如，从楚简所见，战国中晚期的"诗"还有多种不同的写法，直到秦汉以后，才统一为"诗"⑦，这反映了文体观念的进一步固定，也说明了文字与文体的关系是随着历史发展而推进的。

汉字的发展，经历了从古文字向今文字演变的过程。秦代的"书同文"以及由秦汉的篆隶走向今文字的隶书，不但在文字发展史上有标志

① 《说文解字注》，第 91 页。

② 《文心雕龙义证》，第 372～376 页。

③ 《六艺流别》卷一四"礼艺下"，第 361 页。

④ 《说文解字注》，第 3 页。

⑤ 参考徐中舒主编《甲骨文字典》，第 18 页。

⑥ 《金文编》，第 11 页。

⑦ 《"诗"字渊源初探》，见《学行堂语言文字论丛》第 4 辑。

性的意义，在文体学史上也具有重要意义，它反映出文体思想与文字规范统一的制度有着密切关系。

本文从几个方面探讨文字与文体之间的关系，这些考察对中国文体学研究有启迪意义。但是，从文字的角度来研究文体观念这一方式明显存在一些困难和不确定因素。首先，由于现存的甲骨文与金文只是古文字的遗存部分，尚有大量的材料已亡佚，有些很重要的文体概念和相关信息，在甲骨文与金文中没有遗存，这给我们理解一些重要文体名称的原始字形与字义造成了障碍。其次，古文字处于不断的发展变化之中。同一个字在不同时期、不同载体中，可能有不同字形，同一时期的字形也可能多种多样，这就增加了阐释的复杂性与困难。再次，从古文字来看古人对文体的感知，固然有实物可以凭借，但是对其阐释也可能存在后人各种望文生义的主观想象。对同一个字的字形，可能有许多见仁见智的解释，其中难免包含一些推测与猜想的成分①。所以通过字形来考察文体的意义，就可能出现选择性阐释甚至郢书燕说之病。不过，无论如何，从古文字与文体之关系看古人对文体的感知和理解以及早期文体的实际情况，仍然是值得尝试的方式。因为这在某种程度上可以反映出中国文体学的独特性：它是基于中国人独特的语言文字与独特的思维方式之上的。

（原载《文学评论》2016 年第 6 期）

---

① 如"史"字，《说文解字》谓："史，记事者也。从又持中；中，正也。""中"具体为何物，有释为笔者，有释为簿书者，有释为简册者，有释为盛算筹之器者，有释为狩猎工具者等，可谓众说纷纭。参考《汉字源流》，第 213 页。

# 追寻中国文体学的向上一路

　　新文化运动至今，已经一百年多了。20世纪80年代以来，古代文体学、文章学与文献学等传统学科，逐渐成为中国古代文学最具活力的学术领域。中国古代文体学更是逐渐从衰落走向复兴，从边缘理论发展成文学研究的基础理论，并且成为中国文学研究发展最快的学术领域之一。学术研究往往需要"盈科而后进"，先有广度，再求深度，从粗放式发展，逐渐走向高质量发展。从学术史的角度看，文体学研究范式的形成与流变，反映出文体学的发展趋势与学术水平。刘勰在《文心雕龙·序志》中谈到该书的"纲领"时，提出研究文体大致有几方面内容："原始以表末，释名以章义，选文以定篇，敷理以举统。"其意大致是：论述该文体的源流，说明其含义与性质，列举最具代表性的文章，总结文体的体制与规范。刘勰首次明确提出的文体学研究范式与方法，不仅代表了当时的最高水平，也是一千多年来传统文体学研究的不二法门。当代学者仍然需要赓续传统，继承和遵守刘勰所标举的文体学研究的经典范式与基本方法。但是，如果仅满足于循此古训，未能通变，那可能就"取法乎上，仅得其中"。要建立有现代意义的中国文体学，必须在范式与方法上既有所继承，又有新的开拓。既要"照着讲"，又要"接着讲"，在继承中国文体学传统范式和经典方法基础上，探寻具有当代学术高度，有思想内涵、文化视野、科技文明与现实关怀的独特路径。一方面努力消解现代学人对古代文体学原始语境的隔膜，另一方面尽可能发挥现代人所特有的学术条件优长之处。人文学者所追求的，应该是历史的事实，而不应该是希望看到的事实；其观点不应该是预设的，而应该是从历史事实中获得的。学术研究的共性就在于坚持严谨求实的科学态度，但是不同学科又各有特点。我曾提出，要建设有现代意义的中国文体学，必须在方法上有所继承、有所超越。继承传统的经典研究模式，然后"鉴之以西学，助之以科技，考之以制度，证之以实物"①。近年亦有一些学者对文体学研究方法加以总

---

① 吴承学：《中国古代文体学研究·绪论》，人民出版社2011年版，第4～5页。

结和介绍①。我想在这个基础上，系统地探讨这个问题，同时思考目前文体学研究的不足，以追寻中国文体学研究的向上一路。

## 一、基于文献　察诸语境

文献是一切学术研究的基础。同样，文体学研究必须建立在扎实可靠的文献收集与文献阐释基础上。虽然，随着文献电子化、数据化的进展，"数字人文"已成为人文社会科学研究的一大趋势，但文体学研究的文献基础工作仍具有无法代替的重要意义。与其他文史研究领域相比，文体学目前在这方面的建设仍存在明显欠缺。

史料的收集、整理与研究，是文体学研究的基础性工程，充分占有文体学史料是研究的前提。由于文体学史料散见于各类典籍之中，而不局限于文集与文学批评著作，因此，相关搜集、研判、整理工作极为繁重，难度也颇大。以传统典籍为基础，将文学文献和非文学文献、传世典籍和新发现史料结合起来，尽可能穷尽地搜集史料，鉴别、整理史料，阐述其文体学价值，使文体学研究建立在全面丰富、坚实可靠的史料学基础之上，需要学界的共同努力。对于初学者而言，首先需要重点关注传世的文体学经典文献，如《文心雕龙》《文选》《文章辨体》《文体明辨》《诗源辨体》《古文辞类纂》《骈体文钞》等名著。它们是经受了时光汰洗，并得到公认的学术精华，可以给初学者提供比较正确的知识，指示研究的入门路径。其次是与文体学关系比较密切的文献，如《独断》《释名》《墓铭举例》《游艺塾文规》《雅伦》《学范》《事物考》《读礼通考》等著作以及像《古今图书集成》等类书。这类文献在文学批评史上关注度不高，甚至很少被提起，但蕴含丰富的文体学史料和文体批评思想。以上所说的，是文体学研究基本入门书，但如果要进一步拓展的话，则对经部、子部、史部、集部的相关文献也应该广泛涉猎，比如研究先秦文体学，则应关注《诗》《书》《礼》《易》以及《左传》、《国语》、诸子文献等，这些基础文献不仅蕴含丰富的文体学史料，还揭示了古代文体存在的真实语

---

① 如胡大雷《中国古代文体学研究的现代视阈》，提出古代文体学研究的"十法"，载《学术研究》2012 年第 4 期；吴承学《建设具有现代意义的中国文体学》，载《文学评论》2015 年第 2 期。

境。初学者如果仅从经典文学批评著作入手，而不结合具体的作品，则容易犯先入为主、削足适履之病。两者结合不但有助于对传统文体学的经典论述加以检验与印证，更有助于贴近古代文体形成和存在的语境，进行独创性的研究。

对文献的"发现"与"发明"是相辅相成的。"文献发现"是指对未知或未见文献的发现，主要指考古发现。传世文献有可能经过历代传抄而产生文本流动变异，而沉睡地下的文献通常更为真实可靠。20 世纪以来，地不爱宝，各种重要文献陆续出土，极大地推动了文史研究，有些甚至是革命性突破。在文体学领域里，出土文献的重要性也越来越受到重视。文体学研究应该随时关注出土文献的新材料。比如，大量出土的文献表明，问答体是春秋战国流行的一种著述文体。史树青认为：

> 由于马王堆帛书的出土，我们联想银雀山的竹书，可以看出春秋战国时期出现的一种著书体例，即用问答体的形式以叙事。例如：银雀山竹书中的《孙子兵法》有为吴王阖庐与孙武问答之辞，《孙膑兵法》多为齐威王、田忌与孙膑问答之辞，《六韬》托言太公与周文王、武王问答之辞，《晏子春秋》多为齐景公与晏婴问答之辞，《尉缭子》多为梁惠王与尉缭问答之辞等等。马王堆帛书中的《黄帝外经》、《十大经》、《伊尹》等，也都是用问答体，可见这种文体在当时的风行。①

如果把丰富的出土文献与传世文献结合起来，我们可以看到，这种问答体在文章学史上已形成了一种传统模式。而且，这种以问答展开叙述与说理的形式，后来还渗透到诸种文体之中，如汉赋的宾主对问，论体文中的解、难等文体②。

"文献发明"指发现传世文献的特殊价值，读出寻常文献的不寻常意义。在学术研究上，"文献发现"极为重要，但带有很强的偶然性，若过分依赖"文献发现"，则近乎守株待兔。因此，持之以恒的"文献发明"更有现实性和可持续性。古代文体学与文学史、批评史研究相关而不相

---

① 史树青：《座谈长沙马王堆汉墓帛书》，载《文物》1974 年第 9 期。
② 吴承学：《中国文体学：回归本土与本体的研究》，载《学术研究》2010 年第 5 期。

同，对文献的关注，既有共性和交汇，又有差异和特色。研究者敏锐地把握这种差异和特色，才能避免对许多有价值的文献视而不见。比如，从一般的文学批评角度看，《文章辨体》《文体明辨》《文章辨体汇选》等书的文学价值与影响不算大。《四库全书》甚至不收入《文章辨体》和《文体明辨》。但是，从文体学看，这些总集是明代辨体思潮高涨的产物，在文体分类和体性辨析上，具有集大成意义，同时又赋予总集"假文以辨体"的新功能，将选文与序题结合起来辨析文体，对明清文体学产生了深远影响。古代文体的辨体与分类观念，建立在文章评点、选本批评、文本细读的基础之上，其中经历了由个别文本的感性观察，上升到一般规律的经验总结。《文章辨体》《文体明辨》《文章辨体汇选》等选本的序题，现在已为学界所熟知，但真正对这些序题要有所"发明"，则一定要结合入选文章，才能够体会和印证古人对文体的感知。长期以来，学界比较重视其序题，却往往忽略它们作为总集选本的特性，所以对其研究也就不易全面和真切，也难以有所发明。

在广泛收集文献的基础上，对于文本的释读与阐释是否恰当就成为进一步研究的关键。目前一些数据库已经差不多可以穷尽把握传世的古代文献，在这种情况下，对于文本的辨析与理论阐释就显得更为重要。要正确理解文本，就必须"察诸语境"，把握文体语境中的复杂性、丰富性，揭示其原初意义，对其丰富内涵进行既符合逻辑又不悖于历史的阐释。我曾提出，要回到中国文体学语境来发现中国文学自己的历史。文体学"语境"的内涵很丰富，也很复杂，有不同面向、不同层次的语境，也有互相纠缠的语境。文体学语境，首先是与西方不同的中国文体学大语境，其次也指各个不同时期的文体学语境。早期文体学语境、集部的文体学语境、晚清民国的文体学语境，这是中国文体学史上三个各具研究特色与意义的时代语境[①]。这里再补充文体学研究需要注意的"生成语境""文本语境""文体语境"和"修辞语境"。

"生成语境"即文本生成时所处的原始语境。今人所见的古代诸体文章，主要是被记录、传抄与整理的纸文本。在研究古代文体时，必须对文本生成的原始语境有所还原、想象与体察。中国古代许多作品在其产生的原始语境中，并不是作为阅读的文本，而是在现场观看和倾听的，是诉诸

---

① 吴承学：《建设具有现代意义的中国文体学》，载《文学评论》2015 年第 2 期。

受众五官的总体感受。后来被文字记录并形成的纸文本，仅是其中部分内容甚至并非最重要的内容。这些作品经过抽象和剥离，最终以规范的文本形式，按不同文体收入各种文献中。这些文献只保留了原始语境的文字信息部分，而失去了声音、背景、气氛等非文字信息。当人们将一些原始粗粝的形式作为文学文本处理时，离其原貌就更远了。早期一些祭祀歌舞，由于特定的语境，源于宗教，助之巫觋，配之舞蹈，伴之乐器，这种特定的热烈氛围给受众一种总体的感觉，歌辞的内容与形式并不一定是最重要的，有些祭祀歌舞辞甚至不押韵。这种情况在具体的音乐、舞蹈与宗教语境中，显得自然而然，毫无违和之感，但当这些歌辞被抽离为纯文字文本时，可能就显得怪异和不可理解。

"文本语境"主要指在理解古人的文体理论时，要通过上下文甚至全篇来确定其本意。今举文体学著作整理的一个小公案为例。吴讷《文章辨体·凡例》说：

> 文辞以体制为先。古文类集今行世者，惟梁昭明《文选》六十卷、姚铉《唐文粹》一百卷、东莱《宋文鉴》一百五十卷、西山前后《文章正宗》四十四卷、苏伯修《元文类》七十卷为备。然《文粹》、《文鉴》、《文类》惟载一代之作；《文选》编次无序……独《文章正宗》义例精密，其类目有四：曰辞命，曰议论，曰叙事，曰诗赋。古今文辞，固无出此四类之外者。然每类之中，众体并出，欲识体而卒难寻考。故今所编，始于古歌谣辞，终于祭文，每类自为一类，各以时世为先后，共为五十卷。仍宋先儒成说，足以鄙意，著为序题，录于每类之首，庶几少见制作之意云。①

《文章辨体》的版本，常见的有《四库全书存目丛书》本和《续修四库全书》本。按其版本说明，前者据吉林省图书馆藏明天顺八年（1464 年）刻本影印，后者据北京大学图书馆、北京图书馆藏明天顺八年刘孜等刻本影印。但是，两种《文章辨体》前 50 卷，所刻字体差异甚大，显非同一版本。此段文字，"每类自为一类"，语意不通，核之"存目"本与"续

① 〔明〕吴讷著，于北山点校：《文章辨体·凡例》，见《文章辨体序说》，人民文学出版社 1962 年版，第 9 页。

修"本，原文皆是"每体自为一类"，明显是整理者一时笔误。另一句"存目"本为"仍采先儒成说"，"续修"本则为"仍宋先儒成说"。于北山以嘉靖三十四年（1555年）徐洛重刻刊本为底本，校以天顺八年本，而确定"仍宋先儒成说"。语感虽然不顺，但语意勉强可通。因为"仍"字可以作依照、沿袭理解。"仍宋先儒成说"，或可勉强解释为"沿袭宋代先儒的说法"。吴讷所撰《凡例》高度赞美宋儒真德秀的《文章正宗》"义例精密"，所以这种说法似乎是合理的，故为众人所取。通行的整理本如于北山本、《历代文话》本以及凌郁之《文章辨体序题疏证》本等，都坚持用"仍宋先儒成说"。笔者以为，应该是"仍采先儒成说"。从版本上看，现存最早版本即明天顺八年刻本是"仍采先儒成说"，但版本的早晚并不是判断文字之正误的唯一依据，还应该从文本语境中去考辨。如果吴讷所说的是"仍宋先儒成说，足以鄙意，著为序题"的话，那么，"序题"所据应该只用或主要用宋代先儒的成说。从全书文本的内证来看，《诸儒总论作文法》所录，除宋人以外，从南北朝的刘勰、颜之推，唐代柳宗元，到金代的元好问等说皆有采涉。从体例来说，真德秀《文章正宗》仅论四大文类，不及具体文体，《文章辨体》的序题皆分体而论，与之完全不同。序题广泛引用历代先儒之说，字书、史书、诗文评之语，无所不收，绝不拘于"宋先儒"。比如，对赋分类与叙说，几乎全取元代祝尧《古赋辩体》。这些都可以说是重要的文本内证。又彭时所作《文章辨体》序文，并没有强调吴讷"仍宋先儒成说"，而是说，此书"一本于先儒成说，使数千载文体之正变高下，一览可以具见"[1]，这和《凡例》"仍采先儒成说"的意思是吻合的，可以说是重要的旁证。从《文章辨体》文本语境的内证和旁证来看，应以"仍采先儒成说"为是。

中国文学批评非常强调"知人论世"，还应该包括"知体论世"，在批评时必须考虑到"文体语境"元素。这点往往为文学批评者所忽略。"文体语境"是指不同的文体具有独特的表达惯例，读者在理解文本时，必须了解这种语境。古人写作文章最讲究"得体"，在特定的文体语境中作出恰当的表达。文体具有其社会性与世俗性，有些文体是应人之请、受人所托而制作的，便与人情世故相关。为逝者写碑诔之文，言其德而不言其疵。为他人书籍写序跋，必多褒扬作者与作品。与人往来的书牍，对启

---

① 《文章辨体序说》，第7页。

者褒美之词，言不必由衷。当然，在这些文体中，也有批评他人与作品的，但非常少见，而且往往也是欲扬先抑。这反映的是一种世俗社会礼节与习惯。文学批评必须了解"文体语境"，对序跋、碑诔、书牍这类文体持警惕态度，慎重对待其中的褒扬之辞，切不可轻易拈来作为对作家的定评。清代魏禧曾批评当时人所作书叙（序）："书之有叙，以道其所由作，或从而赞叹之，或推其意所未尽。古者美疵并见，后世有美而无疵，滥觞而下，数十年间，叙人之诗若文者，既已驾韩、欧，涤李、杜……如是则主人色喜，而叙之者意满。"① 其实，古往今来，这类主人色喜、叙（序）者意满的序文并不少见。其中有些作序者写得比较高明蕴藉，而赞美之意难以迹求。韩愈《荆潭唱和诗序》是为当时达官贵人裴均与杨凭等人诗集写的序，历来解读者多认为韩愈此序倡导诗歌应该写"愁思之声"和"穷苦之言"，与"诗穷而后工"是同一类说法。这种理解是一种有意无意的误读。其实，韩愈此文是为高官们诗集所写的序。在文中所说"欢愉之辞难工，而穷苦之言易好也"，"难"与"易"是关键字。韩愈的意思是，裴均与杨凭两人是达官，按理说，"欢愉之辞难工"，但他们的诗歌居然写得"铿锵发金石，幽眇感鬼神"，可见，他们的诗极为难得。在序文文体语境中，韩愈的主旨其实是巧妙地褒扬达官贵人的诗歌，而不是提倡"愁思之声"和"穷苦之言"。所以林云铭认为："是篇赞裴、杨二公倡和之佳……与欧阳公所谓'诗能穷人'等语了不相涉，世人辄把'欢愉之辞难工'二语以为旧话置之，可谓真正俗眼。"② 贺贻孙《诗筏》则进一步指出："唐人作唐人诗序，亦多夸词，不尽与作者痛痒相中。"③他以杜牧的《李贺集序》为例，说明唐人批评中的比喻多因夸张而失实。其实，不仅唐人如此，对所序之人之书多有"夸词"，这是古今许多序文的文体通例。

了解古人"修辞语境"也是理解文本的重要前提。古人的话语往往使用修辞而语约义丰，一旦脱离其语境，就很容易导致歧义和理解障碍。传统文体学也往往用最精简的语言来把握某一文体的功能，显示其独特性。所以，对传统文体学的理解，就需要用当时实际使用的文本对文体规

① 〔清〕魏禧撰，胡守仁等点校：《魏叔子文集》，中华书局2003年版，第361页。
② 〔清〕林云铭：《韩文起》卷四，华东师范大学出版社2015年版，第160页。
③ 郭绍虞编选，富寿荪校点：《清诗话续编》，上海古籍出版社1983年版，第190页。

范加以验证和佐证。刘勰《文心雕龙·章表》总结汉代四种最重要的职官上行文体说："章以谢恩，奏以按劾，表以陈请，议以执异。"对章、奏、表、议四大文体的功能分别简化为谢恩、按劾、陈请、执异四种，学界遂多以此语概括四种文体的功能。其实，刘勰在骈文的修辞语境中，用四个词简明扼要地总体把握四种文体之别，而远非对文体功能的全面总结。在汉代的公文使用中，章、奏、表、议四种文体常常交叉混用，其功能之间的对应关系，远比这些概括要复杂得多。《文心雕龙·奏启》提到奏体的功能"陈政事、献典仪、上急变、劾愆谬，总谓之奏"，就明显比"奏以按劾"要全面得多。刘勰说"章以谢恩"，但从汉代文章看，用以"谢恩"的，至少涉及上书（疏）、章、笺这几种文体。

## 二、考之制度　证以实物

中国古代大量的文体与礼乐和政治制度关系密切，是政治、礼乐制度的直接产物。只有深入了解这些制度、仪式，才可能真正理解这些文体。所以，研究古代文体与文体学时，一定要注意考察和梳理其礼乐与政治制度背景，还原其制度、仪式、程序等历史语境。

历史学家提出在政治与制度研究中，要"走向'活'的制度史"。"所谓'活'的制度史，不仅是指生动活泼的写作方式，而首先是指一种从现实出发，注重发展变迁、注重相互关系的研究范式。"① 这种理论认为，制度的形成及运行本身是一个动态而非静止的历史过程，有"运作"和"过程"才有制度。中国文体与制度关系极为密切，如果说，制度是"活"的，那些依附于制度而发生的文体也必然具有随着制度变化而变化的"活性"。文体同相关的制度一样，也具有其"运作"和"过程"。所以，研究所有与制度相关的文体，都必须有"活"的观念与眼光，考察文体实际的"运作"与"过程"。如果仅从现成总集里所划定的文章文体出发，对于文体的阐释就可能出现"郢书燕说"的现象。

古代文体多因制度运作而产生。如果不掌握这些制度文献材料，就不可能真正厘清和探明这些文体的生成机制及初始意义。在中国古代政治制度中，有一些职官名称就已经标示其职责与文体之直接关系，这可称为制

---

① 邓小南：《走向"活"的制度史》，载《浙江学刊》2003 年第 3 期。

度安排的文体指向性。中国古代的官职名称，往往明确标明职官的职责。《周礼》列出一些职官所掌管的职事与言说方式，如《大祝》所掌之六祝、六祈、六辞、六号等，可以窥见百官执掌与对应文体类型之间的关系。战国时期，周王朝和各诸侯国的不少职官，已具有明确的文体指向性。如御史、太史、长史、卜史、令史掾、侍史、内史、筮史、计事内史、史、祝人、尚书、主书、掌书、主簿、苑计、尉计、箴尹、太卜、谒者等，其职官名称已明确其职责，即主要是对某种文体或言说形式的使用。汉代以降，"以文书御天下"成为常态，与之相关的文书式和政治、礼制运作关系紧密，规定了公文文体的基本形态与运行方式。《文心雕龙·书记》认为此类文体虽"艺文之末品，而政事之先务"，但通过文书式的调整、变化，也能由此窥见相关文体"文意各异，或全任质素，或杂用文绮"的变动轨迹①。

礼仪制度是古代文体运作和衍生的重要基础。文体学有必要将古代礼制纳入其中加以考察，探讨礼制作用于相关文体的原则和规律以及历代礼制发展与文体演变之间存在的联动关系，考察相关文体发生和文体观念的演化。古文字学、历史学、考古学科对金文、简帛等材料中的礼制文体与文献以及礼器、祭祀、丧葬、建筑等制度的演变已有充分研究，其中许多内容与古代文体关联紧密。在借鉴其研究成果的同时，也要开拓研究视野，进一步丰富礼制与文体的相关研究。中国是礼仪之邦，凡事皆讲究"得体"。所谓"得体"，便是在特定的事境与语境之中恰当地表现或反应。无论从语源学还是文化学的角度来看，"体（體）"与"礼（禮）"都是密不可分的。《礼记·礼器》说："礼也者，犹体也。体不备，君子谓之不成人。"②此语已经明确指出"礼"与"体"的相似性与相关性。而汉代《释名·释言语》又谓："礼，体也，得事体也。"③《礼记·礼器》以"体"为"礼"之喻体，刘熙的解释省略了"犹"字，直接认同"礼"与"体"的一致性。毕沅疏注说："体不备，君子谓之不成人，设

---

① 参考杨宽《战国会要》，上海古籍出版社 2005 年版，第 478～565 页；吴承学等《秦汉的职官与文体》，载《北京大学学报》2018 年第 3 期。

② 〔清〕阮元校刻：《十三经注疏》下册，中华书局 1980 年影印版，第 1434 页。

③ 〔东汉〕刘熙著，〔清〕毕沅疏证，〔清〕王先谦补，祝敏彻、孙玉文点校：《释名疏证补》，中华书局 2008 年版，第 110 页。

之不当，犹不备也，得事体，乃所谓当，乃所谓备也。"① 从礼学的角度看，"得事体"就是"礼"。礼学之"得事体"与文章学的"得文体"是异质同构的，文章学的得体，也可以看成是礼学的得体的一种延伸。所以，如果对于"文体"之"体"内涵的认识，只局限在文章内部，视野就略嫌狭隘。

探讨宗教制度与文体的关系，也属于"考之制度"的范围。宗教仪式是宗教制度的组成部分，与文体的关系尤其密切。许多宗教文体是在宗教仪式中产生和应用的，如道教的步虚词、佛教的梵呗。在原始语境中，这些文体伴有强烈的宗教仪式感。但文献记录往往把这些文体从具体仪式中抽取出来，成为纸面上只供阅读的文本文献，原先有声有色、庄重生动的宗教仪式感和强烈的宗教氛围，便消失大半。所以研究这些文体，一定要把它们还原到具体的仪式环境中，才能理解其丰富的真实意蕴。道教科仪、佛教仪式也是相关宗教文体流衍实践的基础，宗教文体研究要超越单纯的文本诠释，将文体探讨与具体的仪式制度考察深度融合起来，才能得出符合研究对象原始语境和学术传统的可靠结论。

文体物质形态研究，是文体学需要开拓的新领域，需要把文体学与考古学、出土文献学、图像学等学科结合起来。早期文体学研究要特别重视实物形态，以之为重要证据。出土文物可以给文体学研究提供"铁证"。《汉书·艺文志》说："小说家者流，盖出于稗官。街谈巷语，道听途说之所造也。"② 所以原先不少学者以为"稗官"之称始于汉代。饶宗颐《秦简中"稗官"及如淳称魏时谓"偶语为稗"说——论小说与稗官》一文，从新出土云梦秦简秦律中发现"稗官"一词，从而推翻"稗官"始于汉代之说，认为："可见《汉志》远有所本，稗官，秦时已有之。"③他进而研究先秦时期稗官与小说、偶语的关系，把先秦文体研究推进了一步。最早的乐府起于何时？1976 年考古工作者发现秦代的错金银编钟上刻有"乐府"二字④，2000 年西安市郊相家巷的秦遗址中，又出土了很

① 《释名疏证补》，第 60 页。

② 〔东汉〕班固撰，〔唐〕颜师古注：《汉书》卷三十《艺文志》，中华书局 1962 年版，第1745 页。

③ 饶宗颐：《饶宗颐二十世纪学术文集》卷 3，台北新文丰出版有限公司 2003 年版，第60 页。

④ 袁仲一：《秦代金文、陶文杂考三则》，载《考古与文物》1982 年第 4 期。

多秦封泥，其中有"乐府丞印""左乐丞印""外乐"各一枚①。证之班固《汉书·百官公卿表》记载"少府"为秦官制，其属官中就有乐府。可见，秦时已有设置乐府这个管理音乐的官方机构。汉代的乐府，是承秦制而设立的。这些出土文献为推进乐府研究提供了最直接有力的证据。

图像也是一种实物形态。从图像入手研究文体，也是值得探索的。在印刷术尚未普及之前，石刻是最为重要的文章传播形式之一。较之纸上文献，石刻文献不易改动，往往能够提供更为可靠的原始文本。石刻拓本，特别是早期的善拓和新出石刻的拓本或原石构成的图证，具有校勘、史料价值，通过图像获知的义例信息，对于文体学研究也有着极大的帮助。现在可见的石刻文献中所包含的文体如墓志、诏奏、记事、营造、表赞、榜告、题记、题名、谱牒、祭祝，最早可以上溯至汉代，此后历代都有存世和出土。不同的时代，文体所呈现的面貌也不尽相同，故应在吸收和借鉴文体学相关研究成果的基础上，重视从实物—图像的角度，阐释和举证相关文体的演变轨迹和时代特征。比如以图证的方式研究墓志的志铭关系与演变，造像记的图文关系与文体特征，表赞石刻与赞体文的生成流变等个案。石刻文献中的某些文体也常常呈现为一种"格套"式的写作，通过实物图证，可以从实际应用的角度进一步对写作"格套"产生更为深入的认识。石刻文献所提供的材料信息是多元的，还与政治、经济、文化、宗教、艺术等各方面存在联系，因而通过图证的方式展开多层面的研究，也有助于推进文体学研究的总体进程。

研究文体不能只依据文体理论文献，要尽可能找到现存原始文本的实物形态，考察其格式、书写载体等原始状态。对实物形态的考察可能会改变对于文体传统的认识。古人对于文体的定义，一般比较概括和简要，而实物形态表明文体的实际运用则是多元和复杂的。中国古代文体学著作都没有图证，往往不够清晰直观，失去相应实物、图像的比照，一些理论也难以理解。通过实物—图像—文体的研究方法，连接实物与纸上文献，无疑能够对文体的真实形态产生新的认识。比如，学界一般认为，"墓表"和"墓砖"不同，"表则树于墓外，砖或藏于墓中"②。但是，1930年新

---

① 刘庆柱、李毓芳：《西安相家巷遗址秦封泥考略》，载《考古学报》2001年第4期。

② 姚华：《论文后编目录中第三》，见《弗堂类稿》，《近代中国史料丛刊续编》第2辑，文海出版社1974年版，第69～70页。

吴承学自选集

WU CHENGXUE ZIXUANJI

326

疆吐鲁番雅尔湖出土一批墓表，其中《令狐天恩墓表》《张买得墓表》《麹弹那及夫人张氏麹氏之墓表》《赵荣昌妻韩氏墓表》《田绍贤墓表》《任法悦墓表》《王阇桂墓表》与《史伯悦妻麹氏墓表》，或用墨书，或用朱书，书于长、宽约 40 厘米的砖上①。它们既是墓砖，置于墓内，砖上又明确写明是某人"墓表"。这些实物反映出实际生活中文体运用的复杂性。近年来简帛、石刻、写本、类书、图像、金石义例、文书程式等材料的发现和利用，既拓宽文体学研究口径，也反映了多学科交融的广阔学术前景。

### 三、跨越学科　佐以科技

中国早期学术浑融一体，后来才有经史子集之分，而细密的学科之别，则是近代以来受西方学术影响才发生的。文体本身就是跨越学科的问题，其研究虽然以文章学为本位，但不能局限在文学领域里，需要更宽阔的学科背景，不断打破学科边界，促进学科间相互渗透、交叉和互动。

中国传统文体学的特殊性很大程度上是由汉文字语言的特殊性所决定的，所以，它与传统语文学关系非常密切。像《说文》《释名》等著作，本身就有丰富的文体学材料。如《说文·册部》："册，符命也，诸侯进受于王也。象其札一长一短，中有二编之形。凡册之属皆从册。"② 这是历来解释"册"体的权威文献。《说文》《释名》等语言学著作包含部分对文体词语的解释，这有助于我们理解汉代人的文体观念，并进一步追寻中国古人对于文体阐释的语言学渊源。刘勰《文心雕龙》"释名以章义"即用《释名·释言语》之音训之说，已是学界共知的例子。除此之外，历代许多文体学著作都明用或暗用《说文》《释名》以及相关的古代语文学著作来解释文体。明清许多文体学著作在这方面尤其显著。如明代黄佐《六艺流别》的序题就非常喜欢使用音训来解释文体。如卷一释"歌"：

---

① 详见故宫博物院编《高昌墓表八种》，见《故宫珍藏历代墓志初集》，紫禁城出版社2010 年版。

② 〔东汉〕许慎撰，〔清〕段玉裁注：《说文解字注》，上海古籍出版社 1988 年版，第85～86 页。

"歌者何？歌，柯也，长言之也。"① 此亦音训之法。按刘熙《释名》卷七《释乐器》："人声曰歌。歌，柯也。所歌之言，是其质也。以声吟咏有上下，如草木之有柯叶也，故兖、冀言'歌声如柯'也。"② 又卷四释"骚"："骚者何也？骚之为言扰也，遭忧之扰情而成言也。"③ 此据《说文解字》卷一〇上："骚，扰也。"④ 文体学中的文字阐释法，并非仅仅复制古人之说，往往是"五经注我"，引用古人对文字的解释来表达自己对于文体的理解。《说文解字》："诗，志也。从言寺声。""持，握也。从手寺声。""诗""持"皆从"寺"声，故"诗"可通假为"持"。如此，便出现"诗言志"与"诗，持也"两种不同的阐释。《尚书·尧典》谓"诗言志"，而汉代纬书则谓"诗，持也"（《诗含神雾》）。《文心雕龙·明诗》既谈及"诗言志"，又谓"诗者，持也，持人情性"。"诗言志"主张诗表达人的情志，而"诗，持也"则主张人的情性要归于正。这两种对于诗的阐释是有所不同的，故可用来互补。清代常州词派张惠言《词选序》阐释"词"体谓"《传》曰：意内而言外者谓之词"⑤。一般认为"意内而言外"说出于许慎《说文解字》。张德瀛《词征》则认为："世以'意内言外'为许慎语，非其始也。"他对此阐释说："《周易孟氏章句》曰：'意内而言外也'，《释文》沿之。小徐《说文系传》曰，'音内而言外也'，《韵会》沿之。言发于意，意为之主，故曰意内。言宣于音，音为之倡，故曰音内。其旨同矣。"⑥ 在张惠言之前，黄佐《六艺流别》释"词"体，就说过："词者何也？思也，惟也。音内而言外。"⑦ 但黄佐所论的"词"和张惠言的"词"是不同的文体。笔者以为，无论张惠言"意内言外"之说来于何书，他都是借古训来倡导常州词派比兴寄托之词体宗旨，以推尊词体。

文学批评史上，也有人自我作古，创造性地运用音训、形训来阐释文

---

① 〔明〕黄佐：《六艺流别》，见《四库全书存目丛书》集部第 300 册，齐鲁书社 1997 年版，第 79 页。

② 《释名疏证补》，第 142 页。

③ 《六艺流别》，见《四库全书存目丛书》集部第 300 册，第 136 页。

④ 《说文解字注》，第 467 页。

⑤ 〔清〕张惠言撰，黄立新点校：《词选序》，见《茗柯文编》，上海古籍出版社 1984 年版，第 58 页。

⑥ 〔清〕张德瀛：《词征》，见唐圭璋编《词话丛编》，中华书局 1986 年版，第 4075 页。

⑦ 《六艺流别》，见《四库全书存目丛书》集部第 300 册，第 148 页。

体。唐代陆龟蒙的《野庙碑》："碑者，悲也。古者悬而窆，用木。后人书之以表其功德，因留之不忍去，碑之名由是而得。"① 这是利用"悲""碑"同音来释某些碑文的文体特点。又如刘熙载《艺概·赋概》解释赋体说："赋从贝，欲其言有物也；从武，欲其言有序也。"② 这种音训、形训阐释法是中国文学批评的一种特殊阐释模式。在文体学研究中，特别是在阐释单音字文体时，这种模式运用得更为普遍。究其原因，大概音训、形训阐释法显得信而好古，更具经典的权威性，而且言简意赅，便于记忆与传播。

文体学有时也需要用哲学的眼光来考察。比如，古代有一种文体叫"诸言体"。《文体明辨序说》"诸言体"条说："自宋玉有《大言》《小言赋》，后人遂约而为诗。诸语、诸意，皆由此起。"③ 六朝人主要是写"大言"与"小言"，如萧统《大言》《细言》，沈约、王锡、王规、张缵、殷钧都有《大言应令诗》《细言应令诗》，这种诗体是从宋玉的《大言赋》《小言赋》而来的。这种文体的特点就是夸张与谐趣，所以徐师曾称为"诙谐诗"。如果仅仅从文学的角度来看，这种文体并不重要，属于"大雅弗取"的"杂体"④。但是如果我们进一步从哲学的角度来看，"大言"与"小言"其实是有丰富的哲学意蕴的。"诸言体"的文体渊源，可以追溯到先秦的哲理论题。"大""小"之辩是先秦时代一个常见的话题。如《晏子春秋》卷八《外篇第八》中，晏子以形象和夸张的话语回答景公"天下极大"之问："足游浮云，背凌苍天，尾偃天间，跃啄北海，颈尾咳于天地乎！然而渺渺不知六翮之所在。"又回答"天下极细"之问："东海有虫，巢于蚊睫，再乳再飞，而蚊为不惊。臣婴不知其名，而东海渔者命曰焦冥。"⑤ 洪迈《容斋随笔·容斋续笔》卷一三"物之大小"，谓"列御寇、庄周大言、小言，皆出于物理之外"，引释氏"语大""语小"之说，最后引用《中庸》"故君子语大，天下莫能载焉；语小，天下

---

① 〔唐〕陆龟蒙撰，何锡光校注：《陆龟蒙全集校注》，凤凰出版社 2015 年版，第 1008 页。

② 〔清〕刘熙载：《艺概》，上海古籍出版社 1978 年版，第 101 页。

③ 《文体明辨序说》，第 163 页。

④ 〔清〕沈德潜《说诗晬语》说："杂体有大言小言……近于戏弄，古人偶为之，然而大雅弗取。"见霍松林、杜维沫校注《原诗 一瓢诗话 说诗晬语》，人民文学出版社 1979 年版，第 249 页。

⑤ 吴则虞：《晏子春秋集释》，中华书局 1962 年版，第 514 页。

莫能破焉"，评论道："明白洞达，归于至当，非二氏之学一偏所及也。"①
可见语大、语小不仅是修辞问题，对于极大与极小的描述也是古人的哲学
命题，而这个命题正反映出古人对于宏观世界和微观世界的理解，所以从
这个角度来看"大小言"，就有特别而重要的意味②。

与"跨越学科"密切相关的是打通古今。中国传统文体的现代转化
是沟通古今文学的关键，其中折射出语言、文学、社会、政治、体制的种
种巨变以及中西文化的冲突。社会制度、社会生活、价值观念的变化以及
文白的转换，势必反映到整个文体谱系的重新建构中。在这方面，近现代
文学史家已经先开风气。语言变化与文体发展的关系，是一个极大的题
目，也是很有意味的。中国传统文体的现代转化是一个富有理论意义与魅
力的学术话题。其实，有些看起来完全是新创的当代文体，仍可能与古代
文体有某种若近若远、千丝万缕的关系③。项楚《三句半诗话》指出 20
世纪六七十年代流行全国的一种群众文艺演出节目"三句半"，其渊源是
北宋的"十七言诗"，十七言诗，由三句五言，加上末句二言构成。这种
诙谐戏谑的风格仍存在于当代的"三句半"中。项先生在论十七言诗的
文体源流时说："它的基础是中国传统的五言四句诗，同时又和中国传统
的歇后语的表达方式结合，而把画龙点睛的最后一句凝缩成半句——两个
字，甚至是一个字，从而增强了它的爆发性和震撼力。"④ 另有一些古今
文体的相承关系则是文化精神方面的。比如，"文化大革命"时期全国各
省市成立革命委员会时给毛主席的"致敬电"，这是特定时期的特有文
体，曾全国风靡，万口争诵，其影响之巨，一时无二。"致敬电"那种无
所不用其极的赞扬谀美之辞，那种夸张、排比、铺张的修辞，就含有中国
古代文体的某些文化基因。那些"致敬电"的写作者未必接触过古代的
章奏、贺表、捷报等文体，但这些文体的文化基因却在标榜"革命"的
"致敬电"中不知不觉地流露出来⑤。

人文社会科学越来越倚重现代科学技术。"佐以科技"是近年人文社
会科学研究发展的一大趋势，这也是广义上的"跨越学科"。利用大数据

---

① 〔宋〕洪迈:《容斋随笔》，上海古籍出版社 1978 年版，第 371～372 页。
② 参考吴承学《中国文体学：回归本土与本体的研究》，载《学术研究》2010 年第 5 期。
③ 参考吴承学《中国文体学：回归本土与本体的研究》，载《学术研究》2010 年第 5 期。
④ 项楚:《三句半诗话》，载《中国俗文化研究》2003 年第一辑。
⑤ 参考吴承学《中国文体学：回归本土与本体的研究》，载《学术研究》2010 年第 5 期。

研究古典文学，将给文学研究的范式、方法、视角带来重大影响和变化①。相对而言，利用大数据进行文体学研究比较滞后，但也有学者开始尝试。海外已有 computational stylistics，或可称为"计算文体学""计量文体学"。这里的"文体"，主要是指风格。近年，清华大学刘石教授主持的国家社科基金重大招标项目"基于大数据技术的古代文学经典文本分析与研究"有一子课题为"基于文本深度挖掘的文体研究"，较早明确提出基于数据库的文体研究方向。他们提出一些重要问题：经典的文体之间究竟如何区别；如何用数据定量的方法判断一种文体；如何通过特征分析，发现不同文体之间的影响和流变。这些研究设想值得期待。利用大数据研究文体学，当然不能解决文体学的所有问题，但可以提供比较精确和丰富的例证，更为直观地反映古代文体的分类和形态差别，为总结文体演变及规律提供更具体可靠的信息。国外有学者把人文学科分为"精确人文科学"与"不精确人文科学"②，借用这种提法，"佐以科技"的文体学研究可以用数据的"精确"性代替印象式的含混批评。

与理论研究相辅相成的是人工智能的快速发展。人工智能在一些文体的写作如新闻写作方面已经相当成熟，读者甚至难以分清稿件到底是机器还是人所写的。最近人工智能科技公司 OpenAI 开发的神经网络驱动的语言模型 GPT-3，有 1750 亿个参数量。它像一个高智商的人，不但能与人类即时对话，而且能写各种文章，能写论文，也能写小说，能表达哲学思考，也能表现顽皮幽默③。近年在中国，人工智能文学创作引起学术界的重视，也引发争议。经过深度学习的人工智能神经网络，已经获得一定的智力，可以学习诸多诗人的作品，写出合格的诗歌。未来的人工智能能否写出优秀的各体古典诗文？这可能只是个时间、人力与投入的问题。考虑到科技的迅猛发展，人工智能具有强大的学习、认知能力，在极短时间内即可完成对人类已有知识的了解和掌握，如果经过学习，能获得人类的创造性、想象力以及个性等，达到甚至超越人类智慧也就指日可待了。这当

---

① 参考王兆鹏、郑永晓、刘京臣《借器之势，出道之新——"数字人文"浪潮下的古典文学研究三人谈》，载《文艺研究》2019 年第 9 期。

② 可参考［德］Gerhard Lauer 撰，庞娜娜译《"精确人文科学"的价值》，载《澳门理工学报》2020 年第 3 期。

③ 综合网上报道，并参考 Tom B. Brown 等撰 "Language Models Are Few-Shot Learners"（2020），arXiv：2005.14165［cs. CL］。

然只是一种推测，不过机器人阿尔法狗开发两年之后，在数次与世界围棋大师之间的人机大战中，都毫无悬念获得胜利，这预示着人工智能令人惊叹的前景。也许人工智能写作比人工围棋设计更为复杂，但在科技迅猛发展的时代，一切皆有可能。人工智能对传统文体学研究既是重大的挑战，也可能是发展的契机。如果人工智能经过学习，可以写出各种古典文体的作品来，那么，它必然反过来可以给中国文体学研究以启示：人工智能（算法）的重要性，主要不在于可以提供各类文体的精细化查询，而在于它是如何学习和把握各种文体的特征并运用到具体写作中。这对于我们思考如何利用大数据进行文体学研究这一问题，无疑有很大的帮助。这可能具有方法论上的启迪作用。比如，人工智能不但可能为上文提到"基于文本深度挖掘的文体研究"所考虑的可数字化特征提供准确的数据，更重要的是可能提供崭新的研究方法。人工智能的发展很可能引发文体学的革命性突破。

人文学者面对人工智能，处于两难境地。理论上，学者必须充分利用科学技术迅猛发展带来的便利，同时必须超越科学技术高度发展的某些局限，凸现人文学术的独特价值，既顺应潮流，又不被其所裹挟与淹没。但这种超越至少需要一个前提：人类必须明确地认识到，人工智能与人类智能的分界线在哪？到底存不存在人工智能永远无法达到与代替的人类独特的思维与智慧？这可能是人类未来所遇到最大的挑战与焦虑之一。对于人文学者而言，这种挑战与焦虑将更显突出。

## 四、本土情怀　国际视野

新文化运动以来，许多有识之士主张融会古今中外，站在本土文化的立场，借鉴外来的文化学术。如陈寅恪认为，在思想史研究上："其真能于思想上自成系统，有所创获者，必须一方面吸收输入外来之学说，一方面不忘本来民族之地位。"[1] 朱自清主张治中国文学："自当借镜于西方，

---

吴承学自选集　WU CHENGXUE ZIXUANJI

① 陈寅恪：《冯友兰中国哲学史下册审查报告》，见《金明馆丛稿二编》，上海古籍出版社1980年版，第252页。

只不要忘记自己的本来面目。"① 20 世纪 80 年代以来，中国学术迅猛发展，其中一个重要原因就是得益于改革开放，借鉴了外来思想文化。

本土文化与外来文化的互相融通与碰撞，可能获得意外成果。在科学上，青蒿素的发现，就是一个绝佳的例子。屠呦呦的成功固然受到中国古代药学典籍《肘后备急方》"绞取汁"方法的启发，但如果没有借助现代医学的视野、方法与设备，青蒿素的提取是不可能有什么推进和突破的。人文学研究对西学的借鉴，当然要比自然科学复杂得多。近代以来，随着西学东渐，中国传统文体学开始走向式微，其原因除了中国传统文体学已不适合发生了巨变的政治体制与文化之外，与西学所具有的理论优势与科学魅力相比，中国传统文体学也存在明显的差异与差距。进入 21 世纪，情况发生了变化，中国传统文体学的独特性及价值，越来越受到重视，年轻学者的学术素质与研究能力也越来越高。尽管如此，文体学研究仍必须立足本土而借鉴外来文化，吸收海外学者中国文体学研究的成果，借鉴其研究范式、方法、理念等。

文体研究的理路、方法素来受到海外传统汉学和中国文学研究界的重视。正如孙康宜所指"任何文学史都可谓文体与风格的综合发展过程"②，海外研究者探讨和阐释中国古代文学时，早已注意到从文体体制与作家风格入手开展研究。如白之 20 世纪 70 年代所编《中国文学体类研究》（*Studies in Chinese Literary Genres*）③ 即分别选录诗经、楚辞、乐府、诗、词、元杂剧、明传奇、白话小说方面有代表性的论文，以期展示当时汉学界对不同文体类别的研究进境。嗣后如康达维研究扬雄赋，关注到赋具有韵散结合、句式骈俪、文本铺张等文体特性，能够对接西方语境中的 rhapsody，从体制方面对赋进行译介和研究④；宇文所安从风格入手对韩愈、孟郊诗作进行解读，如指出"以文为诗"只是韩愈早期诗作的特殊

① 朱自清：《中国文学系概况》，见《朱自清全集》第 8 卷，江苏教育出版社 1993 年版，第 413 页。

② ［美］孙康宜著，李奭学译：《北美二十年来词学研究》，见《晚唐迄北宋词体演进与词人风格》，联经出版公司 1994 年版。

③ ［美］白之（Cyril Birch）编：*Studies in Chinese Literary Genres*（《中国文学体类研究》），University of California Press，1974。

④ 参考［美］康达维（David R. Knechtges）*The Han Rhapsody: A Study of the Fu of Yang Hsiung（53 B. C. - A. D. 18)*（《扬雄赋研究》），Cambridge University Press，1976。

面向，后期已经努力在诗歌叙事中尝试构建一种调和传统的个人风格①。孙康宜从文体角度研究晚唐至北宋词作体制与词人风格，指出"词"是通俗文学直接渝启下的产物，在发展成"体"之前，乃为通俗曲词或娱众佳音；而词人不断把通俗曲词化为文人词的努力，在词体的发展史上亦辙迹分明②。浦安迪研究以"四大奇书"为代表的明代白话小说，指出这些具有文人特色的小说，可以视为一种特殊的"奇书文体"，代表了中国散文小说体裁的成型；这些"奇书文体"与俗文学中的弹词、评话等文体关系疏远，反而与史传文学联系紧密③。齐皎瀚通过梅尧臣这一个案，分析其人在对宋代前期诗风有所不满的同时，是如何受到启发而形成"平淡"诗风的④。李德瑞研究汉末至唐代的叙事诗，通过蔡琰《悲愤诗》、白居易《长恨歌》《琵琶行》等经典篇章，分析叙事诗这一文体在中国古代是如何发展和演化的⑤。魏世德对论诗诗这种特殊文体予以关注，并翻译和研究了元好问的论诗诗⑥。从这些论著中，能够窥见西方学界对中国古代文学领域各个体类和文学风格的学术倾向和研究旨趣。

如何深入文本内部开展中国文体学研究，西方学界也有所思考和关注。例如周文龙即从内文性（intratextuality）和互文性（intertextuality）角度分析乐府文本，尝试深入研究乐府诗体裁特征⑦。梅维恒、梅祖麟考

① 参考［美］宇文所安（Stephen Owen）*The Poetry of Meng Chiao and Han Yü*（《孟郊和韩愈诗歌研究》），Yale University Press，1975。

② 参考［美］孙康宜（Kang-i Sun Chang）*The Evolution of Chinese Tz'u Poetry：From Late Tang to Northern Sung*，Princeton University Press，1980。此书有李奭学译本，即《晚唐迄北宋词体演进与词人风格》（联经出版事业公司1994年版）。后该译本增订为《词与文类研究》（北京大学出版社2004年版）。

③ 参考［美］浦安迪（Andrew Henry Plaks）*The Four Masterworks of the Ming Novel：Ssu ta ch'i-shu*，Princeton University Press，1987。该书有沈亨寿译本《明代小说四大奇书》（中国和平出版社1993年版；生活·读书·新知三联书店2006年再版）。

④ 参考［美］齐皎瀚（Jonathan Chaves）*Mei Yao-ch'en and the Development of Early Sung Poetry*（《梅尧臣与宋初诗歌发展》），Columbia University Press，1976。

⑤ 参考［美］李德瑞（Dore J. Levy）*Chinese Narrative Poetry：The Late Han Through T'ang Dynasties*（《中国叙事诗：从东汉到唐朝》），Duke University Press，1988。

⑥ 参考［美］魏世德（John Timothy Wixted）*Poems on Poetry：Literary Criticism by Yuan Hao-wen（1190—1257）*（《论诗诗：元好问的文学批评》），Franz Steiner Verlag GmbH，1982。此书又有修订版（Quirin Press，2019）。

⑦ 参考［美］周文龙（Joseph R. Allen）*In the Voice of Others：Chinese Music Bureau Poetry*（《以他者的声音——中国乐府诗》），Center for Chinese Studies，University of Michigan，1992。

察近体诗律①、苏源熙对《诗经》中韵律结构进行研究②、高德耀从句式和用韵入手探索中古诔文书写转变③等论文，也充分显示出西方学者细腻的研究方法和新颖的理论建树。作为他者，西方学者较为关注中国文化的独特性与影响，能够着眼于文学与文化之间的关联与互动。古代文体承载着制度和文化的多元内涵，在出土文献、物质文化、写本、抄本等综合性研究中所贡献的问题意识和方法创新，也对文体学研究产生积极的推进作用。如柯马丁利用出土文献和写本对早期文本的研究④，对考察中国古代文体发生具有一定的借鉴和启示意义。

中国文体学的相关经典文献的译介和研究，也一直受到西方的中国文论研究者关注和重视，如《典论·论文》《诗品》《文赋》《文选》《文心雕龙》等大都已有准确详尽的翻译出现，同时也涌现出很多富有理论意义的研究成果。而与古代文体学有关的挚虞、钟嵘、刘勰、严羽、章学诚等人物研究也层出不穷，观点和视角时常给人以别开生面之感⑤。例如宇文所安《中国文学思想读本》对上述经典文论文本的翻译与解说⑥，康达

① ［美］梅维恒（Victor H. Mair）、［美］梅祖麟：《近体诗律的梵文来源》（"The Sanskrit Origins of Recent Style Prosody"），载《哈佛亚洲学报》（*Harvard Journal of Asiatic Studies*）1991 年第 51 卷第 2 期。

② ［美］苏源熙（Haun Saussy）：《〈诗经〉中的复沓、韵律和互换》（"Repetition, Rhyme, and Exchange in the Book of Odes"），载《哈佛亚洲学报》（*Harvard Journal of Asiatic Studies*）1997 年第 57 卷第 2 期。亦参见卞东波、许晓颖译文，载苏源熙《中国美学问题》附录，江苏人民出版社 2011 年版。又见卞东波编译《中国古典文学研究的新视镜——晚近北美汉学论文选译》，安徽教育出版社 2016 年版。

③ ［美］高德耀（Robert Joe Cutter）：《道别：中国中古前期的诔文转变》（"Saying Goodbye: The Transformation of the Dirge in Early Medieval China"），载《中国中古研究》（*Early Medieval China*）2004 年第 10 卷。亦参见何维刚中译本，载南京大学古典文献研究所编《古典文献研究》第 14 辑，凤凰出版社 2011 年版。

④ 参考 ［美］柯马丁（Martin Kern）*The Stele Inscriptions of Ch'in Shih-huang: Text and Ritual in Early Chinese Imperial Representation*, American Oriental Society, 2000。该书有刘倩译《秦始皇石刻：早期中国的文本与仪式》，上海古籍出版社 2015 年版。

⑤ 参见徐宝锋《北美中国古代文论研究的汉学形态》，吉林大学出版社 2014 年版，第 24～40 页。

⑥ 参见 ［美］宇文所安 *Readings in Chinese Literary Thought*, Council on East Asian Studies, Harvard University, 1992。该书有王柏华译《中国文学思想读本：原典·英译·解说》，生活·读书·新知三联书店 2018 年版。

维对《文选》的翻译和研究①，不仅为西方学界同侪所推重，在国内也产生了很大影响。

从向上一路的角度，中国文体学应该超越中西的畛域，需要有国际视野。在这方面，饶宗颐导夫先路，他在 20 世纪 70 年代撰写的《〈天问〉文体的源流——"发问"文学之探讨》（1976 年）一文，便是在国际视野下中国文体研究的经典之作。饶宗颐认为，《天问》在《楚辞》中有最独特的一面，其文体特点就在于"发问"。他主张："放开视野，把世界古代文学上的具有发问句型的材料，列在一起作出比较，以及从同样文体推寻它的成长孳生的经过，作深入的探讨……"② 饶先生认为，"发问文学"不但在中国文学史上形成历代拟作传统，而且世界上一些最古老的经典，如印度《梨俱吠陀》、古伊朗阿维斯陀（Avesta）和《圣经·旧约》都有类似的发问诗歌。饶先生从比较文学的角度来讨论《天问》，不是为了罗列材料，而是为了"说明人类写作的共同心理"。从古今中外作品中，看到全世界早期文明普遍有一种独特的"发问"文体。他就这个人类普遍存在的"发问"文体，提出一个重要问题，这就是"文学人类学"，探讨人类学与文学的关系。"文学作品是人类精神的产物，人类学领域中的奇葩异卉……屈原的《天问》，不特是卓绝的文学产品，亦是无可忽视的人类学上的素材。"③ 这就把一个古代文体的问题，自然地延伸到人类学领域，可见其研究视野之开阔。

国际视野，并不只是一种主观意图，是研究者在适当的环境，具备相当能力之后自然而然地形成的。如果饶先生当时不是处于高度国际化、学术交流频繁的环境，或者他没有掌握多种语言的能力，他就很难形成国际视野。近几十年，中国学者的研究非常强调学术规范，每一话题展开之前，必先有文献综述，概述相关文献以及学术界已有之成果，但目光所

---

① 参见 ［美］康达维译 *Wen Xuan or Selections of Refined Literature*，*Volume One*：*Rhapsodies on Metropolises and Capitals*，Princeton University Press，1982；*Wen Xuan or Selections of Refined Literature*，*Volume Two*：*Rhapsodies on Sacrifices*，*Hunting*，*Travel*，*Sightseeing*，*Palaces and Halls*，*Rivers and Seas*，Princeton University Press，1987；*Wen Xuan or Selections of Refined Literature*，*Volume Three*：*Rhapsodies on Natural Phenomena*，*Birds and Animals*，*Aspirations and Feelings*，*Sorrowful Laments*，*Literature*，*Music*，*and Passions*，Princeton University Press，1996。有关康达维对赋学与选学的研究，亦可参考张泰平等译《赋学与选学：康达维自选集》，南京大学出版社 2019 年版。

② 《饶宗颐二十世纪学术文集》卷 11，第 53 页。

③ 《饶宗颐二十世纪学术文集》卷 11，第 52 页。

及，往往只在国内。这种比较狭窄的学术视野，除了图书资料受限，还有语言的制约。20世纪五六十年代的学者，这方面的问题较为普遍。这些缺陷可能造成对文献收集的遗漏，甚至是对国外已有成果的重复研究。但随着全世界许多图书馆与学术杂志在网络上的交流与开放，文献受限的问题已有明显好转。多年以来，西方学者与中国学者相比，普遍具有通晓多种语言的优势，但现在中国年轻学者掌握外语方面的能力已大为提升，优秀者已完全胜任与西方学者的交流对话。这些治学条件的改善，为中国学者研究的国际化提供了基础。随着学术研究的国际化和技术化，国际视野必然成为年轻人文学者的基本要求。

中国文学研究要走出去，在国际上产生影响，可能还遇到其他文化圈读者阅读与接受习惯的挑战。研究者光有本土情怀是不够的，还要有国际视野与国际交流的能力。在这方面，"中国的抒情传统"理论的产生与影响，就是一个富有启迪性的成功例子。陈世骧是中国抒情传统理论论述的奠基者，1971年他在美国发表《中国的抒情传统》，认为中国文学传统有别于西方的史诗和戏剧传统，从整体而言就是一个抒情传统[①]。高友工进一步推进抒情传统理论，提出抒情美典论，并且从文体学的角度，对律诗、小令、词、戏曲等的形式规则与文体演变进行了深入研究[②]。此后，"抒情传统"论日渐成为中国文学研究一个颇具范式意义的论述架构。王德威对"抒情传统"的现代意义进行探讨，更把这种传统引入现当代文学领域[③]。当然，这种理论也受到海内外一些研究者的质疑与批评[④]，但这些讨论同时也扩大"抒情传统"影响。笔者并非讨论"抒情传统"理论本身，而是由此产生感想。华裔汉学家是在现代文化背景下重建本土文学传统的，目的是超越西方理论话语体系，或者提出可以和西方话语体系相提并论的中国文学话语。他们借用西方的理论与分析方法，阐释中国本土理论。由于这些理论建构者都深受西学之影响，他们所阐释的抒情传统，已受到西方的哲学、语言学与文学理论及方法的影响，和中国本土的传统已经有所差异，当然也有所发展。他们的立意深处，不仅是在研究中

---

① ［美］陈世骧：《中国文学的抒情传统》，生活·读书·新知三联书店2015年版。

② ［美］高友工：《美典：中国文学研究论集》，生活·读书·新知三联书店2008年版。

③ 陈国球：《"抒情传统"论述与中国文学研究》，载《文化与诗学》2011年第1期。

④ 参见李春青《论"中国的抒情传统"说之得失——兼谈考量中国文学传统的标准与方法问题》，载《文学评论》2017年第4期。

追寻中国文体学的向上一路

337

国古代的文体传统，更是对现代的文化建设。半个世纪以来，"中国的抒情传统"理论，成为中国文学最重要的研究范式之一，影响渐及海内外，甚至成为一种学术思潮。此前，很少有中国的文学理论在海内外产生过这么大的影响。究其原因，除了"抒情传统"理论的新意之外，还因为这些华裔汉学家对于中国本土文学已有较好的理解，对西方理论也多有接受，他们兼具本土情怀与国际视野，还有国际学术交流的能力。

随着广泛的国际学术交流展开，借用域外汉学的视野与文献研究中国文体，不但可能也非常重要。中国古代文体学与文章学曾经影响了日本、韩国、越南等亚洲汉文化圈国家，它们不但在异域留下传播踪迹，而且对这些国家的政治、文化与文章之学产生了深刻影响。所以，我们据此不但可以考察中国文体学的影响和海外对中国文体学的接受，还可以找到一些在中国本土已经散佚的文体史料①。东亚汉文化圈深受中国文体学的影响，他们的诗文创作与研究，同样遵守"以体制为先"的传统与原则。比如日本的汉文学从一开始就很重视文体问题。从传统诗文评的角度看，日本的"文话"，也有丰富的中国文体学方面的文献。王宜瑗编撰《知见日本文话目录提要》（收入王水照主编《历代文话》第10册）著录了30多种江户时代至明治时期的日本文话，可以视为考察中国文体学的"异域之眼"。从集部文献的角度来看，日本的文章总集，也是研究中国文体学的他山之石。日本最早的汉诗集《怀风藻》，即标明每一篇入选诗作的文体形态。平安期间，藤原明衡编选汉文学总集《本朝文粹》，命名仿诸《唐文粹》，分类拟诸《昭明文选》，将所录作品分为39类，含赋、诗、诏、敕书、敕答、位记、敕符等。江户时代的堀杏庵（1585—1642年）在宽永六年（1629年）的《本朝文粹序》中说，平安时代"文章盛行……词赋之绮雕，诰敕之谨严，叙事之体制，议论之精确，于是大备"②。另外如朝鲜半岛、越南等其他汉文化圈内的国家，也不例外。域外汉籍与文体学研究视角的融通发展，是中国古代文学研究的新趋势，有许多基础工作尚待展开。如在"以体制为先"的传统与原则的影响下，整个东亚

---

① 吴承学：《中国文体学：回归本土与本体的研究》，载《学术研究》2010年第5期。

② ［日］堀杏庵：《本朝文粹序》，见［日］藤原明衡编《本朝文粹》，载《校注日本文学大系》第23卷，东京诚文堂1932年版，第3页。参考刘瑞芝《论〈本朝文粹〉的文体及其意义》，载《浙江大学学报》2008年第9期。

汉文化圈产生了不少分体总集、别集及探讨文章体裁类别、语言特征、章法结构、风格体貌、诗文体用的文体学专著等，都可以成为开拓的领域。

纵观学术史，研究范式与方法的更新，往往能推动学术的发展。但学术研究并没有什么唯一可行的范式与方法，譬如登山，有许多路径可攀顶，但登山者的条件、所处方位不同，所选择的路径自然不同。研究范式与方法对学者而言，可谓"非知之艰，行之惟艰"。至于研究中如何使用，则正如古人所说的："阵而后战，兵法之常；运用之妙，存乎一心。"（《宋史·岳飞传》）过多讲究研究范式与方法，未必能解决学术问题。宋代僧人宗杲说："只有寸铁，便可杀人。"（《大慧普觉禅师语录》）从具体研究对象出发，只要能解决问题，就是最好的方法。

刘勰《文心雕龙·通变》说："是以规略文统，宜宏大体。先博览以精阅，总纲纪而摄契；然后拓衢路，置关键，长辔远驭，从容按节，凭情以会通，负气以适变，采如宛虹之奋鬐，光若长离之振翼，乃颖脱之文矣。若乃龊龊于偏解，矜激乎一致，此庭间之回骤，岂万里之逸步哉！"这是刘勰在那个时代所提出的向上一路的宏图大略。建设具有现代意义的中国文体学研究，更应该向往"万里之逸步"，而不是"庭间之回骤"。学术之难，不在范式与方法，而在格局和境界。但舍范式与方法，则难以言格局与境界。

当代中国文体学研究的目的不是复古，不是抵抗外来文化，而是更真实地、完整地理解中国文学文体话语的特点与价值，继承本土的学术传统，推动现代中国学术的发展。中国文体学研究要立足本土文化，回到本土理论传统与古代文章文体语境来"发现"中国文章学自身的历史，同时，超越中西的畛域，突破学科的樊篱，吸收和运用当代的理论成果，创造出能超越古代文体学的新辉煌。

这是我们所追寻的中国文体学的格局与境界，这是我们所追寻的中国文体学的向上一路。

（原载《中山大学学报》2021 年第 1 期）

# 《沧浪诗话》与宋代理学

## 一、被遮蔽的影响

任何理论都不是凭空产生的，总是在前代与同时的思想影响下形成的，严羽《沧浪诗话》也是如此。在宋代思想史中，理学和禅学的影响尤其重要。《沧浪诗话》明显受到传统诗学与禅学的影响，而与理学的关系，则是一个比较模糊而尚未得到深入研究的问题。研究理论"影响"之难，在于难以量化，仅靠文本的相似度并不能完全得以确认。不同时代、不同地域出现的相同或类似社会观念、文化现象，既可能是由人类共通或相类的心理、思维促成的，也可能是在相似的文明背景和思想传统下共生的。有些影响是显性的，有些影响是隐性的，甚至变形的，它们是处于比较内在和深层的思想方法，甚至受到其他影响的遮蔽。有些思想观念的"影响研究"，可以得到确证；但多数情况下，"影响研究"往往具有不确定性，它只是揭示出历史上存在的一种可能。尽管如此，对思想观念的"影响研究"仍然值得探索，因为它可能拓展认识的空间与深度，并发现原先被遮蔽的不同思想观念之间，存在相互沟通的潜流与暗道。

《沧浪诗话》与宋代理学两者之间，表面看来似乎有些隔阂与矛盾。

严羽说："妙喜自谓参禅精子，仆亦自谓参诗精子。"①（《答出继叔临安吴景仙书》）他是从"参禅"引申出"参诗"来的。严羽又说："仆之《诗辨》，乃断千百年公案，诚惊世绝俗之谈，至当归一之论。其间说江西诗病，真取心肝刽子手。以禅喻诗，莫此亲切。是自家实证实悟者，是自家闭门凿破此片田地，即非傍人篱壁、拾人涕唾得来者。李杜复生，不易吾言矣。"（《答出继叔临安吴景仙书》）他标榜自己的理论"以禅喻诗"，是"实证实悟者"，"非傍人篱壁、拾人涕唾得来者"。《沧浪诗

---

① 本文引用《沧浪诗话》及所附《答出继叔临安吴景仙书》一文，用严羽著，郭绍虞校释《沧浪诗话校释》，人民文学出版社 1983 年版。凡引此书，只在文中夹注篇名。本文所引严羽文献，多参考《沧浪诗话校释》及张健校笺《沧浪诗话校笺》，上海古籍出版社 2012 年版。

话·诗辨》也明确提出"论诗如论禅"。严羽论诗，许多理论与概念皆用禅语，所以与禅学之间的关系是不辩自明的。

《沧浪诗话》与理学的关系则非常模糊。严羽《沧浪诗话》及现存其他文字，皆不提及理学家，也未引用理学家语。理学之要，在讲义理与心性，《沧浪诗话》皆不及之。《沧浪诗话》在"诗体"一节中，"以时而论"，宋代有"本朝体""元祐体""江西宗派体"；"以人而论"，宋代有"东坡体""山谷体""后山体""王荆公体""邵康节体""陈简斋体""杨诚斋体"。其中只有"邵康节体"与理学诗歌相关，但对之未置一词。严羽对宋代理学诗歌不加评论，也未引用理学家的诗论，故无法从此判断严羽对于理学的态度。理学家论诗文极重人品，而严羽则仅就诗论诗，不涉及此问题。宋代理学家讲"道者文之根本，文者道之枝叶"①，为诗好说理。受理学影响，宋诗也有重理而轻情的倾向。《沧浪诗话·诗辨》则明确反对诗歌说理，批评"本朝诗尚理而病于意兴"，主张"诗有别趣，非关理也"，"不涉理路，不落言筌，上也"。此语往往被理解为对理学家诗的批评。如王士禛《师友诗传续录》引严羽之语并加阐释："昔人论诗曰：'不涉理路，不落言筌。'宋人唯程、邵、朱诸子为诗好说理，在诗家谓之旁门。"②"别趣"之"别"，乃是相对于"理"而言。严羽又批评"以议论为诗"，此既是一些诗人之病，亦是理学家为诗之病。刘克庄曾说："近世贵理学而贱诗，间有篇咏，率是语录讲义之押韵者尔。"③ 由于以上诸多原因，或多或少给人留下《沧浪诗话》与理学之间存在隔阂、矛盾甚至对立的印象。

学术界尚没有对《沧浪诗话》与理学之间的关系进行系统深入的研究，但对此问题已有涉及：一是文献基础，一批笺注类著作给术语与文本的相似性研究提供大量文献，成为相关研究的文本基础：胡才甫《沧浪诗话笺注》开其端，郭绍虞《沧浪诗话校释》拓其宇，张健《沧浪诗话校笺》集其成。一是理论探寻，即从严羽的生平与师承找到与理学相关

① 〔宋〕朱熹撰，黎靖德辑：《朱子语类》卷一三九，见朱杰人、严佐之、刘永翔主编《朱子全书》，上海古籍出版社、安徽教育出版社 2002 年版，第 18 册，第 4314 页。

② 〔清〕王夫之等撰：《清诗话》，上海古籍出版社 1978 年版，第 152 页。

③ 〔宋〕刘克庄：《跋恕斋诗存稿》，见辛更儒笺校《刘克庄集笺校》卷一一一，中华书局 2011 年版，第 10 册，第 4596 页。

的线索，这是由钱锺书先生开启的路子①。

钱锺书在《宋诗选注》说："当时跟《沧浪诗话》的主张最符合的是包恢《敝帚稿略》里几篇文章，而据《樵川二家诗》卷首黄公绍的序文，严羽是包恢的父亲包扬的学生；当然，徒弟的学问和意见未必全出于师父的传授，不过假如师兄弟俩的议论相同，这里面就有点关系。"② 他还在注释中提示，包恢《敝帚稿略》一书中："卷二《答傅当可论诗》、《答曾子华论诗》、卷五《书徐子远〈无弦稿〉后》。马金编戴复古《石屏诗集》有包恢序，《敝帚稿略》漏收，里面的议论也可参照。"③ 钱锺书最早从学术渊源入手，揭示出严羽与包恢诗学思想的相关性。受其影响，一些文学批评史研究者进而明确指出："严羽、包恢的文论思想与包扬的理学思想应有明显的传承关系。"④

但《沧浪诗话》与包恢、包扬理学思想存在传承关系，只是一个推测。关于严羽与包恢诗论的相似之处，须略加辨析。《敝帚稿略》一书诸体兼备，但论诗者不多。有些序文，往往就所序诗人特点加以演绎，并非特别的独立主张。少数文本虽与严羽说法相似，但难以据此证实两者之间存在某些先后传承关系。如包恢《答傅当可论诗》认为诗之体"有似造化之未发者"，"冲漠有际，冥会无迹，空中之音，相中之色"⑤。而《沧浪诗话·诗辨》亦云："盛唐诸人，惟在兴趣，羚羊挂角，无迹可求。如空中之音，相中之色，水中之月，镜中之相，言有尽而意无穷。"所以，有学者认为，严羽与包恢的话，"不仅论旨类似，而且用语亦有相同之处"⑥。据此材料即认为严羽受到包恢的影响，未免失之简单化。"无迹"一说，早见前人。"空中之音，相中之色"，也是前人之陈言。胡仔《苕溪渔隐丛话》已引《复斋漫录》记张芸叟（舜民）评诗："王介甫之诗，

① 学界略有涉及这个问题的论著，如莫砺锋《朱熹文学研究》，南京大学出版社 2000 年版；曹东《试论严羽诗论与南宋理学的关系》，载《洛阳师专学报》1998 年第 4 期；等等。

② 钱锺书：《宋诗选注》，生活·读书·新知三联书店 2002 年版，第 437 页。

③ 《宋诗选注》，第 438 页。

④ 赖力行、李清良：《中国文学批评史》，湖南教育出版社 2003 年版，第 195 页。

⑤ 〔宋〕包恢：《答傅当可论诗》，见曾枣庄、刘琳主编《全宋文》卷七三二八，上海辞书出版社、安徽教育出版社 2006 年版，第 319 册，第 286 页。

⑥ 《试论严羽诗论与南宋理学的关系》。

如空中之音，相中之色，人皆闻见，难可着摸。"① 按，张舜民为北宋文学家，英宗治平进士，远早于包恢。据此无法断定《沧浪诗话》"空中之音，相中之色"数语受包恢之影响。从现有文献看，钱锺书所说的严羽与包恢"师兄弟俩的议论相同"之说，难以得到确认。不过，他从师承关系指出严羽与包扬之间"有点关系"，这确是一个审慎和富有启发性的说法。严羽，生卒年不详，主要生活在南宋后期宁宗、理宗时期。据顾易生等《宋金元文学批评史》推算，《沧浪诗话》大约作于端平元年（1234年）至淳祐四年（1244 年）之间②。严羽曾在包扬门下研习理学，而包扬则先后师从陆九渊和朱熹。所以，从严羽生平与师承看，确与理学有些关系，其学脉渊源，可以追溯到朱、陆。包恢的父亲包扬，曾师从朱熹40 年，他也曾随父亲一起听朱熹讲学："某之先君子从学四十余年，庆元庚申之春，某亦尝随侍坐考亭春风之中者两月。"③ 莫砺锋在钱锺书观点基础上，又有所推进。他在谈到朱熹和严羽在以李杜诗为宗的立场完全一致时说："严羽的家乡邵武与朱熹晚年讲学之地建阳为邻县，严又师从朱熹的弟子包扬，则严羽很可能对朱熹的论诗之语是有所闻的。"④ 虽然，这也只是一种推测，但他已进一步指出严羽诗学受朱熹影响的可能性。

王士禛曾说过一段意蕴深刻的话："道成而上，艺成而下。时代变迁，其理一也。六朝人画，多写古圣贤列女及习礼彝器等图，此如汉儒注疏，多详于制度名物之类也；宋、元人画，专取气韵，此如宋儒传义，废传疏而专言义理是也。"⑤ 他认为，"艺"之嬗变是由隐微难言之"道"决定的。绘画与经学看似毫无关涉，但六朝人画与宋元人画，分别与汉儒注疏和宋儒传义气息相通，它们都反映出同时代类似的知识、旨趣与风尚，这就是"道"。这种说法具有学术史的普遍意义。宋代理学、宋代诗学都笼罩在"道"中，它们之间的关系，远比绘画与经学密切，其相通相合更是自然而然的。宋代理学是以儒学为基础，兼收佛、道思想而形成

① 〔宋〕胡仔纂集，廖德明校点：《苕溪渔隐丛话》后集卷三三，人民文学出版社 1984 年版，第 257 页。

② 顾易生等：《宋金元文学批评史》，上海古籍出版社 1996 年版，第 377～378 页。

③ 〔宋〕包恢：《跋晦翁先生二帖》，见《全宋文》卷七三〇，第 319 册，第 313 页。

④ 《朱熹文学研究》第四章"朱熹的文学批评"，第 160 页。

⑤ 〔清〕王士禛：《居易录》卷四，见《景印文渊阁四库全书》第 869 册，台湾商务印书馆 1986 年版，第 355 页。

的新儒学。经过有宋一代发展，理学逐渐演化出规模庞大的学术体系，同时对社会政治、文化艺术等诸多方面产生辐射。在《沧浪诗话》成书的南宋理宗绍定、淳祐年间，理学不仅已臻于成熟，而且得到官方的表彰尊崇，传衍授受颇为兴盛。当时，理学作为士人阶层普遍具有的一种知识背景，对那个历史时期的思想、学术的构成规则和运行秩序产生重要影响。笔者认为，《沧浪诗话》对诗歌审美本质的理解，无疑受到禅学的影响，但在诗学理想、诗学门径与批评方法等方面，则与理学关系比较密切。论及"影响"，学界一般比较关注和侧重于语辞层面，这种方法无疑是必要的，也是有效的。但所谓"影响"，有深层，有表层；或明显，或隐约。所以，研究《沧浪诗话》与宋代理学的关系，除了词语相似性的比对之外，还需要具备理论的穿透力，深入思想观念与思维方法层面，去探寻曾经被遮蔽的"影响"。

## 二、诗歌理想与人格理想

数十年来，笔者在研读《沧浪诗话》过程中，觉得最难理解的便是在"第一义"之悟中，严羽何以会在"透彻之悟"之上，设置一个"不假悟"的诗歌境界，其用意是基于什么逻辑方法？他说：

> 禅家者流，乘有小大，宗有南北，道有邪正；学者须从最上乘，具正法眼，悟第一义。若小乘禅，声闻辟支果，皆非正也。论诗如论禅：汉魏晋与盛唐之诗，则第一义也。大历以还之诗，则小乘禅也，已落第二义矣。晚唐之诗，则声闻辟支果也。学汉魏晋与盛唐诗者，临济下也。学大历以还之诗者，曹洞下也。大抵禅道惟在妙悟，诗道亦在妙悟。且孟襄阳学力下韩退之远甚，而其诗独出退之之上者，一味妙悟而已。惟悟乃为当行，乃为本色。然悟有浅深，有分限，有透彻之悟，有但得一知半解之悟。汉魏尚矣，不假悟也。谢灵运至盛唐诸公，透彻之悟也；他虽有悟者，皆非第一义也。（《诗辨》）

郭绍虞先生《校释》处理"不假悟"一语时，在"注"中只引用许学夷《诗源辩体》、胡应麟《诗薮》诸语，并没有进一步说明。而在"释"部分，虽对此段所疏解甚详，重点辨析了"第一义"之悟与"透彻之悟"

之同异，但仍未提及"不假悟"一语。严羽拈出汉魏的"不假悟"与谢灵运至盛唐诸公的"透彻之悟"者，意在凸显汉魏古诗的天成高古与谢灵运至盛唐诗追求尽善尽美两者间的差异，这是比较简单易懂的。至于"不假悟"与"透彻之悟"的内涵，历代诗评家见仁见智，所论甚多①，且大多认为严羽这种表述存在禅理疵误和语言矛盾，而无人进一步探讨严羽表达方式可能依据的内在逻辑。所谓"透彻之悟"就是已悟到第一义，达到了最高境界之悟。何以在此之上，又有更高的"不假悟"境界呢？一些研究者认为这个表达在逻辑上不够严密，台湾学者张健教授很早就说：

> 沧浪的行文并不曾做到十分谨严的地步。前面将"汉魏晋与盛唐之诗"并列为"第一义"；后文突然又来了一则补充意见，把它拦腰切成两段，而云"汉魏尚矣，不假悟也"。如此，则又把"惟悟乃为当行，乃为本色"那一句肯定的断语否决了。②

近年，香港学者张健教授也说："严羽说诗道在妙悟，说惟悟乃为当行、本色，都是强调悟的普遍性，但这里却说'汉魏尚矣，不假悟也'，汉魏却是例外；前面说汉魏晋与盛唐并列为第一义，这里却将汉魏分离出来。"③"严羽说诗道在妙悟，是从逻辑上说的；说汉魏不假悟是从历史上说的。严格说来，其逻辑表述与历史表述之间是存在不周密处的。"④ 也有人认为，"不假悟"之说是受佛教影响的："'不假悟'是就主体悟性获得的途径而言的，'透彻之悟'则是就主体悟性的深浅而言的，两者属于两个完全不同的分类系统，因此不应强分高下。"⑤ 这种说法未顾及《沧浪诗话》中"不假悟"与"透彻之悟"其实是有高下之分的。

从文本的角度看，在"第一义"之悟中，"透彻之悟"之上又设置"不假悟"，禅宗文献里似乎没有这样明确的分类方式。虽然，禅宗也有"假悟"一词，如《景德传灯录》"京兆米和尚"：

---

① 参看郭绍虞校释《沧浪诗话校释》及张健校笺《沧浪诗话校笺》的相关部分内容。
② 张健：《沧浪诗话研究》，台湾大学文史丛刊，台湾大学出版社 1966 年版，第 22 页。
③ 《沧浪诗话校笺》，第 45 页。
④ 《沧浪诗话校笺》，第 48 页。
⑤ 张勇：《〈沧浪诗话〉"不假悟"义辨》，载《安徽师范大学学报》2019 年第 6 期。

师令僧问仰山曰："今时还假悟也无？"仰曰："悟即不无，争奈落在第二头。"师深肯之。①

按照禅门宗旨，第一义是说不得的。所以米和尚令僧去问洞山，洞山不说，让此僧去问仰山。仰山说：悟是有的，无奈落在第二头。因为如果答假悟，就落了有；如果答不假悟，就落了空。仰山的回答，非有非无，不着空有两边，所以得到了米和尚的首肯。在这个语境中，"悟"是"落在第二头"（即"第二义"）的。而在《沧浪诗话》语境中，"透彻之悟"与"不假悟"都属于"第一义之悟"，但"不假悟"的层次又比"透彻之悟"高。正如林理章所说的："谢灵运至盛唐诸公之诗最多只能达到'透彻之悟'，较汉魏为低。汉魏之后的诗人当中，有些诗人，如李白与杜甫，尽管能够超越有意识的技巧，但他们仍须经过有意的学习训练的阶段，才能达到'忘掉'所有有意的诗艺法则的境地。"② 张健也认为，虽然严羽本人没有明确的说明，但"汉魏诗与谢灵运及盛唐诗的高下其实是隐含在严羽诗学当中的问题"③。所以，严羽的这个诗歌意境层次的分类法，显然与禅学顿悟无形，理不可分的观念存在抵牾。

严羽这种分类法既非本自禅宗，那么它是基于什么样的思维模式而获得理论逻辑的自洽？当我们把这段话放到宋代这个理学盛行时代的文本背景中，严羽在"第一义"的"透彻之悟"之上又设置"不假悟"，这种分类的思路逻辑便隐约可辨了。

传统儒家和宋代理学把圣人分为两种境界：

尧与舜更无优劣，及至汤、武便别。孟子言性之反之。自古无人如此说，只孟子分别出来。便知得尧、舜是生而知之，汤、武是学而

---

① 〔宋〕释道原撰，冯国栋点校：《景德传灯录》卷十一，中州古籍出版社 2019 年版，第269 页。

② 〔加〕林理章（Richard John Lynn）：《正与悟：王士禛的诗论及其渊源》（"Orthodoxy and Enlightenment：Wang Shih-chen's Theory of Poetry and Its Antecedent"），原载 〔美〕狄百瑞（Wm. Theodore de Bary）编《新儒家的展开》（*The Unfolding of Neo-Confucianism*），哥伦比亚大学出版社 1975 年版，第 224 页。转引自《沧浪诗话校笺》，第 52 页。

③ 《沧浪诗话校笺》，第 53 页。

能之。文王之德则似尧、舜，禹之德则似汤、武。要之皆是圣人。①

　　大抵生而知之，与学而知之，及其成功一也。②

　　按，《孟子》曰："尧舜，性之也；汤武，身之也；五霸，假之也。"尧、舜、商汤、周武王"皆是圣人"，"其成功一也"，但是两者又稍有差异，境界不同。尧、舜是"性之"，即是天生的圣人，是不用修习、生而知之的。商汤、周武王是"反之"，即通过后天的学习而归其本善天性，所以是学而能之。朱熹解释说："尧舜天性浑全，不假修习。汤武修身体道，以复其性。五霸则假借仁义之名，以求济其贪欲之私耳。"③ 朱熹传承程子之说："性者，得全于天，无所污坏，不假修为，圣之至也。反之者，修为以复其性而至于圣人也。程子曰：'性之反之，古未有此语，盖自《孟子》发之。'吕氏曰：'无意而安行，性者也，有意利行，而至于无意，复性者也。尧舜不失其性，汤武善反其性，及其成功则一也。'"④ 这种把圣人分为"性之""反之"的本意，就是在最高层次的理想人格中，还要再区分其中微妙的境界分殊。这本是早期儒家对人格心性的剖析、体会，经过宋儒的阐释和发明，遂成为理学的一种重要观念。"性之"与"反之"、"生而知之"与"学而知之"之间，不但有价值的高下之分，也有时间的先后之别。这种现象也很重要，它反映出中国本土文化的崇古传统。我们姑称这种理论为"圣人差别说"。

　　"圣人差别说"之外，宋代理学家还发明"圣贤差别说"。"孔颜乐处"是儒家追求的精神境界。"孔颜"并称，可见颜回也达到最高的精神境界，但和孔子相比，境界又有差异，这也是理学家的发明。程颐曾把颜回和孔子作比较，说颜回："视听言动皆礼矣，所异于圣人者，盖圣人则不思而得，不勉而中，从容中道，颜子则必思而后得，必勉而后中。故

　　① 〔宋〕程颢、程颐：《二先生语二》，见《河南程氏遗书》卷二上，王孝鱼点校《二程集》第 1 册，中华书局 1981 年版，第 41 页。
　　② 〔宋〕程颐：《伊川先生语四》，见《河南程氏遗书》卷十八，《二程集》第 1 册，第 213 页。
　　③ 〔宋〕朱熹：《孟子集注》卷十三，见《四书章句集注》，中华书局 1983 年版，第 358 页。
　　④ 《孟子集注》卷十四，见《四书章句集注》，第 373 页。

曰：颜子之与圣人，相去一息。"① 孔子是圣人，故"不思而得，不勉而中"；颜回是贤人，故"必思而后得，必勉而后中"。二者之间差距很小，又很微妙，近乎"性之"和"反之"的差异。

我们在考察理论影响时，不能只看语言的关联度，还要看思想方法的关联度。严羽虽然未引及理学家之语，但在诗歌最高境界"第一义"之悟中的二分法，可能有意无意受到理学"圣人差别说""圣贤差别说"之影响。《诗辨》多次提到"第一义"："学者须从最上乘，具正法眼，悟第一义。""论诗如论禅：汉魏晋与盛唐之诗，则第一义也。"严羽论诗，"以汉、魏、晋、唐为师"，它们都是第一义之悟，是正法眼，最上乘，但又进一步分为"不假悟"（汉、魏）、"透彻之悟"（晋、唐）两种。表面看来，这与孟子的"性之"和"反之"在语言上毫无关联度和相似性，但在思维方法上是完全一致的。汉、魏、晋、唐之诗，都达到诗学的最高境界"第一义"之悟，如果说，它们可类比于理学所说的"圣贤"人格的话，所谓汉魏之诗的"不假悟"，便可等同于"性之"，晋唐之诗的"透彻之悟"，便可等同于"反之"；"不假悟"便是"生而知之""不思而得，不勉而中"，"透彻之悟"便是"学而知之""必思而后得，必勉而后中"。而且，如上文所言，"圣人差别"有价值的高下之分，也有时间的先后之别。严羽的"不假悟"（汉、魏）与"透彻之悟"（晋、唐）之间，明显也是先后相承、以古为尊的。汉魏之诗质朴真切、浑然天成，达到了诗歌的最高境界，而晋唐开始有意作诗、注重艺术形式，也达到了诗歌的最高境界。这两者就近乎圣贤"性之"与"反之"之别了。这是理学家的人格境界与诗学家的诗歌境界的异质同构。《沧浪诗话》把"不假悟"置于"透彻之悟"之上，是基于理学家所弘扬的理想人格模式而获得逻辑自洽。这在当时语境中，是自然且平常的，既不费解，也不存在矛盾。

## 三、诗歌气象与圣贤气象

宋儒特别强调"圣贤气象"，如朱熹《近思录》卷十四集中论列古代

① 〔宋〕程颐：《颜子所好何学论》，见《河南程氏文集》卷八，《二程集》第 2 册，第 578 页。

吴承学自选集

WU CHENGXUE ZIXUANJI

自尧舜以降历代人物"气象"。有人物之"气象"，即有时代之"气象"。钱穆在《近思录随札下》中认为：宋代理学家提出"气象"二字，对中国文化精神有着重大意义①。正如圣人分为"性之""反之"，在所谓"圣贤气象"中，也有一个需要辨识的微妙差异，这其实是古代一种特殊的人物品评传统。宋代论诗人与时代的"气象"，这种理论实与理学有密切关联：

> 学圣人者，必观其气象。②
> 圣人之言，气象自别。③
> 凡看文字，非只是要理会语言，要识得圣贤气象。如孔子曰："盍各言尔志？"而由曰："愿车马，衣轻裘，与朋友共，敝之而无憾。"颜子曰："愿无伐善，无施劳。"孔子曰："老者安之，朋友信之，少者怀之。"观此数句，便见圣贤气象大段不同。若读此不见得圣贤气象，他处也难见。……学者须要理会得圣贤气象。④

理学所用"气象"有泛指、特指二义。气象可以泛指人的状态和现象，气度，气概，气派。气象也特指圣贤气象，是一种理想人格。理学家讲"气象"目的就是推崇"圣贤气象"。

以"气象"评诗，始于唐代，如皎然《诗式》有云："气象氤氲，由深于体势。"⑤ 李汉《昌黎先生集序》有云："至后汉、曹魏，气象萎尔。"⑥ 气象原指事物的整体景象、风貌，是事物本质的外现。宋人以气象论诗，这种风尚的形成，与内部的诗学传统和外部的理学风气都有相关

① 钱穆：《宋代理学三书随札》，见《钱宾四先生全集》第10册，联经出版事业股份有限公司1998年版，第272页。

② 〔宋〕杨时订定，张南轩编次：《河南程氏粹言》卷二，见《二程集》第4册，第1234页。

③ 〔宋〕程颢、程颐：《二先生语三》，见《河南程氏遗书》卷三，《二程集》第1册，第67页。

④ 〔宋〕程颐：《伊川先生语八上》，见《河南程氏遗书》卷二二，《二程集》第1册，第284页。

⑤ 〔唐〕皎然著，李壮鹰校注：《诗式校注》卷一，人民文学出版社2003年版，第18页。

⑥ 〔唐〕韩愈著，马其昶校注，马茂元整理：《韩昌黎文集校注》，上海古籍出版社1986年版，第1页。

性。张健谓："严羽所言气象，当受到当时诗学传统与理学的影响。"① 所言甚是。理学家论诗也讲究气象浑成，如朱熹说："诗须是平易不费力，句法混成。如唐人玉川子辈句语虽险怪，意思亦自有混成气象。"② 严羽论诗，与此相通，他认为："诗之法有五：曰体制，曰格力，曰气象，曰兴趣，曰音节。"（《诗辨》）严羽诗学的"气象"有二义。一是泛指诗的总体风貌，如："唐人与本朝人诗，未论工拙，直是气象不同。""虽谢康乐拟业中诸子之诗，亦气象不类。"（《诗评》）这里的"气象"不带褒贬，近乎风格之义。另是特指一种具体的风格，特指阔大壮美而浑然无迹，这是一种理想诗风。凡是强调"气象"，自然而然就会从泛指转到特指。《沧浪诗话》的"气象"也是如此。"汉魏古诗，气象浑沌，难以句摘。""建安之作，全在气象，不可寻枝摘叶。""'迎旦东风骑蹇驴'绝句，决非盛唐人气象。"（《诗评》）这种"气象"，实指一种高古浑朴的诗风，而不是泛指的风格概念。严羽以"气象"论诗，而其审美指向就是雄浑气象。严羽的"气象"有泛指、特指二义，与理学的"气象"之泛指、特指二义，在逻辑层面上也是相通的。

理学家所弘扬的理想人格模式具有生发性，对文学批评的影响是多样的。《沧浪诗话》一些话题虽受佛学与理学的双重影响，但与理学的相关性更大。严羽说："盛唐诸人，惟在兴趣，羚羊挂角，无迹可求。"（《诗辨》）"汉魏之诗，词理意兴，无迹可求。"（《诗评》）这里的"无迹可求"一语见于佛学，此无须赘论。值得注意的是，此语亦屡见于宋代理学家的"圣贤气象"说：

> 仲尼，元气也；颜子，春生也；孟子，并秋杀尽见。仲尼，无所不包；颜子示"不违如愚"之学于后世，有自然之和气，不言而化者也；孟子则露其才，盖亦时然而已。仲尼，天地也；颜子，和风庆云也；孟子，泰山岩岩之气象也。观其言，皆可以见之矣。仲尼无迹，颜子微有迹，孟子其迹著。③

---

① 《沧浪诗话校笺》，第 92 页。
② 《朱子语类》卷一四〇，见《朱子全书》第 18 册，第 4326 页。
③ 〔宋〕程颢、程颐：《二先生语五》，见《河南程氏遗书》卷五，《二程集》第 1 册，第 76 页。

潘兴嗣曰：孟子告齐王之言，犹孔子对定公之意也，而其言有迹，不若孔子之浑然也。盖圣贤之别。……真氏曰：孔孟之言，可以见圣贤气象之分。①

孔子、颜回、孟子都是圣贤，但三位圣贤存在差异：孔子"无迹"，颜回"微有迹"，孟子"其迹著"，这是三个有所区别的层次。"无迹"当然是最高的。虽然佛学也讲"无迹可求"，但理学家用到评价圣贤气象的不同层次，意思已有根本差异。钱穆《近思录随札下》评"仲尼无迹，颜子微有迹，孟子其迹著"说："此条观圣贤气象，古人少言，明道始提出。"② 宋儒阐发的一个重要话题就是圣贤气象之别，"无迹"是最高的人格境界。严羽诗学则把"气象"与"无迹"结合起来，以"气象混沌""无迹可求"为诗学的最高境界。他说："汉魏古诗，气象混沌，难以句摘。晋以还方有佳句。"（《诗评》）这种对于汉魏"难以句摘"与晋以后诗"方有佳句"之间差异的批评，近乎重构了理学家衡估圣贤从"无迹"到"微有迹""其迹著"的思维轨迹。

宋代理学家的人物品评，既讲人物气象之别，也讲时代气象之异。朱熹说："大抵自尧、舜以来，至于本朝，一代各自是一样，气象不同。""三代人物，自是一般气象；《左传》所载春秋人物，又是一般气象；战国人物，又是一般气象。"③ 严羽诗学批评与此也是相通的。他论诗讲"辨家数"："辨家数如辩苍白，方可言诗。"（《诗法》）就是要分清诗人及其时代风格，这需要具备敏锐的识力，也就是严羽强调的"一只眼"。"大历以前，分明别是一副言语，晚唐分明别是一副言语，本朝诸公，分明别是一副言语，如此见方许具一只眼。"（《诗评》）"一只眼"之说为禅学、诗学、理学所共用，皆指特别的眼光，并不具有特别的影响理论意义。严羽论诗借用"一只眼"的禅语，重点在于能辨识"气象"，故思维方式更近于理学。

严羽说："坡谷诸公之诗，如米元章之字，虽笔力劲健，终有子路未事夫子时气象。盛唐诸公之诗，如颜鲁公书，既笔力雄壮，又气象浑厚，

① 〔宋〕赵顺孙：《孟子纂疏》卷八，见《景印文渊阁四库全书》第 201 册，第 6421 页。
② 《宋代理学三书随札》，见《钱宾四先生全集》第 10 册，第 273 页。
③ 《朱子语类》卷九六，见《朱子全书》第 17 册，第 3252～3253 页。

其不同如此。"(《答出继叔临安吴景仙书》）这里评苏轼、黄庭坚诗"有子路未事夫子时气象"，此句有两种版本，另一为"有子路事夫子时气象"。郭绍虞《沧浪诗话校释》："二说相较，以不用'未'字为长。"笔者以为，如果放到宋代理学的语境里，似以用"未"字的可能性更大。此喻明显是使用黄庭坚评论米芾书法的话。黄庭坚《跋米元章书》："余尝评米元章书，如快剑斫阵，强弩射千里，所当穿彻，书家笔势亦穷于此，然似仲由未见孔子时风气耳。"① 而"仲由未见孔子时风气"的比喻，溯其源头似借鉴自宋代理学家对于《论语》的解释。程颐在回答弟子时解释道：

> 潘子文问："由之瑟奚为于丘之门"如何？曰："此为子路于圣人之门有不和处。"伯温问："子路既于圣人之门有不和处，何故学能至于升堂？"曰："子路未见圣人时，乃暴悍之人，虽学至于升堂，终有不和处。"②

可见"子路未见圣人时"在当时是一流行语，指子路在师事孔子之前，性格"暴悍"，师事孔子之后，虽然升堂，但"终有不和处"。严羽用此意思批评苏黄诗风，虽笔力劲健，而缺乏浑厚之气，这也是把理学家的人物品评思路用到诗歌批评上的实例。

## 四、学诗门径与学道门径

严羽论诗强调"立志须高"。《沧浪诗话·诗辨》开宗明义即说：

> 夫学诗者以识为主：入门须正，立志须高；以汉、魏、晋、盛唐为师，不作开元、天宝以下人物。若自退屈，即有下劣诗魔入其肺腑之间；由立志之不高也。行有未至，可加工力；路头一差，愈骛愈远；由入门之不正也。

---

① 〔宋〕黄庭坚：《宋黄文节公全集·正集》卷二六，见刘琳、李勇先、王蓉贵校点《黄庭坚全集》第 2 册，四川大学出版社 2001 年版，第 686 页。
② 《伊川先生语八上》，见《河南程氏遗书》卷二二，《二程集》第 1 册，第 277 页。

提出学诗者"入门须正，立志须高"之说。虽然"立志"并不是儒家所独有的理论，不同时代，不同人物对于"志"的阐发也各有不同，但"立志"之说，确是儒家最早提出来的。《论语》记载子夏解释"仁"的内涵，就包括了"笃志"："博学而笃志，切问而近思，仁在其中矣。"《孟子·尽心上》更明确提出"尚志"："王子垫问曰：'士何事？'孟子曰：'尚志。'曰：'何谓尚志？'曰：'仁义而已矣。'"① 所谓"尚志"，就是高尚其志，崇尚志节。程、朱理学讲求理想和理性意志，非常重视"立志"，激励人们以圣贤作为理想人格的典范和人生追求的目标。宋代理学推崇的人生追求，就是要从士到贤，从贤到圣。所以宋代理学家特别强调"立志"，朱熹尝谓："学者大要立志。所谓志者，不道将这些意气去盖他人，只是直截要学尧舜。"② 所谓"学者须是立志"就是要"以圣贤自期"，当然最终能成为圣贤的人极少，但立志要高，虽成不了圣，可以为贤；成不了贤，至少不能随波逐流，成为庸碌之辈。

中国诗学有一个从"言志"发展到"立志"的过程。宋代之前的诗学强调"言志"，宋代以后，理学家的"立志"说逐渐浸染了诗学批评。朱熹把志之高下作为诗歌评价的核心，"言志"也就兼有"立志"的内涵了。他在《答杨宋卿》中说："诗者志之所之，在心为志，发言为诗。然则，诗者岂复有工拙哉，亦视其志之所向者高下如何耳。"③ 把志之高下，作为判断诗歌优劣的关键。《沧浪诗话·诗辨》："夫学诗者以识为主：入门须正，立志须高；以汉、魏、晋、盛唐为师，不作开元、天宝以下人物。"严羽提出诗学追求的最高目标与下限。他的"立志须高"之说从传统和现实而言，受到理学的影响应该更多些。

严羽"入门须正，立志须高"之说和理学家"以圣贤自期"有异曲同工之妙，他们同样强调立志须高，取法乎上。朱熹在《资治通鉴纲目》中，记载唐太宗作《帝范》赐太子，谓："汝当更求古之哲王为师，如吾，不足法也。夫取法于上，仅得其中；取法于中，不免为下。"④ 严羽则说："以汉、魏、晋、盛唐为师，不作开元、天宝以下人物。若自退

---

① 《孟子集注》卷十三，见《四书章句集注》，第359页。
② 《朱子语类》卷八，见《朱子全书》第14册，第280页。
③ 〔宋〕朱熹：《晦庵先生朱文公集》卷三九，见《朱子全书》第22册，第1728页。
④ 〔宋〕朱熹：《资治通鉴纲目》卷四〇，见《朱子全书》第10册，第2280页。

屈，即有下劣诗魔入其肺腑之间；由立志之不高也。行有未至，可加工力；路头一差，愈骛愈远；由入门之不正也。故曰：学其上，仅得其中；学其中，斯为下矣。"这些说法从造语到理路，可谓若合一契矣。

理学的"立志"，是要求人生的目标要"高"，要以古代圣贤为学习对象培养理想人格；严羽的"立志须高"，是要求诗学的理想要高，以汉、魏、晋、盛唐为师而臻高妙之诗境。严羽和理学"立志"的具体内容虽然不同，途径却是一致的，都强调入门须正，立志须高。朱熹说："鄙意更欲贤者百尺竿头进取一步，将来不作三代以下人物……"① 严羽说的"不作开元、天宝以下人物"，和朱熹语气如出一辙，两者之间的关联是隐然可辨的。

宋代文化高度发达，读书成风。理学家极重视读书，读书与学道，都有一套程序途径与方法。这对于《沧浪诗话》提倡的学诗法也产生了影响。伴随印刷等书籍传播方式与科举制度的革新，读书成为宋代社会生活的重要部分。在此过程中，理学家把读书与见道结合起来，首次总结出一套系统的阅读理念及思考方式，并成为广泛流行且影响巨大的经典读书法。自古以来谈读书方法的人很多，但作为一套高明精要、切实可行的读书法，其系统形成和广泛传播，主要得力于理学家，其中朱熹的贡献尤为关键。理学家的读书法既有针对性，其对象主要是读儒家经典，又有普适性，也适合读儒学之外的各类书籍。比如，"熟读"与"涵咏"的方法，当然并非始于理学家，古人早就有"读书百遍而义自见"之语（《三国志·魏志·王肃传》），宋人也有许多人论及，但理学家拈出来作为读书见道之法，既用之论读儒家经典，也用之论读书读诗，故其影响就远非一般谈读书者所能及。陆九渊教人读书，曾云："向时曾说将《孟子·告子》一篇及《论语》《中庸》《大学》中切已分明易晓处朝夕讽咏。接事时，但随力依本分，不忽不执，见善则迁，有过则改，若江海之浸，膏泽之润，久当涣然冰释，怡然理顺矣。"② 朱熹是读书法的集大成者，所述最多，影响最大。其曾多次指出熟读之重要，如："读书之法，先要熟

---

① 〔宋〕朱熹：《答陈同甫》，见《晦庵先生朱文公集》卷三六，《朱子全书》第 21 册，第 1584 页。

② 〔宋〕陆九渊：《与胡达财》，见钟哲点校《陆九渊集》卷四，中华书局 1980 年版，第 57 页。

吴承学自选集

WU CHENGXUE ZIXUANJI

读，须是正看背看、左看右看。看得是了，未可便说道是，更须反复玩味。"① "但熟读平看，从容讽咏，积久当自见得好处也。"② 例如作为儒家经典的《诗经》，就是吟咏讽诵的基本功课之一。朱熹说："《诗》，如今恁地注解了，自是分晓，易理会。但须是沉潜讽诵，玩味义理，咀嚼滋味，方有所益。若只草草看过，一部《诗》只三两日可了，但不得滋味。"③ 朱熹《诗经》读书法所提倡的根本方法就是"熟读"和"讽咏"，经此反复咀嚼，细心玩味，方能有所体悟。

严羽把理学家的读儒家经典之法，运用在体会和批评诗歌上，也强调"熟读"和"讽咏"，真切地体会作品的情感。如其说："读《骚》之久，方识真味。须歌之抑扬，涕洟满襟，然后为识《离骚》，否则如戛釜撞瓮耳。"（《诗评》）何文焕《历代诗话考索》认为："《沧浪》谓读《骚》者，须歌之抑扬，涕泪满襟，乃识《骚》之真味。不知涕泪满襟，殊失雅度。恐当日屈子未必作是形容也。"④ 民国钱振锽《谪星说诗》则说："此语真可供人呕吐。试思对书哭泣，是何景象？无所感触而强作解人，岂非装哭！"⑤ 此二人以读《骚》流涕为可怪失度，甚至虚伪，此等解说，皆为苛论。《沧浪诗话》之意，在于表达其强烈感动的情绪，并无不妥。将这种情绪放到当时的理学语境中，就更容易理解。朱熹提到《九章》数篇时，曾说："原之作，其志之切而词之哀，盖未有甚于此数篇者，读者其深味之，真可为恸哭而流涕也。"⑥ 导致产生这种相似的原因，显然来自严羽接受朱熹"虚心涵泳，切己体察"观念的阅读经验。

严羽学诗之法"入门说"与宋代理学的学道门径"入头说"有相通之处。严羽说："行有未至，可加工力；路头一差，愈骛愈远；由入门之不正也。"（《诗辨》）按"路头"与"入头"相同，即犹"入门"，宋儒多用此语形容治学穷理的层次与路径。朱熹在《答胡季随》中指出："大抵

① 《朱子语类》卷十，见《朱子全书》第14册，第317～318页。

② 〔宋〕朱熹：《答吴伯丰》，见《晦庵先生朱文公集》卷五二，《朱子全书》第22册，第2421页。

③ 《朱子语类》卷八〇，见《朱子全书》第17册，第2759页。

④ 〔清〕何文焕辑：《历代诗话》，中华书局1981年版，第821页。

⑤ 钱振锽：《谪星诗话》，见张寅彭主编《民国诗话丛编》第2册，上海书店2002年版，第580页。

⑥ 〔宋〕朱熹：《楚辞辩证》卷下，见《朱子全书》第19册，第206页。

讲学须先有一入头处，方好下工夫。"① 先要"入门"须正，然后"下工夫"才有效果，不然，当是南辕北辙，愈骛愈远。关于如何领略"入门"与"工夫"的思辨关系，朱熹多有详细阐释："若理会得入头，意思一齐都转；若不理会得入头，少间百事皆差错。若差了路头底亦多端：有才出门便错了路底，有行过三两条路了方差底，有略差了便转底，有一向差了煞远，终于不转底。"② 体会理学家强调"入门"与"做工夫"之间的思维逻辑，能够发现严羽的"入门"说与其由"加工力"到"悟入"的学诗立场是关系极为密切两个方面。"入门"是方向，学诗路径先要找到正确方向；"做工夫"是方法，沿着正确方向不断用功揣摩感悟，诗艺才能有所精进。

关于如何"做工夫"，宋人观念中存在"自下至上"和"自上至下"两种学诗取径。前者如张戒说："国朝诸人诗为一等，唐人诗为一等，六朝诗为一等，陶阮、建安七子、两汉为一等，风骚为一等，学者须以次参究，盈科而后进，可也。"③ 表面看来，虽然严羽也有将古今诗歌分等之说，并提倡"以次参究"，和张戒颇相类，但细看其学诗方式却是完全不同的思路。张戒不满于将学诗眼光限于某家，而是以"盈科而后进"（《孟子》语）的方式一步一步逐段体悟，先从反思本朝诗病入手，由近及远，不断匡矫汰除，返璞归真，即其所谓："苏黄习气净尽，始可以论唐人诗。唐人声律习气净尽，始可以论六朝诗。镌刻之习气净尽，始可以论曹、刘、李、杜诗。"④ 这也是古人的一种学诗方法，走的是自下至上、自今入古的路径。严羽虽然也主张熟读熟参作品，但他的学习路向和张戒的诗学主张完全相反：

> 工夫须从上做下，不可从下做上；先须熟读楚辞，朝夕讽咏以为之本；及读古诗十九首，乐府四篇，李陵、苏武，汉、魏五言，皆须熟读。即以李、杜二集，枕藉观之，如今人之治经。然后博取盛唐名

① 〔宋〕朱熹：《答胡季随》，见《晦庵先生朱文公集》卷五三，《朱子全书》第22册，第2504页。

② 《朱子语类》卷八，见《朱子全书》第14册，第290页。

③ 〔宋〕张戒：《岁寒堂诗话》卷上，见丁福保辑《历代诗话续编》，中华书局1983年版，第451页。

④ 〔宋〕张戒：《岁寒堂诗话》卷上，见《历代诗话续编》，第455页。

家，酝酿胸中，久之自然悟入。虽学之不至，亦不失正路。此乃从顶
颎上做来，谓之向上一路，谓之直截根源，谓之顿门，谓之单刀直入
也。（《诗辨》）

他主张"工夫须从上做下，不可从下做上"。这里使用的"顶颎""直截
根源""顿门""单刀直入"等概念，造语是禅宗式的，但实施方法又是
理学式的。严羽主张学诗须以顶尖作家作品作为研究对象，这一"工夫
须从上做下"之说，与理学提倡的为学功夫须"从上面做下来"的主张
相通：

> 大凡为学有两样：一者是自下面做上去，一者是自上面做下来。
> 自下面做上者，便是就事上旋寻个道理凑合将去，得到上面极处，亦
> 只一理。自上面做下者，先见得个大体，却自此而观事物，见其莫不
> 有个当然之理，此所谓自大本而推之达道也。[①]

严羽将李杜视作古往今来的高标楷模，学诗应从此"自上至下"，如同登
山先站上顶峰放眼，继而再次第俯瞰群峦。如其所谓："即以李、杜二
集，枕藉观之，如今人之治经。然后博取盛唐名家，酝酿胸中，久之自然
悟入。"（《诗辨》）又说："论诗以李杜为准，挟天子以令诸侯也。"推源
严羽提倡李杜的论诗观念，很可能受到朱熹影响。即朱熹所指："作诗先
用看李、杜，如士人治本经。本既立，次第方可看苏、黄以次诸家诗。"[②]
从《沧浪诗话》"李杜为宗如治经"的比喻"袭用"朱熹的例证[③]，可以
看出理学对严羽的影响，不仅表现为一种思维上认知规则的接纳和衍绎，
在某些具体的诗学观点方面，也有所渗透和转移。

本文讨论《沧浪诗话》与宋代理学的关系，这不意味着它只受到或
主要受到理学的影响，而是因为此前这个问题颇被忽略，甚至被遮蔽，故
特别拈出。在南宋后期学术语境中，《沧浪诗话》所受的影响具有多源性
与不确定性。事实上，其理论源头已是互相纠缠，难以理清。宋代理学与

---

① 《朱子语类》卷一一四，见《朱子全书》第 18 册，第 3618 页。
② 《朱子语类》卷一四〇，见《朱子全书》第 18 册，第 4332 页。
③ 《沧浪诗话校释》，第 5 页。

禅学表面势同水火，实际上多有融合。理学力排佛教，但其本体论、认识论与修持方法都吸收一些佛教的思想方法①。清人颜元甚至批评宋儒是"集汉晋释、道之大成者"②。近人吕思勉则说："理学者，佛学之反动，而亦兼采佛学之长，以调和中国之旧哲学与佛学者也。"③ 严羽诗学具有与禅学、理学糅合的特点，其术语多用禅学，而其思维方式往往窥涉理学奥府。前者影响较为显著，后者影响较为隐约，而且往往被遮蔽。由于诗话的文体与讨论对象的关系，《沧浪诗话》没有反映出理学的核心内容"天道性命"观念，也没有明确地采用理学观念来论诗，但是，在南宋这个特定时期，理学不仅仅是居于儒学学术主流的学问，也是士人普遍理解领会和实际运用的一种知识，甚至成为决定知识阶层思想形成的背景与基础。严羽从小就受到理学的熏陶，并已积淀为其无意识与潜意识，往往会不自觉地流露出来。所以，《沧浪诗话》受到传统诗学与禅学影响，同时也受到宋代理学的影响，这是再自然不过之事。

（原载《文学评论》2022 年第 1 期）

---

① 详见严北溟《中国佛教哲学简史》第五章第三节"佛教思想对宋明理学的影响"，上海人民出版社 1985 年版，第 211～223 页。

② 〔清〕颜元：《上太仓陆桴亭先生书》，见《习斋记余》卷三，王星贤等点校《颜元集》下册，中华书局 1987 年版，第 427 页。

③ 吕思勉：《理学纲要》编二"理学之源"，商务印书馆 2015 年版，第 3 页。

# 中国文学的集体认同

　　中国文学批评史通常是以批评家、批评专著与批评理论的个案研究为基础的综合论述，现有的研究领域是基于传统的研究眼光而形成的。在中国古代文化语境中，集体性的文学观念极为重要，但未得到相应的重视，很少被文学批评史、文学理论史纳入专门的视野中①。学术研究的领域，往往是由一种研究的眼光、方法而形成的。眼光所及，会有所见，也会有所蔽；有聚焦，也就有盲点。所以不同的研究视角与眼光，互相补充，互相参照，可以扩大研究的领域。笔者希望通过开拓"集体认同"的不同面向，在传统文学批评史之外寻找另一种阐释中国文学思想观念的路径。

　　中国文学的集体认同，是中国文化认同的一部分内容，文化认同的核心是对一个民族基本价值和精神的认同②。研究中国文学的集体认同，意在立足于中国本土文化，寻找中国文学之基因、传统和独特性。中国文学的集体认同从另一个角度体现中国的诗学精神与价值谱系。质言之，研究中国文学的集体认同就是寻找、拓展和解释古代文学的"中国问题"。

　　中国文学的集体认同，具有无比丰富的内容与内涵，本文拟集中探讨与之相关的一些基本理论问题。

## 一、"集体"的认同

　　中国文学的集体认同着眼于考察集体性的文学观念，这一命题有两个关键词："集体"与"认同"。如果说研究个体的文学理论是求异，研究集体认同则是求同。在文学批评研究上，求同也有重要的意义。集体认同

---

① 黄霖在《中国文学批评史著编写的百年回望》（载《文学评论》2023 年第 1 期）一文中认为，百年以来，中国文学批评史著的主要形态，有"批评史""思想史""理论史"三类。中国文学的集体认同研究很难被这三类形态的文学批评史著作所纳入。

② 关于"集体认同"的一般内涵，参见王远河《后民族政治的内在张力及其认同路径：以欧盟为例》第三章"集体认同"，山东大学出版社 2014 年版；李明明《超越与同一：欧盟的集体认同研究》第二章"集体认同形成的理论研究"，上海人民出版社 2009 年版。

代表的不是个人或个别人，而是一大批人甚至大多数人，包括社会各阶层的观念，是一个时代甚至一种文化的集体特质。中国文学的集体认同从另一个角度体现中国的特殊诗学精神与价值谱系。

所谓"集体"，既有国家、民族、文化这样大的集体，也有地域、朝代、阶层等小一些的集体。集体观念的发生具有多源性，就像涓涓流水汇积而成汪洋江海似的。集体认同并不代表没有个人的观点，而是许多个人的观点都融合到其中，成为一个整体。像一个时代的合唱，是由许多个体声音合成的。文学的集体认同，还构成某种时代的文学氛围。

中国文学的集体认同研究具有独特的意义。"集体"意味着具有更广泛的代表性，而"认同"则意味着它可能不具备明晰、系统的理论形态，往往代表一种集体的文学观念、理想与信仰。中国文学的集体认同是基于文化传统而形成的深层且相当稳定的观念，也包括当时的普遍知识、常识。这些观念与知识成为大多数人理解问题的框架、判断问题的依据、推断事理的逻辑①。集体认同就是文化传统与当下氛围的总体反映。集体认同往往具有持续演进的历时性，某种相同、相关或相近的观念，被不同时代的人们反复运用，并加以新的阐释。中国文学的集体认同是一个被建构、重构的动态过程。集体认同与个人的文学理论相比，往往是跨时代的，有些较为根本的文学集体认同观念早在上古时期就建构和积淀下来，成为人们的集体意识或者集体记忆。这些观念在后来的历史中，有些成为显性的认同，有些成为隐性的认同；有些集体认同观念是贯穿整个历史的，有些观念是某一历史时期所特有的；有些是在不同历史时期中不断推移、变化的，有些则在相当长的历史时期被遗忘或中断，后来又重新被唤起和激活，在新的历史条件下被重新解构和建构。

受认同的观念与不受认同的观念既互相区分，也互相依存，认同的过程是不断排异、容异、改异而达到"混合"的过程。就特定时代而言，这种集体认同具有普泛性；就不同时代而言，这种集体认同观念具有传承

---

① 福柯在《词与物》（莫伟民译，上海三联书店 2016 年版）里提出"知识型"问题。他考察文艺复兴、古典主义、近现代等几个历史时期的知识建构，发现在同一历史时期之内不同领域的知识话语之间，都存在某种"关系"，人们对何谓"真理"，不同领域的话语其实都预设了某种共同的本质论与认识论作为基准及规范，从而建构某些群体共同信仰的真理，以衡定对错。"知识型"指的就是这种不同知识话语之间本质论与认识论的集合性关系，也就是某一历史时期人们共持的思想框架与基本观点。这种理论可以给我们一定的借鉴。

与变化的特性。所以，研究中国文学的集体认同有多方面意义，既探索中国人普遍的文学观念，也探索中国人相对恒久或变化推移的文学信仰。

中国文学集体认同的发生，主要渊源于早期的经典，尤其是诸子百家之说。比如，孔子提出的尽善尽美、兴观群怨、辞达而已、思无邪、文质彬彬、郑卫之音、绘事后素，孟子提出的以意逆志、知人论世、知言养气，老子的大智若愚、见素抱朴、清静无为、有无相生，庄子的法天贵真、泯美丑、物我两忘、坐忘、心斋等，都成为后世文学的理解基础与知识框架。中国古代有些文学思想观念，比较明确始于早期的某一学派，如立德、立功、立言的"三不朽"（《左传·襄公二十四年》），这是比较纯粹的儒家思想观念。但有些文学思想观念发生之时，就已获得跨学派的普遍认同。如《尚书·尧典》有"诗言志"即诗歌表达人类情志之说，朱自清《诗言志辨序》说它是中国诗论"开山的纲领"[①]。"诗言志"并非儒家一派之言，而是先秦时代人们的普遍观念。如"诗以言志"（《左传·襄公二十七年》载赵文子语），"诗以道志"（《庄子·天下篇》）。"书不尽言，言不尽意"（《易·系辞》）这种思想也不仅见于儒家，《庄子》也说："语之所贵者意也，意有所随，意之所随者，不可以言传也。"（《庄子·天道》）它们都表达语言不能完全反映思想的观念。集体认同往往是跨时代积累而成，如"物感"说。《礼记》："凡音之起，由人心生也。人心之动，物使之然也。"（《礼记·乐记》）此后，陆机云："遵四时以叹逝，瞻万物而思纷。"（《文赋》）刘勰云："人禀七情，应物斯感"（《文心雕龙·明诗》）；"岁有其物，物有其容；情以物迁，辞以情发"（《文心雕龙·物色》）。钟嵘云："气之动物，物之感人，故摇荡性情，形诸舞咏。"（《诗品序》）无论是文学还是艺术的产生都是基于人类表达感情的需要，而人的感情是受到外物激发所产生的。这些观念，既非一人之言，也非一代之见，实在是由古代知识世代层积而成的。

从先秦至汉代，中国古代知识的基本框架与基础已形成，包含了中国早期文学最核心、最重要的术语、概念、命题，这也是中国文学集体认同的基础和框架。这种集体认同形成之后，则历千载而不熄，后代的文学理论和观念，大致是对之的阐释、传承和赓续。但有些观念却是和一些特定历史时期的知识相关联，在不同历史时期不断推移、变化的。比如，

---

① 朱自清：《诗言志辨序》，见《诗言志辨》，古籍出版社 1956 年版，第 4 页。

"文"与"道"的关系是中国古代文学最重要和核心的问题，但是无论是"文"还是"道"，其内涵都是在演变之中的。"文"的原义为彩色交错，引申而泛指文化、制度等。"道"原指道路，引申而指宇宙万物的本原、本体与规律。如"一阴一阳之谓道"（《易·系辞上》）；"有物混成，先天地生……吾不知其名，字之曰道，强为之名曰大"（《老子》第二十五章）；"道者，万物之所然也，万理之所稽也"（《韩非子·解老》）。又指政治主张或思想体系。如"道不同，不相为谋"（《论语·卫灵公》）。从先秦儒家、道家的"道"到唐宋文以载道、文以明道的"道"，都是既有相承，又有所变化的。又如"诗教"，"孔子曰：入其国，其教可知也。其为人也，温柔敦厚，诗教也"（《礼记·经解》）。这就是后来"温柔敦厚"的"诗教"说之所本。孔子本身是就《诗经》立论的，认为《诗经》纯厚，受其教育，则为人温文尔雅，淳朴敦厚。而后人则把孔子所指的《诗经》扩大到一般的诗歌，并且加以改造，使之部分具有消解或缓解诗歌讽刺、怨怒情绪的功能。

早期的集体意识后来有些成为显性的认同，有些成为隐性的认同。像比兴、文本于经、文以载道、诗骚传统等范畴、观念、关键词都是较显性的集体认同。比兴作为一种诗歌创作修辞，在《诗经》中已普遍存在。汉代的经学家在阐释儒家经典时，开始对比兴进行阐释，此后历代都有许多研究，可以说是贯穿中国文学史的一种理论，但它不能只归于某个人的理论，而应该属于中国本土的集体性、公共性的诗学智慧。有些集体认同隐蔽在文献渊薮之中，或在诗文里反复出现，或成为人们习焉不察的规则、常识与熟语。这类可称为隐性的集体认同。隐性的集体认同向来未受重视，更有研究的必要，也是中国文学集体认同研究的重点。钱锺书说："正因为零星琐屑的东西易被忽视和遗忘，就愈需要收拾和爱惜；自发的孤单见解是自觉的周密理论的根苗……眼里只有长篇大论，瞧不起片言只语，甚至陶醉于数量，重视废话一吨，轻视微言一克，那是浅薄庸俗的看法。"① 钱先生的《中国诗与中国画》《读〈拉奥孔〉》《通感》《诗可以怨》② 等论文，就是以一种独特的眼光，发现和揭示了古人一些隐在的集体观念，这种研究往往具有发覆抉微、启人心智之功。

---

① 钱锺书：《读〈拉奥孔〉》，见《七缀集》，上海古籍出版社 1985 年版，第 29～30 页。
② 以上皆见钱锺书《七缀集》。

吴承学自选集

WU CHENGXUE ZIXUANJI

集体认同的发生与个人思想当然不能断然分开，它们之间具有相关性。所以，集体认同与个人思想，可能具有相兼的性质。集体认同与个体理论之区分，看似简单，实则非常复杂，可能是你中有我，我中有你，互相纠缠，难以理清的。在历时性的集体认同中，有些观念是由某些人命名的，但是观念的发生则是多源性的。像"江山之助"这一命题，表面上看是刘勰提出的："若乃山林皋壤，实文思之奥府，略语则阙，详说则繁。然屈平所以能洞监《风》《骚》之情者，亦江山之助乎！"（《文心雕龙·物色》）但这种认为地域自然与人文环境对于文学创作产生影响的观念，其实是对古已有之的集体观念的沿用、发挥与概括。早在《礼记》《淮南子》乃至《汉书》中就已有类似的观念①。刘勰把这种观念引入文学批评，并加以明确命名，显得更为集中显豁。又如"穷而后工"四字，是欧阳修在《梅圣俞诗集序》（《居士集》卷四三）一文中明确提出来的。但历代都有类似的观念，如司马迁所说的"发愤"著书（《史记·太史公自序》），刘勰所说的"蚌病成珠"（《文心雕龙·才略》），甚至可以追溯到早期儒家"天将降大任于斯人"（《孟子·告子下》）的观念。也就是说，这种类似的观念早已成为集体的观念，只是由于欧阳修在宋代文坛的领袖地位以及他精当的概括，因此特别受到集体的接受和认同。这种情况可称之为个人对集体认同的推进与确立，在中国文学思想史上，是一个很普遍的现象。文学批评史往往将之归为个人的理论，但是从其发生的角度看，这些观念应该属于中国文学集体认同的一部分。对这类集体认同，必须进行历时性的长时段考察。

　　个体理论往往具有独创性的内核，但也可能受到传统或同时代的影响，以及后世的进一步阐释，这是有些集体认同与个体思想共存的原因。在中国古代，文学思想集体化的倾向非常普遍，很多个体提出的理论，最后都被集体接受、采用和传播。孔子的兴观群怨之说，从古代到现代都被普遍接受，"兴观群怨"是一种由孔子个人明确且系统地提出，又作为经典在历代传播，得到广泛认同的观念。所以，从其发生的角度看，它可以

---

　　① 如谓"凡居民材，必因天地寒暖燥湿，广谷大川异制，民生其间者异俗"（《礼记·王制》），以及"土地各以其类生"（《淮南子·地形训》）之说。《汉书·地理志》多论述不同地域的自然环境影响了该地方的民俗与居民的性格。参见吴承学《江山之助——中国古代文学地域风格论初探》，载《文学评论》1990 年第 2 期。

视为孔子的思想。但从后世传播与阐释的角度看，也可以认定为集体的认同。又如，刘勰说"道沿圣以垂文，圣因文而明道"（《文心雕龙·原道》），明确提出以原道、征圣、宗经为"文之枢纽"的思想。虽然在刘勰之前，荀子已初步形成了原道、征圣、宗经的观念，扬雄更明确而系统地提出原道、征圣、宗经的思想，但是，刘勰首次将原道、征圣、宗经系统地运用到了文学之上。从文章学的角度看，刘勰的理论既具有集体认同的意义，也具有个体创造的重要意义。

## 二、关乎信仰的"认同"

"认同"是中国文学的集体认同命题的另一个关键词。中国古代有相当一部分文学批评并不以系统理论形态出现，一些不同时代、不同人物在不同场合不断重复的话题、习语或片言只语，所反映的并不是个人或某一时段的观点，而是一种历代积淀的集体意识。"认同"形态是与理论形态相对而言的，两者虽然无法截然分开，但又有明显的差异。如果说理论是理性的，那么"认同"则是感性的。认同往往是一种话题，表达的是或清晰、或含混的感觉或观念。集体认同不是从事实中推导出来的，而是对众多事实所作的有倾向性的选择。人们能在众声喧哗之中，听到悦耳的声音；在目迷五色的环境中，选择赏心悦目的物象。选择的可能是事实，不过是选择者所喜欢的部分事实。有些集体认同甚至可以改写历史与事实。质而言之，中国文学的集体认同要表达的并不是事实，不是逻辑推理，也可能没有体系性、理论性，它表达的是中国人所宗奉和追求的文学信仰与理想，是中国古人大致相同的认识与评价，是集体的文化记忆。

认同不是事实判断，而是价值判断。所以，对于中国古代的集体认同，更重要的是把它们放到当时的文化语境里去理解，而不是简单地判断其真假与对错。举例而言，"诗能穷人"与"诗能达人"，"穷而后工"与"达而后工"在中国古代是同时存在、各有事实依据的诗学论题，都具有真实性与合理性，但在长期的诗学接受史上，多数人还是选择"诗能穷人""穷而后工""诗人薄命"之说，而"诗能达人""达而后工"之类表述则渐渐被人们遗忘或被遮蔽，共同形成一种独特的"诗人薄命化"趋势与现象。对于"诗能穷人"与"诗能达人"，"穷而后工"与

吴承学自选集 | WU CHENGXUE ZIXUANJI

"达而后工"的选择与接受，是一种基于传统诗学观念与价值判断之上的集体认同。曹丕举古人为例："故西伯幽而演《易》，周旦显而制《礼》，不以隐约而弗务，不以康乐而加思。"（《典论·论文》）把顺境、逆境相提并论。韩愈有"不平则鸣"之说，后人往往以"不平"为处于逆境或不公平待遇。其实，不平所指甚广，钱锺书说过："韩愈的'不平'和'牢骚不平'并不相等，它不但指愤郁，也包括欢乐在内。"① 不平则鸣是指处于不平常、不平静之境，就总是会出现一些"善鸣"的人物。这可以是盛世，如唐虞的皋陶、大禹、殷商的伊尹、周代的周公；也可以是乱世、衰世，如"周之衰，孔子之徒鸣之""其末也，庄周以其荒唐之辞鸣""楚，大国也，其亡也，以屈原鸣"。可以"以道鸣"，如孟子、荀子；可以"以术鸣"，如杨朱、老子、韩非、张仪、苏秦；也可以以诗文鸣，如司马迁、司马相如、扬雄、陈子昂、李白、杜甫。但是，历来对于"不平则鸣"，往往是一种有所偏重的接受，即倾向把"不平"理解为不公平或逆境。这种选择性的接受，是一种集体认同。它与倾向于选择"穷而后工""诗能穷人"的认同是出于相同的集体心理，都是认为好的作品是反映悲苦生活的，而写作者则应该经过困苦和磨难才能成为杰出诗人。这些当然也是事实，但只是部分事实。这种集体认同，其实反映出中国古人对诗歌与诗人的集体理想，对诗人的想象与期待及对诗歌的价值判断：诗是一种承载苦难、超越功利的神圣信仰，是一种高尚的精神寄托。在古代中国，"诗人"是一个被赋予悲剧色彩的崇高名称，它必须面对苦难和命运的挑战，承受生活与心灵的双重痛苦，必须有所担当，有所牺牲。这正是基于中国古人对于诗人的集体认同而建构的诗人的"宿命"，其本质正是古人对于文学使命的一种积极期待。②

集体认同包括某种"反向认同"，即在批评某事物背后，寄寓其正面理想。对于"文人"的贬责也是中国文学集体反向认同的典型个案。在中国古代语境中，"诗人"与"文人"既有关联，又有差别，也有轩轾。"诗人"往往带有悲剧性，受到同情和尊重，而"文人"则普遍受到贬责和卑视。诸如"耻作文士""文人无行""文人相轻"，或"号为文人便

---

① 钱锺书：《诗可以怨》，见《七缀集》，第107页。

② 吴承学：《"诗能穷人"与"诗能达人"——中国古代对于诗人的集体认同》，载《中国社会科学》2010年第4期。

无足观"等，就是这类代代相传的集体话语。文人自身也对文人持否定态度，南朝范晔"常耻作文士"，而且也"无意于文名"①。明代宋濂"好著文，或以'文人'称之，则又艴然怒⋯⋯"②。但是，古代也有很多为"文人"辩护的情况。如刘勰就专门对"文人无行"之说予以反驳（《文心雕龙·程器》）。宋人祝穆《古今事文类聚别集》既列"文人相轻"之目，又列"文人相推"之典③。明代谢肇淛专门撰写《文人无行辩》一文来澄清"文人无行"之说④。但是，在长期的接受过程中，对文人群体污名化的倾向却受到中国古人的普遍认同，甚至成为至今流行的成语俗话。在"文人"话题中所表现出来的焦虑，潜藏了古人的社会价值观与文学价值观。所有对文人的批评或文人的自我否定，都是基于一个参照系，一个隐在的标准和理想。古代文人是从早期士人发展、分化而来的，"士"在古代是一个有崇高意义的词语。"士不可以不弘毅，任重而道远。仁以为己任，不亦重乎？死而后已，不亦远乎？"（《论语·泰伯》）所以传统士人就是文人的参照系，古人以士人为理想人格，用士人的标准来衡量文人和自我期许，文人之不足与缺陷显得更为突出与明显。但是，古人对于文人及其文章的批评，并非仅是世俗的蔑视，其实还包含对文人应该具有强烈的社会责任感和崇高人格的期待，以及对文人积极用世、对文章经世致用的期待。古人对于"文人"的批判，背后其实是出于理想而对文人表达一种期待和文人对于建功立业的自我期待，这是一种特殊的"反向认同"，是此话题历来被忽略的崇高层面。⑤

集体认同是对诸多事实的选择与取舍，无论是"诗能穷人"还是"文人无行"，这些集体认同所表达的，并不是真实的历史事实，不是统计学上的真实，而是一种对于诗人与文人的期待，表达的是一种文学

① 〔南朝宋〕范晔：《狱中与诸甥侄书》，见沈约《宋书》卷六九《范晔传》，中华书局2019年版，第2000～2001页。

② 〔明〕宋濂：《潜溪前集》卷七《白牛生传》，见罗月霞主编《宋濂全集》第1册，浙江古籍出版社1999年版，第80页。

③ 〔宋〕祝穆：《古今事文类聚别集》卷五"文章"条，见《景印文渊阁四库全书》第927册，台湾商务印书馆1986年版，第575～576页。

④ 〔明〕谢肇淛：《文海披沙》卷六，见《续修四库全书》第1130册，上海古籍出版社2002年版，第309～310页。

⑤ 吴承学、沙红兵：《身份的焦虑——中国古代对于"文人"的认同与期待》，载《复旦学报》2020年第1期。

信仰与理想。

## 三、思想框架与公共知识

文学的集体认同，往往受制于当时人们普遍的思想框架与公共知识。中国文体学作为中国古人普遍接受的文学思想框架，与中国文学的集体认同关系非常密切。文体是在集体运用中产生的，文体体制也是被集体认定和选择的。文体理论本身就是集体所认同的文体规定，比如，文体运用的场合、写作对象、语言形式的规定和风格的约定等。虽然没有绝对不变的文章"定体"，但是必须有普遍遵从的文章"大体"。所以，古人说："定体则无，大体须有。"① 虽然，文之"大体"在不同时代也会有所变化，但这种变化本质上也反映了集体认同的嬗变。

文体学为我们打开考察集体认同的特殊视角。众所周知，一方面在魏晋南北朝文坛上，出现诗歌创作的个性化与抒情化倾向，对传统政教观念有一定的解构作用；但从另一方面看，当时流行的像唱和诗、公宴诗、联句诗这些文体，以及赋韵、赋得、同题共作、分题、分韵等诗歌创作形态，都明确地反映出整个文坛注重文学的集体性、功利性与交际功能的风气，也体现出儒学"诗可以群"的文学观念。孔子曾说："诗可以兴，可以观，可以群，可以怨。"（《论语·阳货》）所谓"群"，何晏《集解》引孔安国的话说是"群居相切磋"②，"诗可以群"就是指诗歌可以用来交流和沟通，引发人们思想感情的共鸣，起到协和群体的作用。魏晋南北朝新兴或盛行的诗歌创作形态就体现出当时集体的文学认同。所以，魏晋南北朝诗学的个性化与抒情化，与文体上追求集体性、功利性与交际功能这种"诗可以群"的美学观念，两种倾向在当时并行不悖，无缝链接，诗歌既成为抒发个人性灵的工具，同时也成为公共社会关系的润滑剂。从当时诗歌创作的文体形态来研究文学集体认同，揭示了魏晋南北朝文学的另一种颇受忽视的倾向，更全面地反映了魏晋南北朝文学的复杂性。

---

① 〔金〕王若虚著，马振君点校：《王若虚集》卷三七《文辨四》，中华书局 2017 年版，第452 页。

② 〔三国魏〕何晏集解，〔宋〕邢昺疏：《论语注疏》卷一七，见〔清〕阮元校刻《十三经注疏》，中华书局 1980 年影印版，第 2525 页。

对于文体的集体认同，已经跨越文章学本身的问题，它体现出中国古代制度文化对于文学价值观念的深远影响。中国古代文体品类复杂，成员众多。各种文体在整个文体家族中的地位尊卑、价值高下各有不同。在传统的文体价值谱系中，那些纯粹或偏重审美与娱乐的文体地位就不如源于政治、礼乐制度的文体尊贵。比如词、曲、戏剧、小说等文体的地位，就远不如诏、令、章、表、奏、移、檄等行政公文，以及诗、赋、颂、赞、祝、盟、碑、铭、诔、哀吊、墓志等直接产生于礼乐制度的文体。这种文体的尊卑高下与现代的文学观念差异很大。究其原因，中国古代的文体谱系与早期礼乐制度关系相当密切，两者颇有异质而同构之处。儒家礼乐制度是建立在宗法血缘关系基础之上的。宗法讲究血统之正、嫡庶之别，以正宗、正统为贵。那些与官制及礼制联系密切的文体，关乎政治权力和社会运行，故地位尊贵；而那些主要功能为抒情、审美、娱乐甚至带有通俗文化色彩的文体，长期受主流文化的轻视和排斥，在古代文体谱系中处于边缘地位。中国文体学史上，充满着对文体传统的遵奉，同时也有革新与突破。这种复杂情况，可以称之为文体王国中的"政治"。从先秦到清代，这种"文体政治"一直在变化中延续。到了晚清民国，受西方文化冲击和影响，新的文学文体谱系得以建立，传统的文章文体谱系才告结束。另外，古人以早期产生的文体为正体、古体、雅体，以后世孳生的文体为变体、近体、俗体。在文体价值谱系中，正体高于变体，古体高于近体，雅体高于俗体。文体分正、变，尊正体而卑变体、旁流，自然是可以理解的。古人这种文体价值谱系，反映了中国世代相传的集体的审美理想，这就是推崇正宗、古典、自然的艺术形式，相对轻视时俗、流变、拘忌过多的艺术形式。这种文体价值谱系的观念，也影响到中国古人在"破体为文"创作中，所普遍采用的文体策略，即"以文为诗"而非"以诗为文"，"以诗为词"而非"以词为诗"，"以古为律"而非"以律为古"，"以古文而为时文"而非"以时文为古文"。这种普遍采用的文体策略，就是基于对文体价值谱系的集体认同。①

笔者借用管理学的术语"公共知识"一词，指称在文学领域里群体所普遍了解的事实与知识。有许多知识并非高深理论，而是人们在社会活

---

① 参见吴承学《中国古代文体学研究》（增订本）第九章"文章价值谱系与破体通例"，中华书局 2022 年版。

动中普遍接受和运用的常识，故可能对集体认同的形成产生了重要影响。人们在儿童时代所接受的启蒙教育、童谣、儿歌、读本，如《三字经》《千字文》《古文观止》《唐诗三百首》《千家诗》等，都成为一段时期内的"公共知识"。就当代人而言，我们从小所接受的中小学课本，都属于有迹可寻的"公共知识"，这种教育给我们以文学的观念，经典的观念，诗歌、古文的观念，它们甚至可能积淀成为集体性的深层审美心理和文学理想。我们有许多文学观念，是从孩提时代不知不觉地被培养出来的。比如，我们从小听到并诵读骆宾王《咏鹅》，无形中就会感觉到什么是节奏、韵律，学生什么是生动与趣味等文学的知识，也慢慢懂得什么叫诗歌之美。这可能比在大学文学课程中获得的知识印象更深刻，影响更深远。

类书往往不受文学批评史研究者重视，但从集体认同的角度看，类书反映出特殊的文学观念。和一般文学批评的个性化、私人化不同，类书尤其是官修类书罗列的主要是公共的常识，代表着当时的主流意识。学术界对类书与文学创作的关系关注较多，而对类书与文学观念、文学批评的关系关注较少。在思想史研究领域，葛兆光曾说，类书"是思想史的绝好文本"，他指出："各类中无意识地堆垛的各种通常共享的文献，恰恰就是我们测定一般知识、思想与信仰水准的材料。"[①] 笔者赞同葛先生的高见，他的说法同样揭示出类书在文学思想史研究中的价值与意义。古代类书可视为一种公共知识。类书既有私人编纂，也有集体编纂，但同样都是收录了当时百科全书式的内容，是公共与普遍的知识，所以，也在一定程度上体现了知识阶层的集体意识。类书和文学批评专著不同，它更能代表当时的集体意识与一般知识，所以类书在文学思想史研究中具有特殊的价值与意义。知识分类的背后是一个整体的知识体系，这个体系有传统与固有的框架，但在对知识类目的设置和具体文献的选择上，多少又反映出某个时代的观念。类书对文献加以分类和排列的过程也反映出当时人们普遍的文学与文体观念。类书中"文学"部类的设立不仅能够反映出"文学"在古代知识体系中的地位，与"文学"观念相关部类如"杂文""文章"等内容，也反映出古人对"文学"内涵的理解，以及与现代的"文学"内涵的差异。《艺文类聚》是由欧阳询主持编纂的大型类书，但此书并非

---

① 葛兆光：《思想史的写法——中国思想史导论》第一节"一般知识、思想与信仰世界的历史"，复旦大学出版社 2004 年版，第 23 页。

仅代表欧阳询或个别人的思想观念，而是反映出初唐时期集体认同的普遍知识和学术观念。《艺文类聚》"杂文"部，收录了"经典、谈讲、读书、史传、集序、诗、赋、七、连珠、书、檄、移、纸、笔、砚"等内容，可见《艺文类聚》的"杂文"主要是指含诗赋在内的各体文章。当然，如"经典""谈讲""书""笔""砚"等内容不能等于文章文体，但也与各体文章写作有密切关联。更准确地说，《艺文类聚》"杂文"部是以诗赋文体为中心，又包括与之相关的言辞与书籍、书写工具。清代由官方主持的大型类书《古今图书集成》中的《文学典》对于考察晚期帝制时代集体的文学认同具有非常重要的意义。蒋廷锡上表谓《文学典》："惟天地之元音，至文章而挥发，故缘情体物，不厌雕镂，征事属词，无妨绮丽。始则本原六籍，既乃泛滥百家。相如多扬厉之篇，子云有覃精之作。散行骈体，固可兼收，只句单词，亦堪吟玩。矜连城之白璧，握径寸之骊珠，不徒纂组为工，实亦性灵攸托。"①《文学典》的"文学"虽有"文以载道"之任，实际上却多是"缘情体物"之作。编者心目中的"文学"，就在于形式上"纂组为工"之美，而内容上则有"性灵攸托"之妙，应该是比较狭义的文章概念了。虽然强调文学在理学知识体系之中，但重点则是文学性强的作品。类书既是一种工具，也是一种典范。每类文体下所选的例文，应该是编选者心目中的代表性作品，体现那个时代具有普遍性的文学眼光和审美标准。类书对于文学经典的形成和传播，起了不可忽视的作用。比如，《艺文类聚》"杂文"部的"连珠"类收录扬雄、班固、曹丕、陆机等的作品，"七"类收枚乘《七发》、傅毅《七激》、张衡《七辨》、曹植《七启》等，"檄"类收司马相如《喻巴蜀檄》、陈琳《为袁绍檄豫州》、萧绎《伐侯景檄》、魏收《檄梁文》等，这些都是相关文体具有典范意义的作品。如果我们把《艺文类聚》"杂文"部所选文章和南朝著名的文章总集《文选》及诗文评著作《文心雕龙》等作比较研究，可以看出初唐人对于南朝文学观念的赓续与变化。中国古代类书对文学共识的形成与经典传播产生了重要的作用，是考察中国文学集体认同的独特路径。这也是具有中国本土特色的。

---

① 〔清〕陈梦雷：《古今图书集成》第1册，中华书局、巴蜀书社1985年影印武英殿聚珍铜活字本，第9页。

## 四、隐藏深处的集体认知

在中国古代，有些集体认同的观念如诗言志、文本于经、文以载道等比较显豁易见，多为人们所了解，学术界的研究也很深入。但也有许多隐性的集体认同，它们往往散落在零碎的文献记载中，或者隐藏在日常生活中的俗语常谈里。所以不但需要一番爬罗剔抉的功夫，更需要具有敏锐的眼光，能穿透语言的表层，发现其深处所隐藏的思想观念。中国古人喜欢通过用各种比喻来表达对文学艺术的认知，并揭示其特征。比喻背后有观念的支撑，它也是认知的一种方式，通过把一种事物比喻为另一种事物，让人们认识这一事物新的特征。这些比喻的运用具有普泛性，反映了中国古人对于文学艺术的认识，也属于中国文学集体认同的一部分。从比喻入手来研究中国古代的文学观念，不但是一个别致的角度，也是一种独特的方法。

中国古人用过许多比喻来形容文学艺术作品，其中最常见、最普遍的是把文学艺术作品比喻为人体。笔者经受钱锺书的影响，写过《生命之喻——论中国古代关于文学艺术人化的批评》一文，讨论中国文学批评中的人化比喻①。自六朝以来，这类例子很多。如《文心雕龙·附会》说："夫才童学文，宜正体制。必以情志为神明，事义为骨髓，辞采为肌肤，宫商为声气。"② 所谓"神明""骨髓""肌肤""声气"都是源于人体的术语，是一种比喻。颜之推《颜氏家训·文章》亦说："文章当以理致为心肾，气调为筋骨，事义为皮肤，华丽为冠冕。"③ 所谓"心肾""筋骨""皮肤"皆为人体的一部分，也是一种比喻。中国古代的许多审美概念如风骨、形神、筋骨、主脑、诗眼、气骨、格力、肌理、血脉、精神、血肉、眉目、皮毛等，律诗学中的首联、颔联、颈联、韵脚等，评论

---

① 钱锺书早在20世纪30年代所撰的《中国固有的文学批评的一个特点》（载《文学杂志》第1卷第4期，1937年8月1日，第4页）一文中，就指出中国古代文学批评有"把文章通盘的人化或生命化"，"把文章看成我们自己同类的活人"的特点。见吴承学《生命之喻——论中国古代关于文学艺术人化的批评》，载《文学评论》1994年第1期。

② 〔南朝梁〕刘勰著，詹锳义证：《文心雕龙义证》，上海古籍出版社1989年版，第1593页。

③ 〔北齐〕颜之推撰，王利器集解：《颜氏家训集解》（增补本），中华书局1993年版，第267页。

中所用肥、瘦、病、健、壮、弱等术语，都是一种把文学艺术拟人化的隐喻。假如孤立或零散地看，这些片言只语似乎只是微不足道的一时兴到之语，但是如果把它们集中起来，就可以看出这些比喻并非偶合，而是反映了中国古人一种深刻的文学观念，即把文学艺术形式与人体形式都看成是有生命的结构。笔者把这种人、文同构的比喻，称之为"生命之喻"。"生命之喻"反映出中国古人集体的文学认同，即把艺术形式视为一种具有内在生命力的有机的动态整体，并且推崇生机勃勃、灵动自由、神气远出的生命形式，要求文学艺术应具有和生命运动相似相通的形式。

如果说"生命之喻"属于隐喻，关于文章与兵法之关系的比喻，则可谓明喻。古人明确提出过"文章一道，通于兵法"①，或者干脆说"兵法即文法"②。以兵法喻文法由来已久，比如刘勰《文心雕龙》论及"势"者甚多，而且还专门设置《定势》一篇。刘勰所谓"势"，明显受到兵学思想的影响："势者，乘利而为制也。如机发矢直，涧曲湍回，自然之趣也。"③ 他直接借用《孙子》兵法的思想，其以水和箭为喻也是借用《孙子》兵法的④。古人认为文法与兵法相通，所以兵法的术语，可以用来表达文学批评的技法。如"势"与"法"，"奇"与"正"⑤，伏笔与伏兵⑥，"避"与"犯"⑦ 等术语与观念，都为文学批评注入活力，提供了非常有生命力的论题与范畴。另外，一般谈写作技巧总有着相之嫌，而

① 《聊斋志异》冯镇峦评本卷首"读聊斋杂说"引沈确士说，见蒲松龄著，张友鹤辑校《聊斋志异会校会注会评本》，上海古籍出版社 2020 年版，第 14 页。

② 《聊斋志异》冯镇峦评本卷七《宦娘》行侧评，见《聊斋志异会校会注会评本》，第 1080 页。

③ 《文心雕龙义证》，第 1113～1115 页。

④ "激水之疾，至于漂石者，势也；鸷鸟之疾，至于毁折者，节也。是故善战者，其势险，其节短。势如彍弩，节如发机"。（《孙子·势篇》）

⑤ 宋代姜夔在《白石道人诗说》中就说写作应该"如兵家之阵，方以为正，又复是奇；方以为奇，忽复是正。出入变化，不可纪极，而法度不可乱"。见何文焕辑《历代诗话》，中华书局 2004 年版，第 682 页。

⑥ 林纾《春觉斋论文》"用伏笔"："行文有伏笔，犹行军之设覆，顾行军设覆，敌苟知兵者，必巧避不犯我之覆中；若行文之伏笔，则备后来之必应者也。"林纾就是将文章伏笔比之伏兵。伏兵总是预先部署，不为人知，到关键时刻起到出人意料之功。见吴俊标校《林琴南书话》，浙江人民出版社 1999 年版，第 199 页。

⑦ 金圣叹对"避"与"犯"有颇多精彩见解。他在《水浒传》第十一回首评说道："文章家之有避之一诀，非以教人避也，正以教人犯也。犯之而后避之，故避有所避也。"见马蹄疾编《水浒资料汇编》，中华书局 1980 年版，第 144 页。

以兵法论文法，不但形象生动，还可以提高技巧论的理论品位，所论似乎是运筹决胜之大计，而不再是语言文字运用的雕虫小技。如吴乔论诗："意为主将，法为号令，字句为部曲兵卒。由有主将，故号令得行，而部曲兵卒，莫不如臂指之用，旌旗金鼓，秩然井然。"① 这是以兵法喻诗的构思与结构。古代诗文评乃至小说戏曲批评中，喜欢用阵法比喻作文之法。宋代陈善《扪虱新话》下集卷五："桓温见八阵图曰：'此常山蛇势也，击其首则尾应，击其尾则首应，击其中则首尾俱应。'予谓此非特兵法，亦文章法也。文章亦要宛转回复，首尾相应，乃为尽善。"② 清人毛宗岗评《三国演义》九十四回云："文如常山率然，击首则尾应，击尾则首应，击中则首尾皆应，岂非结构之至妙者哉？"③ 这是以兵法比喻艺术的结构与章法，以之为互相呼应的有机整体。如果说"生命之喻"重在艺术的生命整体结构，那么"兵法即文法"则重在艺术法度的形成与超越的思想观念④。文人喜用兵法批评文章，某种意义上也是文人在知兵、谈兵方面的想象与言说的一种延伸和惯习。喜好知兵、谈兵既出于古代文人期待建功立业、治国平天下的社会责任感，同时也是一种自我身份塑造，故而在评文之际，会自觉不自觉地将知兵谈兵的身份认同和知识积累带入其中。可见，"兵法即文法"这种文学的集体认同具有超越文学之外的文化学与社会学意义。

比喻式的文学批评在古代中国具有普遍性。除了生命之喻、兵法之喻外，还有锦绣之喻、容器之喻、宫室之喻、自然物之喻、饮食之喻、山水

---

① 〔清〕吴乔：《围炉诗话》卷二，见郭绍虞编选，富寿荪校点《清诗话续编》上册，上海古籍出版社 1983 年版，第 545 页。

② 〔宋〕陈善撰，袁向彤点校：《扪虱新话》，山东人民出版社 2018 年版，第 56 页。

③ 罗贯中原著，毛宗岗评改，穆俦等标点：《三国演义》，上海古籍出版社 2021 年版，第 1277 页。毛宗岗之语来自古代兵法："故善用兵者，譬如率然。率然者，常山之蛇也。击其首则尾至，击其尾则首至，击其中则首尾俱至。"（《孙子·九地》）

④ 关于兵法与文学批评，参见饶宗颐《释主客——论文学与兵家言》，见氏著《文辙》，台湾学生书局 1991 年版；吴承学《古代兵法与文学批评》，载《文学遗产》1998 年第 6 期。

之喻、气象之喻等，学界对此已有一些研究①。可以说，比喻式的文学批评已构成一种传统，形成一个系列，这些丰富的比喻力图以各种不同的意象去把握中国文学各方面的特色。中国古人这种比喻式的文学批评思维方式源于《易》的意象思维传统。《易·系辞下》："近取诸身，远取诸物，于是始作八卦。"唐孔颖达疏："近取诸身者，若耳目鼻口之属是也；远取诸物者，若雷风山泽之类是也，举远近则万事在其中矣，于是始作八卦。"② 意谓圣人经过观察身边事物以至各种自然事物之后，而制作了八卦。"近取诸身，远取诸物"也就成为中国人认识文学以及文学批评的模式，所以显得更亲近、更自然也更容易被接受。这是一种感悟性体会与象征性表述的文化心理活动，也是一种中国式的诗性化思维。最近，有学者将"比类"看作一种"汉语思维"③，"汉语思维"本质上就是中国本土的思维方式，其实也可以视为集体认同。

除了以人体结构隐喻文学艺术结构，中国古代还有以身体象征人格与艺术品格的，最典型的就是以身体残疾来隐喻不俗的道德人格或艺术品格。《庄子·德充符》虚构了王骀、叔山无趾、申徒嘉、支离无脤、瓮盎大瘿几位形残而德全者，说明人的可贵在德而不在形。《庄子·人间世》中的支离疏也是一位肢体畸形、于世无补而坐受赈济的人："夫支离其形者，犹足以养其身，终其天年，又况支离其德者乎！"（《庄子·人间世》）庄子在形的"支离"基础上，提出德的"支离"命题。"形"的支离已经可以养其天年，"德"的支离更是人生的高妙境界。这种超越性的思维方式不仅属于老庄思想，也是古人比较普遍的观念。比如杂家的《尸子》

---

① 如古风《"以锦喻文"现象与中国文学审美批评》，载《中国社会科学》2009 年第 1 期；闫月珍《容器之喻——中国文学批评的一个特点》，载《文学评论》2014 年第 4 期；闫月珍《宫室之喻与中国文学批评》，载《文史哲》2022 年第 2 期；冯晓玲《自然物之喻与中国文学批评》，载《文艺理论研究》2019 年第 3 期；陈军《饮食譬喻：文学观念表达的特色之媒——中国古代文学艺术饮食化批评研究》，载《江西师范大学学报》2006 年第 5 期；赵忠富《"以技为喻"与〈文心雕龙〉批评话语的生成》，载《古代文学理论研究》2020 年 2 期；潘殊闲《论宋代山水象喻文学批评》，见高建平、丁国旗主编《中国中外文艺理论研究》，中国社会科学出版社 2015 年版；潘殊闲《四时气象与天体：宋代象喻文学批评的有趣选择》，载《中外文论》2016 年第 1 期。

② 〔三国魏〕王弼、〔东晋〕韩康伯注，〔唐〕孔颖达疏：《周易正义》，见《十三经注疏》，第 86 页。

③ 王涛：《比类：汉语思维与传统文学批评的过程性特质》，载《复旦学报》2023 年第 1 期。

就说："禹长颈鸟喙，面貌亦恶矣，天下从而贤之者，好学也。"① 貌恶而德高，为天下之师。支离疏式人物成为中国古代一种具有丰富阐释内涵的象征符号。从形的支离到德的支离，其隐喻意义都在于对文明与庸常社会的反叛。基于这个认同，有些在庸常社会看来有缺陷的人格，反而受到古人激赏。如明人张岱说："人无癖，不可与交，以其无深情也；人无疵，不可与交，以其无真气也。"② "无癖""无疵"之人，不可作为朋友交往，因为他们缺少"深情""真气"。所谓"癖"与"疵"，就是那种不受世俗影响，没有世故之态的人格。有"癖"有"疵"，才有执着的深情和真实的个性。"病"是一种不同世俗的情致。晚明程羽文在《清闲供》的"刺约六"中，详细论及文人的六种"病"：癖、狂、懒、痴、拙、傲③。文人的生活情趣，都是由这些"病"所生发的。有了病，才有诗意，才有意趣，才有不同寻常之处。

除了支离疏式的人物之外，还有作为狂与畸象征的接舆与畸人。《论语·微子》中有楚狂接舆，《庄子·大宗师》则有"畸于人而侔于天"的畸人，也就是与世俗不同而通于天道的异人。在中国文学艺术中，那些疯癫怪异、狂人疯子，往往代表蔑视礼法，超越人生惯常，其实是一种回归本真、清高不凡、冲虚寂寞的智者、悟者形象。在中国古代，"愚"的品性或形象，往往也是一种超越于"智"的象征。孔子对宁武子之评语云："邦有道则知，邦无道则愚。其知可及也，其愚不可及也。"（《论语·公冶长》）"愚"是比"知"境界更高的品性。《列子》里的"愚公"也比"智叟"更高明（《列子·汤问》），《老子》所说的"大方无隅，大器晚成。大音希声，大象无形，道隐无名"（《老子》第四十一章），都含有类似的观念。狂、畸、愚等观念体现到艺术家上，便是不落庸常的狂放、高傲、古拙的人格；延伸到艺术境界上，便是对于技巧的摈弃，对原始、古

① 〔战国〕尸佼著，汪继培辑，黄曙辉点校：《尸子》，华东师范大学出版社2009年版，第53页。

② 〔明〕张岱：《五异人传》，见夏咸淳辑校《张岱诗文集》文集卷四，上海古籍出版社2014年版，第349页。

③ 〔明〕程羽文：《清闲供》，见虫天子辑《香艳丛书》三集卷二，人民文学出版社1992年版，第693页。

朴的回归。如傅山所说的"宁拙毋巧，宁丑毋媚"①，刘熙载所说的"怪石以丑为美，丑到极处，便是美到极处，一丑字中，丘壑未易尽言"②。这就是追求宁拙毋巧、宁朴毋华的艺术境界。

中国古代早期有关特殊人体人格形象的塑造和隐喻，在后世得到广泛的接受与传承，也形成一种为集体所认同的思维方式和文化心理，深刻影响乃至决定了古人关于文学艺术的观念表达。隐藏于深处的集体认知"绵绵若存，用之不勤"（《老子》第六章），实际上构成了一种潜在而又实在的文学氛围。

## 五、官方思想与民间想象

中国文学的集体认同涵盖了不同层次与类别的认同。比如，集体认同之中就包含了官方认同与民间认同。这两者的关系很密切，官方思想对民间观念肯定起决定性的作用，而民间的思想观念也往往是对官方思想的延伸与反响。官方与民间的知识背景与关注重点不同，其内容重点也有所不同，但并不意味着对立。

目前中国文学批评史研究对象大体是文学家个体的理论观点，很少人去研究代表统治阶级的整体文学思想观念，它们未必有很高的理论价值，但在当时对社会各个阶层却可能产生巨大的作用和影响。因为"统治阶级的思想在每一时代都是占统治地位的思想。这就是说，一个阶级是社会上占统治地位的物质力量，同时也是社会上占统治地位的精神力量"③，只有了解统治阶级的文学思想、政策，最高统治者与统治集团主要成员的好恶，才能对各时代的文学风尚和审美趣味有比较根本的认识。

官方思想对中国文学的集体认同产生重大的影响。如"二十四史"的艺文志、经籍志以及官修大型丛书等都产生了长远的影响，其中最典型的是《四库全书总目》中的官方文学观念成为被普遍接受的集体认同。

---

① 〔清〕全祖望：《鲒埼亭集》卷二六《阳曲傅先生事略》引傅山语，见朱铸禹汇校集注《全祖望集汇校集注》上册，上海古籍出版社2018年版，第482页。

② 〔清〕刘熙载撰，袁津琥校注：《艺概注稿》卷五《书概》，中华书局2009年版，第799页。

③ 〔德〕马克思、〔德〕恩格斯：《德意志意识形态》，见《马克思恩格斯全集》第3卷，人民出版社2002年版，第52页。

无疑，纪昀等人在编纂《四库全书总目》的过程中起了撰写和删改审定的重要作用。正如朱自清所说："《四库全书总目提要》集部各条，从一方面看，也不失为系统的文学批评，这里纪昀的意见为多。"① 尽管如此，我们不能片面地把此书视为只代表编纂者本人的思想，它与个人撰著的书籍存在本质差异。《四库全书总目》的编纂是由四库馆臣集体完成的，最后由纪昀总其成，但是纪昀和四库馆臣的工作，都是在乾隆皇帝的思想指导下进行的。《四库全书》的体例是由乾隆审定的，正如《四库全书凡例》所说："每进一编，必经亲览；宏纲巨目，悉禀天裁。定千载之是非，决百家之疑似。权衡独运，衮钺斯昭。睿览高深，迥非诸臣管蠡之所及。随时训示，旷若发蒙。""其体例悉承圣断。"② 这就是说《四库全书》包括《四库全书总目》都必须经过皇帝"钦定"。所以，《四库全书总目》的修纂与个人著述是根本不同的，四库馆臣不可能完全依照自己的好恶来撰写，而是应该体会、揣摩并贯彻最高统治者的意志和趣味。尽管《四库全书总目》字里行间流露出纪昀辩博风趣的个人风格，但是，它总体上并非只代表个别学者的观念，而是代表以乾隆为首的整个统治阶级集体的思想，代表帝制社会正统、正宗的学术观念。《四库全书总目》可以说是对晚期帝制社会学术思想集大成式的总结，对其研究便具有十分重要和特殊的意义。因此，近年有学者提出建立"四库总目学"的建议并为之努力③。《四库全书总目》分类严明，论述谨重，大体代表当时知识界的学术水平。它不但是一部伟大的目录学著作，而且具有中国古代学术史概观的性质，历来受到许多学者的推崇。仅从文学学术史的角度来看，《四库全书总目》也有非常重要的价值：一方面把《四库全书总目》对于中国古代诗人作家的批评总结起来，其实便是一部颇具规模的古代文学史纲，事实上，在近代以来早期的文学史撰述中，《四库全书总目》就是主要的借鉴和仿效对象；另一方面，把"诗文评"类提要总结起来，其实便是一部简要的中国古代诗文批评史纲④。21 世纪以来，研究《四库

---

① 朱自清：《诗文评的发展》，见《朱自清古典文学论文集》下册，上海古籍出版社 2009 年版，第 547 页。

② 〔清〕永瑢等：《四库全书总目》卷首，中华书局 1965 年版，第 16、18 页。

③ 参见陈晓华《"四库总目学"史研究》，商务印书馆 2008 年版。

④ 参见吴承学《论〈四库全书总目〉在诗文评研究史上的贡献》，载《文学评论》1998 年 6 期。

全书总目》文学批评的成果相当丰富，从《四库全书总目》所涉的总体研究、断代研究、个人研究到各种文体研究，从论文到专著，几成热门。但是，只有把《四库全书总目》作为一种代表帝制时代官方集体意志的学术认同，在这样的理论高度上才能更准确地把握其学术独特性与学术史意义。

关于民间对于文学的集体认同，学术界在这方面的研究基本阙如，有较大的拓展空间。钱锺书在《读〈拉奥孔〉》一文中提到，对一些著名的理论著作的研究，有时"并无相应的大量收获"，倒是在"诗、词、随笔里，小说、戏曲里，乃至谣谚和训诂里，往往无意中三言两语，说出了精辟的见解，益人神智"。他提出在谣谚里有益人心智的文学批评文献。他举例说，关于狄德罗的《关于戏剧演员的诡论》一文："中国古代民间的大众智慧也觉察那个道理，简括为七字谚语：'先学无情后学戏'，狄德罗的理论使我们回过头来，对这句中国老话刮目相看，认识到它的深厚的义蕴……我敢说，作为理论上的发现，那句俗语并不下于狄德罗的文章。"① 钱先生所指出的，正是谚语体现了民间集体的文学智慧。

谣谚虽然俚俗，却具有独特的价值。正如《文心雕龙·书记》所说："谚者，直语也……夫文辞鄙俚，莫过于谚，而圣贤诗书，采以为谈；况逾于此，岂可忽哉！"② 从文学批评角度看，谣谚给我们提供了文学批评的重要背景。比如，众所熟知的宋代流行的谣谚"《文选》烂，秀才半"，就足以说明科举背景下的宋代社会对《文选》的高度评价与重视。而"苏文熟，吃羊肉。苏文生，吃菜羹"，则反映出苏轼文章对宋代科举考试评价标准与宋代举子科考训练的重要影响。③《文选》代表的是诗赋，苏文代表的是经义、策论。从"《文选》烂"到"苏文熟"，寥寥数字，就反映出宋代科举考试从重诗赋转向重经义、策论的变化。又如明代流行

---

① 《读〈拉奥孔〉》，见《七缀集》，第29～30页。

② 《文心雕龙义证》，第966页。

③ 陆游说："国初尚《文选》，当时文人专意此书，故草必称'王孙'，梅必称'驿使'，月必称'望舒'，山水必称'清晖'。至庆历后，恶其陈腐，诸作者始一洗之。方其盛时，士子至为之语曰：'《文选》烂，秀才半。'建炎以来，尚苏氏文章，学者翕然从之，而蜀士尤盛，亦有语曰：'苏文熟，吃羊肉；苏文生，吃菜羹。'"见陆游著，李剑雄、刘德权点校《老学庵笔记》卷八，中华书局2019年版，第117页。

的谣谚："杜诗颜字金华酒，海味围棋《左传》文。"① 有助于我们理解明代弘治年间人们对文学、艺术、技艺乃至饮食方面的经典共识。又如从明人"唐有李杜，明有李何"② 的俗语中，可见明代人眼中的当代足与李杜并称的诗歌大家是李梦阳与何景明。这两句谚语以简至无法再简的语言，表达了明代主流的文学艺术批评观念。

钟敬文主编的《民间文学概论》认为，民间作品"总是渗透了集体的思想和愿望，代表了群众的美学观点和艺术趣味，不断吸取着集体的智慧和力量"③。毕桪主编的《民间文学教程》更详尽地说：

> 因为民间文学是集体的创作，民间文学所反映的不是哪一个个人的，而是群体的社会理想和生活愿望；在艺术上它所表现的不是某一个作者的个性特征，而是群体的风格特征。所以，民间文学无论在思想内容上还是艺术形式上，都比较贴近最大多数人的意志，符合最大多数人的审美情趣。④

民间文学比较典型地体现了文学集体认同。作为民间文学的民谣，看似浅俗，其实大有意趣，比如有一首熊岳民谣："瞎话瞎话，没根没把。一个传俩，两个传仨。我嘴生叶，他嘴开花。传到末尾，忘了老家。"⑤ 以民谣论民谣，寥寥数句，就把民谣的集体性、虚构性、传播性、变异性等特征生动地描述出来。民谣其实也反映了集体认同。

中国早期的神话、民谣等体现了早期的集体认同，而且成为经典的组成部分，传之久远。民间的文学集体认同有多种形式，如神话、谣谶、谣谚、笑话、民间故事乃至一些无名氏的创作，都有反映集体认同的意义。《淮南子·本经训》："昔者，苍颉作书而天雨粟，鬼夜哭。"高诱注："苍颉始视鸟迹之文造书契则诈伪萌生，诈伪萌生则去本趋末，弃耕作之业而

---

① 孙鑛：《书画跋跋》"沈民望书姜尧章续书谱"条引"弘治末年语"，见崔尔平选编点校《历代书法论文选续编》，上海书画出版社 2012 年版，第 261 页。

② 〔清〕钱谦益：《列朝诗集》丙集第十一引，上海三联书店 1989 年影印本，第 350 页。

③ 钟敬文主编：《民间文学概论》，高等教育出版社 2010 年版，第 23 页。

④ 毕桪主编：《民间文学教程》，中央民族大学出版社 2009 年版，第 31 页。

⑤ 苏芳桂：《苹果姑娘：熊岳民间传说集》"搜集熊岳民间传说的几点体会"，上海文艺出版社 1959 年版，第 87 页。

务锥刀之利，天知其将饿，故为雨粟；鬼恐为书文所劾，故夜哭也。"①可见，神话传说其实也反映出人们对于文字诱发智巧、转变世风、沟通鬼神的巨大作用之认同。

钟嵘在谈到诗歌的作用时说："气之动物，物之感人，故摇荡性情，形诸舞咏。欲以照烛三才，晖丽万有。灵祇待之以致飨，幽微藉之以昭告。动天地，感鬼神，莫近于诗。"（《诗品序》）我们再看看民间故事里反映出来的文学观念。袁枚编《新齐谐》卷六《祭雷文》：

> 黄湘舟云：渠田邻某有子，生十五岁，被雷震死，其父作文祭雷云："雷之神，谁敢侮？雷之击，谁敢阻？虽然，我有一言问雷祖。说是吾儿今生孽，我儿今年才十五。说是我儿前生孽，何不使他今世不出土？雷公雷公作何语？"祭毕，写其文于黄纸焚之。忽又霹雳一声，其子活矣。②

袁枚所记载的，是当时流传的民间故事，《祭雷文》写一位 15 岁的孩子无故被雷震死，他的父亲写了一篇质问雷公的祭文，与雷公讲道理，雷公最终因理屈而让死者复活。这种民间故事反映出在当时人们的心目中，祭文具有沟通人神的巨大功能。在这个民间故事中，祭文虽然不是"诗"，但也有"灵祇待之以致飨，幽微藉之以昭告"的神秘力量。这也是一种文学的集体认同。

中国古代文学史上有一个特殊的作者群体即无名氏。无名氏在中国文化创造中发挥了极大的作用，正如鲁迅所说："人们大抵已经知道一切文物，都是历来的无名氏所逐渐的造成。"③ 无名氏是指身份不明的作者，在知识产权不发达的时代，这种无名氏现象相当普遍，从古诗到唐诗、宋词、元代戏曲、明清小说，几乎所有的文学样式都有一批无名氏作者。如果从古代文学史研究知人论世的角度看，作者为无名氏对于研究作品背景多少是一种缺陷。但是，如果从文学的集体认同这个角度看，则别有一番

吴承学自选集

WU CHENGXUE ZIXUANJI

380

---

① 何宁集释：《淮南子集释》卷八《本经训》，中华书局 1998 年版，第 571 页。

② 〔清〕袁枚著，沈习康校点：《新齐谐　续新齐谐》，人民文学出版社 1996 年版，第 127 页。

③ 鲁迅：《经验》，见《鲁迅全集》第 4 卷《南腔北调集》，人民文学出版社 1998 年版，第 539 页。

意义。无名氏现象，涉及作品的不确定性、集体性与民间想象的问题。当然，不是所有的无名氏都关涉集体认同，有些作品是个人所作，只是作者存疑。有时，作者的模糊反而为诗歌理解、阐述和想象提供了更为广阔的空间。有些诗歌，可以超越个人，超越时代，超越地域。这种无名氏作品，能唤起我们内心的一种特殊感受，引发共鸣，莫逆于心。东汉的《古诗十九首》是五言古诗的典范，被钟嵘称为"惊心动魄，可谓几乎一字千金"（《诗品》），刘勰称之为"五言之冠冕"（《文心雕龙·明诗》）。《古诗十九首》最早收录在萧统《文选》中，作者已佚，身份未明，故称"无名氏"。十九首古诗格调相近，成就皆高。沈德潜《说诗晬语》评论道："大率逐臣弃妻，朋友阔绝，游子他乡，死生新故之感。"① 此语颇为中肯。这些诗的内容多写游子思妇的离别与相思、士人的失意彷徨、人生苦短的感伤和及时行乐的心态。作为"无名氏"表达出来的集体情绪，实在要比东汉时代的任何诗人更为强烈，更有时代的色彩，也更具代表性。

除了某个时代的"无名氏"作品，还有一些跨代的"无名氏"作品。有些文学创作尤其是民间文学的内容，在不同历史时段中，不断得到改写、加工而发生变动。所以，这类跨代的集体性作品中就出现了一种类似于地质的历史层积现象。在民间文学作品中，不同时期的文化现象作为一种历史印迹累积而成，文化叠加与文化层积在跨代无名氏的作品中表现得特别明显。顾颉刚运用这种方法展开对孟姜女故事的研究，不仅在民俗学领域具有示范意义，在整个人文领域都产生了广泛的影响。他在《孟姜女故事的转变》中说："她们大家有一口哭倒长城的怨气，大家想借着杞梁之妻的故事来消自己的块垒，所以杞梁之妻就成为一个'丈夫远征不归的悲哀'的结晶体。"② 在《孟姜女故事研究》里又说："一件故事，一定要先有了它的凭藉的势力，才有发展的可能。所以与其说是这件故事中加入外来的分子，不如说从民众的感情与想像上酝酿着这件故事的方式。"③ 孟姜女故事的世代流传与加工，其本质是由"民众的感情与想像

---

① 〔清〕沈德潜著，霍松林校注：《说诗晬语》，人民文学出版社1979年版，第200页。

② 顾颉刚：《孟姜女故事的转变》，见《顾颉刚全集》第15册《顾颉刚民俗论文集》卷二，中华书局2011年版，第20页。

③ 顾颉刚：《孟姜女故事研究》，见《顾颉刚全集》第15册《顾颉刚民俗论文集》卷二，第65页。

上酝酿着这件故事的方式"决定的。从中国文学集体认同的角度讲，这种跨代的"无名氏"之作也具有集体认同的性质。

在中国古代，官方与民间的认同差异往往由文人士大夫的努力而获得调适弥合。晋人王嘉所撰《拾遗记》中收录了众多的志怪故事，"这些作品固然是出自文人或方士之手，但是这些故事的来源却大都是民间的一些传说，作者不过尽了搜集和写定的义务，所以原来故事的思想内容往往自然流露而不可掩"①。对这些内容，若衡以经史之学所代表的官方意识形态，就会得出"其言荒诞，证以史传皆不合"②的结论。但站在民间立场上，有关历史人物的想象却无妨脱离事实而加以大胆的夸张和虚构。如此自由的故事情节密集地出现于《拾遗记》中，正反映出民间关于叙事文学的一种集体认同。在王嘉之后，另一位文人萧绮整编此书，又附以自撰的"序""录"，对书中的怪异内容多加以引经据典的儒学化解释。王嘉、萧绮用实际行动表达了对民间文学认同的敬畏，而后者面对官方与民间的认同差异，更付出了折中调和的努力。明清时期，许多小说、戏曲序跋从忠义、劝惩的角度出发，对于世代累积形成的神魔、好汉、世情故事加以合理化的解说，也同样反映出文人群体对于官方、民间文学认同差异的弥合作用。在这其中，民间故事固然接受了官方思想话语的包装重塑，但民间集体的文学智慧、审美取向却也得以存续和发扬。通过文人士大夫的中介作用，中国文学史上的官方认同与民间认同长期保持一种互动平衡的状态。从"集体认同"的角度出发考察官方与民间文学观点、审美旨趣之差异与平衡，对于加深有关文学观念与古代社会关系的理解具有特殊的价值。

（原载《清华大学学报》2023年第4期）

---

① 〔东晋〕王嘉著，〔南朝梁〕萧绮录，齐治平校注：《拾遗记校注》前言，中华书局1981年版，第11页。

② 《四库全书总目》卷一四二，第1207页。

吴承学自选集
WU CHENGXUE ZIXUANJI

# 附录

# 致新一代学人

"文革"结束、恢复高考制度，于今已 40 周年。我们最早几届大学生（包括少数工农兵学员）以 20 世纪 50 年代或 60 年代初期出生者居多。自 20 世纪八九十年代，这一批学人进入学术领域，引发或推动了学术界、思想界的重要变革。40 年过去了，在文史领域里，这批人能横刀立马继续引领学界的尚有人在，但多数学者已不免有廉颇老矣之叹。生于六七十年代、年富力强的中生代，正值学术高峰期和盛产期，是学术界的中坚力量。

我本人更为关注的是另一批人，就是"文革"后出生的、目前最有活力、最具潜质的一批年轻学者。他们与我们，在年代上有一个交集点，那就是"文革"结束与改革开放。我们在此时进入高校和学术界，而他们则在那个年代出生。这两代学者具有强烈的对比度，放到一起看，可以说相映成趣。从学术传承关系来说，这两代学者是师徒关系。新一代学人基本是老一代学人的学生辈。从社会关系来看，又刚好是父子辈。

人生中，师徒与父子是一种很奇特的关系。一方面关系当然亲密，另一方面，有出息的徒弟和孩子往往有一种强烈的叛逆意识和超越感。

人文领域里的一代新学人已悄然崛起。当年，欧阳修读到后生苏轼的文章之后慨叹道："读轼书，不觉汗出，快哉快哉！老夫当避路，放他出一头地也！"我虽然没有欧阳修那样的身份和地位，但读年轻人学术成果时，往往也有类似"不觉汗出，快哉快哉"的感觉。

经常有年轻人问我，能不能超越我们这一代学人。我的回答是：应该超越，期待超越。

古人说，见过于师，仅堪传授；见与师齐，减师半德。一般来说，学生应该超越老师，这是常态，然并非铁律。我之所以说新一代学者应该超越我们，因为他们具备了比我们优越太多的条件。新一代学者所具备的优势，体现了时代的总体进步。

新一代学者的崛起具有特别的意义，它标志着中国学术发展出现新的常态，也意味着中国学术正在发生转折性变化。这具有特殊的学术史意义。

学术研究与文学创作不一样，文学创作有"穷而后工"之说，而学术研究则需要长期平静而安宁的生活环境和较好的物质条件。新一代学者，生于改革开放，长于改革开放。30多年来，社会长期稳定，没有过大的跌宕起伏。这是从1949年以来，中国社会经济发展最快的年代，这种高速发展在全世界都是一个奇迹。而中国从1979年开始全面实施独生子女政策，出生于城镇的新一代学者，基本是最早的独生子女，出身于农村非独生子女家庭的，往往也是家中掌上之宝，他们集各种关爱和期待于一身，是最早在物质条件方面享受改革开放红利的一代学人。

从学术研究的环境来看，新一代学人进入学术界，已是21世纪，中国高校与研究机构的硬件有了明显改善，而著名高校的教学科研条件与国外高校相比，差距已经大大缩小，有些甚至处于世界的先进行列。此时中国的高等教育也有了比较规范的体制。他们的导师都受过现代学位制度完整、系统的教育，新一代学人从入门之初就对于学术史与学术规范有所认识，并受过比较严格、系统的学术训练，所以很平顺而规范地进入学术研究。这是一个开放的时代，中国与海内外的学术交流也极为广泛，年轻学者都有良好的外语能力，有海外交流经历，具有更为开阔的理论视野，更为多样的研究方法。这又是一个科技革命的时代，新一代学者快速地掌握了在网络与大数据方面的技术手段，在世界范围内大量收集、交流和处理文献资料，这些都是前辈学人所望尘莫及的。这还是一个自媒体时代，善于利用新的传播方式，也是新一代学者之所长。在自媒体平台上，每个人都可以及时地发表自己的学术成果，展开公平的讨论和交流。这在一定程度上，对传统的学术资历、地位、权威起了消解作用，对年轻学者学术声誉的获得与传播，也是极为有利的。新一代学者在物质与技术层面上，已完全具备超越我辈的能力与条件。

相比之下，我们这一代学者的缺陷是明显的，总体而言是先天不足，后天失调——青少年时期在社会动乱和物质、精神皆极度贫乏中度过。有幸进入大学后，高等教育才刚刚从僵化的体制和落后的水平慢慢地走出来。我曾有个比喻，学术研究如同画圆圈，圆规两脚的长短，决定圆的大小。同样，学者的研究能力决定其研究成就，对于文史研究者而言，须有"旧根底，新眼光"，这两者就如圆规的两脚。传统文史研究者须有特殊的知识结构：对于文、史、哲各学科，必须有较好的基础；同时对于当代的各种学术思想、研究方法，也要加以吸收，兼收并蓄。坦率地说，我们这一代学者，除少数优秀学者之外，"旧根底"和"新眼光"皆有所欠缺。鉴于此，我们自然对新一代学者有更高期许。

我之所以说新一代学者应该超越吾辈，是比较审慎的说法。因为，老一代学者尽管先天、后天都存在明显不足，但又独具特色。他们所亲历的这半个多世纪，是中国历史上非常复杂多变的时代。他们经过"十年动乱"，多数人有过在中国底层社会生活的特殊经历，因为恢复高考而改变了命运。他们特别珍惜机会，有一种视学术为生命的执着追求。他们又是中国社会变革的亲历者与参与者，对社会、对人生有一种比较深刻而独到的理解与体验，有洞察力与整体观，极富独立思考与批判精神，尤其有一种强烈的人文理想与人文关怀。这些因特殊际遇而形成的精神品质，对于人文学科而言，具有特别重要的意义，这些绝对无法靠技术手段或书本知识得来。一代有一代之精神，后人未必叹赞，也无须模拟，但它自有一段不可磨灭的光彩。

我在中山大学读硕士的时候，导师黄海章教授曾以韩愈《答李翊书》中"无望其速成，无诱于势利，养其根而俟其实，加其膏而希其光。根之茂者其实遂，膏之沃者其光晔"这段话勉励我。后来我到复旦大学读博士，毕业时，导师王运熙先生也用此语勉励我。自古以来，名言佳句很多，为什么两位导师都不约而同地用韩愈的这段话来教导我呢？这难道仅仅是一种巧合？我以前没有考虑过这个问题，后来渐渐领悟到，两位老师忠告我辈切忌"诱于势利""望其速成"，其实大有深意在焉。我们那个年代，倒是容易做到"无诱于势利"的，因为那时学术界就不存在什么能诱人的"势利"。当时有"穷教授、傻博士""造原子弹不如卖茶叶蛋"之类流行语，许多聪明而有出息的人，不是从政当官，就是下海经商。而那些埋头搞学术的人，实在是不识时务的弱势或"弱智"群体。但我们这代人，被耽误的时间实在太长了，时间又是一去不返的，所以自觉不自觉的，不免有"求其速成"之心或之举。这也是制约我们这一代学人发展的一个原因。前人说，成名要趁早，但学术研究是没有暴发户的。快速成名往往等于慢性自杀。我们这代人中，曾有一夜暴得大名的学术明星，就像燃放烟花，瞬间灿烂，顷刻之间，烟消云散，很快就被人遗忘。这就是吾辈"望其速成"的教训。

到了今天，"无望其速成，无诱于势利"这两句话，对于新一代学者来说，也未必就过时。

新一代学者中的多数人，从幼儿园开始，一直到博士，都受到不间断的正规教育。完成了整套教育，也才二三十岁。现在不少人已经是副教授甚至教授了。本来，对于他们不应该存在"望其速成"的问题，他们完全可以按照学术发展的自然规律，从容不迫地走下去。不过，事实也不完全如此。我们的国家长期处于落后状态，所以急切追求超常规的快速发展，这是可以理解的。在超出常态的激烈竞争和残酷的淘汰机制之下，个人若不速成，可能就有被速汰之虞，这使许多年轻学者变得焦虑不安或者变得聪明精致："何不策高足，先据要路津。无为守贫贱，辗轲常苦辛。"这恐怕也是一些年轻人的心态。

其实，"望其速成"的根子就是"诱于势利"。在当前的学术生态下，"势利"二字，对于新一代学者的诱惑可能更大。钱锺书说："大抵学问是荒江野老屋中，二三素心人商量培养之事。"这句话，现在听起来，好像是神话。如果说，我们当年处于严重的"营养不良"状态，今天，新一代学者却处于"富营养化"的生态。名目繁多的科研、教学项目，各种级别的科研奖励、人才计划等，数不胜数，令人心驰目眩。学术成果就是荣誉，就是地位，就是金钱。现在，已经有一套非常严密和严格的绩效考核体制，项目、论文、人才与评奖、各种会议成为学者生存的主要方式与评价标准。因此，许多年轻学者大量的时间与精力，都耗在这些无休无止的俗事杂务之中。但这并非他们所乐意的。我们那个年代，社会处于普遍穷困的状态，所以个人的安贫乐道倒是比较容易做到的。而现在的年轻学者处于举目繁华富贵之境，却要独自面对着票子、房子、孩子、职称等重压，要他们像传统学者那像独守清贫，视名利于敝屣，谈何容易！

汉代的司马相如写过一段话："盖世必有非常之人，然后有非常之事；有非常之事，然后有非常之功。非常者，固常人之所异也。"我绝对相信新一代学者之中，"必有非常之人"，能建"非常之功"。真正能超越吾辈的，正是这些"非常之人"。

新一代学者，要超越吾辈，先要自我超越。一代有一代之所长，一代亦有一代之局限。这一代人，大多以独生子女之身，处安适裕如之境，浸淫于应试之学，应付乎考核之制，这就使一部分学者容易产生以自我为中心、急功近利之心态与标准化思维。这是新一代学者可能的局限。他们的

吴承学自选集

WU CHENGXUE ZIXUANJI

各种条件虽然比我们优越许多，但所面对的困难和承受的压力，反而比我们当年大得多。这是特定时代环境所产生的问题。易地而处，我们也难以避免。但新一代学者中必有一批"非常之人"能超越此局限，抗御此压力：澄怀静虑、从容淡定。他们具有崇高的思想境界，宏大的学术格局，开阔的学术胸襟。他们不以一时之誉、一事之荣为重。他们最在乎的不是发表多少论著，而在乎是否在某个领域有大的创见，是否自成一家、独树一帜；他们不汲汲于项目的大小、人才的等级，而在乎成果是否能传世，是否能在学术史上留下一席之地。这就是我们所期待的这一代学者中真正的"非常之人"。我相信，他们必能超越吾辈，而且将创造出世界一流的中国学术。

（原载《南方周末》2017 年 11 月 9 日）

# 吴承学主要著述目录

## 一、著作类

[1]《中国古典文学风格学》，花城出版社 1993 年版。

[2]《晚明小品研究》，江苏古籍出版社 1998 年版。

[3]《中国古代文体形态研究》，中山大学出版社 2000 年版。

[4]《中国古代文体形态研究》（增订本），中山大学出版社 2002 年版。

[5]《中国古代文体学研究》（国家哲学社会科学成果文库），人民出版社 2011 年版。

[6]《中国古典文学风格学》（修订本），北京大学出版社 2011 年版。

[7]《中国古代文体形态研究》（第 3 版），北京大学出版社 2013 年版。

[8]《晚明小品研究》（修订本），北京大学出版社 2017 年版。

[9]《旨永神遥明小品》，天津人民出版社 2019 年版。

[10]《中国早期文体观念的发生》，三联书店（香港）有限公司 2019 年版。

[11]《近古文章与文体学研究》（学术中国文丛），广东高等教育出版社 2020 年版。

[12]《中国古代文体学研究》（增订本，中华学术文库），中华书局 2022 年版。

[13]《中国古代文体形态研究》（第 4 版，中华当代学术著作辑要），商务印书馆 2024 年版。

[14]《中国古代文体学发展史》（主编），北京大学出版社 2024 年版。

[15]《吴承学自选集》，中山大学出版社 2024 年版。

## 二、论文类

[1]《"新妇"用典之我见》（署名吴观澜），《文学遗产》1985 年第 3 期。

吴承学自选集

WU CHENGXUE ZIXUANJI

[2]《严羽"不落言筌"说的美学内涵》（署名：吴大泽），《学术研究》1985 年第 6 期。

[3]《试论严羽的审美理想》（署名：吴大泽），《汕头大学学报》1986 年第 2 期。

[4]《征实求是的科学精神——〈文心雕龙探索〉读后》（署名吴观澜），《文学遗产》1987 年第 4 期。

[5]《一个从玄学向美学转化的论题——论"言意之辨"对〈文心雕龙〉的影响》（署名吴观澜），《学术研究》1987 年第 1 期。

[6]《"换骨"、"夺胎"二法本义辨识》（署名吴观澜），《中山大学学报》1988 年第 1 期。

[7]《关于唐诗分期的几个问题》，《文学遗产》1989 年第 3 期。

[8]《〈西游记〉的三教合一和佛道轩轾》，《汕头大学学报》1989 年第 2 期。

[9]《从破体为文看古人审美的价值取向》，《学术研究》1989 年第 5 期。

[10]《江山之助——中国古代文学地域风格论初探》，《文学评论》1990 年第 2 期。

[11]《传统文学批评方式的历史发展》，《文学遗产》1990 年第 1 期。

[12]《生命·感悟·理性——中国传统文学批评思维方式札记》，《中山大学学报》1990 年第 4 期。

[13]《论中国古典的文学风格品级说》，《广东社会科学》1990 年第 1 期。

[14]《辨体与破体》，《文学评论》1991 年第 4 期。

[15]《整体性地把握文学批评发展的轨迹：谈王运熙、杨明〈魏晋南北朝文学批评史〉》，《文学遗产》1991 年第 2 期。

[16]《论中国古典风格学的形成及特色》，《学术研究》1991 年第 2 期。

[17]《释"自然"：兼论文学批评概念的历史性》，《广东社会科学》1991 年第 4 期。

[18]《历史的观念：中国古代文学史观初探》，《文学评论》1992 年第 6 期。

[19]《人品与文品》，《文学遗产》1992 年第 1 期。

[20]《集句论》，《文学遗产》1993 年第 4 期。

[21]《中国古代文体风格学的历史发展》，《中山大学学报》1993 年第

1 期。

[22]《从体到派：中国古代风格类型论与文学流派论》，《学术研究》1993 年第 4 期。

[23]《生命之喻——论中国古代关于文学艺术人化的批评》，《文学评论》1994 年第 1 期。

[24]《论题壁诗》，《文学遗产》1994 年第 4 期。

[25]《明人小品述略》（合作），《中山大学学报》1994 年第 2 期。

[26]《释〈文赋〉"怀霜""凌云"》，《学术研究》1994 年第 2 期。

[27]《评点之兴——论文学评点的起源和南宋的诗文评点》，《文学评论》1995 年第 1 期。

[28]《遗音与前奏——论晚明小品的历史地位》，《江海学刊》1995 年第 3 期。

[29]《儒学与评点之学》，《华学》创刊号，中山大学出版社 1995 年版。

[30]《唐诗中的留别与赠别》，《文学遗产》1996 年第 4 期。

[31]《论古诗制题制序史》，《文学遗产》1996 年第 5 期。

[32]《钩沉拾遗　探源溯流》，《文学遗产》1996 年第 6 期。

[33]《论张大复的散文小品》，《中山大学学报》1996 年第 2 期。

[34]《〈帝京景物略〉与竟陵文风》，《学术研究》1996 年第 1 期。

[35]《20 世纪中国文学批评史研究的集大成之作——评七卷本〈中国文学批评通史〉》（合作），《复旦学报》1996 年第 6 期。

[36]《中国文学批评史研究的回顾与展望》（合作），《中国社会科学》1997 年第 5 期。

[37]《论晚明清言》，《文学评论》1997 年第 4 期。

[38]《晚明心态与晚明习气》（合作），《文学遗产》1997 年第 6 期。

[39]《论〈四库全书总目〉在诗文评研究史上的贡献》，《文学评论》1998 年第 6 期。

[40]《古代兵法与文学批评》，《文学遗产》1998 年第 6 期。

[41]《一个期待关注的学术领域——明清诗文研究三人谈》（合作），《文学遗产》1999 年第 4 期。

[42]《唐代判文文体及源流研究》，《文学遗产》1999 年第 6 期。

[43]《策问与对策》，《新国学》1999 年创刊号。

[44]《从古典形态诗文评研究到现代形态的批评史》（合作），中国社会

科学院文学研究所等编《"中国文学研究的世纪回眸"学术研讨会论文集》，河南大学出版社 1999 年 7 月版。

[45]《论宋代隐括词》，《文学遗产》2000 年第 4 期。

[46]《明代八股文文体研究》，《中山大学学报》2000 年第 6 期。

[47]《简论八股文对文学创作与文人心态的影响》，《文艺理论研究》2000 年第 6 期。

[48]《文字游戏与汉字诗学》，《学术研究》2000 年第 7 期。

[49]《诗可以群——从魏晋南北朝诗歌创作形态考察其文学观念》，《中国社会科学》2001 年第 5 期。

[50]《先秦盟誓及其文化意蕴》，《文学评论》2001 年第 1 期。

[51]《"诗牌谱"研究》，平田昌司主编《古典学的现在（特集）：作为文化制度的中国古典》，日本京都大学 2001 年 2 月版。

[52]《文体形态：有意味的形式》，《学术研究》2001 年第 4 期。

[53]《汉魏六朝挽歌考论》，《文学评论》2002 年第 3 期。

[54]《五四与晚明》（合作），《文学遗产》2002 年第 3 期。

[55]《现存评点第一书——论〈古文关键〉的编选、评点及其影响》，《文学遗产》2003 年第 4 期。

[56]《明清人眼中的陈眉公》（合作），《中山大学学报》2003 年第 1 期。

[57]《文字游戏与汉字诗学——〈诗牌谱〉研究》，王宾主编《语言的向度》，中山大学出版社 2003 年 12 月版。

[58]《八股四题》（合作），《文学评论》2004 年第 2 期。

[59]《中国古代文学的经典》（合作），《中山大学学报》2004 年第 6 期。

[60]《过秦论：一个文学经典的形成》，《文学评论》2005 年第 3 期。

[61]《中国古代文体学学科论纲》（合作），《文学遗产》2005 年第 1 期。

[62]《中国古代文体学研究展望》（合作），《中山大学学报》2005 年第 3 期。

[63]《"八脚词"与宋代文章学》，《中山大学学报》2005 年第 4 期。

[64]《简谈文学史史料的发掘与处理》（合作），《北京大学学报》2005 年第 4 期。

[65]《贺复征与〈文章辨体汇选〉》（合作），《学术研究》2005 年第 5 期。

[66]《隐逸与济世——陈眉公与晚明的士风》，《中国文化研究》2005 年

春之卷。

［67］《清代文章研究的历史与现状》，《文学遗产》2006 年第 1 期。

［68］《〈四库全书〉与评点之学》，《文学评论》2007 年第 1 期。

［69］《任昉〈文章缘起〉考论》（合作），《文学遗产》2007 年第 4 期。

［70］《从章句之学到文章之学》（合作），《文学评论》2008 年第 5 期。

［71］《明代文章总集与文体学》，《文学遗产》2008 年第 6 期。

［72］《明代诗话中的文体史料与文体批评》（合作），《文艺理论研究》2008 年第 4 期。

［73］《黄佐的〈六艺流别〉与"文本于经"的思想》，饶宗颐主编《华学》第九、十辑合刊，上海古籍出版社 2008 年 8 月版。

［74］《宋代文章总集的文体学意义》，《中国社会科学》2009 年第 2 期。

［75］《古代文学研究的历史想象》（合作），《文学评论》2009 年第 6 期。

［76］《"诗能穷人"与"诗能达人"——中国古代对于诗人的集体认同》，《中国社会科学》2010 年第 4 期。

［77］《中国文体学：回归本土与本体的研究》，《学术研究》2010 年第 5 期。

［78］《中国古代文学的经典与反经典》（合作），《文史哲》2010 年第 2 期。

［79］《无名氏的意味——扑朔迷离的〈梅花诗〉》，《中国文化》2010 年秋季号第 32 期。

［80］《中国文章学成立与古文之学的兴起》，《中国社会科学》2012 年第 12 期。

［81］《论〈古今图书集成〉的文学与文体观念——以〈文学典〉为中心》，《文学评论》2012 年第 3 期。

［82］《论"序题"——对中国古代一种文体批评形式的定名与考察》，《文艺理论研究》2012 年第 6 期。

［83］《〈古文辞类纂〉编纂体例之文体学意义》（合作），《北京大学学报》2014 年第 3 期。

［84］《王船山观生居题壁联考释》（合作），《学术研究》2014 年第 4 期。

［85］《命篇与命体——兼论中国古代文体观念的发生》（合作），《中国社会科学》2015 年第 1 期。

［86］《建设具有现代意义的中国文体学》，《文学评论》2015 年第 2 期。

［87］《〈郡斋读书志〉与文学批评》（合作），《华东师范大学学报》2015年第1期。

［88］《中国早期文字与文体观念》，《文学评论》2016年第6期。

［89］《"九能"综释》，《文学遗产》2016年第3期。

［90］《文辞称引与文体观念的发生——中国早期文体观念发生研究》（合作），《北京大学学报》2016年第4期。

［91］《章门师友的文体学研究》（合作），《学术研究》2016年第6期。

［92］《论中国早期文体观念的发生》（合作），《文艺理论研究》2016年第6期。

［93］《释"大兰王"》，《学术研究》2017年第10期。

［94］《饶宗颐的中国文学研究》，《文学评论》2018年第4期。

［95］《秦汉的职官与文体》（合作），《北京大学学报》2018年第5期。

［96］《明清诗文研究七十年》，《文学遗产》2019年第5期。

［97］《中国文体学研究的百年之路》，《华东师范大学学报》2019年第7期。

［98］《身份的焦虑——中国古代对于"文人"的认同与期待》（合作），《复旦学报》2020年第1期。

［99］《岭南诗话与岭南诗学》（合作），《学术研究》2020年第6期。

［100］《追寻中国文体学研究的向上一路》，《中山大学学报》2021年第1期。

［101］《〈沧浪诗话〉与宋代理学》，《文学评论》2022年第1期。

［102］《若无新变，不能代雄——中国文体学研究三人谈》（合作），《文艺研究》2022年第9期。

［103］《〈六艺流别〉序题》（合作），《古代文学理论研究》2022年第2期。

［104］《中国文学的集体认同》，《清华大学学报》2023年第4期。

［105］《作为批评文体的读法》，《华夏文化论坛》2023年第31辑。

［106］《从六经之学到文体之学》，《澳门理工学报》2024年第2期。

# 跋

这本自选集是本人的部分学术记忆。

1977 年，我考上中山大学中文系，从研究生开始，渐渐走上中国古代文学研究的路子。我的研究领域主要是古代诗文与诗文批评，并发表了一些论著。这本自选集以时为序，选取部分有代表性的论文编纂成集，或许可以从一个角度反映出个人的学术历程。

学者的研究领域及其著作可以自选，但学者的学术影响与地位却无法"自选"。在这个信息爆炸、知识更新若大浪淘沙的时代，绝大多数论著旋生旋灭，学者及其成果是否能够经得起当下与未来读者的选择和历史的淘洗，那是学者自身无法掌控，更无法预知的。

对人文学者的价值评价难以有统一、客观的标准，无论是评价他人还是评价自己，都带有强烈的主观色彩。一方面，文人相轻、敝帚自珍是人文学者未能免俗的一种常态。但另一方面，一个正常的人文学者对自己在学术上的实际水平与分量仍然会有所知晓。杜甫诗句说，"文章千古事，得失寸心知"。我们这一代学人尽管存在鲜明的个体差异，就总体而言，作为一个群体在学术上的长处与短处却也显而易见。这些"得失"不仅仅"寸心知"，也众所周知。这一代学人的"得失"，有个体的因素，更有时代的原因，我在一些文章中多次谈到这些"得失"的由来。后辈学人要超越前辈，须师其所长而弃其短。故而，本书以《学者要有传世意识与文化责任感——答记者问》的访谈录作为开端，以《致新一代学人》这篇致词结束，首尾呼应，既是对个人学术生涯的回顾，对我们一代学人得失的感想，也是对新一代学人的殷切期待。

对我而言，2024 年是很有纪念意义的一年。1974 年，我高中毕业，在家乡当代课老师，转眼间，从教已满 50 年。1977 年，我考入中山大学中文系，第一次走进红墙绿瓦、满目苍翠的康乐园，至今也近 50 年。今年恰逢中山大学建校百年之庆，谨以本书作为微薄之礼献给亲爱的母校。同时，也是给自己从教 50 周年制作一本纪念册。

吴承学

2024 年 3 月于康乐园